LUIS VANDIEMEN

Der Richter der letzten Dinge

HISTORISCHER KRIMINALROMAN

emons:

Bibliografische Information der Deutschen Nationalbibliothek
Die Deutsche Nationalbibliothek verzeichnet diese Publikation in der Deutschen Nationalbibliografie; detaillierte bibliografische Daten sind im Internet über http://dnb.d-nb.de abrufbar.

MIX
Papier aus verantwortungsvollen Quellen
FSC® C083411

Umschlagmotiv: akg-images/François Guénet
Umschlaggestaltung: Nina Schäfer
Gestaltung Innenteil: César Satz & Grafik GmbH, Köln
Lektorat: Uta Rupprecht
Druck und Bindung: CPI – Clausen & Bosse, Leck
Printed in Germany 2018
ISBN 978-3-7408-0454-1
Historischer Kriminalroman
Originalausgabe

Dramatis Personae

Geistliche Herren

Johannes Tuhlbeck, Fürstbischof von Freising
Johannes Heller, Domherr und Chorrichter des bischöflichen Gerichts in geistlichen Dingen
Heinrich Baruther, Domherr und Generalvikar des Bischofs, Richter des bischöflichen Gerichts in weltlichen Dingen
Marcus Hörnle, Domherr und Beisitzer im bischöflichen Gericht
Sixtus von Tannberg, Domherr und Kanzler
Ulrich Kemnater, Domherr und Domkustos
Johannes Pienzenauer, Domherr und Dompropst
Johannes Simonis, Domherr und Dekan
Johannes Gugelmair, Domherr und Domscholaster
Ulrich Arsinger, Domherr
Wilhelm Taz, Domherr
Johannes Stadler, Domherr
Conrad von Stein, Domherr
Heinrich von Schmiechen, Domherr
Kaspar Schmidhauser, Domherr
Degenhart Meindorfer, Domizellar
Erhard Spornecker, Kanoniker am St.-Andreas-Stift
Veit Arnpeck, Kanoniker am St.-Andreas-Stift und Historiker
Michael Schmatz, Kanoniker am St.-Andreas-Stift, Prediger
Lukas, Ministrant und Domschüler
Heinrich, Ministrant und Domschüler
Magister Pangratz Haselberger, Notar
Magister Johannes Pack, Gerichtsprokurator

Magister Johannes Maulberger, Gerichtsprokurator
Magister Klemens, Rechtsgelehrter
Ulrich Kirchner, Priester zu München
Simon Goller, Kapellan der Gollerkapelle in München
Michael Schneider, Freisinger Kleriker

Hofgesellschaft

Sigismund von Bayern, älterer Bruder Albrechts IV. von Bayern-München, zurückgetretener Herzog
Herzog Albrecht IV. (der Weise) von Bayern, regierender Herzog von Bayern-München
Herzog Wolfgang von Bayern, jüngster Bruder Albrechts IV.
Conrad Staudinger, Diener und Familiare von Herzog Wolfgang
Margaretha Lufft, Hofdame bei Herzog Wolfgang
Agnes Bürstenbinder, Hofdame bei Herzog Wolfgang
Balthasar Hundertpfund, Priester zu München und Vertrauter von Herzog Albrecht IV.
Ulrich Fuetrer, Hofdichter und Geschichtsschreiber

Bürger

Barbara Czottner, Münchner Bürgerin
Christoph Czottner, Ehemann der Barbara Czottner
Margaretha Kirchmair, Münchner Bürgerin
Elisabeth Bienenstock, Freisinger Bürgerin
Johannes Müller, Freisinger Bürger
Johannes Hagen, Bildhauer in Freising
Katherina Hagen, Ehefrau von Johannes Hagen

Agnes Hagen, geborene Seidenatter, alias Seelenhauser, erste Ehefrau von Johannes Hagen

Anna, Dienerin des Freisinger Bürgers Johannes Barth

Magdalena Schliers, Dienerin des Freisinger Bürgers Johannes Scherffler

Johannes Tucher, Bürger Freisings, Verwandter von Johannes Heller

Helena, stadtbekannte Prostituierte in Freising

PROLOG – UNTER DER LINDEN

Es war ein lauer Spätsommerabend, der letzte vielleicht, bevor das Rad der Jahreszeiten weiterdrehte. Die tief stehende Sonne badete die Landschaft in ihren warmen Strahlen und vergoldete alles wie eine schöne Erinnerung: die Türme und Mauern der fernen Stadt, die Laubwälder und die hochstehenden Ährenspitzen in den Kornfeldern, das frisch gemähte Heu auf den Wiesen. Unter der Linden in der Aue in einem Bett aus Gras lagen sie beide, ein Mann und eine Frau, nackt, ineinander verschlungen, und versuchten gemeinsam, den vergänglichen Moment festzuhalten, den letzten vielleicht.

Ein Sommer der Liebe ging zu Ende, doch wenn sie still lagen, schienen die Stunden wie die Ewigkeit. Oder war alles bereits längst vergangen, die Wirklichkeit doch nur ein Traum?

»Johannes«, sagte sie.

»Agnes«, antwortete er.

»Wirst du wiederkommen?«

»Ja, natürlich. Bald bin ich mit meinem Studium in Italien fertig, dann komme ich wieder. Es dauert nicht mehr lang.«

»Und dann?«

»Dann sind wir wieder zusammen.«

»Wie Adam und Eva im Paradiesgarten, wie du immer sagst?«, fragte sie spöttisch. »Ohne Ehe, ohne Konventionen?«

»Du weißt, dass wir nicht heiraten können. Ich bin Geistlicher und habe die Weihen genommen. Aber wir sind Mann und Frau. Ich werde für dich sorgen und für dich da sein. Wir werden für immer zusammen sein.«

Trotz seiner Worte hatte sich eine Distanz zwischen ihnen aufgetan. Sie konnten sich noch so nahe aneinanderschmiegen, sich aneinander festhalten; sie fielen unaufhaltsam auseinander.

»Das wird nicht geschehen«, sagte sie und rollte zur Seite, um ihn anzuschauen. »Du wirst ein hoher Kirchenmann, ein weiser und angesehener Gelehrter. In deinem Leben wird kein Platz für mich sein.«

»Niemals. Ich werde dich immer lieben.«

»Und ich werde auch nicht mehr da sein. Mein Leben wird mich wegführen.«

»Was? Warum sagst du das?«

Sie fühlte in sich hinein, in ihren Leib, wo etwas Neues zu leben begonnen hatte. »Ich weiß es. Unsere Geschichte kann nicht gut ausgehen. Wir haben unser Glück gehabt, jetzt und hier. Nun folgt das Leid. Das Leben wird uns Bitteres einschenken, wie es uns Süßes eingeschenkt hat, jedem auf seine eigene Art und Weise.«

»Nein«, protestierte er. »Das glaube ich nicht. Warum denn? Wir sind reinen Herzens und haben nichts verbrochen. Wer soll über uns richten? Mit welchem Recht? Ich nehme es mit jedem auf.« Er lachte, aber es klang hohl.

»Alle werden über uns richten«, sagte sie ernsthaft. »Unsere Familien und Freunde, die Bürger, die Obrigkeit, die Kirche, Gott … auch du selbst wirst über uns richten, Geliebter, mit demselben Recht, das du studierst. Nimm es mit dir selbst auf, deine logischen Schlüsse und rechtlichen Spitzfindigkeiten werden nichts daran ändern. Du darfst nicht heiraten, ich muss es tun. Du wirst nachts allein im Bett liegen und die Kälte fühlen. Ich werde neben einem anderen Mann schlafen, den ich nicht liebe. Darin ist für uns beide kein Glück.«

Sie blieben noch eine Weile dort und schwiegen, weil beide wussten, dass sie recht hatte.

Die Sonne ging langsam unter. Sie lauschten dem Lied einer einsamen Nachtigall und atmeten den Duft des frischen Heus. Dann standen sie auf, zogen sich an und gingen auseinander.

Am nächsten Tag reiste er reumütig nach Süden. Lange noch erinnerte er sich daran, wie das Heu gerochen hatte.

Capitulum 1

11. bis 17. Januar 1473

IN PRINCIPIO ERAT VERBUM

Die ersten Strahlen des kalten Morgenlichts erhellten den Saum des Nachthimmels, an dem noch der Mond stand wie ein silberner Kelch auf einem dunklen Altar. Von den breiten Kirchtürmen auf dem Freisinger Domberg läuteten die Glocken zur Laudes matutinae. Der feierliche Klang verklirrte in der eisigen Luft. Es war mitten im Winter, das Jahr 1473 begann gerade. Im Gerichtssaal, der sich im Haus des Richters und Domherrn Johannes Heller befand, hatte ein greiser Diener bereits vor einiger Zeit das Feuer und die Talgkerzen angezündet. In ihrem warmen Licht saß ein Mann mittleren Alters an einem Schreibpult.

Mit einer andachtsvollen Geste tauchte der Notar Pangratz Haselberger eine lange Schreibfeder in das Tintenfass und beugte sich über die unbeschriebenen Blätter, die vor ihm lagen. Er überlegte kurz, wo er die Feder ansetzen sollte, dann schrieb er in geschwungenen, durchaus kunstvollen Zierbuchstaben: »In principio erat verbum.« – Der erste Vers im ersten Kapitel des Johannesevangeliums. Am Anfang war das Wort. Wie wahr und zutreffend als erster Satz eines Buches, umso mehr für dieses, in dem Worte und ihre Bedeutungen eine solch entscheidende Rolle spielten: die amtlichen Aufzeichnungen des bischöflichen Gerichts.

Der Notar wusste das Bibelzitat auswendig und schrieb flüssig weiter mit zierlichen Federstrichen, jeden Buchstaben aus mehreren Strichen zusammensetzend, wie er es gelernt hatte, bis er zu seinem Lieblingssatz kam: »Et lux in tenebris lucet et tenebrae eam non comprehenderunt.« – Und das Licht leuchtete in der Dunkelheit, und die Dunkelheit konnte es nicht begreifen. – Das sprach ihm aus dem Herzen.

»Und das Licht leuchtete in der Dunkelheit«, betete er leise vor sich hin und führte die Feder kratzend über das Papier.

Licht in die Dunkelheit bringen: Dies war die Aufgabe des

Richters und des Gerichts und auch die Aufgabe des Notars, seine – Pangratz Haselbergers – Aufgabe, die er erfüllte, indem er ganz genau schriftlich festhielt, was passierte. Es war ein Glaubensbekenntnis und eine Berufung – auch wenn die Dunkelheit das Licht nicht begreifen konnte.

Er arbeitete weiter, die Buchstaben nun doch ein wenig hastig formend, denn er hatte nicht sehr viel Zeit. Schließlich kam er zum letzten Vers, den er vor sich hin sprach, während er schrieb. »Et vidimus gloriam eius quasi unigeniti a Patre plenum gratiae et veritatis.« – Das Wort wurde Fleisch und lebte unter uns, und wir sahen seine Herrlichkeit gleichsam des vom Vater einzig geborenen Sohnes voll Gnade und Wahrheit. – Der feierliche Klang der Worte hallte leicht im gewölbten Raum des Gerichtssaals. »Amen.«

Während die Tinte trocknete, blätterte der Notar einige Seiten vor und setzte wieder an, um den Titel des Buches zu malen: »Liber actorum«, das Buch der Taten – wenn man sie Taten nennen wollte –, die im Jahr des Herrn 1473, dem dritten Jahr des Pontifikats von Papst Sixtus IV., vollzogen wurden. Gewiss waren es keine Taten, von denen Ritterromane erzählten oder Dichter sangen, sondern die Alltagstaten und -untaten der Personen, die mit ihren diversen Rechtsanliegen vor dem bischöflichen Gericht in spiritualibus – in geistlichen Angelegenheiten – erschienen.

Seitdem die Kirche die Ehe offiziell zum Sakrament erhoben hatte, unterlag die Regelung der eigentlich zumeist höchst weltlichen Angelegenheiten zwischen Mann und Frau der geistlichen Gerichtsbarkeit. Solche Fälle stellten den Großteil des Gerichtsgeschäfts dar. Aber überdies hatten diverse finanzielle und andere Konflikte, welche die Geistlichkeit betrafen, ihren Platz vor dem Richter und füllten die Blätter des Gerichtsbuchs.

Nicht zuletzt waren es auch die Handlungen des Chorrichters Johannes Heller, Doktor beiderlei Rechts, des kirchlichen und des römischen, und des übrigen Gerichtspersonals, die Magister Pangratz Haselberger in seinem Buch verzeichnete.

Nachdem der Notar seine Überschrift sorgsam niedergeschrieben hatte, stand er auf und blickte zufrieden auf seine Leistung. Er hatte ohne Zweifel schon schönere Schriften gesehen, aber man konnte den Text immerhin gut lesen, und die breiten Federstriche mit leicht gezogenen Zierelementen hatten eine angemessene Feierlichkeit. Und schließlich war ihm die Formulierung ohne Grammatikfehler gelungen, stellte er erleichtert fest. Zuletzt kritzelte er eilig und in deutlich weniger sorgfältigen Buchstaben das Datum als Überschrift für die Aufzeichnungen des kommenden Tages. »Dies Lunae« – Montag, der elfte Tag des Monats Januar. Der erste Gerichtstag im neuen Jahr 1473.

Es sollte ein Jahr mit vielen Ereignissen und unerwarteten Wendungen am Freisinger Domberg werden. Der von Pangratz Haselberger in seinem etwas uneleganten Juristenlatein geschriebene Liber actorum sollte sich mit vielen Geschichten von Liebe und Leid, Streit und Sühne füllen. Einiges davon würde besonders und auffällig, tragisch und bewegend sein, anderes hingegen schlicht, gewöhnlich und austauschbar: Kurz gesagt, es handelte sich um Ereignisse aus dem alltäglichen Leben der Menschen in den Städten und Dörfern, Kirchsprengeln und Klöstern des Bistums Freising.

Freilich war das, was Pangratz Haselberger in seinen Gerichtsaufzeichnungen notierte, eben nur das, was vor dem geistlichen Gericht vorgetragen wurde und dem Notar rechtlich relevant erschien. Viele andere Ereignisse des Jahres hatten keinen direkten Bezug zum Gerichtsgeschehen, weshalb der pflichtbewusste Notar sie in seinem Liber actorum nicht aufschreiben durfte, so gerne er dies auch getan hätte, denn er war neugierig und liebte Skandale.

Später würden die wenigen, die von den Details Kenntnis hatten, es sogar für ein ausgesprochen skandalöses Jahr in Freising halten, und das in mehrfacher Hinsicht. Aber auch unter Personen ohne fundiertes Wissen über die wahren Tatsachen kursierten publica vox et fama – Gerüchte und Halbwissen –

über die zahlreichen sittlichen und sogar kriminellen Vergehen, die sich 1473 im Bistum Freising und am Freisinger Domberg selbst zugetragen hatten.

Dazu kam, dass dieses Jahr auch ohne solche Vorkommnisse wahrlich kein ereignisloses war. Chronisten, die manch einen Skandal taktvoll unerwähnt ließen, beklagten rückblickend den Ausbruch der Pestilenz, das Vordringen der Türken, die ungewöhnliche Hitze und die vielen Feuerbrände. Doch woher rührten diese zahlreichen Heimsuchungen Gottes, fragte sich das beunruhigte Volk, wenn nicht von den politischen Zuständen her, die das Land und die Gemüter spalteten?

Das bayerische Herzogtum war in zwei zerstrittene Herzogshäuser geteilt, die in Landshut und in München ihren Sitz hatten. In München lagen sich die vier noch lebenden Söhne Herzog Albrechts III., Sigismund, Albrecht, Christoph und Wolfgang, gegenseitig in den Haaren. Jeder nannte sich gleichermaßen Herzog von Bayern, obgleich nur Albrecht allein die Macht hatte; einig waren sie nur in ihrer Feindseligkeit gegenüber dem Fürstbischof von Freising, Johannes Tuhlbeck, der am Ende des Jahres dann überraschend abdankte. Hing das alles, fragte man sich, nicht irgendwie miteinander zusammen?

So wenig begründet diese populären Gerüchte und Vermutungen waren, enthielten sie doch alle, wie das häufig der Fall ist, einen Kern Wahrheit. Die ganze Wahrheit jedoch kannte kaum jemand, und wenn doch, so schrieb er sie nicht nieder – entweder aus Furcht oder weil sie ihm rechtlich nicht relevant erschien. Somit blieben der Nachwelt nur vage Andeutungen und indirekte Indizien, aber wenige Fakten erhalten.

Aus einer gewissen Entfernung und mit leicht zugekniffenen Augen betrachtet lässt sich jedoch diese geheimnisvolle Geschichte gleichsam zwischen den Zeilen und an den Rändern aus Pangratz Haselbergers Liber actorum herauslesen. Sie begann an jenem ersten Gerichtstag auf ganz unspektakuläre und gewöhnliche Weise.

DER RICHTER UND SEIN GERICHT

Kaum hatte Pangratz Haselberger die Tagesüberschrift im Liber actorum vollendet, betrat ein Mann den Raum, der in der Chorherrentracht mit einer großen Almutia aus Hermelinpelz und einer Mütze aus Schaffell bekleidet war. Mit seiner leicht gebeugten Haltung und seinen sorgenvollen Gesichtszügen wirkte er älter und zerbrechlicher, als er in Wirklichkeit war, doch sein Gang war kraftvoll und sein Blick lebendig, als wäre er viel jünger. In der rechten Hand hielt er den Richterstab. Es war der Herr Chorrichter, der von der Morgenmesse zurückkehrte.

Hinter ihm traten drei weitere Herren mit unausgeschlafenen Gesichtern in den Gerichtssaal ein. Die Gerichtsprokuratoren Magister Johannes Pack und Magister Johannes Maulberger, zwei affektiert aussehende Herren in schwarzen Roben mit akademischen Biretten, marschierten im Gleichschritt nebeneinander, einander zugleich ignorierend und aufmerksam beäugend, damit der andere sich nicht etwa den Vortritt erschlich.

Vor ihnen aber schritt ein großer, elegant in die Tracht der Chorherren gekleideter junger Mann einher, den Kopf hochmütig in den Nacken geworfen: Es war der Beisitzer Marcus Hörnle, Licentiatus im römischen Recht. Seine roten Wangen und sein frisches Gesicht verliehen ihm einen jugendlichen, etwas sinnlichen Eindruck, dem er jedoch mit einem übertrieben gravitätischen Gehabe entgegenzuwirken versuchte.

Er hatte in Bologna studiert und sich dort einen hochtrabenden, an Cicero angelehnten Lateinstil sowie italienische Manierismen angeeignet. Gern versuchte er, mit seinem gekünstelten Latein Eindruck zu schinden, und belächelte süffisant den nüchternen Gerichtsstil des Notars, was dieser ihm sehr verübelte.

Marcus Hörnle nahm seinen Platz zur Rechten des Richters ein, nahe genug, um heimlich mit ihm zu konferieren. Die Gerichtsprokuratoren setzten sich auf ihre Bänke zur rechten und linken Seite vor dem Richterstuhl. Sie vertraten nicht nur als Prokuratoren im eigentlichen Sinn bedarfsweise abwesende Klienten, sondern berieten die jeweilige Partei auch als Advokaten und verfassten für sie juristische Schriftstücke.

Dabei unterstützte einer die klagende, der andere die beklagte Partei. Man nannte sie auch Advocatus Diaboli und Advocatus Dei – Advokat des Teufels und Advokat Gottes –, doch wer war wem zugeordnet? Beide waren jedenfalls mit legalistischen Spitzfindigkeiten und Winkelargumenten stets bereit, jede erdenkliche Position zu verteidigen, sofern sie ihrem Mandat entsprach, oder sie andernfalls auseinanderzunehmen. Mehr als zwanzig Jahre lang standen sie nun einander gegenüber und fochten ihren ewigen Kampf aus. Sie führten dabei eine heimliche Strichliste ihrer erfolgreichen Einsätze; im Augenblick hatte Maulberger einige Striche Vorsprung vor seinem Kontrahenten.

»Willkommen, meine Herren«, sagte der Richter mit einer Stimme, die tiefer und fester war, als sein Aussehen vermuten ließ.

»Lasst uns zum Beginn des neuen Gerichtsjahres ein Gebet sprechen«, sagte er feierlich, und alle neigten andächtig die Köpfe.

Der Richter setzte ein mit Bezug auf den Satz aus dem Johannesevangelium: »O Herr, lass das Licht Deiner Gerechtigkeit durch die Rechtsprechung dieses Gerichts leuchten und die Dunkelheit der Sünden und der Ungerechtigkeit vom Strahl der Wahrheit vertreiben …« In der ausführlichen Erörterung erinnerte er seine Zuhörer daran, welch große Aufgabe und Verantwortung das Gericht habe, insbesondere im Richten über Eheangelegenheiten, denn die Hausgemeinschaft, der *oikos* – er sprach das griechische Wort mit besonderer Betonung aus –, sei das Fundament und Sinnbild der menschlichen Gemeinschaft und der politischen Ordnung, wie bereits der Philosoph Aristoteles erkannt habe. Wenn hier Unordnung herrsche, könne sie sich über die ganze Welt ausbreiten, mahnte er.

Aber auch das Leben und die Geschäfte der Kleriker, die Gott gewidmet seien, sollten durch das Einhalten der Regeln ein positives Vorbild für die Menschen sein. Wenn schon die Diener Gottes sich stritten und versündigten, ihre Schulden nicht bezahlten oder andere Menschen betrögen, wie verhielte sich dann erst der Laie? Auch hierfür zu sorgen sei eine wichtige Aufgabe des Gerichts, führte er etwas langatmig aus. Es reiche nicht aus, göttliche Gebote und ausgewogene, vernünftige Gesetze zu haben, denn die Menschen legten solche Regeln stets in ihrem jeweils eigenen Interesse aus. Es bedürfe daher eines Organs, das über die Umsetzung und Auslegung des Rechts wache und in Streitfällen das klare Licht der Gerechtigkeit scheinen lasse. Das bischöfliche Gericht sei dieses Organ, schloss er mit fester Überzeugung.

Insgesamt fanden seine Zuhörer die jährliche Predigt zwar erbaulich, murmelten aber dankbar das »Pater noster« im hallenden Gerichtsraum, als sie schließlich zu Ende war.

Dann öffnete sich die schwere hölzerne Tür des Haupteingangs, und die ersten Prozessparteien traten ein.

Es waren Männer und Frauen in ihren besten Gewändern, Bürger und Bürgerinnen aus München, Landshut und Freising, Handwerker und Bauern, Mägde und Diener, Priester und Laien, die zuerst das Vorzimmer, das durch einen Lettner aus Holz vom Gerichtssaal getrennt war, betreten hatten. Dort stand der Tisch des Registrators, der die Namen der einzelnen Personen und ihr Anliegen aufnahm. Dann hatten sie dort auf den Bänken Platz genommen, um auf ihren Aufruf zu warten. Die Tür bewachte ein alter, gebeugter Pedell, der den registrierten Parteien den Eintritt gewährte, sobald sie an der Reihe waren.

Nun führte er die Ersten in den Gerichtssaal und verkündete ihre Namen und das Klagegeschäft mit einer Stimme, die kaum jemand vernehmen oder gar verstehen konnte. Er war nämlich fast zahnlos und sprach sehr undeutlich.

»Causa matrimonialis – eine Klage um die Ehe –, geführt von Elisabeth, Tochter von Wilhelm Bienenstock, einem Bürger aus Freising, gegen Johannes Müller, ebenfalls aus Freising.« Der Gerichtsnotar Pangratz Haselberger notierte die Information emsig in sein Gerichtsbuch.

Die Klägerin war eine blutjunge Frau von ungefähr sechzehn Jahren. Sie hatte ihre besten Kleider angelegt und trug einen langen roten Mantel und eine weiße Haube. Neben ihr gingen ihr Vater und ein älterer Verwandter, die beide sehr kampflustig um sich blickten. Prokurator Pack trat an die Klägerin heran und geleitete sie zu den Bänken auf der linken Seite. Der Beklagte, der auch noch jung, aber etwas älter als die Klägerin war, war in Begleitung eines Onkels und wurde von Prokurator Maulberger zu seinem Platz auf der rechten Seite geführt.

Nacheinander legten sie vor dem Notar einen Eid ab, dass sie die Wahrheit sprechen und keine bewusst falschen Ansprüche erheben würden. Wie vom römisch-kanonischen Prozessrecht vorgesehen, vermerkte der Notar dazu in seinem Gerichtsbuch: »Iuratis partibus.« – Die Parteien vereidigten sich.

Als Erste trat die Klägerin zusammen mit ihrem Prokurator vor den Richter.

»Welchen Grund führst du gegen den Beklagten, mein Kind?«, fragte Heller in freundlichem Ton.

Da die Klägerin errötete, fügte er mit väterlicher Milde hinzu: »Sei unbesorgt, hier kannst du die Wahrheit sagen. Du stehst unter Eid, und vor Gott brauchst du weder Scham noch Furcht zu haben. Glaub mir, es gibt nichts, was wir nicht schon einmal in diesem Gericht gehört haben.«

Neben Heller nickte Marcus Hörnle und intonierte mit seinem italienischen Akzent: »Homines sumus, humani nihil a nobis alienum puto. – Wir sind Menschen, und nichts Menschliches ist uns fremd.« Der Notar, der Latein mit einem breiten bayerischen Einschlag aussprach, wie es in der Domschule üblich war, fand dies angeberisch. Überhaupt hielt er Hörnle für einen hochnäsigen Schnösel.

Die Klägerin schaute den jungen Rechtsgelehrten verängstigt an und errötete noch mehr.

»Homo sapiens autem tacebit. – Ein weiser Mensch aber weiß zu schweigen«, zitierte der Richter ärgerlich seinerseits aus der Bibel. Darüber freute sich besonders der Notar. Gerne hätte er im Liber actorum vermerkt: »Nach einer ungehörigen Bemerkung wurde der Licentiatus Hörnle vom Richter zum Schweigen aufgefordert.« Doch war ein solches Detail leider nicht rechtlich relevant.

Die Klägerin begann schließlich zu sprechen: »Herr Richter, es war letztes Jahr im Sommer, am Tag des heiligen Ulrich, als ich mit dem Beklagten Johannes Müller von der Kirchweih in Pulling nach Hause ging, da wollte der Beklagte mit mir zu schaffen haben … Also, er wollte mit mir schlafen, aber nicht wirklich schlafen, wenn Ihr versteht, was ich meine.«

Prokurator Pack flüsterte ihr etwas ins Ohr.

»Er wollte sich mit mir fff…fleischlich vereinigen«, sprach sie ihm stotternd nach.

Heller nickte. »Ja, ja, das haben wir verstanden.«

»Aber ich wollte nicht einfach so …«

Prokurator Pack sprang ihr zur Seite. »Erat honesta virgo.«

Die Klägerin stellte ihm leise eine Frage und sagte dann: »Ich war doch eine ehrwürdige Jungfrau.«

Pack flüsterte ihr noch etwas zu, sie nickte kräftig und fuhr dann fort: »Er war aber in mich verliebt und wollte es eben. Als er jedoch einsah, dass er mich nur ehrenvoll als Ehefrau haben konnte, versprach er mir die Ehe.«

»Mit welchen Worten tat er dies?«, fragte der Richter.

Sie dachte nach und erwiderte dann rasch: »Er sagte: ›Liebe Lisl, willst du mich in die heilige Ehe nehmen?‹, worauf ich sagte: ›Ja.‹ Danach glaubte ich, dass wir nun Mann und Frau sind und dass ich also tun sollte, was er wollte.«

Der Prokurator räusperte sich aufmunternd, und sie ergänzte: »Ach ja, ich hatte ihn auch gefragt, ob er mich denn in die heilige Ehe nehmen wollte, und er sagte auch: ›Ja.‹ Dann gingen wir in einen Wald und, hm, und er, und ich, wir vvv… vereinigten uns fleischlich.«

Prokurator Pack half ihr erneut. »Und sie wurde dabei entjungfert, Ehrwürden.«

»So war es, unbedingt«, bestätigte die verwirrte Klägerin.

Pangratz Haselberger stöhnte leise über solche Einfältigkeit und schrieb die Geschichte nieder, wie er sie bereits tausendmal notiert hatte: »Promiserunt sibi matrimonium, copula carnali et destitutione floris virginalis subsecutis.« – Sie versprachen sich die Ehe und vereinigten sich fleischlich. – Das erfüllte den Tatbestand einer kanonischen Eheschließung, war aber nur behauptet und noch nicht bewiesen.

Dann nahm der Beklagte seinen Platz vor dem Richter ein. Er hatte sich bereits ausführlich von Prokurator Maulberger beraten lassen und sagte daher nur: »Ich habe der Lisl nie die Ehe versprochen.«

Der Richter fixierte ihn mit scharfem Blick. »Aber hast du mit ihr zu schaffen gehabt, Bub?«

»Jawohl, das gebe ich freilich zu; habe ich nie bestritten«, sagte Johannes Müller schnell und ein wenig verängstigt, während sein Onkel sich auffällig räusperte und der Prokurator Maulberger mit der Hand eine kurze Geste machte.

»Aber ob ich sie entjungfert habe, das kann ich nicht sagen«, fügte der junge Mann daraufhin verschmitzt hinzu.

Nun erhob sich der Vater der Klägerin mit geballten Fäusten, und Prokurator Pack unterrichtete seinen Mandanten eilig: »Das macht nichts, ob er das glaubt oder nicht.«

Pangratz Haselberger hielt die Aussagen des Beklagten in seinem formelhaften Latein fest: »Requisitus reus negat omne promissum matrimonium, copulam fatetur, de defloratione reliquit se conscientiae actricis.« – Der Beklagte bestreitet jegliches Eheversprechen, gibt aber den Beischlaf zu; in der Frage der Entjungferung überlässt er sich dem Gewissen der Klägerin. – Das war zwar nicht genau das, was der junge Mann gesagt hatte, aber dem Inhalt nach war es korrekt.

Der Richter lehnte sich zurück und beriet sich kurz mit Marcus Hörnle. »Was meinst du denn?«

»Der Fall ist klar«, sagte Hörnle und fasste den rechtlichen Standpunkt zusammen: »Man kann nicht beweisen, dass er ihr die Ehe versprochen hat. Da steht Aussage gegen Aussage. Andererseits hat er den Beischlaf unter Eid zugegeben. Also müssen wir annehmen, dass er die Klägerin entjungfert hat.«

»Ita est«, sagte Heller. »So ist es.«

Er wandte sich den Parteien zu und verkündete sein Urteil in den üblichen formelhaften Worten: »Wir befinden und erkennen mit nur Gott vor Augen, dass Johannes Müller von der Klage der Elisabeth Bienenstock wegen fehlenden Beweises freizusprechen ist, und wir sprechen ihn hiermit davon frei und verbieten Elisabeth, davon in Zukunft zu reden. Johannes ist frei, eine andere Ehe einzugehen, wenn er will, während Elisabeth mit ihrem Gewissen leben muss.« Er machte eine kurze dramatische Pause, während die Parteien erwartungsvoll zu ihm aufschauten. »Gleichzeitig aber finden wir, dass Johannes besagte Elisabeth entjungfert hat und dass er ihr dafür eine angemessene Entschädigung zahlen muss. Deren Höhe sollen die Parteien unter sich selbst ausmachen. Wenn sie aber keine Einigung hierin erzielen können, werden wir die Abfindung festlegen. Das ist unser endgültiges Urteil in der Sache. Notiere das, Hasenberger«, schloss er mit leicht überdrüssigem Ton.

»Haselberger, Ehrwürden«, korrigierte ihn der Notar leise, während er notierte.

Die Verwandten der Parteien standen auf und schienen zufrieden, die einen mit dem Freispruch, die anderen mit der Aussicht auf eine finanzielle Entschädigung. Prokurator Pack machte einen Strich in seiner Liste, aber Maulberger tat es auch. Nur die Klägerin und der Beklagte tauschten etwas reuevolle Blicke. Beide Seiten hatten gesiegt – und beide hatten verloren.

Als sie den Saal verließen, wandte sich Marcus Hörnle dem Richter zu. »Dominus, sagt mir eines: Jeden Tag kommen solche Fälle vor uns, und ich kann eigentlich nicht begreifen, weshalb. Warum versuchen Leute, eine Ehe überhaupt einzuklagen, wenn die andere Partei es nicht will? Das Gesetz besagt doch: ›Matrimonium inter invitos non contrahitur.‹ – Eine Ehe kann nicht unter Unwilligen geschlossen werden.«

»In solchen Fällen geht es, glaube ich, nicht einmal um die Ehe selbst«, erklärte Heller mit geduldiger Stimme. »Vor allem will die Klägerin sich wohl vor ihrer Familie rechtfertigen, dass sie eine Beziehung mit dem Burschen gehabt hat, und dann möchte sie eventuell das Kranzgeld bekommen.«

Prokurator Pack schnaubte verächtlich: »Das weiß doch jeder.«

»Und jedes Mädchen auch«, fügte Maulberger ebenso verächtlich hinzu.

In ihrer Geringschätzung des jungen Rechtsgelehrten standen die zwei Prokuratoren ausnahmsweise Seite an Seite.

»Aber wenn der Richter weiß, dass es eigentlich nicht um die Ehe geht, sollte er dann den Fall nicht lieber gleich zurückweisen?«, wandte Hörnle wieder ein.

»Ich sagte nicht, dass ich es weiß, sondern nur, dass ich es glaube«, erläuterte Heller. »Wer außer Gott kann denn wirklich wissen, was einen Menschen bewegt? Wir können nur nach den äußerlichen Tatsachen richten. Innere Motive und Gedanken sind Gegenstand des Beicht- und Bußwesens.«

»En iustitia caeca est?«, fragte Hörnle rhetorisch mit erhobener Stimme. Ist denn die Justitia blind?

»Vielleicht«, erwiderte Heller milde. »Den Spruch kenne ich jedoch nur über die Fortuna.«

Während der alte Pedell hinausschlurfte, um die nächsten Parteien aufzurufen, stöhnte Johannes Heller leise und schloss die Augen. So oder ähnlich gestalteten sich viele, wenn nicht sogar die meisten Prozesse in seinem Gericht. Sie gingen großteils um nicht eingelöste Eheversprechen oder um Verlobungen und ihre Folgen.

Die diesbezüglichen Regeln des kanonischen Rechts waren

eigentlich unkompliziert: Ein freiwillig gegebenes gegenseitiges Eheversprechen genügte, um die Ehe zu schließen. Eine kirchliche Segnung war zwar vorgeschrieben, aber auch ohne sie war eine derart geschlossene Ehe rechtsgültig. Einmal versprochen und durch Geschlechtsverkehr besiegelt war die Ehe unauflöslich.

Doch so einfach die Regel in der Theorie erscheinen mochte, so kompliziert war ihre Umsetzung im echten Leben. Gerade als Richter musste er diesen Widerspruch tagtäglich zur Kenntnis nehmen. Umso wesentlicher erschienen ihm Herrschaft, Gesetze und nicht zuletzt auch Gerichte, um für Ordnung in der Gemeinschaft zu sorgen. So gesehen waren das Eherecht und sein Amt als Richter in Ehesachen ein wichtiger Teil der göttlichen Weltordnung.

Trotz dieser Überzeugung beschlich Heller gleichwohl manchmal das Gefühl, dass die Gesetze seines Gerichts kaum etwas mit der Realität der Beziehung zwischen Mann und Frau zu tun hatten. Ging es denn überhaupt um das Sakrament der Ehe, wenn die Menschen einander sagten: »Willst du mich nehmen?« Wollten sie wirklich für immer heiraten oder einander nur fleischlich nehmen und genommen werden? Das bezweifelte der Richter durchaus. Doch Geschlechtsverkehr ohne Ehe war eine Sünde, daher sollten die Menschen lieber heiraten: »Melius nubere quam uri« – lieber heiraten als brennen –, hieß es in der Bibel.

Sie sollten jedoch nicht nur des Seelenheils wegen heiraten, fand Johannes Heller, sondern auch, um die weltliche Ordnung gegen das stets drohende Chaos der ungezähmten Gelüste zu wahren. Der Mensch war mit Vernunft begabt und zur Erkenntnis der göttlichen Ordnung fähig, aber seine unvernünftigen Triebe setzten sich immer wieder gegen sein besseres Wissen durch. Es war das ewige Leid. Dagegen halfen aus Hellers Sicht nur Disziplin und die Einhaltung der Regeln, selbst wenn sie nur formal angewendet wurden.

DER KNOCHENMANN UND DAS MÄDCHEN

Während der Richter noch seinen Gedanken nachhing, wurden die nächsten Parteien nun vom Pedell unverständlich angemeldet und betraten den Gerichtssaal.

Heller schaute überrascht auf, als der Notar sich diskret räusperte. »Worum geht es denn?«, fragte er.

»Causa divortii propter saevitiam«, las Haselberger von seinen Notizen: ein Prozess um die Trennung der ehelichen Gemeinschaft zwischen Katherina Hagen und ihrem Ehemann Johannes Hagen – ursprünglich aus Landshut, jetzt aber in Freising ansässig – aufgrund von häuslicher Gewalt.

Johannes Heller seufzte. Solche Fälle empfand er immer als zutiefst verstörend, denn sie rüttelten an der weltlichen Grundordnung, der häuslichen Gemeinschaft, seinem oikos. Sie stellten nämlich einerseits den Bestand der Ehe und andererseits deren Sinn in Frage. Sollte das unauflösliche Band zwischen Mann und Frau getrennt werden, wenn sie sich nicht vertrugen? Oder sollte die Ehe auch dann erhalten bleiben, wenn sie unerträgliches Leid bedeutete? Er wandte sich den Parteien zu.

Vor ihm stand eine junge Frau, an der vor allem ihre großen Augen auffielen. Ihr schönes Gesicht war dünn und blass, und wenn sie sich bewegte, hinkte sie leicht. Ihr Ehemann, der deutlich älter war als sie, war hager und knochig. Beim Anblick der beiden fühlte sich Johannes Heller an ein unheimliches Memento mori erinnert: den Knochenmann und das Mädchen.

Die Parteien legten den Wahrheitseid ab, und Pangratz Haselberger notierte gewissenhaft: »Iuratis partibus.«

»Welchen Grund führst du gegen den Beklagten an, mein Kind?«, fragte Heller die Klägerin, aber irgendwie war sein Mund plötzlich sehr trocken und seine Stimme kaum vernehmbar. Er wollte es gar nicht hören, fuhr es ihm plötzlich durch den Kopf.

Prokurator Maulberger flüsterte der Klägerin etwas ins Ohr.

»Herr«, fing Katherina zögerlich an, »das ist mein Ehemann. Wir heirateten kirchlich vor zwei Jahren kurz nach Michaelis und lebten seitdem zusammen als ein Ehepaar. Aber es war keine richtige Ehe, Herr, denn mein Ehemann kann das eheliche Werk nicht vollziehen.« Heller bemerkte an ihrer Sprache, dass sie gebildet war.

Sie fuhr fort: »Darum fing er an, mich zu schlagen und zu treten. Zuerst, weil er mich nicht fleischlich kennen konnte, obwohl ich alles versucht habe, ihm zu helfen. Dann hat er mich manchmal ausgezogen und mit einem Strick gebunden und unnatürliche Dinge mit mir gemacht.«

»Contra ordinem nature«, fügte Maulberger spitz zu – gegen die natürliche Ordnung. Haselberger notierte eifrig mit.

Johannes Heller fühlte ein irrationales Angstgefühl in sich aufsteigen. Nichts mehr, sag nichts mehr, wünschte er.

Aber die Klägerin sprach weiter. Beim Zuhören wurde Heller kalt ums Herz.

Der Ehemann sei Bildhauer und schnitze Figuren aus Holz. Einige davon stünden auch in Kirchen, Christus und Maria und die Heiligen. Er habe sie geheiratet, damit sie ihm für seine Arbeit Modell sitze. Ihm habe ihr Gesicht gefallen, sagte sie.

Ihr Gesicht war wirklich ungewöhnlich schön, aber eigentlich konnte Heller sie sich nicht als Heilige vorstellen. Es lag an dem Leid in ihrem Blick, erkannte er. Darin stand keine Erlösung, sondern nur blankes Entsetzen.

»Mit der Arbeit meines Ehemannes läuft es aber nicht gut«, erzählte die Klägerin weiter. »Er hat seit langer Zeit kein Werk mehr vollendet, sondern betrinkt sich oft und wird dann rasend wie ein Verrückter.«

Sie schluchzte, als sie ihr Leid schilderte. In diesem Zustand binde ihr Ehemann sie manchmal an einen Pfosten und schnitze mit seinem Holzmeißel an ihr, wie er es mit dem Holz mache. Mit ganz kleinen Schnitten. Alles, was nicht perfekt sei, müsse weg, habe er immer wieder gesagt. Die Klägerin hatte gehört, dass er seiner ersten Ehefrau den Kopf abgeschnitten habe, weil er ihm nicht mehr gefiel – oder vielleicht, weil ihm nur noch der Kopf gefiel. Sie wolle nicht so enden, sagte sie, sie fürchte um ihr Leben. Ihre Augen waren voller Angst.

Johannes Heller schluckte und wandte sich dem Beklagten zu, dem Bildhauer Johannes Hagen. Heller kannte den Namen, eine Holzskulptur des Künstlers, ein Standbild der Jungfrau Maria, stand in der Sakristei. Die »Schöne Maria« nannte man sie.

Der Domkustos hatte die fast lebensgroße Plastik aus Lindenholz vor einigen Jahren im Namen des Bischofs in Auftrag gegeben und sie für eine ungeheuerliche Summe gekauft. Die Anschaffung war Teil eines Verschönerungsprogramms gewesen, mit dem Fürstbischof Tuhlbeck seine Kirche schmücken wollte. Über die hölzerne Maria hatte es im Domkapitel allerdings heftigen Streit gegeben – nicht nur wegen der Kosten, sondern auch, weil manche Domkanoniker das Standbild für zu sinnlich hielten. Wie solle man da fromme Gedanken haben, sagten sie, wenn das Weib so locke? Schließlich wurde die »Schöne Maria« in die Sakristei verbannt.

Johannes Heller gehörte nicht zu den Kritikern der Statue; vielmehr verehrte und bewunderte er ihre lebensähnliche Schönheit. Mit Entsetzen betrachtete er daher den unheilvollen Schöpfer des Werkes und fragte sich, wie dies möglich war. Merkwürdigerweise war er schon beim ersten Anblick des Mannes überzeugt, dass die Anschuldigungen stimmten.

»Was hast du zu diesen Vorwürfen zu sagen?«, fragte er.

Prokurator Pack sprach kurz mit seinem Mandanten, der ihn jedoch kaum beachtete.

»Ich gebe zu, dass wir verheiratet sind«, sagte der Bildhauer langsam, aber sehr deutlich. »Den Rest jedoch leugne ich. Ich bin nicht impotent und habe oft mit meiner Frau geschlafen. Gelegentlich habe ich sie geschlagen, aber nur in Maßen und nur dann, wenn sie böse war.« Trotz seiner ruhigen Worte war der Blick, mit dem er den Richter fixierte, sehr beunruhigend.

»Ich darf das nämlich, wenn sie es verdient«, führte er weiter aus. »›Ius corrigendi‹ heißt das, glaube ich. Das Recht, meine Frau zu ›korrigieren‹. Mehr tue ich nicht. Ich verlange daher, dass sie zu mir zurückkehrt.«

Heller sagte kein Wort, während sich Marcus Hörnle neben ihm unruhig bewegte.

»Die Anklage ist gegenstandslos«, sprach der Bildhauer mit unheimlicher Ruhe weiter. »Niemand kann sie bezeugen, und es geht auch niemanden etwas an, was zwischen mir und meiner Ehefrau in meinem Haus geschieht. De occultis ecclesia non iudicat – über Geheimes richtet die Kirche nicht –, wenn ich das richtig verstanden habe. Also muss sie zu mir zurückkommen.«

Prokurator Pack nickte anerkennend: Rechtlich gesehen war das vollkommen zutreffend.

Heller saß wie versteinert.

»Versuche nicht, uns zu belehren, wie wir richten«, sagte er schließlich. »Wir beraten uns und geben unsere Entscheidung am Nachmittag kund.«

DIE STURMGLOCKE

In diesem Augenblick schlug eine Domglocke: ein einziger, wuchtiger Schlag, der in der Luft hallte und unheilverkündend zitterte. Signum ecclesiae – das Zeichen der Kirche. Es war die große Glocke, die Sturmglocke. Doch draußen gab es keine Anzeichen eines Sturms. Durch die schmalen, hohen Fenster im Gerichtssaal erblickte man einen blassblauen wolkenlosen Himmel.

Johannes Heller unterbrach die Verhandlung. »Schau mal nach, was da los ist«, flüsterte er Marcus Hörnle zu.

Der junge Domkanoniker verließ den Gerichtssaal durch die Seitentür und kehrte bald mit blassem Gesicht zurück. Er flüsterte dem Richter in wenigen Worten zu, was passiert war. Heller erhob sich, verkündete eine sofortige Unterbrechung aller Gerichtshandlungen bis zum Nachmittag und eilte hinaus auf den Platz, wo sich bereits einige Menschen versammelt hatten und entsetzt zur Kirche blickten. Marcus Hörnle folgte ihm.

Warum gafften die Menschen nur immer, wenn etwas Schlimmes passiert war?, fragte sich Heller, als er sich quer über den Domplatz einen Weg durch die Zuschauer bahnte, um den Nordturm des Doms zu erreichen. Allerdings sah man bereits von Weitem, was die Aufmerksamkeit der Menschen auf sich zog.

Der spätromanische Nordturm oder »alte Turm«, wie man ihn im Gegensatz zum jüngeren Südturm nannte, der erst vor rund hundert Jahren gebaut worden war, enthielt das Freisinger Geläut mit acht unterschiedlich großen Glocken. Von den hellen, freudigen Klängen der kleinsten zum düsteren Donner der Sturmglocke oder »Stürmerin« bildeten ihre Stimmen eine Tonleiter. Die kleineren Glocken läuteten regelmäßig die Stunden des Tages, riefen zum Gebet und zu den Mahlzeiten, und an Festtagen spielten sie freudige Melodien. Wenn aber die

»Stürmerin« Alarm schlug, schauten die Menschen im weiten Umkreis ängstlich hoch zum Himmel und suchten eilig Schutz.

Die Zuschauer starrten alle gebannt auf den Glockenturm, wo sich ganz oben auf jeder Seite des Turms zwei tiefe Fenster mit Schalljalousien zum Glockenstuhl hin öffneten. Aus einem dieser hohen Fenster hing, festgebunden an einem Glockenseil, eine leblose Gestalt. Die schwarze Kutte eines Domkapitulars flatterte im Wind wie das Gefieder einer toten Krähe.

Aus der Menschenansammlung, in der sich auch Diener und sogar einzelne aus den wartenden Klageparteien fanden, tönten aufgeregte Stimmen.

»Der Kustos ist es.«

»Erhängt wie ein Verbrecher – wie Judas vom Baum!«

»Das muss der Teufel getan haben.«

»Ein böses Vorzeichen für das neue Jahr.«

Heller und Hörnle liefen den ansteigenden Weg vom Richterhaus hinauf zum Dom und trafen dort den alten Bischof Johannes Tuhlbeck, der zusammen mit einigen anderen Kapitularen und dem Dekan ebenfalls hastig aus der bischöflichen Residenz herbeigeeilt war. Der greise Fürstbischof lehnte sich schwer auf seinen Stab und wurde dabei von seinem Kanzler, Sixtus von Tannberg, gestützt. Er stöhnte vor Entsetzen.

»Es ist unser Kustos, Bruder Ulrich Kemnater«, sagte einer der Kapitulare. »Gott erbarme sich seiner Seele.«

»Ein Skandal, so ein Skandal«, murmelte der Bischof und schickte seinen Blick himmelwärts.

»Ihr könnt nichts dafür«, flüsterte Sixtus tröstend und rief den Dienern zu: »Schneidet ihn ab!«

»Nein, wartet!«, rief Heller, atemlos vom eiligen Lauf. »Nicht so schnell. Wir wissen noch nicht, was passiert ist.«

»Das kann doch jeder sehen«, schnaubte der Dekan Johannes Simonis.

»Kann man das?«, entgegnete Johannes Heller, und der alte Fürstbischof richtete seinen Blick auf ihn. »Wir sehen das Ergebnis, das effectum, aber wir wissen noch nicht, wie, warum und durch wen dies geschah. Ich jedenfalls weiß es nicht. Wir müssen sorgfältig prüfen, ob es durch einen Unfall passiert ist oder – quod absit, was Gott verhüten möge – aus Absicht, und wenn dieses, durch wessen Hand und warum: ob er also selbst verschuldet oder durch fremde Einwirkung starb.«

Bischof Tuhlbeck nickte zustimmend.

»Dann beeilt euch«, sagte Kaplan Sixtus, »damit er nicht lange dort oben hängt. Ihr vertreibt inzwischen die Leute«, befahl er den wartenden Dienern.

Bischof Tuhlbeck, der das Gespräch mit wackligem Kopf aufmerksam verfolgt hatte, griff nach Hellers Hand. »Überprüfe es sorgfältig! Befrag die Diener und alle, die etwas gesehen haben. Kläre das auf, mein Lieber.« Dann fing er wieder zu lamentieren an: »Ach, welcher Skandal.«

Mühsam und so unendlich langsam wie eine Schnecke mit ihrem Gehäuse stieg der Chorrichter die lange Wendeltreppe zum Glockenstuhl hinauf. Einige wenige Schlitzfenster ließen blendend weiße Lichtstrahlen in das dunkle Treppenhaus fallen. Auf den Treppen darunter lag eine feine Schicht des Schnees, der am vergangenen Abend gefallen war.

Marcus Hörnle, der ihm voraus nach oben gelaufen war, stand bereits am Fenster, als Heller ankam. Im leichten Wind, der durch die offenen Schalljalousien blies, war es bitterkalt. Ein wenig Schnee lag auf dem Boden.

Johannes Heller hielt inne und herrschte seinen Licentiatus ärgerlich an: »Bleib dort stehen und rühr dich nicht, du Ochse.«

Hörnle wandte sich überrascht um und wollte etwas entgegnen, schwieg aber, als er sah, wie der Richter sich über den Boden bückte und sich langsam hin und her bewegte.

»Spuren«, sagte Heller. »Im Schnee kann ein guter Jäger erkennen, welche Tiere und wie viele sich dort bewegt haben. Ich habe einen gekannt, der wusste auch zu sagen, wie groß und wie alt sie sein mussten. Hier sind deine Fußspuren: Du bist erst zum Glockenstuhl gegangen und dann zum Fenster.«

»Ja, genauso habe ich es gemacht«, sagte Hörnle etwas überrascht. »Ich wollte sehen, wie das Seil befestigt ist.«

»Vor dir ist jemand denselben Weg gegangen«, sagte Heller, der die überlagerten Spuren im Schnee aufmerksam musterte. »Es muss der Kustos gewesen sein«, überlegte er. »Hier ist er eingetreten, ist zum Glockenstuhl gegangen, hat sich hingestellt und das Glockenseil hochgezogen. Dann ist er zum Fenster gegangen und hat das Seil hierhin gelegt.« Heller schob Hörnle ungeduldig zur Seite. Das weiße blendende Sonnenlicht fiel ihm in die Augen.

»Hier hat er sich unter die Schalljalousie gedrückt und ist mit dem um seinen Hals gebundenen Seil aus dem Fenster gefallen.«

Heller und Hörnle betrachteten das straffe Glockenseil.

»Es war also kein Unfall«, fasste Hörnle die Rekonstruktion zusammen.

»Kaum.«

Hörnle versuchte kurz, das Seil hochzuziehen, aber der Kustos war ein großer, schwerer Mann. »Wir müssen ihn wirklich abschneiden«, sagte er traurig.

»Möchtest du ihn lieber die ganze Treppe hinuntertragen?«, fragte Heller. »Aber warte bitte mindestens so lange, bis ich weg bin, sonst wird das Glockengeläut mich taub schlagen.«

Er begab sich zurück zum großen Gebälk des Glockenstuhls und ging suchend auf und ab. Es war ein mächtiges Gebilde mit acht schweren Glocken. Am Glockenseil der riesigen »Stürmerin« hing der Kustos. Ausgerechnet an der größten Glocke.

»Warum, warum hat er das getan, der Ärmste?«, murmelte Heller. »Hat er denn keinen Zettel hinterlassen, keinen Hinweis?« Dann fragte er plötzlich: »Hörnle, warst du hinter dem Glockenstuhl?«

»Nein, warum?«, antwortete der junge Kanoniker.

»Dann war ein anderer hier«, sagte Heller. »Da ist eine Fußspur, hinter dem Stuhl, wo wenig Schnee liegt. Dort hat jemand gestanden.«

WER WACHT ÜBER DIE WÄCHTER?

Sie stiegen langsam und vorsichtig die Treppe hinab.

Während der Bischof schon in seine Residenz zurückgegangen war, um seine alten Knochen vor dem Kaminfeuer zu wärmen, stand der Kanzler Sixtus von Tannberg noch zusammen mit dem bischöflichen Generalvikar, Heinrich Baruther, auf dem Domplatz und beobachtete stillschweigend, wie man das Glockenseil durchtrennte, an dem der Domkustos hing. Unter dem donnernden Klang der Sturmglocke stürzte die Leiche zu Boden und wurde eilig weggetragen.

Johannes Heller teilte dem Kanzler und dem Vikar mit, dass er Spuren einer anderen Person im Glockenturm gefunden habe. Möglicherweise gebe es einen Zusammenhang mit dem Tod des Kustos. Er bat daher, sämtliche Geistlichen, alle Kapitulare, Domvikare, Priester und Messdiener, die an diesem Vormittag im Dom gewesen waren, befragen zu dürfen.

Heinrich Baruther, der noch die Stelle anstarrte, wo der Kustos gelandet war, richtete schließlich den Blick seiner wässrigen Augen auf sein Gegenüber. Wie Johannes Heller, der die geistliche Gerichtsbarkeit stellvertretend für den Bischof ausübte, war Baruther Richter des Bischofs, aber in temporalibus – in weltlichen Angelegenheiten. Die beiden Rechtssphären waren streng voneinander getrennt und durften nur in der Person des Fürstbischofs selbst vereint werden.

Dennoch gab es viele Verbindungen zwischen den bischöflichen Gerichten. Beide Richter waren Kanoniker und Mitglieder des Domkapitels. Baruther, der etwas älter als Heller und von adliger Geburt war, hatte sogar einige Jahre lang Hellers Stelle als bischöflicher Offizial innegehabt. Er betrachtete seinen Nachfolger immer noch ein wenig despektierlich als »jungen« bürgerlichen Emporkömmling. So empfand es Heller jedenfalls, der seinerseits immer bemüht war, seine überlegene Intelligenz und seine Ausbildung an den angesehenen und ruhmreichen Universitäten in Italien hervorzukehren – Baruther hatte nur in Wien studiert.

Der weltliche Richter war ein großer, hagerer Mann mit einem weißen Haarkranz. Dafür hatte er besonders buschige Augenbrauen, die ihm über die Augen fielen. Wenn er sie hob, runzelte sich die Stirn gravitätisch bis zur höchsten Stelle seines Kopfes. Und genau das tat Heinrich Baruther jetzt.

»Eine Befragung? Das gehört zu unseren Befugnissen als Vikar und unterliegt nicht dem Offizialen«, sagte er, an Sixtus gerichtet. Sixtus war zwar nur der Kanzler, doch war er der Vertraute des Bischofs – »sein Sixtus«, wie Tuhlbeck ihn nannte –, und niemand, nicht einmal der Generalvikar, wagte es, seine Entscheidungen in Frage zu stellen.

»Der Herr Chorrichter hat in seinem Jurisdiktionsbereich genügend andere Geschäfte zu erledigen«, fügte Baruther hinzu. »Ehestreitigkeiten, entjungferte Mädchen und heiratsunwillige Bauernsöhne. Wir aber sind für diese Untersuchung der iudex competens – der zuständige Richter.«

In Hellers Gesichtszüge trat ein zorniger und zugleich stolzer Ausdruck. »Gewiss ist der Herr Vicarius zuständig, wenn es sich um Mord oder Totschlag an Klerikern am Domberg handelt, doch möglicherweise geht es hier eher um Selbstmord«, sagte er, ebenfalls an Sixtus gewandt. »Genau das gilt es aufzuklären: Unter welchen Umständen starb der Kustos? Hat er sich umgebracht, und wenn, warum? Und was hatte die andere Person, die im Glockenturm war, damit zu tun? Das verlangt eine intuitive und offene Befragung von Zeugen und eine komplizierte Indizienbeweisführung. Dabei sind besondere Kompetenzen gefragt.« Er warf seinem Konkurrenten einen auffordernden Blick zu.

Der Vikar entgegnete kühl: »Sollte der Herr Chorrichter unsere Kompetenz als Richter in Zweifel ziehen wollen?«

»Genug«, unterbrach sie Sixtus streng. Sein noch jung aussehendes, glattes Gesicht wirkte ausdruckslos. »Der Herr

Fürstbischof hat Herrn Chorrichter Heller mit der Untersuchung des Falls beauftragt«, sagte er schließlich. »Also soll er sie durchführen.«

»Sein Wille geschehe. Wir werden gespannt sein, zu welchen Ergebnissen Dominus Heller mit seinen Kompetenzen kommt«, sagte Baruther mit einem verächtlichen Lächeln.

Wenig später ließ Johannes Heller einen Tisch und Stühle in der Sakristei aufstellen und fing an, alle Personen, die an der Messe teilgenommen hatten, in Gruppen oder einzeln zu befragen. Ob sie den Kustos im Dom nach der Morgenmesse gesehen hätten? Wo sie selbst sich zu dieser Zeit aufgehalten hätten? Ob sie jemanden gesehen hatten, der zum Turm gegangen, sich von ihm entfernt habe oder sich längere Zeit in der Nähe des Turmeingangs aufgehalten habe? Marcus Hörnle hielt unterdessen die Aussagen mit seiner fein säuberlichen humanistischen Handschrift fest.

Als Erste befragte Heller die Messdiener, zehn junge Knaben aus der Domschule mit frischen Gesichtern. Sie seien, erklärten sie unisono, nach der Messe in die Sakristei gegangen, dann hätten sie neue Kerzen am Altar des heiligen Sigismund gezündet. Ob der Kustos im Dom geblieben sei, wussten sie nicht. Auch, ob noch jemand in den Turm gegangen sei, konnten sie nicht sagen. Der Sigismund-Altar befand sich am anderen Ende des Kirchenbaus, von dort aus konnten sie die Tür nicht sehen, die von der Empore in den Turm führte.

Einer meinte jedoch, etwas gehört zu haben. Es sei gewesen, als ob jemand irgendwo eine Tür geschlossen hätte, doch der Knabe wusste nicht zu sagen, welche Tür es war. Heller fragte interessiert nach, wann das gewesen sei.

»Noch bevor wir in die Sakristei gingen, Ehrwürden«, antwortete der Knabe. »Es war gerade still, nachdem alle hinausgegangen waren. Dann habe ich die Tür gehört oder etwas wie eine Tür.«

Ein weiterer Messdiener, ein kleiner Knabe mit engelhaft

blonden Haaren, sagte aus, er habe jemanden im Dom gesehen, als sie von der Sakristei zurückkamen, könne aber nicht sagen, wer es gewesen sei. Der Richter wollte wissen, welche Bekleidung die Person getragen habe, ob es jemand im Habitus eines Geistlichen oder vielleicht ein Diener gewesen sei.

»Schwarz, einen schwarzen Mantel trug er«, antwortete der junge Messdiener.

»Wie ein Domkanoniker?«, fragte Heller.

»Wie Ihr.«

Der Knabe wusste jedoch nichts Weiteres zu erzählen, und niemand sonst hatte die Gestalt im schwarzen Mantel gesehen. Als die Glocke geschlagen habe, seien sie alle aus dem Dom gerannt, um zu sehen, was passiert war, beteuerten sie. Sie wussten daher nicht, ob danach jemand in den Turm hineingegangen oder aus ihm herausgekommen sei.

»Vielleicht war es der Teufel, der die Seele des Kustos holen wollte?«, sagte einer aus der Gruppe, ein dünner Knabe mit roten Haaren, der sich wie ein Aufrührer verhielt.

»Ein Teufel in Chorherrentracht?«, fragte Heller kühl und schickte die Messdiener weg.

Dann ließ er seine Kollegen antreten, die Chorherren des Freisinger Domkapitels. Von den insgesamt dreizehn Domherren des Kollegiums waren an diesem Tag nur acht persönlich am Domberg anwesend. Vor allem waren es diejenigen, die, wie Heller selbst, wegen ihrer Aufgaben hier sein mussten. Die übrigen Domherren hielten sich nur selten am Domberg auf, sie ließen sich gewöhnlich durch Domvikare vertreten, die die lästige Anwesenheitspflicht und die liturgischen Aufgaben an ihrer Stelle erfüllten. Es gab auch einige Domherren, die zwar anwesend waren, aber wegen anderer Amtsaufgaben oder aus Krankheitsgründen nicht immer an den Gottesdiensten teilnahmen und sich daher ebenfalls vertreten ließen, wie der altersschwache Greis Johannes Arsinger, der zumeist im Bett lag.

Johannes Heller arbeitete sich durch die Liste der anwesenden Domherren vom angesehensten und ältesten bis zum jüngsten und unbedeutendsten. Er stellte ihnen die gleichen Fragen wie den Messdienern, fragte jedoch auch nach, ob sie nach der Morgenmesse im Dom geblieben seien. Dann bat er seine Kollegen um Auskunft über den verstorbenen Kustos: ob er glücklich gewesen sei oder nicht, ob er Schwierigkeiten gehabt habe.

Als Erster kam der Dompropst, Johannes Pienzenauer. Er stammte aus einem reichen Münchner Adelsgeschlecht und war ein alter und gebrechlich wirkender Mann, der auf seine alten Tage sehr fromm geworden war und zu jeder Messe persönlich erschien. Leider war er jedoch weitgehend taub und auch beinahe blind und hatte daher natürlich weder etwas gesehen noch gehört – außer dem Schlag der Sturmglocke: Er erzitterte noch bei der Erinnerung.

»Nichts ist dem Menschen gewisser als der Tod«, flüsterte er, »und nichts ungewisser als dessen Stunde.«

Zur Person des Kustos wusste er auch kaum etwas zu sagen. »Quis custodiet custodes? Wer wacht über die Wächter?«, murmelte er mit nachdenklichem Kopfschütteln. »Das ist die Frage: Quis custodiet custodes?«

Johannes Heller stimmte zu und bedankte sich.

Der Dekan des Domkapitels trat als Nächster durch die Tür: Johannes Simonis, doctor utriusque iuris – akademischer Doktor beiderlei Rechts. Simonis war von bürgerlicher Herkunft, dafür aber war er reicher als Pienzenauer und hatte sich, obwohl ebenfalls sehr alt, viel besser gehalten als der Propst. Man konnte fast sagen, dass er sich konserviert hatte: Fast mumienhaft starrten seine noch immer scharfen Augen aus den Augenhöhlen, und die ledrige Haut spannte sich um die Wangenknochen, um in Falten unter dem Kinn zu hängen. In seinen steifen Bewegungen und der spröden Sprechweise zeigte sich ein unermesslicher Stolz. Er schien es für entwürdigend zu halten, überhaupt von einem Richter befragt zu werden, und antwortete auf die Fragen zurückhaltend und wortkarg: Er habe an der Messe teilgenommen, wie er das ja immer zu tun pflege, und habe den Kustos dort gesehen; danach habe er sich in seine Räume zurückgezogen und nichts mehr gesehen oder gehört. Er könne Heller also nicht weiterhelfen.

Zur Person des Kustos antwortete er mit beißendem Unterton, dass der Verstorbene ein Geldverschwender gewesen sei, der das ganze Erbe seiner Familie verschenkt und verschleudert habe. Ob er damit sein Seelenheil erkaufen konnte, habe er jetzt wohl schon in Erfahrung gebracht, lachte der Dekan böse.

Heller horchte auf. »Wollt Ihr sagen, dass sein Seelenheil in Gefahr war, sodass er besonders viel spenden musste?«

Simonis antwortete trocken, er zweifle nur am Verdienst solcher Wohltätigkeit. Das zu spenden, was man nicht selbst verdient habe, sei immer leichter, aber stets weniger wert als ein wahres Opfer.

Heller erkundigte sich, ob der Kustos Schulden oder Geldschwierigkeiten gehabt habe, nachdem er so freigebig gewesen war. Der Dekan blickte stolz auf ihn herab und erklärte, das wisse er nicht: Er interessiere sich nicht für die Geldangelegenheiten anderer Personen.

Anschließend befragte Johannes Heller den Domscholaster Johannes Gugelmair. Der Leiter der Domschule war um die vierzig, ein korpulenter Mann mit roten Wangen und kleinen, eng beieinanderliegenden Augen. Er sprach Latein mit schwäbischem Dialekt und achtete dabei mit pedantischer Genauigkeit auf die Grammatik. Sein Latein war indessen nicht besonders elegant, und Marcus Hörnle schmunzelte gelegentlich über seine platten Formulierungen.

Auf Hellers Fragen gab Gugelmair an, er sei in der Messe gewesen, habe aber nichts Außergewöhnliches bemerkt – nihil praeter consuetum. Der Kustos sei dort gewesen, aber das sei auch nicht praeter consuetum. Nach der Messe sei er zurück in die Domschule gegangen – auch nicht praeter consuetum, hätte Marcus Hörnle gerne hinzugefügt – und habe dort Latein unterrichtet. Weiteres konnte er nicht beitragen. Den Kustos charakterisierte er als fröhlichen Menschen, zuckte dann aber mit den Schultern und korrigierte sich: »Homo hilarus – ein lustiger Mensch.«

»Lustig oder fröhlich?«, fragte Heller.

»Eher lustig, denke ich«, sagte der Scholaster. Von Problemen oder gar einem Unglück, welches das Gemüt des Verstorbenen betrübt haben könnte, wusste er jedoch nichts zu berichten.

Schließlich trat der Kanzler Sixtus von Tannberg selbst vor Johannes Heller. Er beantwortete Hellers Fragen wie immer reserviert, aber höflich. Er habe wie gewöhnlich an der Messe teilgenommen und sei danach zu seinen Räumen gegangen. Den Kustos habe er in der Kirche gesehen. Ob er jedoch nach der Messe dortgeblieben sei oder was er getan habe, wisse er nicht zu sagen. Er habe auch nicht bemerkt, ob jemand im Dom geblieben sei.

»Jedenfalls kein Domherr«, fügte er hinzu. »Das scheint Euch besonders zu interessieren, nicht wahr?«

Heller nickte. »Ja, ich möchte gerne wissen, was jeder von uns nach der Messe getan hat.«

»Soll das heißen, Ihr verdächtigt einen von unseren Brüdern, am Tod des Kustos irgendwie beteiligt zu sein?«, fragte Sixtus.

»Nein«, antwortete Heller vorsichtig. »Ich versuche nur, ein Detail zu klären. Das muss nichts mit dem Tod des Kustos zu tun haben.«

Über das Leben und den Geisteszustand des Kustos befragt, wusste Sixtus von keinen besonderen Problemen zu berichten. Der Herr Kustos sei immer ein lebenslustiger Mensch gewesen.

»Ja«, antwortete Heller. »Das ist der allgemeine Eindruck. Komisch, dass wir alle meinen, er sei lustig gewesen, aber niemand findet, dass er glücklich war.«

Sixtus blickte Heller streng an. »Das heißt aber nicht, dass er unglücklich war.«

»In meiner Erfahrung sind Menschen, die lebenslustig, aber nicht glücklich wirken, meistens unglücklich«, sagte Heller.

Nachdem Sixtus von Tannberg sich entfernt hatte, rief Johannes Heller die Domizellare, Domvikare und die anderen Geistlichen zu sich, die der Morgenmesse beigewohnt hatten. Alle gaben zuerst an, gesehen zu haben, wie der Domkustos zusammen mit den anderen Domherren hinter dem Bischof aus der Kirche gezogen und zu seinem Quartier gegangen war. Dabei war er den einen etwas weniger gesellig, den anderen aber fröhlicher als gewöhnlich erschienen.

Der Richter fragte nach, ob sie sicher seien, dass der Kustos mit ihnen den Dom verlassen habe.

Einige bejahten dies eifrig, andere waren sich nun nicht mehr so sicher, einer gab offen zu, dass er es nicht wisse. Jedenfalls hatte niemand gesehen, dass der Domkustos danach noch einmal zum Dom zurückgekehrt war. Jeder war seinen eigenen Geschäften nachgegangen, und keiner hatte irgendetwas Auffälliges gesehen, bis schließlich alle aus ihren Wohnungen stürzten, als die Glocke geläutet wurde.

Nach der Befragung las Heller Hörnles Protokoll durch und seufzte unzufrieden über die Widersprüchlichkeit und Lückenhaftigkeit der Aussagen. Doch eigentlich war das bei Zeugenbefragungen fast immer so: Kaum jemand beobachtete genau, was um ihn herum geschah. Die meiste Bedeutung maß der Richter den Aussagen der jungen Ministranten bei. Aber was oder wer möchte sich hinter der geheimnisvollen Gestalt im schwarzen Mantel verbergen?

A CASU AD CAUSAM

Sie meldeten sich bei Bischof Tuhlbeck in seiner geräumigen Schreibstube. Der Fürstbischof saß hinter einem großen marmornen Tisch, der wie eine Grabplatte aussah. Sein Vertrauter, Kanzler Sixtus von Tannberg, stand hinter ihm, seine Hand auf den Stuhl gestützt. Tuhlbeck blieb sitzen, als sie eintraten, blickte aber erwartungsvoll auf.

Der alte Bischof war schwerhörig, weshalb Heller sehr deutlich und laut zu sprechen begann. Er unterrichtete ihn über alles, was er im Glockenstuhl gesehen und was er von den Messdienern, Domherren und Geistlichen erfahren hatte.

Zum Schluss fasste er zusammen: »Eure Heiligkeit, alles spricht dafür, dass der Kustos sich selbst getötet hat. Das ist die traurige Wahrheit. Es kann jedenfalls kein Unfall gewesen sein. Er dürfte nach der Messe in der Kirche geblieben sein und ist dann unbemerkt in den Turm geschlüpft. Warum? Ganz sicher aus einem bestimmten Grund – ad causam. Dort hat er das Seil der Glocke hochgezogen: Das hat er auch zu einem Zweck getan – ad causam. Das Seil hat er dann ebenfalls ad causam zum Fenster hingetragen. Er muss dann einen Knoten hineingebunden und es über seinen Kopf gelegt haben: So ein Knoten entsteht nicht von allein. Auch das kann also nicht zufällig passiert sein – non a casu, sed ad causam. Schließlich, nach diesen absichtsvollen Handlungen, ist er mit dem Seil um seinen Hals aus dem Fenster gestürzt.«

Heller hielt einen Moment inne und fuhr dann fort: »Und was war der Grund all dieser zweckhaften Handlungen? Welch anderen Grund konnten sie haben, wenn nicht, dass er sich töten wollte? So viel ist, glaube ich, klar. Aber warum beging er Selbstmord und warum auf diese Weise? Warum wollte er so viel Aufsehen erregen? Mir ist auch nicht klar, was die weitere Person gemacht hat, die sich oben im Glockenstuhl aufhielt. Sie muss mit oder hinter dem Kustos hochgegangen sein, denn die Tür zum Turm ist immer verschlossen, und nur der Kustos und der Glöckner haben den Schlüssel. Die Frage ist: Warum? Hat dieser andere Mensch den Kustos vielleicht gezwungen, sich zu erhängen? Ich halte das für sehr unwahrscheinlich. Der Unbekannte scheint nicht zum Fenster, sondern nur hinter den Glockenstuhl gegangen zu sein. Vermutlich lief er hinauf, als die Glocke schlug, um zu sehen, was passiert war. Aber wer war es? Ein Messdiener glaubt, einen Mann im schwarzen Mantel gesehen zu haben, wie wir Domkanoniker ihn tragen, doch niemand will es gewesen sein. Das finde ich seltsam. Ich würde gerne weitere Untersuchungen anstellen, um herauszufinden, wer der Betreffende war. Vielleicht erfahren wir von ihm, warum der Kustos sich erhängen wollte.«

Der alte Bischof hörte sich Hellers ausführlichen Bericht an, wobei sein Kopf fortwährend hin- und herwackelte. Heller wusste nicht zu unterscheiden, ob er zustimmend nickte oder ablehnend seinen Kopf schüttelte – oder ob er überhaupt etwas verstanden hatte.

Schließlich sagte Bischof Tuhlbeck: »Du sagst also, dass es ein Unfall war.«

Heller starrte ihn ungläubig an. »Nein, nein! Kein Unfall, habe ich gesagt, Eure Heiligkeit, kein Unfall.«

»Ganz gewiss, ein Unfall«, sagte Bischof Tuhlbeck hartnäckig.

Heller lehnte sich näher ans Ohr des Bischofs. »Es war auf keinen Fall ein Unfall.«

»Hörst du vielleicht schlecht, alter Freund?«, sagte Tuhlbeck mit unbeweglicher Miene. »Ich habe gesagt, dass es ein Unfall war: Per casum mortuus. – Er starb durch Zufall. – Ein tragisches Unglück. Der Kustos wird mit allen Würden und mit unserem Segen begraben, und es gibt keinen Skandal. Oder willst du es etwa anders?«

Heller erstarrte. »Das ist gegen die Wahrheit, Ehrwürden.«

Bischof Tuhlbeck bewegte seine dürre Hand in einer vagen Geste. »Was ist denn die Wahrheit? Deine Wahrheit besteht aus Indizien und Vernunftschlüssen. Du hast nur die Fußspuren im Schnee und den toten Kustos gesehen. Wenn du sagst: Der Kustos handelte ad causam, weißt du trotzdem nicht, aus welchem Grund der Kustos das Seil hochgezogen hat, warum er es zum Fenster getragen hat, wie der Knoten in das Seil gekommen ist und wie er aus dem Fenster gestürzt ist. Wenn du sagst: Er wollte sich umbringen, so ist das deine Erklärung. Aber vielleicht wurde er von dieser anderen Person ermordet? Oder es war doch ein Unfall? Du weißt auch nicht, was die Wahrheit ist.«

»Ich möchte es aber herausfinden«, sagte Heller.

»Wir sind alt und werden nicht mehr lange leben«, sagte Tuhlbeck plötzlich. »Wir möchten nicht, dass man sich an Skandale in unserer Amtszeit erinnert. Fast zwanzig Jahre sind wir nun der Hirte unserer Herde und haben viele schwere Prüfungen überstanden: Waren es die finanziellen Schulden unseres Vorgängers, der Kampf mit dem Raubritter Miltzl oder die ständigen Auseinandersetzungen mit den Herzögen: Wir haben sie alle gemeistert. Und wir haben dazu noch viel Ehrenhaftes vollbracht: Bischöfe und sogar ein Erzbischof sind von unserer Hand geweiht worden. Unsere Kirche, unseren ehrwürdigen Dom, haben wir geziert und mit prachtvollen Kunstwerken geschmückt. Den Bau der Marienkirche in München haben wir begonnen und so weit vorangebracht, dass alle Menschen es für ein Wunder halten. Vielleicht werden wir mit Gottes Hilfe sogar die Kirche vollendet sehen. Doch nun, da uns die Kräfte schwinden und uns der Sinn nach Ruhe steht, wollen wir unsere Leistung und unser Angedenken nicht durch einen Skandal ruinieren. Kein Schmutz auf unsere weiße Weste«, sagte er schwach und zeigte auf seine Brust.

Dann neigte er sich über seinen Tisch und flüsterte konspirativ: »Wir werden alt, Heller, und wir fühlen manchmal, dass das Amt unsere Kräfte übersteigt. Irgendwann werden wir vielleicht sogar abtreten. Das sagen wir dir im strengsten Vertrauen: Behalte es für dich – aber bedenke es auch.«

Hinter Tuhlbeck legte Kanzler Sixtus dem alten Bischof die Hand auf die Schulter, damit er nicht nach vorne fallen konnte.

Heller erhob seine Hände zu einer abwehrenden Geste, während Hörnle tat, als hätte er nichts gehört.

Sie verließen die Schreibstube schweigend. Erst als sie unter dem freien Himmel waren, sagte Hörnle trotzig: »Ich bin damit nicht einverstanden. Es war ganz einfach kein Unfall.«

Heller nickte. »Es war nicht nur kein Unfall, denke ich, sondern sehr wohlüberlegt. Wenn der Kustos sich erhängen wollte, dann hätte er es nicht an der großen Glocke machen müssen. Und er hätte es nicht für alle sichtbar tun müssen. Aber warum nur hat er dies getan?«

NICHT NACH DEM GEWISSEN

Als sie schließlich zum Gerichtssaal zurückkehrten, um die unterbrochenen Geschäfte wieder aufzunehmen, fanden sie alle Prozessparteien und das Gerichtspersonal noch vor dem Haus des Richters versammelt. Die Leute sprachen laut und leise über den Vorfall.

Jemand tönte, seine Kuh habe in der Nacht ein Kalb mit zwei Köpfen geboren – ein schlimmes Vorzeichen, wie jeder wusste. Und jetzt könne man sehen, was passiert sei. Ein anderer sagte voraus, dass die Pest nach Freising zurückkehren werde – das habe es zu bedeuten. Und so fort.

Heller und Hörnle merkten auf, als ein Knecht behauptete, er habe nach oben geblickt, nachdem er die Glocke gehört hatte, und gesehen, wie der Teufel durch das Fenster im Glockenturm hinausschaute.

Marcus Hörnle fasste den Richter leicht an den Arm. »Sollten wir ihn nicht befragen? Vielleicht kann er den ›Teufel‹ beschreiben.«

Heller knurrte: »Der Teufel würde dann so ziemlich aussehen wie du, denn der Kerl kann nur dich gesehen haben, als du beim Fenster warst. Die andere Person stand doch hinter dem Glockenstuhl.«

Verdrießlich bahnte er sich einen Weg durch die Menge, gefolgt von seinem Assistenten.

Plötzlich stürzte sich ihnen die unglückliche Frau des Bildhauers entgegen und warf sich Heller zu Füßen. »Herr Richter, ich bitte Euch, gebt mich nicht zu meinem Mann zurück. Er wird mich töten, ich weiß es«, flehte sie.

Johannes Heller hob sie sanft auf. »Ich befürchte es auch«, sagte er leise und mehr zu sich selbst als zu der Frau. Nichts glaubte er sicherer zu erkennen als die enorme Bosheit des Ehemanns, und doch war nichts erwiesen.

Im Gericht auf seinem Richterstuhl sitzend fühlte er die großen Augen der Klägerin auf sich und vermied es, sie anzusehen. Er ließ die Prokuratoren vortreten, um ihre Argumente anzuhören.

»Es besteht eine große Gefahr, dass der Ehemann an seiner Gattin ein Verbrechen begehen wird«, sagte Prokurator Maulberger. »Deshalb sollte ihm die Ehefrau nicht zurückgeführt, sondern vielmehr von ihm genommen werden, wie der Liber Extra, Kapitel De restitutione, verlangt.«

Prokurator Pack wandte hingegen ein: »Es gibt keinen Beweis für eine solche Gefahr. Die Klägerin hat keine Zeugen genannt, weil es keine gibt. Der Beschuldigte ist zudem ein unbescholtener Bürger, der in der Vergangenheit noch nie ein Verbrechen begangen hat. Facta non praesumuntur, sed probantur. – Tatsachen dürfen nicht angenommen werden, sondern sie müssen bewiesen werden. – Wenn aber die Klage nicht bewiesen ist, muss der Richter die Ehefrau ihrem Mann zurückgeben«, schloss er mit triumphalem Blick zu seinem Konkurrenten.

»Hat die Klägerin Beweise oder Zeugen?«, fragte Heller, ohne aufzuschauen.

Die Frau stand auf. »Hier«, sagte sie und zeigte auf ihren Körper. Heller stockte das Herz. Einen Augenblick lang glaubte er, sie wollte sich mitten im Gericht das Kleid aufreißen. Auch Notar Haselberger erstarrte. Ein Tropfen Tinte fiel von seiner Feder und hinterließ einen Klecks im aufgeschlagenen Gerichtsbuch.

»Das dürfen wir nicht sehen. Und außerdem wären Narben oder Verletzungen – so es sie gibt, was keinesfalls anzunehmen ist – allein kein Beweis, sondern nur ein indicium, ein Indiz«, sprang Prokurator Pack eilig ein.

Heller nickte. Er musste sich an das Recht halten, und es gab bei dieser Beweislage keine andere mögliche Entscheidung. Ganz gleich, was er fühlte, der Grundsatz lautete: »Iudex non secundum conscientiam, sed secundum allegatum et probatum habet iudicare.« Der Richter darf nicht nach seinem Gewissen richten, sondern nach dem, was behauptet und bewiesen wird. Er stöhnte auf und gab der Forderung des Ehemanns statt.

»Wir fordern die Klägerin Katherina, Ehefrau des Johannes Hagen, auf, zu ihrem Ehemann zurückzukehren und ihm in allem, quod licite sit, was rechtens ist, zu gehorchen. Dem Beklagten aber verbieten wir unter Exkommunikationsstrafe, seine Ehefrau noch einmal zu misshandeln«, verkündete er scheinbar ungerührt.

»Vergib mir, ich kann nicht anders«, murmelte er dann entschuldigend. Er kam sich plötzlich vor wie Pontius Pilatus.

Der Bildhauer ergriff indes die Hand seiner Frau und zog die Widerstrebende aus dem Gerichtssaal. Prokurator Pack malte zufrieden einen Strich auf die Liste seiner erfolgreichen Einsätze und machte damit in Hinblick auf den Vorsprung seines Konkurrenten Maulberger etwas Boden gut.

HEUBLUMENTRÄUME

In der Nacht schlief Johannes Heller schlecht. Zuerst konnte er nicht einschlafen; als er dann schließlich in einen unruhigen Schlaf gefallen war, wurde er durch das Läuten der Sturmglocke aus seinen dunklen, verworrenen Träumen gerissen.

»Der Kustos!«, fuhr es ihm mit Schrecken durch den Kopf, und er lief zum Fenster. Oder war es die unglückliche Ehefrau?

Draußen in der Dunkelheit donnerten die tiefen, wallenden Glockenschläge der »Stürmerin« vom Nordturm des Doms. Der Wind heulte und peitschte nassen Schnee gegen die Scheiben. Es war ein Sturm – nur ein Sturm. Heller blickte eine Weile nachdenklich in die Finsternis, bevor er die Fensterläden schloss. Sein Schlaf war dahin.

Mit einem resignierten Stöhnen zog er sich einen warmen Pelzmantel über und kämpfte sich durch den tobenden Sturm über den Platz zum Dom. Mit Mühe machte er die Eingangstür einen Spaltbreit auf und schlüpfte aus dem Unwetter in die gewölbte Vorhalle. Auf leisen Sohlen durchschritt Heller den Raum, öffnete die massive Holztür im verzierten Westportal und trat andächtig in das Gotteshaus hinein.

Friedliche Ruhe herrschte; noch war dort niemand. Der stille Luftraum vibrierte leicht unter dem Anbranden der Sturmböen, und die warmen Lichter der kleinen Opferkerzen, die vor den Altären brannten, flatterten dann und wann im Luftzug. In ihrem Schein zeichneten sich die massigen Konturen des dreischiffigen Gebäudes ab: der hohe Raum des von überwölbten Emporen umgebenen Hauptschiffs, die niedrigeren Seitenschiffe mit ihren Nebenaltären, der erhöhte Chor mit dem Chorgestühl und dem Hauptaltar im Osten, unter dem die dunkle Krypta mit ihrer seltsamen, geheimnisvollen Bestiensäule lag.

Heller atmete die nach Weihrauch duftende Stille ein. Er fand die Nachtstunden in der Kirche immer besonders schön. Vor allem, wenn er nachdenken wollte.

Er wanderte mit leisen Schritten durch das Hauptschiff, trat dann nach rechts zum Sigismund-Altar hin, drehte sich um und schaute zurück auf die leere, dunkle Kirche. Der Altar lag unter dem Gewölbe des südlichen Seitenschiffs: Von dort aus war der Eingang zum Turm von der nördlichen Galerie nicht zu sehen. Auch bei Tageslicht war es im Dom eher dunkel. Er fragte sich, ob man im Dämmerlicht der Morgenstunden wirklich erkennen konnte, ob sich jemand, der einen schwarzen Mantel trug, in der hinteren Ecke befand.

Er fühlte sich nun doch sehr müde, aber anstatt ins Bett zurückzukehren, wanderte er noch eine Weile ziellos durch die leere Kirche, ging schließlich in die Sakristei und trat dort vor das aus hellem Lindenholz geschnitzte Standbild der Muttergottes, vor dem er niederkniete und in stilles Nachdenken versank, das allmählich und ohne scharfen Übergang zu einem tiefen Schlaf wurde.

Die Statue war eine Darstellung der heiligen Maria mit dem Jesuskind, wie es viele gab, doch war dieses Bildnis für Johannes Heller immer schon etwas Besonderes. Die schönen Züge der Maria waren mit wunderbarer Lebensähnlichkeit aus dem Holz geschnitten. Ihr Gesicht hatte eine fast sinnliche Unschuld, die vollen Lippen halb geöffnet und die Augen halb geschlossen. Wie die Knospe einer Rose, die sich gerade zu öffnen beginnt, dachte Heller. Unter den eckigen Falten ihres Gewands zeigte sich die Hüfte leicht geknickt, um das Gewicht des Kindes zu tragen, und die Wölbung kleiner, fester Brüste deutete sich keusch, aber reizvoll an. Im Gegensatz zu der liebevoll dargestellten Mutter wirkte das Jesuskind auf ihrem Arm verzerrt und sogar ein wenig hässlich, wie ein ungewolltes Anhängsel.

Johannes Heller bewunderte die Statue, liebte sie sogar auf eine gewisse Weise. Sie weckte vergessene Gefühle, Erinnerungen an etwas Schönes, Vergangenes oder Erträumtes. Aber nun, da er ihren Schöpfer kannte, fragte er sich erschrocken, wie etwas, das so schön war, der Hand eines Menschen wie dem Bildhauer Hagen entspringen konnte. War das nicht eine Art Blasphemie? Hatte der Künstler dieses Marienbild mit demselben Meißel aus dem Holz geschnitten, mit dem er an seiner Frau herumgeschnitzt hatte? Hatte er mit denselben Händen, die die Maria geformt hatten, seine Frau geschlagen und ihren Körper berührt, während sie hilflos gebunden war? Im Halbschlaf verspürte Heller den Wunsch, sie in die Arme zu nehmen, sie zu schützen und zu trösten: Sie, die Statue – oder vielleicht doch die Frau des Bildhauers?

Trotzdem hatte er als Richter der Ehefrau des Bildhauers nicht helfen können: Ihre Klage konnte keine Beweise, sondern nur Indizien und Vernunftschlüsse vorlegen; es gab keine zwingende Gewissheit – außer dem, was sein Herz sagte. Ein Richter aber durfte nicht nach seinem Gewissen richten: »Non secundum conscientiam«, hieß der Grundsatz.

Doch war das Gewissen den Menschen nicht die höchste Instanz, der Kompass, nach dem das Wissen zwischen Gut und Böse entschied? War er nicht als Richter genauso wie als Mensch gebunden, seinem Gewissen zu folgen? Conscientia ligat, wie Thomas von Aquin es in den »Quaestiones« formuliert hatte?

Während diese Gedanken noch durch seinen Kopf streiften, sank Johannes Heller im Schlaf auf den kalten Steinboden zu Füßen der Statue. Dennoch träumte es ihm warm und angenehm: Es war ein warmer Spätsommertag, und die Welt war jung und neugeboren – auch Johannes Heller selbst war jung und konnte sich leicht und mit jugendlichen Gliedern bewegen. Vor allem roch es nach einer frisch gemähten Wiese, nach in der Sonne trocknenden Gräsern und Blumen. Darunter stieg ihm ein dunkler Erdgeruch in die Nase, als ob er seinen Kopf in frischem Heu gebettet hätte.

Hellers flackerndes Bewusstsein sagte ihm, dies müsse ein Traum oder eine Erinnerung an lange vergangene Zeiten sein.

Doch er wollte gerne weiter in der Illusion schwelgen; ihm war so angenehm, so wohl.

Am Wiesenduft erkannte er die Erinnerung wieder. Wenn die Sonne in den blauen Himmel stieg und der morgendliche Tau auf den bunten Blumen verdunstete; wenn sich die jungen Leute auf dem Weg zurück von einem Ausflug begegneten, den Weg verließen und Hand in Hand durch die grünen Auen gingen; wenn sie lachten und tanzten, hochsprangen und in das frisch gemähte Gras fielen, das in der Sonne trocknete; wenn sie Köpfe und Glieder im duftenden Heu betteten und sich liebten: Dann stieg ihnen der Wiesenduft in die Nase und erfüllte die ganze Welt mit dem süßen Geruch von trocknenden Blüten und geschnittenem Gras. Und die Erinnerung daran war ein ganzes Leben lang geblieben.

Inzwischen war der alternde Richter ganz eingeschlafen. Aus seinem Mundwinkel floss Speichel auf den kalten Steinboden.

SCHWEIGEN

Johannes Heller wurde wach, als die jungen Messdiener in die Sakristei kamen, um sich für die Morgenmesse vorzubereiten. Ihr Lachen und Lärmen verstummten zu Tuscheln und Flüstern, als sie den ehrwürdigen Chorrichter auf dem Boden liegen sahen. Heller stand mit Mühe auf und rieb sich das Gesicht.

»Wartet«, sagte er, als die Messdiener auseinandergehen wollten, und hielt einen der Jungen an.

»Gestern haben wir miteinander gesprochen, nicht wahr?«, sagte er rasch. »Einer von euch hat mir erzählt, dass er einen Mann im schwarzen Mantel gesehen hat. Wer war das?«

Der rothaarige Junge antwortete: »Der Lukas war das, aber er ist heute nicht dabei.«

»Und wer bist du?«

»Der Heini«, sagte der Knabe kurz. Er hatte ein forsches, freches Auftreten.

Heller erkundigte sich in der Runde, wo der Messdiener Lukas war.

Wahrscheinlich habe er verschlafen, sagte Heini mit den roten Haaren.

»Bist du hier der Sprecher, oder haben die anderen auch eine Stimme?«, fragte Heller ein wenig irritiert. Er wandte sich an die Gruppe, die schweigend zuschaute. »Hat sonst jemand diesen Mann im schwarzen Mantel gesehen?«

Alle schüttelten den Kopf. Es sei dunkel gewesen; sie hätten anderes zu tun gehabt.

»Niemand also«, stellte Heller fest. »Vielleicht gab es diesen Mann gar nicht. Dann war es vielleicht einer von euch, der nach dem Kustos in den Turm hochgegangen ist?«

Die Knaben starrten ihn entsetzt an. Nein, es sei keiner von ihnen gewesen. Sie seien alle zusammengeblieben.

Der Richter blickte prüfend in ihre Gesichter und nahm sich

dann schließlich den Rotschopf wieder vor. »Du sagtest gestern, dass es vielleicht der Teufel war, der die Seele des Kustos holen wollte. Warum hast du das gesagt?«

Der Junge schaute auf den Boden. »Weiß ich nicht«, erwiderte er. »Vielleicht, weil er böse war.«

Die anderen Jungen wurden plötzlich sehr still und blickten gebannt.

»Wie war er denn böse?«, fragte Heller.

»Weiß ich nicht. Ich habe nur gesagt, dass er vielleicht böse war«, sagte der Junge nun etwas trotzig.

Heller betrachtete die Knaben kritisch. »Verschweigt ihr mir etwas?«, fragte er langsam und deutlich.

»Nein, Ehrwürden«, antwortete immer noch der Rothaarige für die anderen. »Wir müssen uns aber jetzt für die Messe vorbereiten, Ehrwürden.«

»Gut«, sagte Heller mit unzufriedener Stimme. »Schicke mir aber den Lukas, wenn er wieder auftaucht.«

Johannes Heller ließ sie laufen und ging auf steifen Beinen in die Kirche, um auf den Gottesdienst zu warten. Er setzte sich auf seinen Platz in der geschnitzten Chorherrenbank vor dem Hauptaltar und ließ den Blick zur Westwand des Hauptschiffs wandern, wo das erste Tageslicht eine große Wandmalerei des Jüngsten Gerichts über dem Eingangsportal schwach beleuchtete. Christus saß dort und richtete über die Seelen; zur rechten Seite wartete ein Engel darauf, die Geretteten zum Himmel zu bringen, zur linken der Teufel, um die Verdammten in die Hölle hinabzuführen. Heller fragte sich müßig, wie der himmlische Richter über den Kustos entscheiden würde oder über ihn selbst.

Bald kamen die anderen Chorherren beziehungsweise ihre Stellvertreter, die sich neben Johannes Heller oder ihm gegenüber in den kühlen hölzernen Stühlen unter dem geschnitzten Baldachin niederließen. Auch die übrige Geistlichkeit am Domberg – die Kanoniker von Sankt Andreas und Sankt Johannes, die Paulinermönche vom Dom und zahlreiche weitere Priester und Kleriker – nahmen ihre Plätze im hallenden Hauptschiff des Doms ein. Alle waren über den schrecklichen Tod des Kustos betroffen und flüsterten untereinander. Es kursierten Gerüchte vom schwarz gekleideten Teufel, von Mord und Selbstmord. Jeder wollte hören, was der Bischof dazu zu sagen hatte. Als der Prediger schließlich auf die Kanzel stieg, richteten sich aller Augen auf ihn.

Allerdings war es nicht der alte Fürstbischof Johannes Tuhlbeck, sondern sein Kaplan Sixtus von Tannberg, der die Predigt hielt. Der Bischof war in der letzten Zeit ohnehin meistens zu schwach für solche Tätigkeiten, doch mancher glaubte, dass er sich in diesem Fall absichtlich vor der unangenehmen Aufgabe zurückgezogen hatte.

Draußen tobte der Wind, drinnen rumorte es. Sixtus von Tannberg stand in der Kanzel wie ein Schiffskapitän am Bug und hob mit seiner klaren, klangvollen Stimme an zu einer Predigt über die Schilderung von Christus und seinen Jüngern im Sturm im Markusevangelium: Der Wind wurde stärker, die Wellen türmten sich auf und schlugen in das Boot. Die Apostel hatten Angst um ihr Leben, doch Christus erhob sich und befahl dem Wasser und dem Wind: »Schweigt, seid beruhigt.« Und der Sturm legte sich. Dann fragte Christus die Apostel: »Habt ihr denn keinen Glauben?«

»Habt ihr keinen Glauben?«, fragte der Prediger nun die Zuhörer: Sie seien wie die leichtgläubigen Apostel, die sich vor dem Ertrinken fürchteten. Die Zeiten seien zwar stürmisch und gefährlich, doch gerade deshalb müsse sich die Gemeinde ihrem Anführer, dem weisen Fürstbischof, vertrauensvoll zuwenden. »Seid stark in eurem Glauben: Darin besteht euer Heil.«

Am Ende dieser Rede kam Sixtus endlich auf das zu sprechen, was alle hören wollten, den »bedauerlichen Tod« des Domkustos. Ulrich Kemnater sei ein guter und gottgefälliger Mensch gewesen, der für die Kirche und seine Mitmenschen viel getan habe. Er habe vor allen Dingen das Werk der Verschönerung der Kirche fortgesetzt, das seine Vorgänger angefangen hätten.

Er habe eine große Liebe zu den schönen Künsten gehabt und viele Gemälde und Heiligenstatuen, die den Dom zierten, mit eigenen Geldern und mit Geldern des Fürstbischofs erworben. Nun sei er leider Opfer eines tragischen Unfalls geworden.

Die Erklärung überraschte nicht wenige der Zuhörer. Ein Unfall? Das Murmeln und Flüstern klang in den hohen Wänden des Doms wie das Meeresrauschen.

Sixtus erhob seine Stimme über das Rauschen, versuchte, die Wogen wieder zu glätten: Man habe den Vorfall eingehend untersucht. Nicht alle Einzelheiten hätten aufgeklärt werden können, doch gebe es keinen Grund, etwas anderes als ein Unglück zu vermuten. Der Kustos müsse gestürzt und mit dem Glockenseil unglücklich um den Hals gewickelt aus dem Schallfenster gefallen sein. Gott habe es in seiner Weisheit so eingerichtet, schloss Sixtus mit fester Überzeugung.

Schließlich brachte er mit einem Gebet für die Seele des Kustos die Unruhe zum Schweigen. Am Ende des Gottesdienstes erklärte er, dass die Leiche des Kustos so bald wie möglich beigesetzt werden sollte, schon am kommenden Sonntag.

»Ein Unfall, amen«, spottete Marcus Hörnle, als die Domherren feierlich aus dem Dom zogen, und zitierte Horaz: »Credat Judaeus Apella. – Glaub das, wer mag.«

Draußen tobte noch immer der Sturm. Dienstag war kein offizieller Gerichtstag am Freisinger Offizialat, aber das Gerichtspersonal hatte noch andere Geschäfte zu erledigen. Pangratz Haselberger musste die Gerichtsakten des vorangegangenen Tages vervollständigen und Ladungsschreiben, Mahnungen und Exkommunikationen ausstellen. Die Prokuratoren mussten Abschriften ihrer Schriften anfertigen und sich neue rechtliche Argumente ausdenken. Alle gemeinsam gingen sie kopfschüttelnd durch das Schneegestöber zum Gerichtshaus.

Johannes Heller und Marcus Hörnle hingegen verließen den Dom durch die Hintertür und kamen über eine kurze Treppe in den Kreuzgang. Den durchquerten sie, bogen um die Ecke, betraten das Kapitelhaus und stiegen die Treppe zur Stiftsbibliothek hinauf, die sich im zweiten Stock befand.

Das repräsentative zweistöckige Gebäude war vor etwa dreißig Jahren errichtet worden. Als Gegenstück zur fürstbischöflichen Residenz sollte es die Bedeutung und Eigenständigkeit des Domkapitels gegenüber seinem Oberhaupt, dem Bischof, betonen. Das Kapitelhaus mit der westlich angebauten Domschule war Teil eines Gebäudekomplexes, der den südlichen Flügel des Kreuzgangs hinter dem Dom bildete. Im Osten schloss sich dem Kreuzgang die Benediktskapelle an, welche die Kapitulare für ihre eigenen Gottesdienste benutzten. Eine Mauer verband die Außenmauer der Kapelle mit der mächtigen Schulter des Doms und trennte den Innenhof an der nördlichen Seite vom Domplatz.

Das Kapitelhaus selbst beherbergte im unteren Stockwerk die Kapitelstube, wo sich die Domherren zu Sitzungen versammelten, und im zweiten Stockwerk die Bibliothek und außerdem das Armarium oder Archiv des Domkapitels, wo die wichtigen Urkunden, Dokumente und Schätze aufbewahrt wurden.

Die Bibliothek nahm fast das ganze obere Stockwerk ein und wurde durch ein von einem Pförtner bewachtes Eingangsportal betreten. Sie hatte eine gewölbte Decke und Fenster, die nordseitig auf den Innenhof hinausgingen, südseitig aber ein ausgedehntes Panorama der breiten Auen des Isartals und an föhnigen Tagen sogar die weit entfernten Gipfel der Alpen zeigten. Die südöstliche Ecke des oberen Stockwerks war jedoch von der Bibliothek abgetrennt. Hier befand sich, eingeschlossen hinter schweren Mauern, das Armarium, dessen Eingang nur von unten durch die Kapitelstube über eine eigene Treppe erreichbar war.

Die geräumige Bibliothek war durch hochstehende Bücherregale partitioniert, die von links und rechts in den Raum ragten und nur einen Gang durch die Mitte ließen. In den von den Regalen gebildeten Teilräumen standen Lesepulte, wo die wertvollsten Bücher angekettet waren, während die weniger kostbaren Bände frei benutzt werden konnten.

Johannes Heller zog ein großes, schweres Buch mit Holzbeschlag aus dem Bücherregal, legte es auf einem Pult ab und blätterte darin. Es war eine neue Kopie des »De civitate Dei« des Kirchenvaters Augustinus.

»Schau dir das mal an«, sagte er zu Marcus Hörnle, während er blätterte. »Ein Buch, das nicht von Hand geschrieben wurde.«

»Wie, nicht geschrieben?«, fragte Hörnle.

»Die Seiten wurden mit einer Presse gedruckt«, erklärte Heller, »einer Maschine, mit der man Tausende identische Seiten und somit ganze Bücher in wenig Zeit herstellen kann. Ein Wunder der Technik.«

Hörnle bestaunte das Buch auch. »Ich habe davon gehört. Das Gerät sieht wohl aus wie eine Weinpresse mit zwei Platten, zwischen die das Papier gelegt wird. Auf einer Platte sind einzelne bewegliche Buchstaben, die man immer wieder neu ordnen und wiederverwenden kann. Es soll die Erfindung eines Mainzers namens Gutenberg sein«, sagte er.

»Dieses Buch wurde aber in Italien gedruckt, im Kloster Subiaco, von zwei Deutschen, Sweynheim und Pannartz«, sagte Heller, der in dem Band weitersuchte.

»Eines allerdings dürfte mit der neuen Technik schwierig werden«, überlegte Marcus Hörnle. »Nach der herkömmlichen Methode kann ein Kopist, wenn die Vorlage einen Fehler hat, das Problem erkennen und korrigieren. Hat aber die Druckvorlage einen Fehler, findet er sich bei allen gedruckten Büchern gleichermaßen.«

»Das ist gewiss richtig«, sagte Heller, unentwegt weiterblätternd. »Aber die Erfindung wird trotzdem vieles besser machen. Denk nur, wie viel billiger Bücher sein werden! Viele Menschen, die sich zuvor nie ein Buch leisten konnten, werden sie kaufen. Dieses Buch ist noch ziemlich teuer, aber eines Tages wird jeder lesen können, was der heilige Augustinus geschrieben hat.«

»Hoffentlich werden auch andere Bücher gedruckt, nicht nur diese erbaulichen Klassiker«, sagte Marcus Hörnle mit einem Stöhnen. »Ich wünsche mir zum Beispiel ein billiges Exemplar von Boccaccios ›Decamerone‹. Das Buch habe ich nämlich nirgendwo auftreiben können, aber alle scheinen es gelesen zu haben.«

»Hm«, sagte Heller abwesend, er war immer noch in das Buch vertieft. »Ein frivoles und unmoralisches Buch. Das sollte man besser nicht lesen können.«

»Aber Ihr selbst habt es gelesen und sogar eine Abschrift davon gemacht«, wandte Hörnle ein. »Ihr habt sie mir einmal gezeigt.«

»Ah!« Johannes Heller hatte die gesuchte Stelle endlich gefunden. »Schau hier«, sagte er. »Selbstmord führt Augustinus auf Schwäche zurück: das Unvermögen, schwere Schicksalsschläge oder das üble Gerede anderer Personen zu ertragen. An einer anderen Stelle meint er aber auch, dass Selbsttötung auf eigene Sündhaftigkeit zurückzuführen ist. Als berühmtes Beispiel dafür nennt er Lucretia, die sich das Leben nahm, nachdem sie von Tarquinius vergewaltigt worden war. Titus Livius aber lobte Lucretia für ihre Tugend, wenn ich mich richtig erinnere.«

Marcus Hörnle wandte ein: »Was soll an ihrem Verhalten sündhaft gewesen sein? Lucretia wurde doch vom Tyrannen Tarquinius gezwungen, sie trägt keine Schuld.«

»Doch, doch«, mischte sich jemand von nebenan eifrig ein. Es war ein klein gewachsener, untersetzter Kanoniker des St.-Andreas-Stifts namens Veit Arnpeck. Schnaufend und mit kurzen Schritten kam er zu ihnen. Unter einen Arm hatte er ein Buch geklemmt, mit dem anderen machte er ruderartige Bewegungen. Johannes Heller kannte ihn von früheren Begegnungen und stöhnte innerlich auf.

Arnpeck aber strahlte: Er hatte Heller und Hörnle im Gespräch gesehen und beeilte sich nun, an ihrer Diskussion teilzunehmen. Er liebte nämlich solche »Gelehrtendiskussionen« über Philosophie, Geschichte und erhabene Gedanken.

»Salutem in domino«, keuchte der Neuankömmling und begann sogleich wie ein Sturzbach zu reden. »Dominus Heller, eine Ehre. Ihr entschuldigt die Unterbrechung? Ich hörte, dass Ihr über den großen Augustinus sprecht, und wollte ein Wörtchen aus meiner Perspektive einwerfen, als Historiker, meine ich. Augustinus ist ja unser aller Lehrmeister: in Philosophie und Theologie, aber freilich auch in Geschichte. Ich selbst bin auf dem Feld der Philosophie zwar nicht so bewandert, aber Geschichte, das ist meine Stärke. Und auch wenn Theologie das höchste Studium ist, so ist Geschichte auch nicht zu verachten: Historia magistra vitae – Geschichte ist die Lehrmeisterin des Lebens –, wie man sagt. Unter uns gesagt, ich gedenke, ein eigenes Geschichtswerk über unser Bayernland zu schreiben, und stöbere darum so gerne in dieser hervorragenden Bibliothek herum. Wo sonst sind so viel Wissen und Gelehrsamkeit zu finden wie auf dem mons doctus, dem Gelehrtenberg, wie man ihn nennt? In dieser Bibliothek gibt es Bücher über alles

Erdenkliche, und doch scheint mir eine Geschichte Bayerns, eine Chronik oder dergleichen, schmerzlich zu fehlen. Das wäre eine erbauliche Aufgabe, nicht wahr? Aber was wollte ich sagen? Ach ja: Euer Gespräch ging um den Tod von Lucretia, die, wie Dominus Hörnle bemerkte, von dem Gewaltherrscher Tarquinius vergewaltigt wurde und sich daraufhin selbst tötete. Die Frage war, wenn ich mich richtig erinnere, ob nun Lucretias Selbstmord ein Ausdruck ihrer Sündhaftigkeit war, wie Augustinus schreibt, oder ein Zeichen ihrer Tugend, wie der Geschichtsschreiber Livius meint. Allgemein hielten die alten Römer den Selbstmord für einen durchaus ehrenvollen Tod: Man denke nur an die Caesar-Mörder Brutus und Cassius. Dennoch hat Augustinus recht, wie ich meine: Durch ihren Selbstmord hat Lucretia Zweifel an ihrer Tugendhaftigkeit gesät. Trug sie nicht vielleicht auch eine Mitschuld an ihrer Vergewaltigung? Wurde sie gezwungen, oder hatte sie doch eingewilligt? Auf den Punkt gebracht: Si pudica, cur occisa? Warum brachte sie sich um, wenn sie tugendhaft geblieben war?«

Johannes Heller antwortete mit gemessenen, aber festen Worten: »Ich verehre den heiligen Augustinus als unermesslich weise, doch finde ich sein Urteil in diesem Fall sehr tendenziös und geradezu verleumderisch. Es gibt nämlich keinen einzigen Beweis für Lucretias Mitschuld, Augustinus leitet diese allein aus ihrem Selbstmord ab. Dabei scheint mir die Logik seines Arguments höchst bedenklich. Vielmehr hätte man sich fragen müssen, warum sie sich umbrachte, falls sie doch nicht unschuldig war.«

»Freilich«, sagte Arnpeck, der sich sichtlich über den Gelehrtendisput freute, »aber der Selbstmord selbst ist eine Sünde. Eine dreifache Sünde sogar, wie der heilige Thomas von Aquin in seiner ›Summa theologica‹ nachgewiesen hat: nämlich ein Vergehen gegen Natur, Gemeinschaft und Gott. Eo ipso muss auch der Grund für den Selbstmord eine Sünde sein.«

»Das ist ein Fehlschluss«, sagte Heller nun ein wenig ungeduldig. »Die Ursache für Selbstmord ist ein geistiger Zustand, und allein danach kann die Tat beurteilt werden; so sieht es jedenfalls das kanonische Recht. Handelt der Selbstmörder aus Verzweiflung, die einen Abfall vom Glauben beinhaltet, dann ist der Selbstmord eine Sünde; tut er es aber aus geistiger Umnachtung, trägt er keine Verantwortung.«

Veit Arnpeck regte sich auf. »Ihr Juristen mit eurer formalistischen Wahrheit! Das ist nichts als eine rechtliche Konstruktion.«

Irgendwo hinter den Büchern beschwerte sich jemand über die Lautstärke der Diskussion, Arnpeck senkte seine Stimme. »Natürlich muss man mehr in Betracht ziehen als nur die unmittelbaren geistigen Umstände. Weshalb ist jemand in Verzweiflung gefallen? Das ist auch ein wichtiger Grund – meinetwegen der Hauptgrund.«

Marcus Hörnle wähnte seinen Mentor in argumentativen Schwierigkeiten und ergriff das Wort: »Dominus Arnpeck, man liest oft von Selbstmord in klassischen Zeiten: Viele bedeutende Personen haben sich damals das Leben genommen, wie Ihr selbst gesagt habt; auch berühmte Männer wie Cato der Jüngere und der Philosoph Seneca. Aber ich weiß von keinem berühmten Christen, der sich umgebracht hat. Kann das denn wirklich sein?«

Arnpeck wandte sich lehrerhaft an den jungen Domherrn: »Den Grund dafür haben wir eben besprochen: Der Selbstmord ist eine große Sünde.«

»Aber es ist auch eine große Sünde, andere Menschen zu töten, zu bestehlen, fremde Frauen zu begehren und so weiter, doch scheinen wir Christen uns hiervon nicht im Geringsten abhalten zu lassen: Ganz im Gegenteil, würde ich meinen«, erwiderte Hörnle verschmitzt.

Arnpeck erkannte, dass er in eine Falle getappt war, und überlegte sich ärgerlich eine Replik, während Johannes Heller lächelte und sagte: »Das ist ganz richtig, Marcus. Ich denke, dass auch in unseren Tagen Selbstmord durchaus häufig begangen wird, obwohl es eine Sünde ist. Wahrscheinlich haben sich Menschen immer umgebracht, nur heutzutage erfahren wir selten davon, weil es eine Sünde ist und wir manche Sünden – insbesondere die schamhaften – lieber verschweigen. Mit ›wir‹ meine ich: die Kirche und den Klerus. Unsere Stimme ist entscheidend: Über Jahrhunderte haben wir das Lernen kultiviert, haben das Schreiben und das Lesen in Klöstern, an Schulen und Universitäten gepflegt und weitergegeben, während fast niemand sonst es konnte. Bis heute können die meisten Menschen nicht lesen oder schreiben. Wir sind es also, die die Geschichte schreiben, und wir entscheiden, was wir erzählen und wie wir es deuten. Oder ist es denn anders, Dominus Arnpeck? Würdet Ihr den Selbstmord des Kustos in Eurem Geschichtswerk erwähnen?«

Arnpeck entrüstete sich. »Keinesfalls. Aber es ist ja nicht erwiesen, dass es Selbstmord war.«

»Wer hat nun den formalistischen Wahrheitsbegriff?«, gab Heller scharf zurück.

»Einen Augenblick«, sagte Arnpeck. »Werft Ihr mir und allen christlichen Geschichtsschreibern etwa vor, die Wahrheit zu vertuschen, weil wir nicht ständig von Selbstmord oder dergleichen erzählen? Geschichte aufzuschreiben ist eine moralische Aufgabe: Es geht um eine historische Wahrheit, die aber erst verstanden werden muss, indem man die Ereignisse durchdringt. Es geht weniger um die Ereignisse selbst als um die Zusammenhänge und den Sinn der Geschichte. Um die innere Wahrheit, nicht um alle möglichen Skandalgeschichten.«

»Mag sein, dass Ihr die innere Wahrheit besser erkennt als ich, der ich zu sehr am legalistischen Schein hänge«, sagte Heller versöhnlich. »Bei uns Juristen verhält es sich mit der vollständigen Wahrheit übrigens nicht anders. Unser guter Haselberger schreibt auch nur das auf, was im Gerichtssaal gesagt wird. Selbst wenn vor der Tür ein Mord passiert, würde er ihn mit keinem Wort erwähnen, weil das gerichtlich nicht relevant wäre. Und ich richte nur über das, was mir unter Eid gesagt wird – ganz gleich, ob ich insgeheim denke, dass die Aussagen wahrscheinlich nicht stimmen, oder ob damit Gerechtigkeit oder Ungerechtigkeit getan wird. Ich habe lediglich angemerkt, dass wir – die Kirche – durch unser Monopol über Bildung und Bücher auch die Geschichte nach unseren Vorstellungen formen. Dies erklärt meiner Meinung nach, weshalb man in der Geschichte unserer Zeit kaum jemals von Selbstmorden erfährt, obwohl sie ganz sicher begangen wurden.«

»Das ist es!«, rief Marcus Hörnle überraschend, der plötzlich aus seiner leicht skeptischen Apathie erwachte. Nicht zum ersten Mal bemerkte Johannes Heller, dass der junge Mann einen durchaus scharfen Verstand hatte. Nur äußerte sich dieser zumeist in arroganten Selbstgefälligkeiten.

»Ich glaube, ich kenne den Grund, weshalb der Kustos sich so auffällig aufgehängt hat«, sprach Hörnle weiter. »Er wollte verhindern, dass wir seinen Fall vertuschen.«

»Mit anderen Worten: Er wollte einen Skandal verursachen«, sagte Heller nachdenklich. »Ich denke, dass du recht hast. Es war bestimmt seine Absicht, dass viele Menschen sein Sterben sehen und hören konnten. Er wollte ein Signal geben, und deshalb bediente er sich der Glocke, des signum ecclesiae. Dass er sich absichtlich an der Sturmglocke im Domturm aufgehängt hat, war eine Warnung, eine Warnung an uns alle.«

»Eine Warnung? Aber wovor? Und warum eine Warnung an uns?«

»Vermutlich, weil uns das, wovor er uns warnen wollte, betrifft. Deshalb dürfen wir seinen Tod nicht verschweigen, sondern sollten versuchen herauszufinden, welchen Grund er für seinen Selbstmord hatte.«

»Oder es gab keinen Grund und keinen Selbstmord, sondern es war doch ein Unfall«, bemerkte Veit Arnpeck skeptisch und ein wenig beleidigt. Dann kehrte er mit dem Buch unter dem Arm zu seinem Platz zurück.

»Aber hätte der Kustos uns nicht einfach sagen können, wovor er uns warnen und weshalb er sich umbringen wollte?«, setzte Marcus Hörnle das Gespräch leise fort. »Wenn man die

Geschichten über Selbstmörder liest, fällt es doch auf, dass sie immer versucht haben, ihre Handlung zu erklären. Jeder sollte wissen, warum sie sich das Leben nahmen. Lucretia hat sogar Boten zu ihrem Ehemann und ihrem Vater geschickt, und auch Seneca hat es ähnlich gemacht, wenn ich mich richtig erinnere. Vielleicht wissen wir auch nur deshalb, dass sie Selbstmord begangen haben.«

»Sehr richtig«, stimmte ihm Johannes Heller zu. Auch er senkte die Stimme und flüsterte beinahe: »Ich vermute, dass der Kustos das auch getan hat. Er hat wahrscheinlich eine Botschaft auf dem Glockenstuhl hinterlassen, einen Brief oder Ähnliches. Aber derjenige, der ihm in den Turm folgte, muss den Brief gefunden und mitgenommen haben. Das könnte sogar der Grund gewesen sein, weshalb er dem Kustos nachging.«

RUHE IN FRIEDEN

Es stürmte die ganze Woche. Am 17. Januar, dem zweiten Sonntag nach Epiphanias, hatte der Wind nachgelassen, doch es schneite immer noch. Die Schneeflocken fielen sanft zu Boden, wo sie wie eine bauschige Decke lagen. In den Bäumen, an Pfosten, auf jeder noch so kleinen ebenen Fläche häuften sich kleine Kissen und Zipfelmützchen aus Schnee.

Die Geistlichen des Dombergs und auch viele Bürger der Stadt Freising hatten der sonntäglichen Hochmesse im Dom beigewohnt. Nun wurde die Kirchentür aufgerissen, und sie traten in die kalte Luft hinaus. Der feierliche Duft des Weihrauchs hing in ihrer Kleidung. Nach der andächtigen Stille in der Kirche erklangen unter freiem Himmel erleichterte Stimmen und Gelächter.

Johannes Heller befand sich in einer kleinen Gruppe von älteren Domherren, die sich zusammen mit dem Kanzler Sixtus von Tannberg auf den Weg zur Benediktskapelle machten, um die Seelenmesse für den Kustos Ulrich Kemnater zu halten. Er blickte sich um, ob auch Marcus Hörnle mitkommen wollte, doch er sah ihn in lebhaftem Gespräch mit einem Kreis von Herren und Damen in feinen Kleidern. Der junge Mann plauderte elegant und witzig; es wurde viel gelacht.

Hörnle schien sehr familiär zu sein mit den eleganten Bürgern, vielleicht ein wenig zu familiär. Heller hatte von verschiedenen Seiten gehört, dass der Herr Lizenziat Kontakte mit den Bürgern der Stadt pflegte und gar mit Damen verkehrte. Ohne sich noch einmal umzublicken, ging Hörnle nun mit seinen Freunden über den Platz zum Osttor, das in die Stadt hinunterführte. Homo sum, humani nihil a me alienum puto. – Ich bin Mensch, und nichts Menschliches ist mir fremd. – Das war Marcus Hörnles Spruch, und er passte zu ihm, dachte Heller. Er persönlich fand jedoch, dass es einem Chorherrn durchaus ziemte, mit manchem Menschlichen persönlich nicht allzu vertraut zu sein.

Er schaute Hörnle nachdenklich eine Weile nach, bevor er seinen Kollegen zurück in den Dom und zur Benediktskapelle folgte.

Als Johannes Heller sich der Tür zum Kreuzgang näherte, trat ihm der rothaarige Altardiener Heinrich entgegen. Der sonst so freche Junge wirkte bedrückt.

Heller fragte ihn, ob er inzwischen seinen Freund Lukas gesehen habe.

»Nein«, antwortete Heinrich zögerlich. Lukas sei gestern nicht mehr aufgetaucht, nicht zur Hauptmesse und nicht zu den anderen Gottesdiensten. Er habe ihn überall gesucht, beteuerte er, um ihm auszurichten, dass er zum Herrn Richter kommen solle, aber er habe ihn nirgendwo gefunden. Niemand habe Lukas seit vorgestern gesehen.

»Vielleicht ist er krank?«, sagte Heller.

»Aber er war nicht in seinem Bett«, sagte der kleine Heinrich.

»Oder zu seiner Familie gegangen?«

»Nein«, antwortete der Knabe traurig. »Er ist Waise und hat niemanden mehr.«

»Was kann denn passiert sein?«, fragte Heller.

»Weiß ich nicht.« Heinrichs Stimme verriet seine Angst.

»Doch, doch. Ich glaube, dass du Angst hast, weil du etwas befürchtest. Was ist es denn?«

»Vielleicht …«, der Junge zögerte, »vielleicht hat der Teufel auch ihn geholt.«

»Wieso?«, fragte Heller erstaunt. »Sollte er böse gewesen sein? Glaubst du das?«

»Nein, nein«, rief Heinrich entsetzt. »Aber vielleicht hat der Teufel ihn trotzdem geholt, weil er ihn gesehen hat.«

»Was soll das mit dem Teufel?«, fragte der Richter etwas ärgerlich. »Wer hat euch solche Geschichten erzählt?«

»Dominus Schmatz, Ehrwürden, der uns Bibelunterricht gibt. Er sagt immer: Der Teufel ist der Herr der Lügen und des Bösen, er wird uns mit sich in die Hölle nehmen, wenn wir lügen oder Böses tun. Dann kommt er nachts und holt uns.«

»Märchengeschichten«, knurrte Heller. »Ich habe viele teuflische Geschichten gehört und gesehen, aber es waren immer Menschen, die sie getan haben. Nehmen wir also an, dass die meisten Taten durch menschliche Hand geschehen, auch wenn es sein mag, dass der Teufel oder irgendein anderer böser Geist sie führt.«

»Aber es gibt den Teufel wirklich. Ich und die anderen Ministranten, wir haben ihn einmal gesehen, nachts in der Sakristei.«

»Was habt ihr denn gesehen?«, fragte Heller und lachte. »Wahrscheinlich habt ihr einen schlaflosen alten Domherrn gesehen, der in die Kirche kam, um zu beten. Vielleicht habt ihr sogar mich gesehen.« Er fasste den Jungen am Arm. »Ich glaube nicht, dass Lukas den Teufel gesehen hat. Ich nehme nicht einmal an, dass er überhaupt jemanden gesehen hat, denn es ist dunkel im Dom, und vom Sigismund-Altar sieht man nicht auf die Empore. Aber vielleicht wusste oder ahnte er, dass jemand hinter dem Domkustos in den Glockenturm gegangen ist: jemand mit einem schwarzen Gewand wie ein Kanoniker, jemand, den er kannte. Du hast keine Idee, wer das gewesen sein könnte?« Seine Stimme war ernsthaft.

Heinrichs Augen weiteten sich entsetzt. »Nein. Wieso das?«

»Na, na, nicht so erschrocken«, sagte Heller sanfter. »Wahrscheinlich ist Lukas nur irgendwohin gegangen. Wenn er zurückkommt, sag ihm, er soll zu mir kommen.« Der Richter klopfte Heinrich aufmunternd auf die Schulter und ließ ihn los. Als der Junge weglief, blickte er ihm jedoch besorgt nach.

Nur wenige der Domherren nahmen an der Messe und Beisetzung in der Benediktskapelle teil; die meisten ließen sich von ihren Domvikaren vertreten. Neben Johannes Heller kniete lediglich der greise Propst Johannes Pienzenauer nieder und murmelte im Halbschlaf fromme Gebete.

Fürstbischof Tuhlbeck war seit Dienstag mit einem Gichtleiden bettlägerig und hatte seinem getreuen Kanzler Sixtus von Tannberg alle Geschäfte überlassen. Mit tapferem Pflichtbewusstsein leitete Sixtus die Liturgie; die Domherren und Domvikare wiederholten seine Worte wie ein dumpfes Echo, das in den Wänden der Kapelle verhallte.

Nach der Messe, als die Leiche des Kustos in ein hastig geschaufeltes Grab gelegt wurde, drängten sie sich aneinander. Alle schwiegen. Einzig die Krähen, die auf den Dächern der Gebäude saßen und neugierig zuschauten, krächzten ihren einsamen Ruf.

Während der Beisetzung fiel Johannes Heller auf, dass der Grabstein ein falsches Datum trug: Anno Domini 1474 die XVIII Aprilis – der 18. April des kommenden Jahres. Er fragte sich, ob dem Steinmetz ein Fehler unterlaufen war. Oder hatte man das Todesdatum absichtlich falsch angegeben, damit niemand sich an die Umstände des Todes erinnerte? Damit niemand nachfragte, warum? Damit der Kustos sein Geheimnis mit ins Grab nahm?

Die übrigen Anwesenden schienen es nicht bemerkt zu haben, jedenfalls sagte keiner etwas. Insgesamt herrschte eine schamhafte und verlegene Stimmung. Auf allen lastete das Wissen, dass der Verstorbene wahrscheinlich nicht das Opfer eines Unfalls, sondern ein Selbstmörder war, der somit seine Seele schwer belastet hatte. Nach kirchlichem Brauch hätte er nicht in geweihter Erde beigesetzt werden dürfen, schon gar nicht am Domberg. Andererseits war der Kustos ihr Kollege gewesen, ein zumeist lustiger, wenn auch nicht glücklicher Mensch, den sie alle gekannt hatten. Er hatte viel für die Kirche und die Gemeinschaft der Domherren geleistet und großzügige Stiftungen getätigt, hatte auch viel für die Ausstattung des Doms getan und schöne Kunstwerke in Auftrag gegeben.

Johannes Heller dachte an die »Schöne Maria« des bösen Bildhauers. Dann wieder an den wuchtigen Schlag der Sturmglocke, als der Kustos sich erhängt hatte. Und daran, dass das Geläut wohl eine Warnung des Kustos gewesen war, seinen Tod nicht zu vertuschen.

Capitulum 2

17. bis 19. Februar 1473

GEISTLICHE LIEBSCHAFTEN

Das Gerichtsbuch des Notars Pangratz Haselberger trug die Tagesüberschrift: »Dies Mercurii XVII Februarii, Johanne Heller iudice ordinario praesedente« – Mittwoch, der 17. Februar, unter dem Vorsitz des ordentlichen Richters Johannes Heller. Bislang war der Winter bitterkalt und stürmisch gewesen. Haselberger konnte sich nicht an einen derart windigen Jahresanfang erinnern. Oft hatte die Sturmglocke geläutet, und jedes Mal hatten alle Bewohner des Dombergs verängstigt zum Glockenturm hinaufgeschaut und mit Schrecken an den Tod des Kustos gedacht. Manche sagten sogar, dass sein Geist nachts im Dom spuke, weil er sich selbst getötet hatte und widerrechtlich in geweihtem Boden begraben worden war.

Auch heute pfiff der Wind durch alle Ritzen, er seufzte unter den Dächern und klapperte mit den Fensterläden. Aber diesmal war es der Föhn, der warme Wind aus Italien, der die Wolkendecke auf breiter Front aufriss und eine Vorahnung von Frühling mitbrachte. Der angetaute, schwer gewordene Schnee polterte von den steilen Dächern, schmolz auf den Wegen und war auf den Feldern von braunen Flecken durchlöchert. In der Ferne, aber plötzlich scheinbar nah konnte man die weißen Gipfel der Alpen erblicken.

Es war ein aufwühlender Wind. Manche Leute bekamen davon Kopfschmerzen und fühlten sich unwohl. Johannes Heller aber liebte den Föhn, der wie ein Gruß aus dem Süden kam und ihn an seine Studienjahre in Italien erinnerte.

Im Gerichtssaal zuckten die Kerzen, und die Papiere auf dem Tisch des Notars wirbelten auf, als der alte Pedell die Tür aufmachte und unverständlich den nächsten Prozess ankündigte.

In den Raum kam eine junge Frau getrippelt, begleitet von einem gebeugten, würdig aussehenden alten Mann, einem wohlhabenden Freisinger Bürger, den Johannes Heller flüchtig kannte. Die Klägerin, ein üppiges Mädchen mit stolzem Auftreten, hieß Anna und war Dienerin ihres Begleiters, des ehrbaren Herrn Johannes Barth aus Freising. Hinter ihnen kam der Beklagte, ein schmaler junger Mann namens Michael Schneider, der trotz seiner Jugend bereits genauso gebeugt ging wie der alte Barth. Er trug die Tonsur eines Geistlichen.

Die Klägerin warf ihrem Prozessgegner einen hochmütigen Blick zu und trat vor, um mit erhobenen Fingern den Eid abzulegen.

»Euer Gnaden«, sagte sie selbstbewusst und ungeniert, »einige Jahre lang habe ich eine Liebesbeziehung mit dem Beklagten hier geführt.« Sie zeigte auf ihren Prozessgegner. »Um genau zu sein: Ich war seine schamlose Geliebte«, ergänzte sie laut und ohne zu erröten.

Der Beklagte aber wurde über und über rot. In seiner betretenen Art sah er nicht gerade wie ein schamloser Liebhaber aus.

Notar Haselberger protokollierte die Aussage eifrig mit: »Erat impudica amatrix.«

»Wir konnten nämlich nicht heiraten«, fuhr die Klägerin fort, »weil Michael Priester werden sollte. Jedenfalls hat er mir immer wieder erzählt, dass er bald die höheren Weihen empfangen würde und danach im Zölibat leben müsse. Als ich jedoch letztes Jahr nach München ziehen wollte, um meinem Herrn im dortigen Haus zu dienen, hat er Angst bekommen, ich könnte mir einen anderen Mann nehmen. Also versprach er mir die Ehe mit ungefähr diesen Worten: ›Werd ich in diesem Jahr nicht Priester, so will ich dich nehmen und mich zu dir bekennen.‹ Ich nahm das als Eheversprechen an und sagte ihm auch: ›So nehm ich dich auch und sage Ja.‹ Danach liebten wir uns wie Mann und Frau, und er nannte mich sein Weib. Er hat mir sogar einen Brief geschrieben, in dem er mich, wie Ihr sehen könnt, seine Ehefrau nennt. Nun ist das Jahr vorbei, und er ist immer noch nicht Priester geworden. Also bitte ich, dass er dazu verurteilt wird, sein Versprechen zu halten.«

Prokurator Pack reichte Pangratz Haselberger ein gefaltetes beschriebenes Blatt Papier. Haselberger notierte das Empfangsdatum und begutachtete die Schrift, die seiner Meinung nach ganz ordentlich und sauber war. Sie war mit Sicherheit ordentlicher als die Handschrift mancher Pfarrer, die der Notar lesen musste. Mit einem anerkennenden Kopfnicken reichte er den Brief an den Richter weiter.

Der Beklagte trat mit verschämter Miene vor den Richterstuhl.

»Wie antwortest du auf diese Anschuldigung, Beklagter?«, fragte Johannes Heller, der sich undeutlich an den jungen Mann als einen etwas schüchternen und unbeholfenen Schüler an der Domschule erinnern konnte.

»Ehrwürdiger Herr Richter, ich gebe zu, dass ich der Liebhaber der Klägerin war und dass ich ihr versprochen habe, sie zu heiraten, falls ich nicht Priester würde«, stotterte Michael Schneider etwas verzagt. »Es war jedoch niemals meine Absicht, damit die Ehe zu schließen, weil ich ja die höheren Weihen nehmen sollte. Als sie dann nach München gehen wollte, habe ich ihr, wie ich glaube, wieder einmal das Gleiche gesagt. Das stimmt auch. Aber danach haben wir nicht miteinander geschlafen, nicht jedenfalls an diesem Tag.«

»Sehr tugendhaft«, bemerkte Heller sarkastisch. Er überflog den Brief rasch und las einige Stellen vor: »Meine willige und untertänige treue und liebe Hausfrau …« Und dann weiter: »Auch bitt ich Euch, liebe Hausfrau, lasst Euch Euer Sach befohlen sein … und haltet mir die Treue, wie Ihr mir versprochen habt. Dasselbe will auch ich allzeit tun …«

Der Richter sagte mit einem leichten Lächeln: »Für uns hört sich das durchaus so an, als würde ein Ehemann an seine Ehefrau schreiben.«

Er wandte sich an Marcus Hörnle und fragte ihn scherzhaft: »Findest du nicht?« Der junge Beisitzer lachte allerdings nicht, sondern sah ungewöhnlich blass und unkonzentriert aus.

»Ja. Oder vielmehr nein, meine ich«, stammelte er.

Heller hob seine buschigen weißen Augenbrauen und fragte den Beklagten: »Ist das denn deine Schrift, junger Mann?«, fragte er.

Der Kleriker nickte.

»Und du hast noch keine Weihe und kein Benefiz erhalten?«

Prokurator Pack sprang für die Klägerin ein: »Quod absit! – Was Gott verhüten möge! Ein feiner Priester wäre das, der mit der Klägerin unter vorgetäuschtem Eheversprechen jahrelang ein unsittliches Verhältnis geführt hat.«

Prokurator Maulberger war ebenso rasch zur Stelle. »Das ist rechtlich unerheblich. Hier geht es nur um die Frage, ob eine Ehe besteht oder nicht. Der Beklagte bestreitet, dass er sein Versprechen realiter gegeben hat, es war eher ein konditionales Versprechen im irrealen Sinn. Er hätte sie geheiratet, wenn er nicht Priester werden sollte. Dennoch war keineswegs davon auszugehen, dass dieser Fall eintreten würde, und daher war es auch nicht anzunehmen, dass er sein Versprechen einlösen muss.«

Darauf wandte Pack entschlossen ein: »Sein Verhalten hat den Beklagten jedoch als für die Priesterwürde ungeeignet erwiesen. Er hat demzufolge der Klägerin ein Eheversprechen gegeben, das er nicht einhalten wollte, und hat sie inzwischen als seine Konkubine gehalten. Wir erinnern das Gericht daran, dass Kandidaten für die Priesterweihe sittlich geeignet sein müssen: Idoneus moribus, wie es heißt. Ergo sollte der Beklagte nicht Priester werden dürfen. Daher wurde das Eheversprechen realiter und verbindlich gegeben.«

Johannes Heller wurde dieses Wortgefechts überdrüssig. Ihm fiel auch auf, dass Marcus Hörnle sich ungewöhnlich still verhielt. Sein überhebliches Lächeln war ganz verschwunden.

»Genug, wir werden heute Nachmittag darüber befinden«, verkündete er frostig.

Neben ihm stand Marcus Hörnle plötzlich auf und verließ unvermittelt und ohne Erklärung den Raum. Während Johannes Heller sich noch über sein seltsames Verhalten wunderte, betrat eine junge Frau mit einem neugeborenen Kind in ihren Armen den Gerichtssaal. Mit vorwurfsvoller Geste überreichte sie dem Notar einen Zettel, dessen Inhalt Pangratz Haselberger überrascht und nicht wenig hämisch vorlas: »Die Klage von Magdalena Schliers, Dienerin eines Herrn Johannes Scherffler aus Freising, gegen einen gewissen Marcus Hörnle, Canonicus Frisingensis, um eine Deflorationsentschädigung und die Geburtskosten für sein leibliches Kind.«

Im Gerichtssaal erhob sich allgemeines Getuschel und Geflüster; jemand lachte sogar laut auf. Johannes Heller erhob seine Stimme: »Ruhe!«

Er ließ sich den Zettel geben und prüfte den Inhalt. Dann blickte er auf die Klägerin, eine junge Magd mit roten Wangen, die ängstlich und unruhig umherschaute. Das kleine Kind fing an zu schreien.

»Die Klage wird zugelassen«, verkündete er trocken.

»Der Beklagte scheint nicht anwesend zu sein«, krähte der Notar spöttisch, der den überheblichen jungen Mann allzu gerne erniedrigt sehen wollte. Auch die Prokuratoren Maulberger und Pack kicherten böswillig.

»Dann lassen wir ihn eben vorladen«, sagte Heller mit einer müden Stimme. Pangratz Haselberger notierte die Anweisung genüsslich in das Gerichtsbuch: »Citatus Dominus M. Hornle canonicus Frisingensis ad instantiam Magdalenae famulae Scherffler de Frisinga.«

In der Mittagspause machte sich der Richter auf die Suche nach seinem verschwundenen Beisitzer. Zuerst begab er sich zu Marcus Hörnles Wohnung, dann zur Benediktskapelle, wohin sich die Domherren zu privaten Gebeten zurückzuziehen pflegten, und danach in den Dom. Doch der Flüchtige war nirgendwo zu finden. Endlich fand Heller einen Diener, der Hörnle gesehen hatte, und entdeckte ihn in den Hofställen bei den Pferden.

Der junge Domherr stand neben einer großen schwarzen

Mähre, den Kopf gegen die Schulter des Pferdes gelehnt, und kämmte die Mähne mit einer Bürste in langsamen, sorgfältigen Strichen. Der Pferdemist und die Ausdünstungen der Tiere verströmten einen beruhigend warmen, animalischen Geruch. Im Halbdunkel des Stalls schien der Hochmut des sonst so hoffärtigen Juristen verflogen; wie ein bekümmerter Junge suchte Marcus Hörnle Trost bei den Pferden.

Er wandte sich Heller zu, während er weiterhin dem Pferd die Mähne kämmte und den Hals streichelte.

»Sagt bitte nichts, Dominus. Es war ein Fehler, ein dummer, schwerer Fehler«, stöhnte er mit der Stimme echter Zerknirschtheit. »Mea culpa, mea maxima culpa.«

»Es war nicht nur ein Fehler, sondern eine schwere Sünde«, korrigierte ihn Heller streng. Doch angesichts der Bekümmertheit des jungen Mannes fügte er besänftigend hinzu: »Aber welcher Mensch lässt sich nie etwas zuschulden kommen? Peccare est hominum – es ist menschlich, zu sündigen –, wie man sagt.« In pastoralem Tonfall fuhr er fort: »Wir Menschen haben einen göttlichen Verstand und können wissen, was richtig ist, aber unsere Begierden verführen uns stets, gegen die Gebote der Vernunft zu handeln. Die Sehnsucht nach Liebe ist vielleicht der natürlichste und verzeihlichste Grund für einen Fehltritt; niemand ist frei davon. Aber wie viele Menschen sind daran zugrunde gegangen? Welche Schäden hat die Liebe angerichtet?«

Er kam schließlich zum entscheidenden Punkt: »Du kannst es für die Klägerin jedoch wiedergutmachen. Zumindest finanziell, denn darum ist sie doch vor Gericht gezogen. Du musst der Frau eine Entschädigung bieten.«

»Und das kleine Kind, das ohne Vater aufwachsen und mit dem Stigma der Unehelichkeit leben muss?«, fragte Hörnle trostlos. »Das ist meine größte Schuld. Auch das Kind trägt einen Schaden davon, nicht nur die Frau: Wir zwei hatten unsere Freude zusammen, und ich habe sie zumindest nicht getäuscht oder ihr vorgelogen, dass ich sie heiraten will. Ja, es war eine Sünde, aber nur eine menschliche. Doch welche Folgen hat nun unser Leichtsinn?«

»Auch dafür kannst du sorgen«, sagte Heller. »Biete der Frau eine Entschädigung an und zahle den Unterhalt für das Kind, damit es gesund aufwächst und eine Bildung genießen kann. Das kannst du außergerichtlich erledigen, sodass der Fall nicht mehr vor Gericht kommt. Das tun doch viele Geistliche.«

»Aber das ist es genau: Ich kann nicht dafür aufkommen. Ich habe nur wenig Geld, kaum genug, dass ich meinen eigenen Lebensunterhalt bestreiten kann«, stöhnte Hörnle.

»Wenn du einen größeren Skandal vermeiden willst, musst du trotzdem Geld auftreiben«, sagte Heller nicht ohne Härte. Er verkniff es sich, zu sagen, dass Hörnle sich einen doch ziemlich aufwendigen Lebenswandel leistete. »Ich will jedenfalls nicht, dass der Fall erneut vor meinem Gericht verhandelt wird. Das ruiniert nicht nur dein Ansehen, sondern auch den Ruf des Gerichts. Wie willst du jetzt als stellvertretender Richter oder eines Tages als ordentlicher Richter dem Gericht vorsitzen, wenn alle wissen, dass du selbst nicht unschuldig bist? Bereits jetzt lachen der Notar und die Prokuratoren über dich. Wenn du aber eine außergerichtliche Lösung mit der Frau findest, so wird Gerechtigkeit getan, und niemand muss es wissen. Die Klage wird zurückgezogen, und der Fall gilt damit als erledigt. Das Übrige kannst du mit deinem Gewissen ausmachen. Lege die Beichte ab und leiste dafür Buße. Das erleichtert dir die Seele.«

Marcus Hörnle nickte abwesend und streichelte das Pferd am Hals. Heller ging und ließ ihn im Stall mit den Tieren zurück.

Auf dem Weg zum Gerichtssaal traf er die Prozessgegner des Vormittags, Michael Schneider und die Köchin Anna, die nun Hand in Hand auf ihn warteten. Die Klägerin erklärte freudig, sie wolle ihre Klage zurückziehen, da ihr Michael sein Eheversprechen nun doch einhalten würde.

»Jawohl«, sagte der Möchtegern-Geistliche und verneigte sich so tief, dass Heller auf seine Tonsur blicken konnte.

»Der alte Barth hat ihm nämlich eine Einstellung als Buchhalter angeboten, weil er so schön und sauber schreibt«, sagte Anna stolz. »Und Michaels klerikale Karriere steht sowieso unter keinem glücklichen Stern: Die Keuschheit liegt wohl nicht in seiner Natur.« Sie kniff dabei ihren neuerlich überzeugten Ehemann in die Rippen, der wieder »Jawohl« sagte und sich noch tiefer verneigte.

Johannes Heller freute sich und ermahnte die beiden, ihre Ehe so bald wie möglich kirchlich segnen zu lassen.

SCHANDE UND SPOTT

In den Gerichtssaal zurückgekehrt, fand sich der Richter wenig später einer dicken, sehr aufgeregten Münchener Bürgersfrau gegenüber, deren breites Gesicht einen äußerst beleidigten Ausdruck trug, während ihr Prokurator, Magister Johannes Maulberger, ihre Klageschrift mit penibel akkurater Stimme vortrug. Ihr ebenfalls korpulenter Ehemann namens Christoph Czottner saß auf der Klägerbank und schnaufte hin und wieder. Er war ein bekannter und sehr reicher Münchner Handelsmann, der, wie es hieß, gute Aussichten hatte, in den äußeren Stadtrat gewählt zu werden.

Auf der Anklagebank gegenüber hockte ein dürr aussehender Geistlicher mit einer prominenten roten Knollennase, die fast wie ein großer Schnabel aussah. Es war Erhard Spornecker, ein Kanoniker des St.-Andreas-Stifts. Johannes Heller kannte den Beklagten zur Genüge, denn er hatte einen sehr streitlustigen Charakter und war daher häufig in Prozesse verwickelt. In diesem Fall lautete die Klage auf iniuria, Ehrverletzung.

Der Prokurator der Klägerin, Johannes Maulberger, hatte die Klageschrift nach allen Regeln der Kunst gestaltet und las nun seine gewundenen und höchst umständlichen Formulierungen stolz vor. Notar Pangratz Haselberger, der diesen schwülstigen Juristenstil hasste und übrigens auch schwer verständlich fand, beschloss, dieses Mal selbst keine Notizen davon zu machen. Stattdessen würde er es seinem jungen Assistenten, dem Substitutnotar Johann Fischer, überlassen, eine Abschrift der Klage für das Gerichtsbuch anzufertigen.

Maulberger setzte an: »Vor Euch, ehrwürdigem Herrn Johannes Heller, Kanoniker und Konsistorialrichter des höchst ehrwürdigen Domkapitels zu Freising, bringe ich als Prokurator im Namen der ehrbaren Frau Barbara, Ehefrau des Münchner Bürgers Christoph Czottner, in ihrer Rechtsklage gegen einen gewissen Dominus Erhard Spornecker, Kanoniker von St. Andreas, oder gegen wen auch immer, der zu seiner Verteidigung rechtlich befugt sein sollte ...« Maulberger warf einen bitteren Blick auf seinen Kontrahenten Johannes Pack, wobei er allerdings ein wenig den Faden verlor. »Ähm, bringe ich, sage ich noch einmal, und lege zugleich vor folgende Klagepunkte, auf die einzeln und im Einzelnen der Beklagte zu antworten aufgefordert wird.« Nach dem undurchdringlichen rhetorischen Dickicht dieser einleitenden Worte machte Maulberger eine kurze Pause, um dann mit den einzelnen Artikeln der Klage fortzufahren.

Zuerst hob er hervor, dass die Klägerin vor ihrer Ehe eine ehrbare Jungfrau und danach eine tadellose Ehefrau gewesen sei. Daher seien jegliche beleidigende Anspielungen des Beklagten auf den sittlichen Wandel der Klägerin völlig unbegründet und erfunden oder vielmehr von einem bösen Geist inspiriert. Diese Ehrverletzung sei geschehen, als die Klägerin an Fronleichnam letzten Jahres an der Prozession teilgenommen habe. Anschließend sei eine feierliche Messe in St. Peter gefeiert worden, wo viele Leute waren, unter anderem auch die Klägerin und der Beklagte. Im Gedränge sei die Klägerin unabsichtlich gegen den Beklagten gestoßen, als sie sich gerade vor dem Priester befunden habe. Daraufhin habe der Beklagte sehr laut und deutlich zu ihr gesagt: »Sagt mal, schöne Frau, wieso stoßt Ihr mich wie ein Bock?« Die Klägerin habe auf diese beleidigende Äußerung jedoch mit einer höflichen Entschuldigung geantwortet. Darauf habe der Beklagte animo iniurandi – mit ehrverletzender Absicht – und so laut, dass alle Umstehenden und sogar der Bischof es hören mussten, gesagt: »Habt acht, ihr Männer, sie hat mir unter die Kutte gegriffen.«

Als der Prokurator die Beleidigung ebenfalls laut und deutlich vortrug, wurde die Klägerin krebsrot vom Kopf bis zum Hals und möglicherweise bis zu den Zehenspitzen, die freilich niemand sehen konnte. Ihr Ehemann hüstelte konsterniert, während sich der Beklagte mit einem böswilligen Lächeln äußerte.

Damit habe der Beklagte sich jedoch nicht begnügt, fuhr Prokurator Maulberger mit vorwurfsvoller Stimme fort, sondern habe der Ehrverletzung eine Beleidigung hinzugefügt, indem er auf ihre Proteste seinen Vorwurf wiederholt habe: »Jawohl, sie hat mir an die Eier gegrapscht«, und dann, als die Klägerin ihm zu entkommen versuchte: »Seht, sie ist ganz rot vor Begierde, die schamlose Ehebrecherin!« Ein anderes Mal schließlich habe er die Klägerin vor mehreren ehrbaren Personen als ein »fettes Klosterweib« beschimpft. Dies sei allseits bekannt: publica vox et fama.

Der Prokurator wurde durch lautes Lachen des Beklagten unterbrochen. Die Klägerin kreischte vor Wut, und ihr Ehemann erhob sich mit drohender Miene mühsam von der Bank. Schließlich setzte sich Prokurator Maulberger über den Lärm durch und schloss die Klagedarlegung mit empörter Stimme ab: »Die Klägerin fordert daher, dass der Beklagte unter Strafandrohung gezwungen wird, seine ausgedachte, frei erfundene und ungerechte Beleidigung zu widerrufen und sie nie mehr zu wiederholen. Außerdem soll er verurteilt werden, der Klägerin für die Beschmutzung ihres Rufes eine Entschädigung in der Höhe von dreihundert Gulden zu zahlen.«

Während Barbara Czottner noch am ganzen Körper bebte und ihr Ehemann sie zu beruhigen versuchte, schielte Prokurator Maulberger triumphierend auf seinen Konkurrenten Johannes Pack. Der Fall war doch eindeutig, und es gab viele Zeugen. Jegliche Verteidigung würde aussichtslos sein.

Doch Johannes Pack stellte sich der Klage ruhig entgegen, genau wie der bescholtene Priester, der weiterhin und sogar noch boshafter lächelte. Die Verteidigung antwortete zuerst gar nicht auf die Klageartikel, sondern erhob stattdessen Einspruch gegen die Klage insgesamt, die gänzlich erfunden, falsch und unbegründet sei. Insbesondere, so Prokurator Pack, sei es eine irreführende Behauptung, dass die Klägerin unbescholtenen

Rufes sei. Vielmehr sei sie eine stadtbekannte Ehebrecherin, von der alle möglichen unzüchtigen Handlungen zu erwarten seien. Vor einigen Jahren sei sie nämlich als die schamlose Geliebte eines verheirateten Mannes überführt worden, dessen Ehe sie ruiniert habe. Das sei publica vox et fama. Was die Klage selbst angehe, schloss der Prokurator, so bestreite der Beklagte nicht, die Klägerin eine schamlose Ehebrecherin genannt zu haben, doch habe sie ihn durch ihr Grapschen dazu veranlasst.

Die Klägerin kreischte wieder auf und schien in Ohnmacht zu fallen. Prokurator Maulberger sprang auf und erwiderte atemlos: »Das ist nichts als eine weitere infame Verleumdung. Meine Mandantin ist mit ihrem Ehemann glücklich verheiratet, und es hat nie eine Klage wegen Ehebruchs gegen sie gegeben. Des Weiteren ist das Grapschen nur eine schmutzige Fantasie des Beklagten, der somit seine eigene Verdorbenheit offenbart.«

»Doch, doch, geehrter Kollege«, erwiderte Prokurator Pack, der nun ebenso boshaft lächelte wie sein Mandant. »Ich muss auf die Richtigkeit meiner Behauptung bestehen: Vor drei Jahren wurde ein Prozess in diesem Gericht geführt, eine Trennungsklage, in welcher der Ehemann wegen Ehebruchs für schuldig befunden wurde. Mehrere Zeugen wurden befragt und bewiesen eindeutig, dass der damalige Beklagte in jenem Fall mit Barbara Czottner Ehebruch begangen hat. Wer will, kann sich darüber in den Gerichtsbüchern vergewissern.«

Der Beklagte fügte unnötigerweise hinzu: »Für das Grapschen habe ich zwei Zeugen – duos testes. Sie sind noch ganz blau davon.«

Indessen trat Prokurator Maulberger seinem Kollegen Pack gegenüber und forderte ihn wütend heraus: »Das Argument ist rechtlich nicht zulässig. Es steht fest, dass es kein Urteil gegen meine Mandantin gibt und dass kein Prozess gegen sie geführt wurde. Und wie weiß der ehrwürdige Kollege denn über diesen alten Prozess überhaupt Bescheid? Die Gerichtsbücher und die Aussagen im Gericht sind doch geheim zu halten und dienen nur der rechtlichen Überprüfung; sie dürfen nicht für andere

Zwecke verwendet werden.« Er zitterte vor Wut am ganzen Körper. Der sicher geglaubte Sieg drohte ihm zu entgleiten.

»Das ist doch alles publica vox et fama«, antwortete Pack mit einem siegreichen Lächeln.

»Dafür habt Ihr jedenfalls nun gesorgt«, brüllte der aufgeregte Ehemann. »Du Ratte Spornecker, du lügender Pfaff, du hast diese ganze Geschichte herausgekramt, um mich in einen Skandal zu verwickeln und meinen Ruf zu ruinieren, damit ich nicht in den Äußeren Rat gewählt werde. Gib es zu!«

Der knollennasige Priester grinste hässlich und schrie mit schriller Stimme: »Eine Beleidigung und eine völlig unbegründete Beschuldigung! Herr Richter, er hat mich einen lügenden Pfaff genannt – und das hier im Gericht vor Zeugen. Ich fordere eine Entschädigung.«

»Ich lasse dich umbringen, du Schurke«, tobte Czottner mit purpurnem Gesicht. »Ich werde mich rächen!«

Das Ganze drohte völlig außer Kontrolle zu geraten und selbst zum Skandal zu werden. Notar Haselberger bereute es indes nun arg, die Aussagen nicht protokolliert zu haben.

Schließlich musste der Richter mit seinem Stab klopfen und die Parteien zur Ruhe auffordern. Nachdem sich die Aufregung gelegt hatte, ließ Heller die Prokuratoren vor sich treten und ihre jeweiligen Positionen kurz zusammenfassen. Abschließend erklärte er, er wolle über die Zulässigkeit des Einspruchs entscheiden, und setzte einen Termin dafür fest.

»Es scheint uns jedoch im beiderseitigen Interesse zu liegen«, fügte er als Ratschlag hinzu, »dass die Parteien in diesem Konflikt eine außergerichtliche Lösung suchen sollten, um weitere Skandale zu vermeiden.« Er schaute dabei insbesondere die aufgeregte Klägerin an, die sich inzwischen von ihrer Ohnmacht erholt hatte. »Um die Zulässigkeit des Einspruchs zu überprüfen, werden wir nämlich untersuchen müssen, ob und inwiefern die vor Gericht erhobenen Behauptungen tatsächlich wahr und allgemein bekannt sind. Unserer Erfahrung nach bringt dieses Verfahren für solche Geschichten – seien sie nun wahr oder erfunden – erst recht öffentliche Aufmerksamkeit und richtet dadurch möglicherweise noch größeren Schaden an. Überlegt euch, ob ihr das wollt.«

Die Klägerin und ihr Ehemann murrten unzufrieden und konferierten mit Prokurator Maulberger, der ebenfalls frustriert wirkte. Als sie endlich aus dem Gerichtsraum gingen, stöhnte Heller auf.

Ihm schien das Ganze ein geplanter Rufmord zu sein. Johannes Heller hatte den Eindruck, dass Spornecker die Klägerin durchaus absichtlich und mit Vorbedacht beleidigt hatte, um sie zu einer Klage zu provozieren. Offenbar wollte er den Gerichtsprozess als Bühne verwenden, um einen weiteren Skandal zu erzeugen. Irgendwo musste Spornecker die alte Ehebruchgeschichte der Klägerin aufgestöbert haben und wollte nun dafür sorgen, dass sie möglichst bekannt wurde. Doch wie hatte er davon erfahren? Prokurator Pack hatte behauptet, es handele sich um eine stadtbekannte Geschichte. Doch das erschien Heller unwahrscheinlich. Publica vox et fama – die allgemeine Bekanntheit – war meist nichts weiter als eine leere Behauptung. Wer erinnerte sich überhaupt noch an diesen Fall?, fragte sich der Richter. Und außerdem war Barbara Czottner damals nicht einmal direkt in den Prozess involviert gewesen, sondern wurde lediglich in den Zeugenaussagen erwähnt. Woher wusste Spornecker davon?

Es war ein geschäftiger Tag am Freisinger Offizialat. Zahlreiche weitere Parteien traten mit ihren gewöhnlichen Streitigkeiten über Ehesachen, Schulden, Erbschaftsangelegenheiten und Kirchenämter vor den Richter. Johannes Heller hätte sich bei diesen drögen Verhandlungen den Beistand seines gewitzten, wenn auch selbstgefälligen Beisitzers gewünscht, doch Marcus Hörnle kam an dem Tag nicht mehr ins Gericht.

Am Ende des Tages erlebte der Richter noch eine böse Überraschung, als der dürre Bildhauer Johannes Hagen wieder in den Gerichtssaal eintrat. Schweigend reichte der unheimliche

Ehemann eine schriftliche Klage gegen seine Frau ein, die offenbar erneut seiner Gewalt entflohen war. Nach den Vorschriften des kirchlichen Eherechts sollten Mann und Frau als Ehepaar Tisch und Bett teilen und zusammenleben; eine Ehefrau durfte ihren Mann nicht ohne gerichtliche Erlaubnis verlassen. Der Bildhauer konnte daher die Einhaltung der cohabitatio – des Zusammenlebens – einklagen. Gegebenenfalls musste das Gericht seine Frau Katherina dazu zwingen.

Johannes Heller, der die Trennungsklage der Ehefrau des Bildhauers trotz Bedenken und Gewissenskonflikten abgelehnt hatte, zögerte nun erneut, die Forderung des Ehemanns zu unterstützen. Doch widerwillig musste er befinden, dass das Klagebegehren rechtlich zulässig war, er ließ die entflohene Ehefrau zum nächsten Termin vor das Gericht laden.

Pangratz Haselberger notierte die Anweisung: »Citata Catherina uxor Johannis Hagen de Landshut propter cohabitationem.« Allerdings war der Aufenthaltsort der entlaufenen Ehefrau unbekannt, sodass die Ladung per edictum, durch öffentliche Bekanntmachung in der Kirche, erfolgen musste. Alle Priester der Diözese Freising wurden aufgefordert, die Aufforderung bekannt zu machen und sub poena excommunicationis – unter Exkommunikationsandrohung – für deren Umsetzung zu sorgen.

Der Notar selbst erhielt den Auftrag, die Bekanntmachung an den Türen des Freisinger Doms anzubringen. Johannes Heller hoffte indes heimlich, dass Katherina Hagen das Bistum bereits verlassen hatte.

DIE EHEFRAU DES BILDHAUERS

Am Abend des langen Gerichtstags besuchte Johannes Heller wie gewöhnlich die Abendmesse im Dom. Als er seinen Platz im Chorstuhl einnahm, erblickte er mit etwas Verwunderung einen Fetzen Tuch auf seinem Stuhl. Der Stoff war rot und ziemlich auffällig, er konnte daher nicht lange unbemerkt dort gelegen haben. Er hob das Tuch auf und betrachtete es näher: In der unsicheren Schrift einer Hand, die wohl nicht oft schrieb, hatte jemand mit Kohle Buchstaben auf den Stoff gekritzelt: »k – o – m – m – z – u – m – a – r – i – a – b – e – t – e.« Komm zu Maria. Bete – oder bitte? Was sollte das bedeuten?

Heller sah sich um und entdeckte Marcus Hörnle, der durch den hinteren Eingang den Dom betrat und zum Chorstuhl kam, um seinen Platz einzunehmen. Er roch immer noch ein wenig nach Pferdestall. Seine Augen wichen dem fragenden Blick des Älteren aus, und Heller ließ ihn in Ruhe.

Nach der Abendmesse blieb Johannes Heller im Dom sitzen. Nachdem alle anderen Geistlichen hinausgegangen waren, die Ministranten aufgeräumt hatten und er endlich allein war, trat er zum Marienaltar. Die Kerzen flackerten noch, und ihr unstetes Licht spiegelte sich im goldenen Altarschmuck.

Heller kniete vor dem Altar nieder und versuchte zu beten. Er wusste jedoch nicht, wofür er beten sollte. Also überlegte er, wer ihm den Zettel geschrieben haben könnte und warum. Doch niemand kam, und nichts passierte, um das Rätsel aufzuklären. Die Zeit floss so zäh dahin wie das Wachs von den Kerzen, das in goldenen, zähflüssigen Tränen an den Seiten der Kerzen hinabrann und mitten im Fluss erstarrte.

Niemand erschien. Johannes Heller stand endlich wieder auf und blickte sich nochmals im Dom um. Dann begriff er mit Entsetzen: Nicht vor dieser Maria, sondern vor der schönen hölzernen Maria in der Sakristei hätte er warten müssen.

Er eilte nun mit mühseligen Schritten hinüber, denn seine alten Knie schmerzten von der langen Unbeweglichkeit. Die entlaufene Frau des Bildhauers – sie musste es sein, dachte er, deren Ehemann an dem Standbild wie auch an ihrem eigenen Leib mit seinem Meißel geschnitzt hatte. Die Vorstellung löste wirre Gefühle und Gedanken in ihm aus. Ob sie wohl noch da war?

Mit einer Talglampe in der Hand hetzte Johannes Heller in die Sakristei, fast über seine Robe stolpernd, und warf sich vor der »Schönen Maria« auf den Boden. Halblaut sprach er ein eiliges Gebet, er möge nicht zu spät gekommen sein.

Im Augenwinkel erblickte er etwas Dunkles, eine Bewegung im Schatten.

Ihm fiel plötzlich ein, was der rothaarige Messdiener Heinrich vor einigen Wochen erzählt hatte: Der Teufel schleiche nachts in der Sakristei herum – entweder er oder jemand in einem schwarzen Mantel, der mit dem Tod des Kustos zu tun gehabt hatte. Der junge Ministrant Lukas, der ihn angeblich gesehen hatte, war immer noch verschwunden.

Johannes Heller wurde mulmig.

»Wer ist da?«, rief er mit schwacher Stimme.

Der Schatten trat einen Schritt vor ins Licht der Talglampe. Es war die Frau des Bildhauers, Katherina.

»Du bist es. Ich habe es gehofft. Und gefürchtet«, sagte Heller, der noch vor der Marienstatue kniete. »Aber was machst du hier?«

»Ihr müsst mir helfen«, flüsterte die Ehefrau. Sie kniete sich neben Heller vor die Statue. Ihre Stimme klang seltsam, kaum verständlich. »Ich bin von meinem Mann weggelaufen und habe niemanden hier außer Euch.«

Heller fühlte eine Berührung an der Hand. »Mir? Nachdem ich dich zu ihm zurückgeschickt habe?« Er ergriff ihre Hand und murmelte: »Vergib mir. Das wollte ich nicht tun, glaub mir.«

»Ich weiß es«, antwortete sie. »Ich konnte in Euren Augen

sehen, dass Ihr mir helfen wolltet. Deswegen bin ich zu Euch gekommen.«

»Aber höre, Katherina: Dein Ehemann ist heute vor Gericht gekommen und hat eine Klage gegen dich eingereicht, um dich zu zwingen, zu ihm zurückzukehren«, flüsterte Johannes Heller verzweifelt. »Ich muss dich jetzt vor Gericht bringen, sonst bin ich durch meine eigene Anordnung exkommuniziert. Als Richter bin ich durch das Recht der Kirche gebunden.« Er seufzte und ließ den Kopf nach vorne fallen.

Die Ehefrau erbebte. »Aber dann werde ich wieder zu ihm zurückgehen müssen, und er wird mich dieses Mal ganz sicherlich abschlachten, wie er es mir versprochen hat. Das dürft Ihr nicht erlauben. Er wird mich töten. Warum wollt Ihr mir nicht glauben? Schaut nur, was er mir angetan hat.« Sie riss ihren Mantel auf und ließ ihn von den Schultern gleiten. Darunter war sie nackt.

»O Gott, dominus misericors«, flüsterte der alternde Richter und zitterte am ganzen Leib. »Das darfst du mir nicht zeigen.« Er wagte es nicht, sie anzuschauen, und konnte die Augen dennoch nicht von ihr lösen. Sie blickte ihn verletzt, aber zugleich auch furchtlos und mutig an und forderte ihn wortlos auf: Schaut. Mich. An.

Also schaute Johannes Heller die Ehefrau des Bildhauers an und betrachtete ihren nackten Leib mit einem Gefühl von Lust und Entsetzen. Trotz ihrer Magerkeit war ihr Körper in der Blüte junger Weiblichkeit: Die spitzen Brüste, der sanfte Schwung ihres Bauches und die Kurven ihrer Hüften waren ein Lustgarten der Sinne, in deren Betrachtung Johannes Heller sich gerne verloren hätte. Aber mit Schrecken stellte er fest, dass ihre weiche, glatte Haut mit unzähligen kleinen Narben und eiternden Wunden bedeckt war, die weißrötlich wie Maden in ihrem Fleisch schimmerten. Aus manchen Wunden trat noch ein Rinnsal roten Blutes aus.

Die Schnitte bildeten Muster, stellte Heller mit wachsender Faszination und Abscheu fest, die an ihrem Leib die Rippen und Muskeln und die darunterliegenden Knochen und Organe nachzeichneten, als hätte der Bildhauer seine Frau bei lebendigem Leib mit seinem Meißel seziert.

Heller graute bei diesem Anblick. Zugleich aber stieg ihm der warme, weibliche Körpergeruch der Frau in die Nase wie eine sommerliche Heuwiese, und ihre Nacktheit und Nähe erfüllten ihn mit einer heißen Begierde, die ihn verwirrte und fast noch mehr erschreckte als ihre Entstellung.

»Mein armes Kind«, flüsterte er und wandte sich rasch ab. »Zieh dir den Mantel bitte wieder an. Es ist so kalt hier.«

Er blickte auf zur schönen Madonna, die der Bildhauer mit demselben Meißel geschnitzt hatte. »Ein Sakrileg! Niemals soll er dich wieder in seine Hände bekommen«, schwor er.

»Muss ich denn nochmals vor Gericht?«, fragte sie, und Johannes Heller sah, wie sie zitterte.

»Leider ja«, murmelte er widerwillig. »Ich muss dich dazu zwingen. Durch meine eigene Sanktion bin ich dazu verdammt.«

»Aber wenn ich wieder keine Beweise habe, sondern nur Indizien, wie Ihr sie nennt?«

»Ich werde die Klage dennoch ablehnen«, sagte Heller mit Entschlossenheit. »Ich habe die Wahrheit gesehen. Wenn dein Mann gegen mein Urteil appelliert, schicke ich dich weit fort von der Diözese, an einen Ort, wo er dich niemals findet. Hier aber kannst du nicht bleiben. Du musst dich heute Nacht in meinem Haus verstecken, und morgen werde ich dich in der Stadt in Sicherheit bringen. Dort kannst du bei meinen Verwandten Unterschlupf finden.«

Johannes Heller fasste Katherina Hagen unter den Arm und führte sie durch die dunkle Sakristei zur Seitentür, die sich zum Kreuzgang hin öffnete. Er ging voraus und warf einen vorsichtigen Blick in den Wandelgang, bevor er sie zu sich winkte. Er durfte nicht mit einer Frau gesehen werden, schon gar nicht nachts. Das wäre ein unerhörter Skandal. Nachdem er sich vergewissert hatte, dass niemand da war, nahm er ihre Hand; dicht nebeneinander standen sie im Halbschatten des Gangs. In der Stille glaubte Johannes Heller, das rasche, verängstigte Schlagen ihres Herzens zu hören. Oder war es sein eigenes?

Oben in der Tiefe des Nachthimmels hing das silberne Antlitz des Mondes und schien durch die Fenster in den Kreuzgang hinein. Dünne Wolken zogen wie ein durchsichtiger Schleier darüber, und der wenige verbliebene Schnee im Innenhof des Kreuzgangs leuchtete milchig weiß.

Plötzlich bemerkte Johannes Heller eine dunkle Gestalt, die reglos in einer Ecke des Kreuzgangs stand. Zunächst hatte er sie für einen Schatten gehalten, doch dann war ihm aufgefallen, dass der Schatten selbst einen Schatten warf. Er erstarrte, genau wie die Frau neben ihm. Alle drei verharrten einige Augenblicke bewegungslos und wachsam, wie Figuren auf einem Schachbrett, die auf den nächsten Zug warteten.

Dann brach die schattige Gestalt aus ihrer Deckung hervor und lief rasch den Gang hinab. Ein dunkler Mantel raschelte; Fußtritte schallten. Heller wollte laut »Halt!« rufen, besann sich aber eines Besseren und eilte hinterher. Er wusste zwar nicht einmal, was er tun würde, falls er den Unbekannten einfangen sollte, aber er wollte unbedingt wissen, wer es war und was er hier tat. War es der »Teufel« im schwarzen Mantel?

Kaum hatte der Richter die Verfolgung aufgenommen, verschwand der Unbekannte an der Benediktskapelle.

Johannes Heller folgte ihm mit einigem Abstand. In der Kapelle herrschten Dunkelheit und Stille; nur eine kleine Lampe brannte vor dem Altar und warf ein schwaches Licht in den dunklen Raum. Heller hielt inne und horchte. Nichts. Das Einzige, was er wahrnehmen konnte, waren sein eigener Atem und das Schlagen seines Herzens, die allmählich ruhiger wurden. War niemand da?

Heller ging vorsichtig durch den Raum und rüttelte an den hinteren Ausgangstüren. Sie waren verschlossen. Es befand sich niemand in der Kapelle. Ratlos kehrte Heller in den Kreuzgang zurück und sah sich um.

In der Ecke neben der Kapelle war eine Tür, die auf den Domplatz hinausführte. Aber sie war stets zugesperrt. Nun probierte er sie und war überrascht, als sich die schwere Holztür unter seiner Hand öffnete. Seltsam, dachte er und blickte vorsichtig hinaus. Niemand war zu sehen. Wer auch immer es gewesen war, er kannte sich am Domberg aus. Und war es nur Zufall, dass diese Tür nicht zugesperrt war?

Weiterhin grübelnd führte Johannes Heller die verängstigte Ehefrau des Bildhauers durch den Kreuzgang und aus der offenen Hintertür auf den Domplatz. Sie warteten, bis der Mond hinter einer schweren Wolke verschwand und der Platz in Dunkelheit getaucht wurde, und schlichen dann an den Gebäuden des Dombergs entlang bis zum Haus des Richters.

Dort wies Johannes Heller Katherina Hagen ein Bett im Gästeraum zu und ließ von den Dienern etwas Essen bereiten, das er ihr persönlich brachte. Er versorgte sie auch mit warmer Männerkleidung, einem Mantel und einem großen Hut, damit sie sich verkleiden konnte.

Der Richter saß bei seinem Gast, während Katherina gierig aß, denn sie hatte tagelang kaum etwas zu sich genommen. Danach erzählte sie von sich. Sie war die Tochter eines Kunstmalers aus Landshut, der vor einigen Jahren gestorben war. Ihr Vater war ein bekannter Künstler gewesen, der viele Bilder für Kirchen und für die Häuser reicher Bürger gemalt hatte. Katherina war seine einzige Tochter; er hatte sie über alles geliebt und ihr eine Bildung zukommen lassen. Leider war er plötzlich gestorben, und Katherinas Mutter hatte bald danach einen Steinmetz geheiratet, der ein Freund ihres verstorbenen Gatten gewesen war. Der Stiefvater, Peter aus der Blumenau, hatte sich als Säufer und Kartenspieler erwiesen, der das Vermögen seiner Frau schnell durchbrachte und Ehefrau und Kinder im Rausch schlug. Als Katherina alt genug war, wurde sie rasch mit dem Bildhauer Johannes Hagen verheiratet, der bereit gewesen war, sie fast ohne Mitgift zu nehmen, weil er ihr Gesicht schön fand.

Katherina lachte bitter und weinte ein wenig, während sie sprach. Ihr Ehemann habe sie allerdings nicht geliebt, sondern lediglich ein Modell für seine Arbeiten gebraucht, nachdem seine erste Frau gestorben war.

»Aber er will nicht nur mein Gesicht malen. Er will mich nackt sehen, Dominus«, erklärte sie. »Das hat er in Italien gelernt, glaube ich. Er sagt immer, dass ein Künstler die Natur nachbilden soll, so wie die alten Römer und Griechen es getan haben. Aber was ist das für eine Natur, die er meint? Seine Bilder sind wie Adam und Eva, aber anders, sündhafter. O Herr, ich wusste nicht, dass man solche Bilder macht. Ist das christlich?« Sie schluchzte und erzählte weiter, sie habe lange Stunden nackt in der kalten Werkstatt gesessen, während ihr Ehemann Skizzen anfertigte oder am Holz schnitzte. Als der Bildhauer bei einer solchen Sitzung kurz weggegangen sei und dabei die Tür offen gelassen habe, sei ihr die Flucht gelungen. Sie habe seinen Mantel genommen und sei auf die Straße hinausgelaufen.

Johannes Heller unterbrach sie mit der Frage, ob sie das Vorbild für die »Schöne Maria« in der Sakristei gewesen sei.

»Nein«, antwortete sie, »das war seine erste Ehefrau. Er muss sie wohl irgendwie geliebt und an ihre Schönheit geglaubt haben. Ich bin nur das Modell für die unzüchtigen Statuen, die er schnitzt. Solche schamlosen, schrecklichen Darstellungen! Und sie sind nach mir gemacht. Außerdem arbeitet er an einer großen Statue der Maria Magdalena – einer leidenden Sünderin, wie er sagt –, die er ebenfalls nach mir formt. Deshalb, sagt er, muss auch ich leiden.«

Heller rief: »Was ist das für ein Mensch!«

»Ich glaube, dass er Frauen hasst«, flüsterte die entlaufene Ehefrau.

Sie fuhr fort, dass der Bildhauer eigentlich eine geistliche Karriere hätte antreten sollen. Er hatte die Tonsur genommen und sogar einige Jahre an einer Universität studiert, bevor er plötzlich sein Leben änderte und eine Lehre als Bildhauer anfing. Er sei viel gereist und kenne viele Länder. Insbesondere sei er lange in Italien gewesen und habe die schönen Bilder und Statuen in Städten wie Florenz und Padua bewundert.

»Er ist sehr begabt, aber zugleich böse und eitel«, sagte sie abschließend. »Er vergleicht sich immer mit den italienischen Künstlern und ihren Werken. Es macht ihn eifersüchtig und bitter, wenn es ihm nicht gelingt, besser als sie zu sein. Dann schafft er oft gar nichts mehr und wird verrückt.«

Nach dem Gespräch mit Katherina ging Johannes Heller ganz aufgewühlt zu seinen Räumen, wo er allerdings weder lesen noch schlafen konnte, sondern nur aufgeregt auf und ab marschierte. Schließlich trank er einige Becher des starken, schweren Rotweins, den er in jährlichen Bestellungen aus Italien importieren ließ, und fiel erschöpft ins Bett. Im Schlaf wälzte er sich hin und her und träumte von duftenden Heuwiesen, in denen Schlangen lauerten.

UNTEN IN DER STADT

In den Morgenstunden ragten die weißen Mauern und Türme am Freisinger Domberg schweigend über der Hügel- und Flusslandschaft des mittleren Isartals auf. Auf einer Anhöhe westlich des Bischofssitzes stand die Benediktinerabtei Weihenstephan, zu deren Füßen sich der ruhige, sich durch die flachen Auen schlängelnde Fluss Moosach in zwei Arme aufspaltete. Nach Norden floss die kleine Stadtmoosach mitten durch die ummauerte Stadt Freising, während der Hauptarm der Moosach den Domberg südlich umfloss und sich wiederum in die Wörthmoosach und die Schleifermoosach teilte. Die drei Flussarme umzingelten den Domberg nach Norden und Süden, bevor sie sich nordöstlich davon wieder zu einem einzigen Strom vereinigten, der zunächst parallel zu den breiten Kiesbänken der reißenden Isar weiterfloss.

Nach Süden hin fielen die Flanken des Dombergs steil und teils schroff zu den flachen Auen der verzweigten Flussläufe ab. Wo die besonnten Hänge weniger abschüssig waren, wuchsen Weinreben und Obstbäume. Nach Norden hin aber neigte sich der Domberg sanft hinab zu der kleinen Stadt Freising, die devot am Fuß der geistlichen Zitadelle kauerte.

Durch zwei wehrhafte Tore führten vom Bischofssitz kleine Straßen zur Stadt hinunter. Durch das westliche Portal fuhr am nächsten Tag Johannes Heller auf einem Wagen, beladen mit einem Fass seines guten italienischen Weins und einem Sack Korn, die er einem Verwandten in der Stadt bringen wollte. Neben ihm saß, als Mann verkleidet, Katherina Hagen, die Frau des Bildhauers. Der Föhnwind hatte nachgelassen, und dunkelgraue Schneewolken am nordwestlichen Horizont kündigten eine erneute Wetterfront an.

Der Wagen fuhr langsam den Hang hinab, überquerte die Stadtmoosach und bog rechts in die Hauptstraße, die vom

Veitstor im Westen bis zum Isartor im Osten durch Freising verlief. Am Marktplatz, wo die St.-Georgs-Kirche und das Rathaus standen, war die Straße voll mit Menschen und Tieren; es lärmte, schrie und grunzte, drängte und schubste sich.

Nach der gewohnten Ruhe und Ordnung des Lebens auf dem Domberg fand Johannes Heller die Stadt bedrückend und überwältigend. Er zog den Kopf ein und bemühte sich, den Trubel von sich fernzuhalten. Der Wagen kämpfte sich voran durch die Untere Hauptstraße, bis er nach rechts in das Bogentor eines großen, direkt an der Straße liegenden Bürgerhauses einfuhr.

Hier wohnte Johannes Tucher, ein Verwandter des Richters auf der mütterlichen Seite, mit seiner Frau und drei Töchtern. Der Vetter war ein gesetzter, wohlhabender Handelsmann, der einen guten Ruf genoss. Mit seinem dichten grauen Lockenkopf, dem wolligem Bart und unverwandt blickenden, leicht hervortretenden Augen sah er ein wenig wie ein alter Widder aus. Er war über den zwar durch einen Boten angekündigten, aber doch recht ungewöhnlichen Besuch des Herrn Chorrichters nicht wenig verwundert.

Umso mehr staunte der Vetter, als er sah, dass Heller ihm Wein und Getreide brachte, und fiel schließlich vollends aus allen Wolken, als er erfuhr, dass Hellers Begleiter in Wirklichkeit eine verkleidete Frau war, die er zu beherbergen gebeten wurde. Er lehnte das Ansinnen zunächst streng ab und schüttelte sogar missbilligend den Kopf; doch schließlich willigte er ein und nahm den Wein und das Korn als reichlich bemessene Entschädigung an. Er schätzte Hellers italienischen Wein sehr.

»Also wirklich«, murrte der Vetter dennoch und schaute Heller mit einem besonders eindringlichen Blick an. »Ich hoffe, Ihr wisst, was Ihr tut.«

»Ich weiß es sehr wohl, mein Lieber«, antwortete Heller mit betonter Stimme.

»Es ist ja nicht, dass ich an Eurer Gesinnung zweifele«, fügte der Verwandte hinzu. »Aber ich befürchte, dass manche Leute das anders sehen. Eine junge Frau ihrem legitimen Ehemann wegzunehmen und sie heimlich zu verstecken, das könnte kompromittierend sein. Also wirklich, wenn daraus nur kein Skandal wird!«

»Daran ist nichts Anrüchiges«, rief Heller verärgert. »Ich versuche nur, sie vor ihrem Ehemann zu schützen. Dazu werde ich als Richter übrigens vom kanonischen Recht aufgefordert. Ich hätte es längst machen sollen.«

»Also wirklich«, blökte der Verwandte nochmals, »Euer kanonisches Eherecht. In Eurem Gericht ist in letzter Zeit einiges passiert, habe ich mir sagen lassen. Sagt mal, ist es wahr, dass der junge Müller Hans Bienenstocks Tochter entjungfert und geschwängert hat?«

»Ich weiß nicht, wovon Ihr redet, Vetter«, sagte Heller. Er konnte sich tatsächlich kaum mehr an den Fall erinnern, von solchen Klagen hatte er an jedem Gerichtstag mehrere.

»Doch, doch. Vor wenigen Wochen wurde der Fall vor Eurem Gericht verhandelt, wisst Ihr nicht mehr? Er soll ihr die Ehe versprochen haben, um sie vögeln zu können. Nun will er sein Versprechen nicht mehr halten, weil er ein anderes Mädchen heiraten möchte, eine Tochter des Ratsherrn Trinckaus nämlich. Ihr habt den Taugenichts freigesprochen. Aber die Bienenstöckin bekommt nun ein Kind, wie es heißt. Deshalb hat der alte Trinckaus seine Meinung geändert und will dem Müller seine Tochter doch nicht geben. Da könnt Ihr Euch denken, wie die Familien nun zerstritten sind. Ein feiner Skandal.«

Heller fuhr ihn gereizt an: »Ihr seid offenbar sehr gut informiert, aber ich weiß nicht, woher dieser Tratsch kommt. Jedenfalls ist das, was in meinem Gericht passiert, geheim, und ich werde nicht darüber plaudern.«

»Ich erzähle nur, was ohnehin alle sagen«, murmelte der Vetter in seinen Bart. »Ich habe ja schließlich auch Töchter«, fügte er bekümmert hinzu. »Drei Töchter.«

Heller hätte gerne gewusst, von wem sein Verwandter diese

Geschichte hatte, dachte sich aber, dass weitere Fragen sinnlos wären. Vielleicht war es wirklich schon publica vox et fama geworden.

Johannes Heller blieb zum Mittagessen bei seinen Verwandten. Der Tisch in der guten Stube im ersten Stock mit Blick auf die Hauptstraße wurde für den angesehenen Herrn Chorrichter besonders edel gedeckt. Die drei Töchter präsentierten sich in ihren feinsten Kleidern, mit ihren vollen roten Wangen und Lockenköpfen sahen sie prächtig aus. Sie flüsterten und kicherten ununterbrochen. Johannes Heller fragte sich ein wenig wehmütig, wie lange es dauern würde, bevor auch eine von ihnen wie Elisabeth Bienenstock als entjungferte und verlassene Braut vor seinem Gericht stand. Oder als misshandelte Ehefrau wie Katherina Hagen.

WER OHREN HAT, SOLL HÖREN

Johannes Heller ließ Katherina bei seinem Vetter in der Stadt und ging mit dem Gefühl, dass sie nun in Sicherheit war. Zu Fuß wanderte er durch die belebte Hauptstraße zurück. Am Marktplatz vor der Georgskirche hatte sich eine Menschenansammlung um einen Prediger gebildet. Noch ehe Heller den Redner sehen konnte, hörte er dessen erhobene Stimme, die eindringlich auf die Zuhörer einredete. Als er näher kam, erkannte Heller den Mann: Es war Michael Schmatz, ein Kanoniker des St.-Andreas-Stifts.

Schmatz war ein auffallend ernster, etwas kränklich aussehender Priester, der an der Domschule Bibelunterricht erteilte. Heller hatte ihn oft in der Bibliothek bei der Lektüre apokalyptischer Schriften gesehen. Im normalen Gespräch hatte Schmatz eine dünne, zittrige Stimme mit einem leicht hysterischen Klang. Nun war Heller überrascht, festzustellen, wie scharf seine metallisch klingende Stimme durch den Straßenlärm und das Gebrabbel des Publikums schneiden konnte: Jedes Wort, jede rhetorische Steigerung war klar zu vernehmen. Die Predigt ging um die Sündhaftigkeit der Menschen und die Strafe Gottes. Das schien ein Thema zu sein, woran Priester Schmatz großen Gefallen hatte.

»Manche sagen, der Mensch sei in seiner Natur böse«, schrie Schmatz. Seine Stimme zitterte jedes Mal leicht, wenn er das Wort »böse« aussprach: »... bö-öse.«

»Doch ist der Mensch von Gott geschaffen, weshalb er in seiner Natur nicht böse sein kann. Vielmehr kommt das Böse und alles Übel aus der menschlichen Gemeinschaft und ist ein Werk der Menschen, nicht Gottes. Das Böse wird von den Menschen gelehrt und gelernt wie ein Handwerk oder ein Studium. Es wird praktiziert wie eine Religion und organisiert wie eine Kirchengemeinde oder eine Kanzlei. Schließlich herrscht und regiert das Böse wie ein König oder ein Papst …« Der Redner steigerte sich in sein Thema hinein.

Johannes Heller blieb stehen, um sich die Predigt anzuhören. Sie schien ihm eine gefährliche Wendung zu nehmen.

»Die Herrschaft des Bösen ist das Regiment des Tieres, von dem in der Apokalypse die Rede ist. Die Zeichen des Tieres und seiner Herrschaft sind Blasphemie: sieben Köpfe und zehn Hörner und auf den Hörnern sieben Kronen und auf den Häuptern die Blasphemie. Was ist das denn, die Köpfe und die Kronen, wenn nicht die Königtümer der Christenheit: Frankreich, Aragon, Katalonien, Ungarn, Böhmen, Polen, Neapel, England, Schweden und das Deutsche Reich? Und aus dem Babel in Avignon ist der Papst, der mit den Königen gehurt hat, nach Rom zurückgekommen. Die Herrschaft des Tieres ist hier und jetzt«, schrie Priester Schmatz erregt mit seiner dünnen, durchdringenden Stimme.

»Si quis habet aurem, audiat«, fuhr er fort. »Wer Ohren hat, soll hören, das heißt: die Mahnung hören und verstehen. Es wird die große Sühne kommen, die sieben Zornesschalen werden über uns ausgeschüttet, und es werden nur die Gerechten gerettet. Wer Augen hat, soll sehen: das Gute sehen und nachmachen, das Böse erkennen und vermeiden. Die größte Sünde unserer Zeit ist die Unsittlichkeit, die Unzucht: Überall treiben es Männer und Frauen als Ehebrecher und Huren. Das heilige Sakrament der Ehe wird missachtet; illegitime Kinder werden aus Unzucht geboren. Die Bäder und die Gasthäuser sind Sündenpfuhle, wo Lüsternheit, Sodomie und Pädophilie getrieben werden. Es gibt heute keine Sünde, die nicht begangen wird. O tempora, o mores! Es geht hier zu wie in Sodom und Gomorrha, sage ich euch. Und erinnert euch, wie Gott jene Städte bestrafte.« Mahnend hob der Kanoniker die Hand.

»Seht hin: Überall leben Priester in offenem Konkubinat mit Dirnen und zeugen uneheliche Kinder, als ob das alles keine Sünde wäre. Der Klerus aber sollte ein Vorbild für die Laien sein. Die Kirche ist die Braut Christi, nicht die Konkubine eines

Hurenmeisters. Wie soll sich das arme Volk verhalten, wenn schon ihre Vorbilder dem Laster frönen? Wer soll sich an die Gesetze der Kirche halten, wenn schon der Klerus sie missachtet? Bereits das Zweite Laterankonzil schrieb fest, dass Kleriker, die eine Konkubine halten, ihr Amt und Benefizium verlieren sollen und keine Messen mehr halten dürfen. Die gleiche Forderung wurde am Basler Konzil wiederholt und sogar hier in unserem Bistum bei der letzten Synode als Beschluss proklamiert. Doch wen kümmert das? Wer hält sich an die Gebote? Und warum sollte er auch, wenn unser Fürstbischof nichts tut, um ihnen Geltung zu verschaffen!«

Prediger Schmatz schnaufte tief durch und ließ seine Vorwürfe auf die Zuhörer wirken, ehe er noch einmal ansetzte: »Hört zu: Nur wer sich nicht befleckt hat, wird gerettet. Daher sage ich, unser Klerus muss sich reformieren; unser Bischof und unsere Domherren müssen die Herrschaft des Tieres und der Hure abwerfen, damit sie ein wahres Vorbild für das Volk sein können. Zu ihnen hat Gott gesagt: ›Geht hinaus aus ihr, mein Volk, dass ihr nicht teilhabt an ihren Sünden und nichts empfangt von ihren Plagen!‹ Reformiert euch daher, sage ich, werft die Herrschaft des Bösen, die Tyrannei der Unsittlichkeit ab und folgt Gottes Gebot.«

Manche Zuhörer klatschten Beifall, andere murrten kritisch.

»Amen. Das stimmt!«, riefen die einen laut.

»Stimmt nicht!«, hielten andere entgegen. »Alles nur erfunden.«

»Reformiere dich selbst, du Pfaffe«, brüllte jemand.

Ein Schneeball flog aus der Menge und traf den Prediger.

Johannes Heller schüttelte den Kopf. Das war wirres und vor allem gefährliches Gerede. So absurd es auch schien, die Könige der Christenheit mit dem Tier der Apokalypse und den Papst mit der babylonischen Hure zu vergleichen, solche Analogien konnten schwerwiegende Konsequenzen haben, wenn die falschen Leute davon erfuhren. Noch gefährlicher für den Redner aber war es, Fürstbischof Tuhlbeck derart öffentlich zu kritisieren und zu Reformen aufzufordern, denn Schmatz war selbst ein Freisinger Kleriker und lebte unter Tuhlbecks Herrschaft.

Zudem trafen solche Vorwürfe den Bischof an einer empfindlichen Stelle, denn er sah sich in der letzten Zeit immer wieder Forderungen ausgesetzt, endlich für die Umsetzung der Synodalbeschlüsse zu sorgen und eine Reform der Kirche in Freising zu bewirken. Diese Forderungen gingen, wie es schien, vor allem von Personen aus, die Bischof Tuhlbeck gezielt Probleme bereiten wollten.

Manche vermuteten sogar, dass der Münchner Herzog Albrecht und seine Brüder dahintersteckten. Es hieß ja, dass die Herzöge einen Groll gegen Tuhlbeck hegten, nachdem er das überdimensionierte Denkmal seines Vorgängers, eines ihrer Verwandten, hatte abreißen lassen, und dass sie sich schon länger einen gefügigeren Fürstbischof wünschten.

DER TOTE MINISTRANT

Gerade als Johannes Heller seinen Weg zurück zum Domberg fortsetzen wollte, hörte er jemanden seinen Namen rufen. Der junge Ministrant Heinrich kam auf ihn zugelaufen. Der Knabe rang nach Luft und musste erst ein paarmal durchatmen, bevor er dem Richter seine Nachricht mitteilen konnte. Doch Heller konnte bereits an den verängstigten Augen ablesen, dass es sich um etwas Schreckliches handeln musste.

»Den Lukas hat man gefunden«, brachte der Junge schließlich heraus. »Tot.« Und er fing an zu heulen.

Der seit Wochen unauffindbare Ministrant war also nicht bloß weggelaufen, wie Johannes Heller gehofft hatte. Das plötzliche und unerklärte Verschwinden des Knaben unmittelbar nach dem Tod des Kustos hatte ihn zutiefst besorgt, und längst schon hatte er das Schlimmste befürchtet. Nun war es also traurige Gewissheit.

»Komm, zeig ihn mir«, sagte Heller, und gemeinsam gingen sie weiter. Der Junge lief ungeduldig voraus, und der alternde Richter kam angestrengt hinterher. Unterwegs erzählte Heinrich, dass er zufällig in der Nähe gewesen sei, als man Lukas gefunden hatte. Er sei gleich losgelaufen, um den Herrn Chorrichter zu finden; am Haus des Richters habe man ihn hinunter nach Freising geschickt. Man habe auch die Stadtwache alarmiert.

Heller und Heinrich eilten durch die Untere Hauptstraße nach Nordosten, bogen in die Heilig-Geist-Gasse und verließen die Stadt durch das Isartor. Ein schmaler Weg führte sie unter dem steilen Osthang des Dombergs an der ruhig fließenden Moosach entlang zu einer Stelle, wo eine Gruppe von Menschen versammelt war. Alle schauten mit Entsetzen und Neugier auf ein kleines, zerbrochenes Ding vor ihren Füßen.

In den Weiden am Flussufer saß eine große Schar schwarzer

Krähen. Ihre Anwesenheit kam Heller unheilvoll vor. Es schien ihm, als wären die Krähen immer da, wenn etwas Schlimmes passierte, und als gäbe es in der letzten Zeit immer mehr von ihnen in Freising.

Man hatte die Leiche des kleinen Lukas aus einem seichten Teich gezogen, wo sie vermutlich unter Schnee und Eis längere Zeit unentdeckt gelegen hatte. Heller überlegte, dass der Ministrant bereits seit über einem Monat, seit dem Tag, an dem der Kustos sich erhängt hatte, verschwunden gewesen war. Erst das Tauen des Schnees durch den warmen Föhn hatte den Toten aufgedeckt.

»Ich habe ihn hier gefunden«, sagte ein bärtiger Bauer, als er den Chorrichter zur Leiche führte. »Es waren die Krähen, die mich darauf aufmerksam machten. Sie haben ihn ziemlich zugerichtet.«

Es war ein grauenhafter Anblick. Der Altarknabe war noch in seinem Ministrantengewand, einer langen weißen Albe, die nun schleimig, dreckig und zerrissen an seinem dünnen Körper klebte. Das einst so unschuldige Gesicht unter den engelhaften blonden Locken war vom Wasser völlig aufgedunsen, und die Krähen hatten die blauen Augen aus ihren Höhlen gefressen. Aus seinem Bauch, der ebenfalls von den Vögeln aufgerissen worden war, traten die Eingeweide heraus.

Der Leichnam stank entsetzlich, sodass Heller ganz übel wurde, als er sich darüberbeugte, um den Toten näher zu inspizieren. Nach der langen Zeit unter der Schneedecke und der Verstümmelung durch die Krähen war es unmöglich, eine offensichtliche Todesursache zu erkennen.

»Vermutlich ertrunken«, sagte der bärtige Bauer, der die Leiche entdeckt hatte, über Hellers Schulter hinweg.

»Unsinn«, gab der Richter ärgerlich zurück, »das Wasser hier ist kaum hüfthoch und war bis heute festgefroren. Und sollte er etwa mitten im Winter in diesem Gewand schwimmen gegangen sein?« Dann murmelte er in sich hinein: »Aber was wollte er hier, und warum kam er so bekleidet hierher?«

»Umgebracht hat er sich«, schrie im Hintergrund eine zahnlose alte Frau, »ganz bestimmt! Wie der Domkustos, auch wenn Ihr Pfaffen von einem Unfall redet. Erst der Kustos, nun auch der Altarknabe: Da muss doch ein Zusammenhang sein. Etwas stinkt hier.«

»In diesem Fall glaube ich nicht, dass es Selbstmord war«, sagte Heller mit betonter Neutralität. »Womit hätte er sich hier denn umbringen sollen?« Er stand auf und deckte die Leiche mit einem Tuch zu.

»Dann hat jemand ihn ermordet«, stellte ein anderer fest.

»Mord!« Alle schauten entsetzt auf und fingen zu tuscheln an.

Der Richter versuchte einzuwenden, dass das noch nicht erwiesen war, aber niemand mehr hörte ihm zu. Heller blickte unwillkürlich hinauf zum Südende des Dombergs, wo die weißen Mauern der Gebäude sich lauernd vor dem bleiernen Himmel abzeichneten und schwiegen, als ob sie alles wüssten. Auch wenn Heller den Gedanken zu verdrängen versuchte, musste es doch irgendeinen Zusammenhang zwischen dem Domberg dort oben und dem toten Ministranten hier unten geben.

Der Junge war vom Domberg herabgekommen, oder jemand hatte ihn hierhergebracht. Vielleicht war er sogar oben ermordet worden. Aber warum lag er dann hier unten, wo er leicht gefunden werden konnte?

Er rief den kleinen Heinrich zu sich. Der Junge stand noch unter Schock, er starrte voll Entsetzen auf die Leiche seines Freundes. Heller bückte sich ein wenig, um Heinrich in die Augen zu sehen, und legte ihm beruhigend die Hand auf die Schulter.

»Was, denkst du, ist passiert?«, fragte er ihn. »Glaubst du, dass dein Freund sich umgebracht hat, oder denkst du, dass ihm jemand etwas angetan haben könnte?«

Der Knabe erschauderte. »Es muss der Teufel im schwarzen Mantel gewesen sein, der mit dem Kustos in dem Turm war. Er hat auch den Lukas getötet, weil er böse war. Er will uns alle umbringen, die mit dem Kustos etwas zu tun hatten, und unsere Seelen direkt in die Hölle schicken.«

Heller horchte auf. Böse? Er hatte immer ein ungutes Gefühl, wenn der Junge das Wort sagte.

»Was meinst du mit ›böse‹?«, fragte er vorsichtig nach. »Wie war der Kustos böse? Wie war Lukas böse? Warum sagst du das? Gibt es etwas, das ich wissen sollte?«

Der Junge seufzte: »Vielleicht.« Dann schluckte er, und Tränen liefen ihm aus den blauen Augen. »Jeder weiß es doch!«, heulte er auf.

»Was weiß denn jeder?«, fragte Heller sanft.

»Das, worüber niemand spricht. Der Kustos: Er ist uns allen nachgestiegen, und er hat den Lukas besonders gerne gemocht, weil ...« Seine Stimme brach vor Wut und Trauer.

»Weil er klein und schwach war und sich nicht wehren konnte«, sagte Heller, dem etwas Bitteres in die Kehle stieg. »Das also ist euer dunkles Geheimnis. Aber warum weiß ich nichts davon, wenn es doch alle wissen? Warum habt ihr mir das verschwiegen?«

»Wir haben es nicht freiwillig vor Euch zurückgehalten, Herr. Ich habe es dem Beichtvater und danach sogar dem Herrn Fürstbischof selbst erzählt. Aber der Bischof wollte nichts davon hören und hat mir verboten, jemals wieder darüber zu sprechen.«

»Was? Wie konnte er nur!« Heller war empört. Er wollte schon sagen, dass er das überhaupt nicht glauben könne, aber seit seinem letzten Gespräch mit dem Bischof über den Tod des Kustos erschien ihm eine solche Vertuschung doch durchaus wahrscheinlich. »Das ist ein echter Skandal und eine große Sünde, eine unverzeihliche Sünde.«

Vor Aufregung sprang er auf und ging hin und her. »Das muss etwas mit den Todesfällen zu tun haben. Das kann gar kein Zufall sein«, sagte er halblaut.

Er wandte sich wieder an den Knaben. »Du hast richtig

gehandelt, mir davon zu erzählen. Nicht du hast gesündigt, sondern ein anderer. Aber nun müssen wir versuchen, herauszufinden, was mit Lukas passiert ist. Du musst mir alles sagen. Erinnerst du dich, wann Lukas zuletzt gesehen wurde und wer sonst noch bei ihm war?«

»Ich habe ihn das letzte Mal bei der Abendmesse gesehen, an dem Tag, als der Kustos starb. Er war traurig und voller Angst, wie wir alle. Wir räumten auf und gingen dann zu unseren Kammern. Da war der Lukas noch dabei, glaube ich. Oder vielleicht auch nicht – ich kann mich nicht ganz genau erinnern. Vielleicht ist er doch im Dom geblieben. Nach dem Gottesdienst habe ich niemanden gesehen außer den anderen Ministranten und dem Priester, der die Messe gehalten hatte.«

»Wer hat denn an diesem Abend den Gottesdienst gehalten?«, fragte Heller.

»Ich weiß es nicht mehr«, antwortete Heinrich hilflos.

»Es muss ein Domherr oder ein Domvikar gewesen sein«, sagte Heller. »Ich werde nachfragen; vielleicht hat jemand etwas gesehen.«

Inzwischen waren Wachmänner aus der Stadt gekommen, um die Leiche des Ministranten zu inspizieren und wegzutragen. Ihnen folgte schnaufend der Freisinger Stadtrichter, ein kleiner, dicker Mann, der sich stets auf die Zehenspitzen stellte, um etwas größer zu erscheinen. Er sprach auch zu schnell und überlaut, um Gehör zu finden.

»Dominus Chorrichter, welche Ehre«, plapperte er los, noch ehe er Heller erreicht hatte. »Welch ein schreckliches Ereignis hier vor den Mauern unserer Stadt. Ein junger Knabe, wie ich sehe. Einfach grauenhaft: ein Mord an so einem unschuldigen Jungen.«

Heller antwortete vorsichtig: »Wir wissen noch nicht, ob es Mord oder ein Unfall war. Das müssen wir erst herausfinden.«

Der Stadtrichter wippte auf den Zehenspitzen auf und ab. »Ja, in der Tat. Sehr weise. Wir müssen zuerst die Fakten sammeln und alle Möglichkeiten überprüfen, bevor wir ein Urteil fällen. Da mihi factum, do tibi ius – gib mir die Fakten, dann gebe ich dir meinen Rechtsspruch –, so heißt es ja. Doch, doch, genauso gehen wir Stadtrichter auch vor, Dominus Chorrichter.«

»Dabo tibi ius«, korrigierte ihn Heller leicht irritiert. »So heißt es: Dann werde ich dir meinen Rechtsspruch geben.«

»Egal: ›Ich werde geben‹ oder ›ich gebe‹. Welchen Unterschied macht das? Die Hauptsache ist, wir brauchen Beweise und Fakten: Darin sind wir uns einig.«

»Das Urteil aber soll nicht gefällt werden, bevor die Fakten vorliegen. Deswegen heißt es: ›Ich werde geben.‹ Im Recht kommt es immer auf den genauen Wortlaut an«, sagte Heller leise.

»Wie? Mord oder Unfall, wir müssen den Täter finden«, sagte der Stadtrichter entschlossen und sprang wie ein Ball von einem Fuß auf den anderen.

»Nicht Ihr, sondern wir. In diesem Fall handelt es sich um einen Angehörigen der bischöflichen Domkirche«, sagte Heller mit fester Stimme. »Das seht Ihr doch: Der Knabe trägt noch sein Messgewand. Daher obliegt die Aufklärung des Falls dem bischöflichen Vikar.«

Der Stadtrichter plusterte sich auf. »Die Leiche liegt vor unseren Mauern, und wir haben sie zuerst gefunden. Außerdem kann man nicht wissen, ob der Tote wirklich ein Ministrant ist oder sich nur so verkleidet hat. Und dann wäre es unsere Angelegenheit. Zuerst die Fakten, Dominus, dann das Urteil.«

»Er ist aber vom Dom«, protestierte der junge Heinrich. »Es ist der Lukas.«

»Darüber hat der fürstbischöfliche Vikar zu entscheiden«, antwortete Heller dem Stadtrichter kühl. Er ergriff Heinrichs Hand und führte ihn weg.

Die Sonne lag bereits tief am westlichen Horizont und sank allmählich hinter eine dunkle Wolkenbank. Ein kalter Wind kam auf und kündigte einen spätwinterlichen Sturm an. Die

Menschen gingen eilig auseinander. Auch Johannes Heller und der Ministrant Heinrich stiegen langsamen Schrittes hinauf zum Dom, der sich massig wie eine Trutzburg der geistlichen Ordnung gegen den stürmischen Himmel erhob.

Nur die schwarzen Krähen in den Bäumen blieben und krächzten melancholisch. Bald fing die Sturmglocke im nördlichen Turm des Doms wieder zu läuten an.

EIN KIND

Der Sturm wütete die ganze Nacht. Nasser Neuschnee fiel auf den aufgetauten Boden und bedeckte die Erde auf den Feldern. Johannes Heller fand kaum Schlaf. Er schlief nachts gewöhnlich leicht und wenig, doch heute lag er bleischwer im Bett, den Kopf voller Sorgen und dunkler Gedanken.

Insbesondere belasteten ihn die rätselhaften Todesfälle des Domkustos und des Ministranten. Er hatte den Eindruck, dass etwas Unheilvolles im Gange war: Etwas, was sich unmittelbar vor ihm, geradezu vor seiner Nase entfaltete und das er dennoch nicht sehen und begreifen konnte. Wenn er es nur erkennen könnte!

Er stand schließlich aus dem Bett auf und begab sich zu den Laudes matutinae wie gewöhnlich zum Dom. Der erste blasse Schein der Sonne leuchtete hinter den Wolken, als die Glocke zur Morgenmesse schlug. Es war Freitag, der 19. Februar.

Als Johannes Heller als Erster der Kapitulare den Dom betrat, hörte er etwas Ungewöhnliches, ein schwaches, aber jämmerliches Schreien, das in den hohen Mauern der Kirche gleichsam aus allen Richtungen schallte. Hellers Herz sprang in seiner Brust. O Deus misericors – barmherziger Gott –, was war das nur? Welch neuer Schrecken hatte sich ereignet?

Er eilte hin und her auf der Suche nach der Quelle des Geschreis und fand sie schließlich im Chorherrengestühl. Es war ein kleines Päckchen Elend, ein neugeborenes Kind, mit einem groben Tuch umwickelt, das auf dem Platz lag, wo Marcus Hörnle zu sitzen pflegte. Der Richter hob das Kind mit zittrigen Händen auf und sah, dass es bereits ganz blau vor Kälte war. Es schrie nur noch schwächlich und gestikulierte hilflos.

Heller, der keine Erfahrung mit Kindern hatte, fühlte sich ebenso hilflos wie der Säugling. Er streckte die Hand aus, um das Kind beruhigend zu streicheln, und war erstaunt, als es nach seinem großen Finger griff und mit seinem kleinen Händchen festhielt. So klein und doch schon vollkommen, dachte er, wie die Hand eines Erwachsenen, nur viel kleiner.

Merkwürdigerweise überraschte ihn diese Feststellung. Das winzige, schreiende Wesen war ein Mensch im Kleinformat. Es schrie nach den menschlichen Urbedürfnissen, nach Wärme, Schutz und Nahrung. Heller nahm den Findling unbeholfen, aber vorsichtig auf und wickelte ihn in seinen Mantel. Dann beeilte er sich, das Kind irgendwohin zu bringen, wo diese Bedürfnisse gestillt werden konnten.

Aber wohin denn? Im Eingangsportal des Doms traf er seinen jungen Kollegen Marcus Hörnle, der zusammen mit einigen anderen Domherren und Geistlichen soeben eingetreten war.

Hörnle rief ihm mit wie gewöhnlich übermütiger Stimme zu: »Was habt Ihr da im Arm, Dominus? Einen Schatz?«

»Ein Kind«, schnappte Heller zurück.

Hörnle blickte verdutzt. »Ein Kind?« Und wiederholte dann entsetzt: »Ein Kind!« Er drehte sich um und lief fluchtartig davon.

Die anderen Domherren schauten einander verblüfft an und fingen zu tuscheln an. Johannes Heller bahnte sich zwischen ihnen hindurch einen Weg zur Tür und eilte mit dem Kind zu seinem Wohnhaus. Dort schickte er einen Diener in die Stadt, um dort so schnell wie möglich nach einer Hebamme oder einer kundigen Frau zu suchen, während der Richter das Kind warm hielt. Mit dem Kind auf dem Schoß setzte er sich vor das Feuer und beobachtete es mit Neugier und Angst. Wie es dalag, sah das Kind wie ein kleines Püppchen oder eine Holzschnitzerei aus, dachte er, und doch atmete es und bewegte sich leicht. Es wirkte schwach. Dem alternden Richter wurde es bange bei dem Gedanken, wie klein und gefährdet das menschliche Leben in seinen Händen war.

Endlich kam der Diener aus der Stadt zurück und führte eine große, kräftig gebaute junge Frau mit sich, die in einen langen

Kapuzenmantel gehüllt war. Als sie eintrat, warf sie den Mantel ab. Darunter trug sie einen gelben Schal um den Kopf und ein eigentümlich elegantes, wenn auch etwas abgetragenes Kleid, das in der Situation unpassend wirkte.

Johannes Heller erstarrte vor Entsetzen, als er den gelben Schal erblickte. Es war eine Prostituierte. Die Frau bemerkte seine Reaktion, lächelte und nahm den gelben Schal ab, sodass ihr die langen, welligen rötlich braunen Haare auf die Schultern fielen. Heller erkannte sie nun: Sie war eine stadtbekannte Dirne namens Helena. Empört rief er dem Diener zu, was eine solche Frau hier in seiner Wohnung zu suchen habe.

Doch die Frau ließ sich nicht entmutigen, sondern riss das Kind aus Hellers Armen und legte es sofort an die Brust, die sie ohne Bedenken vor dem Richter entblößte.

»Ihr Männer!«, stieß sie dabei mit einem nicht unfreundlichen Lächeln aus. Sie hatte offenmütige braune Augen, die Scham nicht kannten. »Ein Bub«, stellte sie fest und streichelte das Kind mütterlich.

Johannes Heller schaute der Frau mit dem Kind erstaunt zu und fühlte sich plötzlich unerwartet erleichtert. Was könnte natürlicher und richtiger sein?

Er musste ebenfalls lächeln. »Wir Männer.«

Helena war gleich um die Gesundheit des Kindes besorgt, es sei sehr unterkühlt und könne kaum trinken. »Warum habt Ihr es so lange liegen lassen?«, fragte sie zornig.

Heller ordnete an, dass die Dirne Helena das Kind pflegen und dazu in seinem Haus bleiben solle, zumindest so lange, bis das Wetter besser geworden sei. Auch über Nacht, wenn es sein müsse. Freilich ahnte er voraus, dass das einen Skandal geben würde.

EIN FELS IN DER BRANDUNG

Johannes Heller vertagte die für diesen Tag anstehenden Gerichtsverhandlungen und begab sich zur bischöflichen Residenz, wo er um ein dringendes Privatgespräch mit Bischof Johannes Tuhlbeck bat. Er musste eine ziemlich lange Zeit warten, bis der Bischof ihm schließlich Audienz gewährte.

Tuhlbeck empfing Heller in seiner prachtvollen Bibliothek, die mit vielen wertvollen Handschriften ausgestattet war. Reihe an Reihe standen die ledergebundenen Bände in den Wandregalen, ein Kompendium des Wissens vergangener Zeiten, von prachtvollen Bibelabschriften über voluminöse theologische Werke bis hin zu den Opera der heidnischen Dichter. Und sie sammelten Staub. In gewissen Kreisen hieß es, der Herr Fürstbischof benutze die dicken Bände hauptsächlich als Kopfkissen, wenn er ein Nickerchen mache.

Doch dieses Mal konnte Johannes Heller sich vergewissern, dass ein prachtvoll gebundenes Buch offen auf dem Lesepult stand, in dem der Fürstbischof allem Anschein nach las. Neben ihm schwebte die devot geneigte Gestalt des Kanzlers Sixtus von Tannberg, der Heller mit einem kühlen, leicht vorwurfsvollen Blick begegnete. Heller hatte den Eindruck, dass er störte.

Tuhlbeck hob den Kopf, als ob er den Besuch gar nicht erwartete, und nickte. »Heller, alter Freund, hast du das schon einmal gesehen? Die Bibel …« Er strich mit den Händen langsam über die Seiten.

Johannes Heller schaute konsterniert auf das Buch am Lesepult. »Die Bibel kenne ich, Ehrwürden.«

»Natürlich. Aber diese Bibel ist gedruckt«, sagte Tuhlbeck mit einer schwärmerischen Stimme. »Ein Meisterwerk: so schön und leserlich, und zugleich gibt es Hunderte davon, alle genau gleich und alle vollkommen. Das ist eine wunderbare Erfindung. Stell dir vor, welche Möglichkeiten diese Technik bietet! Man wird Bücher billig produzieren und das Wissen, das bislang nur wenigen vorbehalten war, unter den Menschen verbreiten können. Alle können die Weisheiten des Augustinus und die Lehren des heiligen Thomas von Aquin lesen. Zugegeben, sie müssten erst Latein lernen – aber immerhin: Das wird das Volk erleuchten und weiser machen. Wir sollten diesen Herrn Gutenberg oder einen von seinen Jüngern vielleicht einladen, nach Freising zu kommen und sich eine Offizin einzurichten, wo wir doch so viele Bücher und so viel Wissen gesammelt haben. Welcher Ort wäre besser geeignet für die Werkstatt eines Druckers als unser berühmter ›gelehrter Berg‹? Durch die Buchproduktion könnte Freising nicht nur ein Berg, sondern ein Leuchtturm des Wissens sein, von wo aus die Erleuchtung in die Finsternis strahlt – ut lux in tenebris, wie es heißt.« Seine Stimme zitterte vor Aufregung.

Dann sah er Heller an. »Aber sag, nicht ohne Grund bist du zu uns gekommen. Welche Sorge führt dich zu uns um Rat?«

Heller kniete vor dem Fürstbischof nieder und küsste ihm die Hand, bevor er antwortete. »Schwere Sorgen, ehrwürdiger Vater«, sagte er. »Ihr habt, vermute ich, vom Tod des jungen Ministranten Lukas erfahren.«

Noch ehe der Richter ausgesprochen hatte, begann Tuhlbeck unentwegt zu nicken.

»Ein tragischer Fall«, pflichtete Sixtus von Tannberg mit ruhiger Stimme bei. »Aber wir hoffen sehr, dass Ihr dieses Mal nicht wieder behaupten wollt, es sei Selbstmord gewesen.«

Heller richtete das Wort weiterhin an den alten Bischof. »Nein, dieses Mal eher nicht«, sagte er. »Ich sehe nicht, womit er sich umgebracht haben könnte. Und auch ein Unfall ist auszuschließen. Nach der Aussage der Ministranten ist Lukas an dem Tag, als der Kustos sich erhängte, irgendwann nach der Abendmesse verschwunden. Seitdem wurde er nicht mehr lebend gesehen.«

»Ihr meint, an dem Tag, an dem der Kustos starb«, unterbrach ihn Sixtus sanft.

»Wie Ihr wollt. Er verschwand nach dem Tod des Kustos und dürfte noch an demselben Abend gestorben sein. Seine Leiche muss vom Schneefall des Sturms zugedeckt worden sein, der in der Nacht einsetzte, sonst hätte man ihn früher gefunden. Daher ist es sehr unwahrscheinlich, dass sein Tod ein Unfall war. Denn warum sollte er bei dem Sturm nur mit seinem Messgewand bekleidet einen Spaziergang am Fluss unternommen haben? Nein, es war kein Unfall und auch kein Selbstmord. Vielmehr muss jemand ihn vom Domberg entführt, getötet und zu dem Weiher gebracht haben. Es scheint sich also um Mord zu handeln, Ehrwürden.«

»Mord?«, rief Tuhlbeck, mit einem Mal aus seiner Lethargie wachgerüttelt. »Heller, was sagst du da? Schon wieder willst du einen Skandal in unserem Haus heraufbeschwören. Ein Mörder soll unter uns umgehen, womöglich sogar einer von uns? Welche Beweise kannst du für deine ungeheure Vermutung nennen?«

Johannes Heller stöhnte. »Dieser Tod hängt mit dem des Kustos offenbar zusammen, und das wisst Ihr ganz genau. Der Kustos hat sich sündhaft an den Altardienern vergangen, vor allem an dem kleinen Lukas, der nun tot ist. Einer der Ministranten hat Euch sogar davon unterrichtet, aber Ihr habt ihm verboten, darüber zu sprechen. Der Knabe hat mir dies übrigens nicht freiwillig gesagt, er hat sich daher nicht strafbar gemacht. Vielmehr war es, meine ich, eine Sünde, diesen Sachverhalt verheimlichen zu wollen. Ich will nicht fragen, welche Gründe Ihr hattet, diesem Hinweis nicht nachzugehen. Aber es liegt wohl auf der Hand, dass ein Zusammenhang zwischen diesen beiden Todesfällen besteht. Lasst uns also die Wahrheit aussprechen. Ich will keinen neuen Skandal heraufbeschwören, sondern dazu beitragen, einen Skandal zu verhindern. Denn es scheint mir, dass hier ein dunkles Geheimnis am Werk ist.«

Bischof Tuhlbeck, der beinahe aufgestanden war, als Heller das Vergehen des Kustos an dem Ministranten ansprach, saß nun wieder und hörte angespannt vorgebeugt zu. Seine Augen fixierten Heller mit ungewöhnlicher Aufmerksamkeit, und nicht einmal sein Kopf wackelte, während Heller sprach.

»Warum sich der Kustos erhängte, dürfte sich aus seiner schandhaften Leidenschaft für den Knaben erklären«, führte Heller fort. »Ich denke, dass Dominus Kemnater ein empfindsamer Mensch war, der wusste, dass das, was er tat, nicht gut war. Wahrscheinlich haben ihn seine Scham und die drückende Schuld in den Tod getrieben. Es wäre nicht überraschend gewesen, wenn auch der Knabe sich umgebracht hätte, obwohl er keinerlei Schuld daran trug. Aber es war wohl kein Selbstmord: Irgendeine dritte Person war am Tod des Jungen beteiligt. Wenn also das Vergehen des Kustos nicht die direkte Ursache für den Tod des Ministranten war, muss man sich fragen, wie die Todesfälle zusammenhängen.«

Heller sah den Bischof eindringlich an und fuhr fort: »Wir wissen, dass jemand in einem schwarzen Mantel dem Kustos in den Glockenturm folgte. Derselbe Knabe, der diese Person gesehen hat oder gesehen haben wollte, ebenjener Lukas, starb kurz danach. Vielleicht hatte er den Mann im schwarzen Mantel doch erkannt oder wusste, wer es war, und musste daher beseitigt werden? Das scheint mir die einzig mögliche Erklärung zu sein. Es stellt sich also wieder die Frage, warum diese Person dem Kustos in den Turm folgte. Was hat dieser Mann im schwarzen Mantel dort gemacht, und warum musste es geheim gehalten werden? Warum musste der Ministrant sterben? Vor allem: Wer war dieser Mann? Mehrere Leute haben in letzter Zeit gesehen, dass jemand nachts um den Dom herumschleicht.«

Heller wollte schon sagen, dass er ihn selbst schon erblickt hatte, fand aber, dass es besser war, seine nächtliche Begegnung mit der Ehefrau des Bildhauers zu verschweigen. »Ist es dieselbe Person, und was macht sie hier?«, fuhr er fort. »Das sind Fragen, die mich nicht loslassen, und mir scheint, sie müssten auch Euch beunruhigen.«

Tuhlbeck starrte Heller lange an. Schließlich nickte er vehement und erwiderte mit bebender Stimme: »Skandale, Skandale – überall Skandale! Woher kommt dieser unheilsame Durst nach schrecklichen und ungeheuerlichen Geschichten, diese Lust an der Aufregung? Nicht einmal vor der heiligen Kirche Gottes macht sie halt: Vielmehr wollen alle, so scheint es uns, ausgerechnet in der Kirche etwas Skandalöses sehen. Und wenn es nichts gibt, dann erfinden sie etwas. Wer sagt denn, dass es nicht nur eine Lüge ist, dass der Kustos sich an den Knaben verging? Wir haben die Behauptung geprüft und keinen Beweis dafür gefunden. Deine Beschuldigung lassen wir übrigens nicht auf uns sitzen: Wir wollten die Geschichte keineswegs verheimlichen. Aber hätten wir unseren Kustos aufgrund eines unbewiesenen Vorwurfs verhaften sollen? So funktioniert unser Recht nicht, wie du selbst am besten wissen solltest. In dubio pro reo – im Zweifel für den Angeklagten –, heißt es bei uns. Wir halten das also für eine erfundene Skandalgeschichte. Und wer wagt es zu sagen, dass sich der Kustos umgebracht hat, nachdem wir offiziell und ausdrücklich verkündet haben, dass es keinen Anhaltspunkt für diese Vermutung gibt? Der Kustos wurde kirchlich beigesetzt: Lass ihn in Frieden ruhen. Nun ist auch der Ministrant tot – wer kann schon beweisen, dass ein Zusammenhang mit dem Tod des Kustos besteht? Vielleicht geschah der Tod des Knaben nur zufällig an dem Tag, als der Kustos starb? Vielleicht ist er an dem Abend im Schneesturm von der Mauer gefallen, lief benommen zum Fluss hinunter und ist durch die Kälte erfroren? Vielleicht tötete er sich auch selbst – was wir nicht hoffen wollen. Wir wissen es nicht.«

Johannes Heller schüttelte den Kopf und unterbrach mit ungeduldiger Stimme, der Herr Bischof wisse sehr wohl, dass seine Erklärungen nicht wahrscheinlich seien.

Tuhlbeck wischte den Einwand jedoch beiseite und fuhr fort. Er sprach seine Gedanken aus, als trüge er eine Rede vor, die er lange vorbereitet hatte: »Wir wollen von alledem nichts wissen, sofern es nicht bewiesen ist, hörst du, Heller? Wir haben den Kustos kirchlich begraben und wollen ihn nicht mehr ausgraben. Den Tod des Knaben werden wir auch untersuchen, und wir werden zweifellos herausfinden, dass es ein tragischer Unfall gewesen ist. Oder glaubst du wirklich, dass es Beweise oder Zeugen geben wird? Und dann werden wir diese Geschichten ruhen lassen. Verstehst du: Wir werden nicht zulassen, dass unsere Kirche grundlos skandalisiert wird – auch nicht von dir. Von niemandem! Unsere Kirche ist Gottes Staat auf Erden«, sagte er und zeigte auf ein gebundenes Buch im Regal. »Unser Vorfahre, Bischof Otto von Freising, hat die ganze Weltgeschichte als die Geschichte zweier Staaten beschrieben: civitas mundi – die weltliche Herrschaft – und civitas Dei – der Staat Gottes. Gottes Staat ist die Kirche, und der weltliche Staat ist derjenige der Könige und Fürsten. Seit Konstantin dem Großen, dem ersten christlichen Kaiser, wurden die Staatsformen miteinander vermischt, und diese ›civitas permixta‹ war eine ideale Verbindung der weltlichen und geistlichen Autoritäten. Die zwei Schwerter des Papstes und des Kaisers vermochten es, die ganze Christenheit zu einigen und unter ihrer gemeinsamen Herrschaft den Frieden zu sichern. Doch die Zeit dieser Harmonie ist nun vorbei; Kirche und Reich sind nicht mehr eins – zu ihrer beider Schaden. Sieh nur die Folgen! Überall herrschen Verfall, Häresie und Bruderkrieg. Wie eine Strafe Gottes fallen die Seuche und die Türken über die zerstrittene Christenheit her. Schau nur, wie das ehemals große Herzogtum Bayern gespalten ist und wie die herzoglichen Brüder sich bekriegen. Zeitweilig wurde das Herzogtum sogar in vier Teile aufgeteilt, obwohl das gar nicht rechtens war. Jetzt sitzen immer noch Ludwig in Landshut und Albrecht in München, nennen sich beide Herzog und setzen das Unrecht der Landesteilung fort. Und hier in München leben vier Brüder, Sigismund, Albrecht, Christoph und Wolfgang, die sich jeder ebenfalls Herzog nennen und sich um den Vorrang streiten. Weh, o weh, diese Zwietracht! Erst hat Albrecht seinen älteren Bruder Sigismund von der Regierung verdrängt, nun wollen auch seine jüngeren Brüder einen Anteil an der Macht. Es ist sogar so weit gegangen, dass Christoph einen bewaffneten Aufstand gegen Albrecht unterstützte und Albrecht ihn dafür vorletztes Jahr im Badehaus verhaften ließ. Welche Schande! Und nun drängt der jüngste Bruder Wolfgang zur Macht, und wir müssen alle befürchten, dass er irgendeine neue Dummheit begehen wird, denn er neigt sehr dazu. Das beobachten wir mit großer Sorge.«

Der alte Fürstbischof schwieg einen Moment, den Kopf gesenkt. Dann sah er dem Richter erneut in die Augen. »In diesem Chaos sind wir der Fels in der Brandung, Heller. Als Fürstbischof von Freising vereinen wir noch die kirchliche und die weltliche Herrschaft in der perfekten Staatsform: Wir sind weltlicher Herr unseres Territoriums und zugleich kirchliches Oberhaupt des Bistums, und das verleiht uns Stabilität, während um uns herum Zwietracht tobt. Wir dürfen uns vom Chaos nicht verschlucken lassen, sonst geht die Welt unter. Aber es gibt Feinde unserer Herrschaft, Fürsten, die nur auf einen Anlass warten, unseren Staat dem ihren zu unterwerfen und die Kontrolle über unser Amt zu erlangen. Das sagen wir dir vertraulich, Heller.« Erneut schwieg der Bischof.

»Das war in unserer Geschichte übrigens immer so«, redete er weiter. »Stets waren unsere geistliche Autorität und unsere weltliche Herrschaft den Herzögen ein Dorn im Auge. Schon der erste Bischof von Freising, unser heiliger Korbinian, wurde vom damaligen bayerischen Herzog Grimoald drangsaliert, weil er dessen Ehe mit einer Blutsverwandten für verboten erklärte. Korbinian musste ins Exil gehen. Ein anderer bayerischer Herzog, Heinrich von Sachsen, versuchte sogar, Freising zu zerstören. Er ließ die Föhringer Brücke niederreißen, damit er seine Residenzstadt München aufbauen konnte. Nun gibt es, wie wir erfahren haben, Pläne, einen der Herzogbrüder zum Bischof von Freising zu machen. Du erinnerst dich gewiss, dass Wolfgang, der jüngste Bruder, dieser ungesittete Dummkopf, zum Domkanoniker gewählt werden sollte. Das war der erste Schritt. Wir konnten das durch unseren Widerstand gerade noch verhindern, aber was passiert, wenn wir nicht mehr da sind? Wir wollen zusammen mit euch Domherren, unseren Brüdern, unsere Nachfolge selbst regeln, anstatt einen unwürdigen weltlichen Bischof erheben zu lassen.«

Der Blick des alten Bischofs glitt hinüber zu seinem vertrauten Begleiter, dem stillen Kanzler Sixtus von Tannberg. »Deswegen wollen wir unseren Feinden keine weiteren Waffen in die Hände geben. Missverstehe uns nicht: Wir wollen nichts verstecken oder verheimlichen. Wir wollen nur verhindern, dass ein unnötiger und unbegründeter Verdacht genährt wird und aus einer bloßen Mutmaßung ein Skandal wird. Wir sehen in dem, was du vorgetragen hast, nirgendwo etwas Konkretes, sondern nur Vermutungen. Außerdem fällt der Tod des Ministranten nicht in deine Jurisdiktion. Also wünschen wir, dass du die Aufklärung des Falls Dominus Baruther überlässt, der als unser Vikar in temporalibus dafür zuständig ist.«

Johannes Heller seufzte resigniert angesichts von Tuhlbecks Sturheit. Es wurde ihm klar, dass der Bischof alles zudecken wollte und damit den Skandal nur noch vergrößerte.

Nun mischte sich Sixtus überraschend in die Diskussion ein. »Es ist keineswegs bewiesen«, sagte er mit seiner sanften Stimme, »dass irgendeine Verbindung zwischen den Todesfällen vorliegt. Es steht weder fest, dass sich der Kustos umgebracht hat, noch, dass der Knabe von ihm missbraucht wurde. Schließlich gibt es auch keinen Beweis, dass der Knabe umgebracht worden ist. Wenn jemand etwas Derartiges behaupten sollte, dann kann und muss der Herr Fürstbischof dies streng verneinen.« Tuhlbeck nickte zufrieden.

Aber der Kanzler fuhr fort: »Andererseits scheint es mir wahrscheinlich, dass manche Leute derartige Zusammenhänge vermuten werden. Obgleich solche Vermutungen völlig unbegründet sind, wäre das an sich schon ein Skandal. Und erst recht, wenn darin auch nur ein Körnchen Wahrheit läge. Wir möchten darauf hinweisen, dass der Freisinger Stadtrichter, wenn wir nicht selbst eine Untersuchung einleiten, den Fall eventuell an sich ziehen könnte. Man weiß nie, zu welchen

Schlüssen dieser Stadtrichter dabei gelangen könnte, zumal er bekanntermaßen nicht so gebildet und erfahren ist wie unsere eigenen Richter.«

Er hielt inne und ließ die Bedeutung seiner Worte wirken, bevor er zu dem Schluss kam: »Es ist die Aufgabe des Fürstbischofs, die Kirche vor schädlichen Skandalen zu schützen. Uns persönlich erscheint es daher weise, dass einer unserer Richter den Tod des Ministranten untersuchen soll, ohne jedoch dabei den Todesfall des Kustos wiederaufzunehmen, denn dieser ist bereits endgültig entschieden worden. Weil Dominus Heller die Umstände und Hintergründe des Falls schon kennt, wäre es sinnvoll, ihn mit der Aufgabe zu betrauen.«

Auf diesen unerwarteten Einspruch hin änderte Bischof Tuhlbeck seine Meinung schlagartig. Er bewegte den Kopf hin und her und forderte Johannes Heller dann unvermittelt auf, den Tod des Knaben Lukas – allerdings nur dessen Todesfall und unter strenger Geheimhaltung der Verdachtsmomente – sofort aufzuklären. Die Angelegenheit dürfe auf keinen Fall vom Freisinger Stadtgericht übernommen werden. Heller solle alle Personen, die am Abend des Verschwindens des Ministranten im Dom waren, befragen und versuchen, sich ein klares Bild von den Umständen seines Todes zu machen, ob es nun ein Unfall oder, Gott behüte, selbst verschuldet gewesen sei oder ob andere Gründe zu erkennen seien. Dabei solle er die allergrößte Diskretion walten lassen und kein Wort von einem möglichen Zusammenhang mit dem Tod des Kustos oder dergleichen fallen lassen.

Johannes Heller nahm den Auftrag mit gebotener Vorsicht an. Er sicherte dem Bischof zu, dass er versuchen wolle, den Tod des Ministranten zu untersuchen, ohne den Tod des Kustos wieder aufzurollen. Er legte dabei eine besondere Betonung auf das Wort »versuchen«.

FRAGEN UND ANTWORTEN

Die Untersuchung der Todesumstände des jungen Ministranten konnte freilich den Tod des Kustos schon allein deshalb nicht gänzlich ausklammern, weil beide Fälle am selben Tag geschehen waren und der erste Tod rein zeitlich ein Umstand des zweiten war. Eine Ausblendung des ersten Falles hatte Johannes Heller auch überhaupt nicht im Sinn, als er seinen Fragenkatalog formulierte; ganz im Gegenteil. Seine Fragen lauteten: Welche Beziehung der Kustos zu dem toten Knaben gehabt habe und ob noch jemand zu ihm in solchen »Beziehungen« gestanden habe? Was Lukas nach dem Tod des Kustos getan und wie er sich verhalten habe? Was ein jeder der Befragten an diesem Tag gemacht habe? Wann der Ministrant zuletzt gesehen worden sei? Und ob noch jemand nach der Abendmesse im Dom geblieben sei?

Der Richter nahm dabei die schön geschriebenen Notizen zu Hilfe, die Marcus Hörnle bei der ersten Befragung gemacht hatte. Er hätte sich sehnlichst die Unterstützung seines jungen Kollegen gewünscht, aber Hörnle war seit der Entdeckung seines Kindes untergetaucht. Heller vermutete, dass er wieder Trost bei den Pferden suchte, ließ ihn aber lieber in Ruhe. Das Protokoll führte der Gerichtsnotar Pangratz Haselberger.

Johannes Heller fing mit den neun jungen Ministranten an und befragte sie einzeln zu jedem Punkt. Da er bereits durch Heinrich über das Vergehen des Kustos an dem Verstorbenen informiert war, setzte er dieses Wissen ein, um das Schweigen der anderen Ministranten zu brechen und sie auf diese Weise zu ausführlicheren Auskünften zu bringen. Sein Plan ging auf.

Obwohl die anderen Ministranten zunächst rundum leugneten, dass der Kustos mit ihrem Kollegen Lukas irgendetwas Unanständiges gemacht habe, gaben sie schließlich alle zu, davon gewusst zu haben, als sie sahen, dass der Richter bereits informiert war. Sie waren kleinlaut und wirkten bedrückt; einige weinten, als sie darüber sprachen. Keiner von ihnen wollte allerdings selbst Opfer des Kustos gewesen sein, aber drei bestätigten doch, dass er auch sie gelegentlich belästigt hatte. Heller stellte fest, dass sie alle schwache, kleine Knaben wie Lukas waren. Er vermutete, dass es sich bei mindestens einem von ihnen wohl um mehr als lediglich eine Belästigung gehandelt haben könnte, wollte jedoch nicht weiterbohren und versuchte, die Ministranten damit zu trösten, dass sie an diesen Ereignissen keinerlei Schuld trugen.

Auf Hellers Frage nach den Umständen von Lukas' Verschwinden schilderten die Ministranten, was sie nach dem Tod des Kustos gemacht hatten. Zunächst seien sie, wie gewöhnlich, alle zurück in die Domschule gegangen – auch Lukas sei dabei gewesen. Jeder sei erschüttert gewesen, keiner habe richtig lernen oder arbeiten können, weshalb der Schulmeister Dominus Gugelmair sie sehr gescholten habe. Den Heini habe er sogar geschlagen, gab einer der Befragten an.

Erstaunt fragte Heller nach, weshalb dies geschehen sei.

»Der Heini hat das Vaterunser nicht richtig gesprochen«, sagte der Junge und kicherte. »Er sagt immer ›Pater meus‹ oder so was. Das macht er, um den Herrn Scholaster zu ärgern.«

»Ich hatte meine Vokabeln vergessen«, gab dagegen Heinrich grämlich an, als Heller ihn über den Vorfall ausfragte.

Übereinstimmend erklärten die Ministranten, sie seien dann gemeinsam zum Vespergottesdienst gegangen. Da sei Lukas auf alle Fälle noch mit ihnen gewesen. Es sei ihnen an ihm nichts Besonderes aufgefallen, er sei, wie immer, still und zurückhaltend gewesen. Überhaupt seien sie alle an diesem Tag ziemlich bedrückt gewesen.

Den Gottesdienst habe der Prediger Dominus Schmatz gehalten, der diese Aufgabe gewöhnlich als Domvikar für den Domherrn Johannes Stadler erfülle. Ein Domizellar namens Dominus Degenhart Meindorfer habe an dem Abend aus der Heiligen Schrift gelesen. Nach dem Gottesdienst sei Dominus

Schmatz weggegangen, während die Ministranten Dominus Meindorfer geholfen hätten, aufzuräumen und das Altargerät in die Sakristei zu bringen. Manche der Ministranten gaben an, dass Lukas mitgeholfen habe; andere wussten es nicht mehr. Anschließend seien sie alle zu ihren Räumen gegangen. Ob Lukas mit ihnen gegangen war, wussten sie nicht zu sagen.

Einer aber, ein dickerer Knabe mit roten Wangen, sagte aus, dass Lukas bestimmt nicht dabei gewesen sei – ihm sei das damals aufgefallen, er habe gedacht, dass Lukas bereits gegangen sei. Seit dem Abend aber hatte ihn niemand mehr gesehen.

Johannes Heller ließ die Ministranten anschließend geschlossen vor sich treten und fragte sie gemeinsam, ob sie an dem Abend nach der Messe sonst jemanden im Dom oder in der Sakristei gesehen hätten. Alle schüttelten den Kopf. Niemand hatte etwas gesehen.

Heller fragte weiter: »Habt ihr vielleicht in der letzten Zeit jemanden gesehen, der abends oder nachts im Dom oder in anderen Gebäuden herumschleicht oder sich ungewöhnlich verhält?«

»Meint Ihr den Teufel im schwarzen Mantel?«, fragte einer der Ministranten ängstlich.

»Ich meine eine Person – im schwarzen Mantel oder auch nicht.«

Die Knaben schauten sich gegenseitig verlegen an. Der dicke rotwangige Junge ergriff das Wort. »Heinrich hat uns letzte Woche erzählt, dass er den Teufel gesehen hat. In der Sakristei, hat er gesagt. Und dass der Teufel einen langen Strick dabeihatte, um uns zu erhängen.«

Heinrich wurde rot im Gesicht. »Das habe ich nur erfunden, um dich zu erschrecken, Dummkopf«, sagte er verlegen.

»Selber Dummkopf«, rief der Dicke zurück. »Wer sagt denn das Paternoster immer falsch?«

Mit ernster Strenge wandte sich Johannes Heller an die Ministranten. »Das ist kein Spaß. Es schleicht tatsächlich jemand am Domberg herum. Ich habe ihn auch gesehen – keinen Teufel, aber einen Menschen in einem schwarzen Mantel. Ich weiß nicht, ob dieser Mensch etwas mit dem Tod des Kustos und des kleinen Lukas zu tun hat. Aber ich möchte, dass ihr eure Augen offen haltet und abends oder nachts im Dom vorsichtig seid. Wenn ihr jemanden seht, solltet ihr mir das sofort sagen.«

Die Ministranten nickten stumm und ein wenig eingeschüchtert.

Als nächsten Zeugen ließ der Richter den Priester Michael Schmatz rufen, der an dem Tag die Abendmesse gehalten hatte. Der Kanoniker des St.-Andreas-Stifts am Domberg hatte zudem den bischöflichen Auftrag, in der Stadt regelmäßige Predigten zu halten. Am Vortag hatte Johannes Heller gesehen und gehört, wie er diese Aufgabe erfüllte; er dachte daran mit Entsetzen. Schmatz war ein magerer, kränklich aussehender Mann mit unnatürlich glänzenden, eng beieinanderliegenden Augen. Er sah aus, als würde er innerlich von einem unsichtbaren Brand verzehrt. Während er sprach, wanderten seine Augen nervös hin und her, doch wenn er zuhörte, erstarrte sein Blick auf eigentümliche Weise.

Als Heller den Priester über den Kustos und dessen Beziehungen zu den Ministranten befragte, wirkte er überrascht, wurde dann aber nachdenklich.

»Ich kannte Bruder Ulrich als einen lebenslustigen Menschen«, sagte er zögerlich und mit zittriger Stimme, die bei langen Vokalen leicht flatterte. »Er hat die Künste und die Schönheit sehr geliebt – zu sehr, befürchte ich. Das habe ich erkannt an ihm. Die voluptas, die Lust, war sein Sündenfall. Jeder hat nämlich seinen eigenen Sündenfall. Und wenn man gefallen ist, kommen die Sünde und der Tod. – Gott erbarme sich seiner Seele«, betete er plötzlich inbrünstig.

Johannes Heller murmelte etwas Passendes und fragte den Prediger erneut nach dem Verlauf des Abends. Schmatz löste sich etwas unwillig vom Thema des Sündenfalls und bestätigte, dass er das officium divinum für den Domherrn Johannes Stadler geleistet hatte und dass der Domizellar Dominus Meindorfer als Lektor dabei mitgewirkt hatte. Danach sei er zu seiner Wohnung im St.-Andreas-Stift zurückgekehrt, während Meindorfer und die Ministranten das Altargerät aufräumten. Ob alle Ministranten noch im Dom waren, als er wegging, wusste er nicht genau. Wann er Lukas das letzte Mal gesehen hatte, konnte er auch nicht mit Bestimmtheit angeben. Jedenfalls habe der Junge an der Vespermesse teilgenommen; dessen sei er sich sicher. Ob jemand im Dom nach dem Abendgottesdienst geblieben war, wusste er jedoch nicht.

Schmatz erhob seinen Blick gen Himmel und beklagte den Tod des armen Ministranten. »Gott rette auch seine Seele.«

Dann fügte er hinzu, dass seiner Meinung nach diese beiden schlimmen Ereignisse zusammenhingen. Heller fragte interessiert nach.

»Es ist doch so klar, dass jeder es sieht, der Augen im Kopf hat«, rief Schmatz. »Der Tod des Kustos und der des Ministranten geschahen, als es stürmte. Und wie viele Stürme haben wir dieses Jahr schon gehabt! Stürme sind himmlische Zeichen von Gottes Ärger. Der Sünder wird von Gottes gerechtem Zorn hingerafft: Das ist es, was es bedeutet. Weh und Jammer, wenn Gottes Zorn sich gegen sein Volk richtet! Pest und Türken, Hungersnot und Dürre werden uns heimsuchen. Ihr werdet schon sehen. Die eiternde Wunde der Sünde aber ist hier, am Domberg – auch das zeigt sich in diesem Skandal: Hier und unter uns findet sich die Ursache. Wir müssen Buße tun und Vergebung suchen, sonst wird das Jammern groß sein.«

Der Richter nickte und dankte dem Prediger für seine Einschätzung. Als Schmatz sich anschickte zu gehen, gab Heller ihm den Rat mit auf den Weg, in Zukunft vorsichtiger zu sein mit dem, was er in der öffentlichen Predigt über den Fürstbischof sagte.

Anschließend befragte Johannes Heller den Domizellar Degenhart Meindorfer. Dieser war ein junger Niederadliger, der im Jahr zuvor auf Vorschlag des bayerischen Herzogs Albrecht zum Status eines Domicellarius, eines Anwärters auf die Mitgliedschaft im Domkapitel ohne Stimmrecht, erhoben worden war. Er verhielt sich und sprach mehr wie ein Ritter denn wie ein Geistlicher, hatte aber den niedrigen Weihegrad des Subdiakons erworben und konnte daher geistliche Aufgaben erfüllen. Meindorfer trat Heller hochmütig entgegen und fragte, mit welchem Recht der geistliche Richter ihn befragen wolle. Er sei adligen Blutes und ein Vertrauter des Herzogs. Als solcher müsse er nur vor seinesgleichen Rechenschaft ablegen.

Johannes Heller, der bürgerlicher Herkunft war, erklärte unbeeindruckt, dass er in dieser Angelegenheit mit Genehmigung des Herrn Fürstbischofs die Gerichtsbarkeit in temporalibus et spiritualibus ausübe und dass Meindorfer als Domizellar des Kapitels dieser Rechtsprechung unterstehe. Er fügte hinzu, dass auch der Herr Fürstbischof Sohn eines Bürgers sei, und fragte etwas ironisch, ob der Herr Domizellar vielleicht dessen Autorität in Zweifel stellen wolle.

Daraufhin zeigte sich der Rittersspross zurückhaltend höflich und war bereit, auf die Fragen zu antworten. Über den Kustos und den Ministranten wusste er jedoch nichts zu sagen.

»Ich habe den Kustos kaum gekannt«, erklärte er schroff, »und ich weiß nicht, wie er zu den Ministranten stand, was auch immer Ihr damit sagen wollt. Ich habe diesen Ministranten Lukas oft gesehen, weiß aber nichts Weiteres von ihm zu berichten. Was sollte ich mit solchen Kindern zu tun haben?«

Auf Hellers Frage, was er an dem Tag getan und gesehen habe, antwortete er, ohne nachzudenken: An dem Tag, als der Kustos sich erhängt habe – er sage unumwunden, wie es sei –, habe er an der Abendmesse mitgewirkt und aus dem Korintherbrief gelesen. Danach sei Dominus Schmatz weggegangen, und er habe den Ministranten geholfen, das Altargerät aufzuräumen. Anschließend sei er zu seinen Räumen gegangen. Ob Lukas dabei gewesen sei, wisse er nicht.

Als der Richter schließlich fragte, ob er sonst jemanden im Dom oder in der Sakristei gesehen habe, antwortete der Domizellar zunächst mit Nein. Dann aber überlegte er und korrigierte sich. »Na ja, das heißt: Eigentlich dachte ich kurz, dass noch jemand da sei. Irgendetwas oder irgendwen – eine Person vielleicht – habe ich im Dom nach der Messe gesehen. Aber es ist so dunkel dort; ich war mir nicht sicher. Und als ich nochmals hinschaute und fragen wollte, was derjenige dort suche, war niemand mehr da.«

Johannes Heller hörte angespannt zu, und Pangratz Haselberger notierte die Aussage eifrig.

Schließlich ließ Johannes Heller den provisorischen Domkustos, der das Amt des Verstorbenen bis zur Wahl eines Nachfolgers ausübte, zu sich kommen und fragte ihn, ob er alle Schlüssel habe.

Der Kustos antwortete etwas verdutzt: Ja, er habe sie alle.

Heller fragte weiter, ob die Schlüssel denn gut aufbewahrt seien. Das bejahte der Kustos auch. Ob er manchmal vergesse, die Tür vom Kreuzgang zum Domplatz abzuschließen, wollte Heller dann wissen.

Der Kustos schüttelte den Kopf. Die Tür sei immer zugesperrt. Er wisse gar nicht, wann sie zuletzt geöffnet worden sei.

Heller forderte ihn dann auf, selbst zu überprüfen, ob die Tür jetzt offen sei oder nicht. Wenig später kam der Kustos zurück und gab zu, dass die Tür irgendwie doch offen gelassen worden war. Durch wessen Nachlässigkeit das geschehen war, wusste er nicht zu sagen.

EIN SKANDAL IM GERICHT

Die Befragung dauerte lange, und Johannes Heller konnte sein ordentliches Gerichtsgeschäft erst am Nachmittag wiederaufnehmen. Einige der Prozessparteien waren unzufrieden, weil sie so lange gewartet hatten. Ein junger Mann, der wegen eines Eheversprechens angeklagt war, kündigte im Wartesaal lauthals an, er wolle nicht länger warten.

»Wisst Ihr nicht, wer mein Herr ist? Es ist schon genug gewesen, dass ich überhaupt nach Freising gekommen bin.« Und damit verließ er den Raum.

Johannes Maulberger, der Prokurator der Klägerin, eilte vor den Richter, der die Ankündigung bereits gehört hatte, um sich zu beschweren. Der Beklagte habe sich unerlaubterweise vom Gericht entfernt und sei somit contumax – ungehorsam.

Prokurator Pack, der den Beklagten, einen gewissen Conrad Staudinger, vertrat, war jedoch auch gleich zur Stelle und hielt dagegen, dass die lange Wartezeit eine unmögliche Zumutung für seinen Mandanten gewesen sei. Der Beklagte sei Diener und Familiar, also ein Vertrauter des Herzogs Wolfgang von Bayern.

Johannes Heller wandte sich ärgerlich an den Verteidiger. »Lass ihn wissen, dass er exkommuniziert wird, wenn er nicht sofort zurückkommt und auf die Klage antwortet, ganz egal, wer sein Herr ist.«

Wenig später versammelten sich die Parteien vor dem Richter. Der alte Pedell nuschelte ihre Namen aus seinem zahnlosen Mund.

»Margaretha Lufft gegen Conrad Staudinger, familiarem ducis Wolfgangi«, deutete Pangratz Haselberger und schrieb die Namen ins Gerichtsbuch ein.

Die Klägerin, Margaretha Lufft, war eine kleine, aber entschlossen wirkende junge Dame mit einer spitzen Nase. Unter Eid legte sie dar, dass sie aus einer Bürgerfamilie in Wasserburg stamme und bis zu ihrer Beziehung mit dem Beklagten eine ehrbare Jungfrau gewesen sei. Durch eine Freundin namens Agnes Bürstenbinder sei sie an den Hof von Seiner Hoheit Herzog Wolfgang eingeführt worden und habe dort als Hofdienerin angefangen.

»Dabei lernte ich den Beklagten kennen«, sagte sie und zeigte auf Conrad Staudinger. »Er ist ein Vertrauter von Seiner Hoheit, dem Herzog, und kehrt am Hof ein und aus. Er hatte sich in mich verliebt und machte mir dauernd den Hof, mit süßen Worten – sehr schönen Worten, die eine junge Frau gerne hört, Ehrwürden. Er versprach mir die Ehe und alles Mögliche, wenn er mich nur küssen dürfe.« Sie errötete leicht. »Das erlaubte ich ihm auch.«

Sie wurde wieder sachlich. Letzte Weihnachten habe der Beklagte ihr nochmals die Ehe versprochen und ihr als Brautgeschenk einen goldenen Ring und ein Buch gegeben. Sie habe das Versprechen angenommen, und sie hätten miteinander geschlafen. Dabei sei die Klägerin entjungfert worden. In der folgenden Zeit sei der Beklagte wie ein Ehemann bei ihr ein und aus gegangen, und alle Leute am Hof hätten sie für ein Ehepaar gehalten. Der Beklagte jedoch habe es immer hinausgezögert, die Ehe vor der Kirche öffentlich bekannt zu machen und vom Priester segnen zu lassen, was sie, die Klägerin, sehr wolle.

»Jetzt soll er also sein Versprechen endlich halten«, rief sie zum Schluss laut und stampfte aus Verdruss sogar mit dem Fuß auf.

Der Beklagte, Conrad Staudinger, trat als Nächster vor den Richter. Er war ein etwas korpulenter junger Mann mit einer Stupsnase, der modisch enge Strümpfe und Schnabelschuhe trug. Er zitierte Cicero mit fast jedem zweiten Wort und sprach dabei das Latein wie Marcus Hörnle aus, mit einem italienischen Akzent, den Pangratz Haselberger nicht gut verstehen konnte.

Mit einer eleganten ciceronianischen Anspielung fing er an: »Wie einst der große Cicero, so möchten auch wir unsere

Verteidigung beginnen: ›Ac nostra causa infitiatione defenditur.‹ – Auch unser Fall wird durch Leugnung bestritten. – Wir haben jedenfalls niemals der Klägerin die Ehe versprochen. Doch nicht alles wollen wir bestreiten, den Beischlaf jedenfalls nicht. Wer würde den Genuss nicht haben wollen? Aber wir wollten natürlich deswegen nicht gleich die Dienstmagd heiraten: ›Cuiusvis hominis est errare, nullius nisi insipientis in errore perseverare.‹ – Jeder Mensch irrt sich, doch nur ein Narr würde in seinem Irrtum verharren.«

Johannes Heller blickte hinunter auf den Beklagten.

»Ein Narr macht vieles«, sagte er missgünstig. »Was ist mit dem Ring und diesem Buch? Hast du sie der Klägerin gegeben oder nicht? Und wenn so, als Ehegeschenk oder nicht?«

»Den Ring habe ich ihr gegeben und das Buch ebenso, einen libellus orationum. Non nego: Das bestreite ich nicht«, antwortete Staudinger mit einem selbstverliebten Lächeln. »Aber doch nicht als Zeichen der Ehe, sondern nur als Geschenk, damit sie mit mir ins Bett ging.«

»Ein Gebetsbuch also?«, fragte Heller nach.

»Nein, nein, ein libellus orationum – kein Gebetsbuch, sondern ein Buch mit schönen Reden.« Staudinger lächelte. »So nennen wir das, ich meine: wir Humanisten. Ich wollte sie doch nicht zum frommen Gebet verführen.«

Johannes Heller wurde ärgerlich. »Ihr Humanisten? Wenn ihr Marcus Tullius Cicero so sehr bewundert, so solltet ihr beherzigen, was er gesagt hat: ›Neque rogemus res turpes, nec faciamus rogati.‹ – Wir sollen Schandtaten weder fordern noch tun. – Niemals hätte Cicero dein unsittliches Verhalten gebilligt, davon kannst du ausgehen. Was das Verführen angeht, so meinen wir, dass du die Klägerin absichtlich mit vorgetäuschten Versprechen und Geschenken in die Irre geleitet und verführt hast. In dem Fall besagt unser Recht Folgendes: ›Si alter contrahentium utitur verbis dubiis, animo decipiendi mulierem, et eam postmodum cognoscit carnaliter, iudicatur pro matrimonio in foro iudiciali.‹ Du verstehst wohl, was das bedeutet, auch wenn es kein Spruch Ciceros ist: Wenn jemand eine Frau mit zweideutigen Worten absichtlich täuscht und zum Beischlaf verführt, soll er zur Ehe verurteilt werden.«

Der Beklagte sah erschrocken hinauf zum Richter. »Nein, Euer Ehren, so habe ich das mit dem Verführen nicht gemeint. Ich darf sie auch gar nicht heiraten: Ich bin ein Diener und Familiar von Herzog Wolfgang, und er muss seine Zustimmung geben, wenn ich heiraten will.«

»Ein solches Hindernis steht nirgendwo im kanonischen Recht«, antwortete der Richter. Er wandte sich an den Notar, der dem Austausch interessiert zugehört hatte, ohne jedoch die Details in das Gerichtsbuch einzutragen.

»Lass die Klägerin ihre Klage schriftlich ausformulieren und Zeugen benennen. Gib den Auftrag für die Zeugenbefragung an diesen anderen Humanisten – wie heißt er? –, Heinrich Grieninger«, ordnete Heller an.

Pangratz Haselberger notierte die Anweisungen pflichtbewusst in das Aktbuch.

Als die nächsten Parteien in den Gerichtssaal eintraten, fühlte Johannes Heller, wie sein Herz vor Aufregung plötzlich schneller schlug. Vor ihm standen der knochige Bildhauer Johannes Hagen aus Landshut und seine entlaufene Ehefrau Katherina, die der ihr persönlich übermittelten Ladung gefolgt war. Als Katherina zu ihrer Bank ging, verfolgte sie der grimmige Blick ihres Ehemanns.

»Du bist meins«, zischte er laut genug, dass auch Johannes Heller es hören konnte.

Die Ehefrau Katherina schaute ihn nicht an, sondern richtete ihre Augen und ihre Hoffnung ausschließlich auf Johannes Heller auf dem Richterstuhl. Heller erwiderte den Blick kurz und bemühte sich, ihr Zuversicht zu verleihen. Dann ließ er die Parteien den Eid ablegen und rief den Kläger mit einer kühlen Stimme auf.

Der Bildhauer trat heran, wies den Prokurator Johannes Pack zurück, der ihm etwas raten wollte, und erklärte: »Ich erhebe Einspruch gegen die Person des Richters, der gegen mich voreingenommen ist und für meine Ehefrau Partei ergreift.«

Johannes Heller fiel fast vom Stuhl vor Schreck. Er griff nach seinem Richterstab, um sich daran festzuhalten.

»Welche Gründe führst du für diese Beschuldigung an?«, konnte er gerade noch fragen.

»Der Richter weiß es selbst am besten. Aber ich kann belegen, dass er meine Ehefrau, die mich ohne guten Grund verlassen hat, zu sich in sein Haus am Domberg gebracht hat. Dort hat er sie über Nacht versteckt und sie anschließend zu seinen Verwandten in der Stadt entführt. Oder ist das nicht die Wahrheit, Ehrwürden?«, rief der Bildhauer Hagen mit einer bösen Stimme.

Im Gerichtssaal trat erstauntes Schweigen ein. Alle Augen richteten sich auf den Richter, der in diesem Augenblick um Fassung rang.

In einem plötzlichen Entschluss stand Heller auf und verkündete mit trockener Nüchternheit: »Dem Einwand wird stattgegeben. Der Prozess wird kurz ausgesetzt, während ein Stellvertreter gesucht wird.« Damit erhob er sich, legte den Richterstab würdevoll zur Seite und eilte aus dem Gerichtssaal. In seiner Verwirrung nahm er nicht einmal seinen Mantel mit, sondern lief, so schnell seine Beine ihn trugen, zum Pferdestall. Dort fand er zu seiner großen Erleichterung Marcus Hörnle, der einem Pferd gerade eine Handvoll Hafer fütterte.

»Hörnle, du musst jetzt für mich einen Fall übernehmen«, rief der Richter aufgebracht. »Es geht um die Ehefrau des Bildhauers – erinnerst du dich?«

Er erklärte atemlos, wie die Ehefrau ihrem Mann wieder entlaufen war und bei ihm Schutz gesucht hatte. Dies sei nun der Grund, weshalb er nicht mehr über den Fall richten könne, denn der Bildhauer habe ihm Parteilichkeit vorgeworfen. »Und recht hat er«, stöhnte Heller. »Ich habe geschworen, dass die Frau nicht mehr zu ihrem Mann gehen muss, weil er sie so fürchterlich misshandelt. Nun musst du das richten.«

»Ich kann nicht«, sagte Hörnle mit wehmütiger Stimme. »Ich bin völlig kompromittiert. Alle Leute im Gericht wissen, dass ich ein illegitimes Kind habe. Sie haben bestimmt auch gehört, dass mein Kind heute in der Kirche ausgesetzt wurde. Wie soll ich als Richter dem Gericht vorsitzen, wenn sie über mich lachen?«

Heller fasste Hörnle an die Schulter und schaute ihm in die Augen. Dann ließ er sich zu einer persönlichen Erklärung hinreißen: »Marcus, du bist meine einzige Hoffnung. Du bist ein feiner Jurist und hast einen besseren Verstand als alle anderen zusammen. Vergiss also, was sie denken. Ich wollte immer, dass du mein Nachfolger wirst, das weißt du. Jetzt musst du mir helfen.«

Hörnle blickte ihn erstaunt an, und plötzlich liefen ihm Tränen aus den Augen.

Gemeinsam gingen sie zurück zum Gerichtssaal. Marcus Hörnle zog eilig den Richtermantel an und setzte sich auf den Richterstuhl. Er roch nach Pferden, und an seinen Schuhen klebte noch etwas Pferdemist.

»Dominus Marcus Hörnle, Licentiatus im römischen Recht und Domkanoniker der Freisinger Kirche, übernimmt stellvertretend das Richteramt«, verkündete Pangratz Haselberger mit einem höhnischen Lächeln. Auch die Gesichter der beiden Prokuratoren verzogen sich zu verächtlichen Mienen. Hörnle wurde rot bis zu den Ohren, als er es bemerkte.

»Der Kläger soll seine Klage vortragen«, rief er schließlich und kämpfte, um seine Stimme unter Kontrolle zu bringen.

Der Bildhauer Johannes Hagen stand auf und trat vor den stellvertretenden Richter.

»Ehrwürdiger Richter, meine Ehefrau Katherina hat letzten Monat vor diesem Gericht wegen einer Trennung von Tisch und Bett geklagt. Das Gericht hat dieses Ansinnen abgewiesen und geurteilt, dass sie zu mir, ihrem rechtmäßigen Ehemann, zurückkehren und mir als Ehefrau gehorchen müsse. Dennoch hat sie mich wieder ohne Grund verlassen und bei dem Domherrn und ordentlichen Richter desselben Gerichts Unterschlupf gesucht. Dabei hat sie, darüber habe ich sichere Informationen, mit dem genannten Herrn Chorrichter Ehebruch begangen und lebt nun als seine Konkubine im Haus seiner Verwandten. Aber ich bin für dieses Mal bereit, ihr das Vergehen zu verzeihen. Ich fordere Euch daher auf, sie mir zurückzugeben.«

Johannes Heller, der auf einer Bank im Gerichtssaal seinen Platz eingenommen hatte, protestierte laut, dass die Vorwürfe nicht wahr seien – jedenfalls nicht der Ehebruch. Er wollte auch erklären, weshalb er der Ehefrau Schutz gewährt hatte, doch Marcus Hörnle unterbrach ihn und wies ihn an, das Gerichtsverfahren zu respektieren, solche Einwürfe seien nicht erlaubt.

Heller schaute Hörnle erschrocken an. Die Ehefrau Katherina begrub das Gesicht in den Händen.

Marcus Hörnle aber hatte anscheinend sein Selbstvertrauen zurückgewonnen, denn sein gewohntes übermütiges Lächeln umspielte wieder seine Lippen. Als der Bildhauer, der seine Rede beendet hatte, zurücktreten wollte, rief er ihn unerwartet wieder zu sich.

»Wir erinnern uns an den letzten Prozess, in dem Katherina Hagen durch Gerichtsbeschluss aufgefordert wurde, zu ihrem rechtmäßigen Ehemann zurückzukehren«, sagte er mit präziser Betonung. »Jedoch scheint uns im letzten Prozess die Frage ungeklärt geblieben, ob der Kläger wirklich ihr legitimer Ehemann sei. Denn es hieß damals, dass der Kläger bereits zuvor verheiratet gewesen war und dass er seine erste Ehefrau zu Tode misshandelt habe. Nun scheint es uns angebracht, zu klären, ob dies der Fall sei, denn damit wäre die zweite Ehe ungültig und nichtig propter impedimentum criminis – wegen des Ehehindernisses eines Verbrechens. Wer nämlich seine Ehefrau ermordet hat, darf nicht wieder heiraten.«

Der Bildhauer stand wie versteinert da. Sein Advokat, Prokurator Johannes Pack, sprang eilig vor und wandte dagegen ein: »Dominus Richter, diese Befragung entbehrt jeder Grundlage und Rechtskraft: Wir erinnern uns nicht an eine solche Behauptung, und wenn sie gemacht wurde, so ist sie völlig unbewiesen.«

Lizenziat Hörnle schmunzelte verächtlich. »Der Prokurator sollte besser in den Gerichtsbüchern nachschauen, wenn ihn sein Gedächtnis im Stich lässt. Die Aussage wurde unter Eid gemacht und hat daher Rechtskraft. Dem Einwand wird also nicht stattgegeben. Der Kläger soll erst zu der Frage Stellung nehmen.«

Pack errötete vor Wut über die Zurechtweisung, während sein Kontrahent Johannes Maulberger sich sichtlich darüber freute.

Schließlich bemühte sich der Bildhauer, dem stellvertretenden Richter zu antworten: »Das ist nicht wahr. Meine erste Ehefrau starb eines natürlichen Todes«, würgte er hervor.

»Dann kann der Kläger sicher genau sagen, an welchem Tag und in welchem Jahr sowie aus welchen natürlichen Gründen sie starb«, bohrte Hörnle weiter nach und zählte dabei pedantisch an seinen Fingern Punkt für Punkt auf.

Der Bildhauer stotterte, er wisse es nicht mehr.

Prokurator Johannes Pack versuchte erneut einzuwenden: Der Beklagte – er verwechselte die Rolle seines Mandanten unabsichtlich – könne das unmöglich sofort sagen. Es sei doch vor vielen Jahren gewesen.

»Dann müssen wir von Amts wegen eine Kommission zur Untersuchung dieser Fragen anordnen und setzen damit den Prozess bis dahin aus«, erklärte Marcus Hörnle mit triumphalem Tonfall. »Schreib das mal auf, Hasenberger.«

»Haselberger, Ehrwürden«, korrigierte ihn der Notar ärgerlich und notierte die Anweisung widerwillig. Auch die beiden Prokuratoren, insbesondere Johannes Pack, sahen ordentlich gerüffelt aus.

Johannes Heller aber strahlte vor Glück und überließ seinem Stellvertreter gerne die restlichen Gerichtshandlungen des Tages.

AD ACTA

In der Nacht starb das Kind des Lizenziaten Marcus Hörnle im Haus des Richters Johannes Heller. Trotz aller Bemühungen der stadtbekannten Dirne Helena, die das Kind an ihrem warmen Busen gehalten und liebkost hatte, schloss das kleine, ungewollte Kind irgendwann die Augen und hörte auf zu atmen.

Johannes Heller, der besorgt die Nacht im Wohnzimmer seines Hauses mit Helena und dem Kind verbracht hatte, war erschüttert. Das kleine Lebewesen, das nur Stunden zuvor seine Hand ausgestreckt und Hellers Finger gefasst hatte, lag nun leblos und kalt da. Es hatte nicht einmal einen Namen gehabt.

Auch der leibliche Vater, den man mitten in der Nacht weckte, war von der Nachricht bestürzt. Vor allem aber sorgte sich Marcus Hörnle über die Folgen für sich selbst.

»Man wird es mir zur Last legen, dass das Kind gestorben ist«, klagte er bitterlich. »Alle Leute werden sagen, dass ich der Vater war und das Kind sterben ließ, weil es mir eine Bürde gewesen wäre. Aber es ist ja nicht einmal bewiesen, dass es wirklich mein Kind ist. Und ich habe alles getan, was ich konnte. Ich habe Magdalena eine Abfindung angeboten, aber sie verlangte mehr, als ich zahlen konnte. Oder vielleicht wollte sie etwas anderes. Ich weiß es nicht. Nun hat sie diesen Skandal über mich gebracht, und das Kind ist auch noch gestorben. Das ist das Ende meiner Karriere. Niemals werde ich Richter. Niemals kann ich ein höheres Amt erwerben.«

Johannes Heller, der noch vom Tod des Kindes betroffen war, fand dieses Selbstmitleid befremdlich, versuchte aber dennoch, den jungen Mann zu trösten.

»Verliere nicht den Mut, Marcus. Die Leute werden reden, aber du kannst etwas dagegen machen: Du musst nur die päpstliche Kurie um eine Dispens gegen den Makel bitten. Das lässt sich durchaus leicht erwerben, wenn du deinen Fall eingehend schilderst und etwas Geld zahlst. Deine Karriere ist noch lange nicht zu Ende, und du wirst ein hervorragender Richter werden. Vielleicht ist es so, dass erst die Erfahrung der eigenen Schuldigkeit einen guten Richter ausmacht.«

Hörnle schaute skeptisch auf und fragte Heller, ob auch er solche Erfahrungen gemacht habe. Heller antwortete allgemein, dass sich jeder Mensch irgendwann irgendetwas zuschulden kommen lasse. Schließlich stand er auf und ging schweren Mutes ins Bett. Die Dirne Helena verbrachte die restliche Nacht in seinem Haus auf dem Domberg. Manche Leute munkelten nachher, dass sie den Lizenziaten Hörnle über den Tod seines Kindes auf ihre besondere Art und Weise getröstet habe.

Am nächsten Tag nach der Morgenmesse begab sich der Richter erneut zur bischöflichen Residenz und bat um Audienz, um dem Bischof über seine Untersuchung des Todesfalls des Ministranten Lukas zu berichten.

Bischof Tuhlbeck und der Kanzler Sixtus von Tannberg empfingen ihn in des Bischofs Arbeitszimmer mit dem großen marmornen Tisch, der wie ein Grabdeckel aussah. Sie begrüßten Heller wortkarg und hörten schweigend zu, als er seinen Bericht ablegte.

Heller erklärte, dass der tote Ministrant wohl nach dem Vespergottesdienst verschwunden sei. Es lasse sich aus den unterschiedlichen Zeugenaussagen erkennen, dass dies während des Aufräumens des Messgeräts passiert sein müsse, als die Ministranten und Dominus Meindorfer das Altargerät in die Sakristei getragen hätten.

»Es kommt also gar nicht in Frage, dass der Junge einfach aus dem Gebäude gegangen und zufällig von der Mauer hinabgestürzt ist«, führte Johannes Heller emphatisch aus. »Vielmehr scheint es mir sehr wahrscheinlich, dass ihm in der Sakristei bei der Aufräumarbeit etwas zugestoßen ist, in einem Augenblick, als die anderen Ministranten nicht da waren. Ich weiß noch nicht, was mit ihm geschah, aber jemand muss daran beteiligt gewesen sein, weil die Leiche sonst nicht unten am Fuß des

Dombergs gefunden worden wäre. Wir müssen uns also fragen: Wer hat den Toten hinuntergebracht, und was hat er mit seinem Tod zu tun? Zuerst erschien es mir, dass es einer der Ministranten, der Priester Schmatz oder der Domizellar Meindorfer gewesen sein musste, weil diese die einzigen Personen waren, die nach der Messe noch im Dom waren. Aber ich habe einen Hinweis, dass vielleicht noch jemand dort war, der sich in der Kirche versteckt hielt. Es gibt allerdings nur einen Zeugen, der diese Person gesehen haben will, und auch er ist sich nicht ganz sicher. Aber ich habe von verschiedenen Seiten gehört, dass in letzter Zeit jemand nachts im Dom herumschleicht. Deshalb scheint es mir eine durchaus ernst zu nehmende Möglichkeit, dass dieser Unbekannter eine Rolle beim Tod des Ministranten gespielt hat.«

Irritiert blickte Heller auf, denn Bischof Tuhlbeck klopfte ungeduldig mit den Fingerspitzen auf den Tisch, und Sixtus von Tannberg blickte reglos in die Luft. Heller hatte den Eindruck, dass sie ihm nicht wirklich zuhörten. Mit etwas lauterer Stimme kam er zum Schluss.

»Ich möchte Euch bei dieser Gelegenheit erinnern, dass der verstorbene Ministrant beim Tod des Kustos ebenfalls eine unbekannte Person im Dom gesehen hat – oder zu sehen glaubte. Ich denke nicht, dass es ein Zufall ist, dass er kurz danach getötet wurde. Aber vielleicht seid Ihr anderer Meinung. Auf alle Fälle scheint ein gefährliches und dunkles Geheimnis hinter diesem Verbrechen am Werk zu sein. Wir müssen wissen, warum jemand den Ministranten getötet hat und wer es war. Vor allem ist es wichtig, den Täter zu finden, weil er wahrscheinlich jemand vom Domberg ist, ein Mitglied dieser Kirche. Und das wäre ein richtiger Skandal. Wir dürfen also den Fall nicht unter den Teppich kehren, sondern müssen ihn dringend aufklären.«

Als Heller fertig war, richtete sich Bischof Tuhlbeck langsam in seinem Stuhl auf. »Wo wir schon von Skandalen sprechen, mein Lieber«, sagte er mit drohender Stimme, »wir haben erfahren, dass du selbst für den einen oder den anderen gesorgt hast. Ist es wahr, dass du eine stadtbekannte Hure in dein Haus hier auf den Domberg bringen und sogar über Nacht bleiben ließest? Hast du vielleicht vergessen, dass es eine klare Regel gibt: keine Frauen auf dem Domberg? Und eine Prostituierte dazu! Was sollen wir davon halten? Aber das ist nicht alles. Wir haben auch von einem Skandal in deinem Gericht gehört; wie es heißt, hast du eine Ehefrau von ihrem rechtmäßigen Ehemann entführt und mit ihr Ehebruch begangen. Stimmt das? Bist du auf deine alten Tage völlig verrückt geworden?« Jetzt tobte der Bischof geradezu, und sein Kopf wackelte dabei gefährlich, so als wollte er ihm gleich von den Schultern fallen.

Heller erhob entrüstet die Stimme. »Was haltet Ihr von mir? Wer hat Euch solche Geschichten erzählt? Es war jedenfalls jemand, der nicht an der Wahrheit interessiert war, sondern mich verleumden wollte. Wollt Ihr denn wirklich einer solch unbegründeten Lüge Glauben schenken?«

Er fing an, mit deutlichen Worten zu erklären, dass er die Ehefrau vor ihrem gewalttätigen Ehemann versteckt habe, um ein schlimmes Verbrechen zu verhindern. Das sei durchaus im Sinne der kirchlichen Gesetzgebung.

»Es war zudem meine moralische Verpflichtung, ihr zu helfen«, fügte Heller zu. »Natürlich habe ich nicht Ehebruch mit der armen Frau begangen. Der Vorwurf ist doch lächerlich. Ebenso wenig ist mir unzüchtiges Verhalten mit der Prostituierten vorzuwerfen: Diese Frau hat das neugeborene Kind gepflegt, das ich im Dom ausgesetzt fand. Mag sein, dass sie eine stadtbekannte Dirne ist: Es war eine Frage von Leben und Tod. Allerdings ist das Kind trotzdem gestorben.«

Bischof Tuhlbeck hörte indes kaum zu. Schließlich unterbrach er Heller mit einer ungeduldigen Geste. »Das Kind auch noch: schon wieder ein Skandal! Hör endlich mal zu: Wir wollen, dass diese ewigen Skandale aufhören. Lass dergleichen nie wieder vorkommen. Wir werden über eine angemessene Strafe für dich und Marcus Hörnle nachsinnen, damit ihr eure Sünden bereut. Der Tod des Ministranten ist indes für uns aufgeklärt, offenbar handelte es um einen tragischen Unfall. Der Fall ist abgeschlossen, und es wird keine weitere Untersuchung geben: ad acta damit. Der Tote wird am Domberg beigesetzt, um jegliche öffentliche Aufmerksamkeit zu vermeiden; Marcus Hörnles Kind auch, wenn es sein muss. Wir wollen nichts mehr davon hören.«

Nach der heftigen Aufregung sackte Tuhlbeck wieder in seinem Stuhl zusammen und schloss die Augen. Sixtus von Tannberg legte dem Bischof beruhigend die Hand auf die Schulter und stützte ihn unmerklich, damit er nicht vom Stuhl fiel. Johannes Heller murmelte etwas von »mein Bestes tun« und verabschiedete sich leise.

Als er aus der Bischofsresidenz trat, warf Heller einen Blick auf den bedrohlich tief hängenden grauen Himmel. Er stellte missmutig fest, dass seine Untersuchung wiederum lediglich dazu gedient hatte, den Anschein einer Aufklärung zu bieten. Aber er war sicher, dass die Geschichte noch nicht vorbei war. Noch lange nicht.

CAPITULUM 3

29. APRIL 1473

TRIGAMIE

Nach den vielen Stürmen des ungewöhnlich langen Winters war der Frühling schließlich gekommen, doch das Wetter war kaum besser geworden. Es blieb kalt und regnerisch, als ob sich das Rad der Jahreszeiten einfach nicht weiterdrehen wollte. Über dem Freisinger Domberg hing ein schwermütiger bleigrauer Himmel. Kein fröhliches Vogelgezwitscher war zu hören, sondern nur das unzufriedene Klagen der Krähen auf den Dächern; keine Blüten saßen auf den Bäumen, denn ein später Frost hatte sie abgefroren.

Donnerstags fanden im Freisinger Offizialatsgericht keine ordentlichen Gerichtssitzungen statt, und der Gerichtsnotar Pangratz Haselberger musste heute keine Aufzeichnungen verfassen. Dennoch hatte er viel zu tun. Er saß zusammen mit seinem Schreibgehilfen, einem jungen Kleriker namens Johannes Fischer, und den Gerichtsprokuratoren im Gerichtssaal vor den Schreibpulten, um die Geschäfte des vorigen Tages aufzuarbeiten: Zitationsbriefe, Mahnungen und andere offizielle Anschreiben wurden nach Formular verfasst und Abschriften von eingereichten Schriftstücken für die Gerichtsakten erstellt.

Der Notar hob den Kopf und lauschte einen Augenblick lang der geschäftigen Stille im Gerichtssaal. Es war nichts zu hören außer dem Kratzen der Federn auf Papier. Nicht nur im Gericht war es ungewöhnlich ruhig: Auf dem Domberg insgesamt war wenig los. Viele der Geistlichen, die meisten Domherren und einige Chorherren der Freisinger Stiftskirchen waren mit dem Fürstbischof Johannes Tuhlbeck nach München gereist, um dem Einzug von Kaiser Friedrich III. beizuwohnen. Der Kaiser war auf dem Weg nach Augsburg zu einem Reichstag, auf dem ein Kreuzzug gegen die Türken organisiert werden sollte.

Man erzählte sich, dass Bischof Tuhlbeck die Gelegenheit

des kaiserlichen Besuchs in München nutzen wolle, um für die Unterstützung des Kriegs gegen die Türken zu werben, zumal diese auch Freisinger Besitzungen in der slowenischen Krain bedrohten. Andere aber meinten, dass er sich vor allem als Bauherr der neuen Marienkirche in München inszenieren wolle. Deswegen feiere er dann auch eine Messe in der noch unvollendeten Kirche.

Haselberger fühlte sich nicht in der Lage, über die Wahrheit solcher Behauptungen ein Urteil zu fällen. Er wäre aber gerne mitgereist, um den Kaiser zu sehen, der mit Maximilian, seinem Sohn und Nachfolger, und vielen anderen bedeutenden Personen unterwegs war. Unter anderem hieß es, dass ihn auch der türkische Kaiser Calixtus Ottomanus begleite, ein im Exil lebender Bruder des Sultans Mehmet, sowie Hunderte von Reitern mit Pferden und Tross.

Nichts wünschte sich der Notar sehnlicher, als dieses Spektakel mit eigenen Augen zu sehen, doch leider ließen das die Gerichtsgeschäfte nicht zu. Auch der Herr Chorrichter war wegen der Obliegenheiten seines Amts nicht mitgefahren.

Der Notar stöhnte innerlich. Die Ehe erschien ihm eine Quelle unendlicher Streitigkeiten: Zuerst stritten sich die Leute über nicht eingehaltene Eheversprechen, danach klagten sie, weil sie sich trennen wollten. Das Zusammenleben der Geschlechter erschien Haselberger derart von Schwierigkeiten durchsetzt, dass er sich manchmal fragte, wie die Menschheit so lange ohne die Institution des bischöflichen Ehegerichts ausgekommen war. Wie hatten das bloß Adam und Eva geschafft?

Er blickte hinüber zum Richter, der ruhig lesend über seinen Arbeitstisch gebeugt saß.

Auf dem Tisch vor Johannes Heller harrte ein ganzer Stapel offizieller und inoffizieller Schriftstücke der Bearbeitung. Zuoberst lag der Bericht über eine kommissarische Zeugenbefragung, der gestern eingereicht, in Anwesenheit der Prokuratoren der jeweiligen Parteien geöffnet und als Beweismittel zugelassen worden war. Darunter fand sich ein ungeöffneter mehrseitiger Brief von Marcus Hörnle, der mit dem Bischof nach München gereist war. Neugierig las Heller den Vermerk auf dem Umschlag: »Solum pro oculis domini iudicis« – nur für die Augen des Richters. Und außerdem lag da noch ein weiterer kommissarischer Untersuchungsbericht, der den Fall der Ehefrau des Bildhauers Johannes Hagen aus Landshut betraf. Johannes Heller fasste das noch ungeöffnete Schreiben aus Landshut vorsichtig an und legte es dann eilig wieder zur Seite, als würde es ihm die Finger verbrennen.

Schließlich widmete er sich der ersten Zeugenbefragung, die er im Fall der Hofdienerin Margaretha Lufft gegen Conrad Staudinger, den Familiaren des Herzogs Wolfgang, angeordnet hatte.

Der Fall ärgerte den Richter. Zum einen war ihm die Person des Beklagten selbst ein Ärgernis: Er hielt Staudinger für einen schnöseligen Höfling mit affektierten humanistischen Manieren. Noch immer wurmte es ihn, wie der aufgeblasene Höfling ihn korrigiert hatte, der Liber orationum sei doch kein Gebetsbuch, sondern ein Buch mit Reden. Als ob Heller nicht wüsste, dass »orationes« eigentlich Reden waren. Doch damit bezeichnete man gewöhnlicherweise auch Gebete, dachte er, oder war das unter diesen Humanisten jetzt nicht mehr üblich? Heller schnaubte.

Zum anderen waren ihm aber auch die Verbindungen der Parteien zum herzoglichen Hof unliebsam. Die Höfe der Herzöge und insbesondere der des jungen Herzogs Wolfgang waren ihm als Richter in Ehesachen ein ständiger Dorn im Auge. Das Hofgesinde pflegte einen ausgesprochen leichtfüßigen Lebenswandel, und der Richter musste sich immer wieder Klagen von entjungferten, geschwängerten oder sitzen gelassenen Bürgertöchtern gegen Diener oder Familiaren der Herzöge anhören. Wolfgangs Vertraute waren meist jüngere Männer, die mit dem Herzog herumreisten, sich vergnügten und stets schworen, dass ihr Dienst sie nicht heiraten lasse. Dazu verhinderten die Herzöge oft auch noch, dass sich ihre Hofleute in solchen Fällen vor Hellers Gericht verantworten mussten. Nicht selten schon hatte Heller Anweisungen von den Herzögen selbst erhalten, einen Fall nicht weiterzuverfolgen oder einen der Familiare in Ruhe zu lassen.

Die Herzöge schienen offenbar zu glauben, sie und ihre Leute stünden über dem Recht. Hellers Verständnis jedoch war, dass das Recht – vor allem, wenn es um die Ehe ging – keine Unterscheidungen in Stand und Herkunft machte und daher für alle galt. Der Richter fühlte geradezu, wie ihm die gelbe Galle, die cholera citrina, vor welcher ihn der Arzt immer wieder warnte, hochstieg, als er sich dem Bericht des Gerichtskommissars zuwandte. Das Schriftstück verbesserte seine Laune keineswegs.

»Domino Johanne Heller, canonico et iudice ordinario ecclesiae Frisingensis ...« Seine Augen wanderten über die schöne, schlichte Schrift und die meist einfachen, manchmal aber auch eleganten lateinischen Wendungen des Kommissars Heinrich Grieninger. Er war einer dieser sogenannten Humanisten wie auch Marcus Hörnle und Conrad Staudinger. Sie hatten in Italien an den berühmten Universitäten in Pavia oder Bologna studiert und dort nicht nur Vorlesungen über kanonisches und römisches Recht, sondern auch Lehrveranstaltungen über die »scientiae humanitatis« – die menschlichen Wissenschaften – gehört, wie sie Geschichte, Redekunst und Dichtung bezeichneten. Es ging den Humanisten um die Wiederentdeckung der Kultur der alten Römer und Griechen: ihres Sprachgebrauchs, ihrer Denkweise und sogar ihrer Schrift. Cicero, Quintilian, Vergil und auch die griechischen Schriftsteller – sofern man ihre Werke lesen konnte – waren ihre Vorbilder.

Johannes Heller hatte zwar auch in Pavia und Bologna studiert, doch hatte er sich dort hauptsächlich mit den scholastisch geprägten Rechtswissenschaften befasst. Er interessierte sich durchaus für die »humaniora« und bewunderte die großen Gelehrten der neuen Schule wie Poggio Bracciolini und

Leonardo Bruni, doch er fühlte, dass er nicht zur Generation der Humanisten gehörte und dies auch nicht wollte. Vielmehr hegte er den heimlichen Verdacht, dass insbesondere die deutschen Möchtegern-Humanisten, wie er sie nannte, zumeist bloß höfische Schmeichler und prinzipienlose Karrieristen waren, deren Fähigkeiten sich vor allem im Abfassen blumiger Lobreden und anbiedernder Schriftstücke für Fürsten zeigten.

Schlimmer noch war es, dass sie oft eine liederliche und sogar unchristliche Lebensführung pflegten, womit sie wohl Ovid, Horaz und andere heidnische Dichter imitieren wollten. Manche prahlten gar mit ihrer moralischen Ungebundenheit und gaben sich als Heiden aus, als wäre das ein Zeichen von Intelligenz und Bildung. Johannes Heller hielt dies großteils für reinen Manierismus und dachte dabei ein wenig abfällig an Marcus Hörnle und an Conrad Staudinger.

Dabei fiel ihm mit einem leichten Schaudern ein, was er selbst als junger Mann gedacht und getan hatte – vor langer Zeit, im Rausche des Übermuts und der ungebändigten Lebenstriebe. Mit einem Mal stiegen in ihm Erinnerungen und Bilder auf: seine Studienjahre in Italien, die Erweckung seines Geistes und die Entdeckung neuer Reize in einer neuen alten Welt. Ja, auch die Liebe und die Sexualität hatte er damals kennengelernt: Johannes Heller errötete leicht bei dem Gedanken. Hatte er sich nicht ebenso frivol verhalten wie heutzutage diese sogenannten Humanisten?

Er schüttelte abwehrend den Kopf und schob die Geister der Vergangenheit zurück in die dunkelste Kammer seines Gedächtnisses, um sich wieder mit Grieningers Bericht zu befassen. Was auch immer er sonst von den Humanisten hielt, er musste zugeben, dass ihr Latein und die Schrift, die sie pflegten, durchaus als Verbesserung des hiesigen Standards anzusehen waren.

Ehrwürdiger Herr Chorrichter, mit welcher Unzufriedenheit ich mich an Euch wenden muss, um über den Fortschritt meines Auftrags Bericht zu erstatten, weiß nur ich. Wie es so schön heißt: »Epistula non erubescit.« – Ein Brief errötet nicht. – Dass indes die Schuld nicht bei mir liegt, sondern in der Verwirrung und Verstocktheit der Prozessparteien und ihrer Zeugen zu suchen ist, bitte ich Euch inständig zu glauben.

In der Tat scheint mir eine solche Unzugänglichkeit für die Vernunft für unser Volk insgesamt charakteristisch zu sein. Warum das so ist, Dominus, warum das Licht des Geistes bei uns Germanen derzeit nicht so strahlt wie bei den Italienern, habe ich mich oft gefragt, und ich bin zu folgender Überzeugung gekommen: Meiner Meinung nach entsteht diese geistige Unklarheit aus dem Sprachgebrauch. Denn wie sollen Menschen vernünftig denken können, wenn ihnen klare grammatikalische Regeln und sogar die passenden Wörter fehlen? Ich meine dabei nicht so sehr das ungehobelte, ungebildete Volk, das es ja nicht besser weiß. Aber gerade unter unseren vermeintlich Gebildeten ist eine derart stümperhafte Sprache im Gebrauch, dass man sich kaum über die alltäglichen Missverständnisse und Streitigkeiten wundern muss. Daher wäre es meiner Ansicht nach von großer Wichtigkeit, Schulen für die allgemeine sprachliche Erziehung einzurichten, wo man etwa anhand der berühmten Dichter und Redner eine gehobene und klare Sprache erlernen könnte. Aber de hiis satis – davon genug für den Augenblick. Welche Schwierigkeiten ich in der Erfüllung Eures Auftrags erlebte, will ich jetzt ohne weiteren Umschweif erklären.

Euren Anweisungen folgend, die ich am 27. Februar erhielt, lud ich die von der Klägerin genannten Zeugen, namentlich Agnes Bürstenbinder und Dominus Erhard Spornecker, Kanoniker von St. Andreas in Freising, am 5. März in meiner Wohnung vor, um sie über die Wahrheit der Klage zu befragen. Stattdessen aber erhielt ich an dem besagten Tag den Besuch eines Boten des Herzogs Wolfgang, der mich im Namen seines Herren aufforderte, zu dessen Hof zu kommen, um die Zeugen zu befragen. Die Zeugen und auch Klägerin und Beklagter seien Vertraute und Diener des Herzogs, der sie nicht ohne seine Anwesenheit aussagen lassen wolle. Ich ließ den Boten wissen, dass diese For-

derung sehr irregulär sei, doch willigte ich schließlich ein, um einen Konflikt mit Seiner Hoheit dem Herzog zu vermeiden.

Nach mehreren Verzögerungen erschien ich also am 25. April am Hof des Herzogs Wolfgang von Bayern, um die Zeugen dort zu befragen. Dort bestand man jedoch darauf, dass die Befragung in Anwesenheit Seiner Hoheit persönlich sowie der Klägerin und des Beklagten erfolgen sollte. Vergeblich wandte ich erneut ein, dass dies äußerst irregulär sei. Ich versuchte zu erklären, dass nach römisch-kanonischem Verfahrensrecht die Zeugen getrennt und nicht in Anwesenheit der Prozessparteien zu befragen seien. Dafür gebe es viele gute Gründe. Doch man wies meine Argumente ohne Erwägung zurück und wollte die Befragung auf keinen Fall verfahrensgemäß durchführen.

Wie hätte ich gegen solche Verstocktheit argumentieren sollen? Meine Worte wurden in den Wind geschlagen. Wie man sagt: »Barbarus hic ego sum, quia non intellegor ulli.« – Ich gelte hier als Barbar, weil niemand mich versteht. Und was folgt aus solcher Verstocktheit? Das sollte sich bald erweisen.

Die Befragung fand also trotz meiner Bedenken vor dem Herzog und seiner Hofgesellschaft statt. Aus Gründen, die Ihr gleich erkennen werdet, konnte ich meinen Bericht erst nachträglich verfassen und muss hier die Aussagen aus dem Gedächtnis wiedergeben. Glücklicherweise fand ich zwei Zeugen, um die Wahrheit meines Berichtes zu bestätigen und zu unterschreiben.

Die erste Zeugin war Agnes Bürstenbinder, eine Münchener Bürgerstochter und Dienerin am Hof des Herzogs Wolfgang. Ich nahm sie unter Eid, und sie bestätigte zunächst, dass die Klägerin am Hof des Herzogs arbeitete. Ob die Klägerin Jungfrau gewesen sei, als sie den Dienst antrat, behauptete die Zeugin allerdings nicht zu wissen. Den Rest der Klage wollte sie ferner nicht bestätigen und bestritt sogar ausdrücklich, dass die Parteien als Ehepaar gegolten hätten.

Während die Zeugin diese Aussage machte, wurde die Klägerin, Margaretha Lufft, zunehmend aufgeregt. Schließlich unterbrach sie die Aussage und warf der Zeugin wütend vor, eine unverschämte Lügnerin zu sein. Die Bürstenbinder wolle den Staudinger selbst heiraten, schrie sie und nannte die Zeugin eine »hinterfotzige Saumatz« – was auch immer das sein soll. Anstatt ihre Freundin zu sein, sei die Zeugin ihre ärgste Feindin, behauptete sie. Das sei ihr erst jetzt klar geworden.

Dominus, glaubt mir: Ich protestierte vor dem Herzog, dass genau solche Szenen der Grund seien, weshalb man Zeugen nicht in Anwesenheit der Prozessparteien zu befragen pflege. Doch Seine Hoheit war nicht im Geringsten entrüstet über diese Ungehörigkeit, sondern schien sich eher darüber zu amüsieren und wies meine Bedenken ab. Ich kündigte darauf an, dass ich verpflichtet sei, den Vorwurf gegen die Zeugin zu überprüfen. »Nur zu«, sagte der Herzog.

Also fragte ich die Zeugin Agnes Bürstenbinder, ob sie ein eigenes Interesse in dem Fall habe, weshalb ihr Zeugnis als befangen gelten könne. Nach einer kurzen Überlegung gab sie zu, dass sie in der Tat schon mit dem Beklagten die Ehe geschlossen habe. Er und sie hätten sich gegenseitig vor einigen Monaten die Ehe versprochen und diese auch vollzogen. Jeder am Hof wisse das – außer der Klägerin, die offenbar geistig verwirrt sei. Daher wolle sie nun selbst pro interesse suo – in ihrem eigenen Interesse – die Geltung ihrer Ehe mit Conrad Staudinger einklagen.

Ich fragte danach den Beklagten unter Eid, ob diese Behauptung zutreffe, und er bestätigte sie mir. Herzog Wolfgang klatschte gleich vor Freude und rief mir zu: »Das ist wunderbar! Agnes gibt zu, dass sie mit Conrad verheiratet ist, und er hat es auch bestätigt. Dann sind sie Mann und Frau. Segne ihre Ehe sofort, Priester!«

Ich protestierte jedoch, dass ich das nicht tun könne. Es sei nicht so einfach, wie es erscheine. Angesichts dieser neuen Tatsachen müsse der Prozess neu aufgerollt werden, um zu klären, wer wen wann geheiratet habe und welche Ehe gültig sei. Eventuell liege sogar ein Fall von Bigamie vor.

Der Herzog forderte mich dann auf, das sofort zu prüfen und die Ehe zwischen Agnes und Conrad zu segnen. Doch ich wollte ohne eine entsprechende Kommission durch Euch nichts dergleichen unternehmen. Insgesamt ging mir das alles zu schnell und zu überstürzt. Herzog Wolfgang erboste sich sehr, weil ich seinen Befehl nicht befolgen wollte. Er sei mein Herr, rief er, und ich solle tun, was er wolle. Ich entgegnete entrüstet, dass ich ein Geistlicher sei und seinem Befehl gar nicht unterstünde. Der Bischof von Freising allein sei mein Herr. Der Herzog antwortete finster, dass sich das bald ändern könnte und dass ich meinen Ungehorsam noch bereuen würde.

Ich erkannte, dass es Zeit war, zu gehen. Also empfahl ich mich höflich und wollte mich gerade entfernen, als die Klägerin sich vor mich warf und erklärte, dass sie nun ihrerseits eine Gegenklage pro interesse suo erheben wollte, weil nämlich Agnes Bürstenbinder bereits mit einem anderen Mann verheiratet sei. Vor einigen Monaten noch habe sie einen goldenen Ring und eine schöne Haube getragen und sich damit gebrüstet, eine Edelfrau geworden zu sein, behauptete die Klägerin. Jeder am Hof wisse das. Daher dürfe Agnes Conrad Staudinger nicht heiraten, das wäre Bigamie. Sie wolle das vor Gericht auch beweisen.

Ich fing an, die Klägerin darüber aufzuklären, dass es in dem Fall nicht »Bigamie«, sondern »Biandrie« – die Ehe einer Frau mit zwei Männern – heißen müsste. Doch plötzlich stürzte sich die Zeugin Agnes Bürstenbinder mit einem Schrei auf die Klägerin, und die beiden fingen an, einander an den Haaren zu ziehen, zu beschimpfen und zu schlagen.

Darauf entstand ein allgemeines und ganz unwürdiges Chaos, desgleichen ich bei einer Zeugenbefragung noch nie gesehen habe. Der Beklagte, Conrad Staudinger, versuchte, die Klägerin mit einem Stock zu schlagen, traf aber einen Dienstmann des Herzogs, der ebenfalls einzugreifen versucht hatte, auf den Kopf. Dieser beschimpfte Staudinger wütend, und die Herren fingen sogleich an, sich ebenfalls zu prügeln. Dabei ging niemand dazwischen, sondern der ganze Hof feuerte die Kämpfenden laut an, und manche Leute schlossen sogar Wetten ab.

Als ich nun endgültig den Ausgang suchte, sprang Herzog Wolfgang von seinem Stuhl auf, fasste mich am Kragen und verbat mir ausdrücklich, den Fall weiterzuverfolgen. Sonst fordere er meinen Kopf, drohte er, geistlicher Stand hin oder her. Manche Höflinge folgten seinem Beispiel und fingen an, mir ebenfalls beleidigende Vorwürfe zu machen. Indessen glaube ich, dass einige sogar lachten und sich freuten, sie sahen das Ganze als einen herrlichen Witz. Ich verhielt mich dabei jedoch tadellos, wie ich Euch versichern kann, und erklärte dem Herzog, dass ich lediglich der Kommissar und nur Euch verantwortlich sei. Meinen Kopf solle er also bitte in Ruhe lassen.

Dominus, Ihr seht, glaube ich, welche beispiellose Unvernunft dort herrscht. Ich war froh, dem Tollhaus zu entkommen, den Kopf noch auf den Schultern. Ich bitte Euch daher, diesen Fall im Licht der neuen Entwicklungen zu beurteilen. Ob sich irgendein Sinn aus den Aussagen ergibt, kann ich nicht erkennen. Meinerseits verstehe ich nichts, aber möglicherweise kann Dominus Marcus Hörnle, der bei der Befragung anwesend war, zur Klärung der Lage beitragen.

Vale in domino, Euer getreuer Diener Heinrich Grieninger

Post scriptum: Dominus Hörnle hat mir am nächsten Tag einen vertraulichen Brief für Euch mit dem Vermerk »solum pro oculis domini iudicis« überreicht, den ich zusammen mit diesem Bericht verschickt habe.

Unter der Schlusszeile standen die Unterschriften des Domkanonikers Marcus Hörnle und des Chorherrn Erhard Spornecker, die der Zeugenbefragung beigewohnt hatten und die Richtigkeit des Berichts bestätigten.

Johannes Heller las das Schriftstück nochmals durch und schüttelte den Kopf. Er entrüstete sich weniger über die Umstände der Befragung, die er am Hof des Herzogs Wolfgang gar nicht so überraschend fand, als über die offenkundige Missachtung von sozialen Regeln und kirchlichen Gesetzen, die der Fall offenbarte. Wenn nicht eine der Parteien log, dann hatten mindestens zwei Personen ganz bewusst eine Doppelehe geschlossen, obwohl das ausdrücklich verboten war. Wahrscheinlich wussten sogar alle Leute am Hof davon, und niemand hatte etwas dagegen unternommen, der Herzog am allerwenigsten.

Es war genau das gesetzlose Chaos, das Hellers geordnetem oikos entgegenstand und das der Richter mit ganzer Überzeugung bekämpfen wollte. Er hielt es für seine Pflicht, herauszufinden, wer mit wem verheiratet war – und wenn aus keinem anderen Grund, dann allein deshalb, um diesen ungeordneten Zuständen ein Ende zu setzen.

Weil Herzog Wolfgang aber eine Aufklärung offenbar verhindern wollte, beschloss Heller, den Prozess selbst ex officio – von Amts wegen – weiterzuführen. Die beiden Hofdamen sollten ihre Behauptungen als schriftliche Klagen formulieren, und er würde sie untersuchen lassen. Heller lächelte ein wenig grimmig, als er wiederum Heinrich Grieninger mit dieser Aufgabe beauftragte. Dann nahm er den Brief des Lizenziaten Marcus Hörnle in die Hand, las ein weiteres Mal die Anschrift und entfernte vorsichtig das Siegel.

VOM EINZUG DES KAISERS

Des ehrwürdigen Dominus Johannes Heller, Kanonikers des Freisinger Domkapitels und ordentlichen Richters des bischöflichen Gerichts in Freising ergebener Diener Marcus Hörnle, ebenfalls Kanoniker des besagten Domkapitels und Lizenziat im römischen Recht, richtet an denselben tanquam patre suo – wie an seinen Vater – viele Grüße aus München, fing der Brief mit den gewöhnlichen schwülstigen Höflichkeitsfloskeln an. Heller überflog sie genervt, um zum Inhalt zu kommen.

Ehrwürdiger Dominus, wie Ihr wisst, bin ich mit unserem höchstehrwürdigen Bischof und anderen ehrwürdigen Mitgliedern unseres Kollegiums und des Freisinger Klerus nach München gereist, um Kaiser Friedrich III. bei seinem Einzug in die Stadt zu empfangen. Der Kaiser mit seinem großen Gefolge ist auf dem Weg zum Reichstag in Augsburg, wo ein Feldzug gegen die Türken organisiert werden soll.

Von diesem prunkvollen und würdigen Ereignis und von einigen bemerkenswerten Gegebenheiten, die ich dabei erlebte, wünsche ich Euch zu unterrichten. Mir scheint es nämlich, dass sie einerseits von Bedeutung für uns alle sein werden, andererseits aber auch einen Bezug zu den merkwürdigen Ereignissen der letzten Zeit haben. Doch welcher Art dieser Zusammenhang sei, überlasse ich der Beurteilung Eurer besseren Einsicht und Weisheit. Dominus, ich schreibe Folgendes ohne Rücksicht auf persönliche oder politische Empfindlichkeiten und bitte Euch daher, den Inhalt streng vertraulich zu halten und den Brief sofort zu verbrennen, nachdem Ihr ihn gelesen habt. Den Grund dafür werdet Ihr sogleich erfahren.

Ehrwürden, zusammen mit Bischof Johannes Tuhlbeck, Kanzler Sixtus von Tannberg, unserem Dekan und unserem Propst, einigen anderen Domkanonikern und Domizellaren sowie etlichen weiteren Geistlichen unserer Diözese bin ich am 22. April in München angekommen. Wir wurden in unterschiedlichen Unterkünften untergebracht, weil die Stadt schon zum Bersten voll war mit Besuchern. Überall fanden wir eifrige Vorbereitungen auf die Ankunft des Kaisers vor: Das Isartor, durch das der Einzug erfolgen sollte, wurde mit Blumen und Bannern geschmückt, und alle Häuser entlang der Straße im Tal bis zum Marktplatz trugen bereits Fahnen und Flaggen. Die Marienkirche, die noch im Bau ist und unfertig wie ein halb zerfallener römischer Tempel aussieht, wurde provisorisch für einen Gottesdienst hergerichtet. In alle Wirtshäuser brachten beladene Wagen Weinfässer und Speisen für große Festmahlzeiten. Jeder war in heller Aufregung und freudiger Erwartung. Männer kauften neue Mäntel, und Frauen probierten ihre besten Kleider an; Kinder übten Singen, und Musikanten spielten auf ihren Instrumenten. So viel allgemeine Freude unter unseren Bürgern habe ich noch nie gesehen.

Am nächsten Tag, einem Freitag, war jedoch das Wetter regnerisch und kalt, was die gute Stimmung etwas trübte. Dennoch war die ganze Stadt auf den Beinen. Eine große Menge Bürger säumte, am Straßenrand eng gedrängt, den Weg vom Isartor bis zum Rathaus; aus allen Fenstern schauten Leute erwartungsvoll herunter und schwenkten ihre Fahnen.

Der Kaiser, der aus Salzburg kam, wurde von den Landshuter Herzögen Ludwig, Christoph und Georg bis eine Meile vor München begleitet. Dort ritten unsere Herzöge Albrecht und Sigismund mit einem ehrenvollen Aufgebot an Rittern dem Zug entgegen und führten den Kaiser mit seinem Gefolge in die Stadt. Durch das Isartor zogen auch wir Geistliche im vollen Ornat mit dem geweihten Sakrament und den Reliquien des heiligen Sigismund aus der Stadt hinaus, um den Kaiser zu empfangen. Unser Herr Bischof musste dabei in einer Sänfte unter einem Baldachin getragen werden. Wir trafen den Kaiser und sein Gefolge kurz vor der Isarbrücke.

Welch eine Erscheinung! Welch ein Meer von Fahnen und Lanzen! Wie ein Kriegsheer kamen sie uns entgegen, so als würde der Kaiser selbst wie einst sein Namensvetter Friedrich I. zum Kreuzzug nach Jerusalem reiten. Es waren bestimmt nicht weniger als fünfhundert Pferde und Ritter. Zur Rechten Kaiser Friedrichs ritt in glänzender Panzerrüstung sein Sohn, Erzherzog Maximilian. Auf seiner linken Seite saß der sagenumwobene türkische Kaiser Calixtus Ottomanus zu Pferd. Von ihm heißt es, er sei der wahre türkische Sultan und von einem Usurpator vertrieben worden. Mit seinem orientalischen Turban und dem purpurnen Mantel war er auf alle Fälle eine auffallende Gestalt. Hinter ihnen kamen der ehrwürdige Kurfürst, Erzbischof Adolf von Mainz, und unzählige hochadlige Grafen und andere Fürsten, deren Wappen ich nicht erkannte. Gloria mundi – welche Pracht!

Unter Glockengeläut gingen wir Geistlichen ihnen entgegen, und unser Bischof segnete sie mit dem Allerheiligsten. Dann zogen wir gemeinsam über die Isarbrücke, wo um die zwei Dutzend Ritter im Harnisch ehrenvoll Spalier standen, und weiter durch das Isartor, wo die jubilierenden Massen warteten. Auch wenn der Regen die ganzen Fähnchen und die bunten Federn auf den Hüten der Damen nass hängen ließ, so war es doch ein prachtvoller Einzug, dergleichen ich noch nie gesehen habe. Die gesamte Bürgerschaft begrüßte den Kaiser mit Trommeln und Pfeifen, und die städtischen Hauptleute säumten den Straßenrand mit einem Aufgebot von vier Hundertschaften.

So zogen wir durch die Stadt zur neuen Marienkirche, wo unser Fürstbischof Johannes Tuhlbeck am neulich eingeweihten Hauptaltar persönlich eine Messe feierte. Trotz des Regens hielt er anschließend sogar eine Rede, in welcher er den raschen Fortschritt beim Bau der Kirche sehr preiste und sich selbst übrigens recht unbescheiden lobte. Er behauptete, als Oberhaupt des Bistums der oberste Bauherr zu sein, der persönlich die wesentliche Verantwortung trage. Er erklärte auch, dass die Baukosten größtenteils von der Münchner Pfarrkirche und dem Stadtrat übernommen würden. Der rasche Fortschritt sei das Ergebnis unserer gemeinsamen Anstrengungen zum Ruhme Gottes. Alle klatschten begeistert außer den Herzögen, die sich auffallend zurückhielten.

Anschließend besichtigte man die neue Grabtumba der Münchner Herzöge, die bereits in der Marienkirche errichtet worden ist. Hier hielt nun Herzog Sigismund eine Rede, in der er seine eigene Rolle beim Dombau unterstrich: Als Herzog habe er den Entschluss zum Neubau gefasst und den Grundstein gelegt, betonte er. Er hat sogar eine Inschrift anbringen lassen, die das dokumentiert: »Construi cernit … saxum fert primum«. Zudem hob Herzog Sigismund hervor, dass er und sein Haus beträchtliche Mittel zum Bau beigesteuert hätten, nicht nur der Bischof und der Rat der Stadt. Das habe der Herr Fürstbischof vergessen zu erwähnen. Dann erklärte er, dass bereits Kaiser Ludwig der Bayer die Marienkirche zur Grablege der Wittelsbacher – »zu unserer Grablege« – gemacht habe. Der Bau »unserer« prächtigen neuen Kirche verdeutliche die hervorragende Rolle »unseres« Hauses in der Geschichte »unserer« Stadt und »unseres« Landes, rief er laut. Nach seiner Rede klatschten viele Leute laut Beifall, insbesondere die Herzöge selbst und ihre Hofleute.

Es entstand eine allgemein gespannte Atmosphäre zwischen unserem Bischof und den Herzögen, die sich später wie ein Gewitter entladen sollte. Für den Augenblick aber wurden beide Seiten durch das gleichmäßig verteilte Lob des Kaisers besänftigt.

Schließlich ritt man zum herzoglichen Hof in der alten Veste, wo der Kaiser und sein Gefolge Herberge nahmen, während die übrigen Ritter und Begleiter in anderen Unterkünften untergebracht wurden. Am Abend sollte dort ein großes Festmahl veranstaltet werden. Da es Freitag war, schenkten die Bürger Münchens den hoheitlichen Gästen frische Fische im Wert von gut einunddreißig Pfund, sieben Schilling und feinen Wein im Wert von über siebenundzwanzig Pfund Pfennig, wie ich gehört habe.

ZU BESUCH BEI HERZOG WOLFGANG

Während der Vorbereitung des Festes ging ich auf Besuch zu Seiner Hoheit, Herzog Wolfgang. Dominus, damit Ihr dies versteht, muss ich Euch wissen lassen, dass ich Seine Hoheit in Italien persönlich kennengelernt habe, als er in Bologna studierte. Dort hat er ein gewisses Vertrauen und sogar Freundschaft zu mir gefasst. Überhaupt ist der Herzog ein sehr vertrauensvoller und offener Mensch.

Allerdings weiß ich, dass Ihr in Hinsicht auf seinen Charakter keine gute Meinung habt und letztes Jahr gegen seine Aufnahme in das Domkapitel gestimmt habt. Dem will ich gar nicht widersprechen: Meinetwegen war es eine sachlich richtige Entscheidung, denn Herzog Wolfgang hat ein einfaches Gemüt und lässt sich von seinen Brüdern und Freunden meist leicht lenken. Zudem ist er weltlichen Genüssen sehr zugeneigt – was ihm manch einer bestimmt verübelt. Doch andererseits kenne ich ihn jedenfalls nicht als boshaft oder intrigant, was ich nicht von allen unseren Kollegen behaupten könnte. Allerdings muss ich zugeben, dass einige seiner Freunde über diese Eigenschaften durchaus verfügen.

Herzog Wolfgang hat eine Stadtresidenz in einem Haus am Rindermarkt, das Herzog Albrecht für ihn mietet. Es liegt etwas abseits vom herzoglichen Hof, was Seiner Hoheit sehr recht zu sein scheint. Ich bin, wie gesagt, ein stets willkommener Gast bei dem Herzog und wurde ohne Weiteres zu seinen Räumen vorgelassen, wo er sich zusammen mit einigen Familiaren nach dem Ausritt entspannte. Auch Geistliche waren dabei, unter anderen unser Domizellar Dominus Meindorfer und Dominus Spornecker vom St.-Andreas-Stift am Domberg. Dort war auch ein Mainzer, der mit dem Erzbischof von Mainz nach München gekommen ist und, wie man sagt, als Buchdrucker mit beweglichen Lettern arbeitet. Er soll auf dem Weg nach Italien sein, um dort eine Druckerwerkstatt zu übernehmen.

Herzog Wolfgang begrüßte mich herzlich, wie es seine Art ist, und bot mir einen Platz neben sich an. Es wurden Wein und kleine Speisen aufgetischt – italienischer Wein, wie mir der Herzog eilig versicherte. Den hiesigen Wein hält er nämlich für untrinkbar. Überhaupt ist Herzog Wolfgang sehr von Italien begeistert.

»Trink, trink zu, Marcus«, kommandierte er zugleich und erhob das Glas: »Auf den Kaiser!«

Alle hoben die Gläser. Doch Dominus Meindorfer rief stattdessen: »Lieber auf den Herzog.« Und Dominus Spornecker murmelte sogar: »Lieber auf meinen Arsch«, oder etwas Ähnliches. Er scheint eine gewisse Narrenfreiheit am Hof zu genießen, niemand zeigte sich im Geringsten über seine Grobheit überrascht.

Ich blickte erstaunt in die Runde und sagte, ich wolle lieber doch auf den Kaiser trinken.

»Meinetwegen«, sagte Herzog Wolfgang.

Der Buchdrucker hob ebenfalls sein Glas und machte eine Bemerkung über den prachtvollen Einzug.

Darauf aber antwortete Dominus Meindorfer, der wohl etwas viel Wein getrunken hatte und seine Meinung unbedingt vortragen wollte: »Alles nur Schau. Viel Pracht, ja, aber was steckt dahinter? Jedenfalls wird niemand seinem Ruf folgen, wenn er zum Krieg gegen die Türken bläst. Die Herzöge Albrecht und Georg wollen nichts unternehmen, und auch kein anderer Fürst wird auf ihn hören, ganz egal, wie prunkvoll er auftritt. Und warum sollten wir? Es ist hauptsächlich sein Problem, wenn die Türken in Kärnten einfallen, nicht unseres. Mögen die Habsburger auch noch so groß auftreten und sich Kaiser nennen, hier in Bayern herrscht das Haus Wittelsbach.«

Ich fragte mich, woher Meindorfer so genau wissen wollte, was die Herzöge Albrecht und Georg dachten. Doch Herzog Wolfgang hob sein Glas und rief laut: »Jawohl, in Bayern herrscht Wittelsbach«, und wir stimmten alle ein. Nur Dominus Spornecker lächelte auf seine boshafte Art und Weise und bemerkte, dass die Wittelsbacher zwar die Herzöge von Bayern seien, doch gebe es inzwischen so viele von ihnen, dass niemand wisse, wer denn wirklich der Herzog sei.

Dominus Meindorfer empörte sich über diesen Spott, und Herzog Wolfgang drohte scherzhaft: »Dafür könnten wir deinen Kopf fordern, Spornecker – wir sollten es vielleicht sogar: Das würde uns alle von deiner Frechheit befreien.«

Spornecker schien die Drohung allerdings ziemlich kaltzulassen, denn er lachte nur unverschämt und trank noch mehr Wein. Ich weiß ehrlich nicht, wieso er sich das leisten kann.

Die Rede kam auf den sagenumwobenen türkischen Kaiser Calixtus Ottomanus, der mit dem Kaiser gekommen war. Wiederum äußerte Dominus Meindorfer seine Meinung, dieser Türke sei auch nur noch so ein machtloser Kaiser, wenn er überhaupt ein Bruder des türkischen Sultans sei und nicht irgendein Gauner mit einem Turban auf dem Kopf. So ein Tuch könne sich ja jeder um den Kopf wickeln.

Herzog Wolfgang lachte herzlich, band sich ein Stück Stoff um den Kopf wie einen Turban und stolzierte hin und her. »Ich bin Euer Sultan.«

Daraufhin warfen wir uns alle ihm zu Füßen und verehrten ihn, als ob er wirklich der Sultan wäre. Dann sprangen wir auf und folgten ihm in einer Reihe tanzend durch den Raum. Man überlegte sogar, sich am Abend wie Türken zu verkleiden, und hielt es für eine ausgesprochen lustige Idee. Ich glaube allerdings, dass der Kaiser dies als schwere Beleidigung empfunden hätte, doch vielleicht war das sogar die Absicht.

Zum Glück jedoch bewirkte der Wein, den wir in ziemlichen Mengen konsumierten, bald eine allgemeine Ermattung, und wir setzten uns wieder in die Kissen, um uns mit etwas Essen zu stärken.

Dominus, ich schildere Euch diese unwürdige Szene, um Euch einen Eindruck von dem Geist zu vermitteln, der hier am Hof herrscht. Vieles war wohl nur spöttisch oder vermeintlich als Witz gedacht, aber später am Abend zeigte sich eine durchaus ernste Seite der Unterhaltung. Zu meiner Überraschung musste ich feststellen, dass auch am Herzoghof Gerüchte über meine Privatangelegenheiten die Runde machten. Herzog Wolfgang fing an, mich treuherzig, wie er ist, über den Tod meines Kindes zu trösten. Ich versuchte, ihm zu erklären, es sei gar nicht bewiesen, dass es mein Kind gewesen sei. Aber der Herzog klopfte mir auf die Schulter und zwinkerte verschwörerisch – wobei er freilich unsäglich dumm aussah.

»Ja, ja«, sagte er. »Wir beide wissen schon, wie das ist. Aber mach dir keine Sorgen, Marcus. Wenn wir Bischof sind, werden wir dich trotzdem zum Richter ernennen und alle, die über dich gespottet haben, aus ihren Ämtern werfen. Auch die feinen Domherren, die gegen uns gestimmt haben, als wir in das Domkapitel gewählt werden wollten, werden es bereuen. Du wirst es sehen, mein Lieber. Warte nur.«

Ich war erstaunt über seine Ankündigung, bald Bischof zu werden, und fragte, wie das geschehen solle.

Seine Hoheit antwortete mit herzlicher Einfältigkeit: »Man hat es uns versprochen.«

Wer das denn versprechen könne, fragte ich verblüfft.

Herzog Wolfgang lachte. »Wer denn schon? Der Papst und unser Bruder Albrecht, als wir in Rom waren. Eigentlich hätten wir gleich den roten Hut erhalten sollen, aber die Kardinäle waren angeblich dagegen.«

Meindorfer fügte zornig hinzu, dass das bestimmt nur ein Vorwand gewesen sei. Vor allem sei der Kaiser an der Ablehnung schuld gewesen: Wenn er die Kandidatur unterstützt hätte, hätte der Papst nie Nein sagen können.

Herzog Wolfgang nickte. »Mag sein. Aber es ist doch viel besser, wenn wir Bischof in Freising sind. Dann können wir alles hier zu Hause nach unserem Wunsch regeln, das wird so schön sein. Und wenn wir gewählt werden, hat der Papst versprochen, uns anzuerkennen und die notwendigen Dispense zu erteilen.«

Ich kam gar nicht mehr aus dem Staunen heraus. Jeder weiß zwar, dass Herzog Wolfgang für die kirchliche Laufbahn vorgesehen ist. Ich habe auch mehrmals gehört, dass man ihn zum Kardinal machen wollte, obwohl er wirklich fast keine Aussicht auf den Kardinalshut hatte. Doch dass ihm in Rom das Bistum Freising angeboten wurde, obwohl Bischof Tuhlbeck noch am Leben ist und es zahlreiche andere Kandidaten gibt, die viel besser geeignet sind, das überraschte mich sehr. Vor allem fragte ich mich, wer ihn zum Bischof wählen würde, nachdem er nicht einmal die Zustimmung zur Aufnahme in das Domkapitel bekommen hat? Ich äußerte vorsichtig meine Bedenken.

Herzog Wolfgang lachte nur und blinzelte dümmlich. »Entweder wird der Papst den alten Tuhlbeck absetzen, oder dieser wird zurücktreten und Ihr werdet uns wählen.«

Das hätte ich beinahe als Drohung empfunden, wenn ich Seine Hoheit nicht als gutmütigen Menschen kennen würde.

Dominus Spornecker ergriff das Wort: »Warum denn nicht? Der Herzog als Bischof: Was könnte besser sein? Damit wird alle Macht – die geistliche und die weltliche potestas – in den Händen unserer Herzöge vereint sein. Die Regierung unseres Landes wird eine res publica mixta – eine gemischte Staatsform – sein, wie Aristoteles sagen würde. Wie herrlich.« Dabei klang seine Stimme aber so spöttisch und zweideutig, als ob er das Gegenteil meinte.

Nur Herzog Wolfgang schien das nicht zu merken und klopfte mir freudig auf die Schulter. »Genau, eine res pubica mixa mit uns als Fürstbischof. Wir können uns auf dich verlassen, Marcus, nicht wahr? Du wirst uns gewiss wählen. Und die anderen werden es auch tun, wir sind uns sicher.«

»Und Fürstbischof Tuhlbeck?«, fragte ich.

Der Herzog zwinkerte wieder albern und tippte sich an die Nase. »Wir haben gehört, dass er nach diesen ganzen Skandalen zurücktreten wird.«

»Welche Skandale sollen das sein?«, fragte ich verstört.

Spornecker erhob sich von seinem Kissen wie eine hässliche schwarze Krähe. »Welche Skandale? Wer kennt sie nicht? Der Domkustos, der sich im Glockenturm erhängt hat. Ein Messdiener, der sich wahrscheinlich ebenfalls umgebracht hat. Der Chorrichter, der eine Hure in seinem Haus hielt! Ich habe auch eine lustige Geschichte von einem Domherrn gehört, dessen illegitimes Kind im Dom ausgesetzt wurde. Hihihi. Und was soll man von dem Fürstbischof selbst denken, der nicht einmal seinen Kopf gerade halten kann? Wie kann er da für Ordnung sorgen?«

Ich fragte atemlos, woher er solche Geschichten gehört habe. Darauf lachte er boshaft und krähte: »Publica vox et fama, mein Lieber, publica vox.«

Dominus, normalerweise hätte ich auf dieses Gerede wirklich nicht geachtet und Euch nicht davon erzählt, denn Herzog Wolfgang ist einfach arglos und Spornecker ein bekanntes Lästermaul. Schließlich waren das auch nur Gespräche unter Betrunkenen. Dennoch sagt man, nach Seneca, nicht ohne Grund: »Ebrietas aut amor secreta producit.« – Trunkenheit und Liebe plaudern ihre Geheimnisse aus. – Später am Abend stellte sich das Ganze dann in einem anderen und gar nicht mehr harmlosen Licht dar.

ZU TISCH MIT DEM KAISER

Das Fest fand, wie ich bereits erwähnt habe, im Festsaal im Zwingergebäude der alten Veste statt, wo oft Tanzveranstaltungen abgehalten werden. Hunderte von Leuten waren eingeladen: Höflinge, Geistliche, Adlige, Ratsherren, Bürger, Dichter, Musikanten und Tänzer – fast die halbe Stadt, wie es schien. Schon beim Einzug gab es einige kleine Rangeleien zwischen den Hofleuten der Herzöge und den Geistlichen.

Vor dem Eingang zum Saal ist nämlich ein großes, buntes Wandbild zu bestaunen, das Herzog Sigismund vor einigen Jahren malen ließ. Es erstreckt sich über die ganze Wand. Als wir davorstanden, erklärte uns der Hofdichter Ulrich Fuetrer, das Wandbild stelle die Abstammung des bayerischen Herzoggeschlechts anhand großer geschichtlicher Persönlichkeiten dar. Daran könne man erkennen, meinte er, wie unsere Herzöge die großartige Geschichte Bayerns gestalteten.

Er fuhr fort, uns zu erklären, dass die erste Figur der Stammesvater Bavarus sei, der aus Armenia hierhergekommen sei. Neben ihm stehe der edle Norix aus dem Geschlecht des göttlichen Herkules. Unter den anderen Vorfahren wies er auf die Figuren von Kaiser Karl dem Großen und Ludwig dem Bayern hin. Der Letzte in dieser illustren Linie war unser edler Herzog Sigismund.

Unter uns Geistlichen war auch Dominus Arnpeck, der sich ja ebenfalls für die Geschichte unseres Landes interessiert. Er regte sich über die Darstellung auf und bestritt lautstark, dass es diesen Bavarus überhaupt gegeben habe. »Der Name Baioaria, aus dem sich Bayern entwickelt hat«, erklärte er, »meint wahrscheinlich, dass das Land quasi badet – lateinisch ›baiulans‹ – in den Wässern vieler Flüsse. Dieser angebliche Bavarus ist eine Legende. Was diesen Norix oder Noricus angeht, so mag er ein Sohn von Herkules gewesen sein, doch so hießen damals viele.

Der göttliche Herkules hingegen lebte lange vor unserer Zeitrechnung. Niemand weiß, was hier zuvor gewesen ist, weil die Menschen damals völlig ungebildet waren und nicht lesen und schreiben konnten. Wer aber die Bildung nach Bayern gebracht hat, war bekanntlich die Kirche.«

Fuetrer wollte das nicht auf sich sitzen lassen, sondern entgegnete lautstark, dass die Herzöge die Herren in Bayern seien und ihre Geschichte die Geschichte Bayerns sei. Einige Ritter um uns herum grollten ihre Zustimmung, während Dominus Arnpeck sich verteidigte.

Darüber streitend zogen wir in den großen Saal hinein, der mit langen Reihen prachtvoll gedeckter Tische ausgestattet war. Oben in den Galerien spielten Musikanten lustig auf, während die Fische und der Wein, die man dem Kaiser geschenkt hatte, aufgetischt wurden. Das Mahl ließ die Gäste fröhlich und zunehmend ausgelassen werden.

Ganz vorne saßen Kaiser Friedrich III. und sein Sohn Maximilian sowie der Sultan Calixtus mit den Herzögen Albrecht, Sigismund und Wolfgang zusammen an einem Tisch. Ich hatte meinen Platz unter den Geistlichen in der Nähe des Tisches, wo unser Fürstbischof saß, der wie gewöhnlich von seinem Kaplan Sixtus von Tannberg begleitet wurde. Nicht weit von mir saß jener Buchdrucker aus Mainz, der mit dem Erzbischof gekommen war.

Dominus, dieser Mann ist ein äußerst interessanter, aber auch etwas gefährlicher Mensch. Er trägt einen Bart breit wie ein Spaten und schwarz wie Tinte. Fortwährend redete er von der Bedeutung seiner Kunst, die seiner Meinung nach unsere Welt verändern werde. Als ich fragte, wie dies geschehen solle, erklärte er mir seine Revolution. Das Wissen sei bislang immer an Geld und Macht gebunden gewesen, sagte er, denn nur wer genügend Geld gehabt habe, habe sich Bücher leisten können. Folglich hätten immer die Mächtigen bestimmt, welche Bücher geschrieben worden seien, und sie hätten die Macht des Wissens für sich selbst behalten. Nun aber, mit der Erfindung der

Druckerpresse, könnten Bücher billiger produziert werden. Damit, sagte er, würden in Zukunft nicht nur wir Geistlichen und die Reichen oder Adligen, sondern alle möglichen Leute Bücher kaufen und an dem Wissen teilhaben. Das Wissen würde sich aus den Ketten der Zensur befreien, und jeder könnte sich eine eigene Meinung bilden.

Ich war entsetzt über diese Vision und warnte den Buchdrucker eindringlich, dass solche Ideen ihn in Gefahr bringen könnten. Er aber lachte nur und sagte, dass die Gefahr uns Geistlichen, aber nicht ihm drohe.

Während wir redeten, hörte ich die Gespräche vom Bischofstisch mit. Erzbischof Adolf II. von Nassau, der ein Greis und nicht weniger alt und zerbrechlich wie unser ehrwürdiger Fürstbischof Tuhlbeck ist, schien eingeschlafen zu sein, während Bischof Tuhlbeck im Mittelpunkt des Tischgespräches stand. Er strahlte über die Aufmerksamkeit. Als die Rede auf die Türken kam, deren Angriffe nicht nur die Territorien des Kaisers, sondern auch Gebiete des Hochstifts Freising gefährden, gelobte Tuhlbeck feierlich, den Kreuzzug des Kaisers gegen die Feinde Gottes zu unterstützen. Alle am Tisch hoben ihre Gläser und lobten diesen Entschluss, außer dem Erzbischof, der ruhig weiterschlief.

Aber am nächsten Tisch, wo die Herzöge mit dem Kaiser saßen, zeigte man sich weniger begeistert, Herzog Albrecht rührte nicht einmal sein Glas an. Nur Herzog Wolfgang hob sein Glas und schrie: »Hurra!«

Etwas später war der überraschend schnelle Bau des Münchner Doms Thema des Gesprächs, und alle priesen wiederum die Leistung unseres Bischofs: Niemals sei eine derart große Kirche schneller gebaut worden, sagten sie. Es sei ein Wunder Gottes, der die guten Werke des Bischofs gedeihen ließe. Darauf stießen wir alle wieder an.

Bischof Tuhlbeck sonnte sich im allgemeinen Lob und sagte, er hoffe, noch lang genug zu leben, um das Ende des Baus zu sehen. Er fügte sogar hinzu, dass mit der Erneuerung der Frauen-

kirche sein Lebenswerk abgeschlossen sei, und prahlte ein wenig mit seinen anderen Leistungen: etwa der sagenumwobenen Bekämpfung des Raubritters Miltzl und der Bereinigung der Finanzen des Bistums, die, wie er behauptete, sein Vorgänger Bischof Johannes Grünwalder in ruinösem Zustand hinterlassen habe. Er ging so weit, zu sagen, dass der neue Dom in München sein Denkmal sei.

Dieses Gerede muss freilich die Herzöge am Nachbartisch sehr geärgert haben. Insbesondere Herzog Sigismund, der unserem Bischof nicht den ganzen Ruhm für den Bau der Kirche überlassen wollte, wurde zornig.

Er hob sein Glas und rief mit einer giftigen Stimme: »Auf den Bischof! Ein weiser Mann ward nie genannt, an dem sich keine Torheit fand.«

Lautes Gelächter erhob sich unter den Rittern und Hofleuten. Herzog Sigismund fuhr aber fort: »Nicht nur die Leistungen, sondern auch die Torheiten des Herrn Fürstbischofs sollen nicht vergessen werden. Wir erinnern uns sehr wohl etwa, wie er das schöne Grabmal seines Vorgängers, Bischof Johannes Grünwalder, der unser Vetter war, in seiner Kirche in Freising abreißen und durch eine einfache Grabplatte ersetzen ließ, weil dies ihm angemessener erschien. Wir wollen ihm daher ebenfalls ein angemessenes Denkmal in unserer Kirche in München erlauben. Aber nur, wenn der Herr Bischof so weise ist, dass er rechtzeitig von seinem Amt zurücktritt. Für einen Bischof, der wegen Missständen und Skandalen abgesetzt wurde, wird es jedoch keinen Platz in unserer Kirche geben.«

Ein erschrockenes Schweigen fiel über die Versammlung. Bischof Tuhlbeck, der von dem unerwarteten Angriff auf seine Person überrascht war, äußerte sich verwundert, er denke gar nicht an Rücktritt; er habe ja noch einige Jahre vor sich, wenn Gott es wolle. Und von Skandalen wisse er nichts. Damit machte er alles nur noch schlimmer, denn darauf schien Herzog Sigismund nur gewartet zu haben.

»Der ehrwürdige Bischof scheint vergesslich geworden zu

sein, wenn er nicht mehr weiß, welche Skandale und Missstände wir meinen. Das ist übrigens auch ein Zeichen dafür, dass er nicht mehr amtstauglich ist. Wir wollen seinem Gedächtnis ein wenig nachhelfen und möchten ihn zum Beispiel an den Fall des Domkustos erinnern, der sündhafte sodomitische Beziehungen zu seinen Messdienern hatte. Darüber war der Herr Bischof sogar informiert worden, doch er unternahm nichts dagegen: ein Skandal. Darüber hinaus brachten sich der Domkustos und ein Ministrant, mit dem er die Sünde begangen hatte, selbst um. Jeder weiß das, auch der Bischof weiß das, doch ließ er die beiden Selbstmörder kirchlich beisetzen: ein weiterer Skandal. Wir könnten noch eine lange Liste der Missstände am Freisinger Domberg aufzählen, etwa Geschichten von Huren und anderen Frauen in den Häusern der Domherren oder von ausgesetzten Pfaffenkindern. Schande und Sünde schreien zum Himmel, doch der Fürstbischof unternimmt nichts dagegen. Er lässt nicht einmal die Reformen umsetzen, die in der letzten Synode beschlossen worden sind: noch ein Skandal! Wenn der Papst in Rom davon erfährt, wird er dem Herrn Fürstbischof kein Denkmal, sondern vielmehr eine Schandsäule errichten. Daher wäre der Bischof gut beraten, rechtzeitig aus dem Amt abzutreten, wenn ihm etwas an seinem Nachruf liegt.«

Dominus, der Herzog hat dies sehr laut und deutlich vorgetragen, damit alle Leute es hören konnten. Während seiner Rede ließen der Kaiser und der Erzherzog ihre Messer fallen und lauschten mit erstaunten Mienen. Sogar der Mainzer Erzbischof regte sich, und das schien mir besonders bedenklich, denn er hatte sich offenbar nur versteckt gehalten, während alle den Bischof gelobt hatten.

Es war bestimmt ein abgekartetes Spiel. Als der arme Tuhlbeck protestierte, er wisse nicht, wo der Herzog solche Geschichten gehört habe, richtete sich nämlich der Erzbischof auf und sagte mit scharfer Stimme, dass auch er von den Missständen in Freising gehört habe und darüber sehr besorgt sei. Wenn die Situation nicht bereinigt werde, sehe er sich verpflichtet, den

Papst darüber zu benachrichtigen. Der Papst könnte sich bemüßigt sehen, einen Inquisitor nach Freising zu schicken, um die Vorfälle zu untersuchen. Das sei bestimmt nicht im Interesse des Bischofs, denn es werde ja immer etwas gefunden. Und der Papst könne einen Bischof von Freising durchaus auch absetzen, wie er, der Mainzer, sehr wohl wisse: Sein Vorgänger nämlich, Diether von Isenburg, sei damals von Papst Pius II. abgesetzt worden.

Anschließend brach das Chaos aus, im ganzen Saal gab es laute Rufe und aufgeregte Streitigkeiten. Bischof Tuhlbeck wurde leichenblass und brach auf der Stelle zusammen; er musste hinausgetragen werden. Das Ganze war ein unerhörter Eklat vor den Augen des Kaisers und der wichtigsten Fürsten und Bürger des Landes.

Nach dem Abendessen hatte Herzog Wolfgang ausgesprochene Feierlaune und lud uns alle zu sich ein: Musikanten und Dirnen kamen, um uns zu unterhalten. Dabei hat sich Seine Hoheit eine Bischofsmitra auf den Kopf gesetzt und viele unwürdige Sachen getan, von denen ich nicht berichten will.

Nur so viel will ich noch hinzufügen: Als es spät wurde, erschien Herzog Albrecht persönlich in den Räumen des Herzogs Wolfgang und setzte der Orgie ein jähes Ende, indem er ihm die Mitra abnahm und ihm förmlich verbot, solche Unziemlichkeiten zu treiben.

Dominus, ich weiß, dass Ihr bald von vielen Personen über diese Ereignisse erfahren werdet. Auch deshalb wollte ich Euch aus erster Hand darüber schreiben. Denn vor dem Hintergrund der privaten Gespräche am Hof des Herzogs Wolfgang scheint mir die Szene beim Abendessen nicht nur ein schwerer Skandal, sondern vielmehr ein abgesprochenes Komplott der Herzöge und des Erzbischofs zu sein. Das Ziel ist es offenbar, Bischof Tuhlbeck zum Rücktritt zu zwingen und Herzog Wolfgang zum Bischof zu machen, wie »man es ihm versprochen hat«. Bei allem Respekt für seine Hoheit glaube ich nicht, dass dies im allgemeinen Interesse wäre. Zudem frage ich mich, wie Herzog

Sigismund und der Erzbischof von diesen Geschichten erfahren konnten, die doch nicht alle publica vox et fama sind. Jemand am Domberg muss sie informiert haben. Ich wollte Euch dies mitteilen, damit Ihr auf der Hut seid.

Vale in Christo. Euer Diener Marcus Hörnle

Post scriptum: Dominus, ich habe diesen Brief Dominus Grieninger gegeben, damit er möglichst schnell und sicher geliefert wird. Ihr werdet verstehen, dass der Inhalt mich sehr kompromittieren könnte, wenn er in die falschen Händen gerät. Ich bitte Euch daher noch einmal, den Brief sofort nach dem Lesen zu verbrennen und dessen Inhalt streng geheim zu halten. Ich muss noch die nächsten Wochen hierbleiben, um einige Geschäfte zu erledigen, und werde Euch berichten, was weiterhin passiert.

Post post scriptum: Am Tag nach der Abreise des Kaisers hat man hier mehrere Personen gefunden, die mit Beulen und Fieber schwer erkrankt waren. Heute sind sie schon gestorben. Die Angst vor einem neuen Ausbruch der Pest geht um.

Johannes Heller las den langen Brief zwei Mal sehr genau durch. Dann folgte er Marcus Hörnles Anweisung und verbrannte das Schreiben sorgfältig im Kamin.

Schließlich wandte sich der Richter neugierig, aber zögerlich dem Bericht aus Landshut zu. Eigentlich war das Schreiben an Marcus Hörnle adressiert, der als stellvertretender Richter die Untersuchung in Auftrag gegeben hatte. Sachlich aber ging es nun nicht mehr um Katherina, die Frau des Bildhauers Hagen, sondern um Klarstellung, ob Hagens erste Ehefrau noch lebte. In dieser Angelegenheit konnte er doch nicht als befangen betrachtet werden, rechtfertigte sich Johannes Heller mit gewissenhafter Kasuistik. Trotzdem fühlte er sich beim Öffnen des versiegelten Briefes nicht ganz unbefangen.

Es handelte sich um eine kommissarische Zeugenbefragung durch den Pleban der Kirche von St. Martin in Landshut. Dieser Martin Pfragner hatte die Aufzeichnungen in seiner fürchterlich unleserlichen Handschrift eigenhändig verfasst.

»So ein Gekrakel«, stöhnte Heller ärgerlich, als er sich den Brief nahe vor die Augen hielt, um die Buchstaben zu entziffern.

Geehrtester Dominus Marcus Hörnle, stellvertretender Richter und Kanoniker des Freisinger Domkapitels, fing der Bericht an und erklärte dann in gestelztem Latein, dass der Kommissar des Richters den Auftrag erhalten und dementsprechend einen Ausruf nach Zeugen hatte verkünden lassen: Wer auch immer vom Leben und Befinden beziehungsweise Sterben der ersten Ehefrau des Bildhauers Johannes Hagen Kenntnis habe, solle zu gegebener Stunde im Haus des besagten Kommissars erscheinen und Zeugnis geben. Der Ausruf sei an zwei aufeinanderfolgenden Sonntagen von der Kanzel verkündet worden.

An dem festgesetzten Tag seien drei Zeugen erschienen, die unter Eid Aussagen gemacht hätten.

Der erste Zeuge war Dominus Martin Knoch, Priester in

Landshut, der sich ungefähr im siebzigsten Jahr seines Lebens befand. Er bekannte, dass er die Ehe des Bildhauers Johannes Hagen mit seiner ersten Frau Agnes im Jahr des Herrn 1444 kirchlich gesegnet hatte. Die Braut war damals eine junge Frau von circa siebzehn Jahren gewesen, Tochter eines gewissen Michael Seidenatter aus München. Nach der Hochzeit hatten die Eheleute im Haus des Ehemanns in Landshut als Mann und Frau zusammengelebt. Auf Befragung des Kommissars erklärte der Zeuge, dass er sich nicht an eheliche Probleme zwischen den Ehepartnern erinnern könne. Er wisse nicht, wann oder warum die Ehefrau gestorben sei. Auch wann der Bildhauer Johannes Hagen aus Landshut weggezogen sei und ob er wieder geheiratet habe, wusste der Priester nicht zu sagen.

Als Johannes Heller die unspektakulären Aussagen las, wäre ihm der Brief beinahe aus der Hand gefallen. Sein Herz überschlug sich, er bebte am ganzen Körper wie ein Blatt im Wind und las das Protokoll gleich noch einmal: Die erste Ehefrau hieß also Agnes Seidenatter und stammte aus München. Sie heiratete Johannes Hagen im Jahr 1444. Konnte das denn sein?, fragte sich Heller. Eilig las er weiter.

Die zweite Zeugin war eine gewisse Margaretha Kupferschmied. Nach ihren Angaben war sie die ehrbare Witwe eines Konrad Kupferschmied aus Landshut. Sie und ihr Mann waren Nachbarn des Bildhauers Johannes Hagen gewesen und hatten ihn und seine Frau gekannt. Die Zeugin konnte allerdings nicht ganz genau sagen, wann der Bildhauer seine Frau Agnes geheiratet hatte: irgendwann im Jahr 1443 oder 1444. Es habe viel Streit zwischen den Ehepartnern gegeben, und der Bildhauer habe seine Frau oft geschlagen. Die Zeugin gab an, dies selbst gehört und gesehen zu haben. Einmal sei Agnes mit ihrem Kind weggelaufen, doch sie sei per Gerichtsurteil zu ihrem Ehemann zurückgezwungen worden. Danach sei sie gestorben. Auf die Frage des Kommissars, wann und wie die erste Ehefrau des Bildhauers gestorben sei, antwortete die Zeugin, sie wisse es nicht genau. Es habe jedenfalls keine Trauerfeier gegeben. Sie habe nur irgendwann gemerkt, dass die Ehefrau nicht mehr da war. Die Zeugin gab an, den Bildhauer einmal nach ihr gefragt zu haben, worauf er geantwortet habe, seine Frau sei an der Pest gestorben. Andere Leute aber meinten, dass er sie erschlagen habe. Die Zeugin selbst glaubte das auch, aber sie hatte nichts gesehen oder gehört. Nur, dass die Ehefrau verschwunden war. Der Bildhauer habe Landshut im Jahr 1450 verlassen. Wohin er gezogen sei und was er danach gemacht habe, hatte die Zeugin nicht gewusst.

Der dritte Zeuge war ein gewisser Ulrich Zettenhauser, seines Zeichens Kunstmaler aus Landshut und circa sechzig Jahre alt. Er hatte seiner Aussage nach den Bildhauer Johannes Hagen und seine Ehefrau Agnes gut gekannt. Wie er sich erinnerte, hatten sie im Jahr 1444 geheiratet. Agnes hatte ein Kind geboren, aber der Bildhauer hatte es nicht als seines anerkannt. Vielmehr habe er seine Frau des Ehebruchs bezichtigt und sie oft geschlagen, sagte der Zeuge. Es habe deshalb sogar einen Gerichtsprozess gegeben. Der Zeuge habe selbst einmal gesehen, dass die Ehefrau Agnes ganz schwarz und blau im Gesicht gewesen sei. Das habe er aber bereits damals vor Gericht ausgesagt. In Antwort auf die Frage, wann die Ehefrau gestorben sei, sagte der Zeuge aus, dass es im Jahr 1448 gewesen sein muss. Wie sie gestorben sei, wisse er jedoch nicht. Der Bildhauer Hagen habe ihm einmal gesagt, dass sie ihn verlassen habe. Ein anderes Mal habe er jedoch erzählt, sie sei an der Pest gestorben. Allerdings, fügte der Zeuge hinzu, sei in der Gegend in diesem Jahr die Krankheit sonst nicht vorgekommen. Der Zeuge bestätigte, dass manche Leute glaubten, der Bildhauer habe seine Ehefrau totgeschlagen; er selbst wisse davon nichts. Der Bildhauer sei schließlich im Jahr 1450 aus Landshut nach Freising umgezogen und habe dort seine Werkstatt eingerichtet.

Unter den Aussagen stand eine Beglaubigung, dass die Befragung in der Wohnung des Kommissars in Landshut am

25. April in Anwesenheit des kaiserlichen Notars Peter Apfelbaum stattgefunden hatte.

Erschüttert legte Johannes Heller den Brief nieder. Er hätte den Bericht doch nicht lesen dürfen, dachte er. In diesem Fall war er doch befangen. So befangen!

Er zog sich an und ging eilig zum Dom. Draußen hatte es angefangen zu regnen, und ein kalter Wind blies. Eine einzelne schwarze Krähe saß auf dem Dach der bischöflichen Residenz und spähte hinunter, als der alternde Richter über den Platz lief. Tropfnass durchquerte Heller den Bogen zwischen der Johanniskirche und der Residenz, triefnass schlüpfte er durch das Portal in den Dom hinein. Die Kirche war fast leer, und es hallte feierlich, als sich die schwere Tür hinter ihm schloss. Vor einem Altar betete ein einziger Paulinermönch.

Johannes Heller lief durch den Seitengang an ihm vorbei, ging durch die Tür zur Sakristei und warf sich vor dem Standbild der »Schönen Maria« nieder. Als er die geschnitzte Figur näher betrachtete, wusste er ohne Zweifel, dass sie es war: Agnes, die erste Ehefrau des Bildhauers Johannes Hagen, der diese Statue nach ihrem Ebenbild geformt hatte. Agnes, geborene Seidenatter, Tochter des Münchner Bürgers Michael Seidenatter, die Johannes Hagen im Jahr 1444 geheiratet hatte und die 1448 gestorben oder verschwunden war. Agnes Seidenatter, der Johannes Heller im Jahr 1443 in den Sommerferien Lateinstunden gegeben hatte. Agnes, die er geliebt hatte.

Eigentlich hatte der Bildhauer ihr Abbild sehr gut getroffen, dachte Heller bei näherer Betrachtung. Es waren auf alle Fälle Agnes' Gesichtszüge, die auf ihn herunterlächelten: ihre leicht amüsiert blickenden Augen, ihre vollen Lippen, die Wölbung ihrer Stirn. Sie war es, genauso, wie Heller sie in Erinnerung hatte. Wie hatte er jeden Tag vor der Statue stehen und das nicht sehen können? War er die ganze Zeit blind gewesen?

Als er nun mit geöffneten Augen auf sie schaute, wusste er, dass er die Wahrheit schon immer gefühlt hatte, ohne davon

Kenntnis zu haben. Jedenfalls empfand er das Wiedererkennen nicht als Überraschung, sondern als Bestätigung eines heimlichen Wissens, das seinem Verstand bislang verborgen geblieben war, eine vertraute Erinnerung wie der Geruch von Heu und frisch gemähten Wiesen.

Als das Gefühl in ihm hochstieg, bemächtigte sich ein tiefer Schmerz seiner Seele. Er stöhnte auf vor Scham und Schuldgefühl und schloss die Augen. Er hatte seine schöne Geliebte verlassen, um nach Italien zu gehen und dort zu studieren. Er hatte sie entehrt und mit gebrochenem Herzen zurückgelassen. Auch wenn es wahr war, dass er sie nicht hätte heiraten können – er hatte bereits seine Gelübde abgelegt –, so traf ihn doch die Schuld seines leichtfertigen Handelns. Er hatte seine Freude mit ihr gehabt, seinen verträumten Sommerabend in der Heuwiese, und war dann in sein geordnetes Leben zurückgekehrt, um schließlich Karriere zu machen. In Italien hatte er zwar an seine Geliebte immer wieder gedacht und ihr Briefe geschrieben, aber Agnes hatte nie geantwortet: Jetzt wusste er, warum. Sie hatte den Bildhauer Johannes Hagen geheiratet, der sie geschlagen und misshandelt, wahrscheinlich sogar getötet hatte. Welch finsteres Schicksal.

Während Johannes Heller vor dem Standbild kniete und sein Gewissen erforschte, nahm er allmählich wahr, dass jemand auf leisen Sohlen in den Raum gekommen war und hinter ihm stand. Mit dem Gefühl, bei einer Sünde ertappt worden zu sein, drehte er sich erschrocken um.

Es war der adlige Domizellar Degenhart Meindorfer. Er betrachtete Heller mit einem seltsam verdächtigen Blick.

»Warum stört Ihr mich beim Beten?«, rief Heller ärgerlich.

»Euer Gebet scheint mir nicht besonders glücklich zu sein, so wie Ihr stöhnt«, sagte Meindorfer. »Vielleicht habt Ihr etwas auf dem Gewissen.«

Heller bemerkte, dass Meindorfer nasse Reisebekleidung trug und nach Pferd roch. Er war wohl soeben erst angekommen. Und er hatte ihn, Heller, gleich gesucht. Etwas war los.

»Meine Knie schmerzen. Deswegen stöhne ich«, antwortete der Richter trocken. »Was wollt Ihr?«

Meindorfer betrachtete ihn ausdruckslos und richtete aus, der Herr Fürstbischof sei gerade von München zurückgekommen und wünsche, den Dominus Chorrichter sofort zu sprechen. Sofort!

Damit drehte er sich um und ging. Heller blickte ein letztes Mal hinauf zur »Schönen Maria«, stand auf und folgte ihm.

VERDACHT

Meindorfer führte Johannes Heller in die bischöfliche Bibliothek, wo der Fürstbischof in einem Stuhl saß. Heller stellte überrascht fest, dass Kanzler Sixtus von Tannberg, der sonst immer neben dem Bischof stand, nicht anwesend war. Auch Meindorfer verließ den Raum und schloss die Tür hinter sich.

Bischof Tuhlbeck sah gealtert und müde aus, seine Augen aber brannten fiebrig. Heller kniete vor ihm nieder und küsste die kalte Hand mit dem Amtsring, die leblos auf der Lehne lag. Er fragte den Bischof vorsichtig nach seinem Befinden und der Reise nach München.

Tuhlbeck aber winkte ungeduldig ab. »Bist du uns treu, Heller, alter Freund?«, fragte er mit heiserer Stimme. Ein unheilvoller Verdacht schwang in der Frage.

Heller erkannte die Gefahr.

»Ja, natürlich. Der Herr Fürstbischof weiß das«, antwortete er ruhig.

Tuhlbeck richtete sich auf. »Nein, das wissen wir nicht. »Homo videt ea quae parent, Dominus autem intuetur cor« – der Mensch sieht nur den Schein, das Herz erblicken kann Gott allein –, heißt es im Alten Testament. Wir sehen lauter treue Diener um uns herum, doch einer unter ihnen ist unser Feind«, sagte er und fixierte Johannes Heller mit seinem fiebrigen Blick. »Irgendwie haben die Herzöge und der Erzbischof von Mainz von diesen ... diesen Vorfällen am Domberg in der letzten Zeit erfahren. In München beim Festmahl haben sie uns vor dem Kaiser und aller Welt unerhörte Vorwürfe daraus gemacht und uns skandalisiert. Sie haben unseren Ruf in den Dreck gezogen und uns sogar mit Amtsenthebung gedroht. Jemand muss ihnen die ganzen Details dieser abscheulichen Geschichten mitgeteilt und ihnen Waffen gegen uns in die Hände gegeben haben. Der Informant muss jemand von hier sein, vom Domberg: jemand, der alle Details dieser Lügen und haltlosen Mutmaßungen kennt. Es kannst nur du gewesen sein, du Verräter«, platzte es aus ihm heraus. Er zitterte am ganzen Körper vor Wut.

Johannes Heller erschrak. »Was? Ich?« Er war sprachlos.

»Ja. Nur du wusstest von diesen Skandalgeschichten – wer sonst hat denn über sie ermittelt und die Informationen gesammelt?«

Johannes Heller schüttelte den Kopf. »Nein! Ich habe Euch immer aufgefordert, durch die Aufklärung der Fälle einen Skandal zu verhindern. Ihr selbst habt mich mit der Untersuchung beauftragt, habt mich aber dann stets an meiner Arbeit gehindert, die Ermittlungen abgebrochen und die Geschichten totschweigen wollen. Nun wollt Ihr mich dafür verantwortlich machen, dass die Sache doch noch ans Licht gekommen ist. Das mag ich mir nicht anhören.«

»Wir sollen also schuld sein, dass du nichts herausgefunden hast?«, rief Tuhlbeck. »Wir glauben, dass du den Skandalstoff gesammelt und unseren Feinden gegeben hast, um uns zu diskreditieren. Vielleicht meinst du, dass du zum nächsten Bischof gewählt wirst, wenn wir gestürzt sind.« Tuhlbecks Kopf wackelte gefährlich hin und her, aber sein Blick lag unverwandt auf Johannes Heller.

»Das ist lächerlich«, entgegnete Heller. »Das glaubt Ihr doch nicht wirklich? Ihr wollt mich nur zum Sündenbock machen: Das mag viel einfacher erscheinen, als nach dem wirklichen Verräter zu suchen. Aber glaubt nicht, dass Ihr damit Euren Feind loswerdet – vielmehr werdet Ihr einen Freund verlieren.«

Er hielt inne, als jemand an der Tür klopfte und sie öffnete. Der Domizellar Degenhart Meindorfer trat herein und legte einen Stapel von Briefen und Schriftstücken auf den Tisch neben dem Bischof.

»Hier sind seine Briefe, Ehrwürden. Ich konnte nichts darin finden.«

»Was?«, rief Heller entsetzt. »Ihr habt meine Briefe durchsucht? Ihr glaubt doch wohl nicht, dass ich zufällig einen Brief von einem Eurer Feinde herumliegen lasse?« Er hielt inne und dachte, wie gut es war, dass er Hörnles Brief sofort verbrannt hatte. »Übrigens sind das keine persönlichen Briefe, die auf meinem Schreibtisch lagen, sondern Amtskorrespondenz und kommissarische Zeugenbefragungen. Sie unterliegen der Schweigepflicht und sind streng vertraulich. Die Privatbriefe habe ich in meiner Bibliothek.«

»Das wissen wir«, sagte Meindorfer dunkel, als er aus dem Raum ging und die Tür hinter sich schloss.

Bischof Tuhlbeck nahm einige Briefe in die Hand, ohne sie anzuschauen, und legte sie wieder auf den Tisch. Er schien sich beruhigt zu haben.

»Vielleicht bist du unser Freund, Heller – vielleicht. Vielleicht aber bist du unser Feind. Wir wissen es nicht. Wenn du aber nicht der Informant bist, wer ist es dann? Wer kann es sein?«

Heller stand auf und ging durch das Zimmer, während er seine Gedanken ordnete.

»Dominus, wir können das ermitteln, indem wir genau überlegen, welche Informationen Euren Feinden in die Hände gespielt wurden und wer was gewusst haben kann. Ich war nicht da und weiß nicht, was Euch zur Last gelegt wurde«, sagte er vorsichtig, »aber wenn es beispielsweise um die Umstände des Todes des Domkustos ging: Mit Verlaub, auch wenn Ihr seinen Tod für einen Unfall erklärt habt, weiß doch jeder, dass es Selbstmord war – und nicht nur am Domberg: Das ist publica vox et fama. Wenn es aber geheißen haben sollte, dass der Kustos sich an dem jungen Ministranten vergangen hat, dann wussten nur wenige Leute von dieser Geschichte, sehr wenige sogar. Aus den Vorwürfen lässt sich vielleicht ein Bild von dem Informanten machen.«

»Wir sollen also diese haltlosen Verleumdungen gegen uns hier erneut zitieren?«, fragte Tuhlbeck empört. Heller nickte.

»Gut, wenn es sein muss«, sagte Tuhlbeck widerwillig. »Man hat behauptet, dass sich der Domkustos an den Ministranten versündigt habe. Und dass ich davon gewusst und nichts dagegen unternommen hätte. Das ist alles völlig unbewiesen und eine Lüge, aber man hat gewagt, es öffentlich zu sagen. Dann hieß es, dass der Domkustos und auch der Ministrant sich deswegen umgebracht hätten – ebenfalls eine unbewiesene Behauptung. Dann hat man uns das skandalöse Verhalten von euch Domherren vorgeworfen: dass ihr Huren in euren Häusern haltet und durch eure Unzucht Kinder zeugt. Doch was können wir dafür, wenn ihr Domherren unkeusch seid? Das ist eure Schuld, nicht unsere. Wir verstehen die Aufregung nicht und weshalb solche Geschichten uns zur Last gelegt werden. Was die Todesfälle angeht, so haben wir sie gewissenhaft untersuchen lassen. Es gab einfach nicht genügend Beweise, um die Wahrheit herauszufinden. Wir haben unser Bestes getan. Doch in den Straßen wird gegen uns gehetzt, und alle sind plötzlich entsetzt.«

»Seht, das habe ich mir gedacht«, unterbrach Heller Tuhlbecks Klage. »Es kommt im Wesentlichen auf die Frage an, wer was über den Domkustos und den Ministranten wusste. Der Rest ist nichts weiter als allgemein bekannter Klatsch und Tratsch.«

»Ja, das hast du irgendwie gewusst«, murrte Tuhlbeck misstrauisch. »Wie wusstest du das denn?«

»Ich habe es mir gedacht«, korrigierte ihn Heller vorsichtig. »Mir kam es schon damals so vor, als verberge sich ein gefährliches Geheimnis hinter all diesen Angelegenheiten. Das habe ich Euch übrigens gleich gesagt, aber Ihr wolltet nichts davon hören. Nun zeichnet sich meiner Meinung nach ein klarer Zusammenhang zwischen den Todesfällen und diesen Enthüllungen ab.«

Tuhlbeck schaute ihn skeptisch an. »Wie denn? Erkläre dich!«

Johannes Heller stellte sich vor den Bischof und entfaltete sein Argument im besten scholastischen Stil, wobei er mit den Händen und Fingern zählte und zeigte. »Lasst uns zunächst die beiden Todesfälle betrachten. Vieles ist noch unklar, aber die Fälle haben zwei gemeinsame Nenner. Erstens: die Sünden des Domkustos. Wir wissen zwar nicht endgültig, weshalb der Kustos sich getötet hat, weil er keine Erklärung hinterlassen hat. Dennoch ist anzunehmen, dass das Schuldgefühl wegen seines Vergehens an dem jungen Ministranten ihn schwer belastete und er daher beschloss, seinem Leben ein Ende zu setzen. Derselbe Ministrant, der getötet wurde, war sein Opfer. Das ist die erste Gemeinsamkeit. Die zweite Gemeinsamkeit ist, dass eine weitere, bislang unbekannte Person an beiden Ereignissen beteiligt war. Beim Tod des Kustos war jemand im Glockenturm. Wir wissen zwar nicht, was der Unbekannte dort machte, aber ich kann keine andere Erklärung für seine Anwesenheit finden, als dass er irgendwie gewusst oder vermutet hat, was der Kustos vorhatte. Das würde wiederum bedeuten, dass er das Geheimnis des Kustos kannte. Derselbe Ministrant, der Opfer des Kustos war, hat entweder diesen Unbekannten gesehen und vielleicht sogar gewusst, wer es war. Er wurde danach getötet. Wenn das alles kein Zufall war, dann ist der Mörder des Ministranten identisch mit dem Unbekannten im Turm, und diese Person wusste vermutlich über die Sünden des Kustos Bescheid. Wenden wir uns nun den Enthüllungen Eurer Feinde zu: Obwohl Ihr den Tod des Kustos zum Unfall erklärt habt, weiß jeder, dass es sich um Selbstmord handelte. Und nach der publica vox war der Tod des Ministranten entweder auch Selbstmord oder Mord. Das weiß also auch jeder. Nur wenigen aber ist bekannt, dass der Kustos den Ministranten missbraucht hatte. Unserer Überlegung zufolge war der Mörder des Ministranten wahrscheinlich eine dieser Personen. Nun wurde gerade diese Information öffentlich gegen Euch vorgebracht. Daher ist der Informant möglicherweise auch der Täter. Dafür spricht, dass der Tod des Ministranten als Selbstmord bezeichnet wurde, obwohl das auf keinen Fall richtig ist. Ein Informant, der anscheinend so gut informiert ist, hätte das wissen müssen. Vermutlich wollte er mit dieser Falschangabe sein eigenes Verbrechen verschleiern.«

Bischof Tuhlbeck nickte. »Das sind Mutmaßungen über unbegründete Annahmen. Aber wer käme dann in Frage, wenn es so wäre?«

Johannes Heller schnaufte. »Lasst uns nachdenken. Wir können uns fragen, wer von den Sünden des Kustos wusste. Zum einen wussten die Ministranten oder viele von ihnen darüber Bescheid, das ist mir aus meiner Befragung klar geworden. Die Ministranten sind allerdings nur Kinder, und ich denke nicht, dass sie mit den Verbrechen etwas zu tun haben. Aber vielleicht haben sie jemandem davon erzählt. Einer der Jungen hat Euch jedenfalls darüber informiert, aber Ihr habt ihm verboten, weiter darüber zu sprechen. Mir scheint es also wahrscheinlich, dass der Informant jemand ist, der mit den Ministranten in Kontakt war. Oder kann jemand zugehört haben, als der Messdiener Heinrich mit Euch darüber sprach? War jemand anwesend?«

Tuhlbeck überlegte, dann sagte er plötzlich: »Sixtus, nur Sixtus war dabei. Sixtus! Aber niemals, das kann nicht sein. Du willst uns mit unserem treuen Diener entzweien. Das ist eine infame Unterstellung. Du bist doch unser Feind, Heller.«

Heller schüttelte seinen Kopf. Es fiel ihm wieder auf, dass Sixtus bei dieser Besprechung nicht anwesend war.

»Sixtus?«, rief Tuhlbeck nochmals und sackte in seinem Stuhl zusammen, als ob er einen Anfall hätte. »Oder die Ministranten. Oder vielleicht du selbst oder jeder beliebige andere, der irgendwie davon gehört hat. Mir scheint, du hast keine Idee.«

Heller versuchte einen zweiten Anlauf. »Nehmen wir an, dass der Informant derjenige ist, der den Ministranten Lukas umgebracht hat. Meine Ermittlungen ergaben, dass sich der Täter damals nach der Abendmesse im Dom aufgehalten haben muss. In Frage kamen die anderen Ministranten, Dominus Schmatz, der die Abendmesse leitete, Dominus Meindorfer, der die Bibellesung hielt, und ein Unbekannter, der von wenigen an dem Abend im Dom gesichtet wurde.«

»Meindorfer nun auch? Du willst uns wirklich alle Vertrauten verdächtig machen, du Verleumder«, seufzte Tuhlbeck entsetzt. »Meindorfer ist uns übrigens völlig ergeben und auch vertrauenswürdig: ein feiner Junge. Wir werden ihn demnächst zum vollwertigen Mitglied des Domkapitels machen. Nein, nein, da hast du dich völlig verrannt. Oder dieser Prediger Schmatz? Eine lästige Person. Er nervt uns ziemlich mit seiner ewigen Kritik und seinem Gerede von moralischer Reform, aber wir lassen ihn noch gewähren, damit niemand uns vorhalten kann, wir wollten Kritik unterdrücken. Mag sein, mag sein. Aber kann er wirklich den Knaben getötet haben? Wer noch? Wieder die Kinder? Oder der geheimnisvolle Unbekannte? Nein, nein, Heller. Du hast offenbar keine Ahnung. Gott bewahre! Sollen wir vorsichtshalber alle Geistlichen am Domberg in den Kerker werfen? Uns scheint, wir sollten wohl am besten mit dir anfangen.«

Heller verdrehte die Augen und bat um Erlaubnis, sich zu entfernen, weil seine Überlegungen offenbar sinnlos seien. Bischof Tuhlbeck nickte. Sein misstrauischer Blick verfolgte Heller, als er aufstand und zur Tür ging. Als Heller die Tür öffnen wollte, rief ihn der Bischof jedoch mit plötzlich heiserer Stimme zurück.

»Heller, hör mal zu, alter Freund: Wir werden gedrängt, zurückzutreten. Man droht uns sonst mit einer päpstlichen Visitation. Unsere Feinde haben schon alles vorbereitet. Der Papst soll uns absetzen und einen Nachfolger ernennen – ganz gewiss einen Kandidaten der Herzöge. Es geht aber um mehr als nur um uns: Die Herzöge wollen sich unseres Amts bemächtigen und unsere Kirche unter ihre Herrschaft reißen. Macht und Rechte der Fürstbischöfe waren ihnen schon immer ein Dorn im Auge, und jetzt wollen sie die Gelegenheit ergreifen, um unsere Eigenständigkeit abzuschaffen. Wir haben aber während unserer ganzen Amtszeit gekämpft, um die Freiheiten unserer

Kirche vor Fürsten, Herzögen und Königen zu bewahren, und wir werden auch jetzt alles tun, um sie zu behalten. Deshalb werden wir irgendwann abtreten – vielleicht sehr bald –, um einer Amtsenthebung zuvorzukommen. Dann wird das Domkapitel selbst unseren Nachfolger auf kanonische Weise bestimmen, wie es Tradition ist in Freising. Wir müssen aber erst herausfinden, wer an unserem Sturz mitgewirkt hat. Wenn der Verräter einer von uns ist, darf er nicht gewählt werden. Das musst du für uns tun. Noch eines: Arbeite darin künftig mit unserem Vikar Dominus Baruther zusammen. Ihr solltet diesen ewigen Kompetenzstreit beiseitelegen, wir vertrauen euch beiden. Und übrigens: Vorläufig sollte es hier keine Skandale mehr geben, nicht mal ein Gerücht davon. Sonst …«

AUS DEN AKTEN

Johannes Heller trat aus der fürstbischöflichen Bibliothek und schloss die schwere Tür hinter sich. Er ging an Sixtus von Tannberg und Degenhart Meindorfer vorbei, die vor der Tür warteten, ihn schweigend anschauten und Blicke tauschten. Sie verdächtigten ihn, er verdächtigte sie, und Bischof Tuhlbeck verdächtigte alle.

Draußen regnete es immer noch. Der Richter eilte über den Domhof und um die Südseite des Doms in den Kreuzgang. Zielstrebig ging er zum Kapitelhaus, schüttelte sich die Tropfen vom Mantel und öffnete die Tür. Nachdem er seinen nassen Mantel an einen Haken gehängt hatte, betrat er die warme Kapitelstube.

In der Ecke neben einem Spitzbogenfenster schlief der alte Domherr Ulrich Arsinger mit einem geöffneten Gebetsbuch auf dem Schoß. Ein schweigsamer Diener schob Holz in den Kachelofen. Sonst war niemand da.

Johannes Heller ging durch eine Tür, die in einen Raum mit einem kleinen Altar führte, und blieb dort vor einer schweren eisenbeschlagenen Tür aus Eichenholz stehen. Er zog einen ungewöhnlich aussehenden eisernen Schlüssel hervor, den er immer um den Hals trug, und schloss die Tür mit etwas Mühe auf. Sie öffnete sich auf eine steile Steintreppe, die in die Dunkelheit nach oben führte.

Heller ergriff eine Talgkerze, die zu dem Zweck in einer Nische abgelegt war, zündete sie mit Hilfe einer brennenden Kerze vor dem Altar an und stieg vorsichtig hinauf ins obere Stockwerk des Kapitelhauses. Allerdings stand er nicht in der Kapitelbibliothek, die den größten Teil dieses Stockwerks einnahm, sondern in einem verschlossenen Raum ohne Fenster. Es war das Sanktuarium oder Armarium des Domkapitels im südwestlichen Eck des Obergeschosses. In hohen Regalen,

Schränken, Truhen und Kästen lagerten dort die wichtigsten Urkunden und Dokumente des Domkapitels: die wertvollen Besitztitel und Privilegien des Kapitels mit bischöflichem Siegelabdruck in rotem Wachs und Bullen mit Bleisiegeln aus Rom, alte Rechnungs- und Schuldbücher, einige kostbare Gegenstände und schließlich, in langen Reihen, die Gerichtsakten aus dem Freisinger Offizialatsgericht, der gesammelte Nachlass von Hellers Amtsvorgängern. Gemäß einem Konzilsdekret mussten kirchliche Gerichte ihre Handlungen dokumentieren und die Jahrbücher aufbewahren, damit sie in der Appellationsinstanz überprüft werden konnten. Jahr für Jahr, Buch für Buch fanden sich hier daher die Libri actorum mit allen Gerichtsladungen und Exkommunikationen, Klagen, Einlassungen, Einreden, Zeugenaussagen und Urteilen in Aberhunderten von Gerichtsprozessen, genau wie Pangratz Haselberger sie für dieses Jahr aufzeichnete.

Johannes Heller hielt seine Kerze nahe an die Gerichtsbücher und beugte sich nach vorne, um sie zu inspizieren. Auf den Rücken standen Jahreszahlen. Er suchte die Jahrgänge zwischen 1444 und 1448 aus und stapelte sie auf dem kleinen Tisch in der Mitte des Raums, der zu diesem Zweck bereitstand. Dann entzündete er noch eine zweite Kerze, um besser lesen zu können, und fing an, die dicken Bände durchzublättern. Die Schrift variierte von Schreiber zu Schreiber, war mal schlicht, mal schwungvoll, klar oder schwer leserlich. Er musste lange suchen, bis er schließlich den Fall fand, den er suchte: die causa divortii Agnetis Hagnerin de Landshueta contra Johannem Hagner eius maritum – den Ehetrennungsprozess der Agnes Hagen aus Landshut gegen ihren Ehemann Johannes Hagen von ebendort. Der Fall war im Liber actorum des Jahres 1446 verzeichnet. Heller hätte ihn fast übersehen, weil er nach »Agnes Seidenatter« Ausschau gehalten hatte.

Der Gerichtsprozess hatte an einem Mittwoch, dem 6. Mai 1446, unter dem Vorsitz des ehrwürdigen Wilhelm Schilbatz, Doktor in beiderlei Rechten und Kanoniker des Freisinger

Domkapitels, stattgefunden. Johannes Heller konnte sich undeutlich an den Richter erinnern, der damals schon alt gewesen und bereits vor vielen Jahren gestorben war. Es schien ihm unglaublich lange her.

In ihrer Klage erklärte Agnes Hagner, dass sie um den Festtag des heiligen Jacob im Jahr 1444 den Bildhauer Johannes Hagen in der St.-Martins-Kirche in Landshut geheiratet und danach mit ihm in seinem Haus in derselben Stadt zusammengelebt hatte. Sie hatte ein Kind in der Ehe geboren, aber ihr Ehemann hatte bestritten, dass es sein Kind sei, und hatte ihr Ehebruch vorgeworfen. Agnes jedoch leugnete, jemals untreu gewesen zu sein. Aufgrund dieses Verdachts hatte ihr Mann oft Wutanfälle gehabt und sie auf grausame Weise geschlagen und misshandelt. Agnes erzählte dem Gericht – Johannes Heller las es mit Entsetzen –, dass der Bildhauer sie einmal an einem Pfahl festgebunden und gedroht habe, ihr mit seinem Holzmeißel den Kopf abzuschneiden. Sie hatte aber so laut geschrien, dass die Nachbarn kamen und ihren Ehemann von der Ausführung seiner Drohung abhielten. Ein anderes Mal, berichtete sie, hatte ihr Ehemann sie mit einem Beil geschlagen und am linken Bein verletzt, sodass sie danach nur noch hinkend gehen konnte. Er hatte geschworen, dass er ihr alle Beine und Arme abschlagen würde, wenn sie versuchen würde, ihn zu verlassen. Aus Angst um ihr Leben hatte Agnes schließlich ihr Kind genommen und war nach Niederbayern gegangen, wo sie als Dienstmagd bei einem Edelmann unterkam. Ihr Ehemann hatte sie jedoch gefunden und in Passau vor dem bischöflichen Richter angeklagt, damit sie zur Rückkehr gezwungen werde. Der dortige Richter hatte den Fall an das zuständige Gericht in Freising weiterverwiesen. Deshalb stand sie nun vor dem Freisinger Richter und bat um Erlaubnis, von ihrem gewalttätigen Mann getrennt leben zu dürfen.

Der beklagte Ehemann, Johannes Hagen, bestritt die Vorwürfe im Allgemeinen. Er gab zwar zu, dass er seiner Ehefrau eine kleine Lektion erteilt hatte, weil sie fremdgegangen sei und ein Kind von einem anderen Mann bekommen habe, irgendeinem Pfaffen, wie es hieß. Er bestritt jedoch, sie unverhältnismäßig geschlagen zu haben: Er habe sie nur »korrigiert«, so wie es ihm erlaubt sei. Seine Frau hatte ihn dann ohne guten Grund verlassen, weshalb er verlange, dass sie zu ihm zurückgeführt werden sollte.

Als er das Gerichtsprotokoll las, musste Johannes Heller an den Fall der zweiten Ehefrau des Bildhauers denken. Hatte er Agnes misshandelt und geschnitten wie Katherina? Der Gedanke peinigte ihn.

Unter dem Prozessprotokoll war ein Vermerk, dass der Richter eine kommissarische Zeugenbefragung in Landshut angeordnet hatte, um den Fall zu untersuchen. Johannes Heller legte einen kleinen Fetzen Stoff aus seiner Tasche zwischen die Seiten, damit er die Stelle wiederfinden konnte, und suchte nach der Zeugenvernehmung. Er fand die Dokumentation unter den Aufzeichnungen des 25. Mai 1446, der Pleban in Landshut hatte fünf Zeugen vernommen.

Heller las und fragte sich dabei, wie er als Richter den Fall entschieden hätte. Mehrere Zeugen bestätigten, dass Agnes von ihrem Ehemann geschlagen worden war, doch keiner von ihnen hatte gesehen, dass er dabei einen Meißel, ein Beil oder sonst eine Waffe verwendet hatte. Auch hatte niemand gehört, dass der Bildhauer seiner Ehefrau angedroht hatte, ihr die Glieder vom Leib abzuschlagen. Damit war keine eindeutige Gefährdung ihres Lebens festzustellen, welche eine Trennung der Ehe gerechtfertigt hätte. Die Tatsache, dass Agnes hinkte, bewies noch nichts, weil niemand wusste, wie sie sich die Verletzung zugezogen hatte. Über die Gründe für die ehelichen Streitigkeiten wussten die Zeugen auch nichts Konkretes zu berichten. Eine Frau sagte aus, es sei allgemein bekannt gewesen, dass Agnes eine Liebesbeziehung mit einem anderen Mann gehabt hatte, bevor sie den Bildhauer heiratete – mit einem Geistlichen namens Heller, wie es hieß. Die Zeugin wusste jedoch nicht, ob dies wirklich so gewesen sei und ob Agnes auch nach der Hochzeit einen Liebhaber gehabt habe.

Johannes Heller wurde bis zu den Ohren rot, als er seinen Namen in den Akten sah. Wie konnte das allgemein bekannt gewesen sein?, fragte er sich erstaunt. Waren sie nicht stets vorsichtig gewesen?

Unmittelbar nach der Verlesung der Zeugenaussagen hatte Richter Schilbatz sein Urteil gefällt und Agnes' Klage als unbegründet abgelehnt. Heller stöhnte. Als Richter hatte er selbst zahlreiche Fälle vor sich gehabt, in denen die Beweislage ähnlich gewesen war, und er wusste, dass er solche Klagen immer abgewiesen hatte. Auch in diesem Fall hatte er in rechtlicher Hinsicht nichts gegen die Entscheidung seines Vorgängers einzuwenden. Dennoch krampfte sich sein Herz schmerzlich zusammen, als er lesen musste, dass Agnes – seine Agnes – das Eheleben mit ihrem gewaltsamen, aber rechtmäßigen Ehemann Johannes Hagen wieder hatte aufnehmen müssen. Der Bildhauer hatte zwar einen Eid geleistet, sie nie wieder zu misshandeln, aber Heller betrachtete solche Bekundungen skeptisch. Was waren Versprechen wert, wenn niemand, nicht einmal das Gericht, für ihre Einhaltung sorgte? Gewiss hatte er sie weiterhin geschlagen und verletzt, wahrscheinlich hatte er sie sogar getötet, und niemand hatte einen Finger gerührt, um sie vor ihm zu schützen. War das Gerechtigkeit? War das sein wohlgeordneter oikos?

Johannes Heller schloss das Aktenbuch und stellte es zusammen mit den anderen Bänden zurück ins Regal. Er löschte die Kerzen, stieg die Treppe vorsichtig hinab, zog die schwere Tür hinter sich zu und verschloss sie wieder. In der Stube schlief der alte Propst immer noch in der Ecke. Draußen war es dunkel geworden, und der Regen hatte aufgehört. Zwischen den schweren Wolken am dunklen Himmel blinzelte der Sichelmond wie das Weiß in dem Auge eines wilden Tiers.

DER BILDHAUER

Der Richter begab sich nicht nach Hause, wo ihn die Dienerschaft mit einem heißen Braten erwartete. Ihm war nicht nach Ruhe und Genuss; der Knoten in seiner Brust war zu bedrückend. Er musste Gewissheit haben, was mit Agnes passiert war. Daher ging er mit eiligen Schritten zum Pferdestall und ließ sein altes Maultier vor einen kleinen Wagen spannen.

In der Zwischenzeit schickte er nach dem Domknaben Heinrich, der etwas verwundert von der Vorbereitung der Abendmesse kam, und fragte ihn, ob er wisse, wo der Bildhauer Johannes Hagen lebte. Heinrich musste nicht lange überlegen, denn der Bildhauer war eine bekannte und berüchtigte Gestalt in der kleinen Stadt Freising. Kinder und Jugendliche erzählten sich, dass er schon mehrere Menschen ermordet habe und zudem ein Hexenmeister sei. Ihre Eltern nannten solche Geschichten zwar Märchen, warnten ihre Kinder aber dennoch vor dem Umgang mit dem Bildhauer.

Der junge Heinrich war neugierig und bot sich gerne an, Heller zu dem Haus zu führen. Sie fuhren also zusammen in dem kleinen Wagen über den Domplatz zum westlichen Tor, wo der Wärter seinen Kopf über den Domherrn schüttelte, der zu dieser späten Stunde noch in die Stadt wollte.

Johannes Heller lenkte sein wackliges Gefährt über das nass glänzende Kopfsteinpflaster hinunter in die Stadt, bog links vor der Hauptstraße in die alte Münchner Straße ab und fuhr über die Wörthmosach in das Stadtviertel »Am Wörth«, wo die Lederer und Handwerker hausten und ihre Werkstätten hatten.

Vor dem alten Tor nach München, an dem mittlerweile der von Bischof Tuhlbeck gebaute Fürstenweg vorbeiführte, bog er in eine kleine Gasse ab und hielt vor einem verkommenen Fachwerkhaus an. Heinrich wickelte sich in einen Mantel, um nicht erkannt zu werden, und wartete im Wagen, während Heller ausstieg und zum Haus ging.

Als er klopfen wollte, zögerte der Richter kurz. Es graute ihm plötzlich aus Angst um sein eigenes Leben, mehr noch aber vor der Wahrheit, die er herausfinden wollte: Hatte Johannes Hagen Agnes umgebracht? Wie war sie gestorben? Nur der Bildhauer konnte ihm diese Fragen beantworten, aber er würde es nie im Gericht tun. Deswegen war Heller jetzt zu ihm gekommen. Um Agnes willen.

Mit einem Ruck überwand er sich und klopfte mit seinem Stock gegen die Tür. Er wartete und horchte. Im Haus konnte er etwas hören, doch niemand kam. Vorsichtig drückte Heller gegen die Holztür, die sich mit einem leisen Knarzen öffnete. Er ging hinein und befand sich in einem dunklen Raum. Durch eine halb geöffnete Tür vor ihm fiel ein rötlicher Lichtstrahl, und Johannes Heller konnte nun Stimmen ausmachen: das zornige Schimpfen des Bildhauers und das verängstigte Schluchzen einer Frau. Er tapste durch die Dunkelheit dem Licht entgegen und trat in die Werkstatt des Bildhauers.

Im offenen Kamin brannte ein Feuer, dessen Glut den Raum in einem flackernden rötlichen Licht badete. Dazu waren noch einige Kerzen auf einem hochgestellten Armleuchter angezündet. Johannes Heller fuhr zurück, als er umherblickte. Überall standen phantastische, fast lebendig wirkende Gestalten aus Holz. Wie unvollendete Gegenentwürfe zu Gottes Schöpfung reckten sie sich aus dem toten Material, scheinbar erstickt im Streben nach dem Lebenshauch: gequält schreiende Köpfe und einzelne Glieder, unselige Tierfiguren und unziemlich verrenkte Aktgestalten. Mit Grauen glaubte Heller, im Kaminfeuer brennende Körperteile, eine Hand und ein Bein aus Holz, zu erkennen.

Mitten in dieser höllischen Werkstatt stand die hagere, leicht gebückte Gestalt des Bildhauers Hagen vor einer fast lebensgroßen Holzskulptur, an der er mit einem langen Meißel schnitzte. Zu seinen Füßen kauerte eine junge Frau, die angstvoll weinte und schluchzte.

»Was geschieht hier?«, rief Johannes Heller entsetzt.

Hagen fuhr herum, beinahe wäre ihm der Meißel aus der Hand gefallen. Dann aber, als er seinen unerwarteten Besucher erkannte, verzerrte ein unfreundliches, fast böswilliges Lächeln seine knochigen Gesichtszüge.

»Geh doch«, rief er dem Mädchen zu, das sich rasch die Kleider überzog. »Geh und komm nicht wieder, du hässliche Schlampe. Lass dich bloß nie wieder sehen!«

Als die junge Frau aus dem Haus gelaufen war, wandte er sich Heller zu. »Solche miesen, minderwertigen Modelle! Nichts als Huren und Missgeburten. Wie soll ich denn Schönheit schöpfen, wenn das Material nur banal und hässlich ist? Schaut Euch das an, Ehrwürden.« Er zeigte auf seine Schnitzereien. »Scheußlich, nicht wahr? Aber manche mögen's trotzdem. Wie kann ich Euch dienen, ehrwürdiger Herr? Ein Teufelchen für den Stuhlfuß gefällig? Ein Monstrum für das Bücherregal? Eine Venus für Euer Schlafzimmer? Nicht wirklich schön, aber verrucht und schamlos.« Er griff nach einer kleinen Holznymphe und hielt sie Heller entgegen. »Wollt Ihr vielleicht so etwas, Ehrwürden, um Euch zu ergötzen? Oder wäre Euch ein Knäblein lieber?« Er kicherte böse.

Heller wich zurück. »Absit nefas. – Solcher Frevel sei mir fern!«

»Wo Frömmigkeit ist, gibt es immer auch Frevel«, sagte der Bildhauer Hagen mit einem garstigen Lachen. »So mancher Pfaff kauft bei mir ein. Jawohl, meine Kunden sind sogar hauptsächlich Geistliche. Der Domkustos, der sich erhängt hat, zum Beispiel.«

»Aber diese Abbilder sind doch nackt und unsittlich«, protestierte Heller entsetzt, als er die Statuen genauer betrachtete.

»Nackt und unsittlich?«, wiederholte der Bildhauer spöttisch. »Es ist die Natur des Menschen, nackt und unsittlich zu sein. Das haben schon die alten Römer und Griechen gewusst. Deswegen haben sie ihre Götter unbekleidet dargestellt, weil diese die Natur verkörperten. Nur ihr frommen Kirchenmänner habt uns gelehrt, die Schönheit des Körpers unter schamhaften Kleidern zu verstecken. In Italien hat man diese Antiken nun wiederentdeckt: Geht mal nach Florenz und seht.«

Heller schüttelte den Kopf. »Ich war schon in Florenz und habe gesehen«, sagte er. »Es gibt aber auch nördlich der Alpen Darstellungen von Nacktheit – etwa von den allegorischen heidnischen Gottheiten oder von Adam und Eva. Wir haben nichts dagegen, solange es schöne und erbauliche Bilder sind. Aber dies hier ist nur grässlich und lüstern.«

Hagen verzog das Gesicht und spuckte aus. »Ja, ihr Pfaffen wollt immer, dass alles erbaulich sein soll, sonst nennt ihr es unschön. Aber der Mensch ist nicht nur schön und gut, sondern auch schlecht und hässlich. Das werdet ihr uns nicht austreiben können. Ihr schafft es ja nicht einmal bei euch selbst! Was wollt Ihr nun hier? Es gibt viele Herrgottschnitzer, die den Herrn am Kreuz oder fromm lächelnde Heilige für euch und eure Kirchen schnitzen können. Grotesken und Parodien aber sind alles, was ich Euch bieten kann. Denn Ihr habt mir die einzige schöne Gestalt weggenommen, die ich hatte.« Hagen fletschte die Zähne.

Heller schaute beunruhigt zu, wie der Bildhauer den Meißel mit der Hand umfasste, und griff seinen Stock fester.

»Schön! Nennst du das schön, wie du deine Frau verunstaltet hast?«, erwiderte er.

»Ach so«, sagte der Bildhauer langsam. »Sie hat Euch also ihren schönen Körper gezeigt, die Hure.«

Er wandte sich der Statue zu, an der er gearbeitete hatte. »Dafür werde ich ihr die Brüste abschneiden, wie bei der heiligen Agatha«, knurrte er und versetzte der Holzfigur vor sich eine Ohrfeige. Heller konnte nicht unterscheiden, ob er die Statue oder seine abwesende Ehefrau meinte.

Der Richter trat einen Schritt näher, den Stock fest in den Händen.

»Ist sie das? Deine Ehefrau Katherina?«, fragte er, als er die Statue näher betrachtete. Es war eine halb nackte weibliche

Figur, die mit schmerzhaft verdrehtem Körper den Himmel um Vergebung bat. Heller hatte noch nie ein Standbild gesehen, das solch lebendigen Schmerz verkörperte.

»Das ist sie. Maria Magdalena paenitens – die Büßerin. Nennt Ihr das vielleicht nicht schön?«, rief der Bildhauer stolz, die hölzerne Figur nun liebevoll streichelnd. »Sie ist nicht ganz fertig, aber immerhin. Ich habe ihre innere Schönheit entdeckt und sie mit meinem Meißel aus dem Holz herausgeholt. Ich habe sie schön gemacht.«

Die Statue war tatsächlich wunderbar lebendig und fein gearbeitet. Schön fand sie Johannes Heller dennoch nicht, sondern schrecklich und mitleiderregend.

»Ich nenne sie ›Ecce mulier‹«, sagte der Bildhauer weiter, während er seine Schöpfung verliebt betastete, ihren Hals, ihre Brüste. »Seht die wahre Frau – eine kleine Anspielung auf Christus, den Schmerzensmann, wenn Ihr erlaubt, denn erst in Schmerzen zeigt sich das wahre Wesen des Menschen. Und seht, Ehrwürden, seht hin, wenn Ihr die Wahrheit über Frauen wissen wollt: In ihren Schmerzen blickt sie wie eine Heilige, wie ein Engel Gottes, und zugleich ergeilt sie sich an ihrer Strafe und bittet um mehr. So sind die Frauen: heilige Jungfrauen und unzüchtige Huren zugleich. Ich kenne sie nur allzu gut. Alle, auch die ältesten, grässlichsten Huren, haben einen unberührbaren Kern, ein Wesen wie die Jungfrau Maria, das kein Mann kennen kann und das niemals sündigt. Und zugleich gieren und locken sie, sind unersättlich und ohne Scham.«

»Nein, nein«, rief Johannes Heller entsetzt. »Das ist bloß deine Einbildung, ein Spiegel deiner kranken Seele oder eine Phantasie des Teufels. Es ist nicht das Wesen der Frauen.«

»Eine Phantasie des Teufels?«, lachte der Bildhauer. »Hihi. Aber vielleicht ist der Teufel selbst bloß eine Phantasie von euch Pfaffen – wer weiß das denn? Vielleicht habt ihr euch die ganze Sache mit der Sünde bloß ausgedacht, damit wir alle zu euch kriechen und um Vergebung bitten müssen.«

»Du hast aber einst auch schöne Bilder geschnitzt«, sagte

Heller, der das Gespräch auf sein Anliegen bringen wollte. »Eine anmutige Madonna mit Kind, die der Kustos für unseren Dom gekauft hat.«

Der Bildhauer Hagen nickte. »Meine ›Schöne Maria‹. Das ist etwas für Euch, nicht wahr? Die schöne, züchtige Jungfrau mit dem Kind im Arm. Das entspricht Eurem frommen Frauenbild: Jungfrauen und Mütter, beides zugleich sollen sie sein. Aber sie sind nicht so. Woher hat sie denn das Kind, wenn sie eine Jungfrau ist? Woher hat sie das Kind?« Seine Stimme klang beinahe verzweifelt.

»Die ›Schöne Maria‹ hast du nach deiner ersten Ehefrau geschnitzt, nicht wahr?«, sagte Heller. »Sie hieß Agnes Seidenatter.«

Hagen blickte ihn lange und seltsam an, und Johannes Heller wurde von einem kalten Schauder erfasst.

»Wie wisst Ihr das denn, Ehrwürden?«, fragte der Bildhauer. »Habt Ihr sie vielleicht gekannt?« Er hielt seinen Meißel wie ein Messer in der Hand.

Hellers Herz stand still, als das Licht der Erkenntnis über Hagens Gesicht huschte. »Ihr seid es gewesen! Ihr seid der Liebhaber, mit dem sie das Kind gezeugt hat.«

»Ja«, sagte Heller. »Ich habe sie geliebt. Deswegen bin ich hier. Was hast du mit ihr getan? Ich muss es wissen. Hast du sie ermordet?«

Hagen trat näher. »Ihr seid es also. Ich hätte es mir denken können, dass der Pfaff, der sie verführte, dieser verlogene Heilige, der mir ein Kuckucksei ins Nest legte, irgendwann zu mir kommen und fragen würde, was ich mit ihr getan habe, um sein Gewissen zu salben.«

Johannes Heller senkte den Blick. »Mit meinem Gewissen magst du recht haben, teilweise zumindest. Ich habe sie aus den Augen verloren, aber nie vergessen und mich immer gefragt, was aus ihr geworden ist. Aber nicht nur, weil ich ein schlechtes Gewissen hatte, sondern weil ich sie liebte – und immer noch liebe. Aber ich musste sie verlassen: Ich konnte sie nicht heiraten. Das war unmöglich. Doch wie viel schlimmer ist es um mein Gewissen bestellt, da ich nun weiß, dass sie dich geheiratet hat.«

»Aber Ihr selbst wart der Grund dafür, dass sie mich heiraten musste. Und Euretwegen musste ich sie schlagen, denn Ihr hattet ihr das Herz herausgenommen und mir nichts als Euer Bastardkind gelassen.«

Ein gefährliches Feuer brannte in den Augen des Bildhauers, aber Johannes Heller war zu sehr in sich gekehrt, um es zu bemerken. Er rang mit sich.

»Von dem Kind weiß ich nichts«, ächzte er entsetzt. »Kann es nicht dein Kind sein?«

Der Bildhauer lachte bitter. »Nein, nein, mein Lieber, meins war es nicht. Ich konnte es nicht, konnte nie so, wie sie es wollte. Und sie wollte es nicht, wie ich es konnte. Dann hieß es: Noli me tangere – berühre mich nicht –, wie die ewige Jungfrau.«

»Stattdessen hast du sie zur Strafe geschlagen und misshandelt, genau wie deine zweite Ehefrau«, sagte Heller.

»Ja«, sagte der Bildhauer. Sie standen nur wenige Schritte voneinander entfernt und schauten sich gegenseitig tief in die Augen. »Sie war das Schönste und Wertvollste, was ich je hatte, und ich habe sie über alles geliebt, aber sie konnte mich nicht lieben. Deswegen musste ich sie hassen.«

Heller trat noch näher, sodass sie sich beinahe berührten. »Hast du sie getötet?«, flüsterte er.

Der Bildhauer blickte durch Heller hindurch in die Dunkelheit seiner eigenen Seele.

»Ich hätte sie töten sollen«, sagte er schließlich. »Auch wenn man mich dafür gevierteilt hätte, hätte ich sie umbringen sollen. Nachdem ich sie aus Passau zurückgeholt hatte, sagte sie zu mir, dass ich sie entweder gehen lassen oder töten müsste. Sie werde mir nie gehören, sie werde niemals wieder jemandem gehören.« Das gefährliche Leuchten in seinen Augen erlosch. »Sie war wie ein Vogel, den ich nicht halten konnte. Ich hätte sie töten müssen, aber ich konnte es nicht. Ich ließ sie gehen.«

»Und das Kind?«

»Das Kind? Euer Bastard? Das war schon tot, bevor sie aus Passau zurückkam«, sagte der Bildhauer. Er lächelte dünn, als er sah, wie die Nachricht Heller erschütterte.

»Es war tot? Und wohin ging sie, als du sie gehen ließest?«, fragte Heller atemlos. Ihm war schwindlig, und er stützte sich schwer auf seinen Stock.

Der Bildhauer wandte sich ab und spuckte erneut aus. »Ich habe sie gehen lassen und nicht mehr nach ihr gesucht. Weiß der Teufel, wohin sie gegangen ist.« Er wanderte zu seiner Statue zurück und strich mit der Hand über das nackte Holz.

Johannes Heller richtete sich auf, als wäre ihm eine Last vom Rücken gefallen. »Du hast deine Seele gerettet – und auch vielleicht die meine«, sagte er. »Aber hör zu: Du darfst deine Ehefrau Katherina nie wieder zurückbekommen, nie wieder.«

Hagen hob die dürren Schultern. »Ich brauche sie, um die Magdalena zu vollenden. Dann lasse ich sie gehen – oder ich bringe sie um. Ist mir egal.«

»Ich werde das nicht zulassen«, sagte der Richter.

»Kein Mensch darf trennen, was Gott zusammengefügt hat«, antwortete der Bildhauer, »so heißt es doch in der Bibel.«

Johannes Heller murmelte etwas von seiner Rolle als Stellvertreter der kirchlichen Vollmacht und ging zur Tür. Dann fiel ihm noch etwas ein.

»Eine Frage noch, Hagen. Warst du es, der im Kreuzgang am Dom herumgeschlichen ist und gesehen hat, wie ich deine Ehefrau Katherina zu meinem Haus brachte? Oder wie wusstest du davon?«

Der Bildhauer drehte sich überrascht um. »Ich? Nein, ich habe Euch nicht gesehen. Man hat mir davon erzählt, als ich zum Gericht ging.«

»Wer hat es dir gesagt?«

»Irgendein Pfaff. Einer von euch Domherren, glaube ich«, antwortete Hagen gleichgültig. »Ich weiß nicht, wer es war.«

Als Johannes Heller nach Hause kam, war das Essen kalt. Er hatte ohnehin keinen Appetit und ging mit einem Glas Rotwein, aber ohne Abendessen in seine Bibliothek.

Dort stellte er fest, dass jemand – wohl der Domizellar Meindorfer – seine Privatbriefe, die er sorgfältig in einer Truhe aufbewahrte, durchsucht hatte. Er blätterte durch die Briefe, um zu sehen, ob etwas fehlte, aber das schien nicht der Fall zu sein. Die Korrespondenz war ohnehin kaum von persönlicher Natur und konnte weder ihn selbst kompromittieren noch den Bischof interessieren. Heller wandte sich den Bücherregalen zu. Die schweren Bücher mit Gutachten über schwierige Rechtsprobleme hatte niemand angerührt, bemerkte er mit einem müden Lächeln. Er suchte einen Band aus dem Bücherregal heraus und öffnete ihn.

Darin waren aber keine trockenen juristischen Abhandlungen, sondern Abschriften von frivolen humanistischen Werken, die der jüngere Johannes Heller während seines Studiums gelesen hatte. Es waren Texte, über die er nun als alter Mann errötete: etwa die lasziven Erzählungen aus Boccaccios »Il Decamerone«, die seine Phantasien als junger Mann angeregt hatten, oder die teils recht zotigen Witze in Poggio Bracciolinis »Facetiae«. Wie hatte er damals darüber gelacht! Er hatte sogar Leonardo Brunis »Oratio ad meretrices Romanas« – Lobrede an die Huren Roms – abgeschrieben, bemerkte Heller entsetzt. Dabei genierte er sich nicht so sehr über den Text selbst, der eine amüsante Stilübung war, als über dessen Inhalt. Denn der berühmte Humanist lobte darin die Prostitution als Befreiung der fleischlichen Liebe von den Ketten der Ehegemeinschaft und schlug sogar ein Gesetz vor, wonach Frauen und Männer frei ohne Eheband zusammenkommen und auseinandergehen dürften. »O felix civitas, o beata respublica, o fortunati iuvenes fortunataeque puellae!« – Wie glücklich für den Staat, wie erquickend für die Jugend wäre es, wenn die Monogamie abgeschafft werden würde. Heller hatte die Idee damals als einen herrlichen Witz empfunden. Damals, als er noch nicht wusste, dass er einst ein Richter werden würde, der die Aufrechterhaltung der Ehe als Grundstein der gesellschaftlichen Ordnung betrachtete. Wie anders sah er das alles heutzutage. Vor allem jetzt, da er daran dachte, welche Folgen sein Leichtsinn für seine geliebte Agnes gehabt hatte und wie sie mit dem grauenhaften Bildhauer gelebt hatte.

Er setzte sich an den Schreibtisch und machte sich daran, mit seiner mit den Jahren etwas krakelig gewordenen Handschrift einen Kompassbrief – einen gerichtlichen Informationsauftrag an ein anderes bischöfliches Gericht – zu verfassen. Der Adressat war der Richter in Passau.

Johannes Heller bat ihn, er möge zur Klärung eines Sachverhalts seine Gerichtsbücher durchforsten und ermitteln, wo die Münchner Bürgerin Agnes Hagen, geborene Seidenatter, im Jahr 1446 in der Diözese Passau gelebt und als Dienstmagd gearbeitet habe, bevor ihr Ehemann Johannes Hagen sie gerichtlich gezwungen hatte, zu ihm zurückzukehren. Wenn der ehrwürdige Kollege dies ermittelt habe, so bat Heller förmlich, solle er im Auftrag des Freisinger Gerichts herausfinden, ob besagte Agnes wieder dorthin zurückgekehrt und ob sie noch am Leben sei. Es gehe nämlich darum, zu klären, fügte er rechtfertigend hinzu, ob Agnes lebe beziehungsweise wann sie gestorben sei, damit man feststellen könne, ob die zweite Ehe des Bildhauers Hagen rechtmäßig sei oder nicht.

Trotz des kühlen, offiziösen Schreibstils fühlte Johannes Heller, wie sein Herz schneller schlug, als er die wenigen Zeilen schrieb. Vielleicht war Agnes, so hoffte er, wieder dorthin gegangen, wo sie als Dienstmagd gearbeitet hatte. Vielleicht lebte sie dort noch. Hoffnung und Angst füllten seine Brust: die Hoffnung, etwas wiedergutmachen zu können, und die Angst, zu spät zu kommen.

Nachdem er den Brief sorgsam gefaltet und für die Anbringung des Gerichtssiegels, das im Besitz des Notars war, bereitgemacht hatte, legte er sich unruhig in sein Bett.

Capitulum 4

11. bis 12. August 1473

IN FLAGRANTE

Nach dem kalten, verregneten Frühling war es endlich Sommer geworden, und gleich war es zu heiß. Eine merkwürdige Hitze, sagte man, so unnatürlich, wie es im Frühjahr ungewöhnlich kalt gewesen war. Tag für Tag brannte die Sonne grell am wolkenlosen Himmel und ließ die Welt in der Hitze flimmern und schimmern. Seit Langem hatte es nicht mehr geregnet; der Boden lag im knochigen Griff einer unerbittlichen Dürre, welche die Pflanzen verwelken und die Blätter verdorren ließ. Bereits jetzt zeichnete sich ab, dass es eine schlechte Ernte werden würde.

Vor Hunger verließen Ratten, Füchse und allerlei Ungeziefer die Felder und trieben wild durch die Gassen der Städte. Um alles noch schlimmer zu machen, war die Pest im Lande wieder ausgebrochen. In München wurde die jährliche Jakobidult auf dem Anger vor den Stadtmauern abgesagt. Auch in Freising hatte es Pesttote gegeben. Überall hing der Gestank von verbrannten Leichen in der Luft. Dazu kamen schreckliche Nachrichten aus Kärnten und der Krain, wo die Türken das Land mit Krieg und Plünderung überzogen und auch in die Besitzungen des Domstifts Freising eingefallen waren. Die Bemühungen am Reichstag in Augsburg um die Aufstellung eines Reichsheeres gegen die Türken hatten im Streit geendet, und keine Hilfe war in Sicht.

Fast schlimmer als alle anderen Heimsuchungen war jedoch die Brandgefahr. In dieser Hitze und Trockenheit schien die Welt nur auf einen Funken zu warten, um in Flammen aufzugehen, und trotz aller Vorsichtsmaßnahmen brannte es tatsächlich überall: In den Städten, auf dem Land, sogar in den sumpfigen Moosgebieten im Münchner Umland schwelten Feuer. An manchen Tagen hing der Rauch wie ein Schleier in der Luft, machte die Sonne zu einer feurigen roten Scheibe und brannte in den Augen und Lungen.

Angesichts solcher Gefahr beschäftigte eine Frage die Gemüter: Wie konnten sich diese ganzen Brände nur entzünden, wo alle Menschen doch so vorsichtig waren? Manche Buchgelehrten erklärten, Trockenheit und Hitze seien an sich Eigenschaften des Elements Feuer: Das extreme Übermaß daran in diesem Sommer zeige, sagten sie, dass die Welt derzeit vom Feuer durchdrungen und durchtränkt sei; jederzeit könne alles quasi von allein in Flammen aufgehen. Pragmatisch veranlagte Leute waren jedoch eher skeptisch und meinten, dass Brandstiftung im Spiel gewesen sein müsse. Sie wiesen beunruhigt darauf hin, dass es insbesondere Besitzungen der Kirche waren, die abfackelten. Das hänge doch bestimmt mit den Protesten gegen den Freisinger Bischof zusammen, die in den letzten Monaten lauter geworden seien. Andere glaubten eher, dass solche Spontanzündungen das Werk des feurigen Reiters seien, der die Apokalypse ankündigte.

Vor aufgeregten Menschenversammlungen hielten Bußprediger feurige Endzeitpredigten und trieben die verängstigten Massen in Prozessionen vor sich her. Hunderte Menschen pilgerten zum heiligen Berg Andechs oder zum Freisinger Dom, um den Schutz der Heiligen zu erbitten. Überall in der Welt tobten Feuer, Krieg und Tod.

Draußen herrschte das Chaos, auf dem Domberg jedoch walteten Ruhe und Ordnung. Hinter den schweren steinernen Mauern der Gebäude war eine angenehm kühle Dunkelheit, die leicht nach Weihrauch duftete, die Bleiglasfenster brachen und milderten die grellen Sonnenstrahlen. Zu den Gebetszeiten und Gottesdiensten schlugen die Glocken und gaben dem Leben auf dem Domberg ihren regelmäßigen Takt vor. Hier galten die Regeln des wohlgeordneten oikos – oder zumindest schien es so.

Pangratz Haselberger war froh, an seinem gewohnten Platz in der kühlen Ruhe des Gerichtssaales zu sitzen, im Sanktuarium von Recht und Ordnung. Auf ein neues Blatt im Buch der Gerichtsaufzeichnungen schrieb er gerade mit schwungvollen

Zierbuchstaben das Datum: »Dies Mercurii XI Augusti« – Mittwoch, der 11. August des Jahres 1473.

Es war mitten in den sommerlichen Ernteferien, den feriae rusticorum, in denen die Gerichtsgeschäfte gewöhnlich ruhten. Doch der Herr Chorrichter hatte für den heutigen Tag eine Sondersitzung zur Erledigung einer besonders dringlichen Angelegenheit anberaumt. »Feriis expresse renuntiando« – unter ausdrücklicher Aussetzung der Ferien –, notierte Haselberger beflissen in sein Gerichtsbuch.

Kaum hatte der Notar den letzten Strich gemacht und die Feder wieder in das Tintenfass gelegt, nuschelte der zahnlose Pedell die Namen der nächsten Parteien und ließ sie in den Gerichtssaal hereintreten. Ein leises Tuscheln im Gericht ließ Johannes Heller den Blick von den Notizen heben, in denen er gerade las.

Vor das Gericht trat ein sehr ungleiches Paar: eine junge, sehr mondän gekleidete Dame und ein ausgesprochen fettleibiger Geistlicher. Doch nicht so sehr die disparate Erscheinung der Parteien oder die auffallend schöne Gestalt der Klägerin, sondern vor allem die Person des Beklagten erregte das Aufsehen im Gerichtssaal. Es war niemand anders als Simon Goller, Kaplan der am Münchener Marktplatz liegenden Kapelle seiner Familie, der Goller oder auch Gollier, einer der engsten Vertrauten des Fürstbischofs Johannes Tuhlbeck und auf dem Domberg eine wohlbekannte Persönlichkeit. Insbesondere war Goller eine Schlüsselfigur in der Finanzierung des Dombaus. Was machte er hier?

Pangratz Haselberger witterte einen Skandal. Deshalb wohl, vermutete er, fand der Prozess in den Ferien statt, während fast alle Geistlichen aus der Stadt aufs Land gezogen waren.

Der Prokurator der Klägerin, Johannes Maulberger, trat einen Schritt vor und überreichte feierlich eine schriftlich ausformulierte Klageschrift, deren Inhalt Pangratz Haselberger interessiert las. Er notierte mit einem kaum unterdrückten Lächeln: »Causa refusionis inter Margaretham Kirchmairin de

Monaco et dominum Symonem Capellanum capellae vulgariter Goller nuncupatae ibidem« – die Klage von Margaretha Kirchmair aus München um eine Deflorationsentschädigung gegen Dominus Simon, Kaplan der sogenannten Gollerkapelle von ebendort.

Johannes Heller blickte den Beklagten ärgerlich an. Er dachte an sein letztes Gespräch mit dem Fürstbischof Johannes Tuhlbeck und wusste, welchen Schlag es ihm versetzen würde, wenn er hiervon erfuhr. Man hatte es zwar eine Weile geschafft, keine neuen Skandale aufkommen zu lassen, doch ein solcher Fall, der zudem den Bischof persönlich berührte, konnte der Funke sein, der das Ganze in Flammen aufgehen ließ und Tuhlbecks Stellung endgültig unhaltbar machte. Der Kaplan hatte indes offenbar keine Ahnung, welche Tragweite seine Privatangelegenheiten haben konnten. Er blickte um sich wie ein Kind, das bei einem Streich erwischt worden war, und lächelte ein wenig verlegen und schelmisch vor sich hin.

Johannes Heller rief den Saal zur Ruhe auf und fragte die Parteien, ob sie den Prozess wirklich führen wollten oder ob sie sich – und allen anderen auch – lieber die Unannehmlichkeiten eines Gerichtsprozesses ersparen und zu einer außergerichtlichen Einigung kommen möchten. Das war in diesem Fall keine reine Formalität, sondern Hellers inständiger Wunsch. Die Klägerin erklärte, dass sie bereit sei, wenn der Beklagte ihre Forderungen erfülle. Simon Goller aber schüttelte den Kopf und erklärte deutlich: »Niemals.«

Damit war der Fall rechtshängig, und Johannes Heller musste die Klägerin auffordern, ihre Klage vorzutragen. Margaretha Kirchmair war eine schöne und selbstbewusste junge Frau. Sie hatte lange rote Haare, die von einer koketten bestickten Haube kaum bedeckt wurden, und trug ein langes, vermutlich sehr teures gesticktes Kleid aus grünem burgundischem Stoff, das weder ihrem gesellschaftlichen Stand noch der Situation angemessen erschien. Vor allem waren ihre Schultern nackt und ihre Brüste weitgehend entblößt, stellte Johannes

Heller missbilligend fest. Eigentlich hätte sie nicht so bekleidet vor dem Gericht erscheinen dürfen. Aber sie sah zugegebenermaßen prächtig aus, und niemand wollte sich beschweren. Sie blickte stolz und ein wenig beleidigt um sich, während ihr Prokurator Maulberger die Klage vortrug.

Er begann mit der gewöhnlichen formalen Anrede:

»Vor Euch, ehrwürdigem Dominus Johannes Heller, ordentlichem Richter des Konsistorialgerichts des Freisinger Domkapitels, bringt Margaretha Kirchmair aus München im Rechtsstreit gegen den Kaplan Dominus Simon Goller folgende Klagepunkte in einer förmlichen Anklage vor. Sie fordert, dass der Beklagte zu den jeweiligen Artikeln einzeln aussagen muss und dass das, was er verneint, zum Beweisverfahren zugelassen wird. Die Klagepunkte sind folgende.«

Maulberger hielt kurz inne und schielte triumphal hinüber zu seinem Kollegen Pack, der dieses Mal mit der Verteidigung seines Mandanten gewiss keine beneidenswerte Aufgabe hatte. Die Klageschrift war in einundzwanzig Artikel gegliedert. In den ersten drei Artikeln legte die Klägerin dar, dass sie bis zum Jahr 1471 als eine ehrwürdige Jungfrau gelebt habe und als solche bekannt gewesen sei: Sie habe im Seelenhaus des Münchner Bürgers Peter Schluder und dann in der bekannten Einrichtung der Familie Pienzenauer in München gelebt und sei von allen als fromme Jungfrau geachtet worden. Im Jahr 1470 hatte sie ihrer Aussage nach eine Pilgerfahrt mit einer Dienerin des Beklagten gemacht. Bereits zu diesem Zeitpunkt habe der Beklagte angefangen, sie zu begehren, wie sie aus mehreren Andeutungen erkannt haben wollte.

In den folgenden Artikeln schilderte Prokurator Maulberger, wie die Klägerin am Sonntag nach Jakobi 1471 zum Haus des Beklagten gegangen war, um ein Fell zu besorgen. Der Beklagte habe sich in sie verliebt und versucht, sie mit Versprechen und Geschenken zur Erwiderung seiner Liebe zu bewegen, wobei er ihr unter anderem ein Kleid und einen Mantel versprach. Schließlich habe sie sich überzeugen lassen, woraufhin sie sich zusammen nackt und allein – solus cum sola, nudus cum nuda – in das Bett des Beklagten legten und Geschlechtsverkehr hatten. Von diesem Tag an sei die Klägerin die Geliebte – »impudica amatrix«, notierte Pangratz Haselberger – des Beklagten gewesen, und sie schliefen danach miteinander häufig und regelmäßig.

Nach dieser Vorgeschichte ging Maulberger dazu über, einen bestimmten Vorfall zu schildern: An einem Tag nach Mariä Himmelfahrt 1472, erklärte er, seien der Beklagte Simon Goller und die Klägerin Margaretha zusammen in ein Badehaus gegangen. Danach seien sie zum Haus des Beklagten zurückgekehrt und hätten eine Maß Wein getrunken und sich nackt – nudus cum nuda – auf den Boden gelegt. Zufällig jedoch sei die Dienerin des Beklagten unerwartet nach Hause gekommen und habe die beiden in flagrante auf dem Boden ertappt. Die Dienerin sei derart empört gewesen, dass sie prompt einen Topf Wasser über das nackte Paar gekippt und sie heftig beschimpft habe. Der Beklagte jedoch habe die Geschichte besonders lustig gefunden und sie diversen Personen erzählt, von denen sich einige hier am Domberg und sogar in diesem Gerichtssaal befänden.

Maulberger hielt inne und sah sich vorwurfsvoll um. Sein Blick richtete sich insbesondere auf seinen Konkurrenten Johannes Pack. Dann setzte er an, die Forderungen der Klägerin zu formulieren. Margaretha Kirchmair erhob Anspruch gegen Simon Goller auf eine Entschädigung für ihre verlorene Jungfräulichkeit, deren Wert sie mit zwanzig Pfund berechnete. Sie habe den Beklagten mehrmals freundlich gebeten, ihr das Geld zu geben, doch habe er sich stets geweigert. Das liege nicht an seiner finanziellen Lage, sicherte Maulberger zu, denn Dominus Goller habe viele Benefizien und könne mühelos das Doppelte zahlen.

Die Klage schloss mit der üblichen Erklärung, alles sei »publica vox et fama«. Die Phrase hörte sich in Hellers Ohren nun eher bedrohlich an: Wenn die Geschichte noch nicht öffentlich bekannt war, so könnte sie es jedenfalls gleich werden. Bereits eine Zeugenbefragung wäre schon höchst peinlich und würde viel Aufsehen erregen, denn wer wusste schon, wen die Klägerin als Zeugen zitierte? Welchen Domherren und sogar Mitgliedern des Gerichts hatte der Narr denn seine lustige Geschichte erzählt?

Johannes Heller stand auf und verkündete eine kurze Prozessunterbrechung. Dann stieg er zu dem Beklagten hinunter und forderte ihn zu einer kurzen Unterhaltung unter vier Augen auf. Mit seiner ganzen Kraft konnte er den dicken Kaplan, der während der Verlesung der Klage schelmisch gegrinst und umhergeschaut hatte und nun gerade einen weiteren Schwank aus seinem Leben erzählen wollte, zur Seite zerren.

»Was soll das denn sein?«, beschwerte sich Goller.

»Ein Wort in dein Ohr, mein Lieber«, schnaubte Heller. »Du musst den Prozess sofort aufgeben und den Forderungen der Klägerin nachgeben, sonst droht uns allen großes Ungemach. Weißt du denn nicht, in welcher Lage sich der Fürstbischof befindet und wie ein solcher Skandal ihm schaden kann?«

Der Kaplan blinzelte erstaunt. »Was? Die Forderungen akzeptieren? Niemals: Sie will zu viel. Und was ist denn so schlimm daran, dass ich eine Geliebte hatte? Ich gebe zu: Ich habe gesündigt und gegen mein Gelübde verstoßen. Mea maxima culpa. Aber das ist doch nur menschlich, und die Buße war es jedenfalls wert. Sollte ich etwa an dem schönen Leben einfach vorbeigehen und die Blumen, die Gott uns geschenkt hat, nicht pflücken? Das macht doch jeder, der es kann, oder etwa nicht? Und wie kann das unserem Freund Tuhlbeck schaden? Ich verstehe deine Aufregung nicht.«

Johannes Heller hätte dem uneinsichtigen Kaplan normalerweise scharf entgegengehalten, dass sich keineswegs jeder Priester in Freising eine Konkubine hielt und dass dies sogar ausdrücklich verboten war. Doch war Heller sich in letzter Zeit seines eigenen moralischen Standpunkts nicht mehr so sicher. Hatte er nicht selbst auch einmal Blumen am Wegesrand des Lebens gepflückt? Also hielt er sich mit solchen Argumenten zurück.

»Es interessiert mich als Richter nicht im Geringsten, welche liederlichen Sachen du im Privaten machst, Goller, solange sie nicht öffentlich bekannt werden. ›Ecclesia non iudicat in occultis‹ – die Kirche richtet nicht über verborgene Sünden –, wie es heißt. Aber hier steht viel auf dem Spiel. Hast du denn nicht gehört, wie der Fürstbischof wegen der Vorfälle hier am Domberg in aller Öffentlichkeit kritisiert wurde?«, fragte er erstaunt. »Jedes weitere Skandälchen stärkt seine Gegner. Der Bischof ist außer sich und regt sich über jede Kritik und jeden Skandal fürchterlich auf. Überall sieht er nun Feinde und Verräter. Was wird er sagen, wenn er erfährt, dass jetzt auch du, ein persönlicher Vertrauter, Anlass zu Kritik gegeben hast? Und du warst sogar so unvorsichtig, um nicht zu sagen, unvernünftig, dass du diese lustige Geschichte auch noch überall herumerzählt hast!«

»Aber mein Lieber, niemand weiß, was hier im Gericht gesagt wird. Und was ich erzählt habe, war nur ein kleiner Spaß unter Freunden. Wie soll das Tuhlbeck oder seinen Feinden zu Ohren kommen?«

»Das ist genau das Problem«, stöhnte Heller. »Jemand hier am Domberg – vielleicht sogar jemand hier im Gerichtssaal – sorgt seit einiger Zeit dafür, dass solche Geschichten schnell verbreitet werden und immer wieder an die falsche Stelle gelangen. Mich würde es nicht überraschen, wenn die Feinde des Bischofs über deinen Schwank bereits längst informiert sind. Und übrigens: Woher wusste denn die Klägerin, dass du deine lustige Geschichte herumerzählt hast? Hast du dir das schon überlegt? Wem hast du denn davon erzählt?«

Der Kaplan blinzelte. »Ja, woher wusste sie es? Das habe ich mich selbst gefragt. Also, ich habe mich ein wenig gewundert. Hm, es war ein Gespräch unter Freunden in der Wirtsstube vor einigen Wochen, glaube ich. Kann mich nicht mehr so genau erinnern. Über einem Glas Wein, verstehst du?

Sei nicht so streng mit mir, mein Lieber, und schau mich doch nicht so an.«

Johannes Heller blickte in der Tat sehr grimmig. »Wem hast du die Geschichte bei diesem Zechgelage erzählt? Sag es mir! Sonst lass ich eine Zeugenbefragung durchführen, und wir finden es heraus – dann aber wird der Bischof ganz sicher davon erfahren.«

Goller blickte verlegen. »Ach, wer war denn da? Der Spornecker, der Geschichtsschreiber Arnpeck, der Pack und einige Domizellare und Kanoniker von St. Andreas, glaube ich – ich kenne sie nicht alle.«

»Du kennst sie nicht, aber trotzdem hast du vor ihnen solche unpassenden Privatgeschichten ausgeplaudert«, rief Heller verärgert. »Pack? Du meinst unseren Prokurator Pack?«, fuhr er entsetzt fort. »Was machte er denn da?«

»Er hat Dominus Spornecker in einem Prozess beraten, meine ich.«

»Spornecker auch noch! Dieser Mensch ist wirklich überall dort, wo es einen Skandal gibt«, sagte Heller ärgerlich. Dann hielt er kurz mal inne und dachte nach. Spornecker!

»Hör mal, Goller, willst du den Fall nicht einfach außergerichtlich beilegen und uns allen viel Ärger ersparen?«, rief er plötzlich.

Der beleibte Kaplan schüttelte den Kopf, und sein Doppelkinn schwang mit wie ein Kropf. »Zwanzig Pfund Kranzgeld soll ich ihr zahlen, nachdem ich ihr bereits so viel teure Kleidung und Schmuck geschenkt habe? Schon das grüne Kleid, das sie trägt, ist mehr wert als ihre angebliche Jungfräulichkeit. Aus Burgund habe ich es kommen lassen.«

Heller rief der Klägerin zu, sie möge zu ihnen kommen. Mit einem leichten Lächeln glitt sie herbei. In ihrem grünen Kleid mit dem tiefen Ausschnitt zog sie die Blicke aller Männer im Gericht auf sich.

Besorgt um die Rechtmäßigkeit solcher Aussprachen eilten die Prokuratoren Maulberger und Pack hinter ihr her und erhoben Einwände: Der Streit sei schon rechtshängig und müsse gerichtlich ausgetragen werden, riefen sie eifrig.

Johannes Heller aber wies sie zurück. »Unsere Aufgabe ist es, Streitigkeiten beizulegen, nicht zu entfachen«, sagte er scharf.

Nachdem die Prokuratoren sich wieder entfernt hatten, wandte er sich den Streitparteien zu: »Worum geht es denn eigentlich in diesem Streit? Nur um das Geld? Könnt ihr euch darüber nicht außergerichtlich einigen?«

Er knöpfte sich den Beklagten vor: »Goller, du glaubst, das Kranzgeld bereits mit deinen Geschenken abgezahlt zu haben.«

Goller pustete sich auf wie ein Blasebalg. »Die Ehre von hundert Jungfrauen habe ich bereits abgegolten! Und dabei weiß ich gar nicht, ob sie überhaupt eine war.«

Margaretha Kirchmair blickte stolz auf ihn hinab. »Du weißt sehr wohl, dass du mich entehrt hast, und schuldest mir mindestens die Anerkennung deiner Schuld.« Sie wandte sich dem Richter zu. »Herr, Ihr hättet hören sollen, wie er auf mich damals eingeredet hat, welche Versprechen er machte und wie er argumentierte. Er wollte mich überzeugen, dass ich Gottes Geschenk nicht ungenutzt vergehen und meinen schönen Körper nicht ungeliebt alt werden lassen sollte, indem ich als ewige Jungfrau die Armen pflegte. So was hätte ich von einem Diener des Herrn nie erwartet. Ich war wirklich entsetzt … zunächst, aber schließlich hat er mich dennoch überredet.«

»Ha! Das war wahrlich keine schwere Aufgabe«, warf Goller dazwischen. »Allzu gerne ließ sie sich von ihrem frommen Vorsatz abbringen.«

»Aber nur, weil du mir versprochen hattest, meine Ehre zu entschädigen, was du immer noch nicht getan hast«, schoss Margaretha Kirchmair zurück. »Deine Geschenke dagegen sind nur Gegenleistungen für das, was ich dir schenke – oder meinst du etwa, es sei die wahre Liebe?«

Goller wandte sich Heller zu. »Sie will nur das Geld, damit ein anderer Mann sie heiratet, wenn sie mich verlässt.«

»Und? Habe ich von dir noch etwas zu erwarten, wenn du mir nicht einmal mehr ein neues Kleid gönnst?«

»Das rote Kleid ist einfach zu teuer. Und wie viele Kleider brauchst du denn überhaupt?«, rief Goller. Zu Heller gewandt klagte er: »Ein teures Kleid für jeden Tag in der Woche hat sie schon, und nun will sie noch ein rotes Kleid aus Seide. Sie ruiniert mich.«

»Wenn es dir nicht wert ist, mich glücklich zu machen …«, entgegnete Margaretha.

Johannes Heller, dem diese Auseinandersetzung zwischen einer Konkubine und ihrem geistlichen Liebhaber höchst ungebührlich erschien, schritt schließlich ein.

»Hört mal zu, alle beide. Nach dem Recht der Kirche steht der Klägerin in solchen Fällen eine Entjungferungsentschädigung zu; bereits geleistete Geschenke werden nicht eingerechnet. Simon Goller, ich rate dir, dich mit Margaretha Kirchmair über die Summe der Entschädigung zu einigen und den Prozess fallen zu lassen. Glaube mir, damit kommst du billiger weg, als wenn der Prozess durchgefochten wird. Auf alle Fälle aber wird es billiger, als wenn du ihr weiterhin solche teuren Kleider kaufen musst.«

Goller aber wollte offenbar den Vorwurf der Knauserigkeit nicht auf sich sitzen lassen. »Glaub bloß nicht, dass ich nur die billigste Lösung will. Nein, darum geht es mir nicht. Gut, Gretl, meinetwegen, ich kaufe dir das rote Kleid, wenn es dir so wichtig ist.«

»Dann lasse ich die Klage fallen und verlasse dich nicht, Simon«, sagte Margaretha mit einem triumphalen Lächeln.

Heller blickte sie beide verdutzt an. Eine solche Lösung war für ihn als geistlichen Richter aus mehreren Hinsichten nicht zufriedenstellend, zumal das Konkubinat eigentlich verboten war und die Weiterführung einer solchen Beziehung noch dazu allen moralischen Grundsätzen der Kirche widersprach. Doch zumindest würde es nun nicht zu einem regelrechten Prozess kommen, dachte er, und das war im Moment die Hauptsache.

Allerdings war ihm unwohl dabei, nun selbst unbequeme Geschichten zu verheimlichen und zu unterdrücken.

Er forderte die Parteien schließlich auf, ihre Sünden einem Beichtvater anzuvertrauen, und erlegte ihnen im Weiteren auf, über die Angelegenheit fürderhin zu schweigen. Dann kehrte er wieder zu seinem Richterstuhl zurück und erklärte den Streit für beigelegt.

Prokurator Maulberger, der sich schon wieder eines sicher geglaubten Sieges über seinen Konkurrenten Johannes Pack beraubt sah, wollte wegen der Irregularität solcher Einigungen protestieren, doch ohne Mandat durfte er nichts unternehmen.

SIMONIE

Als die Parteien den Gerichtssaal verließen und Johannes Heller bereits die Tagesgeschäfte der außerordentlichen Gerichtssitzung für beendet erklären wollte, kündigte der Pedell überraschend die Ankunft des Dominus Marcus Hörnle an, Licenciatus und Domkanoniker der Freisinger Kirche. Heller blickte erfreut auf. Er hatte Hörnle monatelang nicht gesehen, weil dieser seit dem Besuch des Kaisers in München geblieben war, um gewisse private Geschäfte zu erledigen. Der junge Domherr schien in der Zwischenzeit ein wenig fettleibig geworden zu sein, jedenfalls wirkte er gesetzter und irgendwie auch älter und reifer als früher, stellte Heller fest. Hörnle war offenbar eilends nach Freising gekommen. Wegen der Hitze und der Bewegung war sein Gesicht rot und schweißgebadet.

Johannes Heller begrüßte ihn freudig und fragte ihn, was er hier mache.

Hörnle hielt ihm einen versiegelten Brief entgegen. »Dominus, ich bin als Bote hier, um Euch einen Brief des Kommissars Dominus Heinrich Grieninger zu überbringen«, sagte er.

Die Prokuratoren Pack und Maulberger sprangen auf und verlangten im Namen ihrer Mandanten, nämlich der Klägerin Margaretha Lufft und des Beklagten Conrad Staudinger, den Brief zu inspizieren. Beide vergewisserten sich unter gegenseitiger Verdächtigung, dass das Siegel echt und unversehrt war, bevor sie der Eröffnung des Briefes zustimmten.

Heller schaute Hörnle überrascht und ein wenig ungläubig an.

»Hat das solche Eile?«, fragte er ihn. Dennoch ließ er sich neugierig den Bericht geben und war enttäuscht, lediglich eine briefliche Entschuldigung des Kommissars darin zu finden. Grieninger erklärte, dass er im Auftrag des Richters zur Klärung der Frage, ob und mit wem die Zweitklägerin, Agnes

Bürstenbinder, verheiratet sei, zwei Zeugen vor sich geladen hatte: Dominus Balthasar Hundertpfund, einen Priester aus München, und Dominus Erhard Spornecker, Kanoniker von St. Andreas in Freising. Doch weder den einen noch den anderen habe er befragen können. Dominus Hundertpfund hatte seine Aussage verweigert mit der Begründung, dass sein Amt als Rat und Familiare des Herzogs Albrecht eine Aussage über die Angelegenheiten von Mitgliedern des herzoglichen Hauses ausschloss. Zudem, fügte Grieninger empört hinzu, habe der Zeuge gesagt, dass er keine Zeit für solche Nichtigkeiten habe. Dominus Spornecker wiederum war trotz aller Anstrengungen nicht zu erreichen. Vermutlich sei er also derzeit nicht in München. Daher, erklärte der Kommissar frustriert, habe er den Auftrag bislang nicht erfüllen können und bitte den Herrn Richter um eine Terminverschiebung.

Johannes Heller schimpfte über den langsamen Fortschritt in diesem Prozess, der nicht nur mit jedem weiteren Schritt in das Dickicht schwieriger und weniger durchsichtig, sondern nun auch noch unnötig verzögert wurde. Insbesondere ärgerte er sich über Balthasar Hundertpfund. Er war wohl wieder einer dieser humanistisch angehauchten Höflinge, der glaubte, sich wegen seiner Familiarität zum Herzog seiner Pflicht entziehen zu können.

»Dieser arrogante Schnösel«, schimpfte Heller vernehmlich und wies den Gerichtsnotar barsch an, ein Schreiben an den Herrn Kommissar aufzusetzen, in welchem er Grieninger aufforderte, die Zeugen noch einmal vorzuladen. Er fügte eine Sonderbefugnis hinzu, Dominus Hundertpfund trotz seines Dienstverhältnisses unter Exkommunikationsandrohung zur Aussage zu zwingen: Der Dienst an der Wahrheit überwiege den seines Amtes. Hundertpfund sei zudem Geistlicher des Bistums Freising und daher erstinstanzlich dem Fürstbischof von Freising und somit ihm, dem Richter, als Stellvertreter des Bischofs, zu Gehorsam verpflichtet.

»Schreib es genau so, Hasenberger«, schnaubte er.

Der Notar murmelte etwas vor sich hin und notierte die Anweisung, wobei er nach kurzer Erwägung die letzten Sätze wegließ.

Damit war das Tagesgeschäft erledigt. Pangratz Haselberger setzte sich, um den Kommissionsbrief an Heinrich Grieninger nach den Formularen seiner Mustersammlung zu schreiben, während die Prokuratoren Pack und Maulberger miteinander über die Zulässigkeit von außergerichtlichen Einigungen debattierten.

Johannes Heller und Marcus Hörnle verließen den Gerichtssaal indessen durch die Seitentür und begaben sich in Hellers Privaträume.

»Das war gewiss nicht der einzige Grund, weshalb du hergeritten bist«, stellte der Richter fest.

»Nein, Dominus«, antwortete Hörnle, als er die Tür hinter ihnen schloss. »Ich muss Euch etwas ganz Wichtiges und Geheimes mitteilen, wenn Ihr ein wenig Zeit habt.«

»Für Wichtiges habe ich immer Zeit«, sagte Heller und führte Hörnle hinauf in seine Bibliothek, wo sie ungestört reden konnten.

Nachdem sie Platz genommen hatten, zögerte Marcus Hörnle noch ein wenig, das »Wichtige« auszusprechen. Er fing schließlich an zu erklären, dass er eine besondere Freundschaft mit dem Herzog Wolfgang habe und bei ihm in seinem Hof ein und aus gehe. Wegen dieser Vertrautheit fühle er sich ein wenig schlecht, Geheimnisse, die er dort erfahren habe, auszuplaudern. Andererseits handele es sich, wie er meinte, um eine Angelegenheit, die von großer Bedeutung für alle sei, weshalb er Dominus Heller, der für ihn wie ein Vater sei, seine Information anvertrauen wolle.

Heller winkte ein wenig ungeduldig. »Ich verstehe dein Gewissensproblem«, sagte er. »Ich versichere dir, dass ich vertraulich damit umgehen werde.«

»Es wäre mehr als nur unangenehm für mich, wenn irgendjemand erfahren sollte, dass ich mit Euch darüber gesprochen habe«, erwiderte Hörnle besorgt. »Es könnte mich den Kopf kosten. Buchstäblich.«

Heller nickte. »Du kannst mir vertrauen.«

Hörnle atmete tief durch und setzte zu seiner Erzählung an.

»Wie bereits gesagt, ich habe einen gewissen Zugang zu Seiner Hoheit Herzog Wolfgang und dessen Hof und kann beobachten, welche Personen mit ihm besonders oft verkehren. Außerdem habe ich einen vertrauenswürdigen Informanten dort, von dem ich auch manches gehört habe, was ich nicht persönlich erleben konnte. Nachdem ich von diesen Bemühungen erfahren hatte, unseren Fürstbischof zum Rücktritt zu zwingen oder sogar absetzen zu lassen, beschloss ich, aufmerksam zu verfolgen, was am Herzoghof geschah. Herzog Wolfgang ist, wie Ihr wisst, von einfachem Gemüt und hat gewiss selbst keine heimliche Verschwörung geplant, aber es schien mir, dass er irgendwie in die Pläne verwickelt sein könnte. Man hat ihm ja die Bischofswürde versprochen. Daher besuchte ich ihn in der letzten Zeit sehr oft, begleitete ihn beim Jagen und Zechen und passte dabei auf, ob ich etwas von den Plänen erfahren konnte. Allerdings musste ich feststellen, dass kaum etwas Verdächtiges passierte. Das bestätigt übrigens meine Einschätzung, dass Herzog Wolfgang selbst nicht im Zentrum dieses Komplotts steht. Dennoch war ich höchst überrascht, als ich gestern Abend Seine Hoheit besuchte und zunächst nicht eingelassen wurde. Das fand ich sehr ungewöhnlich, denn Herzog Wolfgang verwehrt mir fast nie den Zutritt. Gerade wollte ich nach Hause gehen, als hinter mir unser Kollege Dominus Kaspar Schmidhauser ankam. Er war bereits vor einigen Tagen aus Rom zurückgekommen, aber ich hatte bislang noch nicht die Gelegenheit gehabt, ihn zu sehen. Wir grüßten uns recht herzlich, trotzdem schien er ebenso überrascht, mich dort vorzufinden, wie ich ihn.

›Was, du auch hier, Marcus?‹, waren seine ersten Worte.

Ich antwortete: ›Ja, natürlich. Seiner Hoheit beliebt es, mich gerne zu sehen.‹

›Ich weiß, mein Lieber‹, sagte er. ›Aber auch jetzt?‹

Das war unvorsichtig von ihm. Ich erkannte sofort, dass etwas vor mir verheimlicht werden sollte. Daher beschloss ich, Schmidhauser auf alle Fälle zu begleiten.

›Dann lass uns hineingehen‹, sagte ich munter und überließ ihm den Vortritt. Der Türwächter, der mir gerade den Zugang verwehrt hatte, wollte protestieren, aber ich sagte ihm einfach, dass ich zusammen mit Dominus Schmidhauser erwartet würde. Wir traten also ein, und ich war überrascht, viele andere von unseren Mitbrüdern des Domkapitels in den Räumen des Herzogs versammelt zu sehen. Insbesondere war ich verwundert, unseren Dompropst Dominus Pienzenauer und den Domdekan Dominus Simonis dort vorzufinden, die doch beide angeblich so alt und gebrechlich sind, dass sie kaum zu den Konsistorien erscheinen. Sogar der schwer kranke Dominus Wilhelm Taz saß in einem bequemen Stuhl und war ganz vergnügt, und auch der Domscholaster, Dominus Johannes Gugelmair, war eingeladen. Bei ihnen saß Dominus Balthasar Hundertpfund, er ist ein Vertrauter des Herzogs Albrecht und scheint mit der Aufgabe betraut zu sein, auf Herzog Wolfgang aufzupassen. Schließlich war auch Dominus Spornecker dort, doch das war für mich keine Überraschung, denn er geht regelmäßig bei Herzog Wolfgang ein und aus und genießt die größten Freiheiten. Niemand ist vor seinen Frechheiten sicher – nicht einmal der Herzog selbst, der diese aber manchmal nicht ganz zu begreifen scheint.

Als ich eintrat, wirkten sie alle sehr überrascht, und es schien ihnen sehr unangenehm und peinlich, mich zu sehen. Sie verhielten sich auch seltsam und grüßten nur zurückhaltend. Nur Dominus Spornecker war unverschämt wie gewöhnlich und ging so weit, über das Verhalten der anderen Besucher zu spotten: ob sie vielleicht Geheimnisse hätten, die sie vor mir nicht ausplaudern wollten, fragte er.

Die Domherren wurden rot im Gesicht und protestierten laut, doch Dominus Spornecker lachte nur und sagte, dass sie vor mir keine Angst haben müssten: Ich sei doch ein ›amicissimus‹ des Herzogs und in dessen sämtliche Geheimnisse eingeweiht. Dabei schaute er mich jedoch so seltsam und zweideutig an, als ob er das Gegenteil meinte. Wir saßen nun etwas bedrückt zusammen, bis Herzog Wolfgang zu uns kam. Auch er grüßte mich verhalten und fragte, was ich wolle. Ich antwortete, dass er mich doch für heute Abend eingeladen habe.

Seine Hoheit schüttelte den Kopf. ›Haben wir das wirklich? Daran können wir uns nicht erinnern. Aber das macht nichts. Warum auch nicht, mein Lieber? Wir rechnen sowieso fest mit dir.‹

Er bat mich, neben den anderen Platz zu nehmen, die mich immer noch misstrauisch beäugten. Wir wurden dann, wie gewöhnlich, mit viel Wein und Speisen fürstlich bewirtet. Nach der Mahlzeit kamen wir schließlich zum Geschäft.

Dominus, es ging darum, Stimmen zu kaufen für die Bischofswahl. Aus irgendeinem Grund ist man sehr sicher, dass Dominus Tuhlbeck bald abtreten wird. Darauf tranken wir an diesem Abend mehrere Male ein herzliches Prosit. Ich musste auch mittrinken. Das versteht Ihr doch, oder? Balthasar Hundertpfund führte in einem Nebenzimmer die Verhandlungen mit uns, mit jedem einzeln, während Herzog Wolfgang Musikanten und noch mehr Wein kommen ließ. Soweit ich herausfinden konnte, hat Hundertpfund uns allen im Namen der Herzöge alles Mögliche angeboten, von Geld über Pfründe bis hin zu der Erfüllung besonderer Wünsche, wenn wir versprachen, Herzog Wolfgang zum Bischof zu wählen. Dazu waren alle ohnehin mehr oder weniger bereit, sodass es nur um den Preis ihrer Stimme ging.

Als wir uns nachher darüber unterhielten, sagte mir Dominus Schmidhauser, der ja der Erzieher des Herzogs während seiner Studienzeit in Perugia und Bologna gewesen war, dass er Herzog Wolfgang auch ohne Gegenleistung unterstützt hätte. Allerdings habe ihm Hundertpfund freundschaftlich angeboten, man werde ihn in seinem Streit um die Pfarrei Königsdorf unterstützen, was Schmidhauser gerne annahm.

Als ich an der Reihe war, nahm mich Hundertpfund zur Seite und sagte: ›Lieber Marcus, wir wissen, dass du Seiner Hoheit treu bist und ihn daher wählen wirst. Sag doch einfach, was wir dir zum Dank anbieten können.‹ Ich antwortete, dass ich nichts bräuchte.

Darauf lächelte er. ›Wenn Herzog Wolfgang Bischof ist, wirst du Richter werden, mein Lieber: Wir werden ganz einfach die Missgeschicke der Vergangenheit vergessen und über andere Dinge hinwegsehen. Das kann ich dir im Namen der Herzöge von Bayern versprechen.‹

Ich empfand diese Andeutung und überhaupt seinen Umgang mit mir als höchst beleidigend, aber ich beschloss, das Angebot dennoch anzunehmen. Ich musste es annehmen, Dominus, sonst hätten sie Verdacht geschöpft. Ich hoffe, dass Ihr das versteht.«

Johannes Heller nickte, und Marcus Hörnle fuhr mit seinem Bericht fort.

»Andere Stimmen waren anscheinend nicht so einfach zu haben. Dominus Taz muss verlangt haben, dass sich die Herzöge von ihrem Versprechen lossagen, Dominus Spornecker mit der Propstei in Ilmmünster zu versorgen, und die Pfründe stattdessen einem gewissen Ulrich Kirchner übertragen sollten. Das war natürlich eine schwierige Bedingung, weil Spornecker doch ein enger Familiare des Herzogs Wolfgang ist, und es wurde im Nebenzimmer darüber ziemlich laut und lang gestritten. Balthasar Hundertpfund hat schließlich Spornecker zu sich gerufen und versucht, ihn zur Aufgabe seiner Ansprüche zu bewegen. Darauf wurde Spornecker wütend. Er stürmte aus dem Nebenzimmer und beschimpfte Dominus Taz vor uns allen, dass seine Forderung eine unerhörte Ungerechtigkeit sei. Er beschuldigte Taz, mit seinem Feind Christoph Czottner, der sich an ihm wegen einer Beleidigung rächen wolle, gegen ihn zu agieren. Dann ging er vor Herzog Wolfgang auf die Knie und klagte, dass er sein einziger treuer Freund sei: Wir anderen hingegen seien Heuchler und Simonisten, die sich die Stimmen abkaufen ließen. Der Herzog solle uns nicht vertrauen.

Herzog Wolfgang war ganz aufgebracht und wusste nicht, wie ihm geschah, doch Dominus Hundertpfund nahm ihn zur Seite und flüsterte ihm lang und eindringlich ins Ohr. Als der Herzog von dieser Unterredung zurückkam, wies er Dominus Spornecker ziemlich kühl zurück. ›Wenn du mein Freund bist‹, sagte er, ›dann wirst du dieses kleine Opfer für mich bringen. Und wenn ich Bischof bin, wirst du dafür belohnt. Wie heißt es doch in der Bibel? Etwas mit dem Hundertfachen, centuplum oder so etwas Ähnliches ... Du weißt schon, was ich meine.‹ Das alles hat ihm bestimmt Hundertpfund eingeflüstert.

Spornecker wurde aber sehr wütend und schwor, dass Seine Hoheit schon noch erfahren werde, wer seine wirklichen Freunde seien. Er sagte auch noch einige andere Ungehörigkeiten und stürmte aus der Wohnung. Herzog Wolfgang lachte ganz herzlich und rief hinter ihm her, dass er für solche Frechheiten seinen Kopf haben könnte. Irgendwie fand ich das nicht so lustig. Man kann nie wissen, ob Herzog Wolfgang es nicht vielleicht doch ernst meint.

Nachdem wir alle irgendwie zugestimmt hatten und sogar unser stolzer Dekan, Johannes Simonis, vor dem ehrwürdigen Herzog Wolfgang auf die Knie gegangen war, ihm die Hand geküsst und ihn als ›unseren Bischof‹ angeredet hatte, ging es dann mit viel Wein und Tänzerinnen hoch her, wie immer bei Seiner Hoheit. Was danach passierte, ist, glaube ich, unwichtig.«

Johannes Heller schüttelte den Kopf. »Das ist arg. Schlimm genug, dass unsere Kollegen und Mitbrüder ihre Stimmen erkaufen lassen und die schwere Sünde der Simonie begehen. Sogar der Dekan, Dominus Simonis, der doch so reich ist. Wozu musste er das noch tun? Das ist eine menschliche Enttäuschung. Aber noch schlimmer ist es, dass sie bereit sind, diesen Narren Wolfgang zu wählen, obwohl es auf der Hand liegt, dass er überhaupt nicht zum Bischof geeignet ist. Wenn der Dekan und die wichtigsten Mitglieder des Kapitels für Wolfgang Partei ergreifen, werden die Jüngeren ihnen bestimmt folgen.«

Marcus Hörnle stimmte zu. »Seine Hoheit ist nicht so schlecht, wie Ihr denkt, Dominus, aber Ihr habt recht, dass er kein guter Bischof sein wird. Lasst uns hoffen, dass es nicht dazu kommt. Vielleicht wird Dominus Tuhlbeck noch eine ganze Weile Bischof bleiben. Herzog Wolfgang ist gewiss zu ungeduldig, um lange zu warten, und dann dürfen wir hoffen, dass er irgendwann auf eine andere Idee kommt.«

Heller blickte ernst. »Nein, dieser Stimmenkauf deutet darauf hin, dass man Tuhlbecks Rücktritt oder Absetzung sehr bald erwartet. Sie haben etwas in der Hand oder einen Plan. Alles hängt mit diesen Skandalen zusammen. Jetzt glauben sie, dass die Zeit reif ist, um Tuhlbeck zu stürzen: Es brodelt überall, es herrschen Unzufriedenheit und Angst. Feuer, Dürre, Türken, die Pest, Sünden und Skandale – an allem soll der Bischof schuld sein. Welche Ironie, dass sie Tuhlbeck wegen solcher Missstände absetzen und an seiner Stelle Wolfgang zum Bischof machen wollen, der nicht einmal weiß, was Tugend und Moral bedeuten.«

»Ja«, stimmte Marcus Hörnle zu. »In der letzten Zeit sind zahlreiche Prediger durch München gegangen und haben von der Endzeit und von Reformen gepredigt. Ich habe diesen Kanoniker Schmatz vor der Rochuskirche gehört. Es war eine erbärmliche Rede, aber die Leute haben wie gebannt zugehört, als er uns Kleriker kritisierte und für Gottes Heimsuchung verantwortlich machte. Auch wenn er Bischof Tuhlbeck nicht namentlich genannt hat, weiß doch jeder, wen er meinte. Die Stimmung wird immer gefährlicher, sodass man sogar Angst vor einem Aufstand hat. Doch niemand unternimmt etwas.«

Heller stöhnte. »Auch ich habe Schmatz gehört, hier in Freising. Das ist gefährlich, was er macht. Er spielt mit dem Feuer.« Er nahm Hörnles Hand. »Marcus, du hast richtig gehandelt, mich sofort darüber zu informieren. Wir müssen alles tun, um diesen Plan zu verhindern. Du musst zurück nach München und weiter beobachten, was dort geschieht. Ich bin mir sicher, dass die Leute um diesen unseligen Herzog Wolfgang an diesem Komplott beteiligt sind, auch wenn er vielleicht selbst nichts davon weiß – was ich im Übrigen bezweifele. Du musst herausfinden, was sie genau planen.«

Marcus Hörnle nickte. »Ich werde es versuchen, Dominus. Aber niemand darf wissen, dass ich mit Euch darüber gesprochen habe. Herzog Wolfgang ist ein herzensguter Mensch, aber manchmal weiß ich nicht …«

Plötzlich klopfte jemand an die Tür, und der Domizellar Degenhart Meindorfer betrat sofort den Raum, ohne auf Hellers Einladung zu warten. Er starrte Heller und Hörnle misstrauisch an.

»Dominus Hörnle, Ihr seid hier? Wir dachten, Ihr seid in München«, sagte er etwas verwundert.

Hörnle wirkte ebenfalls unangenehm überrascht.

Johannes Heller antwortete rasch und ärgerlich: »Was geht Euch das an? Ich habe ihn zu mir gebeten, falls das jemand wissen will. Weshalb rennt Ihr eigentlich uneingeladen in meine Räume hinein? Was wollt Ihr überhaupt?«

Meindorfer machte eine entschuldigende Geste. »Dominus Richter, der Herr Fürstbischof verlangt Eure Anwesenheit am Vikariatstribunal«, verkündete er ausdruckslos.

Johannes Heller blinzelte. »Im Vikariatsgericht? Dominus Baruther ist doch nicht krank.«

»Als Beisitzer«, sagte Meindorfer verdrießlich. »Es handelt sich um eine causa maior.« Er hielt kurz inne und fuhr dann fort: »Dominus Hörnle kann auch mitkommen, wenn er schon mal hier ist.«

Eine schwerwiegende Angelegenheit? Was das wohl sein mochte?, überlegte Heller aufgeregt, doch wollte er den schweigsamen Meindorfer nicht danach fragen. Er zog sich rasch seinen Mantel über und eilte zusammen mit Marcus Hörnle hinaus ins grelle Sonnenlicht, dem groß gewachsenen Domizellar hinterher.

Draußen war es wie in einem Ofen, die Luft stand still und vibrierte in der Tageshitze. Keine Wolken linderten das schmerzhafte Blau des Himmels. Nichts bewegte sich in der brütenden Hitze, nur einige schwarze Krähen spähten hinab vom Glockenturm, als die Domherren den Domplatz auf dem Weg zur bischöflichen Residenz überquerten.

Dort wurden sie zum bischöflichen Gerichtssaal zugelassen. Johannes Heller wurde von Heinrich Baruther, seinem Kollegen in temporalibus, steif begrüßt und setzte sich auf den Platz rechts vom Richterstuhl. Marcus Hörnle nahm einen Platz auf der Bank ebenfalls auf der rechten Seite ein.

»Worum geht es denn?«, flüsterte Johannes Heller seinem Kollegen zu.

»Um den Priester Michael Schmatz«, sagte Baruther mit seiner schwermütigen Stimme. »Unser Fürstbischof hat eine Anklage wegen Majestätsbeleidigung gegen ihn erhoben.« Er hielt kurz inne und zog die Augenbrauen zusammen. »Aber das ist nicht der eigentliche Grund«, fügte er leise hinzu. »Tuhlbeck glaubt, dass Schmatz in eine Verschwörung gegen ihn verwickelt ist. Deshalb will er unbedingt, dass Ihr dabei seid.«

»Ich?«, fragte Heller. Er ahnte aber sehr wohl, warum der Bischof seine Beteiligung wünschte. »Aber Schmatz wird doch nicht ...«

Er unterbrach sich, als sich die Tür öffnete und Fürstbischof Tuhlbeck eintrat. Der Bischof stützte sich beim Gehen schwer auf den Arm des Kaplans Sixtus von Tannberg, der ihn zu seinem Stuhl auf einem kleinen Podest gegenüber vom Richterstuhl führte. Tuhlbeck ließ sich mit einem Ächzen auf den Sitz sinken, und Sixtus nahm einen Platz etwas hinter ihm ein.

Dann wurde der Beklagte Michael Schmatz in den Raum und zu seinem Platz auf der Anklagebank geführt. Er blickte ängstlich nach rechts und links und erbebte bei jedem Geräusch. Bischof Tuhlbeck richtete sich auf und starrte den Angeklagten mit gefährlich schwankendem Kopf an.

Das Vikariatstribunal unterschied sich deutlich von Hellers Offizialatsgericht. Immer wenn er hier war, fragte sich Johannes Heller verwundert, warum das so war. Optisch unterschied sich das temporale Gericht kaum von dem spiritualen, doch waren die Verfahrensweisen und die ganze Atmosphäre anders. In diesem Fall ließ Bischof Tuhlbeck die Klage durch einen Kanoniker des St.-Johannes-Stifts vortragen, den Heller als

Magister Klemens kannte. Dieser war ein etwas dickleibiger junger Mann mit einem teigig wirkenden Gesicht und hervorquellenden Augen, der vor Kurzem von seinem Studium an der Wiener Universität zurückgekehrt war und sich nun als Jurist am Domberg zu profilieren suchte. Man erzählte sich, dass er ein Verwandter des Fürstbischofs sei und deshalb von Tuhlbeck in seiner Karriere gefördert werde. Das hielt nicht jeder für gut.

Magister Klemens trat nun mit gewichtigem, aber auch etwas unsicherem Gehabe vor den Richterstuhl. Seine vorstehenden Augen blickten ein wenig ängstlich auf die Richter Baruther und Heller und dann hoffnungsvoll zu Bischof Tuhlbeck.

Baruther eröffnete den Prozess und bat den Advokaten Magister Klemens um den Vortrag der Klage. Klemens räusperte sich theatralisch und begann im besten Juristenstil.

»Im Namen des höchst ehrwürdigen und in aller Ewigkeit zu gedenkenden Fürstbischofs von Freising und für denselben stellvertretend, dessen Amt und Würde in spiritualibus und in temporalibus die höchste Gewalt im Bistum und Hochstift Freising und dessen Territorièn direkt und indirekt verkörpern – andere Rechtsansprüche indessen nicht präjudizierend, sofern es sie gibt – …« Er hielt kurz an und verlor den Faden. Nach einer Pause fing er dann von Neuem an: »Im Namen des höchst ehrwürdigen und in aller Ewigkeit …«

»Die Klage!«, rief Baruther ungeduldig.

»… gegen den besagten – hm, das heißt, er wird in der Klage erwähnt und namentlich genannt, aber ich habe die Stelle übersprungen –, also gegen den Priester und Kanoniker des hiesigen Stiftes St. Andreas zu Freising, Michael Schmatz, wird folgende Klage erhoben«, stotterte Klemens eifrig. »Der Beklagte hat am Sonntag, dem 18. Juli, nach der Hochmesse vor der Rochuskirche in München eine gefährliche und verleumderische Predigt gehalten und die dort versammelte Menge, die sich Seelenheil erhoffte, in Unruhe und Aufruhr gebracht, indem er gegen die Person und das Amt des höchst ehrwürdigen Fürstbischofs von Freising und gegen andere höchst ehrwürdige Personen ungerechte und hetzerische Vorwürfe äußerte, die in ihrer unbegründeten, staatsgefährdenden und die Ehre in höchstem Maße verletzenden Natur die Anklage wegen Majestätsbeleidigung rechtfertigen.«

Klemens hielt kurz inne und schaute nervös zum Bischof hinauf. Tuhlbeck nickte, und Klemens schöpfte Zuversicht.

»Der Beklagte hat an dem besagten Tag eine Predigt nach der Johannes-Apokalypse gehalten. Begonnen hat er mit dem Vers: ›Und den Menschen ward heiß von großer Hitze, und sie lästerten den Namen Gottes, der Macht hat über diese Plagen, und taten nicht Buße, ihm die Ehre zu geben.‹ Darin spielte er auf die Hitze und die anderen Heimsuchungen an, die wir in jüngster Zeit erleiden müssen, und behauptete, diese seien Gottes Strafe für unsere Sünden. Unser Bistum werde besonders schwer von Gottes Geißel heimgesucht, erklärte der Angeklagte und zählte dabei die Pestilenz, den Einfall der Türken in unsere Besitzungen in Kärnten, die Dürre und die Ernteausfälle, die Feuerbrände und Ähnliches auf. All dies sei die Strafe für die Sünden, die hier im Übermaß gedeihen: Übermut und Luxus, Unsittlichkeit und Sinnlichkeit und andere. Wie in einem neuen Babel gehe es hierzulande zu, sagte er und schloss mit dem Satz: ›Ergo, wenn hier Babel ist, dann ist der Bau der Frauenkirche zu München der Turmbau zu Babel‹«, rief Klemens zugleich entsetzt über die ungeheuerliche Behauptung und doch triumphal, da es ihm gelungen war, einen konkreten Anklagepunkt zu nennen.

Die Zuschauer blickten konsterniert.

»Die Frauenkirche ist der Turm zu Babel?«, fragte jemand erschrocken. »Hat er das so gesagt?«

Klemens ignorierte die Frage.

»Dann zitierte er folgende Verse, die er auf die Freisinger Kirche bezog«, sprach er weiter. »›Und das Weib war bekleidet mit Purpur und Scharlach und überzogen mit Gold und edlen Steinen und Perlen und hatte einen goldenen Becher in der Hand, voll mit dem Gräuel und der Unsauberkeit ihrer Hurerei‹: Damit hat er öffentlich unsere Kirche als die große Hure Babylon bezeichnet.« Ein weiterer sicherer Punkt gegen den Prediger Schmatz.

»Er hat nämlich in seiner Predigt behauptet, die Sünde sei hier im Bistum Freising überall und bleibe ungesühnt, hier herrschten Unzucht und Unsitte wie in Sodom und Gomorrha. Überall lebten Priester mit Konkubinen, Huren und Ehebrecher, entjungferte und geschändete Jungfrauen, illegitime Kinder. Und diese Zustände machten nirgendwo halt, nicht einmal vor den höchsten Stellen der Gesellschaft, videlicet – das heißt, nicht einmal vor dem Bischofsstuhl, der die oberste Stelle ist.« Klemens ließ seine Worte wirken.

Bischof Tuhlbecks Gesicht wurde immer zorniger, was Klemens nicht gleich bemerkte.

»Ferner forderte er die Verantwortlichen auf, sich zu erniedrigen und Buße zu tun – videlicet, er hat den Bischof zum Rücktritt aufgefordert.«

Im Gerichtssaal wurde es sehr still. Das war ein äußerst heikles Thema. Klemens erkannte allmählich, dass er in seiner Auslegung der Predigt ein bisschen zu weit gegangen war, und blickte nervös hoch auf Tuhlbeck, der düster auf ihn herunterschaute. Heinrich Baruther räusperte sich laut.

»Des Weiteren hieß es in seiner Predigt, Gottes Gericht werde über die Schuldigen und Sündhaften ziehen wie ein Feuerbrand, sie reinigen und bestrafen, wenn sie nicht büßen und reuen, videlicet: Wenn der Bischof nicht zurücktritt, werde man über ihn hart richten.«

Klemens' Stimme versagte, als er das vor Wut bleich gewordene Gesicht des Bischofs sah. Unruhe machte sich im Saal breit.

»Von einem bösen Geist geleitet«, preschte der Kläger verzweifelt weiter voran, »tadelte der Beklagte die Kirchenführung – videlicet den ehrwürdigen Fürstbischof – wegen mangelnder Reformwilligkeit: Er erwähnte die Reformdekrete des Basler Konzils und der Freisinger Synode von 1440 und beklagte, dass diese nicht umgesetzt worden und in Vergessenheit geraten seien. Dies sei der Grund für die Heimsuchungen Gottes, behauptete er. Damit meinte er, dass Fürstbischof Tuhlbeck an allem schuld sei.«

Klemens wagte es nicht mehr, zu seinem Gönner aufzuschauen, doch konnte er inzwischen schon hören, wie der Bischof vor Wut zischte und schnaufte.

»Er kündigte weiterhin an, dass ein Priester oder ein Mönch kommen wird, der den Untergang dieses Babylons ankündigt. Es werde eine Reform wie ein Brand durch die Welt gehen. Tod, Trauer, Hunger und Feuer werden über die Stadt herfallen. Die, die in Prunk und Luxus leben, werden Qual und Leid erfahren. Ihr Luxus wird in Flammen aufgehen. Wie ein verrottender Heuhaufen von selbst zu brennen anfängt, so werden alle diejenigen in Flammen aufgehen, deren Seelen im Sündenmorast modern und verfaulen. Videlicet, er hat dazu ausgerufen, den Besitz des Bischofs, die Kirchen und Pfarrhäuser unseres Bistums anzuzünden.«

»Niemals habe ich solche Dinge gesagt!«, rief der Beklagte von seiner Bank. »Oder vielmehr ich habe sie gesagt, aber nicht so gemeint. Es war alles eine Allegorie. Er verdreht und missdeutet meine Worte. Das ist völlig absurd. Also: Den Spruch über den Heuhaufen habe ich schon gesagt. Aber ich meinte nicht, dass die Kirchen und Pfarrhäuser angezündet werden sollten.«

Heinrich Baruther schüttelte den Kopf und legte die Stirn in Falten. »Alles nur Interpretation, eine lächerliche Klage«, sagte er.

»Völlig absurd«, flüsterten die beiden Richter untereinander.

Bischof Tuhlbeck stand wütend von seinem Stuhl auf und schwankte unsicher. Hinter ihm hob Sixtus von Tannberg die Hände, um ihn zu stützen, Magister Klemens quiekte und ging eilig in Deckung.

»Genug!«, schrie Tuhlbeck völlig außer sich. »Genug! Absurd oder nicht, das werfen wir dir vor, Schmatz: Du hast uns in deiner Predigt diffamiert und beleidigt. Du hast das Volk gegen uns aufgestachelt. Deine Worte sind der Beleg. Es ist doch klar, dass du uns gemeint hast: Wer sonst sollte denn gemeint sein? Du hetzt die Bevölkerung gegen uns auf und machst uns für alles Schlimme verantwortlich, sei es nun die Pest, die Dürre oder die Türken, wofür wir wirklich nichts können. Der Beweis für unsere Schuld ist, dass Gott uns bestraft: Gott bestimmt alles, daher muss er uns strafen wollen. Eine feine kasuistische Erklärung. Das kann man immer behaupten. Aber viele Menschen leben in großer Sünde und werden nicht bestraft. Dann heißt es bei euch: ›Unergründlich sind die Wege Gottes‹, nicht wahr? Was für eine durchsichtige Masche. Jeder kann sehen, was du wirklich willst: Du willst uns stürzen. Zu lange haben wir mit dir und deinesgleichen Geduld gehabt und zugesehen, wie du unsere Gutmütigkeit und Gnade missbraucht hast. Wir haben dich predigen lassen, damit du die Bevölkerung zur inneren moralischen Umkehr bewegst, aber du hast sie aufgerufen, unsere Kirchen in Schutt und Asche zu legen!«

»Aber das ist nicht alles, du Verbrecher«, fuhr er fort, als Schmatz Anstalten machte, sich zu verteidigen. »Du hast dich gegen uns verschworen und arbeitest mit unseren Feinden zusammen, um uns zu Fall zu bringen. Du warst es, der den Domknaben umgebracht und das abscheuliche Gerücht über den Domkustos verbreitet hat. Du warst an dem Tag anwesend, du hast es getan! Auch die ganzen anderen Skandalgeschichten, die du herausschnüffeln konntest, hast du an unsere Feinde weitergegeben, damit sie uns wegen Inkompetenz anklagen können, während du selbst das Volk gegen uns aufhetzt. Du bist ein Verräter und ein Mörder.« Er sank so schnell wieder in seinen Stuhl, dass ihm beinahe die Mitra vom Kopf gefallen wäre.

Schmatz wurde ganz blass und protestierte erschrocken: »Ich? Den Domknaben umgebracht? Das hätte ich nie tun können, Exzellenz. Und in meiner Predigt habe ich nicht Euch kritisieren wollen – quod absit –, sondern nur den Stadtrat. Den Münchner Rat habe ich gemeint, nicht Euch.«

Tuhlbeck zeigte mit einem knochendürren Finger auf den Beklagten. »Lügner! Für wen hast du gearbeitet? Warum hast du das getan, du Verräter?«

Johannes Heller erhob sich von seinem Sitz. Er sprach sehr vorsichtig, um den wütenden Bischof zu besänftigen: »Dominus, es mag sein, dass der Beklagte Euch in seiner Predigt indirekt beleidigt und diffamiert hat, wie Magister Klemens es verstanden hat: Darüber sollen wir hier im Gericht befinden, und wenn es so ist, ihn mit einer Buße strafen oder ihm das weitere Predigen verbieten. Bezüglich der anderen Anschuldigungen sprechen, wenn Ihr meine Meinung hören wollt, zwei Überlegungen grundsätzlich gegen seine Schuld. Zum einen ist es zwar richtig, dass Dominus Schmatz im Dom war, als der Knabe verschwand, und von daher ein möglicher Täter sein könnte. Und es stimmt ferner, dass jeder, der hier am Domberg verkehrt – und somit auch Dominus Schmatz –, von diesen Skandalen weiß und sie verbreiten konnte. Doch es gibt weder Hinweise auf den Beklagten noch irgendwelche Beweise. Vielmehr, und das ist der zweite Punkt, spricht nichts dafür, dass er es gewesen sein könnte, vor allem deshalb, weil er meiner Ansicht nach kein Motiv hat. Marcus Tullius Cicero, der uns nicht nur bezüglich der sprachlichen Eleganz, sondern auch als Rechtsgelehrter und Gerichtsredner ein Vorbild sein kann, berichtet in seiner Rede Pro S. Roscio Amerino, dass sich der Richter Lucius Cassius in seinen Untersuchungen immer von der Frage leiten ließ: Cui bono? – Wem nützt es? Die Natur des Menschen sei nämlich so beschaffen, dass niemand ein Verbrechen begeht, ohne nicht zumindest die Hoffnung zu hegen, daraus einen Nutzen zu ziehen. Nun kann ich keinen Vorteil für den Priester Schmatz sehen, der ihn zur Verschwörung gegen Euch bewegen würde.«

Tuhlbeck unterbrach ihn, schien doch jetzt weniger wütend. »Er hofft, nach meinem Sturz selbst zum Bischof gewählt zu werden. Da hast du seinen Vorteil«, hielt er entgegen.

Heller winkte leicht verärgert ab. »Das ist doch unwahrscheinlich, Dominus. Der Beklagte hat kaum eine Chance, Bischof zu werden, und jeder weiß es. Um die Wahl zu gewinnen, muss man über Verbindungen zu einflussreichen Personen im Domkapitel und auch am Herzoghof verfügen. Das wisst Ihr doch selbst am besten. Der Beklagte aber hat kaum Freunde, und zwar weder hier noch dort; vielmehr bringt er alle mächtigen Leute mit seinen Predigten und seiner Kritik gegen sich auf. Er kann nicht einmal auf Vorteile nach der Wahl eines neuen Bischofs hoffen. In Gegenteil hat er viel zu verlieren, wenn ein anderer Bischof gewählt wird, der weniger geduldig ist, als Ihr es seid. Es gibt hingegen andere Kandidaten, die viel bessere Aussichten haben und die ich Euch nicht nennen muss. Dominus, wenn es keine Beweise für die Schuld des Beklagten und auch kein erkennbares Motiv gibt, würde ich ihn zunächst nicht als Verdächtigen in dieser Sache betrachten. Andere Leute, die sich einen größeren Vorteil aus Eurem Schaden versprechen, sind meines Erachtens viel eher verdächtig.«

Tuhlbeck stand wieder auf. »Heller, du selbst hast mir diesen Verdacht gegen Schmatz eingepflanzt. Nun willst du sein Anwalt sein und ihn ungeprüft für unschuldig erklären. Zugleich aber wirfst du neue dunkle Andeutungen auf: Wer sind denn diese anderen Leute, die dir so verdächtig vorkommen?«

Heller wehrte die Forderung ab. Er hütete sich, noch weitere Namen ins Gespräch zu bringen. »Ich habe den Priester Schmatz nie als Verdächtigen bezeichnet. Ich habe lediglich festgestellt, dass er an dem Abend, als der Ministrant getötet wurde, im Dom war. Damit ist er unter den Personen, die den Mord begangen haben könnten.«

»Ja, aber du hast auch gemeint, dass derjenige, der das getan hat, wahrscheinlich auch der Informant meiner Feinde sein muss«, rief Tuhlbeck entgegen.

»Er könnte es sein, ja«, sagte Heller, ein wenig verzweifelt. »Aber vielleicht hat er auch gar nichts damit zu tun. Vielleicht sind es ganz unterschiedliche Personen, und die Verbrechen haben nichts mit den anderen Skandalen zu tun.«

»Du hast also keine Ahnung. Das habe ich mir die ganze Zeit gedacht«, rief Tuhlbeck triumphal. »Nun habe ich aber meinen Verdächtigen gefasst, und ich bin mir sicher, dass er es gewesen ist. Ab in den Kerker mit ihm und lasst ihn peinlich befragen: Wir werden sehen, ob er dann seine Schuld eingesteht. Zumindest aber wird er dann keine kritischen Predigten mehr gegen mich halten können, wenn ihm die Zunge ausgeschnitten worden ist. Baruther, sprich ihn schuldig.«

Der Vorsitzende Richter zog die Brauen hoch. »Ehrwürdigster Dominus, ich teile die Bedenken meines Kollegen. Bestraft den Beklagten für seine aufwieglerische Predigt, wenn Ihr Euch davon betroffen fühlt, aber nicht für Anschuldigungen ohne Beweis oder Grund.«

Fürstbischof Tuhlbeck starrte seinen Vikar an und zitterte vor Wut. »Sind wir hier noch der Bischof und Herr oder seid Ihr das? Vergesst nicht: Ihr übt unsere Gewalt nur stellvertretend aus. Wenn wir befinden, dass er schuldig ist, so ist er es. Oder seid Ihr auch gegen uns und wollt uns stürzen?«

Baruther senkte seinen Kopf. »Wie Ihr wollt, Dominus. Beschuldigter, höre das Urteil: Wir, Generalvikar der fürstbischöflichen Exzellenz von Freising, erkennen solum deum prae oculis habentes – mit nur Gott vor den Augen –, dass der Priester Michael Schmatz der Majestätsverletzung und der Verschwörung gegen unseren Herrn Fürstbischof schuldig ist, und verurteilen ihn zu einer angemessenen Strafe, über die wir mit reiflicher Überlegung noch entscheiden werden.« Er legte dabei eine besondere Betonung auf die Wörter »angemessen« und »reiflicher Überlegung«, die eine Distanzierung vom Urteil ausdrückten. »Inzwischen soll er im Gefängnis des Herrn Fürstbischofs festgehalten werden. Amen.«

INFORMATION

Nach der Gerichtssitzung wanderten Johannes Heller und Heinrich Baruther ins Gespräch vertieft im Kreuzgang hin und her. Draußen wurden die Schatten allmählich länger, und es kühlte ein wenig ab. Durch die offene Tür wehten der Duft von welkenden Rosen und der Hauch eines Verwesungsgeruchs, als läge etwas Totes im Garten begraben. Eine einzelne Krähe saß auf dem Dachfirst des Kapitelhauses und krächzte wie eine verlorene Seele.

Die zwei Richter fanden zu ihrer Überraschung, dass sie in vieler Hinsicht der gleichen Meinung waren. Sie waren sich darin einig, dass Tuhlbecks Vorwürfe gegen den Prediger Michael Schmatz haltlos waren. Allerdings stimmten sie auch überein, dass Schmatz es mit seiner Kritik deutlich übertrieben hatte: Solche Dinge durften in der Öffentlichkeit nicht gesagt werden. Einerseits, weil sich die Anschuldigungen ziemlich unverhohlen gegen Bischof Tuhlbeck richteten und eine solche Reaktion geradezu herausforderten. Andererseits aber auch, weil es grundsätzlich gefährlich war, das Volk durch solches Gerede gegen die Institutionen der Kirche aufzubringen. Das konnte zu einem Autoritätsverlust der bischöflichen Herrschaft beitragen – auch in dieser Einschätzung waren sie sich einig.

»Die Predigten könnten durchaus indirekt mit der Brandstiftung zusammenhängen«, meinte Johannes Heller nachdenklich.

Heinrich Baruther nickte zustimmend. »Es wäre sogar möglich, dass Schmatz von bestimmter Seite ermutigt wurde, den Bischof zu kritisieren. Aber dass er an diesen Verbrechen beteiligt war oder sie gar selbst begangen hat, dafür gibt es keinen handfesten Beweis und kein Motiv. Da habt Ihr vollkommen recht.« Baruther kräuselte die hohe Stirn. »Tuhlbeck will nur einen Sündenbock finden, das kann doch jeder sehen. Er wirkt verzweifelt.«

»Unser Bischof ist außer sich, gewiss«, stimmte Heller zu, »aber es gibt durchaus gute Gründe dafür. In meinen Augen besteht kein Zweifel, dass die Herzöge ihn stürzen wollen. Ihr habt doch bestimmt von dem Eklat vor den Augen des Kaisers in München gehört?«

Baruther nickte widerwillig.

Heller fuhr fort: »Aufgrund der vielen Skandale in letzter Zeit muss Tuhlbeck früher oder später entweder zurücktreten, oder er wird vom Papst abgesetzt. Vermutlich wollen die Herzöge diese Gelegenheit ergreifen, durch die Bischofswürde ihre Herrschaft über das bischöfliche Territorium auszudehnen.«

Baruther stöhnte, denn das Thema war ihm sehr unwillkommen, auch wenn er bestens darüber unterrichtet war. »Unser Herr Fürstbischof ist den Herzögen schon so lange ein Dorn im Auge, den sie gerne loswerden möchten«, sagte er schließlich. »Sei es deswegen, weil sie – wie Ihr meint – das Bistum endlich unter ihre Kontrolle bringen wollen, oder sei es, weil Tuhlbeck zu anmaßend geworden ist. Die Herzöge haben nicht vergessen, dass Tuhlbeck das pompöse Grabmonument seines Vorgängers Johannes Grünwalder, der ja ein unehelicher Verwandter der Herzöge war, abreißen ließ und ihm stattdessen ein weitaus weniger ehrenvolles Grabmal gab. Der Streit um den Verdienst beim Bau der Marienkirche in München ist nun der letzte Tropfen, der für sie das Fass zum Überlaufen bringt. Ihrer Meinung nach soll der neue Dom ihre Kirche in ihrer Residenzstadt und die Grabstätte ihres Hauses sein. Sie wollen ein Gegenstück zum Freisinger Dom, nur noch größer und prachtvoller. Doch Bischof Tuhlbeck behauptet, dass die neue Marienkirche die Hoheit der Kirche auch in der Herzogstadt München symbolisiert. Und nun will er sie sogar als ›sein Denkmal‹ vereinnahmen.« Er schüttelte missbilligend den Kopf.

Johannes Heller tastete sich vorsichtig vor. »Das ist gewiss sehr unklug von ihm. Kein Wunder, dass die Herzöge ihn loswerden wollen. Hat man Euch schon gefragt, wen Ihr wählen würdet? Falls Tuhlbeck zurücktreten sollte, meine ich, quod absit.«

Baruther krauste erneut die Stirn. »Es gab ein solches Gespräch. Unser Herr Dekan hat mir fast genau dieselbe Frage gestellt und gefragt, ob ich ihm folgen würde, wenn es so weit käme. Ich habe geantwortet, dass wir einen jüngeren Bischof brauchen, bei allem Respekt, keinen Greis, wie er und ich es sind. Ich sagte ihm ganz klar, dass ich ihn von daher nicht wählen würde, wenn er das meinte. Darauf aber sagte Simonis, er sei derselben Meinung: Man müsse einen jüngeren, tatkräftigen und fähigen Bischof wählen, der mit den Problemen des Bistums aufräumen könne, einen, der auch über die notwendigen Mittel verfüge. Wir bräuchten, meinte er, keinen Bürgersohn, sondern einen Adligen, der sich mit weltlicher Macht auskenne und gute Verbindungen zum Herzoghof habe. Das verstünde ich doch sicher, da ich selbst von Adel sei. Er fügte sogar hinzu, dass eine solche Entscheidung nicht nur im Interesse unserer Kirche insgesamt läge, sondern dass es durchaus auch von persönlichem Vorteil sein könnte, einen mächtigen Bischof zu wählen, der seine Wähler reichlich belohnen könne.«

Heinrich Baruther schwieg einen Moment und fuhr dann fort: »Ich antwortete, dass ich mich lieber vom Interesse der Kirche leiten lassen und daher den besten Kandidaten wählen wolle, ohne Berücksichtigung persönlicher Vorteile. Ich ließ ihn auch wissen, dass ich keineswegs davon überzeugt bin, der Geburtsadel allein schaffe eine besondere Eignung für höhere Ämter, sogar ganz im Gegenteil, obwohl ich selbst zur nobilitas gehöre. Als Richter habe ich immer den Grundsatz des Apostels Paulus hochgehalten: ›Dominus est in caelis et personarum acceptio non est apud eum.‹ – Gott ist im Himmel, und bei ihm ist kein Ansehen der Person. Vor Gott und Gesetz sollen wir alle gleich sein. Simonis nickte steif und fragte mich wieder, wen ich denn für einen guten Kandidaten halten würde.

Ich antwortete geradeheraus, dass meiner Meinung nach Kanzler Sixtus von Tannberg einen guten Bischof abgeben würde, weil er klug und moralisch aufrecht und dabei noch nicht zu alt ist. Simonis war mit meiner Antwort offensichtlich nicht glücklich und entgegnete, dass ich meine Ansichten vielleicht bald ändern würde – aus eigenem Interesse und zum Wohle der Kirche.«

»Es besteht kein Zweifel, dass er einen anderen Kandidaten hat«, sagte Heller. »Hat er nicht gesagt, wen er unterstützt?«

»Nein. Vermutlich einen Adligen, aber nicht Sixtus«, antwortete Baruther.

»Ich habe gehört, dass man Seine Hoheit Herzog Wolfgang zum Bischof wählen will«, sagte Heller bedächtig.

»Was? Den Trottel?«, rief Baruther entsetzt. »Ich meine natürlich: Seine Hoheit, den Trottel. Das kann doch nicht wahr sein!«

Heller schüttelte den Kopf. »Meine Stimme bekommt er nicht. Man hat mich allerdings auch nicht danach gefragt. Aber vermutlich brauchen sie meine und Eure Stimme nicht.«

»Wer sind ›sie‹? Und wie wollt Ihr das wissen, wenn niemand mit Euch darüber gesprochen hat?«

Mit einem Lächeln hob Heller die Hände. »Das ist unwichtig – ich habe es nur gehört. Nur Hörensagen, nichts juristisch Verwertbares. Aber nehmen wir an, dass etwas dran ist. Das würde gut in die Pläne der Herzöge passen, meine ich.«

Heinrich Baruther nickte. »Ja, wenn es stimmt. Es wäre aber eine Katastrophe für unsere Kirche.«

»Darin sind wir uns auch einig«, sagte Johannes Heller. »Wir müssen auf alle Fälle versuchen, Wolfgangs Wahl zu verhindern.«

»Aber was können wir denn dagegen tun, wenn diese Leute unsere Stimmen bei der Wahl nicht brauchen?«, fragte Baruther betrübt.

Heller antwortete kämpferisch: »Noch ist es nicht so weit, und Tuhlbeck wird nicht zurücktreten, solange kein weiterer

Skandal passiert. Inzwischen sollten wir unser Bestes tun, um diese Verschwörung gegen ihn aufzudecken. Damit könnten wir Tuhlbecks Feinde diskreditieren und ihre Pläne durchkreuzen. Das müssen wir zusammen machen, Baruther: Ihr und ich als Vertreter der bischöflichen Jurisdiktion in temporalibus und in spiritualibus«, sagte er. »Lasst uns den Kompetenzstreit und unsere Eitelkeiten beiseiteschieben. Der Fürstbischof selbst ist zu aufgeregt und macht alles nur schlimmer, indem er wild um sich schlägt.«

Baruther senkte seine Augenbrauen. »Gut, dann lasst uns gemeinsam vorgehen. Mir scheint es jedoch, dass zwei Blinde nicht besser sehen können als einer allein. Ihr tappt auch noch im Dunkeln.«

Die Richter standen am Ende des Wandelganges. Es war inzwischen Nacht geworden. Johannes Heller fiel plötzlich ein, wie er und die Frau des Bildhauers nachts im düsteren Kreuzgang eng nebeneinandergestanden hatten und im grellen Mondlicht einen Schatten sahen, der selbst einen Schatten warf.

»Ja und nein«, sagte er. »Ja, ich weiß noch nicht, wer dahintersteckt. Aber ich habe eine Ahnung, worum es eigentlich geht und was die Lösung sein könnte. Das ist besser als nichts. Dennoch muss ich Euch recht geben, wenn Ihr sagt, dass ich im Dunkeln getappt bin. Denn ich habe, fürchte ich, zu lange in die falsche Richtung ermittelt.«

Baruther blickte ihn erstaunt an. Ein solches Geständnis seines sonst eher hochmütigen Kollegen war höchst ungewöhnlich. »Jeder kann einen Fehler machen«, sagte er tröstend.

Doch Heller schien keineswegs reumütig zu sein. »Nein, nein, nicht auf der falschen Spur, so meinte ich das nicht. Nur in die falsche Richtung«, erklärte er. »Mein Ansatz, der mir immer noch plausibel erscheint, war folgender: erstens, dass die Person, die dem Kustos in den Turm folgte, auch den Ministranten umgebracht hat, und zweitens, dass dieselbe Person Tuhlbecks Feinde über diese und andere Skandale am Domberg informiert haben muss. Ich bemühte mich daher, den Täter zu ermitteln, aber es gab zu viel Unbekanntes und zu wenige Indizien. Dazu noch hat der Bischof selbst die Ermittlung behindert, um die Skandale zu vertuschen. Daher ist bislang nichts herausgekommen, und nun hat Tuhlbeck alles nur noch schlimmer gemacht, indem er Schmatz aufgrund meiner unausgereiften Überlegungen verhaftet hat. Doch wenn mein Gedankengang richtig ist, kann die Logik auch umgekehrt werden: Wenn A gleich B ist, so ist B gleich A. Der Informant müsste dann der Täter sein oder zumindest mit ihm in Verbindung stehen. Also sollen wir vielleicht andersherum ermitteln, eben in die andere Richtung.«

»Aber was bringt uns diese Überlegung?«, fragte Baruther etwas skeptisch. »Wir haben genauso wenige Indizien, wer dieser Informant sein könnte.«

Hellers Augen blitzten, und er gestikulierte ungeduldig wie in einer scholastischen Debatte. »Wir haben die Information. Alles ist eine Frage der Information.«

Heinrich Baruther hob seine Brauen wieder. »Information? Was meint Ihr denn damit?«

Heller breitete die Hände aus. »Freilich, Information hört sich unwichtig an. Aber Information ist Macht – Macht über die Gedanken. Das Wort leitet sich von ›in‹ und von ›formare‹ ab: etwas in Form bringen oder gestalten, nämlich das Wissen, als Grundlage für eine Meinung oder ein Urteil. Und damit steht Information über Königen und Herzögen, denn kein Herrscher kann überall sein und alles selbst beobachten, sondern er muss sich informieren lassen und ist daher von Information abhängig. Man könnte aber auch sagen, dass Information selbst eine Form von Macht ist: das Vermögen nämlich, über etwas Bescheid wissen zu können. Und so kann Information als Machtmittel eingesetzt werden, um jemandem zu schaden oder ihm zu helfen. Auch durch die Unterdrückung von Information oder die Verbreitung von Missinformation kann Macht ausgeübt werden. Genau darum geht es hier. Unser Herr Fürstbischof will die Nachrichten über Missstände am Domberg verstummen lassen, während seine Gegner diese Information gegen ihn einsetzen, um einen Skandal zu befeuern.«

Baruther beugte sich etwas zurück und sagte mit philosophischer Resignation: »O ja, Information ist Macht. Da habt Ihr durchaus recht. Im Übrigen ist es meine Ansicht, dass Skandale unvermeidlich sind. Es ist wie ein circulus vitiosus, ein Teufelskreis. Der Skandal besteht nämlich darin, dass etwas zunächst geheim gehalten wird oder werden soll, was dann doch herauskommt und zu publica vox et fama wird. Trotz Gottes Geboten, trotz der Gesetze der Kirche und des Staates machen Menschen immer Fehler, begehen Sünden und Vergehen. Das liegt in der menschlichen Natur. Aus Scham oder um einer Strafe zu entgehen, versuchen wir jedoch, unsere Verfehlungen zu verstecken. Doch sie kommen immer ans Licht – irgendwann, irgendwie. Sünden stinken, wie es heißt, man riecht sie. Und dann ist der Skandal da, gerade deshalb, weil man versucht hat, das Vergehen zu verstecken. Es ist das ewige Leid, insbesondere für uns Geistliche, die das Leben der Nachahmung Christi und der Einhaltung der höchsten Gesetze gewidmet haben. Denn je höher das Ideal ist, desto tiefer ist der Fall.«

In die nach Blüten duftende Abendluft mischte sich aus dem Rosengarten ein Geruch von Fäulnis wie von verrottendem Fleisch.

Heller machte eine ungeduldige Geste. »Das mag wohl im Allgemeinen richtig sein, aber ich sehe nicht, was uns diese Weisheit im aktuellen Fall bringt. Es geht hier um konkrete Vergehen und die Frage, wie das Wissen darüber zu den Feinden des Fürstbischofs gelangt. Überlasst das Philosophieren anderen und lasst uns gemeinsam überlegen, welcher Art dieses Wissen ist, das gegen den Bischof verwendet wird, und wer darüber verfügt. Das Ziel des Informanten ist es offenbar, einen Skandal zu verursachen, damit der Bischof zurücktreten muss. Aufgrund seiner Informationen konnte Herzog Sigismund Bischof Tuhlbeck in aller Öffentlichkeit eine Reihe von Skandalen und Missständen zur Last legen. Dabei stützte er sich teilweise auf geheimes Wissen, über das nur wenige Leute verfügten, zunächst zu den Hintergründen des Todes des Domkustos und des Mordes an dem Ministranten. Ich habe mich bislang nur mit diesen Informationen beschäftigt, weil sie den Informanten als den Täter ausweisen. Der Herzog zählte aber noch weitere Skandale auf, nämlich die Geschichten über das Kind von Marcus Hörnle und über die Hure, die in meinem Haus übernachtete. Das waren allerdings keine geheimen Informationen, sondern sie waren allgemeiner Klatsch und dürften hier am Domberg ausreichend bekannt gewesen sein. Außerdem bezogen sie sich nicht auf den Bischof selbst, von daher erschienen sie mir unwichtig. Aber das Ziel war dasselbe: Mit unseren Verfehlungen wurde der Bischof diskreditiert. Daher sollten wir auch solche anscheinend nebensächlichen Skandale in Betracht ziehen, die nicht nur den Bischof, sondern auch uns Domherren betreffen.«

Heinrich Baruther stöhnte: »Das ist aber ein Fass ohne Boden. Leider Gottes hat wohl jeder von uns eine solche Geschichte im Keller begraben.«

Heller hielt an. »Jeder? Ihr etwa auch?«

Baruther erhob seine Brauen fragend. »Und Ihr?«

Sie schauten einander etwas überrascht an. Dann lachten sie verlegen, ein jeder über die Vorstellung, der andere könnte ein derartiges Geheimnis haben.

»Wahrscheinlich jeder«, stimmte Johannes Heller zu. »Doch hört mir zu. Vor wenigen Monaten traf ich eine Frau im Dom, die ihrem Ehemann wegen schlimmer Misshandlungen entlaufen war. Ihr Ehemann hatte deshalb eine Klage gegen sie eingereicht, um sie zu sich zurückzuholen. Ich war überzeugt, dass er sie töten würde, wenn er sie wieder in seine Gewalt bekäme. Also ließ ich sie in meinem Haus übernachten und brachte sie am nächsten Tag heimlich zu Verwandten in der Stadt. Jemand hat uns aber dabei beobachtet und hat den Ehemann davon gleich in Kenntnis gesetzt. Dieser reichte daraufhin eine Beschwerde gegen mich als Richter wegen Befangenheit ein.«

Heinrich Baruther lächelte ein wenig. »Das war natürlich peinlich.«

Heller hob seine Schultern. »Ich musste seinem Einwand stattgeben. Mich aber interessiert, wer den Ehemann darüber informierte. Ich fragte den Ehemann später, wer es gewesen sei, und er erzählte mir, es sei einer von uns Domherren gewesen.«

»Ein Domherr?«, fragte Baruther überrascht.

»Ja – oder eventuell ein anderer Geistlicher. Einen ›Pfaffen‹ nannte er ihn. Und gerade ist mir eingefallen, dass ich an dem Abend, als das geschah, jemanden hier im Kreuzgang sah, der einen dunklen Mantel wie ein Domherr oder ein Stiftsherr trug. Er flüchtete durch die Hintertür auf den Domplatz und verschwand.«

Heinrich Baruther zog skeptisch die Augenbrauen zusammen. »Jemand hat Euch also in flagrante delicto – auf frischer Tat – ertappt und verpetzt. Das war nicht sehr kollegial, aber ich sehe nicht, was das mit dieser vermeintlichen Verschwörung gegen Bischof Tuhlbeck zu tun hat.«

»Es handelte sich nicht um ein delictum, sondern um die Erfüllung meiner Aufgabe als Richter und Christ«, schoss Heller empört zurück. »Darüber hinaus gibt es zwei Zusammenhänge zu den anderen Vorfällen. Zum einen wurde eine ähnlich bekleidete Person sowohl in der Zeit, als der Kustos starb, als auch vor dem Mord an dem Ministranten gesehen. Zum anderen wollte jemand in diesem Fall wie in den anderen Fällen offenbar einen Skandal auslösen, indem er mich als bischöflichen Richter diskreditierte. Das meine ich mit nebensächlichen Skandalen. Solche Skandale häufen sich am Domberg, und ich glaube nicht, dass dies ganz zufällig passiert.«

»Zum Beispiel?«, fragte Baruther.

»Heute hatte ich wieder einen solchen Fall«, sagte Heller. »Der Kaplan Simon Goller, einer von Bischof Tuhlbecks engsten Vertrauten, hält sich offenbar eine Konkubine und war so indiskret, einiges über ihre Beziehung hier am Domberg auszuplaudern. Habt Ihr vielleicht davon gehört?«

Baruther schüttelte den Kopf. »Quid nefas – welche Sünde! Nein, die Geschichte kenne ich noch nicht«, sagte er amüsiert.

»Das habe ich mir gedacht. Die Geschichte ist noch nicht publica vox et fama hier am Domberg, aber jemand hatte Gollers Geliebter darüber berichtet, die darauf eine Klage gegen ihn an meinem Gericht einreichte. Sie behauptete, dass sie Zeugen seiner Aussagen aus dem Domkapitel und sogar aus meinem Gericht zitieren könne. Stellt Euch vor, welchen Schaden das für das Ansehen und die Autorität des Bischofs angerichtet hätte, wenn sein Freund als notorischer Konkubinator überführt worden wäre. Und noch dazu, dass dieser Missstand am Domberg bekannt war und nichts dagegen unternommen wurde. Zum Glück konnte ich den Prozess verhindern, doch bin ich mir sicher, dass Tuhlbecks Feinde über die Geschichte bereits ausreichend informiert sind.«

Baruther wurde ernst. »Das wäre in der Tat ein schwerer Skandal gewesen. Das Konkubinat ist freilich ein grassierendes Übel in unserem Bistum, gegen das wir persönlich seit Jahren vergeblich ankämpfen. In der letzten Freisinger Synode von 1440 wurde es zwar ausdrücklich verboten, doch niemand tut etwas dagegen. Nicht nur ich, sondern viele andere haben Bischof Tuhlbeck aufgefordert, für die Durchsetzung zumindest dieses einen Beschlusses zu sorgen, aber er hat nichts unternommen. Solange er den Beschluss nicht für rechtskräftig erklärt, kann ich als Richter nichts ausrichten. Weiß der Himmel, warum er es nicht tut. Manche munkeln sogar, dass er seine Freunde auf diese Weise schützen will. Wenn dieser Fall bekannt werden sollte, sähen viele genau diese Vorwürfe als bewiesen an.«

»Das hätte Tuhlbeck das Amt kosten können«, stellte Heller fest. »Vor allem, wenn Gollers Schuld gerichtlich bestätigt worden wäre. Daher glaube ich, dass diese Angelegenheit irgendwie mit der Verschwörung gegen den Bischof zusammenhängt.«

Er beugte sich zu Heinrich Baruther hinüber und sagte fast im Flüsterton: »Ich habe einen Verdacht, wer es sein könnte.

Und wenn ich es mir genau überlege, könnte er auch hinter anderen Skandalen stecken. Er hat jedenfalls gute Verbindungen zum Hof des Herzogs Wolfgang und ist immer wieder in solche Geschichten verwickelt.«

Heinrich Baruther starrte ihn an. »Ihr habt einen Verdächtigen? Wer ist es? Ich lasse ihn sofort verhaften und befragen.«

Heller aber zog sich etwas zurück. »Nein! Ich bin mir noch nicht ganz sicher, einiges passt noch nicht zusammen. Vielleicht ist er auch nur ein harmloses Lästermaul. Schließlich will ich nicht, dass noch jemand wegen meiner Verdächtigung fälschlicherweise aufgegriffen wird. Nein, nein: Ich brauche erst einen Beweis, dass er tatsächlich Informationen an Herzog Wolfgang weiterleitet, um Bischof Tuhlbeck zu schaden. Und ich habe eine Idee, wie ich einen solchen Beweis bekommen kann. Mit Information.«

EIN BRAND

»Feuer! Feuer! Es brennt!«

Während Johannes Heller und Heinrich Baruther ins Gespräch vertieft waren, hatte sich langsam und kaum merklich ein beißender Geruch von Rauch in der Luft verbreitet. Als nun die ersten Rufe auf dem Domberg ertönten, konnten sie das Feuer selbst riechen. Vom Glockenturm schlug wieder der donnernde Schall der Sturmglocke. Seit dem Tod des Kustos jagte das Geläut den Menschen Angst in die Herzen.

»Deus misericors! Barmherziger Gott, lass es nicht brennen«, beteten sie alle. Alles war so trocken; wenn einmal etwas Feuer fing, könnte der ganze Domberg in Flammen aufgehen. Panische Angst vor dem Feuer und zugleich eine seltsame Faszination erfassten die Gemüter. Aus allen Gebäuden eilten die Diener und sogar die geistlichen Herren mit Eimern in den Händen und rannten zum Domplatz.

Johannes Heller und Heinrich Baruther folgten ihnen, so schnell sie konnten. Keuchend liefen die beiden Richter aus dem Kreuzgang, durch den kleinen Domhof vor der Schule und über den Domplatz dorthin, wo der Rauch nun immer dichter stand.

Johannes Heller war etwas flinker als sein um ein paar Jahre älterer Kollege, der zudem ein wenig hinkte; er hatte bereits das Eingangsportal des Doms erreicht, als ihm etwas an der Tür auffiel. Er stockte und überlegte kurz, da überholte ihn Baruther und rief ihm zu: »Schnell, kommt doch!«

Zögerlich wandte sich Heller ab und eilte mit flatterndem Gewand seinem Kollegen nach.

Es brannte in der bischöflichen Residenz: In der Dunkelheit loderten die Flammen aus den schwärzlichen Rauchwolken, und Funken flogen in hohem Bogen durch den Nachthimmel. Vor der Residenz auf dem offenen Domplatz hatten sich zahlreiche Bewohner des Dombergs versammelt.

Es herrschte trotz der allgemeinen Angst eine überraschende Ordnung. Unter dem Kommando des Domizellars Degenhart Meindorfer, der inmitten der hin und her laufenden Leute stand, bildete sich eine Menschenkette, die Eimer voll Wasser vom Brunnen zu der Stelle hinschaukelte, wo sie auf die rauchspeiende Glut geleert und wieder zurückgereicht wurden.

Fürstbischof Tuhlbeck hielt sich indes mit seinem ständigen Begleiter Sixtus von Tannberg und einigen anderen Klerikern in sicherer Entfernung auf und wirkte sichtlich angeschlagen.

»Auch das noch!«, stöhnte er verzweifelt, als Baruther und Heller ihn erreichten. »Unser Haus steht in Flammen. Alles, alles wird verbrennen.«

Veit Arnpeck, der in der Gruppe mit dem Bischof stand, erzählte unterdessen, wie im Jahr 1158 ein solcher Feuerbrand tatsächlich den ganzen Domberg und fast auch die ganze Stadt Freising zerstört hatte. Auch der Dom sei damals den Flammen zum Opfer gefallen. Es habe zuvor ebenfalls viele schreckliche Vorzeichen der Katastrophe gegeben, berichtete er aufgeregt.

»Hört doch damit auf«, rief ihm Heinrich Baruther ärgerlich zu. »Sollen wir über diese schreckliche Geschichte erfreut sein? Hoffen wir lieber, dass es dieses Mal nicht passiert.«

»Aber am Ende war es doch ein Geschenk des Himmels«, ereiferte sich Arnpeck aufgeregt. »Aus dem Schaden erwuchs großer Nutzen: Wie Phönix aus der Asche entstand die neue Kirche viel herrlicher und prachtvoller als die alte. Und als die Arbeiter die Krypta aushoben, entdeckten sie sogar noch die Reliquien der Heiligen Alexander, Justin und Nonnosus, die verloren und vergessen worden waren. Es war ein Wunder.«

Bischof Tuhlbeck verdrehte die Augen und stöhnte jämmerlich. »Alles wird in Flammen aufgehen. Und wie sollen wir das alles wieder aufbauen? Die Kosten! Weh, ach weh!«

»Kaiser Friedrich Barbarossa und seine Gemahlin Beatrix unterstützten damals den Wiederaufbau«, wusste der geschichtsbegeisterte Arnpeck noch zu erzählen. »Ihre Standbilder sind zum Dank dafür am Hauptportal eingemeißelt.«

»Wenn sie das überhaupt sind«, warf der stets streitbare Geschichtsschreiber Ulrich Fuetrer skeptisch ein, der zufällig in Freising auf Besuch war, um in der Bibliothek zu stöbern. »Ich habe gehört, dass es gar nicht der Kaiser und seine Gemahlin sind, sondern der biblische König Salomo und die Königin von Saba: Sie sollen Christus und Maria symbolisieren.«

»Unsinn!«, rief Arnpeck, und die zwei gerieten in eine heftige Diskussion um die historische Wahrheit, für die sich angesichts des Feuerbrands niemand außer ihnen interessierte.

Trotz der schlimmen Befürchtungen stellte man zur allgemeinen Erleichterung bald fest, dass es sich nur um ein kleines, verhältnismäßig unbedeutendes Feuer handelte, von dem kaum eine größere Gefahr ausging. Der Brand konnte tatsächlich rasch gelöscht werden, und die Schäden erwiesen sich als geringfügig. Der Brandherd war offenbar ein Dienstboteneingang im Untergeschoss, wo lediglich eine Holztür mitsamt dem Rahmen Feuer gefangen hatte. Die Diener waren auf das Feuer schnell aufmerksam geworden und hatten Alarm gegeben. Daraufhin hatte Domizellar Meindorfer die Leitung der Löschaktion übernommen und energische Maßnahmen ergriffen. Dank seiner Entschlossenheit konnte das Feuer, das vielleicht ohnehin keinen größeren Schaden angerichtet hätte, schnell unter Kontrolle gebracht werden. Ihm waren jedenfalls die große Dankbarkeit des Bischofs und eine Auszeichnung gewiss – wahrscheinlich würde er sogleich zum vollwertigen Domherrn erhoben werden.

Als er die Löschung des Feuers meldete, wies Sixtus, der den greisen Fürstbischof noch unter der Schulter stützte, Johannes Heller und Heinrich Baruther an, sich die Brandstelle anzusehen.

Da nun die Gefahr gebannt war, drängte sich eine große Menge Menschen um die noch rauchende Brandstelle, und alle diskutierten, wie es wohl zu dem Feuer gekommen war.

Der erste Verdacht war – charakteristisch für die Stimmung in diesen Tagen –, dass jemand das Feuer gelegt haben müsse. Ausgerechnet jetzt, wo es so heiß und trocken war, schien es unvorstellbar, dass jemand unabsichtlich oder aus lauteren Motiven ein Feuer entzündet hätte. Die bischöfliche Residenz, ja sogar der ganze Domberg hätte in Flammen aufgehen können.

Vielleicht sei das sogar die ganze Idee gewesen, meinten einige.

Doch andere vermuteten ebendeshalb, weil niemand bei rechtem Verstand ein Feuer angezündet hätte, dass es sich um eine Selbstentzündung handeln musste. Hatten doch irgendwelche Gelehrten geschrieben, dass Gegenstände von allein in Flammen aufgehen könnten, wenn die Bedingungen geeignet seien. Weiß Gott, dass es dieses Jahr derart heiß und trocken war, kein Wunder also, wenn es quasi überall von allein zu brennen anfange.

»Gelehrte? Welcher Gelehrte soll das geschrieben haben?«, hielt jemand dagegen. »Jedes Kind weiß, dass Feuer einen Funken braucht.«

Jemand in der Menge ergänzte jedoch, dass beim Heu kein Funken das Feuer verursache, sondern die Feuchtigkeit. Wenn das Heu von den Feldern noch feucht in der Scheune gelagert werde, dann brenne es von allein.

Ein Anhänger der Gelehrtenthese bestritt jedoch vehement, dass Feuchtigkeit die Ursache des Feuers sein könne, weil Feuer immer aus Trockenheit und Hitze bestehe.

Nun erhob sich eine andere Stimme am Rande und behauptete lautstark, dass die bischöfliche Residenz feucht von Sünde sei und deshalb spontan in Flammen aufgegangen sei.

»Unsinn«, riefen Johannes Heller und Heinrich Baruther, als sie sich der Brandstelle näherten. »Alles nur Unsinn. Lasst uns das sehen.« Sie bahnten sich einen Weg durch die Zuschauer und inspizierten den ausgebrannten Diensteingang umsichtig.

Johannes Heller beugte sich steif über die verbrannten Reste der Tür, die noch dampften. Das Löschwasser hatte eine Pfütze auf der Türschwelle gebildet, in der Asche und verkohlte Holzreste schwammen. Er betrachtete sie genau.

»War Papier oder Stoff hinter der Tür gelagert?«, fragte er einen der Diener.

»Nein, Dominus«, antwortete der Mann.

»Oder vor der Tür?«

»Nein, Dominus. Nicht dass ich wüsste.«

Heinrich Baruther trat hinzu und schaute sich den Befund mit Heller zusammen näher an. Im Löschwasser waren kleine, angebrannte helle Fetzen. Bei näherer Betrachtung zeigte sich, dass es sich um verkohltes Papier handelte, auf dem etwas geschrieben stand.

Johannes Heller hielt sich ein größeres Stück vor die Augen und versuchte, die Schrift zu entziffern.

»Wenn hier vorher kein Papier war, dann hat jemand Papier hergebracht und vermutlich damit die Tür angezündet«, sagte er.

»Es war also wohl Brandstiftung«, stellte Baruther gravitätisch fest.

»Brandstiftung!«, rief jemand hinter ihnen. Degenhart Meindorfer war zu ihnen herübergekommen. »Jemand hat versucht, den Bischof durch Brandstiftung zu ermorden«, verkündete er laut.

Ein erschrockenes Schweigen senkte sich über die Menge.

Johannes Heller protestierte, dass man nicht zu solchen voreiligen Schlüssen kommen dürfe, doch Meindorfer setzte sich lautstark über seine Bedenken hinweg.

»Das müssen wir untersuchen, sofort! Im Namen seiner Ehrwürden, des Fürstbischofs von Freising, sollt Ihr Richter, Dominus Heller und Dominus Baruther, den Brand aufklären. Befragt alle Personen, die hier waren; alle Personen auf dem Domberg, wenn es sein muss. Wir müssen den Täter finden, bevor er noch Schlimmeres anrichtet.«

Die zwei Richter tauschten Blicke. Es war ihnen nicht klar, mit welcher Autorität Meindorfer ihnen diesen Auftrag erteilte. Aber er hatte recht, der Brand musste auf alle Fälle untersucht werden.

Johannes Heller machte plötzlich eine höfliche Verbeugung vor seinem Kollegen. »Dominus Baruther, Ihr übt die bischöfliche Gerichtsbarkeit in temporalibus aus, und ich muss Eure Zuständigkeit in diesem Fall anerkennen. Die Sache liegt eindeutig außerhalb meines Kompetenzbereichs.«

»Was?«, rief Baruther erstaunt und etwas verärgert. »Ihr habt meine Kompetenz und Fähigkeit bislang stets bestritten und Euch in meine Zuständigkeit gerne eingemischt. Und nun soll das plötzlich meine Aufgabe sein?«

Heller senkte demütig den Kopf. »Ihr seht doch, dass ich zu keinem Ergebnis gekommen bin und keinen einzigen Fall aufklären konnte. Ich bin überzeugt, dass Ihr das besser könnt«, sagte er. »Nun lasst mich gehen. Ich muss höchst dringlich etwas überprüfen.« Er wandte sich ab und ging.

Heinrich Baruther stand einen Augenblick wie vom Blitz getroffen und blickte dem sich entfernenden Heller ungläubig nach. Dann rief er Meindorfer zu sich, um die Untersuchung zu organisieren.

Johannes Heller ging indessen mit raschen Schritten zurück zum Dom. Dort öffnete er vorsichtig die schwere hölzerne Eingangstür zur Vorhalle, trat ein und schloss die Tür vorsichtig wieder hinter sich. Die Kerzen auf dem kleinen Altar zur linken Seite flackerten in der Luftbewegung. Mit leisen Schritten ging Heller zum prächtig verzierten Eingangsportal und spähte in die Kirche.

Drinnen war es still und dunkel; die Kerzen auf den Seitenaltären warfen ihr warmes Licht in die kühle Düsternis des hohen Hauptschiffs. Die Heiligen auf den Altarbildern blickten selig in die Ewigkeit. Kein Luftzug, kein Geräusch, keine Bewegung störte die vollkommene Ruhe. Der Raum schien in Zeit und Raum von der chaotischen Welt dort draußen abgetrennt zu sein.

Alle Dombesucher waren wohl zu dem Feuer gelaufen, als die Glocke geläutet hatte. Aber als er vorbeigerannt war, hatte Johannes Heller bemerkt, wie jemand die Tür von innen zuzog. Es war ihm gleich aufgefallen, und er hatte sich gewundert, dass jemand in die Kirche hineingegangen war, während alle anderen hinausliefen. Deswegen war er zurückgekommen. Nun stand er an der Schwelle und lauschte.

Nach einer Weile rief er laut und deutlich in die flimmernde Dunkelheit: »Ist jemand da? Wer auch immer du bist, komm doch heraus. Ich habe dich vorhin gesehen, als du die Tür zugezogen hast. Komm heraus, oder ich hole die Wache.«

Seine Worte hallten wider an den hohen Wänden. Das Kerzenlicht schien leicht zu schwanken. Die Heiligen lächelten ruhig vor sich hin.

Heller wartete, schaute und horchte gebannt; dann stieg er vorsichtig die Treppe hinab in die Kirche und bewegte sich langsam durch das Hauptschiff. »Ist jemand da?«

Hellers Schritte hallten leise in dem großen Raum.

Er hielt an und horchte erneut. Hatte er da ein Geräusch gehört?

»Wer ist da?«, fragte er, nun ein wenig bange. »Wer versteckt sich?« Seine Stimme schallte unter der hohen Decke und hallte in einer Art Antwort als Echo wider. Dieses Mal glaubte Heller, dass er wirklich noch etwas gehört hatte, etwas wie den Schatten eines Geräusches. Oder hatte er sich getäuscht?

Er schritt durch das Hauptschiff zum Chor hin und blickte dabei stets nach rechts und nach links. Nichts bewegte sich.

»Ich werde hier warten«, kündigte er laut in die Stille hinein an. »Wenn die anderen zurückkommen, werden wir dich entdecken.« Er setzte sich auf einen Platz, wo er eine gute Aussicht über den Innenraum hatte, und lauschte in die hallende Lautlosigkeit des Doms. Irgendwo in der Dunkelheit glaubte er, etwas zu hören. Seine Augen durchsuchten den schattigen Raum. Es raschelte wieder, und etwas stieß dumpf gegen Holz.

»Also doch. Ich wusste es«, rief Heller und sprang auf. »Zeig dich.«

Plötzlich stand jemand hinter einer Sitzbank auf und lief flink auf das Hauptportal zu, ein Mann mit einem dunklen Mantel, wie ihn die Domherren trugen.

»Halt!«, brüllte Heller. Seine Stimme schallte und donnerte in dem geschlossenen Kirchenraum. »Halt, Marcus Hörnle! Marcus, halt! Ich erkenne dich.«

Der Mann im schwarzen Mantel hielt an und drehte sich langsam um.

»Ja, Dominus Heller, ich bin es«, sagte Marcus Hörnle mit einem verlegenen Lächeln.

»Was machst du denn hier?«, fragte Heller ärgerlich, als er ihm gegenüberstand. »Warst du es, der die Tür zugezogen hat, als ich vorbeilief?«

Hörnle blickte ihn mit seinen klaren blauen Augen an. Er errötete etwas und sah trotz seiner seit Kurzem gewonnenen Festigkeit wieder wie ein groß gewachsener Bub aus.

»Ja, das war ich«, sagte er schließlich.

»Was machst du denn hier? Du willst doch nicht etwa beten? Warum hast du dich versteckt? Du hättest hinausgehen sollen, um beim Feuerbrand zu helfen«, sagte Heller mehr verwundert als ärgerlich.

»Ich … ich wollte nicht«, sagte Hörnle zurückhaltend.

»Was? Nicht helfen? Warum denn nicht?«

Marcus Hörnle hob seine Hände. »Dominus, fragt nicht, damit ich nicht lügen muss.«

Johannes Heller schaute ihn erstaunt an. »Gut, dann sag mir einfach, ob du mit diesem Brand etwas zu tun hattest oder nicht«, forderte er ihn auf.

»Mit dem Brand? Ich? Nein, ganz gewiss nicht. Das dürft Ihr nicht denken«, antwortete Hörnle überrascht.

»Was ich denke, ist kaum von Belang«, sagte Heller abweisend. »Die Frage ist, was Dominus Baruther denkt, der nach dem Brandstifter ermittelt. Du hast nicht versucht zu helfen, sondern hast dich hier versteckt und gibst auch keine gute Erklärung für dein Verhalten. Das wirkt verdächtig.«

»Ich habe nichts damit zu tun«, wiederholte Hörnle. »Lasst mich jetzt gehen, Dominus. Und sagt Dominus Baruther bitte nicht, dass Ihr mich hier gesehen habt. Ich war nicht hier.«

Heller schwieg. Hörnle schaute ihn nochmals fragend an, wandte sich dann um und schritt davon. Johannes Heller betrachtete ihn nachdenklich, als er durch das Hauptportal ging, die Eingangstür vorsichtig öffnete und sie dann rasch hinter sich schloss.

Der Richter machte kehrt. Was hatte Hörnle hier gewollt? Warum hatte er sich im Dom versteckt? Heller drehte und wendete die Situation in seinen Gedanken, während er langsam durch das Hauptschiff zurückwanderte. Er wusste nicht, was er darüber denken sollte.

Langsam ging er zum Chor zurück und schaute sich um. Die Kirche war wieder still und leer. Johannes Heller sank vor dem Hauptaltar auf die Knie, lauschte der feierlichen Stille und dachte nach.

Doch auf einmal horchte er erneut auf. Täuschte er sich, oder hatte er wieder etwas gehört? Er hielt den Atem an. Als der Puls in seinen Schläfen zu pochen anfing, glaubte er, ein leises Seufzen zu vernehmen. Versteckte sich noch jemand im Dom? Ganz vorsichtig erhob sich Heller und ging möglichst lautlos dem Geräusch nach.

In der Dunkelheit stolperte er gegen einen Stuhl. Mit einem lauten hallenden Krach fiel das Möbelstück um und schlug dabei gegen einen Kerzenhalter, der ebenfalls klangvoll zu Boden stürzte. Johannes Heller fluchte innerlich. Nachdem wieder Ruhe eingekehrt war, hielt er nochmals den Atem an und lauschte, doch das Geräusch war nicht mehr zu hören.

Ärgerlich mit sich selbst ging Heller nun demonstrativ laut durch den Dom und blickte in alle dunklen Ecken, fand aber nichts. Vielleicht war es doch ein Geräusch von außen gewesen oder eine Maus, dachte er. Bald würden sowieso die Leute wieder zurückkommen. Doch es gab noch einen Ort, den er noch nicht durchsucht hatte.

Mit einem mulmigen Gefühl nahm Johannes Heller eine Kerze in die Hand und stieg über die Treppe in die Krypta hinab. Heller mochte die Krypta des Freisinger Doms nicht und ging sogar tagsüber nur ungern hinunter; er fand sie immer dunkel und beklemmend. Es war, als steige man in ein Grab hinab, in dem eine dunkle Vergangenheit begraben lag. Die Krypta war sehr alt, ein Relikt des Vorgängerbaus des Doms.

Heller erinnert sich daran, was Veit Arnpeck erzählt hatte: Die alte Kirche und der ganze Domberg seien von einem Feuerbrand zerstört worden. Als danach die Krypta ausgehoben wurde, habe man die Überreste von drei Menschen gefunden, die als die Reliquien der Heiligen Nonnosus, Justinus und Alexander identifiziert worden seien. Sie lagen hier noch immer, genau wie die Knochen des heiligen Korbinian, des ersten Bischofs von Freising. Aber waren es wirklich die Knochen von Heiligen gewesen?, fragte sich Heller. Oder waren es vielleicht irgendwelche Toten aus einer früheren, heidnischen Zeit, die dort begraben worden waren?

Nur wenige kleine Talgkerzen brannten vor dem Altar und schienen mehr Schatten als Licht zu werfen. Die zwei Säulenreihen, die das niedere Kreuzgewölbe trugen, wirkten wie ein versteinerter Wald. In der Mitte stand wie ein Götzenpfahl in einem heidnischen Hain eine unheimliche Säule, die mit den Gestalten von Tieren und Menschen verziert war. Hieß es nicht irgendwo bei Tacitus, dass die früheren Germanen Bäume und Haine verehrten?, fragte sich Heller. Von einem Stamm berichtete er sogar, dass sie dort Menschenopfer darbrachten. Er schauderte innerlich.

Heller hielt seine Kerze hoch und sah sich rasch in der Krypta um. Es war niemand da, stellte er erleichtert fest. Da fiel sein Blick auf die Bestiensäule, die sich unmittelbar vor ihm befand. Heller betrachtete sie entsetzt.

Im Geknäuel der Figuren verschlang ein Untier einen Menschen, ein weiterer Mann kämpfte mit seinem Schwert gegen einen Drachen. Heller bekreuzigte sich schnell. Er wusste nicht, was die Säule darstellen sollte, aber die Bilder schienen ihm von einer dunklen und schrecklichen Urzeit der Menschheit zu zeugen, als Menschen noch gegen Tiere und magische Ungeheuer kämpfen mussten. Wo war da das Licht der Vernunft? Wo die klaren Regeln des Gesetzes und die Ordnung der Gesellschaft? Wo war Gott? Waren das Bilder aus seiner Welt? Waren sie überhaupt christlich?, fragte er sich bange.

Er schrak plötzlich aus seinen Gedanken auf, als er bemerkte, dass hinter einer der Säulen in der Dunkelheit etwas kauerte.

»Ich sehe dich. Zeig dich! Was bist du?«, rief er in den hallenden Raum. Seine Stimme bebte vor Furcht.

Die dunkle Gestalt bewegte sich, stand auf und fing an zu heulen.

»Heinrich? Dominus in caelo – Herr im Himmel –, hast du mich erschreckt!«, rief Heller voller Erleichterung. »Was machst du denn hier?«

Der rothaarige Ministrant lief zu ihm und umklammerte Hellers wackelige Knie. »Ich habe Angst, Dominus«, weinte er. »Nehmt mich bitte mit, weg von hier.«

Heller half dem Knaben auf die Füße und geleitete ihn in die Kirche hinauf. Gerade traten einige Kleriker und Domherren durch das Hauptportal. Unter ihnen erkannte Heller die große, hagere Gestalt Heinrich Baruthers. Der Ministrant versteckte sich augenblicklich hinter Johannes Heller.

»Dominus, bitte sagt niemandem, dass ich hier war. Ich darf nicht hier sein – ich muss zurück in mein Zimmer«, flüsterte er ängstlich. Dann flüchtete er flink zwischen den Säulen zum Seitenausgang, der in die Sakristei führte, und verschwand.

Johannes Heller wollte ihn zurückrufen, überlegte es sich jedoch anders und ging stattdessen seinem Kollegen entgegen.

»Dominus Baruther, seid Ihr schon fertig mit dem Feuer?«, rief er im Gruß.

»Dominus Heller? Was macht Ihr denn hier?«, fragte Baruther etwas überrascht.

»Was denn schon? Ich bete für die rasche Aufklärung des Falls«, antwortete Heller trocken.

Baruther senkte ärgerlich die buschigen Augenbrauen. »Soll das ein Witz sein? Wir haben fast alle Menschen hier am Domberg zusammen und getrennt befragt: Natürlich hat niemand etwas gesehen. Eine feine Zeitverschwendung!«

»Niemand hat irgendetwas gesehen?«, wiederholte Heller bedauernd. »Und Ihr habt wirklich alle Leute befragt?«

»Es sind einige Leute, die wir noch nicht finden konnten. Dominus Hörnle zum Beispiel haben wir nicht gesehen. Er war doch am Nachmittag im Dom. Habt Ihr ihn gesehen?«

»Wann hätte ich ihn sehen sollen? Ich war doch mit Euch zusammen«, antwortete Heller ausweichend. »Wahrscheinlich ist er schon auf dem Weg zurück nach München.«

Er zuckte mit den Schultern und redete gleich weiter: »Ein seltsamer Fall. Aber Ihr glaubt doch nicht ernsthaft, dass wirklich jemand die Residenz niederbrennen und den Bischof töten wollte? Dafür war das Feuer zu klein und zudem auch nicht an einer günstigen Stelle.«

Heinrich Baruther sah ihn an. »Dank der schnellen Entdeckung und der wirksamen Brandbekämpfung konnte das Feuer klein gehalten werden, aber es hat durchaus die Gefahr bestanden, dass der ganze Domberg in Flammen aufgeht.«

»Ja, kein Zweifel. Doch vielleicht war das nicht die Absicht des Brandstifters. Wenn jemand wirklich die Residenz hätte abbrennen wollen, wäre es gewiss zweckmäßiger gewesen, das Feuer in einem der Räume anzuzünden anstatt vor einer Tür. So aber konnte das Feuer rasch entdeckt und gelöscht werden.«

»Das hört sich wieder nach Euren Spekulationen an!«, stöhnte Baruther. »Aber gut, was soll denn Eurer Meinung nach der Täter versucht haben, wenn nicht die Residenz in Brand zu setzen und eventuell den Bischof zu töten?«

»Nicht jede Handlung geschieht nach Plan oder mit Vorbedacht auf die Folgen«, überlegte Heller. »Vielleicht war es eine Art Protest ohne Plan oder weitere Absicht? Wie eine kindische Trotzreaktion«, fügte er leise hinzu.

Baruther kräuselte die Stirn. »Ihr überrascht mich heute immer wieder, Dominus Heller. Zuerst haltet Ihr Euch aus meinem Kompetenzbereich heraus, und nun glaubt Ihr plötzlich nicht mehr, dass Menschen immer vernünftig handeln.«

»Das habe ich allerdings nie geglaubt«, sagte Heller mit einem fernen Lächeln.

Johannes Heller verabschiedete sich von seinem Kollegen, verließ den Dom und ging langsam über den Domplatz nach Hause. Nur noch wenige Leute hielten sich an der Brandstelle auf; einige Knechte deckten die verbrannte Tür notdürftig wieder zu, während andere noch mit der Beseitigung der Brand- und Löschreste beschäftigt waren.

Eigentlich hatte Heller dringend noch mit Marcus Hörnle sprechen wollen, bevor der junge Mann wieder nach München abreiste. Aber wo sollte er sein, wenn niemand ihn gesehen hatte? Vielleicht war er wirklich schon weg. Heller schüttelte frustriert den Kopf.

Als er die Tür zu seiner Wohnung aufmachte, stand der junge Domkanoniker vor ihm. Er war zum Reiten angezogen.

»Lupus in fabula – wenn man vom Teufel spricht! Da bist du ja«, sagte Heller überrascht. »Gerade habe ich dich gesucht.«

»Ja, ich habe ziemlich lange auf Euch warten müssen«, sagte Hörnle ein wenig vorwurfsvoll.

»Du willst schon heute Nacht nach München reiten, wie ich sehe«, stellte Heller fest und trat näher an Hörnle heran. Er betrachtete den jungen Mann forschend.

»Ja, ich habe dringliche Geschäfte dort zu erledigen«, sagte Hörnle, dem die Inspektion schnell unangenehm wurde. »Aber ich konnte nicht einfach so weggehen, ohne Euch eine Erklärung zu geben. Ihr habt Dominus Baruther nichts von mir erzählt?«

Heller schüttelte den Kopf. Er schloss seine Betrachtung ab und trat zufrieden einen Schritt zurück. »Nein, weil ich nicht glaube, dass du etwas mit dem Brand zu tun hast.«

Er streckte die knochige Hand aus, pflückte Marcus Hörnle etwas von der Schulter und hielt es gegen das Licht. Es war ein einzelnes langes, welliges rötlich braunes Haar. Heller dachte augenblicklich an die Locken und die offenmütigen braunen Augen der Dirne Helena, die Hörnles Kind gestillt hatte.

»Du sollst allerdings die Beweise dafür nicht so offen zur Schau tragen, mein Lieber«, sagte er mit einem geduldigen Lächeln. »Wenn du nicht vernünftig sein kannst, dann sei zumindest vorsichtig. Einen weiteren Skandal brauchen wir wirklich nicht.«

Hörnle wurde rot bis zu den Ohrenspitzen.

»Ich will dich auch nicht lange aufhalten«, sagte Johannes Heller plötzlich. »Umso besser ist es, wenn du sofort abreist. Nur zwei Fragen hätte ich noch. Keine Sorge, ich will nicht wissen, was du gemacht hast und warum du dich im Dom versteckt hast. Aber sag mir doch, wann du dich dort verstecktest: War es vor dem Brand oder danach?«

»Ich war gerade von der Stadt zurückgekommen, als es plötzlich einen großen Aufschrei über das Feuer gab«, antwortete Hörnle. »Ich versteckte mich, weil ich nicht danach befragt werden wollte, wo ich gewesen war, und weil ich gleich wieder abreisen wollte. Das war alles.«

»Hast du gesehen oder gehört, dass noch jemand im Dom war, als du dort warst?«

Hörnle sah ihn überrascht an. »Nein, ich war allein dort.«

»Und niemand außer mir ist hereingekommen?«

»Nein.«

»Gut«, sagte Heller. »Nun wollte ich zum Zweiten auf das zurückkommen, worüber wir heute gesprochen haben: die Verschwörung, Herzog Wolfgang zum Bischof wählen zu lassen.«

Hörnle gestikulierte ängstlich, dass er doch leiser sprechen möge.

Der Richter fasste ihn unter den Arm und führte ihn in die Bibliothek, um das Gespräch vertraulich weiterzuführen. »Es gibt einen Zusammenhang zwischen diesen ganzen Skandalen am Domberg und den Plänen, Bischof Tuhlbeck zu stürzen; darüber sind wir uns alle im Klaren. Wir müssen nun herausfinden, wer für unsere Gegner arbeitet. Wenn wir den Mann haben, können wir dieses Komplott aufdecken und publik machen. Auf diese Weise könnten wir vielleicht das Vorhaben vereiteln. Ich habe nun eine Idee, wer der Schnüffler und wohl auch der Täter ist und wie wir ihn auffliegen lassen können. Dafür brauche ich aber deine Hilfe.«

EINE AUSSERORDENTLICHE GERICHTSSITZUNG

Am nächsten Tag, einem Donnerstag, wurde das Gericht erneut zu einer Sondersitzung einberufen. Es ging um einen scheinbar sehr gewöhnlichen Fall, und dennoch wurde es vielleicht die außerordentlichste Gerichtsverhandlung, der Pangratz Haselberger jemals beigewohnt hatte.

Die Irregularität fing für den Notar schon damit an, dass er den Richter bereits an seinem Schreibtisch vorfand, als er in den Saal eintrat. Gewöhnlich ging Dominus Heller erst zur Morgenmesse und kam daher etwas später zum Gericht. Dann rief er Haselberger zu sich und teilte ihm in kargen Worten einen besonderen Wunsch mit: Falls heute Prozessparteien unangekündigt ins Gericht kommen und feriis expresse renuntiantes ausdrücklich eine Sondersitzung des Gerichts verlangen würden, was durchaus vorkam, dann wünsche der Herr Richter, dass der Notar den Fall nicht wie üblich im Aktbuch aufzeichne, sondern eine besondere Abschrift ihrer Aussagen nur für ihn, den Richter, verfasse. Dieses Protokoll solle er datieren und unterschreiben, wie einen Brief zusammenfalten und mit dem Gerichtssiegel verschließen, erklärte der Chorrichter. Er schärfte dem Notar besonders ein, sich bei der Verfassung der Notizen große Mühe zu geben. Alle Einzelheiten sowie Sinn und Inhalt der Klage sollten vollständig und verbatim – wortwörtlich – verschriftlicht werden.

Pangratz Haselberger äußerte sich leicht verwundert und versicherte dem Richter, dass er sich immer große Mühe gebe.

Johannes Heller jedoch blickte ihn ernsthaft an und wiederholte: »Verbatim!«

Dieser Wunsch erschien Pangratz Haselberger ungewöhnlich und seltsam, doch fand er es noch seltsamer, dass alsdann tatsächlich zwei Personen vor Gericht erschienen, die eine dringende Streitangelegenheit austragen wollten und um eine

Sondersitzung des Gerichts baten, genau wie der Richter es vorhergesagt hatte.

Nach kurzem Anhören des Klagebegehrens gab Dominus Heller der Forderung ohne Weiteres statt und berief das Gericht ein. Allerdings stellte sich das Problem, dass kein Amtszeuge anwesend war, falls der Richter ein Urteil verkünden wollte. Da es ein außerordentlicher Gerichtstag und zudem mitten in den Feriae war, befanden sich außer dem Richter, dem Notar, dem alten Pedell und den Parteien selbst zu der Zeit keine weiteren Personen im Gerichtssaal. Doch just da erschien zufällig ein gerichtsbekannter Kanoniker von St. Andreas, Dominus Erhard Spornecker, der ein eigenes Geschäft erledigen wollte. Er gab an, vom Richter hierherzitiert worden zu sein. Mangels anderer Zeugen beschloss der Richter, den Kanoniker als Amtszeugen in den Prozess zu holen.

Gerade als der Richter die Parteien zum Vortrag ihres Anliegens bat, wurde das Verfahren durch das Eindringen eines rothaarigen Domministranten unterbrochen, der ganz dringend dem Richter etwas ausrichten wollte. Der zahnlose Pedell, der anscheinend gerade ein Nickerchen gemacht und deshalb den Knaben nicht am Eintreten gehindert hatte, lief ihm mit dem Stock in der Hand wütend hinterher und spuckte unverständlich aus: »Halt! Bleib stehen, du Kreuzbub. Das ist verboten, verboten«, oder etwas Ähnliches – man wusste nie genau, was er eigentlich sagen wollte. Als der Junge vor dem Richter stand und seine Nachricht mitteilen wollte, fing ihn der wütende Pedell ein und hätte ihm gerne mitten im Gerichtssaal den Hintern versohlt. Doch der Richter, der den Knaben offenbar kannte, erhob die Hand und rief scharf: »Genug. Lass ihn gehen. Heinrich, du musst jetzt kurz warten.« Als der Ministrant seine Botschaft, die anscheinend wirklich ganz dringend war, trotzdem ausrichten wollte, musste Heller ihn streng zum Verlassen des Gerichtssaales auffordern. Der Pedell und der Knabe verließen den Raum und nahmen ihre Plätze im Vorraum ein, wobei der alte Pedell seinen Stock bereithielt und den Ministranten wie einen Gefangenen misstrauisch bewachte.

Nach dieser Störung konferierten die Parteien kurz miteinander und kündigten ihren Rechtsstreit an. Pangratz Haselberger traute seinen Ohren nicht, notierte aber erstaunt: »Causa impedimenti consanguinitatis inter Elisabeth Tuhlbeck et Peter Ebersberger de Ebersberg« – eine Klage um die Auflösung der Ehe zwischen Elisabeth Tuhlbeck und Peter Ebersberger aufgrund von Blutsverwandtschaft. Solche Prozesse waren keineswegs ungewöhnlich: Aufgrund der Bestimmungen des kanonischen Rechts durften Verwandte bis zum vierten Verwandtschaftsgrad nicht heiraten, und wenn sie es dennoch taten, musste die Ehe annulliert werden.

Aber handelte es sich bei der Klägerin um eine Verwandte des ehrwürdigen Fürstbischofs?, fragte sich der Notar neugierig. Und wenn eine Blutsverwandtschaft zwischen den Parteien vorlag, waren sie dann vielleicht beide mit dem Bischof verwandt? Haselberger witterte einen Skandal. Mit besonderem Fleiß nahm er gewissenhaft die Aussagen auf – verbatim oder so gut wie möglich.

Die Verschriftlichung bedeutete natürlich immer eine Übersetzung ins Lateinische, und zwar in das unelegante, juristisch geprägte Latein des Notars Pangratz Haselberger, über das ein humanistisch gebildeter Gelehrter wie der Lizenziat Marcus Hörnle verächtlich zu lächeln pflegte. Haselberger aber meinte, der Lizenziat sollte sich zuerst selbst an einer solchen Simultanübersetzung versuchen, bevor er sich darüber ein Urteil erlaubte. Und auch wenn sein Protokoll stilistisch unbeholfen wirkte, so glaubte er dennoch, die wesentlichen Inhalte der Aussagen damit erfasst zu haben.

Die Klägerin, Elisabeth Tuhlbeck aus München, erklärte unter Eid, dass sie vor einigen Monaten die Ehe mit Peter Ebersberger geschlossen habe: Es habe öffentliche Verhandlungen zwischen ihrem Vater und dem Vater des Beklagten über die Eheschließung, die Mitgift und die Brautgeschenke gegeben. Dann habe man nach dem traditionellen Brauch beim »Stuhlfest« die Ehe durch einen gemeinsamen Trank besiegelt. Die Klägerin erklärte, dass sie danach auch die kirchliche Zeremonie vollziehen wollten, doch der Priester habe ihnen die Erlaubnis verweigert, weil, wie manche Leute behaupteten, eine Blutsverwandtschaft zwischen ihnen vorliege. Nachträglich habe sich herausgestellt, dass der Beklagte der illegitime Sohn des ehrwürdigen Fürstbischofs von Freising sei.

Die Klägerin führte dann aus, dass Seine Ehrwürden der Bischof ihr Großonkel sei. Ihr Vater sei der Münchner Bürger Johannes Tuhlbeck, und dieser wiederum sei der Sohn von Ludwig Tuhlbeck seligen Angedenkens, welcher ein Bruder des Bischofs gewesen sei. Damit liege eine Blutsverwandtschaft im vierten Grad vor. Die Klägerin bat den Richter daher, die Ehe zu annullieren. Der Beklagte, Peter Ebersberger, beschränkte seinerseits seine Aussage darauf, alle Angaben in der Klage zu bestätigen.

Nach der Vorstellung dieser Sachlage erklärte der Richter wie gewöhnlich, dass die Behauptungen überprüft werden müssten. Die Klage war zwar vom Beklagten bestätigt worden und beide Parteien waren offenbar mit einer Annullierung der Ehe einverstanden, doch pflegte das Gericht solche Angelegenheiten immer zu überprüfen, damit kein Missbrauch vorkam. Es konnte schließlich jeder kommen und behaupten, mit seiner Ehefrau zu nahe verwandt zu sein.

Dominus Heller legte daher einen Termin für die Nennung von Zeugen und zur Vorlage einer schriftlich ausgearbeiteten Klage zum Zweck der Zeugenbefragung fest. Er ließ den Amtszeugen Erhard Spornecker zusätzlich noch Pangratz Haselbergers Aufzeichnung unterzeichnen, um zu beweisen, dass die Behandlung des Falles regelkonform verlaufen war, obwohl das eigentlich überflüssig war. Der Notar datierte seine Aufzeichnungen, wie der Richter ihm befohlen hatte, faltete sie und versiegelte sie mit dem Aufdruck des Gerichtsiegels in rotem Wachs. Dann überreichte er dem Richter das Dokument.

Trotz des insgesamt regelmäßigen Verlaufs und des nicht ungewöhnlichen Inhalts des kurzen Prozesses kam der Fall dem Notar äußerst ungewöhnlich und erstaunlich vor. Ein illegitimer Sohn und eine Nichte des ehrwürdigen Fürstbischofs hier im Gericht: Wann hatte es das schon mal gegeben? Das ist ein richtiger Skandal, dachte Haselberger und schüttelte den Kopf. Vielleicht erklärte das die seltsamen Anweisungen und Vorsichtsmaßnahmen des Herrn Richters.

Als er sich, immer noch kopfschüttelnd, dem Transkript eines langen und sehr ausführlichen Testaments widmete, beobachtete er, wie der junge Ministrant unter den wachsamen Augen des Pedells den Gerichtssaal erneut betrat und dem Herrn Richter einen Zettel überreichte.

Während er das las, wurden Seine Ehrwürden bleich. Er erhob sich rasch und eilte aus dem Raum.

EIN FEURIGER ENGEL

Draußen loderte noch die Sommerhitze, aber es kündigte sich bereits ein gewaltiger Wetterwechsel an. Die Atmosphäre war drückend und die schwüle Luft mit Spannung geladen. Im Himmel türmten sich schwere Kumuluswolken auf wie monströse Burgen mit gigantischen Türmen, in deren dunklen Schießscharten gefährliche Lichter aufblitzten. Die Luft war geschwängert von dem beißenden Geruch nach Rauch.

Johannes Heller und der Ministrant Heinrich eilten durch das Tor in die Stadt hinunter. Unterwegs forderte der Richter den Jungen schwer schnaufend auf, ihm ganz genau zu erzählen, was passiert sei.

Heinrich, der auf den alten Mann immer wieder warten musste, wiederholte ungeduldig seine Nachricht. Gestern Abend sei der Bildhauer Hagen zum Haus von Hellers Vetter in Freising gekommen. Er war in das Haus eingedrungen, hatte den armen Vetter beim Abendmahl überrascht, ihm am Bart gepackt und gedroht, ihm mit seinem Meißel den Hals durchzuschneiden, wenn dieser ihm seine rechtmäßige Ehefrau nicht herausgebe. Fast zu Tode erschrocken hatte man die Ehefrau Katherina rasch herbeigerufen, die dann von ihrem Ehemann an den Haaren aus dem Haus hinausgezogen worden sei. Sie hatte dabei jedoch angeblich nicht geschrien, sondern nur leise gewinselt und ihrem Mann keinen Widerstand geleistet. Niemand hatte es gewagt, den Bildhauer an seinem Tun zu hindern, zumal er immer wieder gerufen habe, dass sie seine rechtmäßige Ehefrau sei und ihm gehöre. »Kein Mensch darf trennen, was Gott zusammengefügt hat«, habe er wiederholt geschrien.

Johannes Heller schnaufte entsetzt: »Warum hat mich niemand darüber informiert? Das ist ein Verbrechen.«

»Verbrechen sind aber Sache des Stadtrichters«, entgegnete Heinrich keck.

»Ja und warum hat niemand die Wache gerufen, um den Bildhauer zu verhaften?«

»Weil sie seine Ehefrau ist, denke ich«, sagte Heinrich.

»Das zu bestimmen ist aber eine Angelegenheit der geistlichen Gerichtsbarkeit«, schimpfte Heller ärgerlich. »Sie ist wahrscheinlich überhaupt nicht seine legitime Ehefrau, denn die erste Ehefrau ist möglicherweise noch am Leben. Damit hat er kein Recht über sie. Er hatte sowieso kein Recht, so etwas zu tun.« Er stöhnte und hielt sich an der Schulter des Jungen fest. »Und so hat man nichts gemacht? Diese Idioten!«

»Ja. Oder wie Ihr meint«, antwortete der Ministrant. »Nun aber ist etwas Schreckliches passiert.«

»Deus misericors«, ächzte Heller. Eine schwere Vorahnung, worum es sich bei diesem Unheil handelte, schnürte ihm die Brust zu.

Sie kamen schließlich beim Haus des Bildhauers an und hielten kurz inne. Das Gebäude war teilweise ausgebrannt, und eine dichte Rauchwolke lag über dem Viertel. Vor dem Haus hatte sich eine Menschenmenge versammelt. Manche halfen, verbrannte Balken auseinanderzuzerren und Wasser auf die noch schwelenden Stellen zu gießen, andere – die meisten – standen herum und schauten nur zu. Sie murmelten und sprachen untereinander von einem grauenhaften Verbrechen.

»Zum Glück steht das Haus neben dem Wasser. Die Leute haben den Brand schnell entdeckt und konnten ihn rasch löschen«, berichtete Heinrich. »Sonst wäre wohl die ganze Stadt in Flammen aufgegangen.«

Johannes Heller fixierte ihn mit einem durchdringenden Blick. »Das hätte auch heute Nacht am Domberg passieren können, meinst du nicht?«

Heinrich schaute zu Boden. Heller betrachtete ihn noch kurz, dann trat er auf die neugierige Menschenversammlung zu. Hellebarden tragende Mitglieder der Bürgerwache und mit dem fürstbischöflichen Wappen geschmückte Dienstmänner des Bischofs standen vor dem Gebäude. Sie erkannten den

Chorrichter und bahnten ihm einen Weg nach vorne. Vor dem aufgebrochenen Hauseingang trat der Hauptmann der Wache Heller entgegen. Er war ein großer, schwer gebauter Mensch mit dunklem Vollbart und langen Haaren. Auch wenn er wie ein Bär aussah, sprach er mit einer überraschend hohen Piepsstimme.

»Euer Ehrwürden, was macht Ihr hier? Das ist keine Angelegenheit für Euch, und Ihr dürft nicht in das Gebäude hinein – es besteht Einsturzgefahr.«

Heller herrschte ihn an: »Das geht uns sehr wohl etwas an, und wir werden selbst darüber entscheiden, ob wir hineindürfen oder nicht.« Er hob den Saum seines Gewands und betrat vorsichtig das Haus des Bildhauers. Der Wohnraum mit der Küche war nur teilweise beschädigt. Ein Balken war herabgefallen, aber der Brand hatte hier kaum Fuß gefasst und war rasch gelöscht worden. Das Feuer musste also in der Werkstatt angefangen haben.

Johannes Heller blickte durch die eingestürzte Innenmauer in die verwüstete Werkstatt hinein. Das Dach war eingebrochen, und das Feuer schwelte stellenweise immer noch. Im Dämmerlicht der rauchigen Sonnenstrahlen, die durchs Dach fielen, konnte Heller erkennen, dass fast alle Kunstwerke des Bildhauers vom Feuer zerstört worden waren: Hier und da war noch eine verkohlte Figur erkennbar. Das lebensgroße Standbild, das der Bildhauer »Maria Magdalena paenitens« genannt hatte, war aber offenbar zerhackt worden, es lag in Stücken auf dem Boden. Die lebensecht geschnitzten schmerzerfüllten Glieder sahen fast aus wie Körperteile aus Fleisch und Blut.

Dann aber erstarrte Hellers Blick vor Grauen, denn auf dem Boden lagen tatsächlich Fleisch und Blut. Menschliche Glieder befanden sich neben den hölzernen in einem schwarzen Laken aus geronnenem Blut. Heller trat vorsichtig in den Raum hinein, um den Horror näher zu inspizieren. Hinter ihm wurde der junge Heinrich vom Hauptmann der Wache zurückgehalten und aus dem Haus geschickt. Der Hauptmann trat zu Heller, der fassungslos auf den Werkstattboden starrte.

»Der Bildhauer«, piepste er leise in Hellers Ohr. »Er wurde mit einem Beil getötet. Jemand hat ihn festgebunden, hat ihm erst die Beine und Arme abgeschlagen und dann den Kopf.«

»Wie wisst Ihr, in welche Reihenfolge das getan wurde?«, fragte Heller.

»Das Blut«, antwortete der Hauptmann. »Wäre sein Kopf zuerst abgehackt worden, wäre kein Blut mehr aus den anderen Gliedern geflossen. Es ist wie bei Hühnern.«

»Macht man das mit Hühnern?«, fragte Heller mit einem tauben Gefühl. »Und seine Frau? Der Bildhauer hatte seine Ehefrau zurückgeholt und wahrscheinlich hierhergebracht, um sein Standbild zu beenden. Wo ist sie?«

»Wir haben nur ihn gefunden; ich glaube nicht, dass sonst jemand hier im Haus war oder gewesen ist.«

Der Hauptmann dachte nach. »Ich lasse meine Männer nach seiner Frau suchen. Sie muss ihren Ehemann getötet und dann das Feuer angezündet haben, um das Verbrechen zu verheimlichen.«

Johannes Heller drehte sich um. »Seine Frau soll das getan haben? Das glaube ich nicht.«

Der Hauptmann war jedoch bereits aus dem Haus gelaufen. Heller blickte noch einmal auf die fürchterlich zugerichtete Leiche des Bildhauers zurück und beeilte sich, ebenfalls aus dem Gebäude zu kommen.

Wieder draußen, suchte der alte Richter den Ministranten Heinrich und ging mit ihm etwas abseits von der Menge.

Er wandte sich an den jungen Ministranten, beugte sich zu ihm hinab und fragte: »Sag mir, wann hat man den Brand bemerkt? Das Feuer kann nicht lange gebrannt haben, sonst wäre das ganze Haus zerstört. Und wie kommt es, dass du davon erfahren hast und zu mir gekommen bist?«

Heinrich schaute Heller mit aufgerissenen Augen an. »Euer Vetter hat einen Boten zu Euch geschickt mit dieser Nachricht, die ich Euch geben sollte«, sagte er. »Er erzählte mir, dass die Leute heute in der Früh auf das Feuer aufmerksam geworden waren und gleich mit dem Löschen anfingen. Dabei entdeckten sie den toten Bildhauer. Als Euer Vetter davon erfuhr, wusste er, dass Ihr darüber informiert werden wolltet.«

»Dieser alte Schafskopf! Ich wollte, er hätte mich auch informiert, dass der Bildhauer seine Frau entführt hat«, sagte Heller ärgerlich. »Das Feuer kann also erst kurz vor Sonnenaufgang angezündet worden sein. Vermutlich wurde das Verbrechen unmittelbar zuvor verübt.« Er richtete sich auf und fing an, aufgeregt hin und her zu gehen. Der Mord beunruhigte ihn stark. Es war nicht so sehr der Tod des Bildhauers, der ihn störte – er war sogar erleichtert, ihn und nicht seine Ehefrau tot vorgefunden zu haben. Vielmehr erschreckte ihn die fürchterliche Art und Weise des Tötens.

Der Himmel war inzwischen merklich dunkler geworden, und ein plötzlicher Windstoß jagte den Staub durch die Straße. Schwere Gewitterwolken zogen über die Stadt. Der Hauptmann kehrte nach kurzer Zeit mit der Ehefrau des Bildhauers zurück. Sie bäumte und wand sich in den Händen von zwei Wachmännern, die sie festhielten, und schrie Unverständliches. Ihre Augen rollten und blickten ins Nichts. Sie war völlig nackt und mit Blut, Asche und Dreck verschmiert, und ihr Körper war mit den schrecklichen Narben und Wunden gezeichnet, die ihr der Bildhauer in die Haut geschnitten hatte. Der Knabe Heinrich starrte sie gebannt an.

»Ist das seine Ehefrau? Wir haben sie unweit von hier gefunden«, berichtete der Hauptmann. »Sie ist anscheinend völlig verrückt oder von einem bösen Geist besessen.«

Johannes Heller nahm seinen schwarzen Chorherrenmantel ab und gab ihn den Wachmännern, um ihre Nacktheit zu bedecken. Er trug darunter nur noch die weiße Albe. Dann trat er näher und sprach leise ihren Namen: »Katherina. Katherina! Was ist passiert?«

Die Ehefrau wurde ruhiger, aber ihr Blick schweifte noch

umher und suchte Halt in der Ferne. Sie schien etwas sagen zu wollen.

In dem Augenblick kam der Freisinger Stadtrichter herangeeilt, die dicken Wangen rot vor Anstrengung. Er war besorgt um seine Amtsrechte, wie immer.

»Dominus Chorrichter, was sucht Ihr denn hier? Das ist unsere Angelegenheit.«

»Gewiss«, antwortete Heller friedfertig. »Die Geschichte betrifft uns nur persönlich, nicht amtlich. Aber wir richten in einem Prozess zwischen dieser Frau und ihrem Ehemann, der nun tot ist, und können vielleicht zur Aufklärung des Falls beitragen.«

Der kleine dicke Stadtrichter zeigte sich erleichtert. Er stellte sich etwas höher am Hang auf, damit er auf die anderen hinunterblicken konnte. »Der Fall scheint klar zu sein, Ehrwürden. Hier haben wir die Ehefrau mit Blut verschmiert, dort den Ehemann, der mit einem Beil ermordet wurde, bevor das Haus angezündet wurde. Wie wir erfahren haben, lebte das Ehepaar getrennt, und seine Frau hat eine rechtliche Trennung in Eurem Gericht zu erreichen versucht. Gestern Abend aber hat der Bildhauer seine Ehefrau zu sich geholt. Offenbar hat sie ihn in ihrem Wahn erschlagen.«

Johannes Heller richtete sich auf, um nicht zum Stadtrichter hinaufblicken zu müssen. »Ja, einiges spricht dafür«, sagte er abwägend. »Jedenfalls scheint die massive Gewalt der Tat einen großen Hass gegen den Bildhauer auszudrücken. Vielleicht war es Rache oder eine Strafe. Jedenfalls ist es kaum wahrscheinlich, dass der Bildhauer Opfer eines zufälligen Raubmords geworden ist. Wir als Richter in spiritualibus haben kaum mit Gewaltdelikten zu tun, außer in Form von häuslicher Gewalt. Möglicherweise handelt es sich hier um einen solchen Fall. Solche Gewaltverbrechen wie das Abschlagen von Gliedern werden zumeist von Ehemännern an ihren Frauen verübt, um sie für Ehebruch oder dergleichen zu bestrafen. Frauen dagegen versuchen eher, ihre Ehemänner durch einen anderen Mann töten zu lassen, oder tun es selbst mit Gift. Hier aber wurde der Ehemann gewaltsam bestraft. Die Ehefrau hatte vielleicht guten Grund dazu, denn der Bildhauer hatte sie oft und schwer misshandelt. Aber ich frage mich, ob sie es überhaupt tun konnte? Ist sie stark genug, um seine Glieder mit einem Axthieb abzutrennen? Das glaube ich kaum. Doch wer kann es getan haben, wenn nicht sie?«

Die Ehefrau, die still geworden war, schrie plötzlich etwas Unverständliches. Es hörte sich an wie: »Ein feuriger Engel!« Die Wachmänner hielten sie fest und stopften ihr einen Lappen in den Mund.

Der Stadtrichter reckte sich etwas höher auf seine Zehenspitzen. »Was hat sie gesagt? Ein feuriger Engel? Das muss der Teufel sein. Jawohl, sie ist vom Teufel besessen! Auf ihrem Leib sind auch teuflische Zeichen. Das erklärt es doch: Besessene haben oft übernatürliche Kraft.«

Heller war nicht zufrieden mit der Erklärung. »Sie ist wahnsinnig geworden, aber nicht unbedingt vom Teufel besessen. Die Zeichen auf ihrer Haut aber hat ihr der Ehemann eingeschnitten, als er sie misshandelte. Sie läuft nackt durch die Stadt, schreit und sieht Geister wie eine Wahnsinnige. Aber wenn sie ihres Verstandes beraubt ist, wie konnte sie so berechnend handeln, dass sie das Haus anzündete, um ihr Verbrechen zu verschleiern? Wenn sie wiederum so schlau ist, warum hat sie dann nicht auch das Blut abgewaschen und sich angezogen? Warum läuft sie durch die Stadt ohne Kleidung und versucht nicht, sich zu verstecken? Etwas stimmt hier nicht.«

»Der Teufel kann vieles und ist sehr unberechenbar«, sagte der Stadtrichter, auf den Zehenspitzen auf und ab wippend.

Johannes Heller trat wieder nahe an Katherina heran und schaute ihr in die rollenden Augen. Sie waren voll mit Angst und Schrecken. Er zog ihr den Lappen aus dem Mund, sie rang nach Luft, und ihr Mund arbeitete lautlos. »Ein feuriger Engel.«

Wer war der feurige Engel? Der Teufel? Oder war es ein anderer, der in das Haus des Bildhauers gekommen war, den Bildhauer getötet und das Haus in Flammen gesetzt hatte?

Heller wandte sich dem Stadtrichter zu. »Gut, vielleicht habt Ihr recht. Über den Teufel und über Besessene zu richten seid Ihr aber nicht befugt, das ist die Angelegenheit eines geistlichen Gerichts. Wir werden den Fall untersuchen und feststellen, ob hier der Teufel im Spiel gewesen ist und wer den Bildhauer ermordet hat.«

Der Stadtrichter wäre fast von seinem erhöhten Stand heruntergefallen. »Wartet, nein – das dürft Ihr nicht tun«, protestierte er. »Das ist unser Fall. Es gibt nichts für Euch zu untersuchen. Es ist doch klar, dass die Ehefrau der Mörder war.«

Johannes Heller aber winkte ab und forderte den Hauptmann auf, die Ehefrau des Bildhauers in Gewahrsam zu nehmen und sie mit Kleidung und Wasser versorgen zu lassen. Er solle sie bewachen lassen, damit sie nicht weglaufe oder sich etwas antue. Dann machte er sich zusammen mit dem Knaben Heinrich auf den Weg nach Hause. Unterwegs schlug der Donner gewaltig auf den Amboss des Himmels, und die ersten schweren Tropfen begannen zu fallen. Es war der erste Regen seit Monaten. Es kühlte ab, und die Erde atmete auf. Die Hitze war gebrochen.

Capitulum 5

29. bis 30. September 1473

BLINDE JUSTITIA

Die langen, heißen Tage des Sommers waren vorüber, es wurde nun rasch kälter und dunkler, gleich der Bewegung eines riesigen Pendels, das im Rausch des Abwärtsschwungs immer schneller wurde. Die bunten Farben der Sommerlandschaft, das Grün, Gelb, Rot und Blau, verliefen und vermischten sich im kalten Herbstregen zu den dunklen schwarzbraunen Urfarben der Erde. Grauer Nebel bauschte sich über den Seen und Flüssen. In den Wäldern fiel das Laub von den Bäumen, und die Felder waren abgeerntet und stoppelig.

Die meisten Tiere hatten sich verkrochen, und die Zugvögel waren schon auf dem Weg in den wärmeren Süden. Nur die Krähen, die während des Sommers über die Äcker und Wiesen gestreunt waren, versammelten sich nun zu einer großen Schar, die allabendlich wie eine dunkle Wolke über dem Domberg hing und dort auf den Dächern und in den Bäumen ihre Schlafplätze suchte. Auch tagsüber kreisten sie über dem Dom und stritten sich mit rauen Stimmen oder saßen auf den Giebeln und schienen zu warten. Niemand wusste, worauf.

Es war eine schlechte Ernte gewesen, wie alle befürchtet hatten. Die Weizenhalme hatten nur wenige verdorrte Körner getragen, und das verwachsene Obst war noch am Ast verfault. Manche glaubten, dass es eine Ernte des Zorns war, wie es in der Apokalypse des Johannes geschrieben stand. Gott habe seinen Engel mit der Sichel über sie geschickt, um die Früchte ihrer Sünden zu ernten, sagten sie und blickten ängstlich zum Himmel hinauf. Nach den vielen Aufregungen und Skandalen, Todesfällen, Schreckensereignissen und düsteren Vorzeichen der vergangenen Monate erwarteten die Menschen, ob sie an übernatürliche Erklärungen glaubten oder nicht, jeden Augenblick das nächste Unheil, das über sie kommen und ihre Welt ins endgültige Chaos reißen könnte.

Manche Leute schienen einen solchen Umsturz sogar herbeizusehnen. Andere, wie der Gerichtsnotar Pangratz Haselberger, glaubten und hofften jedoch, dass das Licht der Gerechtigkeit gegen die Dunkelheit und Unordnung den Sieg tragen würde. Wie ein Gebet murmelte er den Bibelvers aus dem Johannesevangelium: »Et lux in tenebris lucet et tenebrae eam non comprehenderunt.« – Lass das Licht in die Finsternis leuchten, o Herr!

»Was? Hast du etwas gesagt, Haselberger?« Johannes Heller hob den Kopf und schaute zum Notar hinüber.

»Der nächste Prozess, Ehrwürden«, sagte der Notar und blickte rasch auf den vor ihm liegenden Zettel. »Causa refusionis – eine Entschädigungsklage um die Entjungferung, vulgo Kranzgeld, und um die Kosten für die Geburt und Erziehung eines gemeinsamen Kindes zwischen Elisabeth Bienenstock aus Freising gegen Johannes Müller, ebenfalls aus Freising.«

Heller sah sich die Parteien genauer an. Er konnte sich vage an sie erinnern. »Hatten wir den Beklagten nicht schon zur Zahlung einer Entschädigung verurteilt?«, fragte er irritiert.

»Euer Ehren hat den Beklagten von den Eheansprüchen der Klägerin freigesprochen, ihn aber zur Zahlung einer Entschädigung für ihre Entjungferung verurteilt. Doch die Entschädigungssumme wurde nicht festgelegt«, berichtete Haselberger nach einem kurzen Blick in seine Aufzeichnungen.

Der Richter nickte. Ihm fiel der Klatsch ein, den ihm sein Vetter in Freising erzählt hatte: Die »Bienenstockin« bekomme ein Kind, das sie dem »jungen Müller« zugewiesen habe, was wiederum Müllers Heiratspläne empfindlich gestört habe. Er wandte sich der Klägerin zu.

Elisabeth Bienenstock war immer noch sehr jung, erschien aber deutlich gereifter und erwachsener als beim ersten Erscheinen. Vor allem sah sie verbittert aus, als ob sie in der Zwischenzeit die ganze Verdorbenheit der Welt kennengelernt hätte.

Kühl legte sie den Eid ab und ließ ihren Prokurator Johannes Pack eine sorgfältig ausformulierte Klageschrift vortragen.

Die Klageartikel führten zuerst an, dass die Klägerin vor ihrer Beziehung zu dem Beklagten allgemein als Jungfrau bekannt gewesen sei und dass sie in allen Marktplätzen, Kirchen und öffentlichen Plätzen als Jungfrau bekleidet erschienen sei. Zweitens habe der Beklagte sie entjungfert, und ein Urteil dieses Gerichts habe diese Tatsache festgehalten. Drittens sei die Klägerin durch den Beklagten schwanger geworden und habe vor drei Wochen ein Kind namens Elisabeth geboren. Viertens habe die Klägerin dem Beklagten die Vaterschaft des Kindes sofort zugewiesen, und er habe dies nicht bestreiten können. Fünftens habe der Beklagte der Klägerin weder das ihr zustehende Kranzgeld noch einen einzelnen Pfennig für die Kosten der Geburt und der Erziehung des Kindes gezahlt. Sechstens sei das alles nicht nur publica vox et fama, schloss Prokurator Pack mit spitzer Betonung, sondern die Zahlungspflichtigkeit sei auch bereits gerichtlich bewiesen und daher unstreitbar. Er forderte also im Namen der Klägerin Kranzgeld in Höhe von hundert Pfund, denn dies entspreche der Höhe ihrer Mitgift. Ferner, führte er aus, habe die Klägerin drei Pfund für eine Hebamme und weitere drei Pfund für die Pflege des Kindes aufgewendet, deren Rückerstattung sie ebenfalls fordere. In summa bat sie das Gericht also, den Beklagten zur Zahlung von insgesamt hundertsechs Pfund zu verpflichten, die laufenden Prozesskosten nicht mit eingerechnet. Prokurator Pack trat würdevoll zurück und lächelte seinen Konkurrenten mitleidig an.

Der Beklagte gab sich seinerseits betont lässig und würdigte seine frühere Geliebte keines einzigen Blickes, während sein Rechtsbeistand, Johannes Maulberger, erklärte, sein Mandant wolle die Klage gar nicht erst annehmen, sondern dagegen eine peremptorische Einrede erheben. Er hatte seine exceptiones bereits schriftlich ausformuliert und fing gleich an, sie pompös und förmlich vorzutragen, wobei er fortwährend seinen Rivalen Johannes Pack im Blick behielt.

»Sofern die angebliche Klage, die diesen Namen nicht verdient, etwas zugunsten des Beklagten beinhaltet«, fing er an, »soll dies unbestritten hingenommen und als Schuldgeständnis gewertet werden; sofern sie jedoch dem Beklagten etwas zulasten legte, sollen solche Behauptungen als unzulässig, falsch und irreführend, schlicht als eine Belästigung, Verleumdung und Lüge zurückgewiesen werden, was der Beklagte gegebenenfalls beweisen will«, verkündete er mit bissiger Entschlossenheit. Er wollte Pack auf keinen Fall den Sieg kampflos überlassen.

Sein ewiger Widersacher jedoch lächelte nur müde, während Maulberger das juristische Repertorium an Argumenten ausschöpfte.

Schließlich kam er zum Hauptpunkt seines Einwands: »Insbesondere ist die sogenannte Klage trotz des irrtümlichen Gerichtsurteils gegenstandslos, weil die Klägerin keine Jungfrau war, als der Beklagte sie kannte.« Die Klägerin sei zwar immer jungfräulich bekleidet gewesen und habe ihre Haaren in Zöpfen gebunden wie eine Jungfrau, wenn sie an öffentlichen Plätzen aufgetreten sei, gab Maulberger zu, er bestritt jedoch, dass sie den Ruf einer unbescholtenen Jungfrau hatte.

»Vielmehr ist es stadtbekannt, dass sie mit einem gewissen Peter Holzfurtner eine Beziehung hatte«, tönte Maulberger mit gespielter Empörung. Man habe sie mit besagtem Holzfurtner oft allein an verdächtigen Plätzen gesehen – etwa in Wäldern oder in geschlossenen Räumen –, wo man guten Grund zur Vermutung gehabt habe, dass sie unkeusch gewesen seien, gab er als Begründung an.

»Aufgrund dieses Verdachts ist es also anzunehmen, dass dieser Holzfurtner sie entjungferte und der wirkliche Vater des Kindes ist, weshalb mein Mandant nicht bereit ist, der Klägerin das Kranzgeld oder irgendeine Aufwandsentschädigung für das Kind zu zahlen. Im Übrigen ist die angegebene Entschädigungssumme viel zu hoch berechnet«, schloss er mit der Entrüstung fester Überzeugung. Schließlich sei die gesamte Klage nichts anderes als eine erfundene Belästigung und gemeine Diffamation seines Mandanten.

Nach dem Vortrag trat Maulberger einen Schritt zurück und warf Johannes Pack einen herausfordernden Blick zu.

»Ist das Euer Bestes?«, spottete Pack. »Nicht sehr originell.«

»Beweist mir das Gegenteil«, antwortete Maulberger höhnisch.

»Nein, Ihr müsst den Beweis erbringen«, gab Pack ebenso höhnisch zurück. »Actori incumbit onus probandi – dem Kläger obliegt die Beweislast.«

Die Klägerin, die während Maulbergers Rede ganz rot geworden war, lief plötzlich zu dem Beklagten hin und ohrfeigte ihn mit einem Schrei: »Du Lügner, ich hasse dich!«

Der Beklagte wich einige Schritte zurück und beschimpfte sie heftig mit Worten, die im Gerichtssaal nicht angebracht waren. Auch die Verwandten beider Parteien standen auf und überhäuften sich gegenseitig mit lauten Beleidigungen und Drohungen.

Eilig trat der alte Pedell dazwischen, nuschelte etwas von Ruhe und Ordnung und wedelte schwächlich mit seinem Stab herum. Sein Auftreten flößte ihnen nicht gerade Angst ein, aber es reichte anscheinend aus, die Parteien daran zu erinnern, wo sie sich befanden, denn sie beruhigten sich etwas.

Nachdem alle wieder ihre Plätze eingenommen hatten, erhob sich Prokurator Johannes Pack und argumentierte, dass der Beklagte bereits durch den Urteilsspruch des Richters bezüglich der Entjungferung schuldig gesprochen worden sei, weshalb diese Frage hier nicht mehr erörtert werden sollte. Er bat den Richter daher im Namen seines Mandanten, die Behauptungen des Beklagten abzuweisen und der Klage umgehend stattzugeben.

Johannes Maulberger sprang aber ebenfalls auf und schob sich zwischen den Richter und seinen Widersacher.

»Ehrwürden, die Klägerin hat im vorausgehenden Prozess falsche Angaben über ihren Status als Jungfrau gemacht und verheimlicht, dass sie schon andere Liebhaber gehabt hatte. Zudem hat der Beklagte nie zugegeben, sie entjungfert zu haben oder der Vater des Kindes zu sein. Daher beruht das Urteil in dieser Hinsicht auf falscher Information und ist eo ipso ungültig. Wir bitten Euch also, ungeachtet des früheren Urteils die Einrede des Beklagten zuzulassen und ihm die Möglichkeit zu geben, deren Wahrheit zu beweisen.«

Die zwei Prokuratoren beäugten sich gegenseitig mit verächtlichen Blicken, während der Richter die Argumente erwog. Er stöhnte innerlich. Sosehr es ihm auch widerstrebte, musste er Maulbergers Einwand formalrechtlich stattgeben.

Eigentlich war Johannes Heller der Meinung, dass die Rechtsordnung in einem wohlgeordneten oikos die soziale Gerechtigkeit verteidigen sollte. Sie sollte entjungferte Mädchen und unehelich geborene Kinder schützen. Doch vor Gericht waren rechtliche Argumente und Rechtssätze die Richtschnüre, und daran musste sich der Richter halten, auch gegen seine Überzeugung. Mit einem bitteren Geschmack im Mund verkündete er also, dass der Beklagte einen Termin erhalten solle, seine Behauptungen zu beweisen. Falls sie aber nicht bewiesen werden könnten, solle das frühere Urteil gelten und der Klage stattgegeben werden.

Prokurator Maulberger triumphierte und verbuchte für sich einen Teilsieg in der ewigen Strichliste, in der er in der letzten Zeit etwas zurückgefallen war. Er konnte es sich nicht verkneifen, seinen ewigen Kontrahenten mit einem triumphalen Spruch zu reizen: »Vinxit iustitia. – Gerechtigkeit hat gesiegt.«

Johannes Pack entgegnete mürrisch, aber nicht zu laut, damit der Richter es nicht hörte: »Iustitia caeca est. – Gerechtigkeit ist blind.«

»Das habt Ihr wohl von dem Herrn Lizenziaten gelernt«, stellte Maulberger verächtlich fest.

»Nein«, antwortete Pack trocken, »aus langjähriger Erfahrung.«

Inzwischen traten die nächsten Parteien vor den Richter.

»Eine causa beneficii, ein Rechtsstreit um die vakante Propstei in Ilmmünster zwischen Dominus Erhard Spornecker, Kanoniker von St. Andreas in Freising, und Dominus Ulrich Kirchner, Priester zu München«, verkündete Pangratz Haselberger nach seinen Notizen.

Die Prokuratoren eilten zu ihren Mandanten und sortierten ihre Papiere. Kirchner, ein junger Mann mit pickeliger Haut, blickte währenddessen beleidigt um sich, während Spornecker wie gewöhnlich frech, aber auch ein wenig unsicher lächelte wie ein Schuljunge bei einem Streich.

Johannes Heller schaute missmutig auf die beiden hinunter. Durch den Tod des früheren Propstes, Dominus Conrad Sailer, der Anfang August an der Pest gestorben war, war die kleine, aber nicht unbedeutende Pfründe verwaist. Der Schwarze Tod hatte in den letzten Monaten viele Geistliche im Bistum Freising von ihren Kirchen und Ämtern vorzeitig hinweggerafft. Kaum waren sie unter der Erde – und manchmal schon vorher –, stürzten sich die zahlreichen Pfründenjäger auf ihre Benefizien wie Geier auf das Aas, überhäuften sich gegenseitig mit Klagen und beschäftigten die Gerichte mit Prozessen, Revisionen und Appellationen.

Johannes Heller fand ihr Treiben unziemlich und lästig. Er stöhnte vernehmbar, als Prokurator Johannes Pack im Auftrag des Klägers, Erhard Spornecker, vortrat und das Klagebegehren förmlich vortrug.

»Coram vobis, vor Euch, dem ehrwürdigen Dominus Richter …« Packs Rede fing mit den gewöhnlichen schwülstigen Formeln an, die eine jahrhundertelange Tradition der Rechtsgelehrsamkeit immer spitzfindiger und komplizierter verfeinert hatte, bis ihre Bedeutung kaum jemand mehr verstehen konnte. Johannes Heller hörte gelangweilt zu, bis der Prokurator schließlich zum Inhalt der Klage kam. Die Stiftpropstei Ilmmünster sei seit Menschengedenken ein Besitz der Herzöge von Bayern, behauptete er zu Beginn. Bereits im Jahr 1077 sei Graf Otto von Scheyern als Erster des Herzoggeschlechts Propst von Ilmmünster geworden, und seitdem hätten die Herzöge immer über die Propstei verfügt. Das sei wahr und wohlbekannt – verum et notum –, erklärte der Prokurator.

In der rechtmäßigen Ausübung dieses Rechts sei das Amt auf Wunsch und Empfehlung Seiner Hoheit Herzog Wolfgang von Bayern bereits lange vor dem Tod des früheren Propstes seligen Angedenkens als Provision an den Kläger, Dominus Erhard Spornecker, verliehen worden – verum.

Daher sei es das Recht des Klägers, nach dem Tod des Vorgängers von dem Amt Besitz zu nehmen, erklärte Pack mit unangreifbarer Logik.

Doch als der Kläger dieses Recht habe ausüben wollen, habe er entdeckt, dass der Beklagte das Amt schon eingenommen und die Einkünfte daraus entwendet habe – verum.

Ferner habe der Beklagte das Geraubte trotz mehrmaliger freundlicher Aufforderung nicht mehr zurückgeben wollen, sehr zum Schaden seines eigenen Seelenheils und zum großen Nachteil des Klägers, beklagte Prokurator Pack. »Daher bittet mein Mandant den Richter, den Beklagten zur Rückgabe des unrechtmäßig besetzten Amtes und der Einkünfte desselben sowie zur Rückerstattung der anfallenden Gerichtskosten zu verurteilen.«

Kaum hatte Pack den letzten Satz ausgesprochen, sprang sein Rivale Johannes Maulberger von seiner Bank auf und erhob die Stimme: »Wenn das so ist, so kann der Kläger beziehungsweise sein Prokurator doch bestimmt eine schriftliche Bestätigung dieser angeblichen Provision durch Herzog Wolfgang vorweisen. Falls es eine solche Provision überhaupt gibt«, krähte er höhnisch.

»Dagegen steht es fest«, fuhr er fort, »dass mein Mandant das Propstamt von der Hand des Herzogs Wolfgang persönlich empfangen hat. Der Kläger muss beweisen, worauf seine Klage beruht, ansonsten soll seine Klage als reine Belästigung und Verleumdung abgewiesen werden.« Maulberger ging zu seinem Platz zurück und betrachtete seinen Konkurrenten mit einem bösen Lächeln.

Prokurator Pack wirkte verlegen, als er seine Widerrede hielt. Es reiche völlig aus, antwortete er, nur nachzuweisen, dass es ein solches Provisionsrecht gebe. Daraus gehe logischerweise hervor, dass eine Provision vorgenommen werden könne, und somit, dass der Beklagte durch diese Provision in Besitz der Propstei gekommen sein könne.

Der Richter, der nach dem vorhergehenden Prozess ohnehin gereizt war, verlor allmählich die Geduld. Er wusste dank Marcus Hörnle ganz genau, dass Herzog Wolfgang seine Provision für Spornecker widerrufen hatte, um sich die Stimme des Domherrn Wilhelm Taz bei der Bischofswahl zu erkaufen. Ihm war auch bewusst, dass Taz diesen Handel mit seinem Freund Christoph Czottner vereinbart hatte, um dessen Feind Spornecker zu schaden. Und schließlich war ihm klar, dass Spornecker und Kirchner – und möglicherweise ihre Prokuratoren – dies alles auch wussten.

»Genug von diesem Theater«, rief er ärgerlich. »Das Argument ist absurd. Allein aus einem bestehenden Rechtsanspruch lässt sich nicht herleiten, ob dieses Recht zugunsten des Beklagten ausgeübt worden ist oder nicht.« Er wandte sich an den Beklagten. »Dominus Spornecker, habt Ihr eine Bestätigung der Provision oder nicht?«

Spornecker grinste, als ob er nur auf diese Frage gewartet hätte. »Dominus Chorrichter, jeder weiß, dass Herzog Wolfgang mir die Propstei versprochen hat«, antwortete er. »Ich kann es beweisen.«

Prokurator Pack sprang eifrig ein: »Jeder weiß es, Ehrwürden, jeder. Es ist notum et publicum. Wir haben daher das Recht, die Ansprüche des Klägers durch eine Zeugenbefragung zu beweisen. In der Zwischenzeit fordern wir, dass das Amt und dessen Einkommen gerichtlich eingefroren werden, bis Ihr Euer Urteil gesprochen habt.«

Der Prokurator und sein Mandant lächelten verschmitzt. Eine ausführliche Beweisaufnahme war genau das, was sie wollten. Damit konnte die Sache in die Länge gezogen werden, und Spornecker konnte hoffen, Herzog Wolfgang irgendwann umzustimmen.

Die Gegenpartei war bestürzt. Kirchner sah aus, als wollte er auf den Boden spucken. Sein Prokurator, Johannes Maulberger, erhob gleich einen Einwand, dass die ganze Klage jeglicher Grundlage entbehre und eine reine Verzögerungstaktik sei. Johannes Pack aber rief dazwischen, dass das erst einmal bewiesen werden müsse.

Johannes Heller platzte der Kragen. »Wollt ihr uns zum Narren halten?«, brüllte er. »Wir sehen, was hier gespielt wird, und wollen das Recht nicht zum Komplizen des Unrechts machen lassen. Die Parteien sollen sich an Herzog Wolfgang wenden und von ihm klären lassen, wer der neue Propst ist. Anderenfalls werden wir rechtlich untersuchen, ob es dem Herzog überhaupt zusteht, den Propst zu ernennen, sofern dies ein kirchliches Amt und kein weltliches ist. Wir erinnern daran, was das Erste Laterankonzil über Laien und kirchliche Benefizien festgelegt hat. Falls wir das aber tun, wird keiner von euch diese Pfründe erhalten; davon könnt ihr ausgehen.«

Die Prokuratoren und ihre Mandanten blickten erstaunt zum Richterpult hinauf. Johannes Pack wollte protestieren, aber Heller wies ihn zurück.

»Das ist unsere Entscheidung. Causa finita. – Der Fall ist erledigt«, sagte er fest. Er wandte sich an die Prokuratoren: »Die Gerechtigkeit mag blind sein, meine Herren, aber sie ist nicht taub.«

Pangratz Haselberger lächelte insgeheim über die Zurechtweisung und machte sich daran, die Anweisung zu notieren.

Plötzlich stand Erhard Spornecker auf. Seine Knollennase war scharlachrot, und er schäumte beinahe vor Wut.

»Das ist nichts als ein gemeines, abgekartetes Spiel«, schrie er hysterisch und stampfte mit dem Fuß. »Das ist Czottners Tun. Er will seine Rache: Gut, aber auch ich werde Rache nehmen, und wir werden sehen, wer zuletzt lacht. Wartet nur, bei Gott. Ich mache ihn noch fertig und diesen Schwachkopf von einem

Herzog auch. Ich mache euch alle fertig. Ihr werdet sehen!« Er drehte sich um und lief fluchend aus dem Gerichtssaal.

Nachdem wieder Ruhe eingekehrt war, wandte sich Johannes Heller an Pangratz Haselberger.

»Gibt es noch etwas heute?«, fragte er ermattet. Keine weiteren Prozessparteien warteten draußen, und Heller hoffte inständig, dass die Gerichtsgeschäfte für den Tag erledigt waren.

Der Notar hob jedoch einen Brief von seinem Pult auf, den ein Bote aus München gebracht hatte. Der Brief trug das Siegel des bischöflichen Richters von Passau. Johannes Hellers Gesicht zuckte, als er ihn entgegennahm und inspizierte. Dann erhob er sich, erklärte den Gerichtstag für beendet und ging eiligen Schrittes aus dem Raum.

Pangratz Haselberger stellte neugierig fest, dass der Richter das Schreiben aus Passau mit sich genommen hatte.

AGNES

Johannes Heller konnte es kaum erwarten, den lang ersehnten Brief des Richters aus Passau in Ruhe zu lesen. Viele Monate waren schon vergangen, seitdem er an seinen Amtskollegen mit der Bitte um Auskunft über Agnes Hagen, geborene Seidenatter, geschrieben hatte, und jeden Tag hatte er auf eine Antwort gehofft. Als er schließlich in seiner Bibliothek angekommen war und die Tür hinter sich verschlossen hatte, zitterten seine Hände vor Ungeduld. Er versuchte dennoch, sich zu beherrschen, und brach das Siegel besonders sorgfältig auf.

Der Brief war von einem gewissen Michael Lochmayr, Doctor artium und Licentiatus in Kirchenrecht, verfasst worden, der kommissarisch das Amt als bischöflicher Richter in Passau ausübte. Wie Heller erleichtert feststellte, schrieb Lochmayr ein eloquentes und gelehrtes, jedoch kein ausgesprochen humanistisch geprägtes Latein. Er war zugleich erstaunt über die Länge des Schreibens, das sich über mehrere Blätter erstreckte. Allerdings erhielten seine Hoffnungen, etwas über Agnes zu erfahren, zunächst einen Dämpfer, als der Passauer Richter bereits im ersten Absatz erklärte, dass er seinem Anliegen nicht habe nachgehen können. Er habe zwar die Aktbücher und andere Prozessaufzeichnungen aus dem Jahr 1446 durchsuchen lassen, aber darin nichts über eine Agnes Seidenatter oder Agnes Hagen aus München gefunden.

Vermutlich habe man damals die Unterlagen dem Kläger ausgehändigt, wie es Usus sei, damit er sie bei dem zuständigen Gericht in Freising einreiche. Daher solle der Freisinger Richter lieber seine eigene Prozessdokumentation nach dem gewünschten Nachweis überprüfen. Er bedauere, ihm nicht weiterhelfen zu können.

Johannes Heller stöhnte enttäuscht. Doch der Brief war noch lange nicht zu Ende.

Allerdings, fügte der Passauer Kollege nach dieser negativen Auskunft etwas überraschend hinzu, ergebe es sich per casum, dass er persönlich eine Agnes aus der Diözese Freising kenne. Sie heiße zwar nicht Seidenatter oder Hagen, sondern Agnes Seelenhauser, doch möglicherweise könnte sie die gesuchte Person sein. Vom Äußerlichen her sei nur gesagt, dass sie eine circa fünfundvierzig Jahre alte Frau mit hellen Haaren sei, die am linken Bein ein wenig gelähmt sei und daher mit einem Hinken gehe.

Ehrwürdiger Kollege, wir wissen natürlich, dass Ihr allein anhand dieser allzu dürftigen Beschreibung kaum werdet feststellen können, ob es sich um dieselbe Person handelt. Wahrscheinlich werdet Ihr unsere Vermutung daher für die reinste Spekulation halten, und in der Tat, sie scheint uns selbst etwas unwahrscheinlich. Doch damit Ihr Euch selbst ein Urteil bilden könnt, wollen wir im Folgenden ein wenig über die Umstände unserer Begegnung mit dieser Agnes schildern, die zur näheren Beschreibung ihres Charakters und zur Klärung ihrer Identität beitragen könnten. Es heißt zwar, dass dem Leser eher die trockene Kürze als die nützliche Ausschweifigkeit erfreut – plus libet sterilis brevitas quam utilis commentariorum delectat prolixitas –, doch werdet Ihr uns hoffentlich darin folgen, dass hier der Nutzen einer ausführlichen Schilderung den Vorrang vor der Kurzweil haben soll.

Zu dieser Bekanntschaft ist es also auf folgende Art und Weise gekommen: Besagte Agnes gehörte zu den Personen, die in einem umstrittenen Testament des hiesigen Bürgers Albrecht Kuchler seligen Angedenkens beschenkt wurden. Kuchler soll auf dem Sterbebett ein Testament verfasst haben, das seine frühere Verfügung außer Kraft setzte. Neben den gewöhnlichen frommen Schenkungen an Stifte und Kirchen, die für den Verstorbenen Seelenmessen und Gebete verrichten sollten, bedachte der Sterbende zahlreiche Personen, die, wie die besagte Agnes, ihm während seines Lebens treu gedient und geholfen hatten, mit reichlichen Geschenken, während andere Personen, insbesondere gewisse angeheiratete Verwandte, die im ersten Testament als Erben genannt worden waren, leer ausgingen. Der Fall kam dieses Jahr vor unser Gericht, weil einer der angeheirateten Verwandten die Echtheit des letzten Testaments anfocht.

Im Prozessverlauf mussten Zeugen befragt werden, die bei der Verfassung des zweiten Testaments dabei gewesen waren. Eine von ihnen war die genannte Agnes, die den Verstorbenen am Sterbebett versorgt haben soll. Um es kurz zu machen, die Zeugenaussagen bestätigten die Echtheit des Dokuments, doch die Gegenseite erhob Einwände gegen die Glaubwürdigkeit der Zeugen. Unter anderem wurde ebendieser Agnes vorgeworfen, die Geliebte und Konkubine des Testators gewesen zu sein und mit ihm regelmäßig Ehebruch begangen zu haben – sie sei nämlich mit einem Mann aus Landshut verheiratet. Die enterbten Verwandten beschuldigten sie daher eines schlechten Rufes, weshalb sie als Zeugin, die zudem von der Schenkung selbst profitierte, unglaubwürdig sei. Sie behaupteten sogar, dass sie und die anderen Zeugen das zweite Testament gefälscht hätten.

Dominus, Ihr werdet verstehen, dass wir diesen Einwänden aus rein rechtlichen Erwägungen stattgeben mussten, obwohl wir übrigens von der Unschuld und Integrität der besagten Agnes fest überzeugt waren. Sie fiel uns sogar besonders wegen ihrer Ehrlichkeit auf. Als wir sie zu den genannten Vorwürfen befragten, gestand sie freimütig ein, die ehebrecherische Geliebte und Konkubine des Verstorbenen gewesen zu sein, und gab in folgenden oder ähnlichen Worten eine äußerst bemerkenswerte Erklärung dafür ab.

»Herr Richter«, sagte sie, »ich bekenne mein Vergehen und meine Schuld. Ich gebe zu: Ich bin eine Ehebrecherin, aber ich bestreite, dass Ehebruch eine Sünde ist. Vielmehr meine ich, dass die Ehe die Menschen sündhaft macht. Urteilt selbst: Eher bin ich von der Ehe gebrochen, als dass ich die Ehe gebrochen habe. Als Jungfrau verliebte ich mich in einen Mann, der mich nicht heiraten konnte, weil er ein geistlicher Herr war; unsere

Liebe war daher eine Sünde. Dann musste ich einen anderen Mann heiraten, der mich nicht liebte und mich darum schlug und missbrauchte. Um mein Leben zu retten, musste ich ihn verlassen, und deshalb sündigte ich wieder gegen die Ehe. Dann wurde ich Dienerin eines Ritters, der von mir dienstmäßige Liebe verlangte, die wiederum Ehebruch und Konkubinat war. Schließlich wurde ich Prostituierte und verkaufte mich an Freier, die zumeist unglücklich verheiratet waren und nur zu gerne Ehebruch mit mir begingen.«

»Ihr werdet vielleicht sagen«, führte sie weiter aus, »dass all diese Sünden aus meiner Lüsternheit entstanden, doch ich meine, dass die Ehe daran schuld ist, weil das Gesetz der Ehe sie zur Sünde macht. Lest mal, was der Apostel Paulus an die Römer über Ehebruch schrieb: ›Solange ihr Ehemann noch lebt, wird eine Frau eine Ehebrecherin genannt, wenn sie bei einem anderen Mann liegt. Wenn ihr Ehemann aber tot ist, ist sie keine Ehebrecherin mehr. Er sagt auch: Ich kannte die Sünde nur aus dem Gesetz, denn ich hätte nicht gewusst, was Begierde sei, wenn nicht das Gesetz vorgeschrieben hätte: Du sollst nicht begehren.‹ Ihr seht, Ehebruch und Unzucht entstehen durch die Ehe, weil das Recht die körperliche Liebe nur in der Ehe gutheißt. Alles andere soll Sünde, Ehebruch, Unzucht oder Prostitution genannt werden, aber ich sehe keinen Unterschied darin außer dem Ehestand. Die Liebe aber ist das höchste Gesetz, denn Jesus sagte: ›Liebe Gott und deinen Nächsten. Kein anderes Gebot ist höher als diese beiden.‹ Das hat nichts mit der Ehe zu tun, und ich sehe nicht, wie die Ehe in diese Angelegenheit hineinkommt. Ich glaube auch nicht, dass Adam und Eva im Paradies verheiratet waren, wie manche Leute meinen – jedenfalls habe ich es nicht in der Bibel gefunden.«

Dominus, das waren die Worte dieser Agnes – oder ungefähr so. Wir waren über ihre Belesenheit erstaunt und haben sie daher gut in Erinnerung behalten. Wir haben sie gefragt, woher sie die Bibel so gut kennt, aber sie wollte uns keine weitere Auskunft über sich geben. Es scheint uns, dass sie sich das alles selbst ausgedacht hat, was uns sehr wundert. Zugleich sind wir sehr besorgt, weil ihre Argumente häretisch erscheinen. Wir haben sie ernsthaft gewarnt, dieser Irrlehre weiter anzuhängen, und versucht, sie von der Heiligkeit der Ehe zu überzeugen. Wir haben ihr erklärt, dass die Ehe ein Sakrament ist und dass ihr Heilscharakter schon von dem heiligen Augustin, der nie im Irrtum gewesen ist, erkannt und durch das Vierte Laterankonzil bestätigt worden ist. Wir haben sie gewarnt, dass niemand die Lehrautorität der Kirche anzweifeln dürfe, denn das sei der Weg der Irrlehre und des Ketzertums. Und schließlich haben wir ihr angeboten, sich im Gespräch mit uns von der Richtigkeit des Eherechts überzeugen zu lassen. Leider hat sie dieses Angebot nicht angenommen, sie wurde auf Betreiben der Verwandten des verstorbenen Liebhabers als Ehebrecherin und Erbschleicherin aus der Stadt Passau verbannt.

Dominus, wir wissen nicht, ob diese Frau die von Euch gesuchte Agnes ist oder nicht. In Eurem Auftrag haben wir unser Bestes getan, zu ermitteln, wohin sie gegangen ist, doch auch das war vergeblich. Möglicherweise ist sie zu ihrer Familie oder zu Freunden gezogen. Von einer Nonne aus dem Kloster, wo sie kurze Zeit lebte, haben wir erfahren, dass sie einen Sohn hat, den sie einem früheren Dienstherrn zur Adoption übergab. Vielleicht ist sie zu ihm gegangen, aber wir konnten nicht herausfinden, wer dieser ehemalige Dienstherr war oder wo der Sohn nun lebt. Wir hoffen dennoch, Euch mit dieser Auskunft geholfen zu haben. In nomine Domini.

Als Johannes Heller diesen ungewöhnlichen Bericht aus Passau las, in dem ein mehr als nur beiläufiges Interesse des Richters am Schicksal der Ehebrecherin zu erkennen war, schmerzte ihn die Seele so leiblich wie ein Stich ins Herz. Er hatte keinen Zweifel, dass es sich um seine geliebte Agnes handelte. Aus ihren Worten erkannte er den klaren, einfühlsamen Verstand des Mädchens, mit dem er vor so vielen Jahren über die Liebe und die Welt gesprochen hatte. Er erkannte sogar, sehr zu seinem

Leidwesen, in manchen ihrer Argumente seine eigenen Gedanken und Reden wieder, die er in seiner Verliebtheit vorgebracht hatte, als er sie von der Unnötigkeit der Ehe überzeugen wollte.

Heller seufzte tief, als die Erinnerungen hochstiegen. Damals hatte er alles Mögliche gesagt und jedes Gebot auf den Kopf gestellt, einzig um ihrer Küsse willen. Er schämte sich vor sich selbst. War seine Vernunft, auf die er so stolz war, nichts als der Knecht seiner Triebe und Gefühle? Welcher Hohn des Schicksals, dass er, der damals so leidenschaftlich gegen die Ehe argumentiert hatte, nun Richter über Ehesachen geworden war. Und welches Leid hatte er mit seiner Liebe über Agnes gebracht, die wie ein Fluch über ihrem Leben gelastet hatte. Er krümmte sich vor Scham und seelischem Schmerz.

Wenn er Agnes nur wiedersehen, ihr helfen könnte! Aber wo war sie? Wohin war sie von Passau aus gegangen? Wenn sie zu ihrem früheren Arbeitgeber gezogen war, um ihren Sohn zu sehen, dann war vielleicht ein Hinweis darauf in der Prozessdokumentation zu finden, die, wie der Passauer Richter geschrieben hatte, in den Freisinger Gerichtsbüchern aufbewahrt sein sollte. Heller beschloss, die Bücher erneut zu durchsuchen.

VERRÄTER

Der alternde Richter wurde unvermittelt aus seinen Gedanken gerissen. Jemand klopfte und rüttelte an der Tür. Heller versteckte den Brief unter einem Buch und rief laut: »Wer ist da? Ich möchte nicht gestört werden.«

»Dominus, ich bin es, Marcus Hörnle«, rief der Besucher eindringlich zurück. »Ich bin gerade aus München gekommen. Es ist dringend.«

Johannes Heller stand sofort auf und öffnete. Er grüßte den jungen Domherrn mit ernstem Blick.

»Worum geht es?«

Hörnle sprach rasch mit gesenkter Stimme. »Dominus, Ihr habt mich, wenn ich das richtig verstanden habe, beauftragt, besonders aufzupassen, wenn Dominus Spornecker mit Herzog Wolfgang oder seinen Leuten spricht, und Euch sofort darüber zu informieren, wenn er etwas über ein illegitimes Kind unseres Herrn Fürstbischofs erzählen sollte.«

Der Richter wartete ungeduldig. »Ja, das habe ich. Das hast du richtig verstanden.«

»Ein solches Gespräch fand vor einigen Tagen statt«, berichtete Hörnle. »Ihr wisst wohl, dass Dominus Spornecker einen großen Streit mit Herzog Wolfgang hatte, weil der Herzog ihm die Propstei in Ilmmünster weggenommen und an einen von Sporneckers Feinden verschenkt hat.«

»Ja, das weiß ich«, sagte Heller.

»Nun kam Spornecker vor einigen Tagen wieder zu Herzog Wolfgang und bemühte sich, ihn zu überzeugen, diese Entscheidung zu ändern. Ich war dort – nicht ganz zufällig, denn ich hatte gehört, dass Spornecker in München war, und dafür gesorgt, dass ich anwesend war, als er zu Besuch kam. Er wollte allerdings erst nicht vor mir reden, sondern mit Seiner Hoheit Herzog Wolfgang allein sprechen. Mir gegenüber verhält er sich immer sehr zurückhaltend, als ob er mich verdächtigt. Also musste ich ihn aus der Deckung locken. Ich sagte ihm, dass ich schon wisse, was er dem Herzog sagen wolle – von dem her könne er ruhig heraus damit. Spornecker fragte mich, was ich denn glaube, dass er sagen wolle. Ich musste raten und erwiderte, er wolle uns ein Geheimnis über Bischof Tuhlbeck verraten, wenn der Herzog ihm die Propstei in Ilmmünster verleiht. Spornecker war völlig überrascht und keifte mich wütend an: ›Wie wisst Ihr das denn? Wie wisst Ihr von meinen Geschäften?‹ Dann warf er mir vor, dass ich ein Verräter sei und dem Bischof über alles berichten würde, was am Hof passiert. Das sei das Geheimnis, das er herausgefunden habe.«

Hörnle schüttelte empört den Kopf und fuhr fort: »Herzog Wolfgang schien ihm zu glauben, denn er sah mich misstrauisch an. Ich wusste, dass das gefährlich werden konnte, denn Seine Hoheit ist manchmal sehr wankelmütig und lässt sich von anderen rasch überzeugen. Manchmal habe ich sogar den Eindruck, dass mir der Herzog tatsächlich misstraut. Daher bemühte ich mich, zu lachen, und antwortete, dass ich nicht mehr viel mit Bischof Tuhlbeck zu tun hätte: Vielmehr sei ich wegen dieses Skandals mit dem Kind sehr in seine Ungnade gefallen, was sogar wahr ist.

Das hat Seine Hoheit beruhigt, und er hat herzlich gelacht. Irgendwie scheint die Tatsache, dass ich in diesen Skandal verwickelt war, ein besonderer Vertrauensbeweis für ihn. Außerdem ist er im Grunde herzensgut, wie Ihr wisst, nur lässt er sich leicht von anderen verleiten. Also sagte ich Spornecker, dass seine Geheimnisse nicht sehr viel wert, sondern nur gemeine Verleumdungen seien. Herzog Wolfgang stimmte zu und wiederholte: ›Verleumdungen, nichts als Verleumdungen.‹«

Nun lächelte Hörnle ein wenig spöttisch, ehe er weitererzählte.

»Dominus Spornecker krümmte sich, als ob man ihn geschlagen hätte, und protestierte, das sei es nicht, was er eigentlich habe sagen wollen. Er habe etwas viel Besseres herausgefunden, einen richtigen Skandal, worüber der Herr Fürstbischof ganz gewiss stürzen müsse. Aber er wollte sein Geheimnis erst verraten, wenn Seine Hoheit ihm die Verleihung der Propstei bestätige. ›Versteht: Es geht mir nicht so sehr um das Geld, sondern um meine Würde‹, sagte er mehrmals. Die Weigerung machte Herzog Wolfgang wütend. Seine Hoheit sprang auf und stampfte ärgerlich mit dem Fuß. Er könne das nicht tun, schrie er, das sei nicht seine Entscheidung, sondern der Wille seines Bruders Albrecht. Aber wenn Spornecker ihm jetzt helfe, dann werde er ihm ganz sicher seine Dankbarkeit zeigen, wenn er Bischof geworden sei. Man habe ihm ja versprochen, dass er Bischof werde. Spornecker aber bettelte, dass er die Provision dieser Propstei jetzt und sofort brauche. Der Streit werde vor Gericht ausgetragen, und der nächste Gerichtstermin stehe schon in wenigen Tagen an. Er müsse dann die Provision beweisen können, sonst werde ihm der Besitz entzogen. ›Das Ganze ist ein Komplott dieses fetten Bürgersacks Czottner, der sich an mir rächen will‹, schrie er. ›Wenn ich die Propstei verliere, wird Czottner siegen. Das kann ich nicht ertragen.‹ Er wurde sogar weinerlich und klagte, ob Seine Hoheit ihn so seinen Feinden ausliefern wolle.«

Heller wurde allmählich ungeduldig. »Und? Hat er etwas von einem Kind des Fürstbischofs gewusst?«, fragte er dazwischen.

Mit beruhigender Geste sagte Marcus Hörnle: »Wartet nur ab, Ihr werdet es gleich hören. Da ich gerne erfahren hätte, welches Geheimnis Spornecker verraten wollte, forderte ich ihn auf: Wenn er etwas wisse, was den Herzog zum Bischof machen könne, solle er es dem Herzog sofort erzählen. Andernfalls würde der alte Tuhlbeck vielleicht noch lange Bischof bleiben können. Spornecker schöpfte neue Hoffnung. ›Ja‹, sagte er, ›der alte Tuhlbeck wird noch lange, noch ewig Bischof bleiben, wenn man ihn nicht von seinem Piedestal hinunterschubst. Ich aber kenne ein Geheimnis, das ihn unweigerlich zu Fall bringen wird.‹ Um Spornecker zu reizen, sagte ich zu ihm, dass ich das nicht glauben könne, denn der Bischof habe bislang doch noch alle Skandale überstanden. Dominus Spornecker lachte auf und sagte: ›Diesen Skandal überlebt er gewiss nicht mehr. Wenn herauskäme, dass der Bischof selbst mit der Sünde der Unzucht befleckt ist, hihi, wie würde das aussehen? Und wenn herauskäme, dass nicht nur unser treuer Freund, Dominus Hörnle, sondern auch der Herr Fürstbischof höchstselbst einen Bastardsohn hat, dann würde er wohl doch seinen Hut nehmen müssen.‹ Herzog Wolfgang wurde außerordentlich aufgeregt und forderte Spornecker auf, den Namen des Kindes sofort zu nennen. Aber Dominus Spornecker wurde nun vorsichtiger, nachdem er sein Geheimnis teilweise bereits ausgeplappert hatte, und wollte auf keinen Fall weiteres Wissen preisgeben, ohne zuvor eine schriftliche Bestätigung der Provision zu erhalten. Herzog Wolfgang konnte ihm letztendlich nur versprechen, dass er mit seinem Bruder Albrecht darüber reden würde, und damit war das Thema erledigt. Ich wusste, dass Ihr über diese Angelegenheit eilig informiert werden wollt, und daher erfand ich rasch eine Entschuldigung, um wegzukommen, und bin so schnell wie möglich hergeritten.«

Schon bevor Marcus Hörnle mit seiner Erzählung fertig war, war Johannes Heller aus seinem Stuhl aufgesprungen und klatschte vor Genugtuung.

»Wunderbar gemacht, Hörnle«, rief er. »Das ist der Beweis, den wir suchten. Spornecker ist es, der den Herzog mit Informationen vom Domberg versorgt. Das habe ich mir gedacht. Wir müssen ihn sofort verhaften.« Er griff nach seinem warmen Mantel und wollte aufbrechen.

»Aber der Schaden kann schon bereits geschehen sein«, wandte Hörnle besorgt ein. »Vielleicht hat Spornecker doch noch den Namen des Kindes preisgegeben. Der Skandal wird unabwendbar sein, und Bischof Tuhlbeck wird zurücktreten müssen. Herzog Wolfgang wird gewählt. Was bringt es dann, Spornecker noch zu verhaften?«

»Das erzähle ich dir, während wir gehen«, sagte Heller und lief bereits aus der Tür. »Wir müssen Spornecker schnell ergreifen. Er war gerade eben im Gericht und dürfte noch hier am Domberg sein.«

MACHT AUF

Johannes Heller und Marcus Hörnle eilten auf den Domplatz hinaus und liefen zur Wache am östlichen Tor. An der Pforte erhielten sie die Auskunft, dass Dominus Spornecker nicht passiert habe. Auch am westlichen Tor sei er nicht gesehen worden. Er musste sich also noch auf dem Domberg aufhalten. Während der Hauptmann der Wache gerufen wurde, erklärte Heller seinem jungen Kollegen in wenigen Worten, dass er die Geschichte vom illegitimen Kind des Bischofs erfunden hatte, um Spornecker als Quelle der Information über die Ereignisse am Domberg zu enttarnen.

»Wenn wir beweisen können, dass man damit versucht hat, den Bischof zu stürzen, wird Herzog Wolfgangs Kandidatur diskreditiert, und die Pläne der Herzöge können vielleicht noch vereitelt werden«, sagte Heller hoffnungsvoll.

»Ja, das wäre auf alle Fälle ein Skandal für die Herzöge«, stimmte Marcus Hörnle zu und gratulierte ihm. Der Plan schien aufzugehen.

Der Hauptmann und weitere Wachleute kamen angerannt. Man sperrte die Ausgänge und bildete Suchtrupps. Mit Marcus Hörnle an der Spitze suchten Wachleute überall nach Erhard Spornecker. Von Haus zu Haus, von Raum zu Raum liefen sie, und ihr Ruf erschallte in den Höfen und Gebäuden: »In nomine domini episcopi aperite! Im Namen des Bischofs, aufmachen!«

Johannes Heller ging inzwischen mit einer anderen Gruppe bewaffneter Wachmänner auf das Domkapitelhaus zu, um dort zu suchen. Er ließ vor der Schule anhalten, wo lautes Geschrei und Aufruhr aus den Fenstern ertönten. Plötzlich stürzte schreiend und weinend der junge Ministrant Heinrich aus der Tür. Hinter ihm lief der Scholaster, Dominus Johannes Gugelmair, mit einem Stock in der Hand. Johannes Heller stellte sich vor den Knaben, der sich auf den Boden geworfen hatte.

»Was spielt sich hier ab, Dominus Gugelmair?«, fragte er streng.

Gugelmair ließ die Rute zögerlich fallen. Sein breites Gesicht war hochrot. »Der Junge streitet und prügelt sich ständig mit seinen Schulkameraden. Wie sollen die anderen lernen, wenn er ein solcher Raufbold ist? Disziplin braucht er! Einen guten Schlag mit dem Stock braucht er!«

»Warum streitet er denn mit den anderen?«, fragte Heller.

»Weil er von einem frechen Teufel besessen ist«, erzürnte sich Gugelmair. »Den werde ich ihm aber austreiben.« Er hob wieder die Rute.

»Beherrscht Euch, Bruder. ›Ira furor brevis‹, heißt es. Der Zorn ist eine kurze Raserei. Er ist nur ein Kind. Ich werde mit ihm sprechen«, antwortete Heller ruhig. »Auch die anderen Schüler scheinen Eure Aufmerksamkeit zu brauchen.« Aus dem Schulraum kamen Rufe und Schreie.

Als Gugelmair sich umdrehte, rief ihm Heller nach: »Dominus Gugelmair, habt Ihr Dominus Erhard Spornecker heute gesehen? Wir suchen ihn dringend.«

Gugelmair lachte erbittert. »Ihr seht, ich habe alle Hände voll. Wie soll ich wissen, was Dominus Spornecker macht?« Er hob den Stock und lief zurück in die Schule.

Johannes Heller drehte sich zu Heinrich um, aber der Knabe hatte sich bereits erhoben und lief davon.

Einer der Wachmänner wollte ihn einfangen, aber Heller rief ihn zurück. »Lass ihn. Wir müssen weiter.«

»In nomine domini episcopi aperite! Im Namen des Bischofs, macht auf!« Johannes Heller schlug an die Tür des Kapitelhauses und machte selbst auf.

In der Stube saß der alte Domherr Ulrich Arsinger neben dem Feuer und schlief. Als Heller in den Raum hineintrat, schüttelte Arsinger den Kopf und antwortete schläfrig: »Im Namen des Herrn, lasst mich in Ruhe!«

In der Kammer saß der Domdekan Johannes Simonis über

einen Tisch gebückt und zählte Rechnungen. Er schaute verärgert auf, als Heller ihn nach dem Verbleib von Erhard Spornecker fragte, und widmete sich gleich wieder seinen Zahlen, ohne eine Antwort zu geben. Ein Diener putzte währenddessen lautlos Staub. Sonst war keiner da.

»In nomine domini episcopi aperite!«, rief es aus der Ferne. »Im Namen des Bischofs, aufmachen!«

Johannes Heller und die Wachmänner liefen die Treppe hinauf und stürmten in die Bibliothek. Der gekrümmte Bibliothekar, der über seiner Lektüre des »De consolatione philosophiae« eingeschlafen war, sprang vor Schreck auf und protestierte über die Störung. Heller durchsuchte die Bibliothek. Dort fand er jedoch nur den Kanoniker Veit Arnpeck und dessen Fachkollegen Ulrich Fuetrer, die in Flüstertönen eine erbitterte Diskussion über Geschichtsschreibung führten. Keiner von ihnen hatte Spornecker gesehen.

Eilig liefen Johannes Heller und die Wachmänner die Treppe wieder hinab und durch den Kreuzgang zur Benediktskapelle. Als er vor dem Eingang stand, erinnerte sich Heller plötzlich, wie er eine unbekannte Person in die Kapelle verfolgt hatte, die aus der Hintertür geflüchtet war.

»Im Namen des Bischofs, aufmachen!«, rief er und ging hinein. Niemand war dort. Die Kerzen flackerten im Windzug eines offenen Fensters. Heller ging nachdenklich zurück zur Tür auf den Domplatz, die immer versperrt sein sollte, und probierte den Griff. Die Tür war fest verschlossen. Nachdem die Wachmänner die Kapelle nochmals durchsucht hatten, gingen sie ratlos wieder hinaus.

Johannes Hellers Gedanken hingen immer noch der Situation nach, als er mit der Ehefrau des Bildhauers aus der Sakristei geschlichen war und eine schattige Gestalt im schwarzen Mantel gesehen hatte. Was hatte der Unbekannte dort gemacht? War es Spornecker gewesen? Allein ging er langsam und mit Unbehagen durch den Kreuzgang zurück, am Kapitelhaus vorbei, und machte die Tür zur Sakristei auf.

»In nomine domini episcopi, aperite!«, rief er.

Ein Lichtstrahl fiel in den Raum durch ein hohes Fenster auf die Statue der »Schönen Maria«, die ungerührt und dennoch empathisch ihr ewiges sanftes Lächeln bereithielt. Eine ruhige Stille hing in der Luft.

Fast erschrak Johannes Heller, als er eine Gestalt erblickte, die vor dem Standbild kniete. Es war Degenhart Meindorfer. Der frühere Domizellar war wegen seines heldenhaften Einsatzes bei dem Brand mittlerweile zum vollwertigen Mitglied des Domkapitels erhoben worden und trug nun die Domherrentracht mit der Almutia aus Hermelinpelz über dem dunklen Mantel. Er schien in tiefer Andacht versunken.

Heller war verwundert, denn der junge Rittersspross war ihm bislang nicht wegen seiner Frömmigkeit aufgefallen.

»Entschuldigt die Störung«, sagte er. Meindorfer, der sich nicht bewegt hatte, wandte seinen Kopf und sah Heller fragend an.

»Ihr sucht mich?«

Johannes Heller trat näher. »Nein, wir suchen den Kanoniker Erhard Spornecker.« Sein Blick wanderte zu der erhabenen Marienstatue, die nach seiner geliebten Agnes geschnitzt war. Wie immer fühlte er einen Stich im Herzen, irgendwie freute es ihn jedoch, zu sehen, dass auch ein anderer eine besondere Devotion zu der »Schönen Maria« hatte. Das war eine Gemeinsamkeit.

»Sie ist vom Hauch Gottes erfüllt«, sagte der Chorrichter leise. »Ich bete auch gerne vor ihr.«

Meindorfers sonst hochmütiger Blick war ungewöhnlich weich. »Ich weiß«, sagte er. Beinahe klang etwas Freundliches in seiner Stimme durch. Die sonore Stille des Raums breitete sich für einen langen Augenblick aus.

»Im Namen des Bischofs, aufmachen!«

Die Stille zersplitterte wie Glas, als Marcus Hörnle mit seinen Wachmännern in die Sakristei stürzte. Er erblickte Johannes Heller und fing sogleich an, von seiner ergebnislosen Suche zu berichten. Kurz danach trat auch der bischöfliche Vikar Heinrich Baruther in den Raum und verlangte Aufklärung.

Währenddessen stand Meindorfer wortlos auf und verließ die Sakristei.

Erhard Spornecker war nirgendwo zu finden gewesen. Seit seinem Abgang aus dem Gerichtssaal war er verschwunden, als ob der Boden ihn verschluckt hätte. Niemand konnte sich erinnern, ihn überhaupt gesehen zu haben. Der Hauptmann der Wache beschloss, in der Stadt nach ihm suchen zu lassen: Vielleicht hatte er doch unbemerkt ein Tor passiert. Man musste Spornecker auf alle Fälle verhaften, solange er sich noch auf dem Territorium des Hochstifts Freising befand, wo der Fürstbischof nicht nur die geistliche, sondern auch die weltliche Gerichtsbarkeit innehatte.

Johannes Heller, Heinrich Baruther und Marcus Hörnle begaben sich gemeinsam zur bischöflichen Residenz, um über die Ereignisse Bericht zu erstatten.

HERABSTÜRZENDE STATUEN

Als sie in die Residenz traten und nach dem Fürstbischof fragten, begrüßte sie Kanzler Sixtus von Tannberg mit einer besonders gravitätischen Stimme. Etwas war offenbar vorgefallen. »Seine Ehrwürden sind beschäftigt und wollen nicht gestört werden«, verkündete er und machte ein abschneidendes Handzeichen. »Kommt etwas später wieder.«

»Es ist äußerst dringend«, sagte Heller ebenfalls gravitätisch. »Wir würden es anderenfalls nicht wagen, ihn zu stören.«

Sixtus schaute in die ernsten Mienen der Richter und erwog die Situation.

»Gut, aber seid vorbereitet. Seine Ehrwürden sind außer sich.«

Der Kanzler führte sie zum Geschäftszimmer des Bischofs und klopfte dreimal laut an die schwere Tür. Ohne auf eine Antwort zu warten, öffnete er die Tür und ließ Heller und Baruther eintreten. Marcus Hörnle bedeutete er diskret, dass er nicht eingeladen sei, und machte ihm die Tür vor der Nase zu.

Nachdenklich blieb Hörnle zunächst eine Weile vor der verschlossenen Tür stehen. Dann kehrte er um und ging mit langsamen Schritten wieder hinaus auf den Domplatz.

Fürstbischof Tuhlbeck saß in seinem Stuhl am Fenster und blickte in den kalten grauen Tag hinaus, auf die im Nebel verschwommene Isarebene. Zusammen mit Sixtus traten Heller und Baruther auf den Fürstbischof zu und gingen devot vor ihm auf die Knie. Er aber schien ihr Kommen überhaupt nicht zu bemerken.

Doch nachdem sie einige Minuten vor ihm gekniet hatten, fing er plötzlich mit zittriger Stimme zu reden an: »Man berichtet über den Kaiser Nero, dass man ihm zu Lebzeiten gehuldigt habe, aber nachdem er gestürzt war, habe man seine Standbilder heruntergerissen und sein Gedächtnis verdammt.«

Tuhlbeck wandte sich ihnen zu und starrte sie an. Die drei Chorherren blickten stumm zurück und wunderten sich.

Der Bischof fuhr fort: »Überhaupt, die Historiker schreiben nur Schlimmes über ihn: Er soll die Christen verfolgt haben, soll seine Mutter umgebracht und mit seiner Schwester geschlafen haben, er soll Rom selbst angezündet haben. Gibt es ein schändliches Verbrechen, das er nicht begangen haben soll? Aber was wissen wir von ihm in Wirklichkeit? Vielleicht hat er nichts von alledem getan. Vielleicht ist das alles nur von seinen Feinden erfunden worden, um seinen Namen zu schwärzen und sein Andenken zu verdammen. ›Damnatio memoriae‹ nennt man das – es soll auch anderen Herrschern zuteilgeworden sein. Nero brät sogar ewig in der Hölle, wenn wir unseren christlichen Geschichtsschreibern glauben dürfen, die nicht nur über sein Andenken, sondern auch über sein Seelenheil richten wollen. Seht, was für eine Macht sie haben: Mögen Kaiser und Könige zu Lebzeiten über Leben und Tod ihrer Untertanen urteilen, so kann ein einziger Geschichtsschreiber allein den Ruf von hundert Königen zerstören und sie alle in die Hölle schicken.«

Sixtus räusperte sich und sagte mit Zurückhaltung: »Gewiss ist das wahr, Ehrwürden, doch würde ich unseren christlichen Geschichtsschreibern keine solche Unehrlichkeit zuschreiben. Zudem wissen wir doch am meisten über Nero von Gaius Suetonius Tranquillus, der kein Christ war.«

Tuhlbeck blickte hinauf zu seinem geliebten Diener. »Er hatte auch sein eigenes politisches Programm. Er war ein Senator, wenn er auch kein Christ war.« Dann kehrte er zu seinen Gedanken zurück. »Wir denken daran und fragen uns, wie man sich an uns in Hunderten von Jahren erinnern wird. Wird man unseren Namen und unsere Taten überhaupt noch kennen? Oder wird man mit Abscheu an uns denken, weil unsere Gegner berichteten, dass wir ein moralisch korruptes Regime geführt haben? Wird man uns nach unserem Tod einen üblen Beinamen geben, etwa ›Johannes der Schlechte‹? Oder wird unsere Leiche zur Bestrafung gar ausgegraben und in die Pferdetränke geworfen, wie es einem Vorgänger, Bischof Gerold, passiert sein soll? Wird man uns verfluchen, weil wir unsere Kirche aus Eigeninteresse oder Unachtsamkeit vernachlässigt und die Reformstatuten nicht umgesetzt hätten, während es in unserem Bistum wie in Sodom und Gomorrha zugegangen sei? Werden sie auf uns zeigen und sagen: ›Schaut nur, wie sich das Volk versündigte und wie ihm die Geistlichkeit als schlechtes Beispiel voranging; seht, welche Skandale und Verbrechen sich um die Freisinger Kirche unter Bischof Tuhlbeck rankten‹?«

Sixtus unterbrach ihn wieder mit seiner beruhigenden Stimme: »Dominus, die Geschichtsschreiber würden doch nicht so ungerecht sein, dass sie Euch für die Sündhaftigkeit aller Bürger verantwortlich machen.«

Tuhlbeck lachte bitter. »O doch, doch! Der Fisch stinkt immer vom Kopfe her, werden sie sagen. Der Bischof hat nichts unternommen, weil er selbst in diese Sünden verstrickt war, werden sie sagen. Den schlechten Hirten werden sie uns nennen, der seine Herde nicht nur vernachlässigte, sondern sogar ins Verderben führte. Kein Wunder, dass er nichts gegen das Konkubinat unternahm, werden sie schreiben, weil er selbst ein illegitimes Kind am Hofe hatte.«

»Was? Wie meint Ihr das? Wer sagt so was?«, riefen die Zuhörer entsetzt, jeder für sich.

Bischof Tuhlbeck zitterte vor Wut, als er ihnen ein Blatt Papier reichte. »Unsere Feinde sagen genau das. Hier.«

Es war ein seltsam aussehendes Blatt, bedeckt mit großen schwarzen Buchstaben. Unter dem Titel »Gravamina gegen die Missstände in Freising« war ein einfach, aber sehr plakativ geschriebener deutscher Text zu lesen. Zunächst beklagte das Papier die Pest, die Dürre, die Feuerbrände und die Türken, die das Freisinger Bistum heimsuchten. Diese seien Gottes Strafe, so wie er einst sein Volk Israel bestraft habe, weil es von den

Gesetzen abwich. Wie in alttestamentarischen Zeiten gehe es in Freising zu, genau wie damals in Sodom und Gomorrha. Schuld daran sei vor allem die Verderbtheit des geistlichen Standes, der mit schlechtem Beispiel vorangehe, behauptete das Blatt: Sünden und Verbrechen wie Sodomie, Konkubinat und Ämterkauf rankten sich um den Domberg, Konkubinen und Pfaffenkinder tobten in den Kirchen, und der Bischof unternehme nichts dagegen, weil er selbst in dieselbe Sündhaftigkeit verstrickt sei.

»Seht hin«, schrie das Blatt, »er selbst hat einen Bastardsohn von einer Konkubine, den er bei sich aufzieht. Der Fisch stinkt immer vom Kopfe her. Bischof Tuhlbeck ist ein schlechter Hirte, der seine Schafe nicht weidet, sondern ausweidet und ins Verderben führt.«

Die Schrift schloss mit der Forderung: »Eine Reform a capite – vom Kopf her – braucht unsere Kirche! Ab mit dem Kopf! Ein neuer Bischof muss her, der mit den Missständen aufräumt!«

Die drei Chorherren blickten erstarrt auf das unglaubliche Dokument. Niemals hatten sie dergleichen gesehen oder gelesen. Der Text erinnerte an die Predigten des Priesters Schmatz, hatte aber eine unverstellte und unverschämte Deutlichkeit in den Forderungen, die Schmatz nicht auszusprechen gewagt hätte.

»Das ist ein Attentat. Das ist laese maiestatis – Majestätsbeleidigung!«, rief Sixtus zornig.

»Das ist eine gemeine Verleumdung!«, rief Heinrich Baruther.

»Das ist doch eine erfundene Geschichte!«, sagte Johannes Heller, aber niemand hörte ihm zu.

»Wer schreibt denn so etwas? Lasst uns die Schrift verbrennen und den Urheber bestrafen«, forderte Baruther kraftvoll.

Tuhlbeck wies seinen Vorschlag müde zurück. »Nein, nein. Das lässt sich nicht so leicht aus der Welt schaffen. Wir wissen natürlich, dass unsere Feinde dies geschrieben haben, aber wir wissen nicht, wer genau es war. Sollen wir alle Herzöge und den gesamten Hof exkommunizieren? Und würde uns das helfen? Sie würden es nur zum Anlass nehmen, uns absetzen zu lassen. Sollen wir versuchen, Kritik an uns zu verbieten, nachdem wir Rednern wie diesem Schmatz erlaubt haben, offen eine Reform zu fordern und den allgemeinen Hass gegen uns zu schüren? Wir waren zu tolerant; nun nimmt sich jeder die Freiheit, uns zu kritisieren und unseren Namen in den Schmutz zu ziehen. Dabei ist es doch völlig egal, ob ihre Vorwürfe stimmen oder falsch sind. Wenn eine Geschichte in aller Munde ist, fragt niemand mehr nach der Wahrheit. Das sind die Früchte unserer Liberalität. Alle schreien nach Reformen, und unsere Feinde nutzen das, um uns loszuwerden. Reformen, ha! Sie wollen Reformen? Dann sollen sie zusehen, wie es ihnen mit diesem unmoralischen Schwachkopf Wolfgang als Bischof ergeht und welche Reformen er einführt. Das Blatt kannst du übrigens gerne verbrennen, Baruther. Ich habe gleich eine Packung mit mehreren erhalten.«

Der Bischof deutete auf einen Stapel am Boden und sprach weiter: »Es sind nämlich gedruckte Blätter, jedes Blatt identisch mit den anderen. Es gibt Hunderte davon, alle gleich. Es hat keinen Sinn, sie zu zerstören. Das lässt sich nicht so leicht kontrollieren wie früher, als man alles mit der Hand schreiben musste. Damals gab es eben vielleicht zehn oder zwanzig Abschriften, die man eventuell finden und vernichten konnte. Aber heute kann man Hunderte und Tausende solcher Blätter im Handumdrehen produzieren und überall verbreiten. Sie kosten auch wenig, fast nichts. Man könnte damit die Straßen Münchens pflastern und die Häuser tapezieren. Wenn wir nicht zurücktreten, werden unsere Feinde das auch veranlassen. Jeder, der lesen kann, wird unsere Schande überall und jeden Tag sehen können. Es wird nicht lange dauern, bis unser Name neben dem Neros im ewigen Dreck liegt.«

»Ein gedrucktes Blatt!«, rief Baruther entsetzt.

»Ich habe gehört, dass einer von diesen Buchdruckern im Lande ist«, sagte Sixtus.

»Ein Drucker aus Mainz«, stimmte Baruther zu. »Er kam mit dem Erzbischof von Mainz und soll einen Satz beweglicher Lettern und eine Druckerpresse mitgebracht haben. Ich wusste aber nicht, dass er sich in unserem Bistum niedergelassen hat. Ich hätte Euch sonst gewarnt.«

»Wir hätten ihn aus unserem Bistum verbannen sollen«, stöhnte Bischof Tuhlbeck. »Ach, wie gefährlich ist diese verteufelte Technik. Wenn wir gewusst hätten, wie diese Schwarze Kunst gegen uns verwendet wird! Wir dachten, sie sei ein Segen für die Menschheit: Plötzlich wäre es möglich, gute Bücher billig zu produzieren. Jeder Dorfpfarrer würde sich nicht nur die Bibel leisten können, sondern auch die Werke unserer großen Gelehrten wie Augustinus oder Thomas von Aquin, meinetwegen auch die Schriften Eurer heidnischen Autoren wie Vergil oder Boethius, sofern sie moralisch akzeptabel sind. In jedem Haushalt könnte ein erbauliches Gebetsbuch oder Ähnliches stehen. Wir dachten, dass die neue Technik die Bürger aufklären und belehren würde. Doch nun dies! Das ist es, wozu diese herrliche Kunst verwendet wird: Verleumdung und Umsturz.«

Heinrich Baruther räusperte sich. »Diese Drucktechnik wurde schon einmal zu politischen Zwecken benutzt, Ehrwürden. In dem unseligen Streit um das Erzbistum Mainz zwischen dem jetzigen Erzbischof Adolf von Nassau und seinem Gegner, Diether von Isenburg, wurden auf diese Weise die päpstlichen Bullen gegen Diether gedruckt und verbreitet, um ihn zu entmachten. Auf der anderen Seite wurden auch Diethers Manifest und ein Brief gegen Adolf und den Papst gedruckt, und zwar von Gutenberg selbst. Der Konflikt eskalierte und wurde zum Skandal, wie Ihr Euch vielleicht erinnert. Schließlich wurde Diether abgesetzt.«

Bischof Tuhlbeck sah aus, als stünde seine eigene Absetzungserklärung auf dem Blatt gedruckt.

»Kein Zweifel, die Technik wird das Leben der Menschen verändern«, fuhr Baruther fort. »Aber ob das immer nur zum Besseren ist, mag ich bezweifeln. Die Leute werden mehr Bücher lesen und sich besser informieren können: Das kann man als gut bezeichnen. Aber wir werden nicht mehr bestimmen können, was sie lesen. Es werden nicht nur Augustinus und Thomas von Aquin sein, Ehrwürden, sondern auch Bücher, die wir vielleicht verbieten möchten, Schmähschriften und Propaganda, die das Volk nicht aufklären, sondern Unruhe und Hass säen.«

Tuhlbeck erhob seine Hand wie zur Abwehr und sagte schwach: »Genug, alter Freund. Pandoras Büchse wurde geöffnet: Es ist geschehen, wir können nichts mehr dagegen tun.«

»Aber das ist doch eine erfundene Geschichte!«, wiederholte Johannes Heller nun lauter. Alle wandten sich ihm zu.

Bischof Tuhlbeck schüttelte den Kopf. »Erfunden? Natürlich sind wir nicht an allen Missständen in unserem Bistum schuld. Aber darum geht es nicht. Es macht keinen Unterschied, ob die Vorwürfe richtig sind oder falsch, solange viele Leute daran glauben.«

Heller widersprach aufgeregt. »Ich meine nicht diese globalen Beschuldigungen, die kein Mensch wirklich ernst nehmen kann. Ich meine die Behauptung, dass Ihr ein Kind habt: Das ist nachweislich falsch. Die Geschichte habe ich erfunden, um das Komplott gegen Euch zu entlarven. Jemand sammelt hier am Domberg Informationen und Skandalgeschichten, um die öffentliche Meinung gegen Euch aufzubringen und Euch zu stürzen. Das habe ich Euch schon einmal gesagt. Jetzt habe ich den Verräter mit dieser fingierten Geschichte ermittelt. Heute haben wir die Gewissheit erhalten, wer es ist: ein Kanoniker des St.-Andreas-Stifts namens Erhard Spornecker. Wir werden ihn bald verhaften. Die Wachmänner suchen ihn jetzt schon, er kann sich nicht lange verstecken. Die Geschichte kann Euch übrigens nicht schaden, denn die Personen sind erfunden: Es gibt sie nicht und hat sie nie gegeben. Vielmehr hat sich diese ganze Verleumdungskampagne entlarvt, und Eure Feinde haben sich selbst diskreditiert. Wie der Spruch lautet: Quis fodit foveam, incidet in eam. – Wer einem eine Grube gräbt, fällt selbst hinein. – Ich habe alles dokumentieren lassen und kann es beweisen.«

Heller schaute triumphal in die Runde. Baruther hob erstaunt seine Augenbrauen.

Doch Bischof Tuhlbeck senkte seinen Kopf.

»Beweise?«, fragte er. »Beweise haben unsere Feinde auch. Und sie sind nicht erfunden. Hier.« Er reichte Heller ein beschriebenes Blatt Papier. Darauf standen ein Name und eine kurze Erklärung, dass man gegebenenfalls den Namen publizieren werde, wenn der Herr Fürstbischof nicht sofort zurücktrete.

Johannes Heller erschrak, als er den Namen sah. »Klemens? Das kann nicht sein«, rief er. »Er sollte Peter Ebersberger heißen.«

»Peter Ebersberger?«, fragte Tuhlbeck. »Wer ist das denn?«

Johannes Heller schüttelte verwirrt den Kopf. »Niemand. Die Person ist erfunden. Niemand.«

Heinrich Baruther, der einen Blick auf das Blatt erhaschen konnte, murmelte in sich hinein: »Ist das wahr? Hm. Habe immer gedacht, dass er ein Verwandter sei.«

Tuhlbeck schaute in den Raum, in die Ecken, zur Decke hinauf. Wie ein Ertrinkender, der sich an eine rettende Hand klammerte, fanden seine suchenden Augen schließlich bei Sixtus von Tannberg Halt. »Vergebt uns«, sagte er. »Es ist die Wahrheit. Es geschah in einem Augenblick der Schwäche, bevor wir zum Bischof gewählt wurden. Wir wussten nicht, welche Verantwortung wir tragen würden. Wir wussten auch nicht, dass wir Vater wurden. Danach konnten wir das Kind – unser Kind – nicht einfach im Stich lassen. Wir haben Verantwortung übernommen und uns um sein Wohl gekümmert. Aber wir haben auch alles getan, um die Geschichte geheim zu halten. Wir wissen nicht, wie unsere Feinde es herausfinden konnten. Niemand wusste es, niemand außer Gott und dem Teufel. Aber unsere Sünden stinken zum Himmel. Irgendwie haben unsere Feinde sie gerochen«, sagte er bitter. »Durch unsere eigene Schuld sind wir zu Schaden gekommen. Damit unsere Kirche nicht auch beschädigt wird, müssen wir zurücktreten. Das werden wir gleich tun. Wir haben beschlossen, unser Amt niederzulegen und uns in ein Kloster zurückzuziehen, um für unser Seelenheil und für das Wohl unserer Kirche zu beten. Wir werden unseren Entschluss morgen kundgeben. Bis zur Wahl eines neuen Bischofs müsst ihr unser Amt ausüben und für die Durchführung der Bischofswahl sorgen. Bei euch liegt nun das Wohl unserer Kirche und unseres Staates. Ich habe alles getan, was ich konnte.«

Tuhlbeck machte eine abwinkende Geste und wandte sich wieder der trüben Aussicht über das nebelige Tal zu. Die erschütterten Domherren standen auf und zogen sich wortlos zurück.

KRÄHEN

Während seine Kollegen mit Fürstbischof Tuhlbeck sprachen, ging Marcus Hörnle auf dem Domplatz vor der Residenz unschlüssig hin und her. Wie er so seinen Gedanken nachhing, fiel ihm ganz unmerklich und beinahe unbewusst etwas auf, was er zunächst nicht benennen konnte. Es kroch an sein Bewusstsein heran wie die Dunkelheit in der Dämmerung, die sich allmählich aus den schattigen Ecken verbreitete, an das Tageslicht heranschlich und es langsam auflöste, ohne dass man es merkte, bis es plötzlich stockfinster war.

Marcus Hörnle spähte um sich, doch er sah nichts Ungewöhnliches. Es wurde allmählich dunkel, und die Lichter in den Häusern und Gebäuden am Domberg waren längst angezündet. Nichts fiel ihm auf. Er schloss die Augen und horchte. Es war still: Ein leichter Wind raschelte in den kahlen Ästen der Bäume; irgendein unbefestigter Fensterladen klapperte, irgendwo in der Nähe stritten sich die Krähen.

Plötzlich wusste Hörnle, was nicht stimmte: Es war fast dunkel, und die Krähen hatten sich noch nicht auf den Dächern und in den Bäumen zur Nachtruhe niedergelassen. Stattdessen kreisten sie hinter dem Dom immer noch und krächzten laut.

Marcus Hörnle mochte Krähen nicht: Ihr schwarz glänzendes Gefieder, ihre langen Schnäbel und ihre dunklen intelligenten Augen bereiteten ihm Unbehagen. Manche Leute sagten, dass Krähen sehr soziale Tiere seien, die auf ihren Nachwuchs aufpassten wie die Menschen und nie ihre Artgenossen fraßen. Hörnle hatte auch irgendwo gelesen, dass sie sehr weise seien und die Zukunft wahrsagen könnten. Andererseits hieß es, dass sie Unglück brachten und sich vom Fleisch hingerichteter Verbrecher ernährten. Angeblich fraßen sie immer die Augen zuerst.

Er hatte selbst einmal gesehen, wie Krähen über ein totes

Pferd hergefallen waren und die Weichteile und die Augen herausgepickt hatten. Hörnle liebte Pferde, vor allem ihre Augen. Danach hatte er in seinen Träumen immer wieder zusehen müssen, wie die blutverschmierten schwarzen Schnäbel in die offenen Augen des Pferdes stachen und wieder stachen. Er schauderte noch heute bei dem Gedanken daran. Ihm schien, dass die Krähen gleich da waren, wenn etwas Schlimmes passierte, wenn jemand oder etwas starb oder verendete. Irgendwie wussten sie es sofort.

Mit einem Gefühl von drohendem Unheil ging Marcus Hörnle in die Richtung, wo die dunklen Vögel kreisten. Die ganze Schar schien in Aufruhr. Sie hatten sich in der Nähe des Kapitelhauses versammelt. Als er durch die Galerie des Kreuzhofs ihren Rufen nachging, saßen einige im Innenhof und krächzten laut, als wollten sie ihn leiten. An der östlichen Krone des flachen Gipfels des Dombergs erhoben sich die Gebäude wie eine Wagenburg und bildeten eine hohe weiße Mauer, die die zum östlichen Stadttor steil abfallenden Hänge überragte. Dort waren die meisten Krähen. Sie flatterten und krächzten aufgeregt, als Marcus Hörnle sich der Stelle näherte.

Hörnles unheilvolles Gefühl wurde stärker, je näher er kam. Die Krähen hatten dort etwas gefunden. Es würde etwas Schreckliches sein, dachte er. Dennoch lief er nun schnell, um zu sehen, was es war. Er rannte eine hölzerne Treppe hinauf, die zu der Verteidigungsanlage mit Aussicht über das Isartor führte.

Dort kauerten unzählige Krähen auf dem Boden um einen Fahnenpfosten, an dessen Fuß etwas Großes, Schwarzes lag. Als Hörnle sich näherte, flog die ganze Schar mit lautem Gekreisch in die Luft und hing wie eine Wolke im dunkel werdenden Himmel. Hörnle hielt die Hände über den Kopf, als er näher an den Pfosten trat, um zu sehen, was die Krähen gefunden hatten. Beinahe glich es einer riesigen Krähe, aber bei näherem Hinsehen stellte es sich als ein Mensch heraus – ein toter Mensch im Gewand eines Domkanonikers.

Marcus Hörnle sprang zurück und schrie vor Entsetzen laut auf. Der Mensch hatte keinen Kopf.

Bald drängten sich viele Leute um die Stelle. Die zwei Stellvertreter des Bischofs in spiritualibus und in temporalibus, Johannes Heller und Heinrich Baruther, erschienen mit Wachmännern, die Fackeln und Lampen trugen. Sie beugten sich über die Leiche und stellten Beobachtungen an.

»Der Kopf wurde mit einem einzigen Hieb abgeschlagen«, notierte Baruther fachmännisch. »Wahrscheinlich mit einem Schwert – einem sehr scharfen Schwert. Mit einem Hieb sauber durch den Hals geschnitten. Wie vom Henker.«

»Aber wo ist der Kopf? Und wer ist der Tote?«, rief Johannes Heller irritiert. Überall suchten die Wachmänner nach dem Kopf.

»Es scheint ein Kanoniker von St. Andreas zu sein, der Kleidung nach zu urteilen«, sagte Baruther ruhig.

»Seltsam«, murmelte Heller zu sich. »Wenn eine Hand, ein Bein oder sogar der ganze Körper fehlen würde, aber der Kopf wäre noch da, würde man immerhin gleich wissen, wer es war. Aber ohne Kopf wissen wir es nicht. Es ist, als befände sich die ganze Persönlichkeit im Kopf oder sogar nur im Gesicht. Dabei ist der Kopf doch nur ein kleiner Teil vom Menschen.«

Er sah sich die Hände genau an. Sie waren dick und ein wenig gichtig. An einem Finger glänzte ein goldener Ring. Heller ergriff die Hand und zog den Ring vom Finger ab. Die Hand war kalt und leblos, jedoch noch nicht starr.

»Der Körper ist noch weich, und der rigor mortis, die Leichenstarre, bislang nicht eingetreten«, bemerkte er. »Bei Tieren wird die Leiche nach wenigen Stunden ganz steif, wie ein Brett. Das heißt, er ist noch nicht lange tot.«

»Eure Jagderfahrung wieder?«, fragte Heinrich Baruther, als er zusammen mit Johannes Heller den Ring betrachtete. Er richtete sich schließlich auf und trat einen Schritt zurück. »Es ist der Kanoniker Erhard Spornecker, nach dem Ihr gerade eben gesucht habt. Das ist bestimmt sein Siegelring. Wir können das aber überprüfen, um Gewissheit zu haben.«

Johannes Heller stand auch auf. »Das denke ich auch«, sagte er. »Möge er in Frieden ruhen.« Er machte das Zeichen des Kreuzes über den Toten. »Aber wie kam er hierher? Wer hat das getan und warum? Und wo ist sein Kopf?«

Sie schauten wortlos zu, als vier Wachmänner an die Leiche herantraten, sie wie einen großen Sack Korn an den Händen und Füßen hochhoben und langsam die Treppe hinuntertrugen.

Johannes Heller überlegte. »Spornecker ist heute wegen eines Pfründenstreits vor meinem Gericht erschienen. Kurz danach fingen wir an, nach ihm zu suchen. Wir haben überall nachgeschaut und gefragt, ob jemand ihn gesehen hat, aber er war spurlos verschwunden. Wahrscheinlich war er bereits tot. Das heißt, dass er seinen Mörder getroffen haben muss, gleich nachdem er das Gericht verließ.«

»Hm«, machte Heinrich Baruther. »Wahrscheinlich kannte er seinen Mörder und kam mit ihm hierher. Er kannte allerdings jeden hier am Berg.«

»Und mit vielen Personen hatte er Streit«, sagte Heller. »Er war ein Intrigant und liebte Skandale, daher hatte er viele Feinde. Aber wer würde ihm den Kopf abschlagen?«

Marcus Hörnle, der etwas abseitsstand und die Stelle, wo die Leiche gelegen hatte, immer noch verstört anstarrte, rief plötzlich aus: »Sein Kopf! Herzog Wolfgang hat ihm immer wieder angedroht, er würde seinen Kopf verlangen. Aber das war doch nicht ernst gemeint?« Seine Stimme brach.

Heller und Baruther schauten ihn fragend an. Dann tauschten sie Blicke.

»Wenn du meinst, dass seine Ermordung mit den Plänen gegen Bischof Tuhlbeck zusammenhängt, dann scheint das gerade jetzt ziemlich unwahrscheinlich«, sagte Heller trocken. »Offenbar war Dominus Spornecker nicht der Informant, den wir suchten. Jedenfalls haben die Feinde des Bischofs ihr Ziel auch ohne ihn erreicht.«

Marcus Hörnle starrte die beiden Richter an. »Was heißt das? Sie haben ihr Ziel erreicht?«

»Du wirst es bald offiziell erfahren«, sagte Heinrich Baruther zurückhaltend.

»Es bedeutet, dass wir gescheitert sind«, sagte Heller bitterlich. »Wir haben den Informanten nicht gefunden und konnten die Verschwörung nicht rechtzeitig aufdecken. Wir … oder vielmehr ich habe weder das Rätsel um den Selbstmord des Kustos noch den Mord an dem Ministranten aufklären können. Jetzt ist wieder ein Mord am Domberg geschehen, und Fürstbischof Tuhlbeck tritt zurück. Ob und wie dies alles zusammenhängt, weiß ich immer noch nicht.«

Heinrich Baruther räusperte sich zornig. Bedrohlich tiefe Falten legten sich über seine lange Stirn. »Dominus Heller, Ihr habt diese Untersuchungen die ganze Zeit geleitet und mit Euren scharfsinnigen Gedanken die Fälle zu lösen gehofft, obwohl das eigentlich nicht Eure Aufgabe war. Ihr habt Euch unsere Kompetenzen angemaßt und unsere Fähigkeiten in Zweifel gezogen. Doch aus Eurem Hochmut ist nichts geworden, und jetzt stehen wir vor einem Scherbenhaufen. Vor allem war es ein närrischer Plan von Euch, eine solch kompromittierende Fehlinformation über den Bischof zu verbreiten. Wer weiß, Ihr hättet da leicht selbst einen Skandal verursachen können, und möglicherweise hängt dieser Mord sogar damit zusammen. Jedenfalls habt Ihr Euch zu sehr mit diesem Narren Spornecker beschäftigt, während der eigentliche Informant noch unbehelligt herumläuft und das Schlimmste bereits eingetreten ist. Das ist Euer Versagen, Dominus Heller. Überlasst mir dieses Mal gefälligst die Aufklärung des Mordes. Es liegt in meiner Zuständigkeit.« Baruther wandte sich zornig ab und ging.

Heller stand wie angewurzelt. »Ihr habt recht«, sagte er plötzlich. »In meinem Hochmut habe ich mich verleiten lassen. Ich dachte, dass ich alles mit meinem Verstand und mit Logik begreifen könnte, aber das war ein Irrtum. O superbia, pauci intellectus stultissimum malum. – Hochmut, du dämlichster Irrtum eines kleinen Verstandes.«

Er stand noch eine Zeit lang mit gesenktem Kopf da, bis Marcus Hörnle kam und ihm tröstend eine Hand auf die Schulter legte. Schweigend gingen sie die Treppe hinunter. Als sie unten waren, blieb Hörnle plötzlich stehen und schaute hinauf zu den Dächern, wo die Krähen nun ihre gewohnten Nachtlager bezogen hatten.

»Die Krähen«, sagte er erstaunt. »Sie haben Sporneckers Leiche nicht berührt. Sie standen nur um ihn herum, als ob sie um einen aus ihrer Familie trauerten.«

Johannes Heller schaute ihn verständnislos an. Er ging dann mit langsamen Schritten in die Sakristei und warf sich vor der »Schönen Maria« nieder.

DER KOPF IST AB

Am nächsten Tag fiel ein kalter grauer Regen. Nach der Morgenmesse wurden das ganze Domkapitel und die versammelte Geistlichkeit des Freisinger Dombergs zu einer außergewöhnlichen Versammlung in den bischöflichen Audienzsaal gerufen. Johannes Heller fand sich als einer der Ersten ein und setzte sich neben Heinrich Baruther, der auch bereits da war, in der vorderen Reihe zur Rechten des Bischofsstuhls. Die beiden Richter grüßten einander frostig und wandten sich der Betrachtung der eintretenden Teilnehmer zu.

Der Stuhl des Bischofs auf dem Podest blieb vorerst leer. Erst als die Letzten eingetroffen waren – darunter Marcus Hörnle –, betrat der greise Fürstbischof am Arm seines treuen Begleiters Sixtus von Tannberg den Raum. Er ging mit gebeugtem Haupt, als laste die Bischofsmitra schwer auf seinem Kopf, und seine ganze Körperhaltung sprach von Sorgen und Leid.

Während der Eröffnungsmesse, die Sixtus leitete, saß Johannes Tuhlbeck so reglos in seinem Stuhl wie eine Puppe aus Wachs; nur seine Augen schweiften durch den Raum, ohne den Blicken der Zuschauer zu begegnen. Alle fragten sich, was er sagen wollte. Hatte es mit dem grausamen Mord am gestrigen Tag zu tun?

Nach der Messe hob der alte Fürstbischof schließlich die Hand, räusperte sich ein wenig und fing an zu sprechen. Zunächst klang seine Stimme schwächlich und zitterte, doch nach wenigen Worten wurde sie fester und hallte im verschlossenen Raum wie einst in seinen jüngeren Tagen.

Er begann mit einem Bibelvers aus dem Klagelied des Alten Testaments: »Audite, obsecro, universi populi, et videte dolorem meum. – Hört zu, ihr Leute alle, ich bitte euch, und seht meinen Schmerz. – Die Klage des Propheten Jeremias spricht aus unserem Herzen, denn Gott hatte die Feinde Israels erhoben und zu Herren über Jerusalem gemacht, um sein Volk zu bestrafen. Und in seiner Weisheit hat er auch uns bestraft und unsere Feinde über uns gestellt, facti sunt hostes eius in caput. Er hat uns den Bären und den Löwen geschaffen, die auf uns lauern, ursus insidians factus est mihi, leo in absconditis. Einst hat der heilige Kilian, unser Vorfahre als Bischof von Freising, den Bären gezähmt und ihn gezwungen, ihm das Gepäck nach Rom zu tragen. Nun müssen wir zuschauen, wie der Bär unser Gepäck plündert, während der Löwe des bayerischen Herzoghauses lacht und im Verborgenen lauert.

O weh. Uns hat der Herr zum Spott unseres Volkes gemacht, und ihre Lieder klingen in den Gassen den ganzen Tag, factus sum in derisum omni populo meo, canticum eorum tota die. Unsere Gegner werden nun übermütig, weil der Herr unsere Feinde über uns gesetzt hat. Niemand scheut sich mehr, laut gegen uns zu sprechen. Unverschämte Prediger und Marktschreier rufen aus, dass wir an allem schuld sind: Wir sind schuld, dass die Türken unsere Länder erobern, dass die Pest im Land wütet, dass es so lange nicht geregnet hat und die Ernte zerstört wurde, dass es im Klerus so viele Skandale und Verbrechen gibt.«

Tuhlbeck erhob zornig die Stimme: »Wir könnten euch sagen, dass dies alles nicht wahr ist. Ihr alle wisst, dass wir stets unser Bestes getan haben, um den Kampf gegen die Türken zu unterstützen, doch letztendlich scheiterte jeder Versuch, ein Heer aufzustellen, am Widerstand der Herzöge. Sie haben es zugelassen, dass unsere Besitzungen von den Feinden erobert und geplündert wurden, um uns zu schädigen. Und dass die Pest und eine Dürre unser Land heimgesucht haben, kann man gewiss als Gottes Strafe ansehen. Aber ist es eine Strafe gegen uns persönlich? Sind wir allein es gewesen, die gesündigt haben? Sind wir nicht allesamt Sünder, die Skandale verursacht und Gottes Strafe verdient haben? Ja, es mag wahr sein, dass wir eine durchgreifende Reform unserer Kirche, wie manche Leute sie fordern, immer wieder aufgeschoben haben. Aber glaubt uns: Dieselben Leute, die eine Reform verlangen, hätten sich am meisten beschwert, wenn wir sie durchgeführt hätten.« Er räusperte sich.

»Wir könnten das alles sagen«, fuhr er fort, »aber würde es etwas ändern? Die öffentliche Meinung ist wie ein schlechter Richter, der aufgrund des Anscheins und übler Gerüchte urteilt. Egal, wie viele lobenswerte Taten wir vollbracht haben, sie werden alle aufgrund einer einzelnen Verfehlung vergessen werden. Dabei haben wir doch viel geleistet: Wir rufen es euch ins Gedächtnis, weil ihr gewiss bereits vergessen habt, wie wir entschlossen und erfolgreich gegen den Raubritter Miltzl kämpften, während sich die Herzöge untereinander stritten und das Volk unbeschützt ließen. Und dass wir, nicht die Herzöge, den Bau der neuen Münchner Frauenkirche maßgeblich gefördert und als oberster Bauherr geleitet haben. Aber es ist egal, welche Leistungen wir einst und sogar jüngst noch erbracht haben: Der Herr hat unsere Feinde nun über uns gesetzt und uns der Schande und dem Spott preisgegeben. O vos omnes, qui transitis per viam, attendite et videte, si est dolor sicut dolor meus. – Seht hin, ihr, die ihr des Weges geht, und fragt euch, ob es solche Schmerzen gibt wie die unseren. – Uns bleibt nur die Hoffnung, dass die Nachwelt freundlicher über uns richtet. Ach, wenn wir bloß einen Homer hätten wie der glückliche Achilles oder einen Rahewin, der unseren illustren Vorgänger Otto mit solchen Worten huldigte: ›Plangat hunc Germania planctu generali, magis tu, Frisingia, orba viro tali.‹ – Trauere um ihn, deutsches Land, trauere und weine gemeinsame Tränen, und noch mehr du, Freising, eines solchen Vaters verwaist.«

Vor Ergriffenheit brach der Bischof beinahe selbst in Tränen aus. Schließlich kam er zur Verkündung seines Entschlusses. »Brüder, wir sind müde, und unsere Kräfte sind von den Anstrengungen erschöpft, die wir über die vielen Jahre unserer Amtszeit erbracht haben. Wir haben nicht mehr die Kraft, zu kämpfen, und Gott hat unseren Feinden Macht über uns gegeben, um uns zu bestrafen. Wir wollen Unheil von unserer Kirche und von euch, unserer Herde, abwenden. Wir wollen verhindern, dass unsere stolze Kirche wie ein zweites Jerusalem von ihren Feinden besetzt wird. Daher werden wir jetzt und sofort unser Amt niederlegen. Wir werden den Papst bitten, uns aus unseren Aufgaben zu entlassen. Unsere verbleibenden Tage wollen wir in einem Kloster mit Buße und Beten verbringen. Das haben wir für das allgemeine Wohl entschieden. Die Herausforderungen der Zeit erfordern einen jungen, kraftvollen Bischof am Domberg.« Tuhlbeck hielt feierlich inne, während ein Raunen durch den Saal ging. Doch war der Redner noch nicht fertig. Er erhob seine Stimme wieder.

»Brüder, ihr müsst rasch einen Nachfolger wählen, damit wir dies unserem Oberhirten, dem Papst, mitteilen können und keine gefährliche Vakanz eintritt. Denn wenn kein Nachfolger bereits feststeht, könnte der Papst in Rom auf die Idee kommen, selbst einen zu ernennen. Und weil Seine Heiligkeit die hiesigen Verhältnisse nicht kennt und vielleicht durch politische Erwägungen oder das Einreden schlechter Berater beeinflusst wird, könnte er uns jemanden geben, der unsere Kirche schädigt. Wir wissen genau, wie das in Rom abläuft: Sobald eine Pfründe vakant wird, wartet bereits ein Schwarm von Günstlingen und Schmeichlern an der Kurie, die Missinformation in das Ohr Seiner Heiligkeit flüstern, um einen eigenen Vorteil zu erreichen. Dadurch könnte großer Schaden für unsere Kirche entstehen – und auch für euch persönlich, im Übrigen. Daher ist es äußerst wichtig, dass ihr eilends einen geeigneten Bischof wählt, wie es die langjährige Tradition und das Recht des Domkapitels ist. Ihr solltet jemanden wählen, der noch jung und bei Kräften ist, damit er die Herausforderungen annehmen kann. Es sollte jemand sein, der gute Beziehungen zu den Mächtigen der Welt hat und dennoch auch Freising und den Domberg kennt. Schließlich sollte es jemand von Integrität sein, der von keiner Schande befleckt ist. Ich sehe von euch allen nur einen, der all diese Eigenschaften vereint, und daher schlage ich vor und fordere euch dazu auf, Sixtus von Tannberg zum Bischof auszurufen.«

Fürstbischof Tuhlbeck war in seinen jüngeren Jahren ein großer Redner gewesen, der jedes Publikum mit seinen Worten mitreißen konnte. Auch jetzt hatte er seine ganze Kraft und Kunst in die Waagschale geworfen, und die Rede schien ihre Wirkung nicht verfehlt zu haben. Er blickte herrisch und siegesgewiss in die Runde der erstaunten Domherren. Sie würden es nicht wagen, dagegenzusprechen.

Doch zögerlich regte sich Widerstand, wo Tuhlbeck es am wenigsten erwartet hatte: Es war der Dekan, Dominus Johannes Simonis, Tuhlbecks vertrauter Weggefährte.

»Dominus, wir können nicht einfach, ohne weitere Erwägung und ohne rechtliche Form, einen neuen Bischof ernennen«, hielt Simonis schwach entgegen.

Tuhlbeck versuchte rasch, diese formalen Bedenken zu überwinden: »Doch, doch. Das ist gerade der Sinn einer Wahl quasi de inspiratione – eine Inspirationswahl –, wie man das nennt. Wenn der Heilige Geist über euch kommt, kann jemand ohne lange Überlegung oder Formgedanken einfach ausrufen: ›Ich wähle Sixtus von Tannberg zum neuen Fürstbischof von Freising.‹ Und wenn alle mit einer Stimme sprechen und diesem Ausruf folgen, ist das eine kanonisch gültige Wahlform.«

Da sich niemand bereit zeigte, diesem Vorschlag zu folgen, fuhr Tuhlbeck rasch fort: »Wir können es auch selbst machen, wenn es euch an göttlicher Eingebung fehlt, was der Fall zu sein scheint.« Er hob seine Stimme wieder, die nun aber nicht mehr ganz so überzeugend und kraftvoll wie vorher klang, und rief laut: »Wir wählen Sixtus von Tannberg zu unserem Nachfolger als Fürstbischof von Freising.«

Doch die versammelten Chorherren wurden nicht spontan von seiner Eingebung ergriffen. Sie verharrten in Schweigen und tauschten unsichere Blicke.

Johannes Heller, der persönlich Sixtus von Tannberg für einen überaus geeigneten Kandidaten hielt, beobachtete die

Pattsituation mit Interesse. Er wusste einerseits, dass der Dekan und einige andere Domherren – vielleicht sogar die Mehrheit – ihre Stimmen bereits an Herzog Wolfgang verkauft hatten. Andererseits waren längst nicht alle Mitglieder des Domkapitels mit Herzog Wolfgang einverstanden. Deshalb würde es weder für Sixtus noch für den Herzog eine einstimmige Akklamation geben. Beide Seiten hielten sich daher bedeckt. Es würde auf eine reguläre Wahl hinauslaufen.

Bischof Tuhlbeck blickte erstaunt in die Runde, sein Atem stockte. »Was? Ihr wollt Sixtus nicht wählen? Ihr wollt meinem Rat nicht folgen?« Seine Stimme zitterte.

Der Dekan erhob sich wieder. »Dominus, für die via inspirationis, den Weg der Erleuchtung, ist Einstimmigkeit erforderlich. Ihr seht, dass Gottes Eingebung nicht über uns gekommen ist. Wir müssen also den Weg einer kanonischen Wahl beschreiten.«

Tuhlbeck, der während seiner Rede gestanden hatte, musste sich setzen. Dabei stolperte er leicht und stürzte geradezu in seinen Stuhl, wobei ihm die Bischofsmütze vom Kopf fiel. Sein treuer Begleiter Sixtus sprang auf, um ihm zu helfen.

Die Dom- und Stiftsherren gerieten in helle Aufregung und fingen gleichzeitig zu sprechen an. Tuhlbecks Kräfte schienen ihn augenblicklich verlassen zu haben. Mancher fürchtete schon, dass aus dem freiwilligen Rücktritt eine todesbedingte Sedisvakanz werden würde. Doch da streckte Tuhlbeck eine Hand hoch und gebot noch einmal die Aufmerksamkeit des Konsistoriums.

»So sei es denn, ihr Narren. Wir legen das Schicksal unserer Kirche zum Gedeih oder Verderb in eure Hände. Wir können nichts mehr machen. Wir treten zurück und waschen uns die Hände rein von der Verantwortung. Die Amtsgeschäfte sollen der Herr Dekan und der Vikar in temporalibus leiten, bis ihr einen Nachfolger gewählt habt.«

Die versammelten Domherren, Priester, Kanoniker, Frühmesser, Domvikare und anderen Geistlichen des Freisinger

Doms blieben noch eine Weile sitzen, jeder für sich in Nachdenken versunken. Dann, gerade als die Versammlung sich aufzulösen begann und Sixtus von Tannberg den zurückgetretenen Bischof Tuhlbeck auf die Beine geholfen hatte, passierte etwas Schreckliches.

Ein Wachmann des Bischofs öffnete die Tür und trat mit einem Bündel in der Hand ein. Wie ein böser Geist drängte plötzlich ein Stoß kalten Windes in den Raum und wirbelte die Blätter der offenen Gebetsbücher um, rüffelte die Kleidung der Domherren und stieß ein eben geöffnetes Fenster krachend zu.

Der Wachmann, ein sehr großer, dünner Mann, der in seiner Kleidung wie eine Vogelscheuche aussah, hob den Sack und wollte etwas sagen, als ein schwerer, rundlicher Gegenstand hinausfiel, dumpf auf dem Boden aufschlug und dem Bischof vor die Füße rollte.

»Dominus misericors«, rief der Dekan entsetzt. »Caput est. Ein Kopf!«

Bischof Tuhlbeck sank ohnmächtig in die stützenden Arme des entsetzten Sixtus. Es war der Kopf des Kanonikers Erhard Spornecker.

RÄTSEL

In allgemeinem Aufruhr und Entsetzen löste sich die Versammlung auf. Manch ein gesetzter Kanoniker oder Domherr wollte fluchtartig das Konsistorium verlassen, andere aber glaubten, die zeremoniellen Regeln von Rang und Ordnung wahren zu müssen, und stellten sich umständlich in den Weg. Zwischen denen, die flüchteten, und denen, die warten wollten, entstand ein allgemeines Durcheinander. Man schubste und stieß sich mit den Ellbogen, murmelte und schimpfte, als ob die ganze Versammlung den Kopf verloren hätte.

»Schon wieder ein Skandal, sage ich. Wann hat es das schon gegeben?«, rief ein Kanoniker aus der Menge.

»Nichts als Skandale! Es wurde längst Zeit, dass der Alte zurücktritt«, sagte ein anderer nur halblaut.

»Er hatte es nicht mehr im Griff.«

»Und die Statthalter auch nicht. Sie haben alle den Kopf verloren.«

Der Stiftskanoniker Veit Arnpeck, der sich mitten in der Menge befand, fühlte sich berufen, den alten Bischof zu verteidigen. Außerdem liebte er das Streiten außerordentlich.

»Skandale, ja«, tönte er, »aber was hat der Herr Fürstbischof damit zu tun? Verglichen mit seinen Verdiensten sind diese Vorfälle ohnehin unbedeutend. Ihr werdet sehen: Die Geschichte wird über Bischof Tuhlbeck ein lobendes Urteil fällen und ihn an seine gerechte Stelle unter den großen Bischöfen Freisings setzen. Und übrigens ist er nicht wegen irgendwelcher Skandale zurückgetreten. Habt ihr seiner Rede nicht zugehört? Die Türken sind doch der Grund. Sie meinte er mit den Feinden, die Gott gegen ihn erhoben hat. Er tritt zurück, damit ein jüngerer Bischof gewählt werden kann, der den Kampf gegen sie führen kann. Lobenswert nenne ich das.«

Er unterbrach sich, als jemand ihn heftig anrempelte.

Sein Nachbar schnaubte: »Die Türken? Ich denke, Tuhlbeck hat ganz andere Feinde gemeint.«

»Feinde? Wer soll sein Feind sein?«

»Der Dekan«, murmelte jemand.

»Die Herzöge«, tuschelte ein anderer.

»Was? Wer hat das gesagt?«

Schließlich zogen sie ungeordnet und noch immer heftig diskutierend aus dem Raum.

Nachdem alle anderen den Saal verlassen hatten und das grauenvolle Objekt entfernt worden war, standen Johannes Heller und Heinrich Baruther allein vor dem blutigen Fleck auf dem Boden und schauten einander bestürzt an.

Baruther, der die Untersuchung des Mordes leitete, berichtete über seine Ergebnisse. Er hatte nur wenige Leute überhaupt befragt, denn Heller und Hörnle hatten bereits den ganzen Domberg durchsucht und keine Zeugen gefunden, die Spornecker gesehen hatten. Daher hatte es sich erübrigt, dieselbe Frage noch einmal zu stellen. Stattdessen hatte Baruther seine Untersuchung auf den Raum zwischen dem Gericht und dem Fundort der Leiche konzentriert.

Offenbar musste Spornecker, unmittelbar nachdem er das Gericht verlassen hatte, den Täter getroffen haben. Sonst wäre er woanders gesehen worden. Der Mörder hatte sich also in der Nähe des Gerichts befunden. Von dort war der Tatort auch nicht weit entfernt, der Weg dahin führte über den Domplatz. Heinrich Baruther hatte also Personen in den umliegenden Gebäuden gefragt, ob sie jemanden gesehen hätten, der sich in der Nähe des Gerichts aufgehalten hatte oder über den Domplatz in die Richtung des Tatorts gegangen war.

Während er seine Vorgehensweise erläuterte, nickte Johannes Heller zustimmend. Die Logik schien ihm lückenlos.

Doch Heinrich Baruther war dennoch unzufrieden. »Viele Leute waren in der Nähe des Tatorts, aber keiner hat eine verdächtige Person vor Eurem Gericht gesehen oder bemerkt, dass sich jemand zum Tatort hin- oder von ihm fortbewegte.

Vor allem das ist ein Rätsel. Es ist zwar so, dass niemand stets aus dem Fenster guckt und der Domplatz außerdem groß und unübersichtlich ist, doch bei so vielen Personen ist es unwahrscheinlich, dass niemand etwas gesehen hat.«

»Und es gibt keinen anderen Weg zum Tatort?«, fragte Heller.

»Nein«, antwortete Baruther ungeduldig. »Die anderen Wege führen durch die Wirtschaftsgebäude, wo viele Leute waren. Doch niemand hat Dominus Spornecker dort gesehen. Es gibt wohl einen Weg durch die Benediktskapelle, um vom Domplatz in den Hinterhof zu gelangen, aber die Türen sind immer verschlossen. Ich habe sie überprüft.«

Johannes Heller dachte an seine Begegnung mit dem Schatten im Kreuzgang und fragte sich, ob die Türen vielleicht doch geöffnet wurden.

»Entweder hatte der Mörder sehr viel Glück, und niemand schaute hin, als er gerade vorbeiging, oder ... oder wir können es nicht erklären«, stellte Heinrich Baruther frustriert fest.

Johannes Heller nickte wieder, dieses Mal über die Rätselhaftigkeit.

»Und nun auch der Kopf!«, rief Baruther verärgert und verzweifelt. »Ich habe gerade noch kurz mit dem Wachmann gesprochen, der den Kopf gefunden hat. Er scheint mir übrigens völlig ahnungslos. Der Kopf wurde offenbar an einer Stelle abgelegt, wo man ihn auf jeden Fall finden musste. Gestern war er jedoch nicht dort, das schwor der Wachmann. Jemand hat den Kopf also absichtlich hingestellt, damit er gerade dann gefunden werden musste, während wir im Konsistorium saßen.«

Er stöhnte und rang mit sich selbst. »Wir sind also mit unseren Ermittlungen nicht weit gekommen«, gab er schließlich zu. »Vielleicht waren wir auch zu hochmütig.«

»Ich hätte es wohl genauso gemacht«, sagte Heller versöhnlich.

Sie schauten einander hilflos an.

»Das ist tröstlich«, grummelte Baruther. »Trotzdem müssen wir diesen Fall irgendwie lösen. Was würdet Ihr machen, Dominus Heller?«

Johannes Heller überlegte. »Die Frage, wer es getan hat, hängt mit der Frage zusammen, warum es getan wurde. Das heißt, wir müssen versuchen, uns vorzustellen, welche Gründe und Ziele die Handlungen hatten. Das wird möglicherweise spekulativ, aber ich sehe keinen anderen Weg zur Lösung des Problems.«

»Versucht es auf Eurem Weg«, sagte Baruther.

»Dann würde ich meinen, dass die Auffindung des Kopfes eine Botschaft an den Bischof und an uns alle war: eine Warnung oder eine Drohung. Wenn das stimmt, dann halte ich es für wahrscheinlich, dass der Täter erwartete oder gar wusste, dass Bischof Tuhlbeck heute zurücktreten würde.«

»Das ist ausgeschlossen«, sagte Heinrich Baruther. »Niemand wusste davon, außer wir beide und Sixtus.« Er dachte nach und fügte dann hinzu: »Und Marcus Hörnle, weil wir es ihm angedeutet haben. Er hat auch den Toten gefunden; vielleicht nicht ganz zufällig. Wir sollten ihn überprüfen. Er ist ein Vertrauter des Herzogs Wolfgang, wenn ich richtig informiert bin.«

»Hörnle?« Heller rollte den Namen im Mund, als ob er ihn abschmecken wollte. Er wollte die Idee schon verwerfen, doch Heinrich Baruther hatte recht, er wirkte verdächtig: Er hatte den Toten gefunden und war ein Freund des Herzogs. Außerdem war Hörnle auch erst nach Sporneckers Verschwinden zu ihm gekommen; was er vorher gemacht hatte, wusste Heller nicht. Dennoch mochte Heller es nicht glauben.

»Ich kann mir nicht vorstellen, dass Hörnle jemanden töten könnte. Und warum sollte er das tun? Er hat doch keinen Grund«, wehrte er ab.

»Ihr solltet Euren Kollegen nicht ständig in Schutz nehmen, Dominus Heller«, sagte Heinrich Baruther kalt. »Ihr seht ihn, wie uns scheint, zu unkritisch. Er hat sündhafte Neigungen und hält sich in der falschen Gesellschaft auf; man kann ihm nicht blind vertrauen.«

»Außerdem wusste sehr wohl noch jemand außer uns dreien und Hörnle, dass Bischof Tuhlbeck zurücktreten würde«, sagte Heller, ohne auf Baruthers Vorwurf einzugehen. »Derjenige nämlich, der für den Bischof dieses gedruckte Schreiben verfasst hat.«

»Also kann es irgendwer gewesen sein, meint Ihr?«, rief Heinrich Baruther frustriert. »Wir kommen mit Eurer Überlegung auch nicht weiter.«

»Doch, doch«, sagte Heller. »Wenn ich recht habe, dann hängt dieser Mord mit dem gesamten Komplott gegen den Bischof irgendwie zusammen. Das Problem ist ja auch nicht, dass wir nicht wissen, worum es geht und wer dahintersteckt: Wir wissen sehr wohl, dass die Herzöge oder ihre Freunde die Hintermänner sind. Wir wissen auch, dass sie Bischof Tuhlbeck stürzen und Herzog Wolfgang zum Bischof machen wollen. Wir sehen nicht nur die Ursache, sondern auch die Wirkung: die Publikation von Skandalgeschichten, den Selbstmord des Kustos, die Ermordung des Ministranten und nun die Tötung des Kanonikers. Nur können wir nicht erkennen, wie genau Ursache und Wirkung miteinander zusammenhängen. Dazwischen ist das Geheimnis, ein Agent, dessen Namen wir nicht wissen und dessen Handeln wir nicht verstehen. Daran müssen wir arbeiten.«

Heinrich Baruther senkte seine Brauen. »Das ist Eure Theorie. Es ist aber überhaupt nicht erwiesen, dass ein Zusammenhang zwischen diesen verschiedenen Fällen besteht. Das ist alles nur Spekulation.«

»Genau das hat auch Bischof Tuhlbeck bis zuletzt gesagt«, entgegnete Heller.

»Gut. Es mag sein, aber es mag auch nicht sein!«, rief Heinrich Baruther. »Ich sehe jedoch nicht, wie dieses kluge Gerede uns weiterbringt. Die Zeit drängt, und wir haben viel zu tun. Wir müssen demnächst einen neuen Bischof wählen und haben einiges vorzubereiten. Darüber hinaus müssen wir irgendwie verhindern, dass dieser Tölpel Wolfgang gewählt wird, wenn das möglich ist. Was wollt Ihr konkret machen?«

Heller grübelte. »Ich werde alles nochmals durchgehen, alle Ermittlungen und alle Überlegungen in den anderen Fällen. Irgendetwas muss da sein. Irgendetwas haben wir übersehen.«

»Und ich werde mit dem Lizenziaten Hörnle sprechen«, beschloss Baruther.

ANDEUTUNGEN

Als Johannes Heller aus der fürstbischöflichen Residenz heraustrat, hatte es aufgehört zu regnen. Die nassen Pflastersteine glänzten feucht, und der bleierne Himmel spiegelte sich in den Pfützen auf dem Domplatz. Der Richter hob den Saum seines Mantels und ging mit gesenktem Kopf langsam zu seinem Wohnhaus zurück. Unterwegs blätterte er gedanklich durch die vielen rätselhaften Ereignisse dieses Jahres und bemühte sich, einen Zusammenhang zu erkennen. Der Tod des Kustos, der sich an Messdienern vergangen und sich an der großen Sturmglocke erhängt hatte. Der Unbekannte, der dem Kustos in den Turm gefolgt war. Der Tod des jungen Messdieners Lukas, der den Unbekannten gesehen oder erkannt hatte. Eine Person im dunklen Mantel, die nachts am Domberg herumschlich. Die Verbreitung von Skandalgeschichten über die Domherren und den Bischof. Die Pläne, Herzog Wolfgang zum Bischof zu wählen. Der Tod des Kanonikers Erhard Spornecker. Wo war der Zusammenhang? Was hatte er übersehen? Oder vergessen?

Heller blieb plötzlich stehen. Er hatte tatsächlich etwas vergessen: In seiner Aufregung über den Mord und den Rücktritt des Bischofs hatte er völlig vergessen, dass er noch in den alten Gerichtsbüchern nach den Unterlagen des Passauer Richters suchen wollte, um herauszufinden, wohin seine geliebte Agnes gegangen sein mochte. Er zauderte kurz: Es war spät, und er hatte andere Sachen zu erledigen. Dann aber kehrte er entschlossen um und schlug den Weg zum Domkapitelhaus ein. Er hatte Agnes zu lange vergessen.

Als er durch den Domhof an der Schule vorbeiging, erblickte er den rothaarigen Ministranten Heinrich. Der Junge stand draußen allein in einer Ecke und versuchte offensichtlich, eine Begegnung zu vermeiden. Er sah ungewöhnlich mutlos und niedergeschlagen aus und zitterte vor Kälte. Als Heller näher kam, wollte er weglaufen.

»Warte«, rief Heller, »warte doch. Ich wollte mit dir reden.«

»Der Schulmeister hat schon mit mir geredet, Dominus«, sagte Heinrich mit düsterer Stimme.

»Was? Hat er dich geschlagen?«, fragte Heller.

Er bückte sich zu dem Jungen hinab und betrachtete ihn sorgenvoll. Heinrichs Augen waren rot, er hatte offenbar geweint.

»Ja! Und dann hat er mich hinausgeschickt.«

»Schande über ihn!«, sagte Heller ärgerlich. »Aber vergib ihm die Sünde. Dominus Gugelmair ist überfordert. Was aber hast du getan, dass er so wütend wurde?«

Heinrich schaute ärgerlich weg. »Die anderen Schüler haben mich getriezt, und wir haben uns geschlagen. Dann haben die anderen dem Schulmeister gesagt, dass ich sie angegriffen hätte, obwohl sie selbst schuld waren. Ich hasse sie.«

»Die anderen haben dich also getriezt, und du hast dich mit ihnen geprügelt. Du solltest dich nicht auf die Dummheit anderer einlassen, Heinrich. Du bist doch ein kluger und guter Junge.«

»Sie nennen mich Bastard«, sagte Heinrich wütend. »Sie sagen, dass ich aus einem Kuckucksei geschlüpft bin und dass ich keinen Vater habe.«

»Aber natürlich hast du einen Vater!«, sagte Heller besorgt. »Ein Kind wird nicht aus einem Ei geboren und kommt auch nicht von einer Mutter allein. Weißt du denn nicht, wer dein Vater ist?«

Heinrich trat ärgerlich in eine Pfütze. »Doch.«

»Und? Oder willst du es nicht sagen?«

Heinrich schwieg.

»Ist es jemand von hier?«, fragte Heller. »Ein Kanoniker oder ein Domherr gar?«

Heinrich schaute weg, aber Heller konnte sehen, dass ihm Tränen in den Augen standen.

»Ich bin ein Bastard«, sagte er.

Johannes Heller legte Heinrich die Hand auf die Schulter. »Wenn dein Vater ein Geistlicher mit den höheren Weihen ist, durfte er deine Mutter nicht heiraten: Das Recht verbietet es. Eigentlich sollten wir Geistlichen nach dem Recht auch keusch leben, aber manche von uns können sich leider nicht daran halten.«

Heller dachte an Agnes und daran, dass auch sie von ihm ein Kind bekommen hatte, das er nie gesehen hatte. Er hatte plötzlich den Wunsch, zu beichten und seine eigene Schuldigkeit zu bekennen. Aber nicht hier, nicht vor diesem Kind.

»Wir sind alle nur Menschen«, sagte er leise. »Aber es ist nicht so schlimm, unehelich geboren zu werden. Weißt du, wie viele Kinder heutzutage nicht in einer Ehe geboren werden? Ich sehe sie und ihre Eltern jeden Tag vor mir im Gericht. Du hast nur einen ›Geburtsmakel‹, wie wir es nennen.«

Heinrich schaute auf. »Warum bin ich an meiner Geburt schuld? Warum habe ich diesen Makel? Ich konnte nichts für meine Eltern.«

Heller seufzte. Das war eine von den Fragen, die an seiner Weltordnung rüttelten und ihn manchmal daran zweifeln ließen. »Ich weiß, dass es ungerecht erscheint. Meinetwegen ist es auch nach menschlichen Maßstäben ein Unrecht, dass die Sünden der Väter an den Kindern gerächt werden, wie Mose sagt. Vielleicht sollte das uns alle zu mehr Verantwortlichkeit für die nächsten Generationen ermahnen. Aber die Welt ist nicht von Natur her gerecht oder gut, sondern wir müssen versuchen, sie gerecht zu machen. In seiner Weisheit hat Gott es eingerichtet, dass wir alle den Makel der Erbsünde in uns tragen. Es liegt nicht in meinem Vermögen, zu sagen, warum das so ist oder ob das gerecht ist. Ob legitim oder unehelich, ob zum Adelsstand oder in die Knechtschaft geboren, ein König oder ein Sklave: Wir alle tragen diese Sündhaftigkeit in uns. In der Hinsicht sind wir gleich vor Gott. Das ist aber nur ein schwacher Trost«, sagte der Richter und schüttelte ein wenig den Kopf über seine hohl klingenden Worte. »Deswegen bedürfen wir Menschen Gottes

Gnade und seiner Kirche und auch des Kirchenrechts, um das Seelenheil zu erlangen und um eine gerechte, wohlgeordnete Welt auf Erden einzurichten.«

»Das kann ich nicht verstehen. Euer Recht gibt mir die Schuld an etwas, wofür ich nichts kann, und deshalb muss ich mit diesem Makel leben?«

»Ja«, sagte Heller mit Unbehagen. »Aber die Kirche kann dir eine Dispens von diesem Makel gewähren, genauso wie sie deine Sünden vergeben kann. Du brauchst eine Dispens vom Papst, wenn du Kleriker werden willst. Aber das ist doch kein Problem, man muss nur etwas Geld zahlen. Ich würde es gerne für dich zahlen, wenn du mir erlaubst.«

»Ich will aber nicht Kleriker werden«, rief Heinrich. »Ich will es nicht! Ich will auch nicht in die Schule gehen und ein Lehrer werden wie mein Vater. Ich will auch keine Bastardkinder zeugen, die diesen Makel haben.«

Johannes Heller war erschüttert. »Wie, dein Vater? Dominus Gugelmair ist dein Vater?«, fragte er erstaunt. An Heinrichs Gesichtsausdruck konnte er erkennen, dass er richtig geraten hatte.

Heller überlegte kurz. »Ich fange an zu verstehen«, sagte er. »Deshalb, nehme ich an, magst du das ›Pater noster‹ nicht richtig aussprechen, weil dein Vater vor dir steht und dich schlägt, vor allem dich, seinen Sohn. Nicht für deine Sünden musst du leiden, sondern für die des Vaters. Ich befürchte, dass er sich gegen dich schwer versündigt.« Er betrachtete den Jungen mit einem scharfen Blick. »Hast du deshalb das Feuer angezündet?«

Heinrich blickte ängstlich zu Boden und schüttelte den Kopf. »Nein, Dominus«, log er mit schwacher Stimme.

»Doch, Heinrich, ich bin ziemlich sicher, dass du es warst«, sagte Heller ernsthaft. »Das Feuer wurde mit Seiten aus einem Schulbuch angezündet. Man konnte die Schrift gerade noch lesen. Da habe ich mir gedacht, dass es jemand aus der Schule gewesen sein muss. Und dann habe ich dich versteckt im Dom gefunden. Oder sollte das nur Zufall gewesen sein? Was wolltest du damit bewirken? Wolltest du dich an deinem Vater rächen? Oder wolltest du wirklich den Bischof ermorden?«

Heinrich schaute erschrocken auf. »Nein, nein, Dominus«, flüsterte er.

»Zum Glück ist nichts Schlimmes passiert«, sagte Heller weniger streng. »Ich habe auch niemandem von meinem Verdacht erzählt. Aber mach eine solche Dummheit nie wieder. Daraus hätte wirklich eine Katastrophe werden können.«

Heinrich schüttelte wieder den Kopf.

»Du willst also nicht in die Schule und auch nicht Kleriker werden?«, sagte Heller nach einer kurzen Bedenkzeit. »Das kann ich verstehen. Was möchtest du denn lieber werden, Heinrich?«

»Ein Schmied«, sagte der Junge eifrig. »Oder ein Ritter.«

Heller lächelte ein wenig. »Ein Ritter? Damit kann ich dir nicht helfen. Aber geh mal zu den Wirtschaftsgebäuden und sag dem Vorsteher, dem Hofgämel, dass ich dich zu ihm geschickt habe. Er soll für dich sorgen. Gewiss lässt sich etwas finden. Ich werde beizeiten mit Dominus Gugelmair sprechen.«

Er klopfte Heinrich auf die Schulter und schickte ihn weg.

In der warmen Stube im Kapitelhaus waren zahlreiche Domherren versammelt, die eifrig über den Rücktritt des Bischofs diskutierten. In der Mitte einer Gruppe sah Johannes Heller den Dekan, Johannes Simonis, der auf einige jüngere Mitglieder des Kapitels einredete.

Er wolle sich selbst auf keinen Fall zur Wahl stellen, sagte Simonis gerade mit beruhigender Stimme. Man müsse doch einen jüngeren, tatkräftigen Bischof wählen, der den Herausforderungen gewachsen sei, genau wie Bischof Tuhlbeck gesagt habe. Es solle jemand sein, der die Kirche durch seine Autorität wieder in Ordnung bringen, für die Rückgewinnung der durch die Türken eroberten Besitzungen sorgen und auch den Bau der Frauenkirche in München zu Ende führen könne. Er – der

Dekan – sei inzwischen natürlich viel zu alt dafür, sagte er mit einem demütigen Lächeln. Die anderen lachten mit ihm.

»Wenn Ihr unsere Meinung wissen wollt, so meine ich, dass der neue Bischof über die notwendigen Machtmittel verfügen muss, um diese Herausforderungen zu bewältigen. Das heißt, vor allem muss er Geld haben. Gelehrsamkeit und Frömmigkeit allein reichen auf keinen Fall aus. Und er muss gute Beziehungen zu den bayerischen Herzögen haben. Zu lange hat es Konflikte zwischen den Herzögen und dem Bischof gegeben; das ist gut für niemanden und hat uns in diese Schwierigkeiten geführt. Aus all diesen Gründen kommt aus unserer Sicht kein Bürgersohn oder Fremder, sondern nur ein Adliger aus unserem Bistum in Frage.«

»Aber wer von uns hat so viel Geld und solche guten Beziehungen zu den Herzögen?«, fragte jemand.

»Ja, da hast du recht. Leider gibt es niemanden im Domkapitel, der über solche Eigenschaften verfügt«, sagte Simonis. »Deshalb müssen wir überlegen, ob wir nicht einen Kandidaten von außen wählen sollen.«

»Und was ist mit Sixtus?«, fragte einer der jüngeren Domkanoniker. »Er ist ja auch von fürstlicher Abstammung und dazu jung und fähig.«

»Sixtus ist nicht von hier, zum einen. Er ist zudem bereits Bischof in Gurk, aber der Kaiser hat sich geweigert, ihn anzuerkennen. Wer weiß, warum? Jedenfalls hat er keine guten Beziehungen zum Kaiser und auch nicht zu unseren Herzögen, denn als Kanzler hat er Tuhlbecks Politik getragen und mitgestaltet. Überhaupt war er Tuhlbecks Günstling und seine rechte Hand. Er steht für eine Kontinuität und Fortsetzung der Fehler und Versäumnisse des alten Fürstbischofs. Er kommt für uns daher nicht in Betracht«, antwortete Simonis gravitätisch.

Johannes Heller, der sich politischer Diskussionen gewöhnlich enthielt, hörte erstaunt und entsetzt zu. Kaum war der Bischof zurückgetreten, hatte der Wahlkampf bereits begonnen.

Der Dekan warb offensichtlich schon für Herzog Wolfgang, ohne ihn direkt zu nennen. Heller konnte das nicht ohne Widerrede geschehen lassen.

»Das alles spricht für Sixtus, wenn Ihr mich fragt«, sagte er überraschend laut.

Simonis drehte sich um. »Wie meint Ihr das, Dominus Heller?«

Heller biss sich auf die Zunge. Er hätte gerne offen alle gewarnt, dass der Dekan und seine Freunde ihre Stimmen an Herzog Wolfgang verkauft hatten. Aber er durfte nicht verraten, was er wusste, um Marcus Hörnle nicht als Quelle seiner Information zu enttarnen.

»Es spricht für seine Integrität, dass er sich vor gelegentlichen Konflikten mit den weltlichen Herren nicht gescheut hat«, sagte er stattdessen.

»Wirklich?«, sagte der Dekan. »Oder für seine Dummheit.«

»Wie Ihr meint«, sagte Heller. »Vielleicht ist das eine Dummheit. Manche klugen Leute würden versuchen, sich bei den Mächtigen einzuschmeicheln, weil sie einen Vorteil für sich selbst erhoffen. Aber ich würde nicht auf den Rat von solchen Personen hören, die im eigenen Interesse so klug sind, denn meist stellen sie das Gemeinwohl hintan.«

Simonis schaute ihn sehr böse an. »Wie denn? Wollt Ihr uns damit unterstellen, im eigenen Interesse zu handeln? Achtet nur darauf, dass Ihr selbst keinen Fehler macht, Heller.« Irgendeine Drohung klang in seinen letzten Worten.

Heller hob die Hände. »Absit a me, ut insultem«, zitierte er Augustinus. »Der Wunsch, zu beleidigen, sei mir fern. Ich sprach im Allgemeinen und von niemandem im Einzelnen.« Er wollte es dabei belassen, doch war er über das Verhalten des Dekans zu empört. »Im Übrigen«, fügte er hinzu, »wenn der Vorwurf zutrifft, solltet auch Ihr vorsichtig sein. Dass Ihr Eurem Namen alle Ehre macht, gereicht Euch dennoch nicht zur Ehre, Dominus Simonis.«

Eine erschrockene Stille fiel über die Versammlung. Die

meisten verstanden Hellers Anspielung nicht, aber sie begriffen, dass es Streit gab.

Der Dekan öffnete seinen Mund und blieb einen Augenblick lang mit offenem Mund stehen. Dann sagte er: »Aha, sehr witzig. Was wollt Ihr uns da unterstellen? Etwa Simonie? Der Vorwurf trifft uns nicht, aber danke für die Belehrung. Es gibt auch andere Sünden, Dominus Heller, über die wir sprechen könnten. Vielleicht werden wir Euch irgendwann darüber belehren müssen.«

Aus seinen Worten war nun eine unmissverständliche Drohung herauszuhören. Er drehte sich um und verließ den Raum.

Johannes Heller blieb noch ein wenig stehen. Sein Puls schlug hart vor Aufregung. Dann ging auch er weiter, sperrte die schwere Tür zum Armarium auf und stieg mit einer Kerze in der Hand die enge Wendeltreppe zum Archiv des Domkapitels hinauf.

Dort machte er die Tür hinter sich zu, atmete tief durch und versuchte, sich zu beruhigen. Er hatte sich hinreißen lassen, mehr zu sagen, als klug war. Aber Simonis hatte ihn mit seiner Drohung provoziert. Irgendetwas wusste der Dekan über ihn. Doch was bloß? Wodurch konnte Heller kompromittiert sein? Johannes Heller kannte nur einen einzigen verletzlichen Punkt in seinem Gewissen, und davon wusste niemand. Oder? Seine Hand zitterte noch, als er eine zweite Kerze auf dem Tisch anzündete.

Dann ging er zu den Regalen, wo die alten Gerichtsbücher standen, und suchte den Band zum Jahr 1446 aus, in dem er die Aufzeichnungen des Prozesses zwischen Agnes und ihrem Ehemann Johannes Hagen gefunden hatte. Er öffnete den Einband und blätterte das Buch zuerst rasch durch; dann las er langsamer, Seite für Seite, mit wachsender Ungeduld. Er konnte die Prozessaufzeichnungen über den Fall nicht mehr finden. Er wusste auch nicht mehr genau, in welchem Monat der Fall verhandelt worden war. War es im April oder im Mai gewesen oder vielleicht doch später im Jahr?

Dann hielt er inne und dachte nach. Hatte er nicht damals eine Markierung in das Buch gelegt, um die Stelle wiederfinden zu können? Einen kleinen Stofffetzen? Heller blätterte nochmals vorsichtiger durch das Buch. Keine Markierung. Er sah sich auf dem Boden um, ob er den Stofffetzen unbemerkt hatte fallen lassen, doch lag nichts zu seinen Füßen. Beunruhigt ging er mit seiner Kerze auf die Knie und krabbelte durch den Raum. Irgendwo musste die Markierung sein. Er suchte sogar unter dem Regal und in den fernsten Ecken, wohin das Lesezeichen niemals hätte fallen können. Und dennoch: Da lag der Stofffetzen in einer staubigen Ecke, zusammengeknüllt und weggeworfen.

Entsetzt sprang Johannes Heller auf, nahm das Gerichtsbuch vom Tisch und hielt es vor sich in den zitternden Händen. Jemand hatte den Band durchgeblättert und seine Markierung herausgenommen.

Capitulum 6

5. November 1473

ALLES, WAS RECHT IST

Es waren kalte graue Tage zwischen Herbst und Winter. Nachts erstarrte das Wasser in den Pfützen zu Eis, und der tief liegende Nebel bildete lange, zarte Reifkristalle an den Zweigen der Bäume; tagsüber löste sich der Zauber, und das Eis wurde wieder zu Wasser und der Raureif zu nassen Tropfen, die zur Erde fielen und sich in Lachen sammelten. Eis zu Wasser und Wasser zu Eis: Die Übergangszeit rief Gedanken an Vergänglichkeit und Veränderung hervor. Omnia mutantur. – Alles verändert sich.

Der Gedanke beunruhigte den Gerichtsnotar Pangratz Haselberger, der sich an die Unveränderbarkeit von Recht und Gesetz klammerte. Er betrachtete jeglichen Wandel stets mit Unbehagen, auch wenn er unvermeidlich war. Wer wusste, ob er zum Besseren oder zum Schlechteren geschah? Mit Sorge blickte er daher der bevorstehenden Bischofswahl entgegen – aber zugleich mit einer freudigen Neugier. Gleich sollte es endlich so weit sein.

Es waren bereits fünf Wochen vergangen, dass Fürstbischof Tuhlbeck überraschend sein Amt niedergelegt hatte. Seit diesem Tag herrschte geschäftige Aufregung am Domberg. Neben akribischen Planungen und Vorbereitungen beschäftigten sich alle mit mehr oder weniger begründeten Spekulationen über die Hintergründe des Rücktritts und den möglichen Ausgang der Wahl.

Haselberger hob den Blick von seinen Aufzeichnungen, um Richter Johannes Heller anzusehen, der nach vorne gebeugt die Argumente der Prokuratoren verfolgte. Er schien ungewöhnlich gereizt und sogar verärgert. Würde man ihn wählen, wie manche Leute munkelten?, fragte sich Haselberger. Jedenfalls galt er als ein Wortführer, der durch seine Redegewandtheit und seinen Scharfsinn großen Einfluss im Domkapitel hatte.

Der Notar hatte es öfter erlebt, wie Dominus Heller Meinungen und Entscheidungen in seinem Sinn beeinflusst hatte. Kein Zweifel: Er war ein intelligenter und sehr gebildeter Mann, ein wenig arrogant, aber im Allgemeinen gutmütig und um Gerechtigkeit bemüht. Allerdings war der Herr Chorrichter schon recht alt; fast zu alt, um noch gewählt zu werden, es sei denn als Übergangslösung.

Aber wer hatte denn sonst Chancen?, fragte sich der Notar. Der bischöfliche Vikar, Dominus Baruther, war auch sehr angesehen, aber er war noch älter als Heller. Das galt auch für den greisen Dompropst Dominus Pienzenauer und den reichen und mächtigen Dekan, Dominus Simonis. Es hieß allerdings, dass der Dekan trotzdem gerne Bischof würde. Von den jüngeren Domherren wurden vor allem dem Kanzler, Dominus Sixtus von Tannberg, Chancen eingeräumt. Er hatte einen guten Ruf und viel Erfahrung und war auch von Bischof Tuhlbeck als Nachfolger vorgeschlagen worden. Gegen ihn jedoch sprach, wie manche meinten, dass er nicht aus dem Bistum stammte und zudem der Liebling des alten Bischofs gewesen war.

Bei näherer Überlegung gab es Argumente für und gegen jeden der Domherren. Vielleicht würde die Wahl deshalb auf jemanden außerhalb des Domkapitels fallen, wie manche sagten. Aber wen meinten sie? Angesichts solcher Unwägbarkeiten hob der Notar die Schultern, beugte sich wieder über seine Aufzeichnungen und richtete die Aufmerksamkeit auf die bevorstehenden Gerichtsverhandlungen.

Wegen der Wahlvorbereitungen waren die Gerichtsgeschäfte stark eingeschränkt. Nur wenige Gerichtstermine, die schon vor längerer Zeit festgelegt worden waren, wurden noch wahrgenommen. Vor dem Richter standen erneut die Freisinger Bürger Johannes Müller und Elisabeth Bienenstock, deren Fall heute entschieden werden sollte. Ihre Prokuratoren, Johannes Maulberger und Johannes Pack, lieferten sich letzte Wortgefechte darüber, ob die Entschädigungsansprüche der Klägerin wegen Entjungferung und Vaterschaft gerechtfertigt beziehungsweise nicht gerechtfertigt waren. Zur Debatte standen die Aussagen der Zeugen des Beklagten, die belegen sollten, dass Elisabeth Bienenstock eine sexuelle Beziehung zu einem gewissen Peter Holzfurtner gehabt hatte, der sie entjungfert und geschwängert haben sollte.

Die fünf Zeugen, die kurz zuvor verhört worden waren, hatten insgesamt bestätigt, dass die Klägerin mit jenem Peter Holzfurtner bei verschiedenen Gelegenheiten gesehen worden war und dass es Gerüchte über sie gegeben hatte. Allerdings hatten sie keine handfesten Beweise vorgelegt, die den Verdacht zu einem Tatbestand erhärteten. Elisabeth und Peter waren zusammen in einer Scheune gewesen, aber niemand wusste genau, was sie dort gemacht hatten. Sie waren auch im Wald gesichtet worden, aber ging daraus tatsächlich hervor, dass sie mehr gemacht hatten, als Beeren zu sammeln? Außerdem hatte sich auf Nachfrage ergeben, dass alle Zeugen mit dem Beklagten verschiedentlich verwandt oder befreundet waren, weshalb die Glaubwürdigkeit ihrer Aussagen fragwürdig erschien.

Prokurator Pack, der Johannes Müller vertrat, resümierte, dass die Zeugenaussagen dennoch Anlass zu begründeten Zweifeln an Elisabeth Bienenstocks Ehrenhaftigkeit gäben. Er bat den Richter daher, seinen Mandanten von den Ansprüchen der Klägerin freizusprechen und die Klage als eine Beleidigung und Belästigung zu verurteilen.

Prokurator Maulberger hielt seinerseits dagegen, dass die Zeugenaussagen wegen der Parteilichkeit der Zeugen nicht glaubwürdig seien und dass sie zudem keine konkreten Beweise gegen die Klägerin erbracht hätten. Der Richter solle also die Einwände des Beklagten als eine Belästigung und Beleidigung zurückweisen und die Ansprüche der Klägerin bestätigen.

Pangratz Haselberger nickte gelangweilt und überlegte, wie er diese Vorträge in möglichst wenigen Worten zusammenfassen konnte. Er hatte ohnehin kaum zugehört, denn seine Gedanken waren viel zu sehr mit den kommenden Ereignissen beschäftigt, in denen er selbst eine nicht unwichtige Rolle spielen sollte. Bei Bischofswahlen war es rechtlich vorgeschrieben, dass ein öffentlicher Notar als Garant des öffentlichen Vertrauens, der publica fides, die Rechtmäßigkeit der Wahl überwachen und die Ergebnisse aufzeichnen sollte. Diese ehrenvolle Aufgabe war Magister Pangratz Haselberger zugefallen.

Allerdings bedeutete eine solche Ehre auch eine gewisse Last. Die letzte Bischofswahl lag bereits weit zurück – gut zwanzig Jahre waren es –, sodass sich niemand mehr genau an das Verfahren und die zeremonielle Gestaltung einer Wahl erinnern konnte. Als Johannes Tuhlbeck gewählt worden war, war Pangratz Haselberger noch ein junger Student an der Wiener Universität gewesen, der für seine Prüfungen akribisch Rechtssätze gepaukt und bescheidene Karrierepläne gemacht hatte. Er hatte es sich nie vorgestellt, dass er an einer solchen wichtigen Entscheidung persönlich teilnehmen würde, und hatte daher die entsprechenden Regeln nur flüchtig gelernt. Nun musste er sich durch die entsprechenden Werke des kanonischen Rechts arbeiten, um sich über die Modalitäten der Bischofswahl zu informieren.

Haselberger schüttelte den Kopf und wandte sich wieder dem Prozessgeschehen zu. Wie sollte er bloß den weitschweifigen Wortschwall der Prokuratoren inhaltlich erfassen? Sie hatten letztendlich nur die jeweiligen Positionen zusammengefasst und ein Urteil in ihrem Sinn gefordert. Haselberger überlegte, ob er alle Punkte einzeln festhalten oder sie inhaltlich zusammenfassen sollte. Aber was genau hatten sie überhaupt gesagt? Er legte sich schließlich auf eine kurze Formel fest: »Petiverunt partes hincinde sententiam.« – Die Parteien baten den Richter, sein Urteil zu fällen.

Inzwischen hatte Johannes Heller die Argumente gegeneinander abgewogen und war schon bereit, das Urteil zu verkünden. Gerade als er das tun wollte, wurde er jedoch von einem lärmenden Aufruhr auf dem Domplatz unterbrochen. Draußen schallten laute Rufe, das Bellen von Hunden, das Klimpern von Rüstung und Waffengeschirr und das Klirren von eisenbeschlagenen Pferdehufen auf dem Kopfsteinpflaster.

Es waren die schwer bewaffneten Reiter der bayerischen Herzöge, die Freising und den Domberg vor Unruhen und Störungen während der Wahl schützen sollten – so jedenfalls lautete die Erklärung des Dekans des Domkapitels, der ihre Unterstützung eingefordert hatte. Sogar Herzog Albrecht höchstselbst war nach Freising gekommen, um mit seiner Anwesenheit für die Sicherheit und Rechtmäßigkeit der Wahl zu sorgen. Er residierte derzeit in den oberen Räumen des St.-Andreas-Stifts. Doch das herrische Gehabe des herzoglichen Hofes und das martialische Auftreten der Truppen auf dem Domberg wirkten auf manche Leute weniger vertrauenerweckend als vielmehr einschüchternd. Manch einer – wie Pangratz Haselberger – fragte sich nervös, ob die fürstbischöfliche Wache nicht ausgereicht hätte und ob die herzoglichen Truppen wirklich die Freiheit der Wahl sichern wollten oder eher das Gegenteil bezweckten.

Gereizt setzte Johannes Heller erneut an, sein Urteil zu verkünden, und erhob seine Stimme über den Lärm von draußen. Die Parteien und ihre Prokuratoren schauten erwartungsvoll auf. Doch anstatt der erwarteten salbungsvollen Urteilsformel mit der Zusicherung, nur Gott vor Augen zu haben, brüllte der Richter den Beklagten wütend an: »Du verlogener Taugenichts, wir lehnen deine Einrede ab und verurteilen dich zur vollen Erstattung der Ansprüche der Klägerin sowie zur Bezahlung der Gerichtskosten.«

Pangratz Haselberger konnte seinen Augen und Ohren kaum glauben. Auch die Prokuratoren waren über die Irregularität erstaunt. Als Johannes Pack Einspruch erheben wollte, wandte sich der Richter wütend an ihn: »Auch alle weiteren fiktiven und absichtlich irreführenden Argumente lehnen wir ausdrücklich – expressis verbis – ab und verurteilen sie als eine Belästigung der Klägerin und des Gerichts.«

Nach seinem Wutausbruch schien sich der Richter wieder zu fangen. Zur Urteilsbegründung fügte er ruhiger, aber noch immer sehr kraftvoll hinzu: »Wir stellen fest, dass der Beklagte den Beischlaf mit der Klägerin unter Eid zugegeben hat, und sehen keinen ausreichenden Grund, anzuzweifeln, dass er sie entjungfert und geschwängert hat. Jedenfalls wollen wir nicht zulassen, dass er sich vor seiner Verantwortung drückt und aufgrund irgendwelcher juristischen Winkelzüge die Frau und das Kind ohne Unterstützung im Stich lässt. Dem Beklagten wird daher ausdrücklich die Vaterschaft des Kindes zugewiesen. Jeglicher Versuch, sich aus der Verantwortung zu stehlen, ebenso wie jede Verschleppung der Zahlung werden eo ipso mit der Exkommunikation bestraft. Halte das fest, Hasenberger!«

Pangratz Haselberger war noch vor Schreck erstarrt und wagte es nicht einmal, seinen Namen zu korrigieren. Auch Prokurator Pack stand zunächst wie vom Blitz getroffen, während sein Kontrahent Maulberger hämisch, aber auch ein wenig verunsichert lächelte. Schließlich kündigte Pack nach kurzer Unterhaltung mit dem Beklagten kleinlaut an, in Vertrauen auf das Verfahrensrecht im Namen seines Mandanten gegen das Urteil eine Appellation an die nächste Instanz, das erzbischöfliche Gericht in Salzburg, einzureichen.

Johannes Heller, der ihm dieses Rechtsmittel nicht verweigern durfte, antwortete barsch, er könne das tun. »Mach das nur, Magister Pack! Du hast das Recht dazu. Überhaupt scheint ihr alle zu glauben, dass das Recht vornehmlich dazu da ist, Ungerechtigkeiten unbestraft geschehen zu lassen. Es war bereits eine schreiende Ungerechtigkeit, dass wir ihn von der Ehezuerkennungsklage freisprechen mussten. Wir sind uns nämlich ziemlich sicher, dass die Parteien rechtmäßige Eheversprechen ausgetauscht haben, aber es gab keine Zeugen. Somit mussten wir das Unrecht mangels Beweisen nicht nur hinnehmen, sondern mit unserem Urteil auch noch zum Recht machen. Nun aber soll, wenn wir ein Wörtchen mitzureden haben, der Beklagte die Klägerin zumindest finanziell entschädigen. Er hat die Klägerin entjungfert oder hat zumindest in Kauf genommen, dies zu tun. Deshalb muss er das Kranzgeld zahlen. Und er muss das Kind aus dieser Beziehung als sein eigenes anerkennen und für dessen Erziehung zahlen. Zahlen soll er, viel zahlen!«

Nach dieser Schelte verließen die Parteien und ihre Prokuratoren eilig den Gerichtssaal, um weiteren Wutanfällen zu entkommen. Das Gerichtsgeschäft für den Tag war damit erledigt. Johannes Heller erhob sich wortlos und ging langsam zur Tür. Mit einer Geste forderte er Marcus Hörnle auf, mitzukommen.

Hörnle blieb noch kurz sitzen. Dann lief er hinter dem Richter her.

Als sie alle weg waren, atmete Pangratz Haselberger auf und überlegte, wie er die Äußerungen des Richters protokollieren sollte. Sein natürliches Interesse an ungewöhnlichen Vorfällen und Skandalen rang mit seinem Gefühl für Anstand. Der Notar war im Innersten überzeugt, dass solche Wutausbrüche des Richters eindeutig nicht in die Gerichtsaufzeichnungen gehörten, jedenfalls hatte er niemals etwas Ähnliches gelesen. Eigentlich sollte es zu solchen Ausbrüchen gar nicht erst kommen, aber wenn, so sollten die Gerichtsakten lieber den Normen und der Tradition folgen als der Wahrheit. Es ist geschehen, was geschehen sein soll.

Schließlich notierte er nüchtern: »Reus appellavit ad Salzburgam. Dominus donavit apostolos et statuit terminum consuetum.« – Der Beklagte kündigte eine Appellation nach Salzburg an, woraufhin ihm der Richter die Unterlagen erteilte und den gewöhnlichen Termin festlegte. – Das war zwar nicht ganz dasselbe und deutlich weniger, als der Richter eigentlich gesagt hatte, dem Ergebnis nach aber war es zutreffend, und es entsprach den Normen.

FORUM CONSCIENTIAE

Marcus Hörnle hatte seinen Mentor nie so wütend erlebt. Er holte Johannes Heller gleich auf der Treppe ein und folgte ihm in seine Bibliothek.

»Wenn ich es sagen darf, Dominus, Ihr müsst Euch mäßigen«, sagte er besorgt. »Solche Ausbrüche gehören sich nicht. Ihr schädigt damit auch Euer Anliegen, denn die Verteidigung wird behaupten, dass Ihr gegen den Beklagten feindlich gesinnt und daher befangen seid.«

Heller setzte sich erschöpft hin und seufzte. »Ich kann diese ewige Faselei und Rechtsverdrehung nicht mehr hören. So etwas bringt mich allmählich um den Verstand. Ich beginne, meinen Glauben an unsere Rechtsordnung zu verlieren. Vielleicht wäre es wirklich an der Zeit für mich, dieses Richteramt niederzulegen.«

Hörnle war entsetzt. »Wie meint Ihr das, Dominus?«

Johannes Heller schüttelte den Kopf und rang die Hände. »Ich zweifle immer mehr daran, dass unser Rechtssystem überhaupt für eine geordnete, gottgewollte Gesellschaftsordnung sorgt; vielmehr scheint es mir eher das Gegenteil zu bewirken. Nimm zum Beispiel unser kanonisches Beweisverfahren, auf das wir so stolz sind. Gewiss stellt es einen Fortschritt dar gegenüber dem primitiven Beweisverfahren, das man immer noch an manchen weltlichen Gerichten praktiziert. Bei uns müssen zwei glaubwürdige Zeugen übereinstimmend aussagen, um eine Behauptung zu beweisen. Oft gibt es aber keine Zeugen: Dann kann nichts bewiesen werden. Aber wann hat man denn zwei unabhängige Zeugen etwa für ein heimliches Eheversprechen oder für Gewalt in den eigenen Wänden? Fast nie. Also wird der Beklagte in der Regel freigesprochen, und Unrecht geschieht.«

»Ius summum saepe summa est malitia«, stimmte Marcus

Hörnle zu. »Das höchste Recht ist oft die größte Bosheit. Genau deshalb dürft Ihr nicht als Richter aufgeben, Dominus. Weil es eines guten Richters bedarf, um die Wahrheit zu erkennen und die Gerechtigkeit zu wahren.«

»Ich kann auch nicht mehr erkennen, was die Wahrheit ist«, stöhnte Heller. »Manchmal glaube ich zwar, sie zu erkennen, doch dann reichen die Beweise nicht aus. Als Richter sind mir durch das Recht die Hände gebunden, während andere das Recht für sich schamlos ausnutzen. Oder sich einfach darüber hinwegsetzen. Sieh mal hier«, sagte er und nahm einen Brief vom Tisch. »Hier verbietet uns Seine Hoheit Herzog Albrecht von Bayern höchstpersönlich, in dem Prozess zwischen Conrad Staudinger, Margaretha Lufft und Agnes Bürstenbinder seinen Familiaren Dominus Balthasar Hundertpfund als Zeugen zu befragen«, erklärte er. »Der andere Zeuge, Erhard Spornecker, ist ermordet worden. Damit ist es unmöglich, den Fall aufzuklären. Da soll etwas verheimlicht werden, das kann doch jeder Idiot erkennen. Und ich soll dabei mithelfen, indem ich mit meinem Urteil das Unrecht rechtmäßig mache.«

Marcus Hörnle saß bedrückt vor ihm. »Dominus, Ihr habt recht: Es soll etwas vor Euch verheimlicht werden«, sagte er plötzlich.

Johannes Heller schaute ihn scharf an. »Was denn? Wen interessiert dieser belanglose Streit zwischen zwei Hofdamen um die Hand eines aufgeblasenen Höflings? Warum diese Mauer des Schweigens und Lügens um eine solche Nichtigkeit? Was kann daran so wichtig sein, dass Herzog Albrecht sich einschalten muss, um die Aufklärung zu verhindern? Kannst du mir das sagen, Hörnle?«

Hörnle wand sich in seinem Stuhl. »Ich weiß das, was alle wissen, Dominus – alle außer Ihr«, sagte er schließlich und schaute Heller mit seinen treuen blauen Augen an.

»Nun, was ist es denn, was alle wissen, nur ich nicht? Willst du mit mir Spielchen spielen?«, rief Heller irritiert.

»Nein, nein!«, protestierte Hörnle. »Aber zwingt mich bitte

nicht, es zu sagen, denn ich habe einen Eid geschworen. Fragt doch einen anderen.«

Heller sprang voller Wut auf. »Ich habe andere Leute gefragt, und niemand wollte reden. Ich bin mir aber sicher, dass du sehr wohl weißt, worum es hier geht. Sag es mir! Ich nehme dich unter Eid. Ich werde den Notar Haselberger herbeirufen und eine förmliche Zeugenbefragung durchführen. Willst du das?«

»Nein, macht das nicht«, stöhnte Hörnle. »Es würde mich den Kopf kosten, wenn jemand davon erfährt.«

»Dann zwing mich nicht, das zu tun«, sagte Heller frustriert. Ruhiger sprach er weiter: »Es ist eine große Sünde, einen Eid zu brechen, Marcus, aber es ist noch schlimmer, durch das Schweigen ein begangenes Verbrechen zu decken oder ein weiteres Verbrechen zu ermöglichen. Wenn du dich vor einer rechtlichen Befragung fürchtest, kannst du mir dein Geheimnis im forum conscientiae – im Gewissensgericht – beichten, um dein Gewissen zu erleichtern. Von mir wird niemand erfahren, was du mir gesagt hast.«

Marcus Hörnle ließ seinen Kopf nach vorne fallen. »Gut, Dominus. Es ist schließlich kein Geheimnis unter den Leuten am Hof, dass Herzog Wolfgang eine Liebesbeziehung zu seiner Hofdame Agnes Bürstenbinder hatte und dass er sie nun an seinen Dienstmann Conrad Staudinger verheiraten will. Deswegen darf Staudinger nicht mit Margaretha Lufft verheiratet sein.«

Der Richter schaute ihn an. »Das soll das große Geheimnis sein? So was ist eine sehr alltägliche Geschichte vor unserem Gericht«, sagte er zuerst ungläubig.

Dann lehnte er sich vor und dachte laut weiter. »Aber leider hatte dieser Luftbalg Staudinger der armen Margaretha bereits die Ehe versprochen. Daher musste ihre Rivalin Agnes Bürstenbinder unter Eid lügen und auch andere Zeugen finden, die uns glauben ließen, dass Staudinger sie bereits geheiratet habe. Unglücklicherweise hatte Margaretha Lufft jedoch erfahren, dass ihre ehemalige Freundin schon mit einem anderen Mann verheiratet war. Vielleicht hatte Agnes ihr das selbst erzählt, als sie noch Freundinnen waren. Doch wer war der Ehemann?« Er hielt kurz an und lächelte. »Ja, wer denn wohl, wenn nicht ihr Liebhaber, Herzog Wolfgang von Bayern, selbst? Einen anderen hätte er wahrscheinlich nicht geduldet. Es war also mehr als nur eine gewöhnliche Liebesbeziehung zwischen den beiden. Es kommt ja durchaus mal vor, dass ein junger Hochgeborener, der vielleicht ein wenig zu impulsiv ist, sich in eine nicht standesgemäße Gefährtin verliebt und ihr sogar die Ehe verspricht. Vielleicht war er betrunken, vielleicht meinte er es in seinem einfachen Gemüt aber auch ganz ernst. Vor einigen Jahren gab es eine ähnliche tragische Geschichte um Herzog Albrecht seligen Angedenkens, den Vater unserer Hoheiten. In seinen jüngeren Tagen hatte Albrecht eine Geliebte namens Agnes Bernauer, eine bürgerliche Hofdame, die er anscheinend wirklich geliebt und sogar heimlich geheiratet haben soll, wie man sagt. Albrechts Vater, Herzog Ernst, war wohl über die Erbfolge besorgt und ließ die Bernauerin schließlich ermorden, um der Beziehung ein Ende zu setzen. Herzog Albrecht baute danach eine schöne Kapelle für seine Geliebte in Straubing: Ich habe sie selbst gesehen. Eine sehr traurige Geschichte«, schloss er nachdenklich.

Marcus Hörnle stimmte ihm zu.

»Doch hier geht es nicht nur um die Erbfolge«, fuhr Heller fort, »sondern auch um die Bischofswahl: Herzog Wolfgang darf nicht verheiratet sein, wenn er Bischof werden will. Das Ganze ist höchst unschicklich. Doch solange keine Zeugen bei der Eheschließung anwesend waren, hätte man die Ehe einfach bestreiten und die Geliebte schnell mit einem Dienstmann verheiraten können. Aber es gab Zeugen, nicht wahr? Der Kanoniker Spornecker, der Narr am Herzoghof, war natürlich bei jeglicher Tollerei dabei. Es war doch wohl ein Spaß oder ein Witz, so zu tun, als ob der Herzog seine Hofdame wirklich heiraten könnte. Und weil es lustig war, waren auch bestimmt andere dabei. Etwa der schweigsame Balthasar Hundertpfund, der nicht aussagen will, nicht wahr?«

»Ihr habt es erraten«, sagte Hörnle, ohne Heller anzuschauen.

»Aber mindestens eine weitere Person war wohl auch bei dieser Hochzeit anwesend«, führte Heller seine Gedanken weiter. »Ich habe mich schon damals gefragt, wie unser tapferer Kommissar Grieninger auf die Namen dieser beiden Zeugen gekommen ist, wenn sonst keiner irgendetwas wusste.«

Marcus Hörnle hielt den Blick auf den Tisch gerichtet.

»Dieser dritte Zeuge wollte uns vielleicht Beweise an die Hand geben, damit wir Herzog Wolfgangs Wahl zum Bischof verhindern können. Er selbst wollte jedoch nicht aussagen, weil er ein Vertrauensmann Wolfgangs ist und ihm einen Eid geschworen hat«, fuhr Heller fort. »Nun ist aber einer der genannten Zeugen tot, während der andere schweigt. Damit kann nichts bewiesen werden, und der schöne Plan ist vereitelt. Ein so feiner Plan!« Johannes Heller schüttelte den Kopf.

»Aber leider völlig aussichtslos, mein Lieber. Meinst du wirklich, dass sich die Herzöge um meinen Richterspruch gekümmert hätten? Und ganz abgesehen davon hätte natürlich keiner der Zeugen gegen Herzog Wolfgang ausgesagt, weil sie alle, wie du selbst, um ihren Kopf fürchten. Wir wissen nicht, wer Erhard Spornecker ermordet hat, aber ich beginne zu vermuten, dass sein Tod mit dieser geheimen Ehegeschichte zusammenhängt. Du hast mir doch erzählt, dass Spornecker zuletzt mit Herzog Wolfgang über die Propstei in Ilmmünster gestritten hat. Im Gericht war er sehr aufgebracht, dass ihm die Pfründe weggenommen wurde, und hat Rache an Herzog Wolfgang geschworen. Vielleicht hat er dem Herzog mit der Öffentlichmachung seiner Ehe gedroht und musste deswegen zum Schweigen gebracht werden. Ist das der Grund, weshalb du über Sporneckers Tod so erschrocken warst, Marcus? Weil der Herzog seinen Kopf doch noch eingefordert hatte?«

Marcus Hörnle schluckte. »Das hätte er nicht machen dürfen. Ich kann eigentlich nicht glauben, dass Herzog Wolfgang wirklich jemanden umbringen lässt, obwohl er stets damit droht. Aber manchmal ... manchmal bin ich mir nicht ganz sicher. Es war jedenfalls, wie Ihr gesagt habt: Seine Hoheit Herzog Wolfgang hatte viele Jahre lang eine Beziehung zu Agnes Bürstenbinder. Sie war seine Geliebte, und er nahm sie überallhin mit, die beiden waren kaum zu trennen. Eines Abends ging es bei einer Feier ganz lustig zu, und wir tranken und tanzten viel miteinander. Spornecker und Hundertpfund waren auch dort sowie einige Dirnen, Tänzer und Musikanten. Irgendwann hat Dominus Spornecker Agnes auf einen Thron gesetzt und sie mit einer Pappkrone zur Königin gemacht. Dann spielten wir ein Ritterturnier, und Wolfgang, der auf meinem Rücken saß, gewann natürlich – so sind die Spielregeln. Er wurde zum König erklärt und heiratete Agnes feierlich mit einem Ring und einem Kuss. Danach nannte er sie immer seine Ehefrau oder sein Weib. In seinen Privatgemächern trat sie mit teuren Gewändern und mit seinem Ring am Finger als Herzogin auf. Es war nur als Spaß gemeint, aber ...«

»... aber ein kirchliches Gericht hätte das als eine legitime Eheschließung anerkannt«, vollendete Johannes Heller den Satz. »Nach unserem Recht war es jedenfalls eine gültige Ehe, und ich hätte so geurteilt. Vielleicht hätte es auch schon ausgereicht, mit einem entsprechenden Urteil zu drohen, um die Aufgabe von Herzog Wolfgangs Kandidatur für die Bischofswürde zu erzwingen. Auf alle Fälle zeigt die Angelegenheit, was für ein Narr und Schwachkopf er ist. Wer so leichtsinnig handelt und von anderen so leicht manipuliert werden kann, darf nicht die Macht über Kirche und Staat in seinen Händen halten. Dominus misericors, barmherziger Gott, erspar uns dieses Schicksal.«

Marcus Hörnle ließ den Kopf hängen. »Ja, das war meine Idee. Ich hätte längst zu Euch kommen sollen, Dominus, aber ich habe Herzog Wolfgang einen Eid geschworen, nie etwas zu sagen. Er wird auch meinen Kopf haben wollen, wenn er es herausfindet.«

Heller seufzte wieder. »Wir können jetzt ohnehin nichts mehr beweisen. Hundertpfund wird seinen Mund nicht aufmachen, und Spornecker ist tot. Ich werde dich nicht zwingen, eine Aussage zu machen, denn wir haben gesehen, wie die Herzöge mit unliebsamen Zeugen umgehen. Zumal ein Zeuge allein sowieso nicht ausreicht. Letztendlich glaube ich auch nicht, dass sich die Herzöge um unser Urteil gekümmert hätten, sondern sie hätten einfach uns alle ins Gefängnis geworfen oder köpfen lassen. Nein, nein: Das Ganze scheint mir eine gefährliche und verzweifelte Idee zu sein, die wir lieber nicht versuchen. Nun aber weiß ich zumindest, was hier gespielt wird. Du hast mir gebeichtet, und die Geschichte bleibt unter uns. Te absolvo.«

In diesem Augenblick öffnete sich die Tür, und zwei schwer bewaffnete Ritter traten in den Raum. Einer war klein und stämmig, der andere sehr hochgewachsen. Marcus Hörnle wurde bleich vor Angst. »Der Herzog«, flüsterte er.

»Was wollt Ihr?«, rief Johannes Heller erzürnt und erschrocken. »Ich will nicht gestört werden.«

Der kleinere Ritter grüßte unhöflich und verkündete laut: »Dominus Chorrichter, Ihr werdet gebeten, sofort zum Gericht des Generalvikars zu kommen – auf Anweisung Seiner Hoheit Herzog Albrecht von Bayern und des Domdekans.«

Johannes Heller erhob sich langsam. Er mochte nicht herumkommandiert werden, vor allen Dingen nicht von Männern der Herzöge.

»Aus welchem Anlass, wenn ich fragen darf? Ich habe zu tun.«

»Habt Ihr nicht gehört? Der Herzog hat Euch befohlen, zu kommen«, grollte der kleinere Ritter.

»Wir befinden uns im Fürstbistum Freising, und ich bin ein Domherr der Freisinger Kirche«, antwortete Heller stolz. »Ich gehorche nur dem Bischof, der allein mein Herr ist.«

Die Ritter sahen beleidigt und etwas ratlos aus.

»Dominus, Ihr werdet als Beisitzer in einem dringenden Prozess gebraucht«, sagte der größere Ritter mit unwilliger Höflichkeit. »Der Herzog bittet um Eure Anwesenheit. Kommt nun, Ehrwürden.«

Heller überlegte kurz. Dann zog er seinen Mantel an und folgte den Rittern.

»Worum geht es denn?«, fragte Heller seine Begleiter, als sie über den Domplatz gingen. Dort hatte sich eine Menschenansammlung gebildet, die Leute blickten neugierig auf den Richter.

Heller konnte ihr Gemurmel hören: »Der Chorrichter.« – »Was macht er denn?«

Er schaute geradeaus und vermied es, die Menschen anzusehen.

»Was ist so wichtig, dass es jetzt und sofort entschieden werden muss?«, wiederholte Heller.

Die Ritter aber waren damit beschäftigt, einen Weg durch die Menge zu bahnen, und antworteten nicht.

»Eine Ketzerin!«, rief jemand aufgeregt.

»Eine Fremde noch dazu. Sie ist nicht von hier«, sagte ein anderer. »Gewiss ist sie eine von diesen Beginnern.«

»Beginen, meinst du, Dummkopf«, rief ein Besserwisser dazwischen.

»Der Herzog sollte sie verbrennen lassen. Hier muss endlich mit den Skandalen aufgeräumt werden«, forderte jemand grölend.

»Aber was hat sie getan?«, fragte Heller in die Menge.

»Sie hat eine Häresie verbreitet, Dominus«, antwortete ein Franziskanermönch eifrig. »Unten in der Stadt hat man sie erwischt, wie sie andere Frauen zu einem Aufstand gegen die Ehe und ihre Ehemänner aufrief. Sie hat etwas über die freie Liebe gesagt, wenn ich das richtig verstanden habe.«

»Dann ist sie aber wohl eher eine Hure als eine Ketzerin; eine Wanderhure vielleicht«, rief jemand.

»Eine Hure? Was weißt du denn? Bei den Huren gibt es keine freie Liebe, da kostet sie was«, wusste ein anderer.

»Sie hat gegen den heiligen Ehestand und die Autorität der Kirche geredet: Ich habe es selbst gehört«, sagte der Mönch Heller ins Ohr. »Ein Domherr ist vorbeigekommen – es war Dominus Gugelmair – und hat sie zum Schweigen ermahnt, aber sie hat ihn nur als Heuchler beschimpft. Dann hat Seine Hoheit der Herzog sie festnehmen lassen. Er will sie verurteilen und verbrennen lassen, als Exempel für uns alle. Gott lobe den Herzog.«

Johannes Heller erreichte die bischöfliche Residenz und betrat eilig den vollen Audienzsaal, wo Heinrich Baruther bereits auf dem Richterstuhl saß. Heller nahm seinen Platz neben dem Vikar ein, und die beiden Richter tauschten vielsagende Blicke. Etwas höher, wo sonst der Bischof saß, hatte der Dekan als bischöflicher Statthalter seinen Stuhl aufgestellt. Heller bemerkte, dass neben ihm noch ein freier Stuhl stand. Unter den Zuhörern waren außer den Domherren und Stiftsherren auch zahlreiche Ritter aus dem herzoglichen Gefolge. Alle sprachen laut und viel über den Vorfall.

Plötzlich wurde das allgemeine Gerede unterbrochen, als die massige Gestalt Herzog Albrechts in der Tür erschien. Alle standen auf und erwiesen ihm die Ehre. Der Herzog setzte sich auf den freien Stuhl neben dem Dekan und bedeutete mit einer beiläufigen Geste, dass der Prozess beginnen sollte.

Die Angeklagte wurde in den Raum geführt. Sie war eine schmale, zerbrechlich wirkende Frau, die vielleicht fünfzig Jahre alt, vielleicht aber auch jünger war. Sie trug einen grauen Schleier über dem Haar und ein einfaches Kleid und sah weder wie eine Ketzerin noch wie eine Hure aus. Vielmehr wirkte sie wie eine asketische Nonne, aber ihr Gesicht war von weichen, fast freudigen Linien gezeichnet, und ihr Blick war klar. Mit dem linken Bein hinkte sie etwas beim Gehen. Nachdem sie ihren Platz eingenommen hatte, verkündete der Richter Heinrich Baruther die Klage.

»Im Namen des ehrwürdigen Fürstbischofs von Freising beziehungsweise im Namen von dessen Stellvertreter wird der Beklagten, Agnes Seelenhauser aus Passau, vorgeworfen, häretische Thesen gegen die Autorität und Lehre von Gottes Kirche in der hiesigen Diözese verbreitet zu haben.« Er hielt inne und blickte streng auf die Beklagte hinunter, die scheinbar unbeteiligt zuhörte.

»Wir verlesen die Anklage«, fuhr er fort. »Der Beklagten wird zur Last gelegt, dass sie hier in der Stadt Freising öffentlich vor einer Menschenversammlung die Heiligkeit der Ehe und die Autorität der Kirche in Frage gestellt hat. Sie soll geleugnet haben, dass die Ehe ein Sakrament Gottes ist. Wörtlich soll sie behauptet haben, dass die Ehe nicht von Gott im Paradies geschaffen sei und dass kein Wort Gottes bekannt sei, wonach die Ehe heilsrelevant sei. Damit hat sie die Richtigkeit der kirchlichen Lehre ausdrücklich in Zweifel gezogen und die Gerichtsbarkeit der Kirche in Ehesachen bestritten. Beklagte, wir weisen dich darauf hin, dass es eine Häresie ist, die Autorität der Kirche und ihrer Lehren in Frage zu stellen. Wie stehst du zu dem Vorwurf?«

Die Beklagte erhob den Blick zur Richterbank und antwortete mit klarer Stimme: »Ja, das habe ich gesagt. Aber das ist keine Ketzerei, sondern die Wahrheit.«

Herzog Albrecht, der gelangweilt und verdrossen den Prozessanfang verfolgt hatte, brüllte plötzlich laut dazwischen: »Sie ist schuldig. Aus ihrem eigenen Mund hat sie zugegeben, eine Häresie begangen zu haben. Lasst sie auf dem Scheiterhaufen brennen!«

Heinrich Baruther antwortete mit gemessenen Worten. »Eure Hoheit, sie hat die Tat zugegeben, aber bestritten, dass es sich um ein Vergehen handelt. Wir müssen sie darüber aufklären, damit sie eine Chance hat, zu bereuen. So lautet unser Gesetz. Der Scheiterhaufen ist nur die ultima ratio, das letztmögliche Mittel, zur Läuterung von Häresie.«

Herzog Albrecht sah sich Heinrich Baruther erstaunt an. »Ihr habt es gehört, Richter: Sie ist eine unreuige Ketzerin, die glaubt, Gottes Wort besser zu verstehen als seine eigene Kirche. Deswegen soll sie brennen. Wir wollen ein Zeichen setzen für andere Ketzer, moralische Zersetzer und Unruhestifter unter unseren Untertanen. Wir werden nicht länger dulden, dass die Autorität und Ehre der heiligen Kirche in unseren Ländern geschmäht und skandalisiert wird.«

»Gott lobe Euren frommen Beschluss, Hoheit«, sagte Baruther ruhig. »Doch es gehört zur Wahrung der Autorität der Kirche, dass auch die Regeln des Kirchenrechts eingehalten und respektiert werden. Daher werden wir in diesem Prozess nach unseren Regeln verfahren.«

»Ihr pfäffischen Winkeladvokaten mit Euren Gesetzen und Verfahrensregeln!«, stieß Herzog Albrecht überdrüssig aus. »Es wird Zeit, dass ein Bischof hier sitzt, der etwas vom Regieren versteht.« Er starrte drohend wie ein Stier auf den Richter, der sich jedoch unbeeindruckt wieder dem Prozessgeschehen widmete.

»Beklagte, du hast gehört, worum es hier geht und welche Strafe dir droht. Willst du nicht deine Irrlehre verwerfen und zum richtigen Glauben zurückkehren?«, bat der Richter die Beklagte förmlich.

Sie jedoch blieb überzeugt. »Herr Vikar, ich weiß nicht, worin ich mich geirrt haben soll.«

Der Richter zog seine buschigen Augenbrauen hoch und legte die Stirn in Falten. »Die wahre Kirche auf Erden hat die Ehe zum Sakrament erklärt. Weil es sich um ein Sakrament handelt, hat die Kirche das Recht, dazu Gesetze zu verfassen und darüber zu richten. Wenn du dies verneinst, dann leugnest du die Autorität der Kirche. Das ist Häresie.«

»Aber die Kirche hat ihre Autorität von Gott, und Gottes Wort muss die Richtlinie für das Kirchenrecht sein«, hielt die Beklagte dagegen. »Ich kann aber in der Bibel nirgendwo erkennen, dass Gott jemals die Ehe als Sakrament bezeichnet hat. Ich kann auch im Liber Genesis nicht finden, dass Adam und Eva verheiratet waren, weder im Paradies noch danach, wie manche Leute sagen. Es heißt zwar, dass Eva Adams Weib war, aber wann haben sie einander die Ehe versprochen oder Gottes Segen erhalten? Und als Gott Adam und Eva in die Welt hinausschickte, sagte er ihnen nur: ›Gehet fort und mehret euch.‹ Er hat nicht gesagt: ›Aber heiratet zuerst.‹ Daher scheint es mir, dass die Ehe von Männern erfunden wurde, um ihren Besitz und die Legitimität ihrer Kinder zu regeln und um die Frauen zu beherrschen. Daher ist das Eheband weder moralisch noch christlich. Denn warum sollen Kinder, die nicht in der Ehe geboren sind, weniger wertvoll oder gut sein als eheliche Kinder? So etwas hat Christus bestimmt nie gesagt. Und warum müssen Frauen mit Männern leben, die sie schlagen und schlecht behandeln? Wenn der Mann die Frau seines Nachbarn schlägt, dann wird er dafür bestraft; schlägt er aber die eigene Frau, darf er das, weil sie ihm gehört wie ein Stuhl oder ein Lumpen. Warum müssen Menschen zusammenleben, die sich nicht lieben, einfach nur deshalb, weil das Eheband nicht aufgelöst werden darf? Und warum sollen Menschen, die sich lieben, nur deswegen nicht zusammen sein dürfen, weil sie nicht verheiratet sind? Und warum muss die Ehefrau ihrer ›ehelichen Pflicht‹ immer nachgehen, wenn der Ehemann es fordert? Das alles sind unmoralische und schlechte Regelungen, die nicht von Gott kommen und von Gott nicht gewollt sein können. Wie viel besser wäre es doch, wenn die Geschlechter nicht durch ein gesetzliches Band, sondern durch einen gemeinschaftlichen und freiwilligen Bund vereint wären; wenn Mann und Frau einander aussuchen und verlassen könnten, wie sie wollen. Dann würde es diesen ewigen Streit und Hass zwischen ungleichen Menschen, die miteinander leben müssen, nicht mehr geben.«

Heinrich Baruther schüttelte den Kopf. »Woher willst du denn wissen, was Gott gesagt hat oder nicht? Der Papst und seine Kirche sind Gottes Stellvertreter auf Erden und haben allein das Recht, zum Seelenheil der Menschen Gottes Wort zu verkünden und auszulegen. Was aber die Missstände angeht, die du genannt hast, so sind die Menschen selbst und nicht die Kirche dafür verantwortlich.«

»Gottes Wort aber steht über dem Papst, und dort ist nicht zu lesen, dass die Ehe im Paradies geschaffen wurde. Ich habe selbst in der Bibel nachgeschaut«, antwortete die Beklagte stolz.

»Wie denn? Bist du des Lateinischen kundig?«, fragte Baruther erstaunt.

»Ja, Herr, ich habe Latein gelernt und besitze eine Bibel.«

Baruther blickte düster drein. »Nicht ohne Grund haben die

heiligen Synoden Laien verboten, für sich selbst in der Bibel zu lesen. Sieh, welche Gefahren es birgt, wenn Ungebildete Gottes Wort lesen wollen. Es bedarf großer Kenntnisse und viel Weisheit, um die Bibel richtig zu verstehen.«

Herzog Albrecht erhob sich von seinem Stuhl und brüllte: »Da hast du deinen Beweis, Richter. Wir haben genug gehört: Sie ist eine Ketzerin, die eigenmächtig die Bibel gelesen hat, obwohl das verboten ist, und daraus hat sie sich ihre Ketzerei zusammengereimt. Sie soll verbrannt werden, damit diese gefährliche Häresie nicht in unseren Ländern Fuß fasst.«

Während des Verhörs hatte Johannes Heller wie erstarrt neben Heinrich Baruther gesessen und kein Wort gesagt, sondern nur gebannt auf die Beklagte geblickt. Nun erhob er sich plötzlich.

»Das ist alles ein großes Missverständnis, Eure Hoheit, das ich aufklären kann. Nicht die Beklagte ist daran schuld, dass sie in der Bibel gelesen hat. Sondern ich, Johannes Heller, Freisinger Domkanoniker und Richter des Konsistorialgerichts.«

Ein Raunen ging durch den Gerichtssaal.

»Ja, ich. Ich zeige mich selbst an«, rief Heller laut und deutlich. »Die Frau, die dort steht, heißt nicht Agnes Seelenhauser aus Passau, oder zumindest hieß sie nicht immer so. Vor rund dreißig Jahren war sie Agnes Seidenatter aus Landshut, und sie war meine Geliebte. Ihr fragt Euch, wie sie Latein gelernt und woher sie ihre Bibelkenntnisse hat, wie sie auf solche ketzerischen Gedanken gekommen ist: Das alles hat sie von mir. Ich sollte sie einweisen in die frommen Schriften, aber stattdessen verführte ich sie mit heidnischer Literatur und mit den immoralischen Argumenten humanistischer Autoren. Wir lasen keine Gebetsbücher, sondern Catull und Ovid, nicht die Kirchenväter, sondern Poggio Bracciolini, Boccaccio und Leonardo Bruni. Woher hat sie solche Ideen, fragt Ihr? Woher dieses Lob der freien Liebe zwischen Mann und Frau? Leonardo Bruni hat das alles in seiner ›Oratio ad meretrices Romanas‹, seiner Lobrede an die römischen Prostituierten, geschrieben:

Ich könnte Euch Wort und Stelle nachweisen. Von mir hat sie das alles. Nicht sie trifft die Schuld, sondern mich. Ich war so stolz und arrogant in meinem Wissen und meiner Macht, dass ich mir nichts dabei dachte, diese wertvollste Blume am Rande meines Lebensweges zu pflücken, sie mit meinem Wissen und meiner Bildung zu verleiten und sie wegzuwerfen, als ich weitergehen wollte. Sie aber trug den Schaden davon, denn sie wurde schwanger. Ihre Eltern verheirateten sie mit einem Bildhauer namens Johannes Hagen aus Landshut, der aber impotent und gewalttätig war. Als er sah, dass sie ein Kind trug, misshandelte er sie und schlug sie fast tot. Schließlich musste sie ihn verlassen, um ihr Leben zu retten, und diente einem Edelmann, der sie als seine Konkubine missbrauchte. Von dort an musste sie als Hure in Passau leben. Sie hat guten Grund, Hoheit, sich über den Ehestand zu beschweren, und an allem bin ich schuld. Ich habe sie verführt und ihr Leben ruiniert. Ihre Irrlehren stammen von mir, der ich sie verführen wollte. Verurteilt nicht sie dafür, sondern mich. Vergib mir, Agnes, wenn du kannst.«

Während seiner Selbstanklage brach Hellers Stimme, und Tränen benetzten sein Gesicht. Alle Augen waren auf ihn gerichtet: der ungläubige Blick des Herzogs, die Häme und der Spott des Dekans, die erschrockenen und erstaunten Gesichter der anderen Domherren und die Verachtung der Ritter.

Auch die Beklagte starrte ihn an. Ihr Blick blieb ausdruckslos. Sie sagte laut und deutlich: »Ehrwürdiger Richter, ich weiß nicht, wer dieser Mann ist. Ich habe ihn nie gesehen und gewiss niemals etwas mit ihm zu tun gehabt. Ich hieß nie Seidenatter und war nie mit einem Bildhauer in Landshut verheiratet.«

»Was? Das kannst du nicht tun«, rief Heller entsetzt. »Agnes, du bist es. Ich habe dich sofort erkannt.« Er wandte sich an Heinrich Baruther. »Glaubt ihr nichts, kein einziges Wort.«

Der Dekan, Johannes Simonis, lachte Heller lautlos und boshaft an. »Das wird Konsequenzen haben, Dominus Heller. Eure Sünden und Eure Arroganz haben Euch eingeholt.«

Herzog Albrecht brüllte wie ein Stier: »Das sind Zustände hier! Der Herr Chorrichter, der über Eheangelegenheiten richten soll, ist selbst ein Ehebrecher und Urheber von Ketzereien gegen die Ehe. Den Bock habt ihr zum Gärtner gemacht. Setzt ihn ab, Dekan, und bestraft ihn.«

»Das braucht Ihr nicht erst zu tun: Ich lege mein Amt freiwillig nieder«, sagte Heller mit Würde.

Heinrich Baruther klopfte mit seinem Richterstab und rief zu Ruhe auf. »Der Zeuge hat die Beklagte in vielen Punkten entlastet und sich selbst belastet. Die Beklagte bestreitet zwar die Aussage des Zeugen, aber wir müssen seine Behauptungen untersuchen und überprüfen. Daher vertagen wir den Prozess, bis die Sachlage geklärt ist.«

Herzog Albrecht brüllte wieder: »Richter, wir fordern Euch auf, die Beklagte sofort zu verurteilen. Sie hat ihre Häresie vor Gericht eingestanden und nicht bereut. In dem Fall gibt es nichts mehr zu klären. Sie soll sofort bestraft werden, wie es das Gesetz vorsieht.«

Er wandte sich an den Dekan: »Ihr seid der Statthalter des Bischofs. Befehlt ihm, das Urteil sofort zu fällen.«

Der alte Dekan, der die Entwicklung des Falles bislang mit großem Genuss verfolgt hatte, erschrak nun, als ihm die Verantwortung zugeschoben wurde. Er blickte ein wenig hilflos umher.

Heinrich Baruther aber erhob eine Hand und unterbrach Chaos und Geschrei. »Wir sind Generalvikar des Fürstbischofs von Freising, und als Richter müssen wir Gott allein vor Augen haben, wenn wir Urteile sprechen. Dieser Grundsatz ist uns keine bloße Formel. Schließlich haben wir als Vikar nicht das Mandat und nicht die Vollmacht, die Todesstrafe auszusprechen. Wir werden den Prozess also vertagen, bis wir den Sachverhalt geklärt haben und bis ein neuer Bischof gewählt worden ist.«

Der Herzog war wütend. Sein massiger Hals schwoll an, und sein Gesicht wurde rot, während er sich zu kontrollieren versuchte. »Jetzt sehen wir den Grund, weshalb es hier in Freising so viele Missstände gibt: Niemand hält es für notwendig, Befehlen zu gehorchen, sondern ein jeder zieht sich hinter seine Privilegien zurück und drückt sich mit verwinkelten Rechtssätzen vor der Verantwortung. Wohlan, wir werden sehen, was passiert, wenn ein neuer Bischof auf diesem Stuhl sitzt. Es wird hier ein neuer Wind wehen, das versprechen wir Euch. Wir werden mit den Skandalen und Ketzereien hier aufräumen, bei Gott.«

DIE »SCHÖNE MARIA«

Johannes Heller verließ fluchtartig den Gerichtssaal, damit er mit niemandem sprechen musste. Er drängte sich durch die aufgeregte Menge, die erwartungsvoll auf eine Hinrichtung hoffte, und lief auf schwachen Beinen über den Domplatz zu seinen Räumen und die Treppe hinauf zu seiner Bibliothek. Dort wanderte er eine Weile unruhig hin und her, bevor er schließlich in den Büchern Zuflucht suchte.

Er nahm ein Buch aus dem Regal, das er lange nicht mehr in der Hand gehabt hatte, putzte den Staub von dem Umschlag und setzte sich hin, um in der »Consolatio Philosophiae«, dem »Trost der Philosophie«, zu lesen. Der Autor, ein römischer Senator namens Boethius, war zum Tode verurteilt worden und wartete im Gefängnis auf seine Hinrichtung, als die Philosophie in der Gestalt einer anmutigen Frau in seiner Zelle erschien und ihm in fünf Gesprächen erklärte, wie er sich mit seinem Schicksal versöhnen konnte.

Johannes Heller hatte das Buch zwar vor vielen Jahren einmal gelesen, doch mehr deshalb, weil es eine Synthese der Lehren der großen antiken Philosophen bot als wegen der eigentlichen Botschaft des Autors selbst, die ihm immer zu passiv vorgekommen war. Nun aber fand er tatsächlich etwas Trost in der Vorstellung, dass das Ziel menschlicher Bestrebungen eine Glückseligkeit unabhängig von weltlichem Glück sei, die daher weder durch Schicksalsschläge noch durch böse Menschen weggenommen werden könne. Letztlich, so diese sanfte Philosophie, sei alles durch Gottes Vorsehung bereits vorbestimmt und geschehe nach seinem Willen.

An der Tür klopfte es. Heller hatte seinen Diener angewiesen, niemanden zu ihm zu lassen. Jemand klopfte jedoch nochmals, dringlich. Heller versuchte, die Störung zu ignorieren.

Dann stürmte Marcus Hörnle in den Raum.

»Dominus Heller, was macht Ihr?«, rief er besorgt.

»Ich lese und will nicht gestört werden«, sagte Heller ärgerlich.

»Ich habe erfahren, was im Gerichtssaal vorgefallen ist«, sagte Hörnle, »und mir Sorgen um Euch gemacht.«

»Lass jeden davon erfahren«, sagte Heller. »Ich habe meine Sünden öffentlich gebeichtet, und jeder soll sie wissen. Mit der Heuchelei ist es vorbei. Ich lege alle Ämter nieder. Ich kann nie wieder Richter sein. Mir gebührt es auch nicht mehr, so herrschaftlich und prächtig zu leben, als ob ich ein Vorbild von Tugendhaftigkeit wäre. Ich habe beschlossen, mich wie Bischof Tuhlbeck in ein Kloster zurückzuziehen und mich um mein Seelenheil zu kümmern.«

Marcus Hörnle stand vor ihm. »Das könnt Ihr nicht machen, Dominus. Ihr dürft uns nicht verlassen. Ihr müsst jedenfalls noch an der Bischofswahl teilnehmen. Jede Stimme gegen Herzog Wolfgang ist notwendig, vor allem Eure. Ihr seid so klug und könnt so gut argumentieren. Ihr seid der Wichtigste von uns allen, weil nur Ihr die anderen zu überzeugen vermögt.«

Heller lachte hohl. »Von mir wird sich niemand mehr überzeugen lassen. Die Mehrheit unserer Kollegen hat ohnehin schon ihre Stimme verkauft. Es gibt nichts, das wir tun können, außer uns mit dem Schicksal abzufinden und unsere Seele zu retten, wenn das möglich ist. Schwer ist meine Sünde, maxima mea culpa.«

Marcus Hörnle war entsetzt, seinen Mentor derart verzweifelt zu sehen. Er ereiferte sich und vergaß sich dabei ein wenig. »Dominus, das stimmt nicht. Die anderen werden sich der Stimme der Vernunft sicher nicht verschließen. Jeder kann bereits jetzt sehen, wie es sein wird, wenn die Herzöge in Freising herrschen. Und was wird mit der Ketzerin passieren, mit der Frau, die Ihr liebtet? Wenn Herzog Wolfgang gewählt wird, wird er sie gewiss hinrichten lassen, um ein Exempel zu statuieren. Ihr wollt sie doch nicht im Stich lassen. Wir alle brauchen

Euch. Ihr seid mir wie ein Vater: Deshalb wage ich es, so mit Euch zu sprechen. Ihr habt auch mit mir so geredet, als der Skandal über mich hereinbrach und ich mich zurückziehen wollte. Damals habt Ihr mich gezwungen, den Leuten ins Gesicht zu sehen, die über mich lachten, und meinen Kopf nicht hängen zu lassen.«

Johannes Heller warf das Buch zur Seite und erwiderte erregt: »Es ist aussichtslos, Marcus, siehst du das nicht? Ich kann nichts tun. Die Wahl ist schon abgesprochen, und wir können nichts daran ändern. Ich kann Agnes auch nicht helfen, weil sie sich nicht helfen lassen will. Sie müsste ihre Lehre nur widerrufen, dann könnte sie frei durch das Tor gehen. Aber nein, ich glaube, dass sie mich bestrafen will, indem sie sich selbst zu Tode bringt. Das muss ihre Absicht sein. Sie will, dass ich Buße tue. Ich muss Buße tun. Und ich werde Buße tun. Poenas sumo. Lass mich in Ruhe.«

»Aber Dominus ...«, fing Hörnle wieder an.

»In Ruhe!«, brüllte Heller. Marcus Hörnle zog sich zögerlich zurück.

Kaum hatte sich der Richter gesetzt und den »Trost der Philosophie« wieder zur Hand genommen, klopfte es erneut an der Tür.

»Ich habe gesagt, dass ich in Ruhe gelassen werden will«, rief Heller verzweifelt.

Trotzdem öffnete sich die Tür einen Spaltbreit, und die steife, gebeugte Gestalt des Gerichtsprokurators Johannes Pack schlüpfte hindurch.

»Ehrwürdiger Dominus, entschuldigt bitte meine Insistenz«, fing Pack zaghaft an, fasste jedoch etwas Mut, als der Richter ihn nicht gleich hinauswarf. »Es handelt sich womöglich um eine Angelegenheit von Bedeutung, weshalb ich mich veranlasst sehe, Euch zu stören – vorbehaltlich der Tatsache, dass ich nicht sicher bin, ob die Angelegenheit tatsächlich wichtig ist, zumal ich den Sachverhalt nicht überprüft habe und nicht überprüfen durfte, denn um das zu tun, müsste ich mein Mandat überschreiten. Deswegen will ich Euch diese Angelegenheit vorlegen, zumal Ihr selbst mir einerseits das Mandat erteilt habt und andererseits die Sache Euch persönlich zu betreffen scheint – sofern ich das erkennen kann –, ohne dass ich, wie gesagt, den Sachverhalt überprüft habe.«

Heller warf die Hände in die Luft. »Was denn? Könnt ihr Narren keinen Satz ohne hundert Klauseln sprechen? Worum in Himmels Namen geht es?«

Pack reichte Heller einen versiegelten Brief. »Dominus, es ist ein versiegelter Brief, der an Euch adressiert ist. Mein Mandat, das Ihr selbst mir erteilt habt, lautet: den Nachlass des verstorbenen Chorherrn Erhard Spornecker zu verwalten, worunter zu verstehen ist: den Bestand zu sichern, den Wert zu schätzen und ohne Minderung zu wahren. Diesem Mandat folgend habe ich also die Dokumente des Nachlasses gesichtet und diesen Brief darunter gefunden. Wie gesagt, das Schreiben ist mit einem Siegel versehen, das ungebrochen und authentisch zu sein scheint. Weil es nun gegebenenfalls erheblich und relevant erscheint, festzustellen, ob dieses Dokument den Bestand des Nachlasses betrifft, ob also eine Verminderung oder Vermehrung oder irgendwie geartete Veränderung des Bestandes durch etwaige Schenkungen, Vermächtnisse, Schulden oder dergleichen begründet wird – vorbehalten freilich, dass ich den Sachverhalt nicht überprüft habe und somit nur einer Vermutung nachgehe …«

Johannes Heller verlor nun vollends die Geduld. »Leg den Brief hin und lass mich endlich in Ruhe mit dieser Belanglosigkeit«, schrie er verzweifelt. »Siehst du denn nicht, dass ich anderes zu tun habe? Nein, warte; ich habe eine bessere Idee. Ich gehe.«

Er schritt an dem Prokurator vorbei, der den Sachverhalt noch weiter erläutern wollte, zog seinen Mantel an und lief aus seiner eigenen Bibliothek.

Pack schüttelte den Kopf und legte den Brief auf den Tisch. Dann lächelte er verschmitzt und ein wenig boshaft über die

Gereiztheit des Richters. Man erzählte sich ja, dass er in einen neuen Skandal verwickelt sei.

Draußen war es Nacht geworden, Licht brannte hinter den Fenstern. Johannes Heller eilte vorbei am Dom, wo gerade die Abendmesse stattfand. Drinnen saßen die Domherren oder ihre Stellvertreter mit den anderen Stiftsherren, Mönchen und Klerikern im hallenden Hauptschiff vor dem glänzenden Altar und beteten. Es war das erste Mal in vielen Jahren, dass Heller nicht persönlich an der Messe teilnahm. Stattdessen schlüpfte er leise durch die Hintertür in die Sakristei und warf sich auf den Boden vor dem Standbild der »Schönen Maria«, die mit ihrem himmlischen Blick auf ihn herunterlächelte.

»Heilige Maria«, stöhnte er und betete. Irgendwann fing er an zu murmeln und unter Tränen zu beichten. Es schien ihm, als läge er ihr wie ein in Stücke zerbrochenes Gefäß zu Füßen und ergieße seinen Inhalt über den kalten Steinboden. Er gestand Dinge, die er niemals jemandem, auch nicht sich selbst, eingestanden hatte: seine Arroganz und Eitelkeit, auf die er sogar stolz war; die Selbstverliebtheit seiner Gerechtigkeit und seiner Intelligenz; den Selbstbetrug, sich für besser zu halten, als er war; die Sinnlichkeit seiner Jugend und die karge Bitterkeit seines Alters; seine Glaubenskrise und den Verlust des Glaubens an sich selbst. Am meisten peinigte ihn jedoch das Zusammenbrechen seines Weltbilds. Wie ein Baum, der von innen her verrottet und irgendwann zu Boden fällt, schien es Heller, als stürze sein oikos, sein wohlgeordnetes Haus, um ihn herum ein und erweise sich als Trugbild. Er hatte von einer besseren Herrschaft durch aufgeklärte Gebildete geträumt, die nach Platons berühmten Worten selig wäre, wenn sich die Herrscher dem Streben nach Weisheit widmeten: »Beatas fore res publicas, si eas vel studiosi sapientiae regerent vel earum rectores studere sapientiae contigisset.« Doch nun wurde ihm klar, dass dieses Ideal einen fatalen Fehler hatte: die menschliche Schwäche.

Was hilft es, dachte er verzweifelt, wenn die Herrscher gebildet sind und nach Weisheit streben? Solange sie Menschen sind, werden sie Fehler machen und Verfehlungen begehen, sie werden hochmütig oder korrupt, ihre Vernunft wird von den Begierden verleitet. Selbst wenn die Herrscher selbst gut und weise bleiben, werden ihre Minister und Diener die Herrschaft schlecht ausüben. Und wenn gerechte Gesetze erlassen werden, wird trotzdem das Recht zu Unrecht verdreht. Irgendwann wird die beste Gesellschaftsordnung hinfällig. Dann kommen neue Kräfte, stärkere, rücksichtslosere Kräfte, die mit Gewalt die alte Ordnung stürzen und durch Unterdrückung ihre neue Ordnung durchsetzen. Es war ein Zyklus, eine Gesetzmäßigkeit, die man die translatio imperii, das Weiterreichen der Herrschaft, nannte. Die Macht ging immer von den Schwächeren und weniger Tüchtigen zu den Stärkeren und Tüchtigeren über. Den unterlegenen und moralisch gebrochenen Vertretern der alten Ordnung blieben nur Buße und Exil.

Johannes Heller seufzte laut und drückte sich gegen den kalten Boden. Heilige Maria! Er wollte büßen, sich in die Wüste schicken, sich kreuzigen lassen. Doch wem nutzte Buße außer ihm selbst und seiner Seele – vielleicht. Er könnte sich in ein Kloster zurückziehen und unter Bußübungen zusehen, wie Herzog Wolfgang zum Fürstbischof von Freising gewählt wurde.

Als Erstes würde ein Bischof Wolfgang Agnes als Ketzerin verbrennen lassen, um ein Zeichen zu setzen, dass er gegen die Missstände im Bistum Freising vorgehen wollte. Er würde die Sünder im Domkapitel bestrafen, vor allem diejenigen, die ihn nicht gewählt hatten, und seine Freunde und Förderer belohnen. Dann würde er die stolze Kirche erniedrigen und ihre Unabhängigkeit abschaffen, das Fürstentum des Bischofs in den Staat seines Bruders eingliedern und die Kirche zum Instrument der Politik der bayerischen Herzöge machen.

Währenddessen würde sich Johannes Heller in einer Klosterzelle kasteien und seine eigene Seele retten. Vielleicht. Die Vorstellung widerstrebte Hellers tiefsten Überzeugungen. Aber was konnte er denn tun?

»Heilige Maria, was kann ich tun?«, murmelte er verzweifelt.

Dann hörte er ein ganz leises Geräusch, als ob die »Schöne Maria« sich vor ihm bewegt hätte. Johannes Heller glaubte seinen Sinnen nicht. Er schaute vorsichtig hoch, und es schien ihm, als neige sich die Maria ein wenig zu ihm und lächele sanft und liebevoll, wie Agnes.

»Agnes?«, flüsterte er erstaunt.

Plötzlich stürzte die Marienstatue auf ihn herab. Die schwere Holzfigur schlug auf dem Steinboden direkt neben Hellers Kopf auf, mit einem dumpfen Krach wie ein gefällter Baum. Das trockene Holz zerbarst und splitterte. Der Kopf brach von den Schultern und rollte durch den Raum.

Als er benommen das zerstörte Kunstwerk anstarrte, hörte Johannes Heller Schritte und sah, wie jemand eine Tür öffnete und in der Dunkelheit verschwand. Er bemühte sich, auf die Beine zu kommen, aber die Person war längst weg, ehe er die Tür erreicht hatte.

»Dominus Heller!«

Johannes Heller drehte sich um. Heinrich Baruther stand in der Tür zum Dom.

»Was ist hier passiert?«, fragte Baruther und kam einen Schritt näher, um das Standbild auf dem Boden zu inspizieren.

»Jemand hat versucht, mich mit der Statue zu erschlagen«, sagte Heller immer noch benommen.

»Mit der Marienstatue?«

»Jemand hat sie auf mich heruntergeschoben, als ich hier lag und betete. Ich habe ihn leider nicht gesehen, nur gehört, wie er weggelaufen ist.«

Johannes Heller unterbrach sich. Dann sagte er fast zu sich selbst: »Es sollte mich wohl totschlagen. Aber die ›Schöne Maria‹ hat mich zum Glück nicht getroffen – als ob sie mich nicht hätte töten wollen.«

»Gewiss ein Wunder«, sagte Baruther trocken. »Eure Verehrung für diese Statue ist unziemlich geworden, Dominus Heller. Es hat etwas Unchristliches und Unsittliches, wie Ihr Euch vor das Standbild werft und es anbetet wie ein Götzendiener. Die Leute haben angefangen, darüber zu sprechen.«

Heller schaute seinen Kollegen scharf an. »Tatsächlich? Sollen sie doch denken, was sie wollen, diese Leute.«

Er beugte sich über die zerbrochene Holzfigur, las den Kopf vom Boden auf und stellte traurig fest: »Die Statue ist nun ohnehin zerstört. Der Einzige, der sie hätte reparieren können, ist tot. Die, nach der sie geformt wurde, wird auch bald sterben.«

Heinrich Baruther schaute sich das Gesicht der Madonna näher an und betrachtete Heller aufmerksam. »Nach der sie geformt wurde? Ich verstehe: die Ketzerin. Sie war ohnehin zu sinnlich für eine Madonna.«

»Zu sinnlich?«, sann Johannes Heller nach und studierte traurig das Gesicht der »Schönen Maria«. Die Nase war abgebrochen, eine Wange war zersplittert. Nur die halb gesenkten Augen und die vollen Lippen waren unversehrt geblieben. Jetzt, da das Gesicht nicht mehr so vollkommen war, sah es merkwürdigerweise nicht mehr wie die Muttergottes, sondern mehr wie Agnes aus.

Baruther fasste ihn am Arm an. »Heller, Ihr seid ein Narr. Warum habt Ihr Euch heute so zur Schau gestellt, Euch diskreditiert und zum öffentlichen Gespött gemacht? Das ist doch Wasser auf die Mühle des Herzogs, der uns alle gefügig machen will. Wenn wir Herzog Wolfgang nicht als Bischof haben wollen, dann brauchen wir jede Stimme und vor allem Eure. Nun aber habt Ihr Euch völlig diskreditiert.«

»Ein Narr bin ich vielleicht. Aber es war die Wahrheit. Lange, zu lange habe ich meine Sünden vergessen und verdrängt. In meinem Hochmut habe ich geglaubt, dass ich moralisch unantastbar sei, dabei lebte ich als Richter eine Lüge – ja nicht nur als Richter: als Domherr und Prälat der Kirche. Und doch bin ich nur ein schwacher Mensch, der gelegentlich seinen Gelüsten erliegt. Wie unterscheide ich mich denn von denen, über die ich richte? Wie rechtfertige ich meine erhobene Stellung? Nur dadurch, dass ich ein größerer Heuchler und Lügner bin als die anderen?«

Heinrich Baruther trat erschrocken zurück. »Dominus Heller! Wir sind alle Menschen, da habt Ihr recht. Versucht nicht, Gott zu sein, sondern seid nur der beste Mensch, der Ihr sein könnt.«

»Eine platte Weisheit!«, rief Heller ärgerlich. »Warum sind Eure Weisheiten so platt und bequem? Wenn es wahr ist, dass jeder nur sein persönlich Bestes tun muss, dann kann es uns gleichgültig sein, in welcher Ordnung und Situation wir leben, denn es geht nur um die individuelle Haltung. So müssen wir uns nicht kümmern, ob Herzog Wolfgang zum Bischof gewählt wird. Wir müssen uns nur darum kümmern, persönlich Gutes zu tun und für unser eigenes Seelenheil zu sorgen. Ihr nennt das Weisheit? Ich nenne das Feigheit und Versagen.«

»Das stimmt allerdings nicht«, antwortete Baruther, ohne sich aufzuregen. »Wir müssen alles tun, damit ein würdiger Bischof gewählt wird: Darin können wir unser Bestes tun, aber nicht, indem wir uns selbst zerfleischen.«

»Und indem wir Gutes tun, können wir das Wissen verdrängen und vergessen, dass wir eigentlich gar nicht gut sind?«, fragte Heller.

»Ja«, sagte Baruther überzeugt, »wenn es sich denn so verhält. Schiebt Eure Zweifel zur Seite. Wir brauchen Euch, Heller, damit Herzog Wolfgang nicht zum Bischof gewählt wird.«

Plötzlich ergriff Johannes Heller Baruthers knochige Hand und suchte seinen Blick.

»Ich muss sie sehen, Baruther. Ich muss die Ketzerin noch einmal sprechen. Dann tue ich, was Ihr wollt. Vielleicht kann ich sie überzeugen, ihren Irrlehren abzuschwören, bevor es zu spät ist. Wenn Herzog Wolfgang gewählt wird, wird er einen anderen Vikar an Eure Stelle setzen, und sie wird keine Gerechtigkeit mehr erfahren. Die Herzöge wollen Blut sehen. Sie wollen zeigen, dass sie – im Gegensatz zu uns – jederzeit für Ordnung sorgen können. Damit wollen sie unsere Entmachtung und die Auflösung der Unabhängigkeit des Bistums rechtfertigen. Sie wollen Zeichen setzen, und das Verbrennen einer Ketzerin ist eine willkommene Gelegenheit.«

Heinrich Baruther überlegte kurz. Dann gingen die zwei Domherren zusammen hinaus in die Nacht.

EINE BEICHTE

Agnes lag auf dem kalten Boden ihrer Zelle und bewegte nur die Augen, als Johannes Heller hereintrat. Er hielt eine Talglaterne in der Hand, die er vorsichtig auf den Boden stellte. Ihm kam plötzlich das Bild von Boethius und der Philosophie in den Kopf.

»Mir hat man gesagt, dass ich mit einem Beichtvater sprechen soll«, sagte sie schließlich, ohne sich zu bewegen. »Ich wusste, dass Ihr es sein würdet.«

»Agnes, ich bin es, Johannes Heller. Erkennst du mich nicht?«, sagte Heller leise, als er vor ihr kniete.

»Ich bin Agnes«, sagte Agnes regungslos. »Ihr seid Johannes Heller. Ich habe Euch sofort erkannt, obwohl Ihr sehr viel älter und schwächer erscheint, als ich erwartet habe. Ich hatte irgendwann gehört, dass ihr ein großer Gelehrter und Richter geworden seid, weise und reich und mächtig. Ich wusste immer, dass Ihr so werden würdet.«

Heller schüttelte den Kopf. »Nicht weise und kein großer Gelehrter, sondern ein Narr. Das hat jemand soeben zu mir gesagt, und ich denke, dass er recht hat. Aber nicht, wie er meinte, weil ich heute im Gericht öffentlich meine Schuld bekannt habe, sondern weil ich sie so lange verschwiegen habe. Wie oft habe ich an dich gedacht und mich gefragt, was du machst. Du warst immer bei mir, und doch habe ich nichts unternommen, um dich zu finden. Wie groß ist meine Schuld!«

Agnes lag immer noch auf dem Boden, genau wie die gebrochene Marienstatue in der Sakristei. Nur ihre dunklen Augen und ihre noch etwas vollen Lippen bewegten sich. »Ist das wahr? Soll ich mit Euch Mitleid haben? Ich denke, ja. Wenn Ihr dieses Schuldgefühl lange mit Euch herumgetragen und dennoch nichts getan habt, muss ich Euch bemitleiden.«

»Es ist wahr«, sagte Heller etwas beleidigt.

»Ich dachte immer, dass der Beichtvater die Beichte abnehmen sollte, nicht selbst beichten«, sagte Agnes, und ein spöttisches Lächeln spielte auf ihren Lippen. »Und nun wollt Ihr Euer Schuldgefühl erleichtern, indem Ihr mich überredet, meine Aussagen zu leugnen und mich zu retten.«

»Ja.« Johannes Heller ging in sich. »So könnte es jedenfalls erscheinen. Auch wenn ich einen anderen Grund habe, dich retten zu wollen.«

»Welchen anderen Grund? Doch nicht etwa die Liebe?«, fragte Agnes vom Boden her mit einem leisen Lachen.

Johannes Heller streckte seine Hand zu Agnes hin, stockte und ließ sie fallen. »Du glaubst es nicht? Ich gebe zu, dass ich dich lange aus den Augen verloren hatte, aber ich habe dich nie vergessen. Ich verließ dich, um in Italien zu studieren, ja, und ich hatte dort eine schöne Zeit, aber ich dachte oft an dich. Ich schrieb dir sogar viele Briefe, erhielt aber nie eine Antwort von dir. Leere Stilübungen wirst du sie vielleicht nennen. Als ich zurückkam, warst du nicht mehr da, und ich hörte nichts mehr von dir, bis ich plötzlich und zufällig entdeckte, dass du diesen Bildhauer Hagen geheiratet hattest, der dich misshandelte und beinahe tötete. Ich las die Prozessprotokolle in den Gerichtsbüchern und befragte Hagen persönlich. Als ich von ihm erfuhr, dass du ihn damals verlassen hast und vielleicht noch lebst, schrieb ich an den Richter in Passau mit dem Auftrag, dich zu finden. Er berichtete mir alles, was du ihm über dein Leben erzählt hattest, und es brach mir das Herz, zu erfahren, wie unsere Liebe dein Leben zerstört hat. Ohne mich hättest du gewiss einen guten Mann geheiratet und würdest jetzt ein glückliches Leben führen. Ich war die Ursache deines Unglücks. Ich würde alles tun, um meine Schuld wiedergutzumachen.«

Agnes blickte ihn aus dunklen Augen traurig an. »Dann versucht doch zu verstehen: Nicht deine Liebe, sondern die Ehe war die Ursache meines Unglücks. Wir haben uns aus freien Stücken geliebt; das Recht aber wollte, dass wir nicht zusammenbleiben durften. Unsere Beziehung war nur deshalb eine Sünde, weil wir nicht verheiratet waren und nicht heiraten konnten. Das war das erste Unglück, das die Ehe über mich brachte. Dann war ich schwanger und musste einen Mann heiraten, den ich nicht lieben konnte. Die Ehe bedeutete, dass er mich wie sein Eigentum schlagen durfte und dass mir dennoch verboten war, ihn zu verlassen. Das war das zweite Unglück. Als ich ihn schließlich dennoch verließ, wurde ich als Ehebrecherin, Konkubine und Hure gebrandmarkt. Das war das dritte Unglück der Ehe für mich. Soll ich trotzdem die Ehe als göttliche Institution preisen?«

Tränen liefen Heller über die Wangen. »Ja, es stimmt: In vielerlei Hinsicht ist die Ehe, wie wir sie definiert haben, ungerecht. Ich sehe es jeden Tag im Gericht, und jeden Tag muss ich mich fragen, ob das Recht nicht auch Unrecht ist. Aber die Ehe ist nicht unsere Erfindung, und sie ist nicht nur kanonisches Recht, sondern beruht auf den Sitten und Normen der menschlichen Gemeinschaft. Mag sein, dass Adam und Eva nicht verheiratet waren, sie lebten aber zusammen wie Mann und Frau, und daraus wurde die Ehe. Die Ehe ist nichts anderes als die Bindung zwischen Mann und Frau – ihre Treue zueinander und die Unterstützung füreinander im Guten und im Schlechten. In allen Völkern gibt es sie: bei den Israeliten genauso wie bei den Römern und Griechen, und zwar schon lange vor dem Christentum. Ich habe immer geglaubt und glaube es noch, dass die Ehe und die Familie die Grundlagen unseres Gemeinschaftslebens sind. Man kann nicht einfach die Ehe abschaffen, ohne damit unser ganzes Zusammenleben zu verändern. Und weil die Ehe so wichtig ist, muss sie durch Gesetze geregelt werden. Es würde nicht besser werden, wenn es keine Regeln gäbe und niemand wüsste, was Ehe bedeutet. Das Recht der Kirche ist zumindest klar und gilt für alle, egal, ob König oder Bauer. Und unsere Verfahrensregeln sind möglichst logisch und gerecht. Schau doch nur, wie Recht und Jurisdiktion in den Gerichten der weltlichen Herren gehandhabt werden, wo der Richter oft nicht einmal das Recht studiert hat und keine Regeln zur Ermittlung der Wahrheit bestehen. Diese Barbaren prüfen die Aussagen von Beklagten noch mit dem Feuer oder mit dem Wasser und glauben, dass jemand schuldig sein muss, wenn kein Wunder geschieht und er verbrennt oder ertrinkt. Wer aber mächtig ist, der meint, das Recht gilt nur für die Untertanen, er selbst müsse sich vor dem Recht nicht fürchten. Das Eherecht aber muss ein Recht für alle sein, weil die Ehe alle betrifft. Deshalb müssen Ehesachen unter unsere Jurisdiktion fallen.« Johannes Heller hielt inne. Im Eifer des Arguments hatte er sein Leid und seine Zweifel für kurze Zeit fast vergessen.

Agnes lag noch wie die gebrochene Statue auf dem Boden; ihre Augen aber folgten Heller gebannt.

»Das habe ich an Euch immer bewundert«, sagte sie mit einer warmen Stimme. »Wie Euer Geist in Gedanken aufgeht, wenn Ihr redet. Das habe ich geliebt: wie wir miteinander redeten und wie unsere Worte Hand in Hand frei und unbeschwert durch die Welt gingen.«

»Wir waren wie eine Seele in zwei Körpern«, sagte Heller, und wieder standen ihm Tränen in den Augen. »Was machst du bloß hier, Agnes? Bist du hier, um mich zu strafen? Lass mich jede Buße tun, nur schwöre deinen Aussagen ab und gehe frei. Es sind doch nur Worte. Lass Gott über dein Herz richten, nicht den Bischof über deine Worte.« Er nahm ihre Hand, die kalt und leblos ausgestreckt neben ihr lag. Sein Herz schlug schneller, und er spürte das plötzliche Verlangen, sie in die Arme zu nehmen, zu küssen.

Agnes bewegte die Hand leicht, zuckte. »Ich bin alt und krank, Johannes, und ich habe nicht mehr lange zu leben. Das sind meine Überzeugungen, nicht bloße Worte. Ich will ihnen nicht abschwören. Falls ich verurteilt werde, auf dem Scheiterhaufen zu brennen, wird vielleicht ein Wunder geschehen und mich retten – oder auch nicht. Wie Gott es will. Aber ich bin nicht hier, um Euch zu strafen. Ich wusste doch gar nicht, dass Ihr hier in Freising lebt. Ich kam nach Freising, um meinen Sohn zu sehen, bevor ich sterbe. Unser Kind.«

Johannes Heller fühlte sich plötzlich schwindlig. »Dein Sohn! Unser Sohn! Er lebt und ist hier in Freising? Großer Gott, ich dachte, er sei gestorben. Der Bildhauer hat mir gesagt, dass er tot ist. Und sonst habe ich nie etwas von ihm gehört. Daher habe ich gedacht …«

»Er ist hier, ja. Ich gab ihn damals meinem Dienstherrn zur Adoption, bevor ich nach Landshut zurückkehrte. Der Herr war so großzügig, er behandelte ihn wie seinen eigenen Sohn, erzog ihn und gab ihm alles, was ich ihm nie hätte geben können: eine Bildung, eine Zukunft. Manchmal schrieb er mir einen Brief und hielt Kontakt mit mir, seiner sündigen Mutter, sofern es ihm erlaubt war. Unser Sohn ist Geistlicher geworden, wie Ihr.«

»Ein Geistlicher! Und hier in Freising? Am Domberg? Ist er Stiftsherr, ein Domherr gar? Wer ist es?«, fragte Johannes Heller, unglaublich aufgeregt.

»Ich sage es nicht«, antwortete Agnes ruhig. »Es ist besser, wenn Ihr seinen Namen nicht wisst. Er weiß auch nicht, dass Ihr sein leiblicher Vater seid.«

Heller hielt ihre Hand noch fest. »Es könnte sein, dass er es bereits weiß, nachdem ich unsere Beziehung im Gericht öffentlich bekannt gemacht habe. Agnes, heute Abend hat jemand versucht, mich zu erschlagen. Vielleicht hängt es damit zusammen; vielleicht will unser Sohn sich an mir rächen. Ich habe nicht um mich selbst Angst, aber seine Seele könnte in Gefahr sein. Ich muss wissen, wer er ist.«

Agnes bewegte sich auf dem Boden, als leide sie Schmerzen. »Jemand hat versucht, Euch zu töten, Johannes? Das ist schlimm. Aber unser Sohn hat das gewiss nicht getan. Warum sollte er? Ihr habt mit Eurem Geständnis versucht, mich zu retten, aber ich habe geleugnet, dass ich Euch kenne. Entweder glaubt er mir und denkt, dass Ihr nicht sein Vater seid, oder er weiß, dass Ihr mich retten wolltet, und ist dankbar.«

Heller betrachtete sie aufmerksam. »Willst du mich schützen oder ihn?«, fragte er.

»Euch beide«, sagte Agnes. Sie schloss ihre Augen und weigerte sich, weitere Fragen zu beantworten.

Johannes Heller blieb noch lange in der Zelle und sprach mit Agnes. Er redete vergeblich auf seine einstige Geliebte ein, sie solle ihrer Häresie abschwören und sich retten. Er malte ihr und sich selbst aus, wie er sie in einem Haus unterbringen würde, wie sie oft und lange miteinander sprechen und Bücher lesen könnten. Sie würden leben wie Bruder und Schwester oder gute Freunde und sich nur am Dasein des anderen freuen. Er würde für sie sorgen und alles wiedergutmachen, was er im Leben falsch gemacht hatte.

Agnes aber ließ sich nicht bewegen. Sie lag immer noch reglos auf dem Boden, hörte zu und sagte nichts. Erst als er sich schließlich in seine Räume begeben musste, öffnete sie ihren Mund und sagte ganz ohne Ironie: »Absolvo te, Johannes Heller.«

GESPRÄCH VOR DEM HERZOG

Johannes Heller kehrte erschöpft nach Hause zurück. Er hätte sich gerne vor die Statue der »Schönen Maria« geworfen und gebetet, aber sie war zerstört. Der Verlust war schmerzlich. Nach dem aufwühlenden Gespräch wollte er nachdenken und seine Gedanken ordnen.

Doch als er sich auf seinen Stuhl setzte, bemerkte er den versiegelten Brief, den Prokurator Pack auf seinem Tisch hinterlassen hatte. Auf dem Umschlag stand in großen Buchstaben: »Solum ad manus domini Johannis Heller iudicis consistorii Frisingensis«. – Nur Herrn Johannes Heller, Chorrichter zu Freising, zu Händen. – Es war eine Botschaft des toten Kanonikers Erhard Spornecker. Schon wegen des ungewöhnlichen und gewaltsamen Todes des Verfassers wurde Heller neugierig, was der Brief beinhalten mochte.

Er inspizierte das Siegel, brach es auf und entfaltete das Schreiben. Der Text war von einem Notar aufgesetzt worden und erwies sich als eine offiziell beglaubigte Aussage des Kanonikers Erhard Spornecker, die in München am 27. September 1473 getätigt worden war – also kurz vor seinem letzten Auftreten in Hellers Gericht. Heller fragte sich, warum Spornecker nicht versucht hatte, ihm seine Botschaft persönlich zu übermitteln. Doch stellte sich schnell heraus, dass dies gar nicht seine Absicht gewesen war: Der Brief war ein Gruß aus dem Jenseits, der erst gelesen werden sollte, wenn der Autor bereits tot war.

Der Kanoniker Erhard Spornecker, hieß es, habe für den unerwarteten Fall seines Todes eine Aussage machen wollen, die zur Aufklärung eines Sachverhalts beitragen sollte. Er sei nämlich von dem bischöflichen Richter Johannes Heller vor das Freisinger Offizialat zitiert worden, um im Prozess zwischen Margaretha Lufft, Agnes Bürstenbinder und Johannes

Staudinger als Zeuge auszusagen. Falls er nun durch Tod verhindert sein sollte, so wolle er seiner Pflicht dennoch mit einer notariell beglaubigten Aussage nachkommen. Der Zeuge habe immer Dienst an der Wahrheit geleistet, vor allem an der Aufdeckung von verschwiegenen Wahrheiten, was manche als die Verbreitung von Skandalen bezeichneten, was seiner Meinung nach jedoch als öffentliche Aufklärungsarbeit zu verstehen sei. Wenn der Richter diesen Brief nun erhalten habe, bestünden gute Gründe zur Annahme, dass der Zeuge auf Befehl der Herzöge getötet worden sei, um seine Aussage zu verhindern. Daher wolle er, Erhard Spornecker, dafür sorgen, dass diese Absicht nicht in Erfüllung gehe. Seine Aussage solle vielmehr in die Hände des Herrn Chorrichters gelangen und auf diese Weise erst recht die Wirkung entfalten, welche die Herzöge zu ersticken versuchten. Er werde alle Details nennen und unbestreitbare Beweise vorlegen. Die Aussage wolle er seinem Testament beilegen und den Testamentsexekutor verpflichten, sie dem Herrn Richter persönlich zu übergeben.

Die Aussage lautete folgendermaßen:

Erhard Spornecker, Kanoniker von St. Andreas in Freising, gibt zu Protokoll, dass er am 20. Februar des Jahres 1469 Zeuge der Eheschließung zwischen Seiner Hoheit Herzog Wolfgang von Bayern und Agnes Bürstenbinder aus München gewesen ist. Neben dem Zeugen selbst waren auch der Freisinger Domkanoniker Marcus Hörnle und der Münchner Priester Balthasar Hundertpfund sowie diverse Diener und Hofdamen anwesend. Der Zeuge war nicht nur anwesend, sondern führte als Priester die Heiratswilligen zusammen und sprach dabei feierlich: »Nehmt Ihr, Eure Hoheit Herzog Wolfgang von Bayern, Agnes Bürstenbinder zur Frau?«, beziehungsweise: »Nimmst du, Agnes Bürstenbinder, Seine Hoheit Herzog Wolfgang von Bayern zum Mann?« Beide antworteten mit »Ja« und gaben sich die Hand in Treue. Als Zeichen der Ehe schenkte Herzog Wolfgang Agnes Bürstenbinder einen goldenen Ring. Der Zeuge hatte diesen Ring zuvor genau inspiziert und daran das Zeichen des Herzogs Wolfgang gelesen. Nach dieser Zeremonie trug Agnes den Ring öffentlich und bezeichnete sich als Ehefrau des Herzogs. Am Hof des Herzogs Wolfgang war die Ehe mit Agnes Bürstenbinder allgemein bekannt – publica vox et fama.

Unter der Aussage war das Zeichen des Notars abgebildet, und es standen dort die Namen von zwei Zeugen, die dabei gewesen waren. Johannes Heller las die Aussage nochmals durch, legte sie zur Seite und dachte nach. Dann griff er entschlossen zur Feder und verfasste einige Schriftstücke. Trotz der späten Stunde rief er noch einen Briefboten herbei und schickte ihn mit einer eiligen Sendung los.

Wenig später eilte Johannes Heller durch den Nebel über den Domplatz zum Gebäude des St.-Andreas-Stifts und schlug laut an die Tür. Noch leuchteten Lichter aus den Fenstern, obwohl es beinahe Mitternacht war. Nachdem er den Namen der Person genannt hatte, die er besuchen wollte, ließ ihn der Türwächter zunächst lange warten. Jemand wurde gerufen, und Schritte eilten hin und her, klapperten die Treppen hinauf und hinunter. Schließlich kehrte der Türwächter zurück und ließ den alten Richter ein.

»Es ist spät, und Seine Hoheit will Euch nicht empfangen Dominus Heller«, teilte er Heller mit. »Aber Ihr dürft mit Dominus Hundertpfund reden.«

Heller starrte ihn verständnislos an. »Ich sagte, ich wollte mit Herzog Albrecht sprechen. Es ist dringend und wichtig. Ich will meine Zeit nicht mit Dominus Hundertpfund verschwenden«, sagte er ärgerlich.

»Ihr dürft mit Dominus Hundertpfund sprechen«, wiederholte sich der Wächter. »In den Räumen des erlauchten Herzogs Albrecht.«

»In den Räumen des Herzogs?«, fragte Heller. »Was bringt mir das denn? Wo ist der Herzog?«

»In seinen Räumen, Ehrwürden«, antwortete der Wächter.

Heller überlegte und stimmte dann zögerlich zu. Er stieg die Treppe hoch zu den Räumen, wo sich die wichtigen Gäste am Domberg aufhielten. An der Tür war ein schwer bewaffneter Ritter postiert.

Der Empfangsraum war kahl eingerichtet. Balthasar Hundertpfund, ein junger Mann mit affektierten Manieren, saß auf einem Schemel vor einem zugezogenen Vorhang. Er war mit schwarzem Samt bekleidet und trug modische Schnabelschuhe. Johannes Heller grüßte ihn kühl und lehnte den ihm angebotenen Platz ab.

»Ich habe eine wichtige und delikate Angelegenheit zu besprechen, die allein für den erlauchten Herzog Albrecht bestimmt ist«, sagte er kurz.

Hundertpfund reckte seinen Kopf manierlich, als ob er taktvoll über eine Beleidigung hinwegsähe, und antwortete: »Seine Erlaucht hat uns beauftragt, Gespräche jeglicher Art stellvertretend für ihn zu führen. Ihr dürft offen und vertrauensvoll mit uns sprechen, Dominus Heller.«

Hinter dem Vorhang hörte Heller ein schweres Schnauben wie von einem Stier im Stall.

»Ich habe vor einigen Tagen von unserem erlauchten Herzog die Bitte oder besser die Anweisung erhalten, Euch mit meinen Angelegenheiten nicht zu behelligen, obwohl Ihr Geistlicher und Kleriker der Freisinger Kirche und somit dem Bischof und dessen Richter, der ich bin, zur Verantwortung verpflichtet seid. Welche Antworten kann ich von Euch denn erwarten?«

»Wir sind der Mund des erlauchten Herzogs«, antwortete Hundertpfund rätselhaft.

»Und dessen Ohren auch?«, fragte Heller sarkastisch.

»Wir sind auch die Ohren des erlauchten Herzogs«, bestätigte Hundertpfund humorlos.

»Dann will ich die Ohren des Herzogs wissen lassen, dass sein Bruder Wolfgang keinen guten Bischof von Freising abgeben wird und dass ich alles tun werde, um dessen Wahl zu verhindern.«

Hinter dem Vorhang schnaubte es gewaltig. Hundertpfund bewegte sich ein wenig unruhig. »Deswegen seid Ihr zu dieser Stunde gekommen, um uns das zu sagen?«, fragte Hundertpfund mit beleidigtem Tonfall. »Wir wissen bereits, dass Ihr Euch gegen den erlauchten Herzog und den Ruhm seiner Familie stellt, Dominus Heller. Das wird Seine Erlaucht gewiss nicht vergessen, und Ihr werdet es bald bereuen. Übrigens sind wir nicht auf Eure Unterstützung angewiesen: Die Wahl des hochgeborenen Wolfgang zum nächsten Bischof steht schon fest, und Ihr könnt nichts dagegen machen. Es wäre weise, rechtzeitig Eure Position zu überdenken. Auch wenn Ihr angeblich nicht an Eurem eigenen Vorteil interessiert seid, solltet Ihr vielleicht an das Leben Eurer ehemaligen Geliebten, der Ketzerin, denken, das Ihr heute schon zu retten versuchtet. Wenn Ihr Herzog Wolfgang wählt, wird man ihr vielleicht Gnade gewähren. Das wäre klug.«

»Ich werde diesem klugen Rat dennoch nicht folgen, sondern, wie gesagt, vielmehr versuchen, die Wahl des Herzogs mit allen Mitteln zu verhindern«, sagte Johannes Heller. »Was gewinne ich, wenn ich einen Vorteil für mich selbst erreiche oder sogar das Leben dieser Frau rette, aber dabei meine Überzeugungen verrate und einen Nachteil für uns alle bewirke? Außerdem will die Frau, die wegen Ketzerei angeklagt ist, von mir gar nicht gerettet werden. Sie möchte lieber wegen ihrer Überzeugungen sterben. Darin darf ich ihr nicht nachstehen: Das ist das Mindeste, was ich für sie tun kann. Lasst mich aber meine Gründe erläutern. Unabhängig von den Qualitäten und dem Charakter Seiner Hoheit Herzog Wolfgang, die ausreichend bekannt sein dürften, verstehe ich seine Erhebung zum Bischof als den Versuch, die Rechte und die Stellung des Fürstbischofs von Freising zu untergraben und sein Herrschaftsgebiet in den weltlichen Staat einzugliedern. Die bayerischen Herzöge erstreben die Macht über die Kirche, aber das ist nicht mit dem Auftrag der Kirche vereinbar, die Gott allein und keinem Fürsten dienen soll. Diese Trennung von

Staat und Kirche ist ein Wesensmerkmal unserer christlich-abendländischen Weltordnung. Christus selbst ist unser Vorbild, indem er sich weigerte, als weltlicher Herrscher aufzutreten. Ganz im Gegenteil dazu hat er Gläubige aufgefordert, dem Kaiser zu geben, was ihm zustehe, und Gott, was seins sei. In der Geschichte unseres Staates hat diese Trennung zu einem Gleichgewicht geführt, weil nicht alle Macht in einer Hand konzentriert wird. Stattdessen gibt es zwei Staaten, zwei Schwerter, zwei Rechte. Aus dieser Zweiteilung entsteht das Gemeinwohl.«

Hundertpfund lachte. »Das haben Pfaffen wie Ihr den Leuten jahrhundertelang vorgekaut und damit Eure Privilegien gerechtfertigt. Wir glauben aber nicht, dass diese Ordnung von Gott gewollt war, denn Gott kann nur die beste Staatsform wollen. Die beste Regierung ist aber die, in welcher der Staat von nur einem Herrscher gelenkt wird: die Monarchie. Konkurrierende Rechte und Zuständigkeiten dagegen führen nur zu Konflikten, die schädlich für alle sind. Das haben wir alle zur Genüge in den jüngsten Erbfolgekriegen gesehen. Deswegen ist es die Aufgabe des erlauchten Herzogs Albrecht, die bayerische Herzogswürde wieder in seiner Person zu einigen und dafür zu sorgen, dass sie nie wieder geteilt wird. Auch die Partikulargewalten des Hochadels will der Herzog unterwerfen, weil sie ebenfalls seine Macht schwächen. Und schließlich müssen wir die Rechte der Bischöfe von Freising abschaffen, die immer für Unruhe und Ungehorsam unter unseren Untertanen gesorgt haben. Der Herzog ist Herrscher von Gottes Gnaden und tut Gottes Willen, indem er seine Macht erhält und stärkt. Der Erfolg wird ihm recht geben, und zukünftige Generationen werden seine Erlaucht ›den Weisen‹ nennen.«

Johannes Heller erhob seine Hände mit einer abwehrenden Geste. »Über das Recht des Stärkeren will ich lieber schweigen«, sagte er. »Doch wenn der erlauchte Herzog erfolgreich sein und als ›der Weise‹ gelten will, so sollte er einiges bedenken. Zum einen beruht jede dauerhafte Herrschaft nicht nur auf militärischer Stärke, sondern auf Legitimation durch Recht und Ordnung. Deswegen sollte er vorsichtig sein, um diese anderen Säulen der Herrschaft nicht umzuwerfen. Ich brauche nicht zu erwähnen, dass eine durch Simonie erkaufte Wahl gegen das kanonische Recht verstößt und eo ipso ungültig ist oder dass alle Personen, die daran beteiligt sind, als exkommuniziert zu gelten haben. Aber wozu vom Kirchenrecht reden? Solche Argumente werden bei Laien doch wohl kein Gewicht haben, wo sich schon Priester nicht fürchten, die Autorität der Kirche und ihrer Gesetze abzustreiten. Ich rede stattdessen nur vom weltlichen Recht und von der weltlichen Ordnung, Kategorien, die Ihr versteht. Der Rücktritt des Fürstbischofs Tuhlbeck wurde nämlich durch schwere Verbrechen erreicht. Ich bezichtige den erlauchten Herzog Albrecht nicht der Täterschaft, vielmehr glaube und hoffe ich, dass er von diesen Handlungen nichts weiß. Daher will ich ihm erzählen, wie es dazu gekommen ist. Das Bekanntwerden der jüngsten Missstände und Skandale hier am Domberg, die dem Bischof zur Last gelegt wurden, ist nicht das Ergebnis von Zufällen oder irgendeines Naturgesetzes, dass Sünden zum Himmel stinken, sondern es geschah durch eine verbrecherische Verschwörung.«

Hundertpfund unterbrach ihn. »Die Verheimlichung von Sünden ist aber auch eine Sünde, Dominus Heller.«

Heller überhörte den beleidigenden Unterton. »Gewiss, doch handelt es sich hier nicht um ein par crimen – ein gleichwertiges Delikt –, welches das andere Verbrechen aufheben würde. Die Informationen, die zum öffentlichen Skandal gemacht wurden, wurden aus den Aufzeichnungen des bischöflichen Gerichts, meines Gerichts, entnommen. Das kann ich nachweisen: Die Informationen sind keineswegs publica vox et fama, sondern stammen aus Aussagen, welche vor meinem Gericht unter Eid abgegeben worden sind. Die Bücher, in denen sie festgehalten wurden, sind im Armarium des Domkapitels aufbewahrt und dürfen nur mit besonderer Genehmigung gelesen werden. Um an den Schlüssel zu diesen Büchern zu gelangen, hat jemand den früheren Domkustos mit der Enthüllung seiner Verbrechen erpresst. Als der Domkustos sich umbrachte, hat diese Person auch noch einen jungen Ministranten getötet, der vermutlich von der Erpressung wusste. Der Rücktritt des Bischofs wurde also durch Erpressung und Mord erzwungen. Ein weiterer Mord, die Enthauptung eines Stiftsherrn, wurde offenbar begangen, um einen Skandal um Herzog Wolfgang zu verheimlichen. Ich will nicht glauben, dass der erlauchte Herzog Albrecht an diesen Verbrechen beteiligt ist, aber er soll sich hüten, damit in Verbindung gebracht zu werden.«

Hinter dem Vorhang schnaubte es wieder gewaltig.

»Einen Augenblick«, quiekte Hundertpfund. »Habt Ihr für diese Behauptungen überhaupt Beweise? Wenn Ihr jemanden des Mords und anderer Verbrechen bezichtigt, müsst Ihr sagen, wer es war und mit wem er zusammengearbeitet hat. Wir sehen zudem in diesen Skandalen weder eine Verbindung zu Seiner Erlaucht noch zur Wahl des erlauchten Herzogs Wolfgang. Vielmehr zeigt das alles deutlich, dass das Bistum Freising dringend einen starken Bischof braucht, der für Ordnung sorgen und mit solchen Missständen aufräumen kann.«

»Ich weiß noch nicht, wer es war«, gab Heller zu. »Aber ich weiß, was sein Ziel war. Und deswegen werde ich alles tun, um die Wahl Herzog Wolfgangs zu verhindern. Denn wer Verbrechen und Menschenleben billigend in Kauf nimmt, um an die Macht zu kommen, der muss erst recht von einer solchen Machtposition ferngehalten werden. Das liegt nicht nur im Interesse von uns Geistlichen und Domherren, die seine Untertanen werden sollen, sondern auch im Sinne des erlauchten Herzogs Albrecht selbst, denn ein Fürstbischof von Freising hat viel Macht und Einfluss in Bayern. Seine Hoheit Herzog Wolfgang ist, wie manche sagen, kindisch und von einfachem Gemüt; andere würden ihn verantwortungslos und nicht völlig zurechnungsfähig nennen. So oder so sollte man vorsichtig sein, ihm zu viel Macht in die Hände zu geben.«

Balthasar Hundertpfund warf einen nervösen Blick auf den Vorhang. Dann lächelte er unfreundlich. »Das sind schwere Vorwürfe, Dominus Heller, die als Majestätsbeleidigung verstanden werden können. Wenn der erlauchte Herzog Wolfgang davon erfahren würde, könnte das sehr unangenehme Folgen für Euch haben.«

Heller machte eine ungeduldige Geste. »Verschont mich mit Euren Drohungen. Wenn ich davor Angst hätte, wäre ich nicht hier. Ich bin zum Äußersten entschlossen.«

»Und was wollt Ihr denn tun? Mit diesen Vorwürfen und Behauptungen ohne jeglichen Beweis werdet Ihr niemanden überzeugen und uns kaum von unserer Unterstützung für Herzog Wolfgang abbringen«, sagte Hundertpfund.

»Nein, ich habe das befürchtet«, sagte Heller. »Aber ich habe ein anderes Argument in der Hand, das Seiner Hoheit vermutlich unbekannt ist. Oder wusste Seine Hoheit, dass sein Bruder Wolfgang eine Ehe mit einer seiner Hofdamen geschlossen hat? Für diese Behauptung habe ich Beweise. Unter anderem weiß ich, dass Ihr, Dominus Hundertpfund, Zeuge dieser nicht standesgemäßen Hochzeit gewesen seid und dass Ihr aus diesem Grund nicht vor mir im Gericht aussagen wollt. Ich weiß auch, dass der nun geköpfte Kanoniker, Erhard Spornecker, die Ehe als Priester gesegnet hat. Er wurde ermordet, um die Wahrheit zu verheimlichen, aber er hat zuvor eine notariell beglaubigte Aussage gemacht.« Er zog ein gefaltetes Blatt Papier aus seinem Mantel und überreichte es Balthasar Hundertpfund. »Hier ist eine Abschrift davon.«

Hinter dem Vorhang hörte Heller angestrengtes Schnaufen. Hundertpfund hielt das Blatt wie einen Giftbecher in der Hand. Ihm schien der Atem zu stocken.

»Ich bin hier«, fuhr Heller fort, »um zu sagen, dass ich als Chorrichter des Bischofs von Freising die Sache überprüft habe und es als bewiesen ansehe, dass die Ehe zwischen Herzog Wolfgang von Bayern und Agnes Bürstenbinder aus München rechtsgültig ist. Mein endgültiges Urteil darüber ist bereits verfasst. Wenn Herzog Wolfgang zum Bischof gewählt werden sollte, wird das Urteil publiziert. Als verheirateter Mann darf der Herzog nicht Bischof werden: Daher ist seine Wahl ungültig und wird annulliert werden. Sollte er allerdings Kinder mit seiner Frau haben, werden diese als die ältesten legitimen Nachfolger auf die bayerische Herzogswürde gelten, zumal seine Brüder noch keine eigenen ehelichen Kinder haben.«

Hinter dem Vorhang brüllte die Stimme des Herzogs wie ein wütender Bär. Balthasar Hundertpfund sprang auf, drückte den schweren Stoff zur Seite und verschwand dahinter. Als er zurückkam, war sein Gesicht blass.

»Dominus Heller, Euch ist klar, dass Euch dies den Kopf kosten wird. Euer Urteil aber ist ungültig und wird keiner Rechtsprüfung standhalten, weil Ihr nur einen Zeugen habt, der zudem als notorischer Lügner und Verleumder gilt. Damit habt Ihr keinen vollständigen Beweis für das Urteil.«

Johannes Heller lachte: »Haha. Ich soll mich an das Recht halten, während andere es mit Füßen treten? Tut mir leid, es ist mir dieses Mal wirklich egal, ob die formalen Kriterien erfüllt sind. Es reicht mir, zu wissen, dass es die Wahrheit ist. Und die rechtliche Verbindlichkeit des Urteils erscheint mir auch bedeutungslos zu sein: Es wird publiziert, und die Leute werden es glauben.«

Hundertpfund war unerbittlich. »Euer Urteil wird dennoch völlig wirkungslos sein«, sagte er kalt. »Herzog Wolfgang wird zum Bischof von Freising gewählt werden, und er wird einen neuen Richter ernennen, der das Urteil verwirft oder die Ehe annulliert. Euer Urteil wird verbrannt werden, und niemand wird es jemals lesen. Das ist eine leere Drohung und eine Verzweiflungstat. Gebt auf, Heller, bevor es zu spät ist.«

Johannes Heller ignorierte ihn. Er stand auf und sprach

nun zum Vorhang. »Die Folgen für mich sind mir klar«, sagte er gemessen, »ebenso wie ich weiß, was Ihr dagegen unternehmen wollt. Daher habe ich das Urteil bereits angefertigt und dafür gesorgt, dass es tausendfach gedruckt und in allen Städten des Landes verbreitet wird, falls Herzog Wolfgang gewählt wird. Das habe ich übrigens von Euch gelernt: Dank dieser neuen Technik lassen sich solche Geschichten nicht mehr so leicht unterdrücken. Nicht alle Exemplare werdet Ihr verbrennen können und nicht alle Menschen köpfen, die sie gelesen haben.«

Damit verließ er den Raum.

Capitulum 7

6. November 1473

VENI CREATOR SPIRITUS

Im blassen Schein der Morgenröte erhoben sich die massigen Bauten auf dem Freisinger Domberg aus der tiefen Nebeldecke wie eine Insel aus einer weißen Flut, und die Glocken läuteten den Samstag ein. Es war der 6. November 1473, der Tag, an dem ein neuer Fürstbischof gewählt werden sollte.

In den hohen Wänden des Doms erhoben sich Hunderte Stimmen zu den feierlichen Worten des Lieds »Veni creator spiritus«, das man bei Wahlen zu singen pflegte: »Komm, Schöpfergeist, suche die Gedanken der Gläubigen auf und fülle mit himmlischer Gnade die Herzen, die du geschaffen hast«, sangen sie alle: die Domherren, die Domizellare, die Kanoniker der Domstifte und die anderen Priester, Frühmessner und Vikare vom Domberg, die Ministranten und die Diener, der Abt und die Mönche vom benachbarten Kloster Weihenstephan und zahlreiche andere Geistliche der Stadt und Umgebung, Herzog Albrecht mit seinem prachtvollen Gefolge von adligen Rittern, die wohlhabenden Bürger aus der Stadt Freising und Besucher aus anderen Städten – kurz, die ganze Gesellschaft. Auch außerhalb des Doms auf dem Domplatz hatte sich eine Menge Menschen versammelt. Es waren die Armen und Unwichtigen, die keinen Platz im Dom bekommen hatten; sie schauten neugierig und hoffnungsvoll zu.

»Herr, lass die Domherren eine gute Wahl treffen und einen guten Bischof wählen, der unser aller Wohl im Herzen trägt«, beteten sie alle gleichermaßen, die, die im Dom saßen, und die, die draußen standen, und dachten dabei an unterschiedliche Kandidaten und ein unterschiedliches Wohl.

Schließlich zogen die Domherren in feierlicher Prozession und mit gemessenen Schritten hinter der hochgetragenen Monstranz aus dem Dom in das Kapitelhaus ein, wo die Wahl abgehalten werden sollte. Dort standen herzogliche Wachmänner in voller Rüstung vor der Eingangstür. Die Fensterläden im unteren Stock des Gebäudes waren verschlossen und verriegelt, sodass niemand hineinsehen konnte. Nur die vierzehn wahlberechtigten Domherren durften in das Kapitelhaus eintreten, zusammen mit wenigen vertrauten Dienern, um sie zu versorgen, und der Notar Pangratz Haselberger, der die Rechtmäßigkeit der Wahl bezeugen sollte. Hinter ihnen wurde die Tür zugesperrt und der Wahlort abgeriegelt, damit niemand den Wahlvorgang stören oder beeinflussen konnte.

Die Wähler versammelten sich im gewölbten Hauptsaal des Kapitelhauses. Vor ihnen standen ein Altar und ein Tisch, hinter denen der Domdekan Johannes Simonis und der bischöfliche Vikar Heinrich Baruther ihre Plätze einnahmen. Die anderen Domherren setzten sich der Reihe nach auf Stühle, die mit dem Altar und dem Tisch ein symmetrisches Viereck bildeten. In einer Ecke saß Pangratz Haselberger vor seinem Schreibpult, mit Papier, Feder, Tinte und einer kommentierten Fassung des Liber Extra, der kanonischen Gesetzessammlung Papst Gregors IX., die zu den Bestimmungen über Wahlen aufgeschlagen war. Vor die Tür stellte sich ein Wächter, ein auffällig großer, schmaler Mann, an dem das Gewand der bischöflichen Wache wie von einer Vogelscheuche hing. Weil er so groß war, musste er sich im Gang stets gebückt halten. In seiner Hand hielt er eine Hellebarde.

Nachdem sich alle Wähler auf ihren Plätzen niedergelassen, die Diener sich aus dem Saal entfernt hatten und Ruhe eingekehrt war, erhob sich der Dekan langsam und sprach: »Brüder, wir sind heute hier nicht nur versammelt, um ein neues Oberhaupt für unsere ehrwürdige Kirche zu wählen, sondern vielmehr ist es unsere Aufgabe, heute das Schicksal und die Zukunft unserer Kirche zu bestimmen. Unsere Entscheidung betrifft sowohl das leibliche Wohl aller Personen, die im Hochstift Freising unter der temporalen Herrschaft des Bischofs stehen, als auch das Seelenheil aller Bewohner des gesamten Bistums Freising. Das Bistum wurde in der letzten Zeit von schweren

Skandalen erschüttert und von Dürre, Feuerbrand, Krieg und Zwietracht heimgesucht. Ob zwischen den Katastrophen und den Missständen ein Zusammenhang besteht, ob sie Gottes Strafe für die Sünden der Kirchenführung sind, weiß nur Gott allein. Es ist aber die Aufgabe des Hirten, seine Herde von solchen Gefahren und Ängsten zu befreien und sie aus dem finsteren Tal zu führen. Es ist unsere Aufgabe, Brüder, dafür zu sorgen, dass ein Bischof gewählt wird, der das Seelenheil und auch das körperliche Wohlergehen der Gläubigen gewährleisten kann. Um das zu tun, muss er jemand sein, der über jeden Zweifel erhaben ist. Doch auch unser ehrwürdiges Kollegium selbst ist nicht unbefleckt von diesen Sünden und Missständen. Wir müssen hier nicht alle Einzelheiten nochmals aufzählen, denn jeder weiß davon. Aber wer von uns muss sich nicht vor Enthüllungen und Skandalen fürchten? Wer von uns kann reinen Gewissens behaupten, dass er niemals etwas getan hat, das gefunden und gegen ihn verwendet werden könnte? Wer von uns ist frei von Sünde?«

Die Kapitulare blickten finster um sich.

»Was heißt denn, es könnte etwas gefunden werden?«, murrte Marcus Hörnle. »Soll das eine Drohung sein?«

»Bei manchen von uns muss gar nicht lange gesucht werden, um einen unrühmlichen Fleck an seiner Weste zu finden«, antwortete Simonis mit Nachdruck. »Ihr wisst, was wir meinen, Dominus Hörnle.«

Hörnle errötete. Auch einige andere Domherren blickten verlegen auf den Boden.

»Das dürft Ihr nicht sagen, Dominus Simonis«, entgegnete Hörnle. Seine Wangen aber brannten rot, und seine Stimme klang hohl. »Ich habe meinen Ruf bereinigt und habe eine päpstliche Dispens erwirkt: Unter Exkommunikationsandrohung darf niemand behaupten, dass ich am Tod dieses Kindes schuld bin. Wollt Ihr die Urkunde sehen? Übrigens ist es auch völlig unbewiesen, dass ich der Vater des Kindes war oder dass ich überhaupt mit der Frau eine Beziehung hatte.«

»Völlig unbewiesen«, sagte Simonis, »doch allgemein bekannt.«

»Bei manchen von uns wurde aber ganz besonders genau nach Verfehlungen geforscht«, schoss Johannes Heller dazwischen.

Der Dekan wandte sich ihm zu mit einem boshaften Lächeln. »Ihr habt Euch selbst dem Spott und der Schande preisgegeben, Dominus Heller. Darüber müsst Ihr nicht klagen, Ihr seid selbst schuld.«

»Ja«, sagte Heller ruhig. »Ihr habt recht. Ich habe mein Vergehen offen eingestanden – viel zu spät, doch besser als nie. Aber ich spreche nicht von öffentlich bekannten Skandalen, sondern von Geheimnissen. Wer hat zum Beispiel gewusst, dass Bischof Tuhlbeck ein illegitimes Kind hat?«

Die anderen Domherren blickten erstaunt. Nur Sixtus von Tannberg und Heinrich Baruther tauschten wissende Blicke.

»Kaum einer«, antwortete Heller selbst. »Um das herauszufinden, musste jemand sehr sorgfältig unsere Gerichtsbücher durchforsten, Jahr für Jahr«, fuhr er fort. »Nur von dort kann die Information stammen: eine alte Klage um Deflorationsentschädigung und Erziehungskosten von vor über zwanzig Jahren. Dominus Tuhlbeck war noch nicht Bischof und hat den Fehler begangen, sich nicht gleich außergerichtlich mit seiner Geliebten zu einigen. Ich habe den Eintrag in den Libri actorum nur mit Mühe gefunden, um meine These zu überprüfen. Jemand hat Tuhlbecks altes Geheimnis ausgekramt und ihn zum Rücktritt erpresst. Und wer weiß, was er sonst noch in den Gerichtsbüchern gefunden hat!«

Die Domherren gerieten in Aufregung – auch einige von den älteren, die das Gespräch bislang kaltgelassen hatte.

Der Domscholaster, Johannes Gugelmair, kommentierte zufrieden: »Dann war Tuhlbeck auch selbst schuld. Jedenfalls geschah es zu Recht, dass die Sünden des Vaters auf den Vater zurückfielen.«

Johannes Heller lehnte sich vor und erklärte dem Scholaster

eisig, dann solle auch er sich selbst schlagen und seinen Sohn in Ruhe lassen.

Heinrich Baruther rief erstaunt: »Die Information kam aus den Gerichtsbüchern? Ich habe mir schon immer gedacht, dass wir diese alten Bücher nach einiger Zeit verbrennen sollten. Wozu bewahren wir sie ewig auf?«

»Nein, das dürft Ihr nicht machen«, entgegnete Marcus Hörnle bestürzt. »Das ist unser Patrimonium, das Zeugnis unserer Gerechtigkeit.«

In seiner Ecke schreckte auch Pangratz Haselberger entsetzt auf.

Der Dekan erhob die Stimme: »Genug! Mag es sein, dass die Information aus den Gerichtsbüchern kam oder auch nicht. Jedenfalls hat sich jeder von uns irgendwann etwas zuschulden kommen lassen. Ich habe erfahren, dass es eine Liste gibt: Darauf stehen die Namen von jedem Einzelnen von uns und daneben viele schwerwiegende Vorwürfe. Wir alle sind kompromittiert. Man hat mich wissen lassen, dass die Liste veröffentlicht wird, falls einer von uns gewählt werden sollte.«

Ein entsetzter Aufschrei ertönte. Gegenseitige Vorwürfe und Verdächtigungen wurden lautstark geäußert.

Schließlich erhob Johannes Simonis seine Hand. »Es gibt nur eine Möglichkeit, einen riesigen Skandal zu vermeiden: Wir müssen jemanden von außen wählen, der diesen Sumpf austrocknen und unsere Kirche reformieren kann. Jemanden, dessen Ruf nicht kompromittiert ist. Ich schlage vor, dass wir Herzog Wolfgang, Dux Bavariae, zum Bischof wählen.«

Johannes Heller sprang auf. »Lasst uns endlich offen sprechen und die Dinge beim Namen nennen. Dieses Gerede von Reform ist nur ein Vorwand. Man sollte immer Vorsicht walten lassen vor denen, die Reform predigen, um an die Macht zu gelangen. Im Übrigen mag es sein, dass Herzog Wolfgangs Name nicht auf dieser Sündenliste steht, doch ist er bekanntermaßen ein zügelloser Schwachkopf, der nur mehr Skandale und noch Schlimmeres über unsere Kirche bringen wird. Die Wahrheit aber ist, dass der Herr Dekan und viele andere Mitglieder des Konsistoriums ihre Stimmen bereits an Herzog Wolfgang verkauft haben. Wie viele diesen Handel eingegangen sind, weiß ich nicht. Aber ich schlage vor, dass wir uns das weitere Verfahren ersparen: Diejenigen, die Herzog Wolfgang ihre Stimmen versprochen haben, sollen einfach die Hände heben. Eventuell brauchen wir dann gar nicht mehr abzustimmen. Wir können es eine Inspirationswahl nennen, wenn Ihr wollt – ohne darauf einzugehen, von welchem Geist die Inspiration gekommen ist.«

Wieder brach allgemeine Unruhe unter den Wählern aus. Johannes Simonis giftete Heller an, das sei eine verlogene Verleumdung. Heller habe keine Beweise für diese ungeheuerliche Behauptung.

»Unbewiesen, doch allgemein bekannt«, rief Heller zurück.

»Wer soll Euch denn glauben, Dominus Heller, einem Ehebrecher, Hurenmeister und Häresiarch?«, schrie Simonis wütend. Er wandte sich an die anderen Domherren: »Dieser Mann hat sich dazu bekannt, seine frühere Geliebte zu Unzucht und Häresie verführt zu haben; er schämte sich nicht, eine Ehefrau von ihrem Mann zu entführen, und hat eine stadtbekannte Hure in sein Haus am Domberg eingeladen. Eigentlich dürfte er gar nicht an der Wahl teilnehmen: Hat nicht das Vierte Laterankonzil ausdrücklich bestimmt, dass ein unkeuscher Priester nicht an der Messe teilnehmen darf und daher auch nicht an der Wahl?«

Johannes Heller entgegnete, dass nach dem Decretum Gratiani Simonisten noch schlimmer als Häretiker waren. »Symoniacos … ab omnibus fidelibus respuendos – sie sollen von allen Gläubigen verschmäht werden«, zitierte er. »Also: Hände hoch, wer mit dem Dekan seine Stimme schon verkauft hat.«

Ein allgemeines Raunen ging durch den Raum, und alle schauten einander an. Niemand hob die Hand – vielmehr schienen sie alle auf ihren Händen zu sitzen.

»Gut«, rief Heller schließlich. »Dann müssen wir dieses unwürdige Schauspiel weiter aufführen. Vielleicht haben die

Simonisten doch keine Mehrheit. Ich dagegen schlage vor, dass wir Sixtus von Tannberg wählen. Wer ist dafür?«

Pangratz Haselberger, der bislang in seiner Ecke gesessen und sich nicht getraut hatte, gegen die Irregularität der Vorgänge zu protestieren, rief den Herren nun mäßigend zu, dass sie sich zuerst über die Art und die Modalitäten der Wahl einigen müssten.

Johannes Heller bemerkte spitz, dass eine Wahl durch die Erleuchtung des Heiligen Geistes jedenfalls ausgeschlossen sei: Eher lenke ein ganz anderer Geist das Geschehen. Johannes Simonis aber wies ihn an, zu schweigen, und schlug vor, dass die Wahl per compromissum, durch das Kompromissverfahren, getroffen werden sollte, weil Einstimmigkeit offenbar nicht zu erreichen sei. Die Ältesten und Weisesten im Kollegium sollten also die Entscheidung treffen, die anderen müssten ihrem Vorschlag nur noch zustimmen.

»Aber wer sagt, dass die Ältesten auch die Weisesten sind?«, wollte jemand wissen.

»Und wer entscheidet, wer die Weisesten unter uns sind?«, rief ein anderer.

Pangratz Haselberger räusperte sich. »Eigentlich heißt es nicht, dass sie die Ältesten und Weisesten sein müssen, sondern dass sie idonei – geeignet – sein sollen«, erklärte er und zitierte aus dem Liber Extra: »›Eligendi potestas aliquibus viris idoneis committatur.‹ – Die Wahlberechtigung kann aber einigen geeigneten Männern anvertraut werden, die für alle einen Bischof wählen.«

Heinrich Baruther wandte jedoch ein: »Um diesen Weg zu beschreiten, bedarf es einstimmiger Zustimmung, wenn ich mich nicht täusche. Ist jemand also dagegen?«

Johannes Heller hob die Hand. »Ich jedenfalls. Ich denke nicht, dass wir die Wahlberechtigung an irgendjemanden übertragen sollen, solange wir nicht wissen, wer schon seine Stimme verkauft hat.« Einige Domherren stimmten mit ihm überein und hoben ebenfalls die Hände.

Der Dekan schaute die Abweichler ärgerlich an. »Dagegen ist nur eine Minderheit. Ich glaube nicht, dass eine einstimmige Einwilligung unbedingt erforderlich ist«, sagte er. »Steht das denn in deinem Buch, Notar?«

Haselberger schaute nach: »Doch, doch. Nicht im Konzilsdekret selbst, aber die Glossa ordinaria besagt ausdrücklich: ›Uno solo contradicente non potest fieri compromissum.‹ – Wenn schon einer dagegenspricht, darf man das Kompromissverfahren nicht anwenden.«

»Damit ist klar, dass wir eine ordentliche Wahl per scrutinium durchführen müssen«, sagte Baruther ruhig. »Haselberger, lies mal die Bestimmungen vor.«

Pangratz Haselberger stand im Mittelpunkt der Aufmerksamkeit; er fühlte sich wichtig und trug pompös die Wahlregeln vor. »Ehrwürdige Herren, die Wahlbestimmungen für die Wahl per skrutinium sind folgende: Ihr müsst Euch auf drei Personen einigen, sogenannte Scrutatores oder Untersucher, welche die anderen nach ihrer Stimme befragen. Die Skrutatoren müssen dabei in einem getrennten Raum sitzen und die Wähler individuell und ohne andere Zuhörer mündlich fragen, wem sie ihre Stimme geben wollen. Die Stimmabgaben werden schriftlich aufgenommen – am besten durch einen Notar – und dann vor der versammelten Wählerschaft vorgetragen. Derjenige soll als gewählt gelten, dem alle oder zumindest die maior et sanior pars, das heißt, der an Zahl und Klugheit überlegene Teil der Wähler, seine Stimmen gegeben hat.«

»Was soll das denn heißen, ›sanior pars?‹, warf jemand ärgerlich auf. »Wer soll entscheiden, welche Fraktion an Klugheit überlegen ist?«

»Die sanior pars bilden natürlich die höchsten Würdenträger im Kollegium. Das sind der Propst, ich als Dekan und der Scholaster«, behauptete Johannes Simonis autoritativ.

»Nein, Ehrwürden«, widersprach Haselberger ein wenig unsicher. »Soweit ich sehe, kommt die Saniorität nur in Frage, wenn die Mehrheit jemanden wählt, der legal nicht gewählt werden darf. Nur dann ist die Entscheidung der Mehrheit nämlich nicht die bessere. Darüber muss jedoch eine Appellationsinstanz entscheiden.«

»Auf alle Fälle wird appelliert, wie immer«, sagte der Dekan verdrießlich. »Dann sagen wir einfach, der Kandidat mit den meisten Stimmen gewinnt.«

»Nein, nein, Ehrwürden«, wandte der Notar wieder ein. »Der Wahlsieger muss die Stimmen von mehr als der Hälfte der Wähler erhalten, um Bischof zu werden. Um unter vierzehn Wählern die maior pars, eine numerische Mehrheit, zu erreichen, sind acht Stimmen erforderlich. Denn mit nur sieben oder weniger wäre mindestens die Hälfte der Wähler nicht mit der Wahl einverstanden.«

Einige Domherren nickten und murmelten ihre Zustimmung. »So ist es.«

»Gut«, rief Johannes Simonis ärgerlich. »Lasst uns drei Skrutatoren ernennen, oder müssen wir auch darüber lange diskutieren? Ich schlage vor, dass die höchsten Würdenträger dieses Amt erfüllen, das heißt: der Dompropst, ich und der Scholaster.«

»Ich widerspreche«, sagte Johannes Heller sofort. »Es gibt Gründe zu der Annahme, dass die genannten Würdenträger sich abgesprochen haben, weshalb wir ihnen nicht vertrauen können. Der vicarius in generalibus, Dominus Heinrich Baruther, soll einer der Skrutatoren sein.«

Einige andere Kanoniker nickten und unterstützten die Forderung. Nach einer kurzen Debatte einigten sie sich, den Propst, den Dekan und den Vikar als Skrutatoren zu ernennen.

»Einen Augenblick«, wandte Marcus Hörnle ein. »Wer nimmt denn die Stimmen der Skrutatoren auf? Oder dürfen sie nicht wählen?«

Pangratz Haselberger hatte die Regelung übersprungen und musste wieder im Buch nachsehen. »Doch, doch. Es müssen dazu noch drei Scrutatores scrutatorum ernannt werden, welche die Stimmen der Skrutatoren aufnehmen, bevor sie die anderen befragen«, verkündete er verlegen.

»Dominus misericors«, stöhnten einige Domherren. »Kommt das noch zu einem Ende?«

Schließlich wurden die drei jüngsten Domherren zu den Scrutatores scrutatorum ernannt: Marcus Hörnle, Kaspar Schmidhauser und Degenhart Meindorfer. Die Wahlmodalitäten waren also geregelt. Doch damit waren die Wahlvorbereitungen noch lange nicht beendet: Der Rest des Vormittags wurde mit hitzigen Diskussionen über die sogenannten Wahlkapitulationen verbracht, eine Liste von Versprechen, die jeder, der gewählt werden wollte, zuerst unter Eid leisten musste. Falls kein Mitglied des Domkapitels, sondern jemand von außen zum Bischof gewählt werden sollte, wurde ausdrücklich gefordert, dass er ebenfalls die Kapitulationen unterzeichnete, bevor er die Wahl annehmen durfte. Pangratz Haselberger notierte die Bestimmungen, korrigierte, ergänzte und tilgte sie immer wieder, bis endlich eine verbindliche Liste vereinbart war. Schließlich, nachdem alle Domherren ihre Unterschriften daruntergesetzt hatten, beglaubigte Pangratz Haselberger das Dokument mit seinem Notarszeichen – drei Berge und ein Haselstrauch, die seinen Namen versinnbildlichen sollten.

Nach den ganzen Streitigkeiten und Diskussionen waren die Domherren müde und beschlossen, sich eine Pause für Gebet, Reflexion und etwas Stärkung zu gönnen, bevor sie am Nachmittag zur ersten Abstimmung schritten.

DER WAHLGANG

Nach der Pause und einem letzten Gebet um den Beistand des Heiligen Geistes erhoben sich die Scrutatores scrutatorum zusammen mit Pangratz Haselberger und verließen den Raum. Sie gingen mit einem Diener durch den Gang zu der kleinen Hauskapelle, einem engen Raum mit einem kleinen Kruzifix in einer Nische. Darin waren schon drei Stühle für die Skrutatoren und ein Schreibpult für den Notar aufgestellt.

»Incipit prima scrutatio« – der erste Wahlgang beginnt –, schrieb Haselberger mit schwungvollen Buchstaben auf ein blankes Blatt Papier und trug schon den Namen des ersten Wählers ein.

Die Skrutatoren wurden einzeln aufgerufen, um ihre Stimme abzugeben. Die ehrwürdigen Domherren Johannes Pienzenauer, Johannes Simonis und Heinrich Baruther gingen einer nach dem anderen vor ihren jüngeren Kollegen steif auf die Knie und teilten ihnen den Namen ihres Kandidaten feierlich mit, etwa: »Ego Johannes Pienzenauer, praepositus et canonicus ecclesiae Frisingensis, eligo dominum … ad episcopum Frisingensis.« – Ich, Johannes Pienzenauer, Propst und Domherr der Freisinger Kirche, wähle … zum Bischof von Freising.

Pangratz Haselberger schrieb emsig nieder, für wen sie gestimmt hatten. Anschließend tauschten Befrager und Befragte die Rollen, und die jüngeren Domherren kehrten zu ihren Kollegen im Hauptsaal zurück.

Im danach folgenden Wahlgang stimmten die anderen Domherren in hierarchischer Reihenfolge nach Würde und Alter ab. Dem Alter nach wäre Johannes Arsinger der Erste gewesen, doch Johannes Gugelmair hatte als Scholaster die höhere Würde, weshalb er zuerst gerufen wurde. Ein Diener betrat den Saal und verkündete den Namen mit einem höflichen

Knicks. Der Scholaster war bereits auf den Füßen. Er schaute einmal schweigend in die Runde und folgte dem Diener aus der Tür.

Johannes Heller neigte sich im Gebet. Seine Gedanken waren woanders, in dem dunklen, kalten Kerker, in dem Agnes auf den Ruf des Henkers wartete. Sollte Herzog Wolfgang gewählt werden, wäre ihr Schicksal besiegelt. Ein anderer Bischof aber würde vielleicht Gnade walten lassen oder ihr die Möglichkeit eines Widerrufs bieten. Darin lag Hellers Hoffnung. Doch wie viele der Domherren hatten dem Herzog bereits ihre Stimme versprochen?

Die Tür öffnete sich, und der Scholaster kehrte wieder zu seinem Platz zurück. Aller Augen richteten sich auf ihn, aber niemand sprach ein Wort.

»Dominus Arsinger«, rief der Diener. Er musste laut rufen, weil Arsinger so schlecht hörte. Schließlich stand der alte Domherr auf und folgte dem Diener mit schleppenden Schritten zum Wahlraum. Es dauerte lange.

Als Nächster war Johannes Heller an der Reihe. Er stand auf und ging aus der Tür an dem Wächter vorbei, der wie eine Vogelscheuche aussah.

Als er in die Kapelle eintrat, begrüßte ihn der Dekan mit einem schmalen Lächeln: »Nehmt den Platz vor uns ein, Dominus Heller.«

Johannes Heller kniete vor ihm hin und richtete den Blick auf den Boden.

»Spiritus sanctus superveniet in te, möge der Heilige Geist in dich fahren«, sagte Simonis. »Dominus Heller, nach reifer Überlegung – wen möchtet Ihr zum Fürstbischof von Freising wählen? Sprecht bitte deutlich und laut, damit wir es alle hören und davon Zeugnis ablegen können.«

Der Dekan senkte seine Stimme, damit nur Heller hören konnte. »Wir haben schon die erforderlichen Stimmen. Wenn Ihr noch rechtzeitig Herzog Wolfgang wählt, wird er gnädig sein.«

»Ich habe reiflich überlegt und wähle trotzdem Dominus Sixtus von Tannberg zum neuen Fürstbischof von Freising«, antwortete Johannes Heller laut und deutlich.

Pangratz Haselberger notierte fleißig: »Dominus Heller elegit dominum Sixtum de Tannberg.«

»Ihr seid ein Narr. Das werdet Ihr bereuen«, flüsterte Simonis zwischen den Zähnen hindurch.

»Der Heilige Geist hat mich geleitet. Und Euch?«, sagte Heller, als er aufstand. Er schaute Heinrich Baruther kurz in die Augen und verließ mit raschen Schritten den Raum. Der Diener lief hinter ihm her. Der nächste Domherr erhob sich bereits, als der Chorrichter an der Vogelscheuche vorbei in den Gewölbesaal trat.

Johannes Heller setzte sich und überlegte, wie viele Stimmen Sixtus von Tannberg erhalten würde: Neben seiner eigenen kamen vermutlich auch noch die Stimmen von Heinrich Baruther, Marcus Hörnle und wohl auch von Sixtus selbst hinzu. Sixtus müsste also mindestens vier Stimmen im ersten Wahlgang bekommen – vielleicht noch mehr, rechnete er aus und betrachtete Marcus Hörnle, der noch unruhig darauf wartete, aufgerufen zu werden. Er wirkte sehr nervös.

Insgesamt brauchte der Wahlsieger acht Stimmen, um die Mehrheit zu erreichen. Es schien Heller unrealistisch, dass Sixtus schon im ersten Wahlgang gewinnen konnte. Seine Hoffnung aber war es, dass Herzog Wolfgang nicht schon im ersten Wahlgang die Mehrheit erhielt. Danach könnten die Wähler, die ihre Stimmen nicht an den Herzog verkauft hatten, bei der zweiten Abstimmung nochmals überlegen und sich eventuell auf den aussichtsreichsten Gegenkandidaten einigen. Der Dekan war aber sehr siegesgewiss, dachte Heller. Er rechnete offenbar mit genügend Stimmen für den Herzog bereits im ersten Wahlgang.

Der Reihe nach standen die anderen Domherren auf, gingen und kamen wieder. Hatten sie alle Wolfgang ihre Stimmen versprochen?

Johannes Hellers Gedanken kehrten zu Agnes zurück. Wer war Agnes' Sohn, fragte er sich, sein Sohn? Seit der Enthüllung, dass sein Sohn am Domberg lebte, waren Hellers Gedanken immer wieder zu dieser Frage zurückgekehrt. Warum hatte Agnes es ihm nicht verraten? Und wie hatte sie das gemeint: Er sei »ein Geistlicher ... wie Ihr«? Sollte das heißen, dass sein Sohn wie er ein Geistlicher war? Oder ein Domherr wie er? Letzteres erschien ihm unwahrscheinlich, aber die Zweideutigkeit der Aussage ließ Heller keine Ruhe.

Er musterte die drei jüngsten Domherren näher. Marcus Hörnle? Kaspar Schmidhauser? Degenhart Meindorfer? Sie waren alle ungefähr gleich alt und jung genug, um seine Söhne sein zu können. Dennoch konnte er nicht glauben, dass einer von ihnen es war. Keiner hatte eine körperliche Ähnlichkeit mit Agnes oder mit ihm selbst, aber nicht immer waren die Kinder den Eltern ähnlich.

Johannes Heller hatte Marcus Hörnle stets als seinen Zögling und Nachfolger betrachtet. Aber war er wirklich sein Sohn? Heller schüttelte den Kopf.

Dennoch bestand eine Chance, dachte er, dass einer von ihnen Agnes' Sohn war. In dem Fall war zu hoffen, dass er seine Stimme nicht Herzog Wolfgang geben würde, wenn ihm klar war, dass ein Bischof Wolfgang seine Mutter hinrichten lassen würde. Johannes Heller fing an, halblaut zu beten.

»Heilige Maria, rette die Seele der Ketzerin, die im Kerker liegt, und erspar ihr den Tod durch die Flammen«, murmelte er.

Einige Domherren warfen ihm verärgerte Blicke zu.

»Heilige Maria, rette die Seele der Ketzerin und lass einen gerechten Bischof gewählt werden, der sie mit Gnade behandelt«, fuhr Heller fort, etwas lauter.

»Pssst! Betet nicht so laut«, flüsterte der Scholaster.

»Ach, Entschuldigung. Habe ich denn laut gesprochen?«, fragte Heller. »Mich bekümmert das Schicksal der Ketzerin, denn der Herzog will sie verbrennen lassen.«

»Behaltet Euren Kummer für Euch«, zischte der Scholaster ärgerlich.

»Hört auf zu streiten«, rief jemand hinter ihnen.

Heller nickte und musterte wieder eingehend die jüngeren Domherren. Keiner von ihnen schien sein Gebet beachtet zu haben. Der Reihe nach standen sie auf und gingen hinaus, um zu wählen.

Schließlich kam der letzte Wähler, Degenhart Meindorfer, von der Kapelle zurück. Kurz danach folgten ihm die Skrutatoren und der Notar mit würdigen, undurchdringlichen Mienen durch die Tür. Die Skrutatoren gingen gemeinsam zu dem Tisch und stellten sich vor die Versammlung. Der Dekan blickte ernsthaft in die Runde. Er sah verärgert aus.

»Brüder, die Stimmen sind gezählt«, verkündete er dennoch feierlich. »Lest sie vor, Dominus Baruther.«

Heinrich Baruther erhob sich mit dem Zettel und las laut vor.

»Alle Wähler haben abgestimmt. Eure Stimmen verteilen sich folgendermaßen: Seine Hoheit Herzog Wolfgang von Bayern erhielt sieben Stimmen, Dominus Sixtus von Tannberg vier Stimmen, Dominus Johannes Stadler drei Stimmen, Dominus Johannes Heller zwei Stimmen, Dominus Arsinger eine Stimme.«

»Sieben Stimmen für Herzog Wolfgang!«, raunten mehrere Wähler erstaunt, die einen, weil er so viele, die anderen, weil er doch zu wenige Stimmen erhalten hatte.

»Fast hätte er gewonnen.«

»Damit hat keiner die erforderliche Mehrheit erreicht«, stellte Johannes Simonis säuerlich fest.

Johannes Heller war erleichtert, aber verwundert. Seine Erwartungen in Bezug auf die Stimmen für Sixtus waren jedenfalls bestätigt worden, doch aus der Reaktion des Dekans war abzulesen, dass dessen Pläne nicht aufgegangen waren.

»Es fehlt zur Wahl Seiner Hoheit, Herzog Wolfgang von Bayern, nur eine Stimme«, erhob sich die Stimme des Dekans über den Lärm. »Wenn jemand sich nun seine Entscheidung anders überlegt und seine Stimme dem Herzog doch noch geben will, kann er das jetzt im Accessus tun – jeder darf seine Stimme dann nur ein Mal ändern. Er wird sich der Dankbarkeit des Herzogs sicher sein.«

Einige der Domherren blickten unsicher umher, ob vielleicht jemand gleich aufstand.

Pangratz Haselberger erhob jedoch einen Einwand. »Nein, Dominus Simonis, wir dürfen keinen Accessus nach der ersten Abstimmung durchführen, wenn dies nicht bereits zuvor vereinbart wurde.«

Der Dekan ärgerte sich erneut über die penible Korrektheit des Notars. »Steht das auch in deinem Buch? Gut, dann müssen wir noch einmal abstimmen«, sagte er unwillig. »Dann aber muss der Accessus erlaubt sein: Wir bestehen darauf.«

»Einen Augenblick«, rief Marcus Hörnle. »Es waren zu viele Stimmen. Ich zähle insgesamt siebzehn Stimmen, aber wir sind nur vierzehn Wähler.«

»Dominus Arsinger hat seine Stimme an vier Personen abgegeben«, erklärte Heinrich Baruther ruhig. »Sich selbst und drei andere hat er gewählt.«

»Was? Das durfte er doch bestimmt nicht machen«, sagte Hörnle entrüstet.

»Doch, doch, Dominus Hörnle«, korrigierte ihn Pangratz Haselberger. »Jeder darf nur ein Mal für jede Person stimmen, aber er kann durchaus mehrere Personen wählen, wenn er sich sonst nicht entscheiden kann.«

»Das ist absurd«, erwiderte Hörnle. »Dann könnten eventuell mehrere Personen gleichzeitig die Mehrheit erhalten.«

»Gewiss, da habt Ihr recht. Es ist nicht förderlich für eine schnelle Entscheidung, wenn die Wähler mehrere Stimmen abgeben, aber es ist zulässig – oder zumindest nicht ausdrücklich verboten«, unterwies ihn der Notar, der seine Rolle als Zeremonienmeister nun sichtlich zu genießen schien. »Eine absolute Mehrheit bleibt auf alle Fälle erforderlich. Wenn zwei Personen eine Mehrheit haben sollten, gewinnt derjenige, der die größere Mehrheit hat.«

Der alte Arsinger lächelte zahnlos und gutmütig.

Hörnle war bestürzt. »Das hätte ich gerne vorher gewusst«, murmelte er.

Johannes Heller schaute zu ihm fragend hinüber, aber Marcus Hörnle mied seinen Blick. Der Richter, der seinen jungen Kollegen gut kannte, war erstaunt.

QUIS PRO QUO?

Eine lastende Stille fiel über die Domherren, während sie sich mit Wein und Wasser, Brot und Käse stärkten, das die Diener hereinbrachten. Der Wächter kontrollierte alles mit größter Sorgfalt, damit niemand Anweisungen oder Mitteilungen an die Wähler hineinschmuggeln konnte.

Allgemeines Misstrauen und gegenseitiger Verdacht breiteten sich in der Versammlung aus. Manche Domherren bildeten Gruppen und fingen an, miteinander konspirativ zu flüstern, andere suchten das Alleinsein in einer Ecke, einige schlossen einfach die Augen und beteten.

Johannes Heller trat Marcus Hörnle entgegen, der ihm aus dem Weg zu gehen versuchte.

»Marcus, hast du Herzog Wolfgang gewählt?«, flüsterte er.

Marcus Hörnle wagte es nicht, seinen Mentor anzusehen. Er ließ den Kopf hängen.

»Hast du?«, wiederholte sich Heller.

»Ja«, stöhnte Hörnle. »Vergebt mir. Ich musste.«

Heller starrte ihn an. »Ich glaube es nicht, du Narr! Ich dachte, du wolltest Wolfgangs Wahl verhindern.«

»Ich habe gehofft, dass Ihr seine Wahl verhindern könnt«, korrigierte ihn Hörnle. »Ich aber habe ihm mein Wort gegeben. Ich konnte nicht anders.«

»Dein Wort ist dir wohl wichtiger als dein Verstand«, zischte Heller und wandte sich ab. »Wer aber hat als Vierter für Sixtus gestimmt?« Er sah sich um.

»Wo ist der Dekan?«, fragte er laut. Johannes Simonis war nicht im Raum.

»Vermutlich ist er auf den Abort gegangen«, antwortete jemand.

Heller bemerkte, dass auch einige andere Domherren fehlten. Ihm schien es, dass sie schon ziemlich lange weg waren.

Er ging zur Tür. Der Wächter fragte ihn, wohin er wolle.

»Zum Abort«, antwortete er.

Der Wächter wies ihn an, zu warten, denn es seien bereits viele auf die Toilette gegangen. Johannes Heller schnappte zurück, dass er dringend müsse, und drängte sich an dem Mann vorbei, der mit seiner Fistelstimme halbherzig protestierte, es sei aber nicht erlaubt.

Heller ging auf leisen Füßen zum Abort, der »Schissgrub« an der Außenmauer, die auf den Steilhang öffnete, wohin die Fäkalien hinunterfielen. Dort fand er den Dekan mit drei anderen Domherren im geflüsterten Gespräch. Als er durch die Tür kam, rief Johannes Simonis, er solle warten, alle Plätze seien bereits belegt.

Sarkastisch fragte Heller, ob sie nicht bereits ihre Geschäfte erledigt hätten. Das seien wohl besonders schwere Geschäfte. Er stand in der Tür und wartete.

»Geht doch, Dominus Heller«, rief einer ärgerlich. »Ihr seht, wir sind noch nicht fertig.«

»Ihr seid noch nicht damit fertig, den Preis für Eure Stimmen zu vereinbaren?«, rief Heller zurück. »Eure dreckigen Geschäfte stinken zum Himmel. Glaubt nicht, dass ich nicht sehe, was hier vorgeht.«

»Dominus Heller, geht nun! Provoziert uns nicht weiter, sonst werdet Ihr es bitterlich bereuen!«, drohte ihm Johannes Simonis.

Heller antwortete hämisch: »Nur eine Stimme fehlte, Dominus Simonis. Das ist doch ärgerlich für Euch, nicht wahr? Nachdem Ihr schon genügend Stimmen gekauft und erpresst hattet und Euch so sicher wart, hat jemand nun wohl seine Meinung geändert und Euch einen Strich durch die Rechnung gemacht. Kein Wunder, dass Euer Darm so gereizt ist, ein Überfluss an Gallensaft bewirkt bisweilen Durchfall. Ich würde gerne wissen, wer der Abweichler war.«

»Fahrt zum Teufel«, rief Simonis.

»Dann werde ich die Stimmliste einsehen«, kündigte Heller

an. »Inzwischen könnt Ihr ruhig Eure Geschäfte weitermachen. Ich hoffe, dass es Euch viel kostet. Lasst ihn richtig viel zahlen, meine Herren.«

Er wandte sich angeekelt ab und ging zurück zum Saal. Dort standen die Domherren nach wie vor in kleinen Gruppen und diskutierten oder stritten miteinander im Flüsterton.

»Magister Pangratz Haselberger«, rief Heller. »Ich verlange, die Liste der Stimmabgaben zu sehen.«

Haselberger, der in seiner Ecke saß und mit feinen Federstrichen sein Notarszeichen unter die Aufzeichnungen malte, drehte sich überrascht zu ihm um.

»Das ist nicht gestattet«, sagte der Dekan, als er in den Raum stürmte und sich vor Heller hinzustellen versuchte.

»Doch, ich befürchte eine Unregelmäßigkeit und verlange, die Stimmen persönlich zu inspizieren«, antwortete Heller entschlossen. Alle Domherren wandten sich ihm zu.

Haselberger blickte nervös zwischen Heller und Simonis hin und her. Er wusste nicht, wessen Anweisung er folgen sollte: der des Domdekans oder der seines Vorgesetzten.

Heinrich Baruther erlöste ihn von seinem Dilemma. »Lies die Stimmen vor, Notar.«

Heller und Simonis traten einen Schritt zurück. Haselberger räusperte sich und fing an, seine schriftlichen Aufzeichnungen vorzulesen. Die chronologische Liste begann mit den Stimmen der Skrutatoren.

»Dominus Pienzenauer wählte Seine Hoheit, Herzog Wolfgang von Bayern.

Dominus Simonis wählte Seine Hoheit, Herzog Wolfgang von Bayern.

Dominus Baruther wählte Dominus Sixtus von Tannberg.

Dominus Gugelmair wählte Seine Hoheit, Herzog Wolfgang von Bayern.

Dominus Arsinger wählte Seine Hoheit, Herzog Wolfgang von Bayern, Dominus Johannes Stadler, Dominus Johannes Heller und sich selbst.

Dominus Taz wählte Seine Hoheit, Herzog Wolfgang von Bayern.

Dominus Heller wählte Dominus Sixtus von Tannberg.

Dominus Johannes Stadler wählte sich selbst.

Dominus Conrad von Stein wählte Dominus Johannes Stadler.

Dominus Heinrich von Schmiechen wählte Dominus Johannes Heller.

Dominus Sixtus von Tannberg wählte sich selbst.

Dominus Schmidhauser wählte Seine Hoheit, Herzog Wolfgang von Bayern.

Dominus Hörnle wählte Seine Hoheit, Herzog Wolfgang von Bayern.

Dominus Meindorfer wählte Dominus Sixtus von Tannberg.«

Haselberger hielt kurz inne. »Das ergibt die Summe von sieben Stimmen für Seine Hoheit Herzog Wolfgang, vier für Dominus Sixtus von Tannberg, drei für Dominus Stadler, zwei für Dominus Heller und eine Stimme für Dominus Arsinger. Da sehe ich keine Unregelmäßigkeit, Dominus.«

Heller aber wandte sich aufgeregt den anderen Domherren zu. »Doch, doch! Es gibt etwas höchst Unregelmäßiges und Merkwürdiges dabei: Manche von uns haben aus Eigennutz oder weil sie ein Versprechen gegeben haben, gegen ihr Gewissen und wider besseres Wissen gewählt. Andere haben in Übereinstimmung mit ihren Überzeugungen und ihren Interessen abgestimmt. Manche haben gar ihren Überzeugungen den Vorzug vor ihren Interessen gegeben. Aber einer hat gegen seinen persönlichen Vorteil, gegen seine Überzeugungen und sogar gegen sein Wort gestimmt!«

Seine Augen suchten den Raum ab. Schließlich entdeckte er ihn hinter den anderen allein in einer Ecke: den jungen Domherrn Degenhart Meindorfer.

Johannes Heller machte einen Schritt vorwärts. »Ihr seid es, Dominus Meindorfer, nach dem ich die ganze Zeit gesucht habe, ohne es zu wissen«, rief er.

Er hielt inne. »Oder soll ich lieber sagen: Du bist es, mein Sohn.«

Meindorfer starrte ihn unbeweglich an. Die anderen Domherren schauten erstaunt zu.

»Doch, du bist mein Sohn. Das weißt du auch«, fügte Heller rasch hinzu und breitete die Arme aus, als ob er ihn umarmen wollte. Meindorfer wich zurück und drückte sich gegen die Wand.

»Und du bist auch der Sohn der Ketzerin Agnes, die im Kerker auf den Scheiterhaufen wartet und dort sterben wird, falls Herzog Wolfgang gewählt werden sollte. Deshalb hast du gegen deinen Herrn gestimmt und dich entlarvt«, fuhr Heller fort. »Deine edle Regung hat dich verraten, mein armer Sohn. Wie habe ich mich vor dir schuldig gemacht und nicht einmal gewusst, dass es dich gibt oder wer du bist! Und du hast mir meine Sünden zurückgezahlt.«

Meindorfer sagte immer noch kein Wort. Sein Gesicht war blass vor Wut.

»Ich hatte bis zuletzt keine Ahnung, dass du mein Sohn bist. Aber auch du wusstest es lange nicht, nicht wahr?«, redete Heller weiter, wobei er sich teils an Meindorfer, teils auch an die anderen Domherren wandte. »Ich habe erst gestern von deiner Mutter, meiner lang vergessenen Geliebten, erfahren, dass ich einen Sohn aus unserer Liebe habe. Das Kind, das sie in der Ehe mit dem schrecklichen Bildhauer Hagen geboren hat, war mein Kind. Ich wusste bereits, dass ich ein Kind gezeugt hatte, aber ich wusste nicht, dass es hier unter meinen Augen lebt. Ich dachte, du seist tot. Agnes erzählte mir erst gestern Abend, dass du hier lebst und ein Geistlicher wie ich geworden bist. Ach, mein Sohn, hätte ich das früher verstanden, wäre uns so viel erspart geblieben.«

Johannes Heller seufzte tief und fuhr dann fort: »Deine Mutter hat mir deinen Namen allerdings nicht verraten. Genauso wenig hat sie dir meinen Namen oder deine wahre Herkunft mitgeteilt. Du wusstest zwar, dass du kein leiblicher Sohn des Adligen von Meindorf warst, der dich adoptiert hat, sondern der Bastardsohn eines Geistlichen, der deine Mutter im Stich gelassen hat. Aber Agnes hat dir nicht verraten, wer dieser sündhafte Geistliche war. Das hast du selbst durch Zufall herausgefunden, als du unsere Gerichtsbücher lasest. Dort – und nur dort – konntest du auch lesen, dass deine Mutter mit dem Bildhauer Hagen verheiratet war, der sie schwer misshandelte, und dass sie ein Kind von einem Priester namens Heller hatte. Das alles stand in den Gerichtsaufzeichnungen des Jahres 1446. Ich habe sie selbst gelesen und sogar ein Lesezeichen in das Gerichtsbuch gelegt, das du gefunden und in deiner Wut weggeworfen hast. Den Bildhauer Hagen hast du dann für seine Übeltaten an deiner Mutter bestraft und getötet. Ich dachte schon damals, dass der Mord einen familiären Hintergrund haben musste: Da war so viel Gewalt, so viel Hass im Spiel. Aber ich war zu blind, zu langsam von Verstand und konnte die Verbindung zwischen dem Mord und den anderen Verbrechen nicht erkennen. Dabei hatte ich die Lösung fast jeden Tag vor mir und hielt sie in den Händen. Im Zentrum des Rätsels standen die Gerichtsbücher, und durch sie hast du mich und den Bildhauer gefunden. Das hätte ich sehen müssen.« Heller seufzte erneut.

»Erst gestern, als ich erfuhr, dass Agnes' Sohn hier am Domberg lebt, fing ich an zu begreifen, wie alles zusammenhing. Der Mörder des Bildhauers musste Agnes' Sohn sein – die Tat war einfach zu grausam für einen Fremden und zu gewaltsam für seine arme zweite Ehefrau. Agnes' Sohn war der ›feurige Engel‹, der sich am Ehemann seiner Mutter rächte, die zweite

Ehefrau Katherina rettete und das Haus anzündete. Er muss die Gerichtsbücher gelesen haben, um den Bildhauer als den Ehemann seiner Mutter zu identifizieren, denn Agnes konnte ihm das nicht gesagt haben: Hagen wohnte damals mit ihr in Landshut, und sie wusste nicht, dass er nach Freising gegangen war. Es stellte sich nur die Frage, wie Agnes' Sohn Zugang zu den Gerichtsbüchern bekommen konnte, die doch im Archiv des Domkapitels hinter Tür und Riegel liegen. Außer mir persönlich hat nur der Kustos einen Schlüssel zu dem Archiv. Das war die Verbindung zu den Geheimnissen um den Tod des Kustos und dem Mord des Ministranten. Mir fiel es endlich wie Schuppen von den Augen – viel zu spät.«

Während Meindorfer noch immer wie erstarrt in der Ecke des Raumes stand, wandte sich Heller an die übrigen Anwesenden. »Es war ein Leichtes für Meindorfer, den Domkustos wegen seiner Leidenschaft für die jungen Messdiener zu erpressen, um an den Schlüssel zu kommen. Vielleicht hat er zugehört, als einer der Ministranten Bischof Tuhlbeck darüber informierte. Oder er hatte durch andere Ministranten davon erfahren. Jeder wusste es, wie man es mir erzählt hat, es hat nur niemand etwas gesagt oder die Sache gar unterbunden. Bischof Tuhlbeck war zu besorgt um seinen Nachruf, um etwas dagegen zu unternehmen; vielmehr versuchte er wiederholt, den Skandal unter den Teppich zu kehren. Das war ein fataler Fehler, der ihn am Ende sein Amt gekostet hat. Schließlich aber erkannte der Kustos, dass durch seine eigene Sünde und Schande, die er zu verheimlichen versuchte, noch weitere Verbrechen begangen wurden. Daher beschloss er, sich umzubringen, und zwar auf eine Art und Weise, die möglichst viel Aufmerksamkeit erzeugte. Er wollte uns warnen und sichergehen, dass wir etwas dagegen unternahmen. Aber Meindorfer war vorgewarnt oder vermutete bereits, was sein Opfer tun wollte, als es in den Turm hinaufstieg. Er ging ihm deswegen nach, um zu beobachten, was er machte.«

Heller sah wieder Meindorfer an. »Deine Spuren im Schnee

habe ich gesehen. Nachdem der Kustos sich erhängt hatte, bist du schnell hinter den Glockenstuhl gegangen und hast wohl nachgeschaut, ob er einen Zettel oder eine Erklärung hinterlassen hatte. Hatte er? Es wäre nur sinnvoll von ihm gewesen, seine Tat zu erklären, wenn er es schon nicht wagte, seine Sünde auszusprechen. So aber bin ich lange nicht auf die Idee gekommen, dass es sich um Erpressung handelte. Mit seinem Tod aber war dein Geheimnis noch nicht sicher: Du musstest auch noch den jungen Ministranten Lukas töten. Vielleicht hat er dich gesehen, als du dem Kustos in den Turm folgtest. Jedenfalls sagte er mir, dass er jemanden in einem schwarzen Mantel gesehen hatte. Vielleicht hat er dich nicht einmal gesehen, aber er wusste, wer du warst. Auf alle Fälle hast du den armen Jungen nach der Abendmesse getötet und am Fuß des Dombergs abgelegt, wo man ihn finden musste: je mehr Skandal, desto besser. Du hast mich dann mit der Geschichte von einem Mann im schwarzen Mantel geschickt in die Irre geleitet. Der Teufel im schwarzen Mantel aber warst du selbst. Während wir verzweifelt nach dem Mörder suchten und Bischof Tuhlbeck uns an der Aufklärung hinderte, bist du nachts im Archiv ein und aus geschlichen, um nach kompromittierenden Informationen zu suchen. Davon gab es reichlich, sogar über Bischof Tuhlbeck. Und es ereigneten sich dazu noch viele andere Skandalgeschichten hier am Domberg: etwa, dass ich die Ehefrau des Bildhauers über Nacht bei mir beherbergte. An diesem Abend sind wir uns im Kreuzgang begegnet; fast jedenfalls. Aber du konntest durch die verschlossene Hintertür, die du mit den Schlüsseln des Kustos aufgesperrt hattest, auf den Domplatz entkommen.«

Wieder den Domherren zugewandt, die ihm angespannt zuhörten, erklärte Heller weiter: »Damals hätte ich eigentlich die Verbindung zwischen dem Tod des Kustos und den Schlüsseln erkennen müssen, aber ich war immer noch zu blind. Immerhin verstand ich nun, worum es ging. Nach dem Eklat beim Besuch des Kaisers in München wurde mir klar, dass jemand systematisch Skandale verursachte, um Bischof Tuhlbeck zu Fall zu bringen. Wer aber hätte gedacht, dass dazu unsere eigenen Gerichtsaufzeichnungen genutzt wurden? Die Informationen, die wir dort festhalten, sollen vor allem der Überprüfbarkeit unserer Urteile und der Gerechtigkeit dienen; deshalb hat ja das Vierte Laterankonzil die Aufzeichnungspflicht angeordnet. Aber natürlich kann man sie auch gegen uns als eine Art Sündenregister auswerten. Gerade die Ehesachen, die Entjungferungs-, Unterhalts- und Vaterschaftsklagen dokumentieren besonders eindrücklich, wie wir Geistliche gegen die Regeln und Ideale unseres Amtes verstoßen: der Dorfpfarrer mit seiner Köchin, der Abt im Kloster mit einer Dienerin, der Kaplan mit einer Konkubine, ja gar der Domherr, der wegen Vaterschaft angeklagt wird – sie alle lassen sich in den Gerichtsakten finden. Auch wenn es wahr ist, dass nur ein kleiner Bruchteil solcher Angelegenheiten überhaupt vor unser Gericht gebracht wird, so gibt es in den Gerichtsbüchern dennoch mehr als genug Futter für öffentliche Kritik. Trotz oder vielmehr wegen des Keuschheitsgebots treiben uns Geistliche unsere menschlichen Urtriebe immer wieder in Gewissenskonflikte und in die Sünde. Und wir hier auf dem Domberg, das muss man zugeben, haben uns durch unsere Enthaltsamkeit nicht besonders ausgezeichnet, obwohl es hier möglicherweise nicht unsittlicher zugeht als anderswo. Der Plan war aber, durch die systematische Veröffentlichung solcher Fälle unsere Kirche und unseren Bischof mit Skandalen zu beschmutzen und schließlich Bischof Tuhlbeck zum Rücktritt zu zwingen. Danach sollte Herzog Wolfgang gewählt werden, damit die bayerischen Herzöge die Kontrolle über unsere Kirche und das Freisinger Bistum erlangen würden. Angesichts der Heimsuchung durch Pest, Dürre und Krieg konnte es nicht ausbleiben, dass ahnungslose Kritiker wie der Prediger Schmatz die Unsittlichkeit des Klerus als moralische Ursache ausmachten und Reformen forderten. Solche Kritik, die in den Plan der Herzöge gut passte, wurde eifrig gefördert. Sogar die neue Drucktechnik wurde eingesetzt;

man drohte Bischof Tuhlbeck damit, ›die Straßen mit seinen Sünden zu pflastern‹.«

Schließlich sprach Heller noch einmal Meindorfer an. »Im Zentrum dieses Treibens standest du, mein Sohn, der Tag und Nacht am Sturz des Bischofs und an der Unterwerfung unserer Kirche gearbeitet hat. Der Kanoniker Erhard Spornecker, der von Natur aus stets nach Skandalen und Klatsch gierte, half dir dabei. Aber er war zugleich ein gefährlicher Narr und wusste auch etwas Kompromittierendes über Herzog Wolfgang, womit er ihn zu erpressen gedachte. Deshalb musstest du ihn töten. Du trafst ihn vor dem Gericht und führtest ihn durch eine Hintertür auf die Mauer, wo du ihn umbrachtest. Mit den Schlüsseln des Domkustos konntest du die Tür öffnen, die sonst immer versperrt ist. Daher konnte dich niemand sehen. Dominus Baruther und ich haben uns lange gefragt, wie der Täter ungesehen zum Tatort gelangen konnte.«

Er schwieg einen Moment lang nachdenklich, dann sah er dem jungen Domherrn ins Gesicht.

»Du hast schwer gesündigt, mein Sohn. Du hast schwere Verbrechen begangen: Mord, Erpressung, Verrat. Aber wir müssen uns fragen, warum du dies alles getan hast. Warum willst du uns und unsere Kirche unbedingt zerstören? Hast du nur auf Befehl gehandelt? Oder war es Rache? Rache an mir, deinem Vater, und an uns Geistlichen insgesamt? Dann fürchte ich, dass wir und vor allem ich die wahre Schuld für deine Verbrechen tragen. Ich habe mich schwer an dir versündigt.«

Meindorfer hatte sich Hellers lange Rede schweigend mit zuckendem Gesicht angehört. Plötzlich brach es mit heißer Wut aus ihm heraus. »Ihr seid mein Vater – sagt Ihr. Aber was heißt denn das, Vater und Mutter und Familie? Blut mag uns verbinden, aber sonst nichts. Ihr seid nicht mein Vater, sondern mein Verräter. Ich erkenne Euch daran, dass Ihr mich und meine Mutter verratet, damals wie heute: Einst habt Ihr meine Mutter verführt und schwanger gemacht, uns dann aber ihrem erbarmungslosen Ehemann überlassen. Ihr habt uns beide ins

Verderben geschickt. Nun verratet Ihr uns wieder, und zwar auf den Tod. Meine Mutter soll auf dem Scheiterhaufen sterben, und mich habt Ihr überführt. Und dabei beteuert Ihr stets, wie sehr Ihr meine Mutter noch liebt, und zeigt Euch sogar noch väterlich um mich bekümmert. Ihr seid ein Heuchler, Ihr liebt niemanden und nichts außer Euch selbst und Eurer Selbstgerechtigkeit. Nur darin habt Ihr recht: Für das, was ich getan habe, tragt Ihr die Schuld. Ihr und Euer Stand. Wie ich Euch alle hasse, Ihr geistlichen Heuchler, Ihr Hurenmeister und frömmlerischen Sünder. Verrecken sollt Ihr mit Eurer verweltlichten Kirche, mit Euren Rechten und Euren Privilegien. Mögen die Herzöge Eure Macht unterwerfen und Euren Staat zerstören. Eure Zeit ist vorbei. Ich wünschte, ich hätte Euch alle schon längst umgebracht.«

Blanker Hass blitzte aus Meindorfers Augen. Er zog plötzlich ein langes Messer aus seinem Gewand hervor und trat auf Johannes Heller zu. Die anderen Domherren wichen erschrocken zurück. Heller aber blieb vor ihm stehen, mit gesenktem Haupt, wie ein Angeklagter im Gericht.

»Du hast recht, ich bin sündig und schuldig. Richte über mich, wenn du musst«, sagte er und fiel auf die Knie. »Für mein Vergehen will ich antworten. Ein jeder von uns hat unrecht getan. Aber denke daran, dass ein Verbrechen nicht durch ein weiteres Verbrechen getilgt wird. Rache ist niemals Gerechtigkeit, sie vermehrt nur das Unrecht.«

»Verschont mich mit Euren Plattheiten«, brüllte Meindorfer und hob das Messer über Hellers Kopf. »Ich sollte Euch töten!«

»Du wolltest mich schon gestern Abend töten, als du die Statue der ›Schönen Maria‹ auf mich hinuntergestoßen hast. Warum hast du es nicht getan?«

Meindorfer stand über ihm und zitterte vor Wut. Die anderen Domherren duckten sich wie erschrockene Schafe vor dem Wolf.

»Nicht aus Liebe zu Euch«, antwortete Meindorfer grimmig.

»Vielleicht wegen deiner Mutter?«, fragte Heller. »Deshalb

hast du auch deinen Eid gebrochen und nicht für Herzog Wolfgang gestimmt, hast seine Wahl verhindert und dich selbst verraten. Das war eine edle Tat, mein Sohn. Das war mehr, als ich tun konnte. Du musstest zwischen dem Hass deiner Rache und der Liebe zu deiner Mutter wählen und hast die Liebe gewählt. Ich musste die Entscheidung zwischen meinen Gefühlen und meinen Überzeugungen treffen und wählte die Überzeugungen. Dadurch verliere ich zugleich meinen Sohn und die Frau, die ich liebe. Sie wird mir nie vergeben. Ich hoffe, dass es das wert war.«

Meindorfer holte mit seinem Messer aus, dann aber stieß er Johannes Heller mit dem Fuß zum Boden, schrie etwas Unverständliches und floh zur Tür. Der Vogelscheuchen-Wächter sprang ihm mit vorgehaltener Hellebarde in den Weg. Mit einem Schrei trafen sie aufeinander, und Meindorfer fiel zu Boden, die Hellebarde in der Brust. Er war sofort tot.

»Er ist draufgelaufen«, stotterte die Vogelscheuche. »Ich wollte ihn nur zurückhalten, aber er ist draufgelaufen. Einfach draufgelaufen.«

Erschrockene Stille herrschte im Raum. Die Domherren standen erstarrt und blass wie Marmorsäulen, während Diener eilig herbeikamen und die Leiche des jungen Domherrn Degenhart Meindorfer hinaustrugen.

Man brachte den Toten in einen Nebenraum und bahrte ihn dort auf. Eine Kerze wurde an seinem Haupt angezündet, Johannes Heller kniete bei ihm und betete mit gebrochener Stimme.

»Wir müssen die Wahl unterbrechen«, sagte Heinrich Baruther schließlich. »Wir brauchen Zeit, um uns zu beruhigen und den Vorfall zu untersuchen.«

»Auf keinen Fall«, herrschte ihn der Dekan an. »Die Wahl gilt. Die Stimmen sind ausgezählt worden, und das Ergebnis steht fest. Da wir jetzt aber nur noch dreizehn Wähler sind, reichen die sieben Stimmen für Herzog Wolfgang zur absoluten Mehrheit aus. Daher ist die Wahl schon entschieden: Seine Hoheit, der hochgeborene Herzog Wolfgang von Bayern, ist unser neuer Fürstbischof von Freising – Gottes Vorsehung sei Dank.« Er lächelte siegreich in die Runde, doch ein heftiges Murren regte sich unter den anderen Domherren.

»Das ist unerhört«, brauste Heinrich Baruther auf. »Das überschreitet jede Regel der Pietät und Gerechtigkeit. Ich bin erstaunt und enttäuscht von Euch, Dominus Simonis.«

Auch Marcus Hörnle fand seine Stimme wieder. »Der Tote hat aus seinem eigenen Mund bezeugt, dass er Morde begangen hat, um Bischof Tuhlbeck zu stürzen – oder zumindest hat er es nicht bestritten. Diese Wahl wurde daher auf verbrecherische Weise herbeigeführt und ist insgesamt illegal.«

»Das stimmt nicht«, brüllte der Dekan. »Tuhlbeck ist zurückgetreten, und wir müssen einen Nachfolger wählen. Wir haben abgestimmt, und das ist verbindlich.«

Andere Stimmen erhoben sich, eine heftige Diskussion entstand.

»Fragen wir doch den Notar«, riefen einige schließlich.

Pangratz Haselberger, der zaghaft in der Ecke gestanden hatte, räusperte sich und trat hervor. Dies war seine große Stunde, dessen war er sich bewusst. Auch wenn seine Rolle in keinem Protokoll oder Geschichtsbuch jemals erwähnt werden sollte, so kam nun ihm die entscheidende Stimme zu. Seine pedantische Natur, die sich an Richtlinien festklammerte, bejubelte den Sieg der Rechthaberei. Doch er wog seine Worte vorsichtig ab.

»Ich vertrete die Ansicht, dass die Wahl legal und rechtmäßig ist«, sagte er. »Wir befinden uns in der Sedisvakanz, und die Umstände des Rücktritts spielen keine Rolle.«

Der Dekan lächelte kurz, doch Haselberger war noch nicht fertig.

»Durch den Tod von Dominus Meindorfer ist aber die Wählerschaft numerisch eine andere, als sie es bei der ersten Abstimmung war. Wir können daher nicht sagen, dass dieses Wahlergebnis dem Votum der Mehrheit der derzeitigen Wählerschaft entspricht. Deswegen scheint es mir, dass noch einmal abgestimmt werden muss.«

Einige Stimmen der Zustimmung erhoben sich sofort.

»Gut gesprochen, Haselberger«, rief jemand.

»Sollen wir darüber abstimmen?«, fragte Baruther, doch die Frage schien sich zu erübrigen.

»Dann muss die Wahl sofort wiederholt werden«, rief der Dekan verärgert, »ohne Verzögerung. Und wir fordern alle Wähler auf, sich an die Gründe und Erwägungen zu erinnern, die sie bei der ersten Stimmabgabe bewogen. Diese tragische Störung und die damit zusammenhängenden Ereignisse dürfen den Ausgang der Wahl nicht beeinflussen.«

»Doch, doch, sie sollen«, entgegnete Heinrich Baruther. »Wir haben gehört, wie die Wahl zustande gekommen ist und wer hinter den Verbrechen und Skandalen dieses Jahres steckt. Das wussten wir bei der ersten Abstimmung nicht. Dieses

Wissen muss in unseren Erwägungen eine Rolle spielen. Diejenigen, die dem Herzog Wolfgang ihre Stimmen versprochen haben, sollten jetzt überlegen, ob sie denn wirklich einen Bischof haben wollen, der auf diese Art und Weise an die Macht zu kommen versucht.«

»Versprochen ist versprochen«, sagte der Dekan kühl.

»Steht ein Versprechen über dem Gewissen?«, rief jemand.

»Pacta sunt servanda – Vereinbarungen müssen eingehalten werden –, wie es heißt«, erinnerte Simonis. »Ihr werdet vom Herzog zur Verantwortung gezogen, wenn Ihr Eure Versprechen nicht einhaltet.«

»Und von Gott, wenn wir es halten«, murmelte der alte Arsinger, der sich wohl dem göttlichen Gericht näher fühlte als dem herzoglichen.

»Nein«, sagte Marcus Hörnle plötzlich laut und deutlich. »Nein, meine Herren, das müssen wir nicht befürchten. Wir haben das Versprechen schon erfüllt und Herzog Wolfgang gewählt – im ersten Wahlgang. Nun steht es uns frei, zu entscheiden, ob wir ihn ein zweites Mal wählen.«

Einige Domherren stimmten mit Erleichterung zu. »So ist es.«

»Juristische Rechtsverdreherei!«, spuckte der Dekan aus. »Wir werden sehen, was Herzog Albrecht davon hält.«

Gerade fingen sie an, sich auf den neuen Wahlgang vorzubereiten, als jemand mit dreimaligem Schlagen an die Eingangstür klopfte.

Der Vogelscheuchen-Wächter ging zur Tür, um aufzumachen.

»Warte«, rief der Dekan. »Was machst du, Mann? Niemand darf während der Wahl in das Gebäude hinein.«

Der Wärter drehte dennoch den Schlüssel. »Ich habe den Vorfall vermeldet, gnädiger Herr«, sagte er. »Man hat mich angewiesen, eine Antwort zu erwarten.«

»Vermeldet an wen? Und Anweisung von wem? Wir haben das nicht angeordnet. Wir sind hier die Herren auf dem Domberg und niemand sonst«, fauchte der Dekan. »Wessen Diener bist du denn überhaupt?«

»Der von Herzog Albrecht, Euer Gnaden«, sagte der Wächter und zog die Tür auf. Ein Bote trat herein, ging zum Dekan und reichte ihm ein versiegeltes Schreiben. Johannes Simonis riss den Brief auf, las den Inhalt rasch und warf das Blatt auf den Boden.

»Der hochgeborene Herzog Wolfgang von Bayern kündigt an, nicht mehr für die Wahl zum Fürstbischof von Freising zur Verfügung zu stehen«, sagte er ratlos in die Runde.

»Angesichts dieser Entwicklung schlage ich vor, dass wir Dominus Sixtus von Tannberg formlos und durch die Eingebung des Heiligen Geistes zum Bischof erheben«, preschte Heinrich Baruther vor. »Wer dafür ist, hebe jetzt die Hand.«

Die Domherren schauten sich an und erhoben die Hand, manche zögerlich, manche rasch, und erklärten dabei: »Eligo Sixtum. – Ich wähle Sixtus.«

Schließlich, als alle anderen die Hände in der Luft hielten, schloss sich ihnen der Dekan mit säuerlicher Stimme an. »Auch ich wähle Sixtus von Tannberg zum neuen Fürstbischof von Freising.«

Und damit war die Wahl einstimmig. Bald verkündete man die Wahl von den Fenstern, und die Glocken im Nordturm des Doms verbreiteten die freudige Nachricht: »Freue dich, Freising, ein neuer Fürstbischof ist gewählt worden! Sixtus von Tannberg ist unser neuer Bischof. Lange möge er herrschen.«

Die auf dem Domplatz geduldig wartenden Bürger und Besucher jubelten und tanzten. Auch die geistlichen Herren und die herzoglichen Ritter kamen auf den Platz heraus und feierten mit. Kerzen und Feuer wurden angezündet, Pfeifenmusik und Trommelschlag schallten in den Abendhimmel. Die Krähen, die sich auf den Dächern zur Nachtruhe hingesetzt hatten, erhoben sich mit lärmendem Geschrei und suchten sich einen ruhigeren Schlafplatz.

EPILOG – ET VIDIMUS GLORIAM EIUS

Der Abend war spät und die Talgkerze auf dem Schreibpult fast ausgebrannt, als Pangratz Haselberger die letzten Wörter des letzten Mahnschreibens des Tages niederschrieb.

Der Beklagte, Johannes Müller von Freising, wurde gemahnt, der Klägerin Elisabeth Bienenstock innerhalb von sechs Tagen die noch ausstehende Summe von fünfzig Gulden zu zahlen, zu der er gerichtlich verurteilt worden sei; anderenfalls werde er exkommuniziert.

Haselberger faltete das Dokument, verschloss es mit einem Tropfen rotem Wachs und drückte das Gerichtssiegel darauf. Dann schaute er voller Zufriedenheit auf.

»Fertig! Für heute zumindest. Wie kann ich Euch helfen?«

Vor ihm stand die kurze, breite Gestalt des Kanonikers Veit Arnpeck.

Arnpeck machte eine weite Geste mit den Armen. »Ein Wort nur, ein kurzes Wörtchen, bevor du gehst. Du weißt, dass ich überlege, irgendwann eine Geschichte der Taten unserer Bischöfe von Freising vom heiligen Korbinian bis zu unseren Tagen zu verfassen. ›De gestis episcoporum‹ oder so ähnlich soll es heißen. Ein großes und höchst bedeutsames Unterfangen ist das. Beinahe zweifele ich an mir selbst, ob ich dazu fähig bin, aber der Stoff gibt mir Mut. Wie lautet der Spruch? Man soll eine leuchtende Kerze nicht unter einem Scheffel verstecken.«

Er lächelte bescheiden. »Ich meine damit natürlich nicht mein eigenes Leuchten, sondern die erleuchteten Taten der Bischöfe von Freising. Es gibt doch so viele erbauliche Geschichten vom Edelmut und von der Tapferkeit und Frömmigkeit unserer geistigen Hirten. Mit welch strahlendem Licht der Heiligkeit und Weisheit hat der Freisinger Domberg jahrhundertelang das bayerische Land beleuchtet! Diese Geschichte muss ich unbedingt erzählen.«

»Darüber sind manche Leute anderer Meinung«, erwiderte Haselberger ein wenig zurückhaltend. »Vor allem, was die jüngste Zeit angeht.«

»Da hast du recht, lieber Freund«, sagte Arnpeck, der sich erwärmte, als das Gespräch auf sein Lieblingsthema kam. »Und gerade deswegen ist ein Lobpreis der erhabenen Herrlichkeit unserer Bischöfe als geistige Anführer in dieser Zeit so wichtig: Als Erinnerung, damit man nicht vergisst, welche Rolle sie in der Vergangenheit spielten und in der Zukunft wieder spielen sollen. Hier wirkten der heilige Korbinian, der große Politiker und Geschichtsschreiber Otto und viele andere ruhmreiche Bischöfe: Sie alle brachten die Zivilisation in diese Lande und sorgten bereits für Recht und Ordnung, als die Herzöge von Bayern noch verrohte Krieger waren. Mit der Einrichtung der Domschule und der Bibliothek machten sie den Freisinger Domberg zum Zentrum der Gelehrsamkeit in Bayern, zum berühmten Mons doctus – dem gelehrten Berg. Gewiss, es gab auch weniger glanzvolle Gestalten und Zeiten, die ich vielleicht nicht so ausführlich beschreiben muss. Aber was soll ich nun schreiben über unseren Bischof Tuhlbeck und die Wahl seines Nachfolgers Sixtus von Tannberg?«

Haselberger hob die Augenbrauen.

»Was manche Leute mir über die Ereignisse des letzten Jahres erzählt haben, erschüttert mich zutiefst«, flüsterte Arnpeck entsetzt. »Ist das alles wahr, Haselberger? Du warst immer dabei und hast alles gesehen und gehört. Sag es mir. Ich muss die Wahrheit wissen.«

Pangratz Haselberger fühlte sich wieder wichtig. »Wenn Ihr das meint, was bei der Wahl geschah: Ja, ich war da und spielte eine nicht unwesentliche Rolle, wenn ich das sagen darf. Auch sonst habe ich die Ereignisse des Jahres sehr genau beobachtet und mir meine eigenen Gedanken darüber gemacht, obwohl niemand sie hören wollte.«

»Dann sag mir, hat dieser Domherr Degenhart Meindorfer alles eingestanden? Hat er wirklich den Domkustos erpresst und den armen Ministranten ermordet, um an die Geheimnisse des Bischofs zu kommen? Und war er es auch, der den Kanoniker Erhard Spornecker so brutal tötete?«

Haselberger erwog seine Antwort. »Er hat das alles jedenfalls nicht bestritten, und mir scheint, dass er die Vorwürfe damit zugab. Dominus Heller war sehr präzise in seiner Beweisführung, und ich glaube, dass kein Zweifel an Meindorfers Schuld in allen Punkten besteht. Seine Verbrechen scheinen Teil einer politischen Verschwörung gegen Fürstbischof Tuhlbeck gewesen zu sein.«

»Man sagt, dass Meindorfer auch noch einen Bildhauer namens Hagen unten in der Stadt getötet haben soll«, fügte Arnpeck hinzu.

»Ja, das stimmt wohl auch. Was den Tod des Bildhauers angeht, so hat der Freisinger Stadtrichter zuerst Hagens Ehefrau Katherina verdächtigt und wollte sie erhängen, aber Dominus Heller hat dafür gesorgt, dass sie unserer Jurisdiktion unterstellt wurde. Der Vikar, Dominus Baruther, hat den Fall untersucht und nichts beweisen können – weder ihre Schuld noch ihre Unschuld. Es bestand durchaus die Möglichkeit, dass sie trotz allem an den Stadtrichter ausgeliefert und dem Strang überantwortet würde. Doch nachdem Meindorfer den Mord so gut wie zugegeben hat, wurde sie freigesprochen und entlassen. Man sagt, dass sie von den Qualen dieser Ehe ohnehin geistig verwirrt ist. Dominus Heller hat, wie ich erfahren habe, in der Stadt eine Stiftung für misshandelte und geschlagene Ehefrauen gegründet, die ihren Ehemännern entfliehen wollen, und hat sie dort untergebracht.«

»Das ist doch eine seltsame Gründung für einen Chorrichter, meine ich«, sagte Arnpeck. »Er ermutigt Frauen damit nur, ihre Gatten zu verlassen, wie es mir scheint. Wie soll das mit den Pflichten der heiligen Ehe vereinbar sein? Übrigens: Diese Ketzerin, die verbrannt werden sollte – war sie wirklich Meindorfers Mutter?«

Haselberger nickte ihm zu. »Das scheint tatsächlich der Fall gewesen zu sein. Und Dominus Heller war sein Vater. Seine Ehrwürden haben sogar im öffentlichen Konsistorium zugegeben, der Geliebte der Ketzerin und Urheber ihrer Irrlehren gewesen zu sein. Die Ketzerin jedoch behauptete, ihn nicht zu kennen, und hat ihre Häresie nicht widerrufen. Dennoch hat unser neuer Bischof Sixtus sie begnadigt und aus der Haft entlassen: Darauf hat Dominus Heller anscheinend sehr bestanden, wie ich höre.«

»Und was macht sie nun? Lebt sie auch in dieser Stiftung für entlaufene Ehefrauen?«

»Nein, sie wollte anscheinend nichts von Dominus Heller annehmen. Sie ist weitergereist, ich weiß nicht, wohin.«

»Und nach diesem Skandal und den anderen Geschichten, von denen wir gehört haben, ist Dominus Heller wirklich wieder als bischöflicher Richter eingesetzt worden?«, fragte Arnpeck erstaunt.

»Ja, darüber waren sich alle Domherren und Dominus Sixtus einig – nur der Dekan hat sich dagegen ausgesprochen. Aber Dominus Simonis hegt sowieso einen tiefen Groll gegen Dominus Heller, wie ich höre. An Hellers Fähigkeit als Richter und an seiner Integrität ist jedenfalls nicht zu zweifeln«, sagte Haselberger mit fester Überzeugung. »Er allein hat diese ganzen Geheimnisse aufgeklärt und dabei sogar seinen eigenen Sohn, Dominus Meindorfer, überführt.«

»Wie ich höre, wurde der Wächter, der Meindorfer getötet hat, auch nicht bestraft«, bohrte Arnpeck weiter nach.

»Das ist auch richtig«, sagte der Notar. »Dominus Heller wollte ihn wegen Mordes anklagen, denn er glaubt, dass der Wächter angewiesen wurde, Dominus Meindorfer zu töten, damit er nicht als Zeuge gegen die Herzöge aussagen kann. Aber Herzog Albrecht hat die Klage verboten und den Mann unter seinen Schutz gestellt. Dominus Sixtus scheint auch nicht besonders interessiert, eine Aufklärung dieser Angelegenheit zu erzwingen. Also wird man letztendlich die ganze Wahrheit nie herausfinden.«

»Aha. Und Dominus Meindorfer hat seine Schuld an diesen ganzen Verbrechen nie ausdrücklich zugegeben, wenn ich dich richtig verstehe«, sagte Arnpeck vorsichtig.

»Nein, nicht ausdrücklich«, bestätigte Haselberger zögerlich.

»Es gab aber auch sonst keine Beweise gegen ihn oder für diese Verschwörung gegen den Bischof, wenn ich mich nicht täusche. Somit ist die Wahrheit insgesamt nicht ganz erwiesen.«

»Nicht ganz«, gab Haselberger ungern zu. »Aber es besteht kein Zweifel, dass sich die Ereignisse so abgespielt haben. Wir selbst haben alles miterlebt.«

»Gewiss, es gibt keinen Grund zum Zweifel, aber andersherum: Versuche erst mal, die ganze Geschichte zu beweisen. Es war, zugegeben, ein trockener Sommer, die Pest hat gewütet, und überall hat es gebrannt: Das werden alle Chronisten bestätigen. Aber wo bitte gibt es einen einzigen Beleg dafür, dass diese Skandale hier am Domberg geschehen sind? Es steht nur fest, dass Fürstbischof Tuhlbeck zurücktrat, mehr nicht, ein Faktum ohne Erklärung. Von den Vorfällen am Domberg wissen nur wenige Leute, und niemand hat etwas aufgeschrieben. Oder hast du etwas darüber in deinen Gerichtsaufzeichnungen festgehalten?« Arnpeck schaute sein Gegenüber plötzlich etwas verunsichert an.

Haselberger hob erschrocken die Hände. »Nein, natürlich nicht. Nichts von diesen Ereignissen war rechtlich relevant für die Prozesse im Gericht.«

»Siehst du«, sagte Arnpeck erleichtert. »Für den Rest gibt es keinen einzigen stichhaltigen Beweis.«

»Mir scheint, Ihr wollt die Wahrheit nicht wahrhaben«, stellte Haselberger verschnupft fest.

»Nein, nein, keineswegs: Ich will die Wahrheit herausfinden«, beteuerte Veit Arnpeck. »Aber ich muss Beweise haben. Die Muse Klio ist eine strenge Herrin: Schreibe ich etwas Falsches, wird gewiss bald irgendein Historiker kommen und es mir nachweisen. Auch wenn die Geschichte wahr sein sollte – wenn ich als Einziger darüber berichte und sie mit keinem Beweis belegen kann, wird ein zukünftiger Kollege sie als Lüge oder Märchenerzählung verwerfen. Und wer wird diese unglaubliche Geschichte denn ohne weitere Belege für wahr halten? Ehrlich gesagt: Ich selbst, der ich einiges davon miterlebt habe, kann kaum wirklich glauben, dass das alles hier am Freisinger Domberg passiert sein soll. Wirklich, ohne Beweise wäre mein Ruf dahin.«

Nun war Arnpeck mitten in seinem Lieblingsthema angekommen. »Zu diesen Schwierigkeiten kommt hinzu, dass Geschichte immer erbaulich und lehrreich sein soll. ›Historia magistra vitae‹, heißt es doch. Geschichte ist die Lehrmeisterin des Lebens. Auch das bringt mich in ein Dilemma, denn hier handelt es sich um schwere Verbrechen und Sünden, um Mord, Selbstmord, Erpressung und weitere unglaubliche Skandale in den höchsten Kreisen der Kirche und des Hofes. Wenn ich hiervon in meinem Geschichtswerk erzählen würde – und es gibt ja nicht einmal Beweise dafür –, wer wird das wohl erbaulich finden? Welches Licht werfen diese Geschehnisse auf uns alle? Wie stehen unsere herrlichen Herzöge dar? Als mörderische Intriganten. Und wie unsere prächtigen Domherren? Als verworfene, korrupte Kleriker, die an ihren menschlichen Verfehlungen scheiterten. Wie schließlich unser ehrwürdiger Fürstbischof Johannes Tuhlbeck? Vielleicht würde dieser Stoff dem Leser irgendwann eine amüsante oder gar instruktive Lektüre bieten, auch wenn ich persönlich ihm nichts abgewinnen kann. Aber ich schreibe nicht nur für eine ferne Zukunft, sondern muss mich um die Vergangenheit und ebenso um die Gegenwart kümmern. Die hohen Herren wollen von Geschichtsschreibern vor allem gelobt und gepriesen werden. Sie wollen jedenfalls nicht, dass wir ihren Namen und ihren Nachruf in den ewigen Dreck ziehen. Sosehr sie ihrem Ruhm nachhängen, so sehr fürchten sie sich vor einer kritischen Darstellung. Mein Kopf wäre wohl ab, und mein Buch würde verboten werden. Verstehst du?«

Pangratz Haselberger kratzte sich am Kopf und dachte nach.

»Ihr sagt also, dass es keine Beweise gibt und dass niemand es Euch glauben wird: In dem Fall, glaube ich, gilt der Satz: ›De occultis non iudicat.‹ – Über Geheimnisse, die sonst niemand weiß, wird nicht gerichtet; sie bleiben dem Gewissen überlassen. Zudem besteht Eurer Meinung nach eine Gefahr für Euer Leben, wenn Ihr darüber schreiben würdet. Das nennt man, glaube ich, ›metus, qui possit cadere in hominem constantem‹. Die Todesangst, die auch einen tapferen Mann befallen kann. Ich bin freilich kein Richter, und ich weiß nicht, was Dominus Heller dazu sagen würde; möglicherweise würde er das anders sehen. Mir scheint es jedoch, dass Ihr von Eurer Pflicht entbunden seid, über diese Ereignisse in Eurem Geschichtswerk zu berichten, Dominus Arnpeck.«

Veit Arnpeck war erleichtert. »Glaub mir, Haselberger, es ist auch besser so. Nicht nur für mich und für die großen Herren, sondern für uns alle hier am Domberg, ja für das ganze Bistum. Denk nur darüber nach, wie spätere Generationen über uns alle urteilen würden! Auch das ist meine Verantwortung als Geschichtsschreiber. Wenn ich alles erzählen würde – und nochmals, es ist nicht bewiesen –, würden Menschen noch in Hunderten von Jahren über die unmoralischen Zustände hier staunen und sagen, dass wir in einem Zeitalter der Unsittlichkeit und Laster lebten. Würde das mir oder dir denn gerecht? Wäre das ein angemessenes Urteil über unseren alten Bischof Tuhlbeck oder den Herrn Chorrichter Heller, die trotz all ihrer Verfehlungen für Gerechtigkeit und Ordnung kämpften? Ich frage dich: Glaubst du, dass wir unsittlicher oder schlechter sind als die Menschen zu anderen Zeiten?«

»Meine Meinung ist, dass es schon immer so war und immer so sein wird«, sagte Pangratz Haselberger. »Nur wissen wir es meistens nicht, weil niemand darüber berichtet.«

»Und vielleicht ist es gut so«, schloss Veit Arnpeck zufrieden.

Finis

Nachwort und Danksagung

Dieses Buch ist ein Werk der literarischen Fiktion. Dennoch beruht die Geschichte teilweise auf historisch belegten Personen, Begebenheiten und Institutionen. Über das Jahr 1473 im Bistum Freising berichten Chronisten von vielen Winterstürmen, gefolgt im Sommer von Dürre, Feuerbränden und einer Epidemie; auch die Türken fielen in die Freisinger Besitzungen in Slowenien ein. In demselben Jahr besuchte Kaiser Friedrich III. München zusammen mit seinem Sohn Maximilian, Calixtus Ottomanus und dem Mainzer Erzbischof auf dem Weg zum Augsburger Reichstag. Gegen Ende des Jahres gab der Freisinger Fürstbischof Johannes Tuhlbeck sein Amt auf und zog sich in ein Kloster zurück. Sein Nachfolger Sixtus von Tannberg wurde im folgenden Jahr vom Papst im Amt bestätigt. Schließlich richtete der bischöfliche Offiziale Johannes Heller dreimal in der Woche in Hunderten von Prozessen über Ehe, Entjungferung, Vaterschaft und diverse finanzielle Angelegenheiten, die vom Notar Pangratz Haselberger im Liber actorum von 1473 schriftlich dokumentiert wurden. Das Gerichtsbuch ist einer von fünfundvierzig Aufzeichnungsbänden des Freisinger Gerichts aus den Jahren 1424 bis 1526, die im Bayerischen Hauptstaatsarchiv und im Archiv des Erzbistums München und Freising aufbewahrt sind. Diesen faszinierenden Quellen habe ich die Inspiration für diese Geschichte zu verdanken. Manches Detail spielt zudem auf Ergebnisse der historischen Forschung an.

Dieses Buch wäre nicht ohne die Unterstützung von vielen Menschen und Institutionen entstanden, denen allen ich hier meinen herzlichen Dank aussprechen möchte. Insbesondere möchte ich danken: meiner Lebensgefährtin Gudrun W. für ihre liebevollen Korrekturen, Verbesserungen und Ermunterungen; Miriam H. für ihre Kenntnisse der Gerichtsbücher und den Anstoß, einen Roman darüber zu verfassen; dem Team vom Emons Verlag; meiner Lektorin Uta Rupprecht für ihre stets freundliche und kompetente Zusammenarbeit; dem Bayerischen Hauptstaatsarchiv und dem Archiv des Bistums München und Freising sowie den anderen vielen ausgezeichneten Bibliotheken und Forschungsinstitutionen in München, die mir ihre Türen geöffnet haben; und nicht zuletzt meiner Familie, die an mich glaubt.